高满堂　孙建业

著

北方联合出版传媒（集团）股份有限公司

万卷出版公司

ⓒ 高满堂 孙建业 2022

图书在版编目（CIP）数据

闯关东 / 高满堂, 孙建业著. — 沈阳：万卷出版
公司, 2022.1（2024.1重印）

ISBN 978-7-5470-5697-4

Ⅰ.①闯… Ⅱ.①高… ②孙… Ⅲ.①长篇小说—中
国—当代 Ⅳ.①I247.5

中国版本图书馆CIP数据核字（2021）第163974号

出 品 人：王维良
出版发行：北方联合出版传媒（集团）股份有限公司
　　　　　万卷出版公司
　　　　　（地址：沈阳市和平区十一纬路25号　邮编：110003）
印 刷 者：辽宁新华印务有限公司
经 销 者：全国新华书店
幅面尺寸：160mm×230mm
字　　数：600千字
印　　张：33.25
出版时间：2022年1月第1版
印刷时间：2024年1月第3次印刷
责任编辑：胡　利
责任校对：高　辉
封面设计：仙　境
版式设计：隋　治
ISBN 978-7-5470-5697-4
定　　价：59.80元
联系电话：024-23284090
传　　真：024-23284448

目　录

第一部

　　1894年，中日甲午战争之后，首起于山东曹州一带的义和团打起扶清灭洋的旗帜。1900年，八国联军大举进攻京津，清政府束手无策，山东、河北等地的义和团奋起保卫京畿。八国联军大败清兵及义和团，攻陷北京城，慈禧太后挟光绪皇帝仓皇出逃。神州大地，飘摇在一片风雨之中……

第一章

1904 年，山东章丘的冬天比往年来得更早一些。那章丘本也是人杰地灵之处，是宋代女词人李清照的故乡，泉水丰盈，景致卓然，然而覆巢之下岂有完卵，因连年灾害，庄稼绝收，以致匪患横行，饿殍遍野，空旷的田野上，北风呼啸着掠过，让阴沉的天空更显萧瑟。而村庄间简陋的道路上，一群群拖家带口的人推着独轮车向远方沉默又衰疲地走着，他们都是要去闯关东的难民——虽然故土难舍，但是果腹活命是最现实的生活。关外到底是什么样子，是良田沃野还是雪域冻土，他们不知道，他们只知道，在远方有那么一片广袤的土地，也许能接纳他们，容他们讨一口吃食。

这样的天气里，也许只有少年才能忘了忧愁。朱家峪村朱开山家的院子里便是一派喧闹，家里的老二传武正和三弟传杰甩开膀子摔跤呢。虽然天寒，两人却只着单裤，上身套了件跤衣，一头汗水，脑袋上还冒着热气。传武十八岁，传杰十四岁，两人身高差一截，但眉眼却相似。又斗罢一回合，两人索性将套在身上的跤衣也啪的一声摔到地上。

朱传武光着结实的上身，抱着肩膀，眯着眼睛对弟弟道："三儿，来吧，今天二哥教给你第三招，大背跨！"朱传杰有气无力地摇摇头："二哥，今天就算了吧，我饿得一点儿力气也没有了，这肚皮都贴到后脊梁骨了，要玩你自己玩。"朱传武斜楞起眼睛："三岁看着吃老相，从小你就是个挺不起胎的主儿！咱娘惯你，我可不惯你老孩子的毛病，一日三习武，这可是当年咱爹立下的规矩，虽说咱爹不在家，可这规矩不能改！把眼睛瞪起来，我可要下手了！"

传武说着一侧身一跨步，把传杰背了个大口袋。传杰惨叫一声，好不容易爬起来，道："二哥，你真下得去手啊！"传武不接话，一个恶虎前跳，把刚站起来的传杰又掼倒在地。传杰火了，跃起来搂住了传武，传武倒乐了："对，这就对了，这才有个老爷儿们样，咱爹说了：冻死迎风站，饿死不低头，只要还有一口气，这功就得练！一辈子不吃亏！上步，掏小袖，侧身贴，腿要进去，腰要用力……背呀，使劲背呀！"传杰呼呼地喘着气，可就是背不动。传武从怀里变戏法似的掏出一个干菜饼子，放在弟弟鼻子前闻了闻，说："你要是把我背过去，这块菜饼子给你了。"传杰瞪大了眼："二哥，给我咬一口吧，咬一口我就把你背过去。"

传武让传杰咬了一口："背呀！"传杰耍赖道："再咬一口。"传武把饼递给他："咬吧。"传杰一边吃着一边说："二哥，你说大哥能把鲜儿姐娶回来吗？"传武道："不知道！"传杰道："我看够呛，到现在娶她的粮食还没凑齐呢……"传武听了皱眉："你管那么多事干什么？"

"那天我碰见鲜儿姐了，哎呀，真是越长越俊，嗓子还越来越好听了，说话像唱戏似的……"传杰捏着嗓子学着鲜儿，"三兄弟，你告诉二兄弟，娶我的那天你们俩可要一块儿来啊，你二哥还是那么皮吗？你告诉他，等我过了门慢慢地给他舒舒皮子——二哥，娶鲜儿姐那天你去吗？"

传武挠头道："我去干什么？"

"去吧，哎，那天你穿什么衣裳去？"传杰说着咽下最后一口饼。

传武眼睛突然直了："你小子诓我啊，我的菜饼子哪儿去了？"传杰哈哈大笑："就着话吃了！"传武一急又把传杰放倒在地。

屋里传来他们娘的喊声："你们俩别闹了，进来！"

传武扭着传杰的胳膊进了屋，他们娘咣当咣当摆弄着一台老织布机，对两人道："你哥去你姥爷家借粮快三天了，也该回来了，街面不静板，你哥儿俩到村头去迎迎他。"两人答应着就要去，又被娘喊住了："慢点儿，家里快没吃的了，别忘了提着水葫芦，饥了渴了就喝口水，见人嘴勤快点，问一句：见了俺哥没有？"

送走了兄弟俩，当娘的长叹一声，心里又难受地骂了句：死鬼，怎么也该来个信啊！她当家的朱开山去了关东，一走就是四年，没个动静。她是当爹又当娘，苦累着自己带起三个孩子，幸亏孩子们还争气。可是没料到年成如此坏，眼见家里要断粮，那老三已瘦得皮包骨头，老大又要娶亲，老二还是长身体的时候，三个小伙子正是吃饭的年岁啊！

正琢磨着，她未来的亲家、鲜儿的爹谭永庆挑帘进了屋。文他娘忙站起来："他叔，你来了，坐。"谭永庆道："顺道，过来看看。"文他娘淡淡一笑："什么事就说吧，不用拐弯抹角的。"谭永庆讪讪笑道："还能有什么事？你家传文和俺鲜儿的事呗。"文他娘锁着眉头："他俩的事？不都说定了吗？他叔，你还有什么说法？"

谭永庆道："也没什么说法，就是想看看你们办得怎么样了。连着三年赶上大灾，一拖再拖，咱也拖不起了，俺不急嫁闺女，赶上了也没法子。赶快把他们的事办了吧，鲜儿早晚是你家的媳妇，那些老礼数都免了，可是那一斗小米还是不能免的。"

文他娘笑道："他叔，赶上这年头谁家有富余的粮食？说出来不怕你笑话，俺家里的粮食划拉拉不够一斗。你也不用把脑门子揪着，俺打发传文上他姥爷家去借了，咱两家说好的事就不能变！"

谭永庆忙点头："那敢情好。按理说遇上这样的灾年不应当婆嫁，可俺们家鲜儿已经等了三年了，你们今年说婆，明年说婆，到底也没婆，原来说等朱开山回来，看样子一时半会儿也回不来了。唉，俺们也不等了。"

文他娘叹道："他叔，俺不是不想婆，自从义和团起事儿，俺家里事儿就没断溜儿，哪顾得了这些？你也不是不知道。"

谭永庆也感叹："唉，怎么不知道？义和团起事儿，朱开山开香堂杀洋毛子闹得轰轰烈烈，朝廷翻了脸要问他的死罪，他倒好，炝蹶子去了关东。跑了有几年了吧？一直没有响动？"

文他娘摇了摇头，爬起身："唉，这老头子，还不知死活呢。家里也没什么吃的，俺去烧锅水，打点粥给你喝。"谭永庆忙起身："用不着，俺就是打个招呼催催。你忙吧，俺走了。"说着，人已出了门。

传武兄弟没走远，在村头上就迎上了哥哥朱传文。传文正被一群敲牛骨棒唱着莲花落要饭的乞丐团团围住，乞丐们唱着乞食，这个道："哎，这个老弟好面善，蟠桃会上见过面，慈眉善目心肠好，咱们弟兄挺有缘。"那个道："哎，说有缘道有缘，兄弟快来帮帮咱，我们还要往北走，给点吃的救救难，乐善好施有好报，保你有段好姻缘。"另一个道："媳妇美貌赛嫦娥，多子多福多寿限，披金戴银跨骏马，世世代代做大官。"

传文尽力挣脱着，声嘶力竭道："你们别缠着俺，俺也饿着肚子呢，俺有急事！"传武、传杰忙过去，推开几个乞丐。传武一把拉住大哥道："快走，娘都等急了。"传杰看看哥哥焦黄又憔悴的面容，又看看他空空的手，问道："哥，借的粮食呢？"传文也不搭腔，趁空冲开人群就往家跑，传武、传杰在后头紧紧跟着。

传文一头拱进家门，喊了声"娘呀"，便栽倒在地。文他娘一个高蹦到地上，掐着传文的人中，吩咐跟进来的传武、传杰："你们俩还愣着干什么？烧水去！"

喝了娘灌的热水，传文这才悠悠地醒过来，一看见娘在跟前，顿时泪流满面，紧抓住娘的手道："娘啊，可不好了，俺姥爷和姥娘，他们……"

文他娘焦急道："快说，他们怎么了？"

"俺走了六十里山路，到了姥娘家推开门一看，俺的娘呀，姥娘一家悬梁自尽了！"

文他娘如五雷轰顶，号啕大哭："爹呀，娘呀，你们这是怎么了？遇见什么难事了吗？怎么就不能活了？天哪！"传文哭道："街坊说了，俺舅领着乡亲们吃大户，三天前让人家麻袋蒙头扔进井里了，日子没法过了。"

文他娘哭够了，久久无语，忽地起身就走。传杰见状忙拉住，问："娘，你要到哪儿去？"

文他娘擦着泪水："去你姥娘家，发送发送俺爹俺娘，俺老魏家绝了户了……"她话未说完，悲从心来，哽咽一声，支撑不住，又倒了下去。

传文说："娘，你病成这样了，怎么去呀！再说了，你拿什么发送姥爷姥娘？"文他娘擦干了眼泪："传文、传武，你们俩到老张大爷家借来快码子，把院里的老杨树杀了吧。传杰，你去请黄木匠，做两口薄木棺材，不能让你姥爷姥娘就这么走了。"传文哭道："娘，使不得啊，那是你和俺爹留着给自己做寿材的，谁也不能动啊！"文他娘闭着眼睛："顾不得了，杀！"

打发父母入了土，文他娘大病一场，可再难日子还得往下过。看着三个孩子像霜打了的茄子，连最小的传杰也没了往日的吵闹，她又不禁想起了远在关东的丈夫：关东，关东，关东到底有什么，把人都迷得魔怔，迷得不知音讯，迷得不问家里老小死活。她懂得自己的丈夫，她知道他是能担当的汉子，可是，四年了，念想变成空望，期望变成失望，她已经在夜里流干了泪水。

一大早，文他娘强打起精神，把传文叫到跟前："传文，俺嘱咐你的那件事办了？鲜儿她爹又来催着迎亲了。"传文苦着脸："娘，俺跑遍了全村也凑不齐一斗米，家家都揭不开锅，谁家还有粮呀！"文他娘叹口气："传文，实在没法子了，你去和老谭叔商议商议，少两升米行不行？咱家刮净缸底也就能凑齐八升，委实没有办法了。"

"娘啊，都说好了的事，叫咱办得不利索，俺张不开口呀！"

文他娘骂道："传文呀，你什么时候才能顶起锅盖？传杰，陪你哥哥去谭家求求情。"传杰挺脆快："哎，俺去。"

文他娘又气道："你说你们的死爹，自己闯了大祸，一蹄子躒到关外，四年了，这个没良心的，直到现在也不来个信儿！都说关东是个宝地，保不准他现在置了房子置了地，牛马满圈，三房四妾，早把咱们娘儿们忘了！你们不信？现在他正喝着小酒打着饱嗝，放着响屁抽关东烟儿，蹲在房顶上风凉呢！"

传杰使个眼色，连推带搡把还要磨蹭的哥哥拽出了屋。传文说："三儿，这都是说好了的事又变卦了，你说到了鲜儿家俺怎么开这个口？咱家就你念了几年私塾，《诗经》都开讲了，你教教哥。"

传杰撇撇嘴："嘴长在自己的鼻子底下，怎么就开不了口？你看俺是怎么说的。"他连说带比画，"见了鲜儿她爹，你先作个揖，唱个喏：泰山老大人在上，小婿朱传文这厢有礼了。"

传文说："不妥，不妥，怎么像戏文似的？你别唬俺，俺知道，泰山老大人是称呼老丈人，鲜儿还没过门呢，不能这么说。"

"那你就先作个揖，这么说：老谭大叔，俺奉了高堂老母之命和您老过个话儿。男大当婚女大当嫁，这是没得说的，娶亲纳彩礼这也是老理儿。这不是赶上荒年了吗，有些事儿得商量着来，俺家满划拉就凑了八升小米，您老就笑纳吧，赶上好年头俺们一定给您补上，君子一言，驷马难追。"传杰小小的岁数竟满口的学问。

传文摇着头："有些话听不懂，你能不能都给变成庄户话？"

传杰也跟着摇头："朽木不可雕也！算了，你就这样说：老谭叔，俺娘说了，俺家的粮食也见囤底儿了，你就抬抬手让鲜儿嫁过去吧！俺给你磕头还不行吗？"传文一愣："还要磕头？不行，俺羞得慌。"传杰不屑道："给老丈人磕头害什么羞？把嫂子舞弄来家是真的。你就照俺说的办，没错儿。"

谭永庆正和一个老汉在家里抽着烟拉呱儿。谭永庆说："说从前干什么？从前俺家这大门口断过车马吗？别的不说，过年谁家敢在院里搭台子唱大戏？俺家就有那势力，鲜儿还上台扮过角儿，她唱的《王定保借当》没听过还是《小姑贤》没听过？要不是俺拦着不让她唱戏，现在早就成角儿了。"

老汉附和道："你说你们家当年也是大门大户，怎么就把鲜儿说给朱开山的儿子呢？门不当户不对呀！"

谭永庆道："不就是看他家的门风好吗？朱开山在咱们朱家镇谁不知道？那也是条汉子，一套八卦拳远近没敌手，锄强扶弱那是有了名的。"

老汉点头叹道："那倒是。可惜呀，跟着义和团起事儿摊上官司，家也败了。这门亲事不后悔？"

"后悔有什么用？定下来的亲事就是铁板上钉的钉子，要是悔亲还叫俺怎么做人？再说了，鲜儿早就说了，死活是朱家的人了。"

老汉又点点头："要说鲜儿和传文倒也般配。她一小就跟朱开山学拳脚，武艺不在传文之下，两个孩子好得很。那就把婚事早些办了，闺女留在家里，一年也得不少的粮食。"谭永庆说："催了好几回了，没跟他们要什么彩礼，就是要一斗小米，过分吗？"老汉说："要说起来也不算过分。"

"可就这点要求也难住他们了。"

"唉，现在最金贵的是什么？也就是粮食，一斗小米可以换回一副好寿材呢。"

谭永庆摇摇头："俺倒没那么想，是为了贵儿。贵儿定亲了，就是勺子头孙大手的闺女，人家没要彩礼，就是要一斗小米。"

"是啊，这年头眼睛都盯着粮食。"老汉正说着，忽然往远处一指，"哎，说曹操曹操到，你看村头谁过来了？"

谭永庆眯着眼往外一探身，村头上传文兄弟俩正往这边走，他一拍腿："不好，是朱开山的老大和小三儿，空着手，八成是粮食没凑够，俺不想见他们。"说着趔着身子出去关了院门。

传文和传杰走到谭家门前，见门扉紧闭，便使劲敲门，敲了半天也无人应声，只闻狗吠。也巧，谭永庆的儿子贵儿恰好回家，见到传文兄弟，问："你砸俺家的门干什么？"传文忙答腔："找你爹说话。"贵儿又问："哎，你什么时候娶俺妹？你快娶吧，你娶不了，俺也娶不了。俺爹说了，你家要是把粮食送来，他立马就给俺娶媳妇。"

传文说："你爹不想见俺。"贵儿一笑："俺帮你砸。"说着咚咚擂起门来，"爹，开门，俺妹夫来了！"

蓦地，两块土坷垃落在传文的脚下。他抬起头，只见鲜儿攀在院里的石榴树上冲他笑呢。贵儿也看见了，忙喊："鲜儿，开门。"鲜儿说："你一边玩儿去，俺和他说话。"传文道："是你呀？吓了俺一跳！属猴子的啊？谁家的大闺女爬树？下来，别摔着！"鲜儿笑着："传文哥，下不来了！你抱俺下来。"

"你家的门关得紧紧的，俺怎么进去？"

"你不会跳墙进来？"

传文撇嘴道："俺要是敢跳墙，你爹知道了还不砸断俺的腿？哎，跟你爹说少两升行不行？俺娘就凑了八升。"鲜儿说："那可不行，俺家就指望这点粮食给俺哥娶亲呢。"

传杰凑来插嘴逗趣："嫂子，俺的好嫂子，就别难为人了，你要是过了门儿咱就在一个锅里搅马勺了，要是为难俺哥，等你过了门儿看俺怎么捉弄你！在你碗里掺沙子，给你的花被窝尿得呱呱湿！"

鲜儿乐了："你敢！到时候俺就把俺扒光了，让你睡尿被窝，什么时候把俺的被窝烘干了才放你走！"

传杰坏笑："睡你的被窝俺哥可不能答应。"

鲜儿说："好吧，俺和爹说说看，你俩等着。"说着下了石榴树，轻盈地走进堂屋。谭永庆听在耳中，看闺女进来，却一板脸："鲜儿，你爬在石榴树上和谁说话？越来越不像闺女样了。"鲜儿笑着："爹，别装糊涂了。他家就有八升小米，你就应承了吧。"谭永庆一拍桌子："好啊，还没嫁过去就替婆家说话，俺白养了你一场！你去对他说，一斗小米，少一粒也不行！"

鲜儿一吐舌头，又出门爬上石榴树，对门外的哥儿俩说："俺爹说了，小米少一粒也不行。"传文着急了："这可怎么办？这亲娶不成了。"鲜儿道："传文哥，别急呀，再想想别的法子，你会有办法的。"

"俺有什么办法？就是现拉也来不及呀！"

鲜儿咯咯笑着："那你就拉金豆子，拿金豆子顶账也行。"说着下了石榴树。

传文扒着门缝往院里看，看到鲜儿的一只大眼睛，问道："鲜儿，想不想俺？"

鲜儿反问："你呢？你想不想？"传文道："想，做梦都想。俺梦见你坐着大花轿往俺家走，俺骑着大红马跟在后边，你没羞没臊，偷偷地挑开红盖头看着俺哩。"

鲜儿的眼睛没有了，院里传来她银铃似的戏文声："忽听门外声连天，想必是哥哥到门前，忙将花针盘绒线，想给哥哥开门闩，又怕爹娘来埋怨……"

传文乐颠颠地在外头喊："鲜儿，你等着，俺叫你唱，过了门儿看俺怎么收拾你！"说着晕头转脑地走了。传杰拉住他："哥，就这么走了？"传文把眼一瞪："不走怎么办？人家不开门呀！"

兄弟俩蔫头耷脑地回了家，他们娘问："传文，回来了？你叔怎么说的？"

传文沮丧地说："俺叔发话了，小米少一粒也不行。"文他娘问："这话是他亲口说的？"传文说："叔不肯见俺，门也没让进，让鲜儿过的话。"

文他娘长叹一声："这可怎么好呢？"传杰学舌："娘，俺哥净和嫂子说那些没羞没臊的话，哪说正经的了？回来的道上还摇头晃脑地唱戏文，早把你嘱咐的话忘了！"文他娘恨恨地瞪了大儿子一眼："俺早就知道你哥是块荒料！指望谁也不行。谭永庆这个死倔老头子，俺亲自登门吧。"传杰说："娘，俺陪你去趟？"

又回谭家，这回院门没锁，传杰娘儿俩在院门口正犹豫着，鲜儿娘却迎出门来："哎呀，是老朱嫂子，快屋里进。"文他娘讥诮道："你家的门槛儿高，俺能迈过去？"鲜儿娘笑："把你腔巧的，赶上喜蛛了，会拉丝儿。"

文他娘问："他叔呢？"鲜儿娘说："在后院起粪呢，有话跟俺说。"说着把文他娘迎进屋内。

传杰没进屋，见鲜儿坐在院里掐苞米辫子，便凑到她跟前，小声道："嫂子手真巧，看你掐的辫子，又细又匀，真眼气人儿。"鲜儿笑道："是吗？你真会奉承个人。等过了门儿俺给你掐辫子，编个好看的草帽。"传杰乖巧地说："那俺就先谢谢嫂子了。"鲜儿说："别一口一个嫂子的，还没过门儿呢。"传杰道："早晚的事儿，这么叫显着亲热。"

文他娘在堂屋里四处看着，说："看你家，收拾得利利索索，一看就是过日子人家。"鲜儿娘说："没屁放找嗝打，有事儿说事儿，灌米汤溜不圆肚子。"文他娘嘎嘎笑着："你这张嘴，锋快，给刀子不换，鲜儿要是像了你，过了门儿，光一张嘴就把俺娘儿们零刀割了！"鲜儿娘撇撇嘴："称上二斤棉花纺一纺，谁不知道你朱开山的老婆子？闹红灯照的时候把你能的，插上鸡毛能飞上天，十个鲜儿也不是你的对手。"

文他娘说："说笑归说笑，有事要和你们商量。唉，俺答应了，鲜儿过门给你们一斗小米，刮净囤子底儿就凑了八升，没办法，打发传文到他姥娘家借，想是你也有个耳闻……"说着不免又流泪，"唉，轮到咱烧香佛爷掉腔儿。你们家就不能松松口？但凡是有一点办法也不至于厚着脸皮求你们。"

鲜儿娘的眼泪也簌簌往下掉："唉，要是撂在过去，一斗小米俺家眼皮子夹不住，可赶上这荒年粮食比金子贵。你也不是不知道，鲜儿他爷自从抽大烟败了家，俺家的房子地都折腾干净了，鲜儿他哥，就是贵儿，也要娶媳妇了，女方家非要这一斗小米，俺不找你要找谁去？也是实在没法子了。"

文他娘低声道："就差两升，你们娶媳妇也不能一点血不出，你和他叔再商量商量。"女人家到底心软，鲜儿娘点点头："好吧，俺去说说看。你坐这儿等着。"

说着出了屋子。好一会子，鲜儿娘回来了："她婶子，磨破嘴皮说好了，老头子开面了，八升就八升吧，剩下的两升俺自己想办法。"文他娘握紧了亲家的手，只点头也说不出话，泪又涌了出来。

院子里传杰还和鲜儿热乎乎地说话。传杰说："嫂子，俺哥是真想你。嫂子，真的！俺哥天天晚上睡觉都搂着枕头，嘴里念叨：鲜儿，哥真想你呀，你什么时候才能过门呀，哥等不及了，哥搂着你好好亲亲。你的嘴唇真红啊，辫子真粗呀，模样真俊呀……"

鲜儿羞红了脸："净胡说，没羞没臊！"传杰越说越来劲儿："嫂子，咱不羞臊。你听俺说，俺的书念到《诗经》了，先生开讲了，头一篇你猜是什么？《关雎》。俺背给你听听：'关关雎鸠，在河之洲。窈窕淑女，君子好逑。参差荇菜，左右流之。窈窕淑女，寤寐求之。求之不得，寤寐思服。悠哉悠哉，辗转反侧……'"

鲜儿说："别背了，俺听不懂。"传杰说："不要紧，俺给你讲讲。雎鸠就是斑鸠，说的是河里的沙洲上，一公一母两只斑鸠相好呢，呱呱地叫着，互相引诱。先生说了，此乃兴也。窈窕淑女，君子好逑，说的是漂亮的大闺女，小伙子紧追不舍……"鲜儿捂着脸："别说了，别说了，臊死了！俺不信，先生还说这些？都是你瞎编派。"

正笑闹着，鲜儿娘送文他娘出了门。传杰忙正了脸色，站起来。谭永庆也从院后头转出来，客气道："她婶儿，这就走呀？"文他娘道："你也不留饭，不走做什么？"

鲜儿娘冲传杰努努嘴："看他俩，说得挺热乎。"谭永庆摩挲着传杰的脑袋瓜儿："这孩子，就是聪明伶俐，性子也绵软，招人喜欢，俺要是再有一个闺女，高低嫁给他做媳妇。"文他娘慈爱地望着传杰："俺家里没有丫头，就把三儿当丫头养着，书数他念得多，知大知小的。"

传杰顺竿爬，向谭家长辈反复鞠躬谢礼："谢谢叔叔婶子，俺娘这回可以睡个囫囵觉了，咱们以后就是亲戚了，要常走动，俺哪儿有礼数不周多指教，用不着客气，都是一家人了。"

谭永庆高兴道："鲜儿，你看传杰，多会说话！以后跟你这个弟弟学着点儿。"

鲜儿咯咯笑着："你们呀，让他蒙着了，别看他人小，鬼点子可多了！"

天早早地擦黑了，朱开山家燃着一支蜡烛，传文兄弟围坐在母亲跟前，一派其乐融融。文他娘嘱咐老大："传文，把借的米都记好账，年景好了加倍还给人家。"传文答道："娘，这些米借了好几家，俺可记不住，再说了，好多人家的名字俺不会写。"传杰逞能："娘，俺能记住。谭春早家二升，傅发武家二升，刘思春家一升，三大爷家一升半……"

文他娘打断他："好了，别说了，你记个账。唉，这都是些亏空啊，将来都得还。"传杰撑着口袋："娘，俺倒不出手来，让二哥给俺研墨。"传武不忿："记个账还得有人伺候笔墨，把你喜张的。"文他娘数落传文、传武道："你们两个当哥哥的，记个账都不会，白吃饱。"传文道："还说什么说？哥儿仨数他书念得多，记个账还不应该呀？"传杰也忙说："娘，别埋怨大哥，这张清单都是他让俺记下来的。"

四口人正忙活着，隐约听见屋外头传来戏腔："表哥在南京把书念，同学们拉他去赌钱，一下子输掉钱八串，借钱来到张家湾，问我借钱我无有，特地向姐姐来借钱，姐姐把钱借给他，免得表哥他为难。姐姐你有钱快点借……"

传杰竖着耳朵听了一会儿："大哥，是鲜儿姐来了，还不快去迎迎？"文他娘脸色不好看："这闺女，成天喜张不够，就知道唱，将来会过日子？俺看不像。"

传文不管娘的脸色，随着戏文哼哼着，跳起来就去开门。门开了，鲜儿笑着走进来："哎呀，怪不得听着屋里哗啦哗啦响，原来量米呢！"文他娘板着脸："还没过门呢，这么晚了到婆家来，不怕人家说闲话？"

鲜儿大方地笑着："俺不怕，过几天俺就是你家的人了，俺现在就叫你一声娘——娘。"文他娘扑哧笑了，但还故意板着脸："俺没听见。"

鲜儿调皮地说："那俺就大点声，娘！娘！！娘！！！"这一下到底把文他娘逗笑了，说："好了，听见了，大门亮嗓的，赶上叫驴了。来干什么？"

鲜儿背着手："俺送点东西来，您猜猜是什么？"

传文抢话说："要俺猜，准是给俺做的纳底鞋。"

鲜儿摇头："不——对。传武，你猜猜。"

传武说："那就是给俺哥做的布衫儿。"

鲜儿还是摇头："不——对。传杰，你再猜猜。"

传杰想了一会儿,打趣道:"要俺猜呀,一准儿是你亲手绣了一对枕头,每个上边都有一对斑鸠。"鲜儿白他一眼:"更不对。"说着举起一个袋子,"俺给你家送来点小米。"

文他娘大惊:"可不得了啦,你哪来的米啊?偷你爹的吧?现在往俺家倒腾,过了门儿再往你家倒腾,你这不成耗子了吗?"鲜儿咯咯笑着:"娘,俺这耗子姓朱,光往这边倒腾。"

文他娘虎着脸:"那也不行,叫你爹知道砸断你的腿。"

鲜儿把小米放在炕上,得意地说:"娘,这是俺掐辫子攒的私房钱籴的米,俺爹俺娘都不知道。"

文他娘抚摸着鲜儿粗裂的手,眼圈红了:"鲜儿,俺的好媳妇,真是俺老朱家的人。传文,领着鲜儿到那屋说会儿话儿,别太晚了。"

传文就等这句话呢,忙高兴地答应着,扯着鲜儿的手就进了里屋,顺手掩上门,笑嘻嘻地说:"鲜儿,你这双手俺娘都摸了,俺也想摸摸。"鲜儿一听把手背到背后:"那可不行,你是男人,没过门俺不让你摸,摸过就不值钱了!"

传文涎着脸:"谁说的?早晚你不都是俺的人?摸摸,就摸一下。"鲜儿把手伸过来:"说好了,就摸一下。"传文摸着鲜儿的手问:"鲜儿,你的手真小,能干力气活?"鲜儿说:"怎么不能?到时候咱俩比比,俺除了不会扶犁,哪样活都不会叫你落下。"

传文摸着鲜儿的手不舍得放:"比比就比比。鲜儿,你哪里都好,就是一双大脚片子,俺的娘呀,赶上两只船了。你说过门儿那天,一下轿子,两只大脚往地上这么一戳,不笑掉人家的大牙?你爹你娘真能由着你的性子,你不裹脚他们让?"

鲜儿说:"俺家就俺这么一个闺女,小的时候娘怕俺吃苦,没逼俺裹脚,大了要给俺裹,俺死活不依。你忘了?有一回爹把俺绑了起来要给俺裹脚,俺杀猪似的叫。你爹一脚把俺家的门踹开了,给俺解了绳子。俺爹蹦着高说:'朱开山,俺闺女不裹脚,嫁不出去送你家!'你爹拍着胸脯说:'给俺传文当媳妇,谁要反悔是小鳖儿。'咱两家就这么订的亲。"

传文大笑:"人家是花为媒,咱是脚为媒,好上戏出了。让俺摸摸你的两个大肥蹄子呗?"鲜儿凤眼一瞪:"蹬鼻子上脸,俺可不让你摸。"传文故意板起脸:"不让摸拉倒,烘臭的,不稀得摸。"鲜儿扑哧笑了:"俺才洗的脚,不臭。你想摸就摸吧。"

夜深了，清冷的月光在炕上投了一层白影。朱家三兄弟睡得正香，刚会了情人的传文嘴角还留着笑，在梦里咂摸着娶媳妇的幸福。

就在这刻，几个蒙面大汉翻墙而入，弓着身子悄悄摸到了屋门前，其中一个上前拿单刀一别，屋门吱呀一声被撬开。文他娘到底上了年纪，睡觉轻，听到门响，正要起身，却发现已经被刀指到了额头。这种乡间匪患，文他娘听得多了，倒还镇定，她披了衣服起来，问："各位好汉，咱们往日有冤？"一个身形彪悍的汉子粗声道："没冤。"

文他娘又问："为财而来？"那汉子摇头："不为财。"文他娘纳闷了："那是为什么？"汉子道："为活命！"文他娘笑了："这就奇了，大路朝阳，咱们井水不犯河水，俺们没要你们的命。"汉子道："这年头没粮就没命。少废话，把你们家的粮食拿出来。"文他娘说："家家都没隔夜粮，俺们也没粮食。"

"瞒天瞒地瞒不过俺们弟兄们的耳朵，你儿子要娶亲备下粮食了，小米八升拿出来。要粮食还是要命？说吧。"蒙面大汉冷笑几声，一挥手，他手下弟兄把传文、传杰从另一屋里推过来，独不见了传武。

传文扑通一声跪下："好汉，俺的粮食都是借的，就放过俺们吧。"传杰小嘴溜甜："好汉哥哥，咱们山东自古出好汉，好汉都是仗义疏财、劫富济贫，你们这么做可是坏了好汉的名头。好汉哥哥，手下留情，将来俺给你们树碑立传扬名声，可不敢坏了绿林规矩。"那为首的大汉一脚踹倒了传杰："少啰唆！俺们不是好汉，是强盗，不拿出粮食你们谁也别想活命！"

文他娘见状脑子一转，说："粮食可以给你们，俺打听个人你们可知道？"蒙面大汉道："谁？说！"文他娘朗声道："当年闹义和团开香堂的朱开山。"蒙面大汉点头："有些耳闻。"文他娘一笑："俺就是他家里的。"蒙面大汉冷笑："提谁也没有用，俺们和他不是一路，过了今天没明天。少废话，拿粮来！"文他娘哈哈大笑："痛快！传杰，把粮食拿出来，老虎要吃人，还跟他们讲什么？"

几个蒙面人拿了粮食，打了个呼哨一阵风地走了。屋里头传文哭道："娘，粮食没了怎么娶亲呀！"

"你们没看出来？咱今天要是不拿出粮食来就有灭门之灾，这些人什么事都能做出来，认头吧。"文他娘嘴上安慰儿子，心里也是悲切。

一家人正难受着，传武擎着一样东西，气喘吁吁地跑进屋："娘，你看，这是什么？"文他娘将那物件接过来，大惊失色："俺的娘呀，这不是金元宝吗？你从哪儿弄来的？"传武说："他们抢粮的时候俺溜出去了，在院外他们的马褡裢里翻出来的。"

传文高兴了："这下可好了，这东西，就是现在的年景也能换七八斗米！"

文他娘却脸色大变："传武，你这不知死活的东西，惹了杀身之祸呀！他们会回来的，回来咱全家就没命了！"

她话音还没落，屋门又被一脚踹开，为首的蒙面大汉一把揪住传武的耳朵："小兔崽子，你敢截爷儿们的财，找死呀！"传武使劲挣扎着："你们抢我偷，咱们扯平了。"

另一个蒙面汉子恶狠狠道："大哥，做了这小子！"

传武却毫无惧色："杀就杀，二十年后又是条好汉！"

文他娘上前两步："好汉，不怨孩子，我老婆子教子无方，手脚不干净，坏了你们道上的规矩，要杀杀俺。"

为首的汉子笑了："俺们土匪草寇没规矩，东西还了就行。"他拍着传武的肩膀，"小小的人，天大的胆儿，将来是个人物！好吧，你们也不容易，留下两升米。"说罢，率众土匪扬长而去，留下朱家一家人对着两升米发呆。传文哭道："娘，粮食没有了，这亲还娶吗？"

花轿上路了。虽然年景不好，可该有的排场不能少。轿子是四人小轿，大红的颜色有点褪色，但在冬日暗淡的乡间还是显得喜庆。轿前头八个吹鼓手，吹着《百鸟朝凤》的调子。文他娘穿着浆洗干净的棉袄，头发用水蘸过，显得格外精神。传武、传杰在轿子前上蹿下跳，忙得不行。倒是新郎官传文骑着马，十字披红，蔫头耷脑的。文他娘看不过眼："传文，你的头叫霜打了？给俺抬起来！"传杰笑嘻嘻地说："哥，书上说娶媳妇就是小登科，笑还来不及呢。你看你，哭咧咧的。笑一笑！"传文不耐烦地道："去去去，这哪是娶亲？简直就是抢新娘。"

谭永庆家门口已是热闹非凡，四邻的男女老少五十多口人都等着看热闹。谭永庆两口子也挤在门口不停地张望着。一大清早，就有乡亲来给他们说，传文带着迎亲的队伍上路了。老两口纳闷，怎么要娶亲事先也不打个招呼？又怕误了事，一面嘱咐鲜儿做准备，一面拾掇家里，张罗亲朋，好一阵忙活，也不知道亲家葫芦里卖的是什么药。

远远地见花轿来了。谭永庆扯住老婆："鲜儿娘，俺眼神儿不济，你看看，是不是真是鲜儿婆家来娶亲了？"旁边一个邻居眼尖嘴快："怎么不是？你没看见？文他娘亲自来了！"谭永庆更不解："这是怎么回事？迎亲不打招呼，他娘也来了，这不破规矩了吗？有这么办事的吗？这老婆子，俺看是昏头了！"

说话间，迎亲的队伍过来了，花轿停下。文他娘冲亲家公抱拳道："亲家，今天俺亲自来迎亲了，给你个措手不及，破规矩了。这年景俺也不怕人家笑话，一句话，顾不了那么多了！俺委实是没办法了。亲家，今天你让俺先把媳妇接走，咱后话再叙，中不中？"

谭永庆冷着脸："有话好商量，那八升小米呢？只要小米拿来，闺女你接走，俺不拦挡，不差早一天晚一天的。"

文他娘含着眼泪："亲家，俺就把实情说了吧，昨晚俺家遭响马了，八升小米抢去了六升，就剩下二升了，俺都带来了，剩下算俺欠你的，俺立字据，熬过灾年一定加倍还你，你就成全了俺吧。"

谭永庆一听明白了，摇得头像拨浪鼓："熬过灾年？那不行！到那时候一斗小米算什么？你说遭响马了？谁看见了？俺还说俺家遭响马了呢，谁信？今天不拿出粮食，你就是说破大天俺也不会让闺女上轿，你回吧。"

文他娘说："亲家，你不能这么说话，俺老朱家是那样的人吗？委实是遭了响马，俺要是说一句假话天打五雷轰！"

谭永庆瞅着围观的乡亲，心里发恼："你也不用赌誓起咒，俺是不见兔子不撒鹰，回吧，说别的没有用。"

文他娘强笑道："亲家，你就开个面儿，不能这么不仁不义，就不怕乡里乡亲笑话？"

谭永庆更急："笑话谁？俺看该笑话的是你！你说你们家这几年，为娶鲜儿，三番五次五次三番，定了的日子一变再变！要你们点粮食为过吗？俺把鲜儿养这么大得多少粮食？你们一斗变八升，八升变两升，糊弄人呀？不实诚，太不实诚了！俺闺女怎么能嫁给你们这样的人家！"

文他娘哀求："他叔，谁家没个三灾八难的？老虎还有害牙疼的时候呢！你就抬抬手，难道还能悔了这门亲？"

谭永庆一拍大腿："谁说悔亲了？啊？你叫乡亲们说说，俺早就说过，鲜儿早晚都是你老朱家的人，可话又说回来了，俺不能白养她这么大！她娘，把门关上，想白娶走俺闺女，没门儿！"说完，和鲜儿娘闪身回了院子，咣当一声关了大门。

传文带着哭腔道："娘，咱回吧，这亲娶不成了！"文他娘铁青着脸："俺还就不信这个茬口！"她看看围观的人群，对响器班一鞠躬，"各位爷儿们，今天你们卖把子力气吧！锣鼓唢呐响起来，今天我老婆子媳妇是娶定了！"一时鼓乐齐鸣，街上一片沸腾。传武趁机点燃一挂鞭，嚷着："娶亲了，娶亲了，朱开山家娶亲了！"鞭炮声又招来一群孩子，谭家门口人越聚越多。文他娘静静地望着紧闭的大门。

院里头，鲜儿听着院外鞭炮声、笑闹声响成一片，扑通给爹跪下了，哭道："爹，求求爹了，你就让俺出门子吧，金山银山俺不要，牛羊满圈俺不要，俺就要一个实实在在的人家，哪怕是蹲在冷灶下喝凉水，只要身边有传文，俺心里认了！爹，俺和传文从小到大根叶相连，这辈子拆不开了……"

谭永庆老泪纵横："鲜儿，不是爹心狠，爹知道你和传文分不开，可俺就这么把你打发了，你哥怎么办？人家那边也催了好几回了，咱家没粮食怎么给你哥娶回媳妇？你能眼睁睁地看着你哥打光棍儿？俺也是没办法了！"

鲜儿求道："爹，俺知道他家实在没粮食了，俺就是不嫁，哥也是娶不成亲，你就放俺走吧。"谭永庆咬咬牙："不成，俺要放你走了你哥就更没指望了，这个主意俺不能失！"鲜儿横眉竖目："爹，你到底答应不答应？"谭永庆跺着脚："不答应！说破天也不答应！"

鲜儿忽地站起来，说："好，今天俺就死给你看！"说着一头向桌子撞去。

鲜儿娘死死抱住女儿，大哭："鲜儿，你这个犟种，要逼死你爹呀？"鲜儿仰躺在娘怀里："娘，是俺爹逼俺去死呀，俺不活了！"谭永庆吼着："让她死去！俺没这个闺女，吃里爬外的东西，俺白疼她了！"

贵儿心急火燎地跑进来，对谭永庆说："爹，不好了，传文在大门口跪下了，喇叭匠吹倒了好几个，这么下去会出人命的，你快出去看看吧！"

谭永庆长叹一声，一跺脚，气咻咻地走出去开大门。贵儿从院角里捡起一根大棒子跟在他后头。谭永庆开了门，直直地看着文他娘说："朱开山家的，你到底想干什么？"文他娘理直气壮："俺来娶媳妇。"

谭永庆说："你就死了这条心吧，没有粮食你娶不了亲！"

传武凑上来："俺还不信了！他不仁咱也不义了，咱冲进去，问问鲜儿姐，她要是不跟咱走咱就回，她要是愿意谁也拦挡不住！"说着就要率人往里冲。

冷不防贵儿操着大棒舞弄起来。传武哪肯吃气，撸起袖子拉开了架势。文他娘大吼一声："都给俺住手！老谭大哥，俗话说，看得见山才放得起马，俺们家山还在，他爹闯关东四年也快回来了，等他回来俺们一起报答你！你就应承了吧。"谭永庆沉着脸不说话。

正在这时，围观的谭家的一个长辈谭三爷突然爆出一句话："你别做梦了！永庆，你也别做梦了。四年了，这句话我一直压在心底不敢跟你说，朱开山不在关东！你没听说？朱开山四年前被官家砍了头，有人亲眼看见了，他的脑袋就挂在北京前门楼子上，尸首都找不着了！"

谭永庆吓了一跳，张着嘴说不出话来。文他娘如五雷轰顶，喊了声"天呀"，昏厥于地。传文觉得天旋地转，大喊着："爹！"一头撞在院门上。

第二章

文他娘万念俱灰地病倒在炕上，迷迷糊糊地念叨："山塌了，家里山塌了……山东没法活人了……逃活路吧！"传文端着一碗水，眼里含着泪："娘，你醒醒，喝口水。"文他娘勉强地挣扎着要起身，却起不来，说："扶俺起来。"传文小心翼翼地把娘扶起，她喘着粗气："传文，山东的地面养不活人了，闹灾荒，闹响马，没完没了，委实养不活人了，你是哥哥，带着两个弟弟闯关东逃命吧！"

传文道："娘，使不得，俺走了你怎么办？"文他娘说："娘好说，俺一个人留在这儿，死活不挪窝儿了。"传文哭道："娘，不能啊，要死咱死在一块儿，俺不能撇了娘呀！再说了，哪来的盘缠啊？"文他娘火了："你这个没血性的东西，是朱开山的后人吗？啊？大不了卖了老屋和咱那几亩山冈薄地！"

传文道："娘啊，俺不是没有血性，俺心里放不下你呀，爹不在了，俺要给你养老送终呀！再说了，这年头兵荒马乱的，哪有买地买房的主儿？就是卖了房卖了地，那你吃什么住哪儿？"文他娘叹口气："唉，你……娘你们就不用管了，俺不会拖累你们，你和两个弟弟商量商量，要走就快做打算，不能死囚在家里。"

她挥了挥手，又昏沉沉地睡了。传文见娘睡下，耷拉着脑袋回到东屋跟两个弟弟一说，哥儿仨躺在炕上长吁短叹。传文说："俺看娘是糊涂了，关东是那么好闯的？"传武说："俺看娘说得也有道理，在家死囚也不是事儿，咱不能坐着等死，出去闯荡闯荡多好啊！"

传文心里犹豫，又问传杰："三儿，你看呢？"传杰转转眼珠："二哥说得也有道理，树挪死人挪活，出去闯闯倒是个道儿。可话又说回来了，大哥的担心也有道理，老话不是说了吗，父母在不远游，咱爹没有了，不能撇了娘呀。再就是盘缠，指望卖那几亩薄地破房是不行了，没盘缠寸步难行啊！"传文白他一眼："说了等于白说，你也没个准主意。要俺说，这事不能听娘的，咱们守着娘，死活在一块儿。吹灯睡觉吧。"

不一会儿，传文、传武的鼾声响了起来，传杰睡不着，支棱着耳朵听着外屋的动静。

文他娘听着孩子们的鼾声，挣扎着下了炕，点着了油灯，用手擎好了，哆哆嗦嗦地进了灶屋。她在锅里添上水，慢悠悠地拉起风箱。火苗旺起来，在冬夜里却暖不了人心。四年了，他朱开山虽没个音信，但还是个支撑，日子苦熬也要熬到他回来那天，可没想到人没了，苦熬也没个熬头了。她觉得心里发空。

锅里的水开了。文他娘打了一锅苞米面糊糊，盛了一碗，又把一包土信子放进碗里，她端起碗来，一闭眼正要仰头喝下，忽听身后扑通一声。她回过身，看见传杰在门后跪着，他号哭道："娘，俺一直看着你，你可不能把俺们扔下啊！"

文他娘过去紧紧地搂着孩子，大放悲声："三儿，娘不想拖累你们了，娘去找你爹，你们利利索索地走吧，逃条活命吧！"

传文、传武闻声跑出西屋。传文问："娘，你这是怎么了？传杰，你哭什么？"

传杰哭着说："大哥，咱娘要寻短见了。"传文、传武一齐给娘跪下，哭着："娘，你糊涂呀！咱还没到绝路呀，就是要饭俺哥儿仨也能养活你呀！"

文他娘刚要说话，院外突然传来急促的敲门声。传文一惊："传武，谁敲门？看看去，劫粮的再敢来，跟他们拼了。"传武顺手抄起一根扁担去开门。

传文和传杰把娘扶进了堂屋。刚坐下，就听到传武嚷嚷着："娘，你猜猜谁来了，俺春山叔回来了！"说着带着一个扛着大口袋的大汉进了屋，来人正是他们本家的叔叔朱春山。

文他娘简直不敢相信自己的眼睛："春山，是你？你不是闯关东了吗？咋回来了？"朱春山说："小点声！里屋说话。"又回头交代传武，"别嚷嚷，关好院门。"

文他娘把朱春山让到炕头："春山，坐。传杰，赶快拉风箱，把锅里的糊糊热一热给你春山叔喝。"朱春山说："嫂子，不敢张罗，俺是偷偷来的。"文他娘一惊："怎么？在关外惹事了？"朱春山说："没有。嫂子，俺是给开山大哥捎信儿的。"文他娘一愣："你说什么？大点儿声！"朱春山抬高了声音："开山大哥让我来捎个信儿！"

文他娘张大了嘴巴，想说什么却哽咽着说不出来，浑身都在抖动着，却哭不出声来。三个孩子也是面面相觑。这一下把朱春山弄糊涂了："嫂子，这是怎么了？"传文说："人家说俺爹早就死了。"朱春山一愣："你听谁说的？"传杰抢话："谭家庄的谭永庆的叔叔谭三爷说的，说俺爹闹义和团，让官兵抓去杀头了，脑袋都挂在北京前门楼子上了。"

朱春山唾骂了一句，道："这都是从哪儿传出来的瞎话？庚子年开山大哥扯起扶清灭洋的旗号，领着咱们这一带的义和拳打进北京城杀洋毛子，俺一直跟着他。谁知道朝廷后来翻了脸剿杀义和团，不少弟兄把命踢蹬在北京了，俺和开山命大，跑出北京一头扎到关外。"

文他娘忽地转过身，她早已是满脸的泪水："好，咱不说这些了！开山让你捎了什么信儿？"朱春山一指口袋说："都在这里呢。"

文他娘急忙剪开布袋口，提起袋子往炕上一倒，哗啦一声，核桃、松子、榛子铺了一炕，还有一包银圆，沉甸甸的。哥儿仨看傻了眼，随即疯抢起来，往自己怀里扒拉着。

蓦地，传杰看到一封信，急忙抓起来，轻声喊道："娘，俺爹来信了！"文他娘也激动起来："三儿，快给娘念念！"传杰撕开信封，看了几眼，扑哧笑了。文他娘催道："三儿，别光笑，你快念呀！"传杰故意拿一把，说："娘，俺的嗓子发干。"

文他娘叫传武："传武，赶快给三儿盛碗糊糊。"

传武皱眉道："三儿，俺不是说你，小小的孩儿毛病不少，一动文墨你就摆谱儿。"文他娘一瞪眼说："传武，你少啰唆！要不你念？"传武不情愿地出屋，端了碗回来。

朱春山笑道："嫂子，你这三个儿子，性子各是各路，开山兄弟看见了不知该笑成什么样呢！"

传杰喝完糊糊，咳嗽了一声。文他娘道："小祖宗，谱摆够了吧？念信呀！"

传杰忙说："好，俺念。文他娘，见字如面。俺自打起事兵败，这些年一直遭到官兵追杀，万不得已闯了关东，不敢和家里书信来往。现在一切都好，勿念。听说老家连年遭灾，饿死不少人，十分挂念。眼下俺在关外立住脚了，你赶快把家里的老房和几亩薄地卖了，到关外找俺。道上怎么走不便明说，来人会给你交代。知名不具。"

文他娘听罢哈哈大笑："好你个朱开山，真神到底露面了，俺就知道你死不了，也死不起！你有三个儿子，死了也闭不上眼！"旋又哭着，"你这个昧良心的，我等了你四年，你就吐出这么几个字把俺打发了！见了面我非问问你不可，俺在你眼里就这么轻薄？"

朱春山劝道："嫂子，别哭了，俺给你交代交代怎么去找他，要走就当机立断，犹犹豫豫的夜长梦多。"文他娘说："怎么走，你先给俺说个大荒儿。"朱春山说："开山在大北边三江口元宝镇落了脚，怎么走，待会儿俺叫传杰拿笔记下来。这么说吧，打咱这儿走，要说近便走黄河口，坐风船过海到大连，再坐火车。可眼下兵荒马乱的，小港口不一定有船，要保险还是走龙口，就是圈道。"文他娘道："还是保险点好，圈道就圈道。"

大悲转大喜，传文和弟弟们睡意全无。哥儿仨一边嗑着松子、榛子，一边兴奋地说着话。传杰说："大哥，咱爹长什么样？俺都忘了，你给说说。"传文学着戏文上的词道："咱爹呀？咱爹长得五大三粗，连腮胡子，豹头环眼，说起话来瓮声瓮气，走起道来咕咚咕咚的，像碌碡子落地。"传杰听得手舞足蹈说："哥，叫你这么一说，咱爹和张翼德差不多，怒喝一声能震断当阳桥。"传武问："三儿，张翼德是谁？"传杰撇嘴道："喊，张翼德都不知道啊？就是张飞！"

"张飞就张飞呗，还张翼德，改名了？"

传杰说："翼德是张飞的字，你不懂。"传武说："好，你念的书多，算你有学问。哎，你说关东是个什么样？"传杰来了精神说："你没听闯关东的人回来说？那可是个宝地，棒打狍子瓢舀鱼，是咱大清国的发祥地，老罕王就是从那儿起的家。"传文点头说："俺听说了，那儿遍地是宝，人参貂皮乌拉草，到处是老林子，土地肥得攥一把都流油。"传武纳闷地问："这就怪了，那咱关内的人早年间怎么不去发财？才想起闯关东？"

传文说："你懂什么？那儿太冷，冬天拉屎都得提着棍子。"传武问："提棍子干什么？怕狗抢屎吃？"传文嘿嘿笑道："不是，屎一拉出来就冻硬了，不敲打着不行。"传武被唬得一吐舌头："俺的娘哎，可了不得了，那不冻死人？可不敢去。”

传杰说："没你说得那么邪乎，都是形容。"

传武不说话了，闭上眼睛遐想，他想那片黑土地，更想爹，他的武功还没跟爹学全哩。传杰则边往嘴里塞松子边看着痴笑不已的大哥，说："俺知道大哥想什么。"

打从赶走了文他娘，鲜儿就没有过好脸色，也不唱小曲了，整日里唉声叹气，任凭爹娘怎么劝，就是不说话，眼见着瘦了一圈。这天倒反常，红扑扑的小脸上有了笑，爹娘看在眼里，心里不禁纳闷。见她悄没声地进了自己屋，收拾起东西来。

谭永庆心里起疑，跟着走进屋问："鲜儿，你在干什么？"鲜儿支吾道："不干什么，就是想收拾收拾。""收拾收拾？"谭永庆解开鲜儿的包袱，"这是收拾吗？俺看你是想出远门！说，你到底想干什么？"鲜儿挤出一个笑脸说："俺想去姥娘家住几天。"

谭永庆一拍桌子说："住姥娘家？瞪着眼胡说！你姥娘在你大姨家！鲜儿，俺都看见你和传文到祠堂去了，说实话吧，你到底想干什么？"鲜儿一听，不再遮掩，说："爹，俺对你实说了吧，传文家要闯关东，俺要跟他去。"

谭永庆大惊："跟他家闯关东？你疯了！他们到关东投靠谁去？俺养不起闺女了？"鲜儿说："爹，传文他爹没死，在关外立住脚了呢。""那也不行！关东是那么好闯的吗？你打听打听，闯关东的几个有好结果？""不管好结果赖结果，俺是传文的人，他走哪儿俺跟到哪儿，哪儿的黄土不埋人？"

谭永庆气得咆哮："你就死了这条心，有你爹这口气在，俺是坚决不让你跟着他们走！"鲜儿铁了心，说："俺就要走！死活跟他走！"谭永庆一把抓住女儿的手，将女儿提了起来："俺让你走！看你怎么走！"说着打开躺箱，把鲜儿抱进去。鲜儿使劲挣扎着，却无济于事。谭永庆锁上躺箱，恨恨地道："俺叫你跑！"

就这么锁了大半天，鲜儿娘心疼闺女，对丈夫说："他爹，你把闺女锁这么会子了，闺女哭得岔了声，放她出来吧，让闺女透透气儿，吃口饭，喝口水。天都大亮了，她跑不了啦！"谭永庆说："不行，这闺女性子野，摘了笼头就收不住了，怎么也得关她三天，杀杀她的性。"

鲜儿娘说："唉，饿三天还行，不给她点水喝？"谭永庆说："嗯，你去叫贵儿给她点水喝。你不能去，你心肠软，她哭两声你就没主意了，就得让贵儿去。"

鲜儿娘说："那你把躺箱的钥匙给贵儿，打开箱子让她喝口水。"谭文庆摇头："不能开箱。"鲜儿娘愣了："那她怎么喝水？"谭永庆说："找根麦秸，让她吸。"

贵儿听他爹的，一只手端着碗，一只手擎着麦秸走进屋，对着躺箱喊："鲜儿，咱娘让你喝点水。"鲜儿一听哥哥的声音，连声哀求："哥，你赶快放俺出去。"

贵儿说："咱爹不让。"鲜儿问："那俺怎么喝水？"

贵儿把麦秸顺进躺箱里头："鲜儿，你吸吧。"鲜儿没说话，把一碗水都吸净了。可不一会儿，躺箱里流出水来。贵儿问："鲜儿，怎么了？哪儿流出来的水呀？"鲜儿小声说："哥，不好了，俺尿裤子了，快放俺出来换条裤子。"贵儿说："咦？怎么刚喝下去就尿裤子了？俺没有钥匙。你等会儿，俺去叫爹来。"鲜儿说："哥，俺憋屈得难受，控制不了。千万别让爹娘知道俺尿裤子了，传出去羞死人。"贵儿问："那咋办？"鲜儿说："哥，在俺抽屉里还有把钥匙。"

贵儿翻开抽屉找出钥匙，开了箱。鲜儿红着脸从躺箱里爬出来，裤子果然湿了一片。贵儿划着自己的脸："羞，羞，大闺女尿裤子！"鲜儿冲他一努嘴："哥，你出去会儿，俺换条裤子。"贵儿点头："好吧，你可不许跑了。"鲜儿说："俺不跑。"贵儿转身出了屋，鲜儿趁空提起包袱，推开窗子，跳窗而逃。贵儿在屋外头喊："鲜儿，好了吗？俺可要进去了！"却无人应答。贵儿觉得不妙，忙往屋子里跑，一看敞开的窗口，顿时大呼小叫："爹，娘，不好了，鲜儿跑了！"

村头上，文他娘带着三个儿子向远处张望着，却迟迟不见鲜儿的影。文他娘问："传文，鲜儿和你说好了？不能变卦？"传文说："不能。再等一会儿。"

传杰插嘴说："娘，俺问你件事，有件东西你没忘了带着？"文他娘问："什么东西？你说。"传杰说："咱家的老宗谱。"

文他娘一听，急得跺脚："可坏了！忙活忘了。传武，你腿快，回去拿。"

传杰从包裹里抽出折叠好了的宗谱，嘿嘿笑着说："不用了，俺拿着呢。"文他娘高兴了："还是俺三儿，虑事儿就是周到。"说了一大会子话，紧等慢等就是不见人来。文他娘说："传文，不等了，时候不早了，兴许是他爹娘不让，咱赶紧奔龙口上船吧。"传文无限惆怅道："唉，看样鲜儿变卦了。走吧。"

文他娘望着村子里生起的炊烟，落了泪说："孩子，咱这也是背井离乡，都跪下吧，给老家磕个头吧，这是生咱养咱的地方呀，这一辈子也忘不了。"三个孩子随着母亲依次跪下，向着家乡三叩首。凄冷的风吹到了脸上，竟给人别样温暖的气息。这扬起黄尘的风来自他们要去的关东，却在故乡的土地上缠绕，百折千回，这一去不知何时能和这风一样重回故土呢！

全家人上路了。传文一步三回头，双眼溢满了泪水。走出去大约七八里路，不料想谭永庆率了一班子人气喘吁吁地追了上来，把朱家四口人当头拦住。谭永庆劈头盖脸地问："文他娘，俺鲜儿呢？"

文他娘被问愣了："你的闺女问不着俺。"谭永庆又问："她没跟你们来？"

传文急了说："没有呀！俺还能把她藏下？"谭永庆大哭："坏了，俺闺女跑了！"传文更急，道："跑了？鲜儿跑了？俺媳妇跑了？你是怎么看的！"谭永庆一屁股坐到地上，哭道："鲜儿，你是中了邪了，你跑哪儿去了！不要爹娘了？白养活你这么大！你这个没良心的闺女啊！"

那龙口港地处山东半岛北莱州湾畔，波连辽津，地扼直鲁。港湾北有屺姆岛连陆沙坝为屏障，南有金沙滩环抱，水深腹阔，不淤不冻，是个天然良港。

时值初冬天气，港口内的码头边停靠着约三十条大小不一的渔船。港口岸上，闯关东的人群拖儿带女，拥挤不堪。一伙乞丐敲着牛腿骨向人们乞讨。数十名清兵守护在码头附近，阵势森严。

隆福祥的掌柜周大善人周丰年领着他的跟班背着手在人流里慢慢地溜达着，满脸的忧虑之色。不远处，有一排当街搭的长约一里的粥棚，为闯关东的乡亲们施粥，难民们在粥棚前排起了长龙，大锅里的粥眼瞅着要见底。周丰年吩咐跟班的："小山子，我看粥不够啊，你告诉二掌柜的，再到义和盛粮栈扛几包熬几锅粥。"

跟班小山子道："掌柜的，义和盛说了，不给现大洋人家不赊账了。再说了，您已经施了一个多月粥了，咱的家底已经空了，大奶奶陪嫁的首饰都变卖了，见好就收吧。"周丰年怒喝："混账！什么叫见好就收？我施粥是沽名钓誉吗？这都是大清的子民，咱齐鲁大地的乡亲，他们有难了，背井离乡谋生路，不易呀，我周丰年不能救民于水火，为乡亲们施粥不应该吗？就是倾家荡产也没的说。"

小山子低头答应："是，掌柜的。"转身慢腾腾地去了。周丰年在后头催他道："紧走两步，踩蚂蚁蛋啊！"

见小山子跑快了，周丰年也紧走两步，上了一个高台，对挤成一团的难民喊道："乡亲们，不要拥挤，粥还有，我周某粥还是供得起的。"

人群中一个六十多岁的老汉赞叹："唉，真是大善人呀，施了一个多月粥了，他就是有万贯家财也会吃空的呀！"旁边的一中年汉子附和道："谁说不是？菩萨保佑他多福多寿吧。"周丰年从高台上下来问那老汉："老乡台，也去闯关东？"

老汉道："唉，在家里就得等死，闯闯看吧。"周丰年又问："哪里人呀？"老汉道："潍坊的。"周大善人又问旁边的汉子："这位老乡呢？"那汉子道："俺是淄博的，也去闯关东。"周大善人仰天长叹道："老天爷呀，偌大的山东活不下人了！"

一个十岁大小的孩子蜷缩在墙根，像一条无声无息的小狗，脸上的泪痕沾满了泥渍，耳后贴着一块膏药。他弯着泥污的腿，一只小手端着碗，张大嘴喝米汤，另一只手牢牢抓住半个窝窝头，不时地向嘴里塞着。周丰年看见了走过来，蹲下身子，轻声道："娃子，慢慢吃，别噎着。"孩子抬起头来，茫然地看着他，把窝窝头藏到背后。周丰年苦笑说："娃子，别怕，没人抢你。"又拍着他的脑瓜问，"你爹你娘呢？"那孩子转着小眼珠，向四周环视了一下，哇地哭起来："俺娘呢？俺娘没有了！俺要娘！"

朱家三个儿子紧紧地拉着手，护着母亲在人流里走着。这一路东行，四口人已是身疲力竭，好歹到了龙口港，满以为可以马上就上船北行，却赶上天时不好，无风无浪，无法起锚。他们好不容易找了个背静的地方坐下了。传杰问："娘，什么时候吃饭呀？饿死俺了！"文他娘说："这就吃。"她望着传文说，"传文，盛干粮的包袱呢？"

传文答应了一声，却马上惊惊乍乍地喊："娘呀，不好了，丢了！"文他娘变了脸："传文，你都是要说媳妇的人了，怎么做事这么没根？"

传武说："俺哥吧，这一道上光顾着念叨鲜儿姐了，丢了魂儿似的，真没出息！"传杰也埋怨说："什么也别说了，大哥是媳妇迷，幸亏还没说上媳妇，要是有媳妇了还顾得了谁？"

文他娘斥责道："传文，你爹像你这么大的时候都跟着镖局走江湖了，你看你，连个包袱都看不住，干粮丢了咱这一道吃什么？现在就是有钱也没处买呀！荒料，以后什么也不敢指望你了！"她越说越气，扇了传文一个耳光。

传文笑了，脱了衣裳说："娘，你别生气，看，这是什么？"原来煎饼捆在他的身上！文他娘不好意思了，说道："传文，娘错怪你了，还是你虑事儿周到。"

传文憨憨地笑着："娘打两下那是疼俺，有人想讨娘打还讨不着呢。"传文把煎饼分给娘和两个弟弟，分完又把自己那份捆到腰上。文他娘问："传文，你怎么不吃？"传文一笑："娘，俺不饿。"文他娘叹口气："唉，老大到底是老大。俺也不吃了。"传文说："娘，你吃你的，俺真的不饿。"

传杰吃着煎饼插话说："娘，依着俺说，应该把煎饼一人一份分开拿着，要不走散了俺就得饿死。"传文说："那可不行，煎饼到你们手里，不到天黑就都吃光了，俺不放心。"

传武说："你不放心俺？俺还不放心你呢！你要是偷着吃了怎么办？"传杰帮腔说："是呀，你要是偷着吃了，俺还能扒开肚子掏出来？应当分开拿着。"

传文说："说什么也没用，这是娘给俺的权，你们信不过没有用，娘信得过俺。"

传武把最后一口煎饼咽下，一抹嘴："你少拿娘压人，把煎饼拿出来！三儿，他不应承咱俩就动手抢！"哥儿俩摩拳擦掌地要动手。

传文嘿嘿乐道："不行就是不行，刚出门你们俩就想反了是不是？你俩动手试试！"传武气咻咻地说："早就受够你了，叫你成天在家里装大，三儿，动手！"说着他和传杰搂腰抱腿，和传文舞弄起来。

文他娘看着弟兄三个，笑着说："你哥们儿的事儿俺可不管，有你们三个在娘跟前耍笑闹腾，娘这一辈子也不会老！"想了想又说，"别闹了，你爹不在跟前，长子如父，听你大哥的！"

传文蹲在地上望着远处粥棚前涌动的人群，不禁想起了鲜儿，眼圈儿又红了。文他娘看着他，长长地叹了口气。传武说："哥，那边开粥棚了，俺去讨粥。"传文摇摇头："不行，这么乱这么挤，走散了怎么办？"传武说："你这个人，树叶掉了怕砸着头，俺一个大活人怎么会丢了？你们在这儿等着，俺去去就来。"

说完便拎着小铁桶一路小跑挤进讨粥的人群中，只见他左闪右躲，在讨粥人的裆下钻来钻去，一会儿工夫便拎着一桶粥跑回来。

港口码头的一个小茶馆里，穿着长衫的夏元璋和商人老汤看着大海说话。夏元璋是关东人，家在旅顺，常年跑关内。他本准备按计划回家，不料因为无风无船，也只得在岸上等。老汤问他："夏掌柜，你这一趟生意怎么样？抓挠了点？"夏元璋叹了口气，说道："唉，别提了，跑了半年，什么生意也没做成。这年头山东地面还有什么生意可做？连年灾荒，兵匪横行，大伙儿都忙着逃命去了。"

老汤说："唉，海南闹饥荒，海北就打仗，这才叫兵荒马乱，民不聊生。你说一个俄罗斯，一个小日本，干吗跑咱们大清国打仗？"

夏元璋又叹道："唉，自打八国联军攻陷北京城，太后老佛爷叫洋毛子吓破了胆，今天签订条约，明天割地赔款，引来一批又一批疯狗，分赃不均就打起来。就说旅顺吧，甲午海战后，老毛子借口保护大清国不受外国侵略，硬是把咱的港口占了，把小日本挤出去了。小日本岂能甘心？这不，又卷土重来。这是一对疯狗，在中国的地盘上咬起来了，咬红了眼！"

老汤问："唉，也不知道海北那边怎么样了？"

夏元璋一指海面说："你看，这几十条帆船待风而发，可是三天了没有一丝风刮过，怎么过海？你看这个港，现在压了多少难民？要不是隆福祥的周大善人开设粥棚，还不知道要饿死多少人呢！"

"这个周大善人是个什么来历？怎么会有这么大的实力？"

夏元璋说："我常跑龙口，对他还是略知一二。此人大名周丰年，字惠圃，年轻的时候中过举，以后就开始经商，也是经营有道，生意越做越大，现在是胶东这一带的巨贾名商。"老汤惊叹道："哦？中过举又经商，这么说是儒商了？"

夏元璋道："说起这位周大善人话就长了，此人平生有三大爱好。第一个爱好是好穿戴。出门从来都是一身长衫，料子好不说，做工极其讲究，黑礼服呢子的，布鞋非北京内联升的不穿，从来都是纤尘不染；每次出门，他都让下人把长衫熨得平平整整，没有一点褶皱。人家送了他个外号叫周大美。第二个爱好是好美食。家里养着一个大厨，每餐都不肯马虎，食不厌精，脍不厌细。不但好美食，而且好出了文化，对一些名吃不但谙熟烹法，还能讲出有关的掌故，什么东坡肉、叫花鸡、佛跳墙、过桥米线，一边吃着，他能一边讲出一个个生动的故事。"老汤不禁点头说："有意思。"

夏元璋继续娓娓道来："第三个爱好是看戏。不但迷戏，还玩票。他玩票不是玩玩而已，下了功夫，拜过名师，专攻红净，可是从不下海。那年他家的老太太过七十大寿唱堂会，请的是北京名角儿袁少楼唱压轴大戏《华容道》。袁少楼的红净在京城那是一绝，无人匹敌。袁少楼嫌招待不周，垫场戏差不多快完了，迟迟不肯递脸儿。台上急急风一阵紧似一阵，周家人毛了神儿，不知如何是好了，怎么请袁少楼就是不抬腔。这时周老爷微微一笑，站起来说：'救台如救火，我来吧。'后台急忙给周老爷着了装，请他递脸儿。周老爷说：'免了吧。'有人说：'这怎么行呢！关云长是红脸儿，你素面登台，这不是闹笑话吗？'周老爷说：'你放心。'就这么素脸儿登台了。台下炸了锅，一片倒好：好啊，今天开了眼啦，关云长变白脸啦，看看他的脸怎么红起来啊！"

老汤追问："是呀，他怎么把脸变红呢？"夏元璋道："周老爷不慌不忙，四句定场诗念过，抖袖，捋髯，起霸，一个鹞子翻身，亮相，再看，素面霎时憋得通红，活脱脱一个红脸关公！台下的看客惊呆了，叫好声不断。那袁少楼被周公的绝技镇住了，扑通一声跪倒在地，说道：'周公神技，少楼知罪！'卷起铺盖卷就跑了。"

龙口港上，一座高高的祭台面对东北方向搭起。远处的海面上，帆船林立，百衲帆纹丝不动。北斗天罡旗高挑在祭台之上，但是因为没有风，那旗帜就软塌塌地贴着木桩，没有招展的气派。香案上倒是烟雾缭绕，瓜果供品一应俱全。

周大善人道冠鹤氅，羽扇在手，活脱脱一个诸葛孔明再世，在众人的簇拥下缓缓登上祭台。小山子一身道童打扮，捧着剑跟随其后。台下一时人头攒动。

登到台上，周大善人上香，跪拜，躬行祭天的大礼。他散开发辫，高举青锋剑，用苍凉的声音喊道："老天爷，自打盘古开天地，齐鲁大地多难，百姓生灵涂炭，苍天不公啊！天神水神风神，显灵吧，刮一场东北风，送送众乡亲平安到海北吧！起风吧，起，起，起！"喊罢，舞剑如风，又大声疾呼，"风来吧，苍天保佑黎民百姓吧，起风吧！"

在台下的文他娘和三个儿子默默地看着周大善人，又不时张望海岸边停靠的帆船。文他娘摇摇头说："没有用啊，老天爷不赏脸。"

拜祭了半个时辰，天色虽然阴沉，但就是不见起风。声嘶力竭的周大善人脸也阴得厉害。围观的百姓渐渐没了兴致，看够了热闹，便各自散去。小山子心疼掌柜的，小声道："掌柜的，您尽心尽力了，咱们是凡夫俗子，无力回天，别难受了。"周大善人吼着："这老天爷，要杀人呀！不行，我明天还要祭天，不，这回我要问天！问问老天爷，是哪方妖魔鬼怪危害黎民，我要斩妖驱魔！"

小山子大惑说："掌柜的，你要斩妖驱魔？这是真的？"周大善人道："我要唱一台大戏，使出我的看家本事。"小山子大惊道："掌柜的莫不是要唱一出红净戏？《斩华雄》还是《华容道》？"周大善人道："到时候你就知道了。找出我的行头。这些年城里的商号大户早就嚷着要看我的素脸红净戏，我一直没应承，你打发人给他们下帖子，就说我要唱红净大戏，想听戏都得答应一个条件，捐款赈灾。"

两天后，祭台上又擂起鼓来，而且撼天动地，那阵势更胜过祭天。台下分外拥挤，除了成群结队的难民百姓，连龙口当地的百姓也闻讯而来，再加上前排就座的那些商贾巨富和他们的家眷，足有几千号人。周家的几个伙计抱着功德箱在商贾大户间穿插游走，游说募捐。

周大善人扮成关云长，小山子扮作马童，随着鼓乐声上了祭台。关云长捋髯，抖袖，猛然亮相，一张脸顿时憋成枣红！台下一片惊呼！

周大善人边舞边唱，唱得泪流满面："叹苍天，尔不公，自古齐鲁不太平。十年足有九年旱，一年黄河波澜惊。黎民流离背乡井，卖儿鬻女闯关东。为天不能救苦难，竟何面目对苍生？青龙刀，手中横，赤兔马，啸长空，问天为何天不应？苍天若不起风雷，挥刀斩妖闹天庭……"

周大善人舞刀如风，如痴如醉。而霎时间，乌云聚集，天空突然响了一个炸雷。起风了！人群顿时大乱，哭爹喊娘，呼兄唤弟："关老爷显灵了，起风了！"

"快上船呀，开船了！"人们朝海边的帆船拥去。祭台上鼓点更加急切。一张船帆升起来，又一张船帆升起来，船帆接连升起。逃难的人群拥挤着爬上停靠在码头的各种船只。船上的风标带着尖厉的哨音飞转。舵工们齐声喊着号子升帆起锚："哎嗨哟，哎嗨哟，使把劲呀，把篷撑呀，备好橹呀，快拔锚呀，乘长风呀，顺正浪呀，海娘娘呀，来帮忙呀，闯关东呀，离家乡呀，辞爹娘呀，莫悲伤呀，到关外呀，把福享呀！哎嗨哟，哎嗨哟……"

传文三兄弟紧紧护着娘，连滚带爬地挤上了一条大船。而此时港口上已是混乱不堪，家人失散，哭爹喊娘声响成一片。两个船工撤去了桥板，船向深海缓缓驶去。没赶上船的人急得直跺脚，还有几个干脆号啕大哭起来。传文说："娘，你看多亏我们兄弟，要是依你听够了戏，咱想走也走不成了。"文他娘说："别说，人家唱得真好呢，那脸说红就红。"传杰打趣道："好啥，再好也好不过鲜儿姐唱的啊，对不，老大？"传文白他一眼，没说话。正沉思的时候，忽然听到岸上有人高喊："传文哥，等等俺！"竟是鲜儿的声音！

传杰眼尖，一指岸边，大呼："咦，说曹操曹操就到，真是鲜儿姐，她还真跟来啦！"顺着他指的方向，传文也看见了混在岸上人流里的鲜儿，她被人流挤得东倒西歪。传文心急火燎地把捆在身上的煎饼给了传武。文他娘问："老大，你想去接她？船已经开了啊。"传文一听犹豫了，说："怕是不行了。"他向鲜儿高喊，"鲜儿，往这边跑，这边水浅！"

岸上人声鼎沸的，鲜儿一时没有听明白传文的话，不知如何是好。传武见大哥犹豫的熊样，来了气，恨恨地道："就会吆喝，去接她呀！"说着一脚把传文端下船。传文没有准备，咕咚栽到海里，灌了两口水才抬起头来，张口就要骂，想起岸上的鲜儿，也顾不得了，一阵狗刨，朝岸上游去。

传武、传杰在船上大喊道："哥，使劲刨，别回头！"岸上，鲜儿流着泪迎着传文跑过来，边跑边喊："传文哥，往这边来！"游到一半，传文忽然回头向船上喊道："娘，我和鲜儿咋办啊？"文他娘大声道："你们俩等下趟船过去！"

传杰也大声交代说："哥，别忘了三江口的元宝镇！"

文他娘默默地看着大儿，一拍大腿道："别喊了！咱到那边等他们吧，他俩在一块也好，有个伴儿。"眼见着传文的身影越来越小，岸边的人也影影绰绰地看不清面目，文他娘不觉两行清泪掠过面庞。大帆船已经驶向了大海的深处。

折腾了半天上了船，传武和传杰早就饿得肚子咕咕叫，拿出传文留下的煎饼吃了起来。传杰说："二哥，大哥说了，吃的东西不能一下子都到肚子里，一旦遇到个事就麻烦了。"传武吃得腮帮子鼓鼓的，说道："没事儿，这不是上船了吗？到了海北什么都有了。"

在一边的夏元璋看着这小哥儿俩有趣，过来搭讪，他问传杰："小兄弟，叫什么名字？"传杰道："俺的大号朱传杰，这是俺二哥，大号朱传武。先生台甫？"

夏元璋一愣，没想到这个破衣烂衫的少年张嘴说话还这么文绉绉的，不禁赞道："小兄弟，好见识！我叫夏元璋。看出来了，你们是一家，闯关外呀？"

传杰道："嗯，到关外找俺爹。"夏元璋掏出一个小西洋镜递给传杰，说："小兄弟，送你个小玩意儿。"传杰忍住不要："俺娘说了，不能随便要人家的东西。"传武却一把拿过来说："他不要，给俺，夏先生还有什么？"

正在此时，后面一条船撵了上来。两条船上彼此相熟的人互相喊了起来。立在船头的船老大一声低吼："都别喊了，别惊了海神娘娘，到海北见吧！"人们这才静默了。只听船老大用低沉的声音唱起了渔歌："一曲渔歌飞上天，唱着渔歌泪涟涟，海南海北跑不停，渔歌撒在海天间。人人夸俺渔歌多，还有渔歌没唱完，唱得风平浪又静，唱出太平盛世年……"

岸上，传文脱下衣褂拧干，身子冻得哆哆嗦嗦，脸上却笑得开了花，也不顾人，只是紧抓着鲜儿的手不放下。鲜儿羞得面如桃花，说："传文哥，你吓死俺了，这么深的海你也敢跳？不要命了！"传文憨笑："怎么不要？你就是俺的命！你别急，俺娘让咱等下一班船。"

恰巧一个船夫经过，听见了冷笑道："没有下一趟了，刚才是最后一拨船了，俄罗斯和小日本在旅顺口的仗越打越大，日本人要封锁渤海湾了，码头封船了。"

众人一听都傻了眼，议论纷纷："哎呀妈呀，这不是闯不了关外了吗？"

"怎么办呀？俺可是把家里的一切都卖了，回不去了！"

"呜……俺爹上了船，把俺撇下了，可怎么办呀！"

一个略略驼背的老汉道："没法子了，改走旱路吧，顺着渤海湾走，一直走到山海关，闯过山海关就是关东了。想到关外就这条道了。"传文问："那要走多少日子？"老汉道："不一定，快则半年，慢则一年。一路上山高水险，走走停停，还得天天要饭，想快也快不了。也有病了的过不了山海关，上了路你们就知道了。对你们说吧，通往山海关的大道，道两旁到处都是山东人的坟堆儿。想走的跟着俺吧。"

传文听了，愣了半晌方对鲜儿道："鲜儿，俺把你送回老家吧。"鲜儿问："你呢？"传文说："俺把你送回去再走旱路。"鲜儿摇摇头说："不，俺不回去，俺要跟你走！"传文急了，说："你发疯呀！多难走的道呀！你一个女孩子能吃得了苦？不行，送你回去，对你爹娘也是个交代。"鲜儿的拗劲上来了说："要回你回，俺是不回了。"她也不理传文，紧跟着方才说话的那老汉走去。传文无奈，忙追上她说："你等等，可别后悔！"传文身后，又一群人跟了上来。

第三章

航船一路向北，除了天气一天冷过一天，路上倒是风平浪静。快到大连的时候，船老大压低了声音说："都不许说话，岸上正打仗呢！"水手们有点促狭地特意交代说："有小孩子的妇女赶紧把奶头堵在孩子嘴上，谁要是出一点动静，咱可全都完蛋了！"

船上的人都暗暗地松了一口气，毕竟目的地就快到了，有的小声议论着：

"真顺当啊！一路上没风没浪，真得感谢海神娘娘！"传武沉不住气，问："怎么这么静啊？娘啊，静得有点吓人哪。"船老大听了，压低声音呵斥："谁还在说话？"

文他娘紧紧地搂着两个儿子，用一根绳子把三个人的手腕拴在一起。一阵阵海鸥叫声传进船舱，透过小小的窗口望出去，碧蓝的大海上，海鸥翻飞，再远处，陆地已经隐约可见。船舱内的众人抑制不住内心的激动，纷纷出了舱，站在甲板上向岸边眺望。岸越来越近，一张张期盼的脸也越来越激动。

突然，海面上空掠过一声尖叫。一发炮弹在海面上炸开了花，掀起惊涛巨浪。船老大高喊着让众人回舱，又吩咐舵手掉头，却哪里还躲得及。一发发炮弹呼啸而来，本来平静的海面如沸腾了一般，荡起的浪花拍击着木船，木船起伏不止，摇摇欲坠。

朱家三口人紧挽着绳子，摔得东倒西歪，就是不肯放手。眼见着与他们一起的航船有的被炸成两半，直沉入海底，有的燃起大火，浓烟滚滚。传杰不禁大哭起来说："娘啊，咱上不了岸了。"传武骂道："没出息，哭啥，咱的船又没事。"

他话音未落，突然一声巨响，紧跟着船身一震，船舱里的人摔滚成一团。只听得船老大骂道："奶奶的，把舵舱给炸了。"

大船像喝多了酒的醉汉，在翻滚的海浪中绕着圈子，却全然失了方向。说来也巧，那船荡来荡去竟被炮弹激起的浪花荡出了岸边，又回到了深海区。众人劫后余生，都后怕不已。船老大叹道："唉，这才真是海神娘娘有眼。不过掌不了舵、行不了船，往后也是身不由己了，大家生死由天吧。"

这个时候，走旱路的人却有另一种辛苦。传文和鲜儿手挽手，肩并肩，甜蜜自然是甜蜜，但漫漫长途却折磨得人没了柔情蜜意。鲜儿乖巧，看出那领路的老汉不同寻常，一路上就和传文跟紧了他，总拿话问他，渐渐地了解到，老汉有个外号叫老鸱子，他是闯了关东又回来寻亲的，但没有寻到，只好再一人折回关东。如此跟他走了大约五六天，走到黄河岸边时，冷不防遇到了河匪抢劫，传文趁乱拽着鲜儿拼命奔逃，仓皇如惊弓之鸟，躲过了一场洗劫，却也与大部队走散了。

天色渐暗，二人躲进一座破庙。传文抱来一抱干草，铺到地上。鲜儿站在那儿抚着心口喘息。传文说："鲜儿，歇着吧。"鲜儿坐在草堆里，柔声地说："传文哥，你也歇着。"她见传文远远地坐下，扑哧一笑，问道："俺咬人呀？

离这么远干什么？"

传文笑着朝鲜儿靠了靠，他翻着自己的包裹，大吃一惊说："鲜儿，俺的干粮丢了！"鲜儿嗔道："看你粗心的，吃俺的吧。"她打开自己的包裹，翻了半天，惊恐地叫道："传文哥，俺的干粮也丢了！"传文羞她说："还有脸说俺呢。算了，不吃了，饿肚子吧。睡一觉，明天还要赶路。"

鲜儿辗转反侧："传文哥，俺饿得睡不着。"传文说："睡不着就起来吧，说说话儿也能垫饥。也不知道俺娘和俺弟弟到没到大连，俺这个当老大的，把娘和兄弟扔了，等见了俺爹，他饶不了俺。"鲜儿问道："怎么，你爹还能打你啊？"

传文说："不是打不打的问题，是俺能不能活的问题。"

鲜儿问："你爹这么厉害呀？"

传文点头说："嗯。他那两只手有蒲扇那么大，像两只老虎爪子，他要是拍我一掌，我基本上就残废了。"两人沉默了一会儿，传文打量着庙内，忽然又来了精神说："鲜儿，你知道这是什么庙？"鲜儿摇头说："俺不知道。"传文说："真笨，这是娘娘庙。你没看出来？这里供着女神仙。"

鲜儿望着神龛说："嗯，是个女的。是送子娘娘，你看她怀里抱着个娃娃，不是送子娘娘是谁？传文哥，是神仙都得敬，咱俩许个愿吧。"传文说："成。"

二人跪倒在神龛前，双手合十，默默祷告，虔诚又认真。许完后，二人又回到草垛上坐下。传文问道："鲜儿，你许的什么愿？"鲜儿说："你先说。"

传文嘿嘿笑道："俺从小就有个心愿，将来能置上十亩好地，养两头犍子牛，一圈肥猪，要是再雇两个长工就好了。到那时候，俺就能站在院子里扞着腰，指东画西说说那，支使他们干活。"鲜儿咯咯笑着说："你是想当财主？做梦吧你。"传文道："俺是做梦，等到了关东俺一定要实现这个梦，到那时候你就是东家少奶奶了。"鲜儿说："那不烧死俺了？"

传文说："烧不死。你没听说，光有遭不了的罪，没有享不了的福。"他躺下，头枕臂，无限向往地继续道，"到那时候，赶上那么一天早晨，天嘎嘎的冷，俺捂着耳朵，把长工们打发到场院里干活去了，又发走两挂大车。大车干什么去？轰轰隆隆地拉粪去呗。俺背着手在院子里溜达。这时候你开了窗子对俺说……"

他捏着嗓子学鲜儿："'当家的，俺把菜炒好了，酒也烫热了，不上炕喝口？'俺钻进暖烘烘的屋子，坐在烫腚的热炕头，你把俺的烟袋锅填满了，递过来。俺抽着关东烟，喝着老烧锅，你再给俺唱一曲《小借年》，唱着，唱着，咱俩就擎不住了，腿儿也软了骨头也酥了——你睡了吗？"鲜儿说："没睡，听着呢……"

传文声音渐渐弱下去说："你说这日子多美气呀，这日子……你睡了吗？"鲜儿迷迷糊糊地说："没，听着呢……"传文笑眯眯地睡着了，打起了呼噜……

船已经在海上漂了五天五夜。每天都有人支撑不住而倒下，因为饥饿或者疲劳。倒下的人只能在亲人的悲号中尸沉大海，把闯关东的沉甸甸的梦想冰封在阴冷的海底。最初的死亡带来的沉痛和惊恐，在目睹接二连三的死亡后已经变成了麻木。这让人想起老鸹子的话来，从山东到山海关沿路的坟堆都是壮志未酬的乡亲，可是海路又好到哪里呢？

连身材壮硕的船老大身子也佝偻下去，眼窝深陷。虽然所有准备去关外闯荡的人都带足了干粮，但是谁也架不住这样的蹉跎。夏元璋饿得奄奄一息，眼睛四处逡摸。他无力地爬到传杰跟前，小声求道："传杰，你有吃的吗？我快饿死了。"传杰问他说："你没带干粮呀？"夏元璋说："唉，我的行李卷到海里去了，这都几天了，牙没沾一粒粮食，水没喝一滴，不行了。"传杰说："那可不行，俺这是留着活命的，给了你俺怎么办？"

夏元璋点点头说："唉，你说的也是。"但到底支撑不下去，又哀求道："传杰，你给我一半儿，一半儿就行，我真的抗不住了。传杰，好兄弟，你就算救我一命吧，我要是能活下去就把你带到旅顺口，我在那里开了个货栈，我雇你当伙计，拿你当儿子待，你看这样好不好？"传杰说："俺可不给你当伙计，俺要到关外找俺爹。"

夏元璋有些绝望了，躺在甲板上静静地看着天，他真想干脆纵身一跃跳入海中死个痛快，可是他连这点力气也没了。文他娘看不过眼，叹口气，对传杰说："三儿，你把你那张煎饼给他吧！救救他的命吧。"传杰问道："娘，你依了？"文他娘点头说："依了，救人要紧。"传杰说："那好吧。"他走到夏元璋的跟前，夏元璋眨巴着眼，看着传杰从怀里掏出煎饼。

夏元璋的嘴嚅动着，深凹的眼窝顿时盈出泪水。他就着传杰的水把煎饼吞了下去。过了一会儿，他坐起来，紧紧地握住传杰的手说："传杰，你救了我一条命，谢谢你。"传杰说："夏掌柜的，要谢你谢俺娘，是俺娘要俺救你的。"夏元璋来到文他娘跟前跪下说："大嫂，谢谢你了，救命之恩日后我一定报答！"

文他娘赶忙扶起他，凄然一笑说："夏掌柜的，不敢当，你活下来就好，以后不许你再提救命这句话，这都是应当应分的，谁都应当这么做。"

又这么漂了两天，船终于靠了岸，船工们张罗着把大伙儿扶下船。众人回想起几天的经历，尤其是几十条帆船仅剩下这一条，其余的都不知去向，既感庆幸，又觉悲哀，那些失去亲人的不免面对苍茫的大海惨然悲泣。

下船后，夏元璋问一个船工："伙计，这是到了哪儿？"船工说："庄河。"

夏元璋听了怔怔无语。文他娘问道："夏掌柜的，这儿离大连还有多远？"夏元璋说："三百来里地吧。"传武惊得吐舌头说："那么远啊！得走好几天吧？"夏元璋说："到了这里就好说了，我雇个车，你们跟我走就行了。"

文他娘还要让，夏元璋说："大嫂，你们对我是救命之恩，再说，我也要回家，正好顺路，你们不是去三江口的元宝镇吗？真是巧了，我父亲正好在元宝镇做生意，说不准和你家大哥还认识呢。这样吧，你们先跟我到旅顺落落脚，等我把家安顿好了跟你们一块走，我正好想去元宝镇看看父亲。就不要客气啦。"

文他娘不再推辞。夏元璋给传武一些钱，让他去城里租了架马车，四个人乘车辗转往北。城里战事未了，马车只得拣乡间土路，颠颠簸簸约莫走了两天，这日来到旅顺城近郊山林间的一家农户院外。夏元璋辞了马车，领着朱家人进了院子。

一个老汉迎出来，惊呼道："夏掌柜，怎么？你一个人跑出来了？家眷呢？"

夏元璋说："别提了，我从海南回来，遇见打仗，又摊上风了，漂到庄河，这不，才赶回来。"老汉道："哎呀，就是前儿那场风？听说翻了不少船呢，你们捡了条命。"夏元璋问道："我听黄金山那边打炮，日俄又开战了？"老汉回说："害苦了，听说日本人攻下旅顺了，杀人无数，我正替你担心呢。好了，你是没事了，可不知你的家眷怎么样了。"

夏元璋焦躁不安地说："不行，我得回家看看。"老汉拦道："不行啊，太危险了！等明天吧。"夏元璋说："不行，我坐不住。"他指着朱家三口人交代道，"这一家是我的救命恩人，要到关东去，你先把他们安顿下来，我得赶回城里。"老汉点头说："也好，去看看吧。"

那旅顺口三面环海，本也是个天然良港，港区分东西两澳，东澳港小水深，西澳港阔水浅。港区四周，环以重山，口门位于东南，水道狭窄。口门两侧，东有黄金山，西有老虎尾半岛，形如蟹螯。白玉山、椅子山、二龙山、鸡冠山屹立侧后，俯视港区，形势险要。虽然如此，却也迭遭横难，以致城破家败，百姓流离。这一回的日俄之战更是惨烈，旅顺城内早已是十室九空，不复往昔的繁华。

夏元璋简直不能相信自己的眼睛，他对战事虽然略知一二，但面对断壁残垣，心中自是悲戚惨怛。街巷内静得可怕，炮弹留下的硝烟还在弥散，遇难同胞的尸体四处可见，更触目惊心的是挂在墙壁或树丛上的断臂残肢。夏元璋不敢再看，在一片瓦砾中，低头往家中急赶。还没进家门，只见焦黑的院墙，夏元璋暗叫一声"不好"，他颤抖着推开半掩的院门，试探地叫妻儿的名字："淑芳、玉卿、玉书……"

堂屋里漆黑一片，无人回应。夏元璋划了根火柴，不禁大惊失色，室内一片狼藉，妻子、儿子和岳父岳母的尸体横七竖八地躺倒在血泊中！夏元璋抚尸恸哭，只觉得天旋地转，支撑不住，一头栽倒在地。

过了良久，夏元璋迷迷糊糊醒转来，听到窸窸窣窣的声音，他循声望去，见女儿夏玉书顶着一个缸盖从屋角的米缸里站了起来，正惊恐万状地看着他，张了张嘴却没哭出声。夏元璋跌跌撞撞地奔过去，一把抱住女儿说："玉书，你还活着！"夏玉书这才号啕大哭，边哭边捶打着父亲说："爸，你怎么才回来？全家人都死了，日本人屠城了，城里的人都被杀光了，呜……"她突然想起了什么，撩开衣襟说："爸，你看，这是我妈临死的时候给你留的，让我交给你。"

夏元璋一看，泪水夺眶而出——夏玉书的腰上捆了一袋子钱。

传文和鲜儿一直没找到老鹋子，好在闯关东的人多，很容易能找到大队伍，倒不至于走错了方向。这一日，他们过了黄河，走到了一个大岔路口。传文指着其中一条道说："这是条回家的道，俺还是把你送回去吧。"鲜儿问道："那你呢？"传文说："俺把你送回去再往前走。"鲜儿说："你想甩掉俺呀？俺这样不明不白地回去怎么跟爹娘交代？等你还是不等？爹让俺再嫁人怎么办？"

传文为难了说："哎，盘缠都在俺娘那儿，你还怎么跟俺往前走？"鲜儿问他说："你能不能走吧？"传文说："俺能走，不走也不行，俺就得要着饭走了。"

鲜儿脆生生地说："那俺也跟你要饭。"传文问道："不反悔？"鲜儿捶他一下说："你还没七老八十的，絮叨什么！快走，跟上大流！"

到了晌午，人流散开，各找地方休息。传文和鲜儿进了一家农户。一个大娘在收拾院子。鲜儿嘴甜甜地问道："大娘，俺想讨碗水喝，成吗？"大娘问道："你俩这是逃荒的吧？闯关外？"

鲜儿答应着，过去接过大娘手里的笤帚，打扫起院子来。大娘笑笑，去舀了一瓢水，却往瓢里撒了一把草屑。传文愣了说："大娘，你这是干什么？这还怎么喝呀？"鲜儿踢了传文一脚说："不明白别乱说话。大娘，谢谢你。"她见传文还是吹着草屑直发愣，解释道："哥，大娘是怕咱走道走得心里有火，喝凉水激着肺管子，故意叫你慢慢喝呢。"

传文恍然大悟道："大娘，俺不懂事儿，你多包涵。"大娘说："没事儿。以后记住了，走渴了千万别大口灌凉水，容易落下病。"鲜儿接过传文的瓢，喝着水说："大娘，俺们是想闯关外，水路走不通了才走旱路。"

大娘叹道："唉，在家千日好，出门事事难，今晚是不是没地方住了？俺家厢屋空着，不嫌弃就凑合一晚上吧。"鲜儿忙道："谢谢大娘！"

关东的初冬已经很冷了。小火车站外接站的、准备上火车的以及刚刚下车的旅客来来往往，不少人已经披上了棉袄，戴上了狗皮帽子。火车站外天桥出口处，一个十几岁的卖报少年大声地吆喝着："号外，号外，日俄战争惨烈，日本军攻陷旅顺屠城三日，血流成河……看报了！"

夏元璋带着女儿和朱家人沿出口处的台阶走出了车站。打从下了车，传杰就一直捂着耳朵说："嗬，是挺冷的，冻耳朵。"传武见夏元璋还是面容愁苦，有意打岔道："夏掌柜的，哪里有金子？这一路上怎么看不见淘金的呀？"夏元璋说："关东也不是哪儿都有金子，淘金要到有金脉的深山里去。"传武又问道："棒槌呢？哪儿有棒槌？棒打狍子瓢舀鱼，我们怎么看不见呢？"夏元璋耐心地道："关东地方大着呢，棒槌都是长在深山老林里，很难找的，要不然会那么值钱？棒打狍子瓢舀鱼都是以前的事了……"

说着话，他们走到卖报人跟前，夏元璋买了一份报纸，边看边禁不住流下热泪，哭道："泱泱大清国完了，眼看着这样叫人家欺负，奇耻大辱呀！"文他娘有心去劝，却又不知道该说什么好。正犹豫间，一位老人老远地疾步过来，玉书见了，拉拉父亲的衣角说："爹，爷爷来了。"

夏元璋听了忙抬起头，见父亲夏老爷子已快走到跟前，父子俩四目相对，夏老爷子一把抱住儿子说："元璋，可不敢哭！你的信我收到了，什么都别说了，回家。"夏元璋泪流满面地说："小日本太歹毒了，两国交兵，在咱们家门口打仗本来就没道理，攻陷了旅顺，屠城三日，把整个旅顺人杀绝了！还有人性吗？纯粹是些畜生，从今以后，小日本就是咱老夏家，不，咱大清的仇人了，这笔账一定得记住，世世代代地记住！"

夏老爷子抚着儿子说："唉，是些畜生，这个仇早晚得报！不说他们了，说说你吧。你来得正是时候，我老了，干不动了，咱们的春和盛你就顶起来吧。"一边的玉书乖巧地叫道："爷爷！"夏老爷子点头说："哎，好孙女，都这么大了。上车吧。"夏元璋想起来，指着朱家三口说："爹，我还有几个伴儿，是咱元宝镇放牛沟的。"

夏老爷子说："那就一块上车吧。"正巧，一个戴大狗皮帽子的壮汉过来说："老爷子，我正好去放牛沟，顺道捎个脚吧。就不麻烦你们了。哎，你们娘儿们，上车吧。"传杰嘴巧，忙说："谢谢大叔！娘，咱们上车吧。"文他娘有点不放心，但看看传武兄弟俩，还是上了车。

壮汉一甩小鞭，赶着小马车飞奔起来，沿途两侧都是苍茫广袤的旷野。传杰、传武的眼好像不够使，文他娘还是紧张地盯着赶车的汉子看。

那汉子一口关东话，问道："大嫂子，到放牛沟那旮旯找谁呀？"文他娘说："朱开山，你认得？"汉子说："找那熊儿干啥？亲戚呀？"文他娘说："那是俺当家的。"那汉子仿佛一愣，高声道："朱开山还有媳妇啊？没听说呀！熊玩意儿，不着调，还值得你跨江过海来找啊？"文他娘听出了话味儿，问道："大哥，朱开山怎么了？"汉子不说话了。文他娘催问："大哥，你说话呀，他怎么不着调了？"汉子道："咳，朱开山，提不得了，听我一句话，你们还是打道回府吧。"文他娘又问道："大哥，到底怎么回事，你说呀！"

"朱开山吧，这老小子在这儿发了点财，嘚瑟得不轻，娶了个关东娘儿们，家伙，真能干，才几年？一年一窝，生了三个大胖小子。"文他娘如五雷轰顶，怔了半天，喊道："大哥，你把车站住。"汉子勒住缰绳，问道："还去找朱开山吗？"

文他娘想了想，一咬牙说："找！见了面俺杀了他！"汉子嘿嘿笑道："要我说算了吧，我看你长得不赖，高矮、胖瘦、腰条、脸盘都交代得过去，再找个主儿，实在不好找我帮你踅摸，我们这旮旯老娘儿们可缺货了。"文他娘咬着牙说："找！"说着在马屁股上狠狠地拍了一巴掌，喊了声，"驾！"马车又欢跑起来。

走了大约半个钟头，马车在一个院落前停住了，院子不大，有三间泥屋，各种农具一应俱全。传杰叫道："咦，娘，怎么跟咱老家一个样呢？"文他娘也看着眼熟，想着那汉子的话，泪流满面。她领着孩子下了车，心情复杂地走进院子。良久，她又带着孩子惶惑地走出来，见那戴狗皮帽子的汉子还没走，上前问道："大哥，朱开山家里没人哪？"

那汉子大笑着慢慢地摘下那硕大的狗皮帽子，双目有神地注视着文他娘。

文他娘一下子愣住了，这汉子就是她日思夜想的男人朱开山！朱开山满脸胡须满脸泪。两个孩子望着父亲不敢相认。文他娘上前打了男人一拳，骂了声："你这个没良心的，还有心思取笑，俺娘们差点见不着你了！"说完倒在他怀里号啕大哭，哭了几声，又忙抓着两个儿子的手，说："赶紧叫爹，这就是你们天天想的爹！你看你爹这个倒霉样！像不像个老马猴子！"

两个孩子嘿嘿地乐了，跟着爹娘进了屋，在炕上坐下。朱开山端来大筐箩，倒了一炕山货，说："吃吧，边吃边说。老大呢？"文他娘说："说来话长，俺们娘儿们本来是一块走的，到了龙口走散了。本来俺们都上了风船，谁知道鲜儿又撵上来了……"

朱开山说："你先打住！鲜儿是怎么回事？她和传文成亲了？"文他娘说："还没有，听说咱家全都到关东，偷着跟来了，俺上了船才看见她在岸上召唤传文。传文一急就跳下海找他媳妇去了，就这么分散了。"

朱开山一听火了，说："这畜生！"众人惊虚虚地望着朱开山，文他娘问道："你这又是怎么了？"朱开山说："你说怎么了？他是老大，一家人的老小性命都扛在他肩上，他竟敢为个没过门的媳妇抛下老娘不管，奔媳妇去了！"传杰却哧哧地笑。朱开山问道："你笑个啥？"传杰说："你问俺二哥。"朱开山问传武道："你说，到底是怎么回事？"传武嘿嘿道："我大哥哪有那个胆跳海！是我一脚把我大哥踹下去的！"朱开山一愣，继而大笑。

文他娘环视四周，若在梦中，问道："这房子是咱家的？"朱开山说："那能是谁家的？你看这铺炕多大？有没有咱那儿的场院大？一会儿咱一家人吃饱了喝足了，上炕打滚吧！"文他娘挪挪腚下炕说："那我得好好看看。"朱开山说："有的是工夫看，先做饭吃吧。"

一会儿工夫，热炕头上摆了小饭桌，饭桌上四个热菜，木耳炒鸡蛋、大酱蒸豆腐、蘑菇炖小鸡、白菜熬粉条，还有一壶高粱烧酒。传武饿了，作势就要吃，冷不防叫娘抢了一筷子，娘朝灶间指了指，哥儿俩朝外间看去，只见朱开山正手脚麻利地切面条，拉风匣。文他娘久久地端详着丈夫的背影，一下子把两个儿子搂在怀里，轻声道："可到家了，俺浑身一点儿力气都没有了。"说着眼泪扑簌簌地滚落下来。

吃过了饭，传武和传杰哥儿俩在屋里大炕上闹腾着翻跟头、拿大顶，兴奋得好像浑身的劲没处使。东屋里，朱开山和文他娘坐在炕上四目相对，一时无语。

屋墙上挂着老土炮、蓑衣、开裂了的乌拉鞋、兽皮……文他娘看着又觉新鲜又觉心酸，她知道她家男人这些年的艰辛都凝聚在这些物件里了，她忍不住扑到丈夫的怀里哭道："他爹，这些年你受了不少苦，老了。"

朱开山笑道："哭什么，我叫你跨江过海来是看你哭的？笑笑！"文他娘勉强笑着："该笑，你这些年受苦置办了这么大的家业，够我乐的了。"朱开山又笑了笑，下了炕，从柜子里取出一个小布袋在文他娘跟前晃了晃，问："他娘，知道这是啥？"文他娘拿过来，在灯下打开仔细看着说："怎么像沙子？"朱开山道："唉，这是我四年的心血啊，就这点东西，能置两垧地！"文他娘明白了，惊喜地说："是沙金？"朱开山点点头道："在咱关东，你只要敢卖命，河套里就有取不尽的沙金，这点东西你看紧了，不要让孩子们知道。"

文他娘问道："往后的日子你有什么打算？"朱开山说："我打算让传武和传杰到春和盛学点生意，就是不知道人家肯不肯收学徒。"文他娘说："春和盛就是夏掌柜他爹的买卖？俺估摸能行，就凭咱救过夏掌柜的一命，他家也能开这个面儿。行，他俩学徒，那咱就种地。"

朱开山摇头道："我还不打算把自己拴在地里。离咱元宝镇五百里有个老金沟，我打算过了年去那儿淘金，再赌一把！拼了命我也要置上五垧好地，到那时候咱全家就安安稳稳地种地活命。"

文他娘一把拽住他，好像不抓紧他他就要走一样，说："俺可不让你再去淘金了，听说淘金就是淘命。"朱开山说："这事可由不得你做主，我有一定之规。"

文他娘还是不松手，说："你就舍得俺？"朱开山轻抚着妻子的手，说："说心里话不舍，可你来的前儿我和贺老四有个约会，他在那儿占了几个金坑，忙活不过来，要我过去，我应承了。应承了的事就不能变卦。"文他娘问道："贺老四是谁？"朱开山低声道："和我闹义和团的，一起逃到这儿的生死弟兄。"

进了腊月，随着几场大风刮过，天也一天冷似一天。传武哥儿俩却不顾风寒，冻得龇牙咧嘴，腮帮子发红，还是愿意往外头田野跑。是呀，那深埋过膝的雪哪里是故乡那细碎的雪粉所能比的呢？朱开山也乐意享受这日思夜想的天伦之乐，他带着儿子骑马、叉鱼、打狍子……好不快活！

转眼到了除夕夜，刚下了一场瑞雪，皑皑白雪覆盖的大地越发显得厚实，不时响起的鞭炮声烘托着一片祥和之气。朱家的小院里，灯光透过厚纸窗投在院子里，影影绰绰的，在雪地上映了一层金黄。堂屋里挂着老朱家的宗谱，一个小案子上摆着几样供品。朱开山恭敬地立在宗谱前上香，叩头，嘴里念叨："爹，娘，开山给二老磕头了。文他娘把二老从海南搬过来了，这儿就是咱们的家了，认识道了，年年回这儿过年吧。"

文他娘跟着跪下，嘴里也念叨着："爹，娘，保佑传文和鲜儿平平安安吧，让孩子们早回家。"传武哥儿俩撅着屁股也忙跪下给祖先磕头，说："老祖宗，给你们磕头了，保佑俺一家平平安安过好日子，爹娘康健。"

朱开山笑眯眯地等家人都拜完，一挥手道："好了，上炕吃饺子。"一家人来到东屋内，坐上炕。传杰心急，也不顾脏净，拿起一个就往嘴里塞。文他娘拦住他，说："你慢着点，小心噎住了。再说了，咱还有一个包钱的，你不小心吃肚里怎么办？"传武嘿嘿道："吃肚里才好，那财跑不到别人手里了，我肯定发了。"传杰说："你想得美，谁吃到还不一定哩。"

四口人边说边吃，但大钱谁也没吃出来。眼看只剩最后一盘了，大伙儿都有点紧张。七个，五个，两个……还是没有！碗里就剩一个饺子了。传杰眼巴巴地看着想伸筷子又不敢。文他娘说："他爹，就这一个了，钱就在这里，你吃吧。"

朱开山也不客气，张嘴咬了饺子。大家屏住气，准备欢呼。可朱开山瘪瘪嘴把饺子咽进了肚，却还是没有吃出大钱！朱开山放下筷子道："岁岁平安，看看锅里吧。"

娘儿仨拥向灶间，一看锅底，愣住了——原来包了大钱的饺子碎了，大钱静静地躺在锅底。朱开山背着手出来了说："关东山的学问大着呢。这里的白面不比家里的，筋骨不行。"

千里之外，传文和鲜儿两人在一个大磨坊里相对而坐。他们一路走走停停，进了腊月之后赶路更是辛苦。眼瞅着鲜儿人瘦了一圈，水灵灵的大眼睛也没了神，传文心疼，建议找个地方先待住，两个人就在河北地界里找了个大户，给人家磨面打短工，预备赚下点干粮，过了春节再上路。鲜儿人乖巧，又有眼色，传文人木一点，但干活实在，两人倒是很得主人的信任。除夕夜里，还给他们送来一碗荞麦面的饺子，虽然黑乎乎的，但也是个年节的意思。

鲜儿把饺子推给传文说："传文哥，你吃，俺吃不惯荞麦面的饺子。"传文又把饺子推给鲜儿道："你吃，俺的胃口不好，吃荞麦面烧心。"鲜儿扑哧笑了。

传文愣了说："你笑什么？"鲜儿说："俺笑咱俩都是小姐身子丫环命。行了，都别装大尾巴蛆了，一家一半儿。"两个人吃起来。吃着吃着，传文突然眼圈红了。

鲜儿看了他一眼。传文哽咽着吃不下去了，说："我想俺娘……"鲜儿也哭着说："我也想俺爹……"传文说："我给俺娘磕个头吧！给她老人家拜个年。"鲜儿说："我也给俺爹俺娘拜个年。"

两个人各自端着一碗饺子，一个朝北方跪下了，一个朝南方跪下了。两人各自念叨着说："爹，娘，过年了，俺也不知道这是什么地方，俺给你们拜年了！祝家里平平安安，爹娘康康健健，保佑我们平平安安到关东……"两人跪拜着，屁股碰到一起。鲜儿警惕地望着传文说："你想干什么？"传文说："我说嘛，我以为谁的腚呢，这么暄乎。"

正月十五是个大晴天，夏元璋差人把朱开山叫到了元宝镇，叫了牛得金、金把头等几个陪客请他喝酒。夏元璋说："朱大哥，自从到了元宝镇一直想请你喝杯酒，答谢你们一家的救命之恩，可是没倒出工夫，今天正月十五，小弟奉上一杯薄酒，聊表谢意，我先干了。"

朱开山笑道："你这个人，咋的老是把救命之恩这句话挂在嘴边呢？不就是张煎饼吗？有啥？以后不许提了，听见没有？再提我可要翻脸了！喝酒！"在座的牛得金站起来说："夏掌柜的，咱这旮旯酒可不是你这么个喝法，换大碗。"他往外一招手，说，"伙计，把酒坛子搬过来，换大碗。"

伙计搬过酒坛子，换了大碗。朱开山一边喝酒一边赞叹说："嗬，哪旮旯的酒也没有咱们镇唐家大烧锅的高粱烧好喝，力气头儿足，还挺柔和，进到嗓子眼儿里就像流进一股油，真美气儿！"牛得金点头道："那是，咱元宝镇'四大美'嘛，远近闻名。"夏元璋听了问："哪'四大美'？"牛得金："这你都不知道？我给你说说：唐家的烧锅，烟袋的嘴儿，烫人的被窝，大姑娘的腿儿。"

朱开山问牛得金："你光知道'四大美'，还有'四大金贵'你知道不？"

牛得金道："没听说过，你说说，哪'四大金贵'？"朱开山说："木匠的斧子，瓦匠的刀，光棍的行李，大姑娘的腰。"

一边的金把头微微冷笑，牛得金问道："你这个外乡人，笑啥？"金把头道："我笑你们是井底的蛤蟆没见过天儿。"牛得金火了，忽地站起来说："你是哪旮旯来的？有啥资格笑话我们！"金把头依旧微笑说："老哥别发火呀，听我说不好吗？我们那儿也有几个'四大'，不想听听？"

朱开山拉开牛得金说："老牛兄弟，让他说，说不好别想出咱元宝镇。"金把头喝了口酒说："那我就先说说我们那旮旯的'四大黄'：秋后的林子，老虎的身，大姐的肚皮，狗头金。"朱开山拍掌说："好，果然是'四大黄'！还有吗？"金把头继续道："有哇，多的是！'四大香'：狍蹄筋，飞龙鸟，猴头蘑菇，冻水饺。还有'四大欢'：大烟泡，金沟的旗，炕上的娘儿们，小叫驴。'四大白'：入冬的雪，羊皮袄，大姑娘屁股，经霜的草。'四大红'：枫树林，杀猪的盆，新媳妇的盖头，老爷府的门……"

朱开山哈哈大笑说："好了，好了，够劲儿。听口气你是老金沟来的？"金把头一听抬头道："这位大哥好眼力，正是从老金沟来的，那可是个宝地。"朱开山问道："到元宝镇干啥？招淘金的？"金把头说："正是。跟我走吧，老金沟别的没有，金子有的是，你随便找个地方一坐，坐那儿别动，用手抠地，一不小心就抠出个金疙瘩！"

牛得金撇撇嘴说："你说的来玄。"金把头笑道："不来玄，这都是早年间的事了。不过现在我们老金沟的金子还是不少，在那儿淘金的都发大财了。"朱开山问："你们啥时候走？"金把头说："说走就走，化了冻就过不了草甸子了，现在就有点晚了。"朱开山又问："那为啥？"金把头说："甸子一化冻就是大酱缸，要过大酱缸可不是闹着玩的。老弟有去的意思？要去早做准备。先给你号上？"朱开山说："行，你给我号上。"牛得金也跟着嚷嚷说："给我也号上。"

朱开山又问道："你从老金沟来，打听个人，那儿有个领流的贺老四你认得？"

金把头一愣说："认得呀。你也认得？"朱开山忙摇头："不认得。不过听说他可是个淘金的高人，他懂金脉，到了河套里用手一指，哪里有金，八九不离十！"

金把头反问道："听说前两年贺老四和一个拜把兄弟一直在老金沟五道河子合伙淘沙金，这个人你认得吗？"朱开山心里一惊，摇头道："不认得。这个人也有本事？"

金把头点头道："有本事，他和贺老四都会看金脉。"朱开山说："有贺老四就行了，贺老四不在老金沟？"金把头说："在。出事了！"朱开山心里又一紧，说："怎么回事？"金把头却笑了笑，不再说话。朱开山心急如焚，慢慢地喝着酒，却不便再问……

朱开山微醺着回到家，点上火，抽着烟，默默地看着远处——冬末初春的关东田野，已经有了些许的绿色。文他娘若有所思地走近朱开山，小心地说："打回来你总共没说几句话，到底怎么了？"朱开山说："贺老四出事了。他肯定死了！"文他娘说："那你就别去了！贺老四要是真的死了，你再跳进去，那不是跟贺老四一样的下场吗？"

朱开山轻声道："贺老四要是真的死了，那也肯定是为我死的！"文他娘一愣说："贺老四怎么会为你死呢？"朱开山说："这你就不知道了。走，我得上老金沟去！"文他娘说："你去干啥呀？"朱开山说："我要去问个明白！要是贺老四真的死了，我要替他报仇！"文他娘说："你这是干什么呀！"

朱开山说："他是我兄弟！义和团的时候，他用身子替我挡过洋鬼子的子弹，我刚到关东没处落脚，是他在老金沟收留了我，教我淘金，教我看金脉，他之所以死，就是把金脉吞到了肚子里，为我留着。我不为这样的人报仇，我还有什么人味吗？"文他娘说："你这血性，多少年也不改呀！"朱开山大吼一声说："改了就不是我朱开山了！准备吧！"

朱开山在炕上忙活着捆绑行李，传武、传杰有些忙乱地帮着忙。文他娘坐在炕沿，眼里含泪说："他爹，你真的要走？"朱开山说："你这个人，咋就婆婆妈妈的了？当年闹义和团的时候你不是这样啊！"文他娘说："俺就觉得刚过了几天安稳日子，还没过够你又要走，心里不舍。"传武说："爹，你也领俺去呗？让俺也见识见识。"朱开山说："算了吧，那也不是好玩的地方。你记住了，凡是能发财的地方一定缺不了风险，我这也是赌一把。"

行李收拾利落，朱开山拎着出了屋门，打量着院内，对文他娘说："这家业虽说不大，挣来也不容易，你给我看紧了。传文要是找到了家，你务必叫传杰打封信给我。"文他娘轻声答应着。朱开山说："马要按时喂，地要按时种，别误了节气，这儿的节气比咱那儿晚多了。传武和传杰嘛，我和夏掌柜的打过招呼，到他那儿学生意吧。你俩过来！"朱开山拖过来哥儿俩说："我再嘱咐你们两句，夏掌柜的要是收了你们，要勤奋，早起早睡。咱不管咋说也是外来户，要是和屯子里的人有了疙瘩，要一忍再忍。记住了吗？"哥儿俩点头说：
"爹，记住了，你就放心。"传杰说："爹，俺娘你就放心，俺俩会照看好她老
人家的。"朱开山笑了，摩挲着传杰的头说："三儿就是会说话，还不知道谁照
看谁呢。"

文他娘小声地说："他爹……""走了！"朱开山抬头望她一眼，却像没听
见，转身蹽开大步朝前走去。一家人目送着他远去。他的身影渐渐地变成了苍
茫大地中的小黑点……

冬日初春的北国，白山黑水线条粗犷，天高地阔。马铃儿叮当响，在丘
陵起伏的原野路上，三辆拉金夫的马车逶迤前行。有两辆马车从后面驶来。车
上的人有开酒馆、烟馆的，缝穷的，还有妓女，都是些依附淘金人流徙四处的
苦命人、挣命人。一个健壮女人挑逗着金夫们说："你们是淘金的吧？媳妇放
你们走吗？"牛得金说："成天搂着娘儿们有啥意思？"健壮女人说："意思大
了，看样你是没搂过，滋味美呢。"金把头说："拉倒吧，哪回不是忙活一腔沟
子汗？哪回不后悔？"

又一个年近三十的女人对朱开山嚷道："老哥，冷不？前边有个屯子，给
你热热被窝儿？"朱开山笑骂："算了吧，让你一贴身准能沾去一层皮，不敢。"

女人笑道："看样你是老轱辘棒子，没尝过女人滋味儿，童子鸡吧？咱身
上溜滑着呢，不沾人。"朱开山哈哈大笑说："透过羊皮袄都看见里边裹的是些
啥，一只老家雀儿！"

第四章

北风呼啸着穿过山林，传来压抑的呜呜声，寒气袭人。林间雪路上，朱开
山他们坐的三辆马车艰难行进。金夫个个裹紧羊皮袄御寒。一辆马车停下了。
金把头过来问："咋了？"赶爬犁的人说："又硬了一个。"金把头说："谁？"赶
爬犁的人说："元宝镇来的牛得金。"

金把头冷漠地说："扔了！"朱开山扒开牛得金的衣服，贴耳听了一会儿
说："把头，不能，还有心跳啊！"金把头厉声道："怎么？带到老金沟？别
想！"几个金夫抬着牛得金要扔进山沟。朱开山怒吼道："谁敢动！我带着他。"

说着把牛得金抱上车。牛得金在朱开山的怀里醒来，流着泪说："开山大哥，你救了我一条命。"朱开山小声地说："嘱咐你多少回了，别提我的大号！"

车夫中一个叫老烟儿的唱道：

天南地北淘金人儿，
都是咱们山东人儿，
前天还在渤海湾，
昨天过了山海关儿，
今天有缘见老乡，
来来来，接个火，
咱俩今天抽袋烟，
慢言细语唠唠天儿……

老北风魔鬼似的号叫着，十分瘆人。马车前行越发艰难。金把头呼喊着说："都用绳子把领口扎紧了，别灌进风！"金夫们扎紧领口。头辆车上的四个年轻人冻得缩成一团，一动不动。金把头见此，拿鞭子抽打着他们，骂道："懒死啦？不要命啦？快下来跳跳！别上爬犁了，想要命跟着跑！"那几个年轻人不得已，跳下来跟着马车跑着。

天色渐暗，又过一会儿，已是月黑风高。远望有一盏灯火在闪耀。牛得金指着灯火说："看，那是不是野兽的眼睛？"金把头说："胡说！有独眼的野兽吗？还是红的。"马车驶近大伙儿才看清楚，是一个老者举着灯笼。老人的胡子眉毛都已结了霜。老者说："伙计，是到老金沟淘金的吧？"金把头说："是啊，老爷子。"老者说："跟我来吧，我是前边客栈的。前儿来晚了一步，有一伙淘金的全掉到前边老沟里去了，就在我身后，一个没活下来。"大伙儿惊呼说："好险呀！"金把头说："老爷子，谢谢啦！"

经过艰苦的跋涉，一行人终于来到了客栈，欢呼雀跃地冲进里屋，跳上烧得滚烫的大炕。客栈伙计送来高粱米豆饭。金夫们个个吃得兴高采烈。一个女人走进屋子，扭着粗壮的腰身屁股，笑眯眯地向金夫们抛媚眼儿："爷儿们，闲着干啥？辨不辨？"牛得金问朱开山说："啥叫辨不辨？"朱开山小声地说："就是嫖不嫖。"一个金夫问道："怎么个价儿？"女人扭着屁股说："看着赏呗。"

金把头说："去去去，他们还没挣到钱呢。"女人说："那怕啥？先赊账呗。"金把头问："有辨的吗？"金夫们笑着摇头说："算了吧。"

这当儿一个中年金夫红着脸站起来说："我去趟茅房，大姐领我去？"女人一笑说："跟我来。"大伙儿都暧昧地笑了。牛得金说："把头，咱们啥时候能到老金沟呀？"金把头说："快了，过了前边大草甸子就到了。"

一宿无话。天明后，一行人出发前往林区边缘的大草甸子。来到草甸子跟前，金把头把大伙儿都赶下马车，说："前边就是甸子了，道危险，马车绕道走吧，大伙儿手扯着手。"

牛得金说："净胡扯，这么硬的地咋会陷下去？我就不信。"说着自个儿往前迈步一路走去。金把头冷笑道："你小子，没尝着辣汤儿，有你叫娘的时候。"

其余的人都手扯着手探索着前进。不一会儿，走在前边的牛得金果然陷进大酱缸，惊呼救命。

金把头过来问道："你不是不信吗？这会儿信了？"牛得金哭喊道："救命啊，我不想死，还想活着，家里还有老娘，还有老婆孩子等着我挣钱养家呢！"

大伙儿从车上拿来绳子、水桶、撬棍、铁锨、铲子奔来，一顿忙活，可无论怎么使劲也拉不上来他。牛得金越陷越深，不断地呼救。金把头微微一笑，从怀里掏出一把牛耳尖刀，刷地扔给牛得金，喊道："豁开你的裤腰带！"牛得金照办了。

金把头呼喊了一声说："使劲拉！"大伙儿一使劲，牛得金光着屁股被拉了上来。金把头说："还敢不听我的不？"牛得金捂着下身说："再也不敢了！"老烟儿笑道："还捂什么？这儿没娘儿们。"

过了草甸子，众人又乘上马车，赶了阵子路，终于到了老金沟。金夫们跟着金把头纷纷走进老金沟金管所屋里。屋里头已是人满为患，各地来的淘金者挤成疙瘩。一个关东本地的大汉叫大金粒的与朱开山撞了一下，被撞了个趔趄。大金粒横眉竖眼说："你瞎呀？"朱开山一笑说："是你撞了我，要说瞎是你瞎。"

大金粒怒目说："嗬！还挺愣！妈拉个巴子，找打！"朱开山说："爷儿们，小小的年纪嘴太燥了吧？"大金粒说："嘴燥咋了？我手还痒痒呢。"一个冲天炮打向朱开山的胸脯。朱开山没有躲，站在那儿纹丝不动，微微冷笑。大金粒还要打。牛得金几个过来拉开大金粒劝道："算了，以后都是伙子了，抬头不见低头见。""这个老哥是外来的，不懂这儿的规矩。"

工头金大拿喊道："别胡闹，都到金柜上填册报名去！"金柜里头金务所官府大人喊道："一个个来，报一下名号，你，叫啥名？籍贯？"

那大人每问一个名都要追问一句说："认识贺老四不？前两年在这里干过没有？"轮到朱开山。大人说："你呢？"朱开山犹豫了一下说："我叫朱老三，是元宝镇人。"大人说："祖籍？"朱开山一愣说："你问祖籍？就是元宝镇呀。"

大人说："你不是个生脸！"朱开山一笑说："这怎么说呢？"大人说："闻着你身上有股味！"朱开山说："什么味啊？"大人说："金末子味！"朱开山说："你抬举我了，我可没淘过金！"大人说："我不信！"说着，把朱开山两只大手扯过来，仔细地端量着。朱开山说："不用看，这是双种地的手。"大人说："没淘过金？不认识贺老四？"朱开山说："贺老四是谁？"

报名结束。大人说："好了，你们都上了花名册，给我老老实实地淘金，不许闹事，要守规矩，一切都要听金大拿的。"金大拿站出来说："好了，现在我要挑人分帮了。"

也巧，朱开山这一帮除了山东来的老烟儿、牛得金，还有刚才跟他打过架的大金粒和他兄弟小金粒。金大拿说："好了，你们是一个帮，都是伙子了。"又一指大金粒，说，"打头的是他。"

在老金沟金夫的木屋里，分好帮的金夫们歇息下来。屋里烟雾腾腾，吵闹声不断。牛得金："老朱，报名的时候你咋就……"朱开山说："我在老家摊上官司了，跑出来的，嘴紧点，别给我乱说。"牛得金说："怪不得。你放心。"

大金粒吆喝说："妈拉个巴子，都听好了，从今天开始咱们就是一个帮了，都得听我的。"大伙儿静了下来。大金粒又说："这几天就没啥戏了，都给我养肥了，开了河就拼命地干吧。这几天愿意耍钱的就要钱儿，愿意靠娘儿们的就去靠娘儿们，靠娘儿们到五间房去，那里啥娘儿们都有，天津的，唐山的，可有一条，不许领到咱这儿。"

牛得金问："那为什么？"大金粒说："还用问吗？她们一来，就是金子也会变成坷垃。"老烟儿说："这不把人闷死了！"大金粒说："闷了去喝酒呀！过两天有戏班子来，咱们可以听听戏。"

金夫们欢呼道："太好了，还有戏听。""听蹦蹦，《冯奎卖妻》，咋听也不够。"

大金粒说："别光想着乐和，叫娘儿们把身子骨掏空了可没力气挣钱了。"

牛得金说："听你的就是了。"大金粒一招手说："朱老三，你过来。"朱开山过来问："有啥吩咐？"大金粒颐指气使道："去，给我的包脚布抖搂抖搂，净他妈的沙子。"朱开山逆来顺受，接过包脚布，到门外抖搂。大金粒说："顺便再给我打盆洗脚水。"朱开山又听话地打来洗脚水。牛得金小声地说："老朱，你虎背熊腰的，咋就叫他摆弄得像面条似的？不听兔子叫。"朱开山一笑了之。

一天深夜，朱开山独自一人走进老金沟大黑丫头开的酒馆。他点了瓶高粱烧，默默地喝着。伙计老果子里外忙活着。一个老艺人正在唱关东大鼓，唱的正是当年义和团悲壮的故事：

渔鼓一敲响叮咚，
山东自古出英雄。
唱的是，
朱家镇里的人一个哇，
朱开山就是英雄的名。
庚子年，
八国联军大闹中华，
炮火连天民不聊生。
朱开山带领义和团，
勤王护驾进了京城。
扶清灭洋义旗高举，
只杀得洋人叫祖宗。
这一天，
义和团和洋人一场鏖战，
只杀得日月无光鬼神惊。
大英雄，
单身冲进洋人的阵，
鬼头大刀挥舞如风。
人头纷纷落了地，
滚到地上数不清。
洋人一看事不好，
抱头鼠窜喊饶命。

大英雄，

横刀向天哈哈笑，

朗朗笑声震长空。

到后来，

老佛爷东归回到京城，

义和团四散没了前程。

可怜他，大英雄，

隐名埋姓闯了关东……

朱开山听着大鼓勾起了满腔的悲壮，不觉已是两腮满泪。冷不丁的，一队清兵进了酒馆。唱大鼓的噤了声，收拾起大鼓溜了。朱开山慌忙把头埋下去。清兵巡查一圈，带队的问老板娘大黑丫头说："有没有闲杂人等？"

大黑丫头说："没有，这些人都是来淘金的，老人儿都认识，新来的都在金柜填册报名了。"带队的说："有可疑人等要报官，不许隐瞒！"大黑丫头说："一定，一定！"

清兵队走了。大黑丫头凑过来与朱开山搭讪说："这位大兄弟，才来的？"朱开山说："嗯。"大黑丫头说："贵姓大名？"朱开山说："免贵姓朱，朱老三。"

大黑丫头探询说："和戏文里唱的朱开山是本家吧？"朱开山说："不敢当，草民一个。"大黑丫头说："老家哪旮旯的？"朱开山说："元宝镇。"

大黑丫头说："听口音祖籍是山东的吧？"朱开山一笑说："哦？听出来了？唉，我打小跟老爹闯关东，早是没家的人了。"大黑丫头说："大兄弟好酒量，姊妹陪你喝两盅，账算我的。"一摆手，老果子又送来酒菜。

朱开山说："不好意思，让老板破费了。"大黑丫头说："有啥呀！我就喜欢和你这样的爷儿们交往。"朱开山说："我有啥呀？一个穷淘金的，不值得交往。"

大黑丫头说："你和别人不一样。"朱开山警觉地说："哦？哪儿不一样？你说说。"大黑丫头说："一时半会儿还说不清楚，反正不一样。来，喝酒，一口闷了！"

两人推杯换盏饮得痛快。朱开山酒劲上头，连呼"痛快"。他的脸红红的，更衬显出浓眉大眼的俊爽劲儿来，大黑丫头不觉有点儿心迷。朱开山却问："老板娘，打听个人，有个叫贺老四的认得吗？"大黑丫头一惊："贺老四？他是你啥人？"朱开山说："不是我啥人，有个朋友认识他，托我打听他的消息。"

大黑丫头小声地说："这人没了。"朱开山问："没了？为啥？"大黑丫头说："说法可不少。有人说是为了跟人家争一个女人被人捅死了，也有人说他的金坑被人霸占了，这个贺老四仗着有一身好武艺，领着一伙弟兄和人家斗棒，败了，两边都死了不少人。"大黑丫头望着朱开山又说，"有种说法更神，说官府占了贺老四的金坑，让贺老四交出五道沟的金脉图来，贺老四坚决不交，便被人砍了。贺老四临死说，要对得起和他一起合伙开金场的兄弟。金脉图他咽到肚子里去了……"朱开山转过头默默地望着窗外。

大黑丫头说："官府早就把网给架好了，就等着贺老四那个合伙人钻进来，从他嘴里抠出五道沟的金脉图来，他来了也活不了，听说贺老四把这儿的金脉图都告诉他了，这儿的沙金只有他俩知道。"朱开山说："那死就白死了？"大黑丫头说："这儿的规矩你真的不懂啊？当然是白死了！民不举官不究，就是报了官，衙门也不打这种官司。"朱开山说："哦！那后事谁给料理的？"大黑丫头说："都是金把头料理。大兄弟，不说那些死鬼，没意思。再来一壶？"

朱开山的舌头硬了，说："不能再喝了，回去，回去睡觉。"大黑丫头说："大兄弟，搁我这儿睡吧，炕上宽绰哪。"朱开山说："不行，喝了你酒还占你的便宜，那还是人吗？"绊绊磕磕地出了酒馆。大黑丫头过来搀扶，说："你这个人，咱俩不都得便宜吗？走就走，我送送你。"朱开山推拒说："不用……"朱开山走了几步，又回过头来望着大黑丫头说："你是今年才在这里开酒馆的？"大黑丫头一愣说："这么说你去年在这儿淘过金？"朱开山自知失言，摇摇晃晃地朝前走去。

金场附近有一片乱葬岗子，埋葬着为了金子死去的人们，一眼望去密密麻麻，坟丘上杂草丛生。朱开山迈着醉仙步扒拉着草丛寻看着。一堆黄土中，贺老四的墓碑赫然在目。朱开山默默地看着，良久，双膝一跪说："兄弟啊……兄弟，你到底是怎么死的？你给我留句话呀！我要替你报仇！我一定要走出金沟，把你的家小安顿好……"朱开山呜咽着，悲怆的哭声在夜里直冲夜空，让听见的人更生寒意。悲醉相加，朱开山竟仰躺在地浑然不知。一直跟着他的大黑丫头过来了，把他背起来，向金夫木屋走去。

次日早晨，阳光射进金夫木屋里。金夫们纷纷起炕了，朱开山坐在门口默默地吸着烟，望着远处的群山。

大金粒说："喂，老朱，过来！"朱开山谦恭地过来问："头儿，有啥吩咐？"

大金粒说："给我把尿罐子倒了，臊烘烘的。"金夫们也起哄说："对，老朱，你起得早，给大伙儿的尿罐子都倒了吧。"牛得金看不下去了，说："你们欺负老实人干啥？"朱开山忍气吞声，端起尿罐子要倒。大金粒坏笑着说："老朱，你先等会儿，我又来尿了，别动，给我接接尿。"朱开山强忍羞辱，端起尿罐子给大金粒接尿。大金粒不依不饶地说："妈拉个巴子，别站着呀，让我怎么尿？你不会跪下？跪下接！"朱开山眼睛红了，死死地盯着大金粒。小金粒看不过说："哥，你咋就是和老朱过不去呢？他扒你祖坟了？老朱，别搭理他！"大金粒蛮横地说："我就是要和他过不去！咋了？他是你爹呀？我看着他就烦！像是会点儿啥似的。"

正僵持着，大黑丫头走进屋来，见状说："咋的？大金粒，又欺生了？你给我老实点！就你这把渣渣，真动起手来，两个绑起来也不是老朱大哥的个儿。"

大金粒不忿："没那事儿！黑瞎子个儿倒大了，还不是吃货一个？不服就出去撂跤。"大黑丫头说："嗬！还说不服你了！老朱，你也是个软蛋，就凭你五大三粗的，咋叫这么个崽子欺负了？不敢教训教训他？要是撂给我，早就给他造个大花脸。"

朱开山说："伺候头儿也是应该的。"大黑丫头说："你说你除了种地没干过别的，我就不信，看你两步走像是有一身功夫，咬人的狗不露齿，你是真人不露相吧？"朱开山说："我哪会功夫？真的，就会种地。"大黑丫头说："不信！我敢保证，你杀过人。"朱开山说："你可别乱说，我连鸡都不敢杀。"

大黑丫头一把扯开朱开山的衣领说："唬谁呀！你这脖子上的刀疤哪儿来的？"朱开山说："说出来不怕你们笑话，我老婆是个醋坛子，有一回，我看一个女叫花子可怜，就领家去了。谁知道老婆醋性大发，非说我和叫花子有一手。我分辩了几句，老婆举起菜刀就给了我一家伙，嘿嘿，没躲得及。"大伙儿哄笑。

牛得金说："老朱，你就那么怕老婆？"朱开山说："嘿嘿，我老婆长得俊，不怕点儿行吗？"大伙儿笑翻了天。大黑丫头笑了笑，转身走了，走到门口又回过头来盯着朱开山，甩了一句话说："老朱大哥，老金沟是很深，可是一个人要裹得住自己也不是件容易的事。"朱开山笑了笑。大黑丫头小声地说："你浑身有股气，像贺老四！"朱开山一惊说："你认识贺老四？"大黑丫头一笑说："我哪认识，我只是听人说过。贺老四身上有股气，隔着老远就觉得寒气逼人，你也有！"她又笑了笑，走了。朱开山望着她的背影，顿生疑虑。

文他娘始终记着朱开山的交代，在他走后不久就领着传武、传杰来到夏元璋家。

夏元璋对文他娘说："老朱嫂子，收不收咱先两说着，我得考考看。"文他娘说："合情合理，考吧。"夏元璋拿来文房四宝："传武、传杰，你们两个都给我写篇字儿。"

传杰笑着说："好的。"传武却磨磨蹭蹭。传杰的字写得十分漂亮，还是一首古诗：锄禾日当午，汗滴禾下土。谁知盘中餐，粒粒皆辛苦。传杰得意扬扬地把字拿给夏元璋看。夏元璋看着不住地点头说："好，年纪不大字倒写得老到，临过欧体，不错。"文他娘说："这孩子成？"夏元璋说："成。传武，你写完了吗？"

传武使出好大的力气写出自己的名字，递给夏元璋。夏元璋看着歪歪扭扭的"朱传武"三个字，直摇头。夏老爷子接过字说："我也看看。"不料看过笑喷了口，说："传武啊，你还是哥哥呢，这几笔字委实让人不敢恭维！"

夏元璋说："老朱嫂子，我看这样吧，传杰留下，传武就带回去吧。"传武不忿地说："掌柜的，你收学徒不能光看写字，自古就有文状元、武状元，论写字俺是赶不上传杰，要是论拳脚呢？他就是俩也不是俺的个儿，不信俺给你耍套拳看看，你上眼吧，这可是俺老朱家的八卦拳。"传武说罢耍了一套八卦拳，果然是虎虎生风，颇具架势。夏家人皆拍掌叫好。

传武收了拳脚，抱拳说："掌柜的，收下俺吧，俺可以给你看家护院。"夏元璋也着实喜欢上这个虎头虎脑的孩子，笑而不语。文他娘说："夏掌柜的，这孩子书念得少了点，倒也聪明，身子骨壮实，你就收下他吧。"传武说："掌柜的，你家没养驴吧？"夏元璋说："没养啊。"传武说："你就把我当成驴养着，我有的是力气！"一屋子的人大笑。

传武、传杰就留在了夏家，学习经商。夏家的店铺叫作春和盛，主营各式各样的关东特产。这一日，传杰在店铺柜台练习打算盘，嘴里念着除法口诀。

旁边的传武闲不住，不停地捣乱，哥儿俩你一拳我一脚地逗了起来，不小心把夏老爷子的老花镜摔碎了。

传杰急哭了说："都是你，看掌柜的不罚你才怪。"传武说："怨你，谁叫你乱动！"传杰说："你耍无赖！"传武说："好了，怨俺还不成吗？俺兜着。"传杰说:"二哥,掌柜的让咱练习打算盘,你不练掌柜的可是要罚的。"

传武撇嘴说:"练什么练!乱七八糟的口诀,难记死了,再说练了有什么用呀?"传杰说:"你没听掌柜的说?打算盘是学生意最重要的功夫,算账全靠它。"传武说:"什么呀,算账有账房先生,咱是当伙计的,用不着。"夏元璋闻声走进屋来,板着脸说:"你们俩不好好用功,在这儿吵闹什么?教的口诀会背了吗?"传杰说:"差不多了。"

夏元璋坐下说:"哦?那你背背我听。"传杰说:"好,我背了。"呜里哇啦地背了一通口诀。夏元璋说:"好!不过还不太熟,一定要背熟了,要滚瓜烂熟才行。传武,该你的了。"传武笨嘴拙舌,背了几句就卡壳,憋出汗来了。夏元璋皱着眉头说:"你是怎么回事儿?一起布置的功课,弟弟背下来了,你这当哥哥的怎么就背不下来呢?是不是又贪玩了?"传武低头不语。

传杰学舌说:"掌柜的,俺二哥不下功夫,自己不背不说,还捣乱,把老掌柜的眼镜也摔碎了。"传武狠狠地瞪了传杰一眼。夏元璋一拍桌子说:"传武,你这个不成器的东西,真是朽木不可雕也,不罚你是不会长记性的。站到院里去吧。"传武哭咧咧地说:"还顶铜盆呀?"夏元璋说:"美得你,这回顶洗衣盆。"

传武无奈地说:"唉,好吧。几炷香?"夏元璋寻思了一会儿说:"三炷吧。"

传武头顶洗衣盆站在院当中,汗水顺着脸流下来。玉书从外边回来了,看见传武的狼狈样,笑着问:"传武哥,又挨罚了?这回是为什么?"传武满脸的不在乎说:"咳,俺把老掌柜的眼镜摔碎了,你爹罚俺。"玉书说:"不至于吧?"

传武小声地说:"你爹叫俺背算盘口诀,俺没背下来。"玉书说:"我说呢,该罚!"

传武说:"玉书,给你爹求个情,饶了俺这一回吧,等有空儿俺领你掏家雀儿窝。"

玉书一仰脖说:"不稀罕。"传武说:"那俺领你逮兔子。"玉书说:"也不稀罕。"传武说:"教你骑马?"玉书说:"真的?"传武说:"骗你小狗。"玉书说:"那我就试试。哎,告诉你哥儿俩多少回了,别老'俺俺'的。"一会儿玉书跑出来说:"我爸说了,这回谁求情也不行,他对你没有信心了。"

三炷香的工夫过了,夏元璋这才放了兄弟二人回家。传武一路上拿着柳条不停地敲打传杰的头,嘴里念叨说:"叫你嘴快!"传杰先是默默地走着,后来忍不住说:"二哥,俺可要回手了!"传武说:"你回呀,就是想让你回手。"又敲了一下。传杰被逼急了，蹲下身子，一把掏了传武的裤裆，回头就跑。传武惨叫一声，趔趔趄趄地在后面追着骂着。

到了家，传武嘴里直吸冷气。文他娘问："传武，怎么了？嗞嗞哈哈的。"传武不搭话，拿眼睛瞪着传杰。文他娘又问："夏掌柜的今天都教了什么？"传杰说："教算盘，今天学的是除法，背口诀。"文他娘说："都会背了？"传杰说："会背了。"

文他娘说："你背给俺听听。"传杰背得滚瓜烂熟。文他娘赞叹说："挺好的。传武，你也背给娘听听。"传武吭哧半天也没吐出半个字来。文他娘火了，说："没背下来是不是？你爹为了你们今后过好日子，挣死巴命地在老金沟淘金，你就这样报答你爹？你个不成器的东西！给朱开山丢尽了脸！"

传武说："俺不争气，俺该死，全家人就三儿喜你的眼儿！"说着赌气下炕，突然惨叫一声，说："娘哎，疼死了！"文他娘大惊道："传武，你怎么了？哪儿疼，对娘说。"传武捂着裤裆说："娘，俺的蛋蛋叫传杰掏了，疼死了！俺将来打不了种叫他赔！"传杰说："你怎么不说为了什么？怎么不说说你是怎么欺负俺的？光说一面子理儿。"

文他娘脱下传武的裤子一看，大惊失色，拧着传杰的耳朵说："该死的，你这孩子不声不响的，怎么下手这么狠！你们可是亲兄弟呀！"传杰号哭道："娘，俺再也不敢了！"文他娘望着窗外，眼泪下来了，喃喃自语道："唉，你们俩是身在福中不知福呀，你大哥现在不知在哪里遭罪呢！"

真让当娘的说准了。鲜儿泪眼婆娑地坐在炕头，传文躺在炕上一动不动，用手一探，还是热得烫人。原来，两人一路奔波，又兼饥寒交迫，传文还要照顾鲜儿，支撑不住，一病不起。同行的逃难人都说传文不行了，关东还远在千里之外，那野地乱坟中怕又要添这个瘦弱的少年郎了。只是鲜儿性子坚，怎么也不放弃，求爷爷告奶奶，自己又连拉带背，硬是把传文拖到一个市镇上。实在走投无路了，鲜儿咬牙写了"卖身救兄"的帖子，在自己头上插了草标。也巧，当地一个张大户要给自己的傻儿子娶亲，看鲜儿乖巧，谈妥了条件，把两人接回家安置了。

鲜儿正哭着，张大户推门进来，把几包中药递过去说："这是给你哥抓的药，熬了吧。生死由命，能不能活过来就看他的造化了。"鲜儿说："大叔，谢谢了。"

张大户说："别说谢，早点把你哥救活吧。捡个日子你就和粮把亲事办了吧。"

说罢走了。鲜儿给传文喂了药，可传文还是不省人事。用人刘妈端着脸盆，拿着衣服来了，说："闺女，你哥好点了？"

鲜儿擦着泪说："还没醒过来。"刘妈说："老爷请你过去，和你女婿见见面。"鲜儿说："刘妈，光说他有病，到底是什么病？"刘妈说："唉，就是有点病，你可千万别惹他，他要是犯起病来可吓人哪！你见过就知道了。老爷叫你洗洗脸换件衣裳。"鲜儿问："他叫粮？"刘妈说："小名叫粮，大名叫张文良。"

鲜儿更了衣低眉顺眼跟着刘妈进屋。张大户和老婆坐在八仙桌两侧。粮斜眼看鲜儿。他有点痴呆，却十分刁顽，蹦着嚷道："我不要臭要饭的当老婆！"

粮他娘说："粮，你睁开眼好好看看，这闺女葱俊儿的，陪你玩儿不好吗？"

粮走过来问鲜儿说："你叫什么名？"鲜儿说："俺叫鲜儿。"粮说："鲜儿，你愿意跟我玩？"鲜儿说："愿意。"粮说："拉钩？"鲜儿点点头伸出手去与他拉钩。

张大户说："好了，这两个孩子像是有缘分。鲜儿，明天你和粮就把事办了吧，给他冲冲喜，帖子都发出去了。"鲜儿说："你说话得算数，俺哥的病你们可得下劲治，大夫三天一看，汤药两天一服。"

张大户说："我可有言在先，生死由命，富贵在天，我会尽力的，死活可不敢打包票。"

鲜儿回了房。夜深人静，她却毫无睡意，辗转良久，她守着昏迷的传文给他跪下了，流着泪说："哥，你醒了吧，明天俺就嫁人了。哥呀，你可别怨俺啊，俺实在一点办法也没有了，俺扔不下你，得救你呀，为了救俺什么都能舍呀，这辈子不能给你做媳妇了，下辈子给你当牛做马吧！"

第二天，张大户家忙忙碌碌，门口张灯结彩，娶亲的鼓乐声响彻庭院。鲜儿对镜理妆，哭成了个泪人儿。刘妈走进屋说："鲜儿，别哭了，怎么不是嫁人？开脸吧。"鲜儿凄然道："刘妈，开脸就免了吧。"刘妈说："太太说了，一定要开脸，这是规矩。"

刘妈给鲜儿开脸，说："鲜儿，不，该改口了，以后得管你叫少奶奶了。少奶奶，少爷还小，精神头也不济，你多包涵点，只要哄着他高兴就行。好了，脸开好了，戴上绒花。"

鲜儿头戴绒花，俊美无比。刘妈叹口气说："唉，多俊的闺女啊，可惜少爷没福消受。"说着又给鲜儿穿凤衣，戴凤冠，蒙盖头，不断地叹息说："唉，也没娘家人送送你，我权当是你的娘家人吧。好了，去吧。"鲜儿起身，一步三回头，离开了昏迷的传文。从厢房到堂屋的路是那么漫长……

香案上香烟缭绕，红烛高照。张大户夫妻坐在八仙桌两侧，亲朋好友挤了一屋。司仪说："新郎新娘诣花堂。"粮扮鬼脸儿，耍猴相，牵着红绸引出鲜儿。

有人捂着嘴乐。司仪说："鸣奏喜乐，放鞭炮。"院里鞭炮轰鸣，喜乐高奏。司仪说："新郎新娘向神位祖宗牌位进香烛。"两人进了香烛。司仪说："跪，叩首，再叩首，三叩首。"新人跪拜神位祖宗，起身。司仪说："拜，一拜天地，二拜高堂，夫妻对拜！"粮不耐烦了说："不好玩，一点儿不好玩，鲜儿，咱俩出去玩打老爷吧。"刘妈忙说："少爷，使不得，该跨火盆了，一会儿就得。"

司仪高念喜歌：

新娘迈步跨火盆，
烧尽晦气净玉身。
莲步轻挪进洞房，
琴瑟和谐五月春。
蟾宫来了折桂客，
怀春嫦娥笑吟吟。
公子今日小登科，
一对玉人享天伦。
夫唱妇随好姻缘，
早得麒麟是男孙……

鲜儿跟跄着跨了火盆。粮哈哈大笑说："笨蛋！看我的。"他扔了红绸布，在火盆上跨来跨去，像只活猴子。刘妈大惊说："小少爷，使不得呀！"

婚后三天，传文终于从昏睡中醒来，环顾四下，一时不知道自己在哪里。

他挣扎着坐了起来，倚在窗台上，朝外看去。一缕阳光刺得他睁不开眼睛。院里鲜儿和粮正在嬉闹。张大户抱着水烟袋，坐在回廊下美美地吸着。

鲜儿说："粮，你输了，该罚了。"鲜儿抓着粮的手打一下说："鼻子！"粮的手却指向眼睛。鲜儿和粮笑得喘不过气来。张大户也笑了，说："鲜儿，就这么玩，好好陪你男人玩，你男人从来没这么高兴过呢。"

刘妈从屋里走到院里，低声地说："老爷，饭好了。"张大户吆喝说："鲜儿、粮，不玩了，吃饭去。"粮意犹未尽："爹，再玩会儿。"刘妈过来，低眉顺眼地对鲜儿说："少奶奶，饭凉了，赶快吃吧，都等着你呢。"鲜儿拉着粮的手跑回屋子。

传文痛苦地闭上眼睛，他回忆着，但怎么也想不明白。刘妈提着一壶开水进来。传文说："大婶儿，俺这是在哪儿？"刘妈惊喜地说："谢天谢地，可醒了，你昏死好几天了，是你妹子救了你。"传文孱弱地说："大婶儿，麻烦你把俺妹叫来，俺有话问她。"刘妈说："好，你先等着。"

不一会儿，鲜儿气喘吁吁地进了屋，喊一声"传文哥"，泪流满面。传文问："鲜儿，咱这是在哪儿？怎么回事？你快告诉俺。"

鲜儿哽咽着把传文昏迷期间发生的事情告诉了他。传文说："你说的都是真的？"鲜儿含泪点头。传文气得浑身哆嗦着说："鲜儿，俺没想到你是这样的人，贪恋富贵，没情没义，你，你……"

鲜儿哭着说："传文哥，你听俺说，俺是实在没法子了，俺不能让你死呀，为了让你活命，俺什么都能舍呀！"传文说："那就什么也别说了，咱俩走吧，要么继续往前走，去关东，要么咱往回走，回山东，俺不能瞪眼看着让你做人家的媳妇！"

鲜儿说："哥，你听俺说，你的身子骨还不行，你再养养病，养好了病你自己走吧，俺这辈子就这样了，再也没脸和你做夫妻了，虽说俺现在还是干净身子，可已经是泼出去的水了，收不回去了。戏文上唱的，朱买臣怎么马前泼的水，你都忘了？"传文说："鲜儿，你都是为了俺，俺不嫌弃你。"鲜儿说："你不嫌，你爹娘知道了能不嫌吗？"传文说："他们也不能嫌弃，是你救了俺一条命啊！"鲜儿哭着说："哥，你走吧，一个人干干净净地朝前走吧，别管俺了，权当俺死了。"说罢掩面而去。

鲜儿回到屋里，粮还在酣睡。鲜儿摇晃着粮说："粮，起来吧，中午别贪睡。"

粮说："就不起来，看你能怎么样！"鲜儿生了气说："俺叫你不起来！"一把掀起了被窝。粮耍起了大丈夫脾气说："我叫你掀被窝！"一脚蹬倒了鲜儿。鲜儿忍无可忍，把粮翻过身来打屁股，好一顿收拾。粮惨叫着，光着身子跑出去，喊道："不好了，鲜儿打她男人了，造反了，要出人命了，快来管管吧！"

张大户闻听，拦住鲜儿命她跪下，又让人拿了戒尺抽打着鲜儿的手心，一边打一边骂道："你这个贱人，三纲五常懂不懂？我叫你打男人，你打我儿我打你，打死你，臭要饭的！"鲜儿嘴硬说："打吧，有胆气你打死我，不用你偿命，俺还要谢谢，打不死算你没种！"

张大户怒道："我叫你嘴硬，我今天就打的你嘴硬！"粮他娘有些于心不忍，对刘妈暗示，刘妈会意地点点头，上前劝道："少奶奶，你就说句软和话吧。老爷，你就饶了她这一回吧，少奶奶年轻不懂事，你大人不记小人过，饶了她吧！"

粮他娘也忙说："当家的，喝点水，消消气。"张大户放下戒尺，对粮他娘恨恨地说："这个贱东西，嘴就是硬，本来想吓唬吓唬她，还跟我耍横，找打！"

粮他娘微微一笑，对鲜儿温和地说："鲜儿，别怨恨你爹，他也是为了你好，回去吧。"

鲜儿回到新房。粮害怕了，又心疼鲜儿，抚摸着鲜儿的手心，关切地说："鲜儿，疼不疼？打疼了？你等着，我给你报仇！"鲜儿杏眼一瞪问："你怎么报？"

粮说："我有办法。"他蹿到院里站住了，不停地抽着自己的嘴巴。张家的人都跑出来了。张大户惊异地喊道："粮，你怎么了？发什么疯！"粮哭喊着说："你打我媳妇，我打你儿子。看谁划算！"张大户说："粮，爹不是给你出气吗？"粮说："你给我出气，我给媳妇出气，我要给媳妇出气，要不她就不和我玩了！"

张家人哭笑不得。粮他娘说："儿子，好了，你爹再也不打你媳妇了，回屋吧。"

粮继续哭闹说："不行，爹得给俺媳妇赔个礼，鲜儿没打我，你可打我媳妇了！"张大户说："咦？你不是说她打你了吗？怎么又说没打？"粮说："我是说着玩！"

张大户无可奈何地说："好了，我给你媳妇赔个礼还不行吗？"

张大户还真进了鲜儿屋，鲜儿大被蒙头。张大户说："鲜儿，爹不对，爹错了，不该打你，爹给你赔礼了。"粮他娘也劝道："鲜儿，见好就收吧，你爹不知情，不是认错了吗？"

鲜儿哭着说："俺是来给你家做媳妇的，不是讨打的。"张大户说："好了，鲜儿，爹再也不打你了，今后再碰你一指头我不得好死！"粮一摆手说："好了，你们都走吧。以后我的媳妇谁也别想欺负！"张家的人都走了。粮从怀里掏出一把枣说："鲜儿，你吃。"鲜儿扑哧笑了，说："你从哪儿偷的？"粮说："你不用管，我家里有什么好东西，放在哪儿，谁也别想瞒我。以后你要是不打我，我天天给你偷好东西吃，行不？"鲜儿说："那你也别使横。"粮说："行，拉钩。"

两人拉了钩。粮说："我都知道，以后长大了咱俩还得圆房，圆了房才真的是两口子，睡一个被窝。"鲜儿说："不害羞，圆了房俺也不和你睡一个被窝。"

粮笑着说："不和我睡一个被窝？有办法调理你。"鲜儿说："你有什么办法？"

粮说："我就天天尿炕，赖你尿的，看我爹打不打你！"鲜儿说："你舍得？"粮说："嗯，不舍得。不睡一个被窝也行，你陪我玩。"鲜儿说："怎么玩？"粮说："你给我当马骑。"

鲜儿说："才不呢。"粮说："鲜儿，你就应了吧。"鲜儿说："那你得先给俺当马。"粮说："也行，现在当也行。"说着撅着屁股，说："你骑呀！"鲜儿咯咯笑着，骑着粮说："驾！"刘妈端着果盘进来了，见此情景大吃一惊说："我的妈呀，这两口子，唱的是哪一出呀！"

夜里，等粮睡着了，鲜儿又到西厢房为传文擦洗，喂药。传文睁开眼睛，看着穿戴一新的鲜儿，痛苦地说："鲜儿，你走吧，俺不用你管，但凡俺能动了就走，不拖累你。"鲜儿赌气地说："走就走，没良心的东西，你好赖不知！俺这都是为了谁？谁知道俺的心哪！"传文说："鲜儿，俺不能留下，你这是把俺架在炉子上烤啊，俺受不了！"鲜儿说："传文哥，俺也不好受啊，可这都是命啊，认命吧。养好了病咱再说，不好吗？"

第五章

炕上，粮已入睡。鲜儿正在灯底下做针线，传来敲门声。鲜儿问："谁呀？"门外传来张大户的声音说："鲜儿，是爹，能进来吗？"鲜儿下了炕，打开门，见张大户端着一盆热乎乎的饺子。鲜儿说："爹，这么晚了你怎么还包饺子？我娘包的？"张大户说："我亲手包的，快尝尝吧。"说着进了屋。鲜儿望着热气腾腾的饺子说："爹，一块儿吃吧。"

张大户点起水烟袋说:"我吃过了,你赶紧吃吧,你哥那儿我已经送过去了。"

鲜儿慢慢地吃着饺子。张大户说:"鲜儿,有件事和你商量一下,我想让你妈带着你和粮看看奶奶去,明天就走,奶奶听说你和粮成了亲,成天巴望着你俩回去看看,你俩去住个十天半个月的,你看行吗?"鲜儿说:"俺听爹的。不过我得告诉我哥一声。"

张大户说:"啊,我忘了告诉你了,你哥刚才吃完饺子跟着长工赶夜集去了,多大的人了,还是愿图个热闹,非要到海边夜市上看看光景不可,小百十里地呢,明天傍晚才能回来……这孩子,临走也没告诉你一声?"鲜儿呆呆地看着张大户……

翌日清早,鲜儿和粮他们娘儿俩上了马车。张大户挥了挥手:"你放心地走吧,你哥回来我告诉他一声。"鲜儿还四处张望着,马车已向着村外跑去。

鲜儿他们走了不过半晌,传文和长工们便回来了。传文进了院就喊鲜儿,院里喊,小屋里喊,又到新房里去找……四处寻遍,不见人影。

传文跑进堂屋问张大户:"大叔,鲜儿呢?鲜儿怎么不见了?"张大户坐下说:"传文,你坐下,慢慢说话。"传文说:"大叔,鲜儿到底上哪去了?"张大户说:"是这么回事,你大婶带着鲜儿和粮到河北去看看他奶奶去了,他们要在那儿住一阵子。"传文问:"住多少日子?"张大户说:"能住个一年两年吧,你不要急,鲜儿临走有话,叫我好好待你,还给你留下二十块银圆,你就安心在这儿住下吧,也就是一两年光景,你要是想找她,也成,这是地址。"张大户把一个信封放到传文手里,又放上二十块银圆。

传文愣愣地站在那里。张大户说:"时候不早了,歇着吧,明早开始,你就和我在这儿吃饭。"传文又愣了片刻,一把接过信封和银圆揣进怀里,说一声"我找我妹去",头也不回地走了。剩下张大户一个人在屋里,他眯着眼,长吐一口水烟,阴声笑了。

十余天后,一辆大车载着鲜儿和粮娘儿俩回来了。张大户在门口殷勤迎着。鲜儿一头拱进院子里,问:"爹,我哥呢?"张大户摇了摇头说:"咳,这个犟人,我怎么劝也劝不住,到底走了,说是要到关东找你爹去,没办法,我给了他二十块银圆……"鲜儿呆呆地看着张大户,她心里顿时什么都明白了。

鲜儿回了自己的屋,简直悔青了肠子。她关上房门,不禁悲从心来,更埋怨自己的大意。哭了良久,鲜儿下了决心:她得走,留下就称了他张大户的心。无论如何她得走，去找传文。

这日夜里，鲜儿哄得粮开了心，自己却落了泪说："粮，姐不能活了，你爹太狠了、太阴了！"粮见鲜儿哭成个泪人，自己也急得哭。鲜儿说："粮，你让姐去找传文哥，找了他我就不哭了。"粮说："爹说让我看好你呢！"鲜儿说："你信我还是信爹？"粮挠挠头说："信你。"鲜儿一刮他鼻子，笑说："真乖，等姐回来好好陪你玩。"粮点点头，神色难得郑重起来，说："鲜儿，你走吧，你在我家这辈子不会好的。刘妈对我说了，传文哥才是你男人，你去找他吧。我给你挡着爹和娘，你快走。"

鲜儿一下子把粮搂在怀里，狠命地亲他，哭着说："粮，俺对不起你，你是好男人，将来一定会找个比俺好的媳妇！"粮摸着脸，泪水流出了眼眶，说："我只要你。"

春日的原野，生机盎然，一眼望去，尽着春意。

蜿蜒的小路上，王家戏班子的马车在缓缓地前行，几个乐师奏着乐器唱着二人转小调：

正月里打新春儿，
寡妇房中口问心儿，
寡妇年长三十二，
一十七岁上进了门儿……

马车突然停下了。班主王老永跳下车急问道："咋停下了？"艺名"大机器"的艺人绕过马头凑到王老永跟前说："师父，前边道上跪着个打听道的闺女！"

王老永说："噢？她挡道？"挡道的正是鲜儿，她跪在道中间，眼圈红红的，泪水挂在睫毛上，喊了一声："师父。"王老永扶起她说："闺女，快起来，这是咋说的！你是哪儿的？叫啥名？跪在这儿干啥？"

鲜儿立起身说："师父，俺是山东逃荒出来的，姓谭，叫鲜儿，道上和家里的人失散了，没有活路了，收下俺吧。"王老永叹气道："孩子够可怜的，可眼下戏班子也在难处。如今这年月请戏的越来越少，戏班子的日子也不好过，带上你也未必能养得活啊。"鲜儿说："师父，俺不白吃饭，什么都能干，缝缝补补洗洗涮涮，饭也能做。"王老永说："闺女，不是那么回事儿，戏班子这些活都是自己干的，不养闲人啊！"鲜儿说："俺想跟你学戏，将来挣戏份子自己养活自己。"

王老永直摆手说："使不得，使不得，万不得已不能吃这开口饭。再说了，这是蹦蹦戏班子，自古不收女徒弟。"大机器说："师父，这个规矩已经破了，马家班最近收了个女徒弟，还挺叫座的呢。"王老永瞪大机器一眼说："没有你不知道的！"

大机器伸了伸舌头说："我也是听说的。"王老永说："闺女，我说句不爱听的，三百六十行，干这行最下贱，三教九流都数不上，唱戏列在下九流，比不上叫花子，连妓女都不如，人人笑话，但凡有一线活路也别来吃这碗饭。闺女，对不起，不能收留你，别怪我心狠，我打心眼儿里是为你好。"

鲜儿说："师父，俺一点活路也没有了，跟您学戏不光为了口饭，俺喜欢戏班子，喜欢唱戏，不怕人笑话，收下俺吧。"王老永跺脚说："你小孩子家不懂事，我是大人，不能跟着你糊涂。都上车，走！"

大机器央求王老永说："师父，鲜儿姑娘孤苦伶仃怪可怜的，您就发发善心留下她吧。"王老永沉下脸说："年纪轻轻的你懂啥！能留我还不留？我说过，你别看咱在台上唱戏，大伙儿随着二人转，可在人们眼里，咱干的是最下贱的行当。人家管咱叫啥？戏子！但凡能有条活路的谁干这行当？你数数戏班子的人，哪个不是瓦无半片地无一垄？哪个不是四海漂泊无以为家？就说你大机器吧，咋来戏班子的？还不是我在雪堆里捡的？咱们受苦就是了，还要带累人家闺女吗？"

大机器说："她现在也是孤苦伶仃没有亲人了。"

王老永说："她的活路还没绝，好歹还有个奔头。"

大机器说："可现在她一个姑娘家靠谁养活啊？"

王老永说："车到山前必有路，不用你操这份心。走了，赶路呢。"

赶车的大机器扬着鞭子说："师父，您看，她还跪在道上。"王老永跺着脚说："你这姑娘，怎么就认准了一条道偏要走到黑！戏班子有什么好？"鲜儿泪水涟涟，跪在地上低着头不说话。大机器又劝道："师父，鲜儿是诚心诚意的，您就收留她吧。"

别的艺人见鲜儿楚楚可怜，也劝道："是啊，师父，把她留下吧。"王老永说："闺女，就算我留下你，可你能干点什么？杂活，大伙儿都能干；学戏，你这么大岁数也晚了，我总不能白养一个人吧？"鲜儿说："师傅，俺以前也唱过戏，也能唱几段呢。"王老永说："哦？你还能唱几段？那唱给我听听。"鲜儿说："怎么不能？唱哪段？"王老永说："瞧这口气，随你便。"

鲜儿说："那俺就献丑了，就来段《穆桂英征西》，点将那段。"说着引吭而歌，虽然唱得还显稚嫩，却也是有板有眼，不过吕剧味儿浓浓的。王老永惊诧地问："过去唱过山东的琴书？"鲜儿点点头说："嗯。"

王老永说："唉，闺女，干咱这行的苦啊，小鸡张嘴咱才能闭嘴。"鲜儿说："师父，俺知道，俺能受！"王老永说："干咱这行的难哪，南浪北唱东耍棒，九腔十八调七十二咳咳，不好学呀。"鲜儿说："俺知道，俺跟着师傅好好学。"王老永说："唱错了要挨打，病了死了要离班，没人管你。"鲜儿说："俺不怕！"王老永说："好，既是这么说，那就收下你了，上车吧。"

鲜儿磕了一个响头说："谢谢师父！"鲜儿上了车，与众人说着话，心里不禁暗喜。原来这王家戏班子要去的也是关东，他们候鸟一样，天气转暖便往北回了。鲜儿暗自说道：传文哥，俺走投无路，误打误撞进了戏班，可又是往关东的方向。老天让俺一定寻着你啊。

天色已晚，戏班子在一个马车店落了脚。王班主自己住一屋，他收拾了一下，把鲜儿叫了进来。屋内香烟缭绕，烛光闪耀。桌上供着梨园祖师唐明皇的牌位，旁边是师祖、师父的牌位。王老永上香祷告道："师祖、师父在上，今天咱们戏班子又要添丁了，破规矩了，是个女孩子，没办法。这孩子有灵根，是棵好苗子，徒儿不会走眼，孩子一定能唱红，给咱戏班子增光，绝不会辱没师祖。"

鲜儿乖乖地跪倒在地上，双手合十，磕了三个头。大机器扶起鲜儿说："给师父磕头。"

王老永端坐椅子上。鲜儿过来，扑通一声跪下，叫一声："师父！"连磕三个头，又跪直。王老永说："今天拜了师，你就是戏班子的人了。国有国法，家有家规，咱们戏班子也有戏班子的规矩。进了戏班子，生是戏班子的人，死是戏班子的鬼，算是入了籍了。学徒期间没有戏份子，管吃管住，师父教你戏，任打任罚，不许有半句怨言。出徒之后要为戏班子效力，按出力多少拿戏份子……"

鲜儿点头说："师父，俺记住了。"王老永说："刚才说的是学艺做戏的规矩。咱们唱戏的，第一要做好人。这世上谁也不把咱唱戏的当人，可咱们要自己把自己当人，万万不可自轻自贱了。进了戏班子不准谈婚论嫁，要嫁人就得离开戏班子。为啥？这成千上万的戏迷，捧你，迷你，为了啥？因为你是大伙儿的，是他们梦里的念想。你要是庙里的猪头——有了主儿，谁还捧你迷你？那你在戏迷的眼里就死了，一文不值了。好了，起来吧。大机器，送你师妹回屋歇息去吧。"

鲜儿退出屋。王老永说："慢着，还有一句话嘱咐你，入乡随俗吧，以后把口音改改。"鲜儿脆生生地说："哎！"

金沟里春意盎然，河套水道里流水潺潺。流子上水哗哗地响，金簸箕上水哗哗地响。立"好汉桩"了，金夫们把一根三米长的木杆埋进工房前，金把头虔诚地拴上红布。庙前摆了供桌。金把头率领金夫们齐刷刷跪在草地上，搞了一番虔诚的拜山、拜水仪式。拜完后，金大拿扶着一个干瘦汉子站在众人前说："伙计们，今天我重金从漠河请来了老金疙瘩，他可是淘金拉沟的好行家，跟着他干你们就等着发财吧。"

吩咐完，金大拿又唱起来：

不怕吃，
不怕砸，
就怕爪子一划拉。
不怕爹，
不怕娘，
就怕金子不上炕。
清溜子，
心放正，
不然要你的小狗命。
要按硝，
下深井，
裤裆底下也掏净……

老金疙瘩也闭着眼睛唱道：

山神爷，水神爷，

打个招呼报个信，

今天就要动土了。

山有山精，

水有水怪，

草有草王，

土有土行孙，

求求你老多宽恕，

发财拿了大金疙瘩，

再来报答众神仙！

大伙儿一起喊着："发财，发财！"

金场金夫们所住的各个木屋外，众多金夫们在收拾着工具。牛得金对朱开山说："朱大哥，这拜山、拜水真有意思，淘金的说道真多。"小金粒插嘴说："那可不是！"牛得金说："那个老金疙瘩有啥本事？连大柜都对他恭恭敬敬。"朱开山说："这个老金疙瘩可不简单，方圆几千里有名，拉沟全靠他。"牛得金问："哎，来这儿就听说拉沟，到底什么是拉沟？"

小金粒说："这你都不知道呀？还叫得金呢，得屎吧。我给你说说吧，拉沟就是看金场的水呀，石头呀，还有山岭的走势。"牛得金问："看这些干啥？"

老烟儿说："说你是棒槌不愿意听，选窝子呀，窝子选不对就白忙活了。"牛得金说："哦，明白了。"

金把头把一面破旧的旗子在门前的木杆上升起——"起旗"了。小金粒说："起旗了，走哇！"

众金夫们扛着镐头、铁锹上工了。老金疙瘩提溜着棍子，满脸凝重地看山看水。朱开山及住在同一屋的金夫们紧紧地跟随其后。老金疙瘩说："嗯，这儿不错，馒头山。有山就有沟，看沟要看走向，南北走向没金，东西走向有。"

朱开山问："咋个说法？"老金疙瘩说："金子是啥？精灵！太阳东升西落，金子跟着太阳转，从东往西走。你看这沟门，抱得紧，肯定有金。水也好，戗水，金子站得住。"朱开山说："这里的学问大着呢。"

老金疙瘩又带人走到河套，弯腰捡起一块一头胖的石头说："嗯，这石头，母的，好。"朱开山问："石头也有公母？"老金疙瘩瞪着眼说："不许问！"他用棍子点着一处处，"这儿，这儿。"金夫们什么话也不敢说，在老金疙瘩指点处开始挖。老金疙瘩突然长叹一声道："唉，要是贺老四活着，哪用得上我呀！这五道沟的金脉都在他的肚子里……"

和朱开山搭伙的是一个叫顺子的青壮小子，一把好力气，就是没经验，都亏了朱开山照应着。两人的进度飞快，别人的井还是个浅窝，他俩的井已深近两米。这日午头，朱开山在大黑丫头那里喝酒晚了一刻，赶到河套里，看见顺子正甩着膀子大干。朱开山一笑，走近了却又皱起眉来，原来那个顺子不懂挖金的规矩，把井口扩成了方的。

大金粒过来说："喂，小子，你会不会挖？把井扩成方的。挖圆口这是老规矩，咋这事还没整明白呢？"朱开山跑过来说："对不住，他没打过井，不懂规矩。行，按你说的干。"

正说着，金大拿来验工，走到朱开山的井前，见状大怒说："谁让你这么干的？啊？"朱开山说："这孩子不懂这规矩。"金大拿暴跳如雷说："他不懂你也不懂啊？把井口扩成方的就是妨我淘着金！谁打方井谁就得下！你给我下井，立马下井！"顺子一惊，吓得躲在朱开山身后。朱开山说："他还是个孩子，算了吧……"

金把头闻声跑了过来，说："掌柜的，咋了？"金大拿说："你看吧！"金把头一看大吃一惊，说："我的妈呀，小子，你可闯祸了，按规矩这井就得你下了，快下井吧。"顺子恐惧地看着朱开山。朱开山叹了口气，默默地下了井。突然，井塌方了。众人吓呆了，一阵惊呼，围了过来。

金把头冷漠地挥了挥手说："把井填了！这口井丧气！"金夫们谁也没动。金把头咆哮着，挥舞棍子殴打金夫们说："你们要造反啊！给我填！"小金粒哭着，扒着井土说："把头，不能这样狠心呀，他还活着！"金把头不为所动，众金夫无奈，只好把那方口井填了。刚平了井，众人惊呆了——只见井土在不停地松动，片刻工夫，朱开山从井土里活脱脱地站立起来，已经成了个土人！大金粒、小金粒呆呆地看着朱开山。老烟儿惊呼道："老天爷，这是人吗？简直是神！"金大拿、金把头吓得往后退着。朱开山慢慢地向前走着，把金把头逼到了石崖旁。朱开山两拳紧攥，两眼喷火。金夫们围拢过来，想看一场恶斗。不料朱开山一抱拳说："都不容易！"说罢，轰然倒地。

小金粒把朱开山背回金夫们的小屋，跑前忙后。朱开山刚才也是逞了一口气，一松下来，顿觉衰颓，养了大半天才稍微缓了过来。晚上，小金粒给他喂了水，喂了饭。大金粒凑过来说："老朱，对不住了，我给你认个错，你大人不和小人斗，都怪我有眼无珠。"

朱开山轻声地说："爷儿们，咱们都是走南闯北的人，天下的穷人是弟兄。山不转水转，两个山头不会永远不碰面，两个人就是分了手，说不定猴年马月还会见面，得饶人处且饶人，老古语不会错。"大金粒说："老朱，你简直是神人，学的是什么功夫？教教我吧。"朱开山笑笑说："我哪来的功夫？人在绝处什么事都能干出来，狗急了不是也会跳墙吗？"话里有话。大金粒当然明白，说："那是。"

大黑丫头来了，盯着朱开山说："哎呀，了不得啦，金场里都传开了，说你朱老三没有千儿八百斤的力气从井里拱不出来！你一准儿练过金钟罩、铁布衫，我算服了！"朱开山说："打住，你可别瞎嚷嚷，我跟你实说，真的不会功夫，有把子力气是真的。"大黑丫头说："那也是神力。"朱开山避开话题说："有日子没到你那儿喝酒了，改日我请我们头儿到你那儿喝酒，连你也请着。"大金粒说："不，还是我请你，给你压压惊。"

金夫们在忙碌着。一群土匪的马队奔驰而来，搅起漫天尘土。一匹马后还拖着一个老人的尸首，血肉模糊。众金夫停下手中的活，从不同方向走近停下来的马队。

小金粒边走边对朱开山悄声地说："我的妈呀，咋回事？"朱开山阴沉着脸无语。

金大拿奔跑过来和土匪对黑话说：

"你是谁？"

"我是我。"

"压着腕！"

"闭着火。"

"从哪盘过来？"

"呼兰哈卡。"

"草干空干？草干富水，空干连海，不空不干，齐根草卷？"

土匪不说黑话了，说："谢了。你是这儿的大柜？"金大拿说："正是。"土匪扬着马鞭说："那好，没你们的事了。大伙儿看好了，这是个老淘金的，山东棒子，不是你们的人。老东西要把去年淘的沙金带出去回山东，这是找死！"朱开山面色漠然，他旁边的小金粒惊恐地看着尸首。大金粒、牛得金、老烟儿等人神态不一地听着。众金夫们面面相觑，神态不一。

土匪竟然满口道理："没有规矩不成方圆，这是我们的地盘，我们要保护你们安安生生地淘金，淘了金不能藏着，不能带出去，私自挟带这就是下场！"说罢又骑马扬尘而去。

金大拿正在对大家说着："伙计们，大伙儿都看到了，咱们淘金人容易吗？上有官府管着咱们，四周有好几绺马帮候着咱们，咱们淘了金千万不敢藏了掖了，都得交到柜上，换成工钱。皇上有令，金子是大清国的花销，哪怕带出去一粒也是犯死罪的。你们大多数都是从山东来的，几百年了，有几个带着金子回家的？我劝大家一句，不要冒险，要守规矩。伙计们，这里埋的都是山东来的淘金客，打从道光年间这儿就开了金场，一直到现在，没有一个人能把沙金带出去啊！那些不守规矩的人，留下的就是这些白骨，好好想一想吧，到底金子金贵还是命金贵？"朱开山依旧面色漠然。而老烟儿、牛得金等则神色惊恐。

狭窄的沟口寂静无声。朱开山牵着马静静地躲在一棵树后，望着静静的沟口。良久，朱开山猛地往马腔上捅了一刀。马嘶叫着朝沟口奔去。朱开山关切地注视着沟口。沟口处，突然传来一排密集的枪声。马嘶鸣着倒下了。朱开山倚在树干上，绝望地闭上眼睛……

春和盛夏家铺子里，传武和两个伙计整理着货架子。常先生正在教传杰识别各种货物。夏元璋在柜台前查看着账簿。夏老爷子走进店铺。夏元璋起身恭迎说："爹，您不好好歇着跑来干什么？生意交给我还是不放心？"边说边把老爷子安排在桌前坐下。传杰赶紧送上茶水，笑眯眯地说："老掌柜的，喝茶，这是您最爱喝的花茶，知道您这时候能来，给您拿被捂着呢，还烫嘴。"夏老爷子掩饰不住自己的喜爱，说："这孩子，心就是细，脸上嘴上都有买卖。"

夏元璋说："错不了，就是还有点木讷。"夏老爷子说："别急，慢慢历练。元璋，跟你说件事。"夏元璋说："爹，您说，儿子听着呢。"夏老爷子说："元璋，不孝有三，无后为大，玉书她妈还有我的孙子都没了，你该续房媳妇了，把这件事张罗张罗吧，你可不能让夏家断了后啊，那是对不起祖宗的，再说了，这家业总不能让玉书继承吧？"

夏元璋说："爹，自打从旅顺口回来我是万念俱灰，这事先放放吧。"夏老爷子说："别拖久了，耽误我抱孙子可不行，咱们夏家三世单传，别在你手里断了香烟。"夏元璋说："爹，你放心。"

夏老爷子说："唉，都怨我一时失了主意，不该放你跟着岳父到旅顺做生意，留在元宝镇不就脱过这一劫了？"夏元璋说："唉，谁也没长前后眼，岳父不也是冲着和李鸿章大人沾着点瓜葛才投奔他的吗？谁知道……"

夏老爷子说："好了，不提这些了，提起来心里堵得慌。还说说这两个孩子，我是看好了传杰，有灵气，就是不知道心眼正不正，还得慢慢看。"夏元璋说："怎么看？"夏老爷子一笑说："我自有办法。"他从兜里掏出一个铜板。夏元璋明白了，说："能行？"夏老爷子说："怎么不行？"

两日后的清早，传武在扫院子，发现墙旮旯儿有几枚铜板，他看看四处无人，揣进兜里。却被传杰看在眼里，劝阻说："二哥，柜上的东西你不能昧了，交柜吧。"传武说："这明明是我捡的，怎么是柜上呢？留着干什么不好？"

传杰说："掌柜的不是说过吗？店里的一切都是柜上的，捡了都应该交柜。"

传武狡辩："我也不是从店里捡的呀，是在院子里。"传杰说："你不交？不交我可要告诉掌柜的了。"传武说："告吧，反正是我捡的，告官也不怕。"传杰看他一眼，回身往夏元璋屋里走去。

夏元璋正和玉书聊天。夏元璋说："玉书，一个女孩子家书念到你这么多的不多了，又不能参加科举，以后在女红上下点工夫吧。"玉书说："爹，我不是为了科举，就是想多学点知识。咱们为什么不能像人家西洋人那样男女都一样进学堂？这不公平。"夏元璋说："咱是大清国，不比人家西洋，讲男女平等。爹对你已经够放纵的了，没让你裹脚，你看看，像你这么大的姑娘现在哪有不裹脚的？"

这当儿，传杰进来了，说："掌柜的，我有话对你说。"夏元璋："哦？什么事？你说。"传杰说："掌柜的，我这几天发现柜上老有掉钱的，最多一回有十几个铜板呢。"夏元璋故作惊讶说："是吗？也没有什么大惊小怪的，咱们柜上客多，说不定是他们掉的，你捡着就留下吧，买点好东西孝敬你娘。"传杰说："我可不能那么做，这里的一切都是柜上的，按规矩无论捡到什么都应该交柜，我都交柜了。"夏元璋说："好，这样好。"

传杰又嗫嚅道："掌柜的，我二哥刚才也捡到钱了，可他没交柜，我劝他交柜他不听，我琢磨了半天，这件事得告诉您，求您对他多管教。"夏元璋皱眉说："哦？有这事？这可是违背了店规，我一定要严加管教。"玉书听了却皱紧眉头，说："传杰，不管怎么说他是你二哥，你这不是出卖弟兄吗？"夏元璋说："玉书，怎么说话！哥哥不守规矩当弟弟的应该阻止，学做生意首先要学会做人，都要以诚信为本。传杰，你做得对。"

一试之下，夏元璋心里更有了分寸，嘱咐常先生多栽培传杰。这日传杰在擦着柜台，常先生招手说："传杰，你过来。"传杰问："常先生，有事儿？"常先生擎着一张貂皮说："试试你的眼力，这是张什么皮子？"传杰说："还用问吗？紫貂皮。"常先生说："看看货色如何。"

传杰仔细看看皮子，又上手摸了一阵，沉思了一会儿说："好皮子，上等货，冬皮子。"坐在桌旁始终关注着传杰的夏元璋接过话说："能送这儿的紫貂皮子你就放心，都是冬皮子，除了冬天谁也猎不到它。"传杰说："掌柜的，怎么猎紫貂你给说说。"传武也打一边凑了过来说："掌柜的，说说。"

夏元璋说："猎貂又叫猎大皮，这东西生性多疑，很难捕捉，入冬刚下过头场雪，猎户就出发了，在这玩意儿出没的地方挖好陷阱，埋上障栏，然后开撵，这一撵就要撵上一冬，直到来年开春，山上的雪化了，山路泥泞了，貂才一步一回头地回到老地方，正是，智者千虑，必有一疏，最后还是掉到陷阱里，成了猎人的囊中物。最好的猎手一年也就只能捉住一只貂。"

俩孩子听迷了，惊呼道："啊，貂这么难捉呀！"夏元璋说："正因为难捉才弥足珍贵，上好的貂皮都是要进贡皇宫，除了给皇帝妃子做马褂、背心和坎肩，主要是给皇帝大臣做套袖。"传杰说："做套袖？这么好的东西做套袖？"夏元璋微微一笑，说："皇帝大臣成天吃大鱼大肉能不上痰？他们好面子，不好当着大伙儿的面吐痰，就吐在貂皮套袖里。这貂皮套袖有一样好处，就是不沾泥不沾水，到了没人的地方轻轻一甩，痰就飞出去了。"传杰说："啊，怪不得说貂皮是关东山的一宝呢，果然是好东西。"

夏元璋说："传杰，你跟我来，给你看样东西。"传武说："掌柜的，我也去看看？"夏元璋说："给你看也没有用，你去把库收拾收拾吧。"传武无奈，耷拉着头出去了。

楼上库房的货架上，整齐有序地摆放着各种关东特产的珍品。夏元璋擎着一样东西："传杰，看看，这是什么？"传杰说："这就是鹿茸吧？"

夏元璋笑了，说："对了。会不会看这东西的成色？"传杰摇头。夏元璋说："鹿茸的上品叫血片。开了春，鹿的角就褪了，开始长新角，趁着嫩的时候割了就是血片，老了就不值钱了。是不是血片怎么鉴别？你割下一片对着日头看，有红色的就是血片。你看看这片，记住颜色。"

传杰对着日光看鹿茸的血片，感叹说："掌柜的，山货的学问太多了！"传武收拾了库房，百无聊赖，溜到门外见隔壁吴家铺子的黑牛蹲在门口。他凑过去，拉着黑牛说："咱玩撒骨头块儿吧，谁输了拿一个大钱。"黑牛思忖了一会儿，答应了。两个人热火朝天地比画上了。几局下来，却是传武玩输了，黑牛说："你输了，给我一个大钱儿。"传武说："我现在没有，先欠着。来，咱们再玩一把。"黑牛说："你耍赖，不跟你玩了。"传武揪住黑牛的衣领说："玩不玩？不玩就把赢我的还给我。"黑牛说："凭什么还你？我赢的。"传武说："不还就揍你！"黑牛说："你敢！"传武说："就敢！"

两人话赶话地厮打起来。急了眼的黑牛捡起块石头向传武头上砸去，传武头上顿时血流如注。传武也急眼了，拿起门边的扫帚朝吴家铺子的窗上扑去，把人家的封窗纸戳得稀烂。吴掌柜的出门吼道："夏掌柜的，快出来看吧，你家的伙计发疯了！"

楼上的夏元璋和传杰忙跑出铺子。夏元璋厉声喝道："传武，不许撒野！给我回去！"传杰紧紧抱住传武说："二哥，回去。"玉书说："传杰，你不用拦着，黑牛太撒野了，为什么把你哥打破头？你该上才对！"夏元璋朝女儿大吼道："你少给他们煽风，回头我一个个地收拾你们！"

第六章

蓬头垢面、衣衫破旧的传文背着自己简单的行李，拄着棍子，踉踉跄跄地走着，他十分消瘦，发如茅草。他看见一个老人赶着两只羊走过来，上前作了个揖说："老人家，问个话。"老人说："我的天哪，你这是从哪儿拱出来的，怎么糟蹋成这样？"传文说："俺从山东过来的，到这找俺妹子。"

传文从怀里掏出张大户给他的那个信封，递上去说："老人家，这是张锁镇吧，这个人是在这儿住吧？"老人看了看信封，点点头说："是啊，走到前面那棵大柳树下，从东往西数第三家就是，你是她什么人？"传文兴奋地说："亲戚，亲戚，俺妹子，就在这里，谢谢了！"传文揣好信封，拄着棍子，踉踉跄跄地朝大柳树奔去。

这是一处孤零零的茅草房，因为年久失修，显得有些破败。传文平整一下自己激动的情绪，轻轻地敲着门，却始终无人应。传文加大了力气。门开了，一个三十来岁的女人拉开门，见传文如此模样，吓了一跳，慌忙关上门，顶上门闩。

传文急道："我说，你别害怕，俺来找俺妹子，俺妹子住在你家，你是叫张英莲吧？"里面女人问："你是谁？"传文说："是这么回事，我妹子叫鲜儿，她嫁给张大户的儿子粮了，前些天她跟着她婆婆和粮到这儿看奶奶来了，我是她哥，来看看她，开门呀，咱是亲戚。"女人说："没有这么个人哪，你找错门了。"

传文说："这怎么可能哪？"

传文说着把信封从门缝里递进去，说："这信封上写的是你家吧？"女人沉默了良久，打开门。传文说："没错吧？俺妹子呢？"女人说："大哥，我是叫英莲，你说的张大户是我哥哥。可自从他发家以后，再也没管过我和我妈，要不然我妈也不能死得那么早。就为这我和他早就不来往了！你妹子根本没来过，你让他给耍了！"传文一下子愣在那里。

天气已经转暖，朱开山与同住一屋的金夫们正在木屋前吃晚饭。大伙儿或蹲或坐，边吃边议论。牛得金说："那马死得可真惨哪，都快打成了筛子了！多亏上面没骑着人哪！"老烟儿说："人家是先用马来试试风声！高人哪！"小金粒说："这人是谁呀？"大金粒说："唉，管他是谁哪！反正这里是天罗地网，进来了就别想出去了，认命吧……"

朱开山靠墙蹲着，默默地吃着饭，心有所思。不留神大黑丫头进了屋，劈头问："老朱大哥，想啥呢？"朱开山微微一顿，说："你咋来了？"大黑丫头说："我来给柜上送点酒。"

大金粒对大黑丫头说："老板娘，那匹马的事你听说过没有？"大黑丫头回答说："咋没听说呢，除了你们刚才说的，我还听说那匹马不是倒了吗？可打了个滚又起来了！"老烟儿好奇地问："又起来了，没死？"

大黑丫头说："起来以后，身上又挨了一百来发子弹，能不死吗？可惜呀，那是匹好马，有种！"朱开山面色平静地听着。老烟儿又问："头排枪是官兵的，那第二排枪是哪来的？"大黑丫头说："哪来的？还能哪来的，土匪的！"众人一愣。大黑丫头说："我早就跟你们说过，这金沟可是天罗地网，谁也别再拿命往外挣了，那就是挣命！"

朱开山正色道："你说得太对了！"金把头走来，说："嗬，这儿挺热闹。老朱，咋样了？没伤到筋骨吧？"朱开山说："没事了，叫把头挂在心上了。"

金把头说："别往心里去，大柜也是为咱好，咱不好好干活怎么挣钱？以后干活长点眼色，有句话是怎么说的？不打馋不打懒，专打不长眼。大金粒，我这儿有你一封信。"大金粒说："我的信？赶快给我！"金把头说："拿去。是相好的来的信吧？好好看，做个好梦。"

大金粒看着信，脸色渐渐地晦暗下来。小金粒凑过来，小声地说："哥，是她来的信吧？"大金粒点点头。小金粒说："又是要钱？"大金粒叹口气说："唉，事情挺麻烦，对你说了也不懂。这可咋整呢？"

天暖和了，酒馆里也热热闹闹。朱开山推门而入，用眼神巡视酒馆一圈，找了个小角落坐下。老果子伺候上酒菜，朱开山自饮自酌着，大黑丫头扭着腰身过来了，说："老朱大哥，自己个儿喝闷酒呀？姊妹陪你两盅？"

朱开山笑道："你这个老板，对我一个穷淘金的热情有点过火吧？我可没有多少钱。"大黑丫头说："你当我光认得钱？我这双眼睛认人，你不管什么来历的人，打我眼前一晃，我就知道个八九不离十，可就是对你，直到今天还没个谱。你以前到底是干什么的？"朱开山说："你真的想知道？"大黑丫头说："哪个女人对你这样的爷儿们不好奇？说说。"朱开山小声地说："实话对你说了吧，我是从山东逃到元宝镇的。"大黑丫头笑了，说："我说嘛，杀人了？"朱开山说："你听我说，在老家，我自小学过拳脚，也有点力气，给一个大财主看家护院。"

大黑丫头说："你看，我的眼力还行吧？说你不是等闲之辈，果不然。"朱开山说："谁知道财主的闺女看好我了，死活要跟我相好，嘿嘿，我也看中闺女了。"大黑丫头说："不用说，闺女挺俊的。"朱开山说："那就不用说了，柳叶眉，杏核眼，小腰就那么一小抱，一双小脚勾魂呢。我们俩偷偷地来往了一段，到底叫财主知道了……"大黑丫头笑着说："肯定是把人家闺女睡了，没把肚子整大？"朱开山也笑道："那还用说？你就是铁石人也熬不过她那一关，熬不过！"大黑丫头说："后来呢？"朱开山说："后来我就带着闺女偷偷跑了，一头扎到关外。"

大黑丫头嘎嘎笑着说："我说呢，想不到你老哥还挺风流的。也别说，你呀，就是有女人缘。要是我还年轻，死活也不会放过你，倒贴也干！"朱开山说："大黑丫头，这些事我谁都没告诉，你得给我嘴紧着点。"大黑丫头说："没事，你就把心放到肚子里去，我这个人别看成天嘻嘻哈哈的，口风紧着呢！来，喝一个！"朱开山放下酒碗，有些坏笑地说道："我这点破事都倒给你了，你呢？"

大黑丫头故作不解道："我，咋了？"朱开山笑眯眯地说："别揣着明白装糊涂，说说你那一腿的事。"大黑丫头也笑道："我那一腿往哪儿插，你还没数？"朱开山连忙制止说："打住！刚才的话就算我没说。我算服了你了！"

转眼间进场就迎来了酷热的夏天。都说关东天寒，这大热天的太阳发起威倒也不含糊，火热的太阳挂在头顶上面，像要把这天也烧着了。上百个金夫们光着膀子，阳光倾泻在一个个黝黑的脊梁上，泛着黄灿灿的光。朱开山在用金簸箕摇金。众金夫散在河套各处，挥汗如雨地忙活着。牛得金擦着汗，唉声叹气地说着："这没死没活地干了这么多天，怎么还没见着金子呢？"

大金粒说："唉，金脉都让贺老四带走了！要是贺老四在就好了！"边说边有意无意地瞥了一眼朱开山。背着身正在淘金的朱开山好像身后长了眼睛一样，停下手里的活转身盯着大金粒。大金粒被朱开山盯得心里有些发虚："老朱大哥，我……"朱开山淡淡一笑："少说废话，干活！"

金把头手持木棒，陪着金大拿在河边巡视着金夫们。金大拿说："真他妈邪了，这金子都长了腿了？"金把头说："哼，就算金子长了腿，还能跑得比那匹马快吗？"金大拿说："那怎么到现在连点金子味都没闻着呢？唉，要是贺老四还在就好了，真不该那么早就把他杀了！"金把头说："对了，他那个合伙的也该露面了吧？咱们可钓了他有日子了！他会不会被吓住了，不敢吃这碗饭了？"

金大拿说："不会。我看他快露头了。吃这碗饭的闻着金子味还能不出来？咱的眼线已经听到他的脚步声了……"

两人渐行渐远，朱开山始终面色如一，似乎专心于手中的活，他捧着金簸箕摇着摇着，突然变了脸色，他望着沙石半天没喘过气来。老烟儿、牛得金、大金粒等人不解地看着他，随后慢慢地围近过来，大家顺着朱开山的视线看去，不禁都有些发呆——沙石里分明有十几粒绿豆般大小的金粒子！朱开山把手伸进水里，他捧起一把沙石，水从他的指缝间缓缓地淌下去，几个金粒在阳光下闪着耀眼的光芒。朱开山拿起一个金粒用牙咬了咬，他的神色激动起来，向几个伙伴点点头，几个人激动地看着朱开山。朱开山警觉地四下瞅了瞅，随即更加激动地在沙石里淘了起来。大金粒、老烟儿、牛得金等人也疯了一样扑了上去，河道里溅起一朵朵水花，一个个金簸箕在晃动着，闪射出道道金光，直射人的眼睛。

夜深了，朱开山他们的屋子里却无人入睡，几个人挤成一团。老烟儿压低了声音说："老朱，你说话呀，咱应该怎么办？"良久，朱开山开了口说："这是百年不遇的事，我也没了主意。要不咱们交柜？"老烟儿说："不行！淘金人几辈子才能遇到这么多的金疙瘩，不能白白撒手！"

朱开山环顾四周问："你们都是这么想的？"大伙儿说："老烟儿说得对，到手的金子不能白撒手，这也是咱们的血汗！"

朱开山说："要是这么说，那从今天开始，咱们的命就和这些金疙瘩拴在一起了！那先说说，这些金疙瘩咋个分法。"大金粒说："怎么分？这还用问吗？东西是在老朱的坑里找到的，我是咱们的头儿，当然得拿大头，剩下的按出力多少分呗。"老烟儿说："那可不行，坑是大伙儿的，这么分不合理，要俺说，老朱多分点俺没意见，剩下的应该平分，人人有份儿。"大金粒说："你打算得美！你找到了多少金疙瘩？干活不出力，分金子倒把眼睛瞪得老大，没门儿！"

顺子说："你凭什么拿大头？这个大头到底多大？占几成？三七开还是四六开？当着大伙儿的面说个准数，别背后捣鬼。"牛得金说："咱说话办事得讲良心，老朱大哥够意思了，发现金疙瘩没吃独的，要是他不放声咱知道个屁！要我说，要分咱们先和老朱大哥分，五五分成就挺合理，剩下的再均分。"大金粒说："那我呢？"牛得金说："你和大伙儿一样呗。"

大金粒忽地站起来，拔出刀子，刷地甩到桌子上说："妈拉个巴子，要我和你们一样分？我这个头儿就白当了？这儿谁说了算？在这儿，我的话就是王法，谁不服和我的刀子说理！"

顺子不忿地说："我操，动刀子了！这个时候谁怕谁呀？掏出大家伙吓唬小闺女呀？平时大伙儿让着你就是了，你当是这些人怕你呀？敢闯老金沟的哪个怕死？有财大家发，谁也别想吃独的！"牛得金说："老朱大哥，你说说，怎么分好？"

朱开山长叹一口气说："都说是人为财死，鸟为食亡，看来一点不假，为了这点金子难道还要伤了弟兄们的和气？我说个分法吧，同意，咱今天就把金子分了；不同意，我立马交柜，谁也别想得了。"大金粒说："你打算怎么分？"

朱开山说："按人头均分，谁也不能多占，我也一样。"大伙儿说："成！"大金粒无奈地说："就这么着吧。"朱开山说："金子可以分，可有句话我可得说在头里。"

老烟儿说："你说，大伙儿都听你的。"

朱开山说："咱来了也有些天了，大伙儿也都知道，咱是被诓进来的，这金沟里咱想活着出去是不可能的，要想出去只有一条路，那就是死！现在咱有了金子，既然是出去也是死，带金子往外闯也是死，那咱不如走后一条道，带金子往外闯！金子分了以后，谁也不许单独往外运金，要走就一起走！"

牛得金说："老朱说得对，谁也不许单独行动，大伙儿得抱团儿，不然金子也拿不出去。"朱开山说："不能就这么说说算了，大伙儿起个誓。"他把手按在桌子上，道："有福共享，有难共当，我朱老三要是不守誓约，不得好死！"大伙儿纷纷把手按在朱开山的手上说："有福共享，有难共当，不守誓约，不得好死！"

月明星稀，万籁无声。关东的夏夜是凉爽宜人的。众人在甜美地酣眠，嘴角的笑意透露了他们点石成金的美梦。朱开山独自坐在大石头上抽烟，想心事。

小金粒悄悄出了木屋，给朱开山披上一件衣服。朱开山一笑，说："还没睡呀？得了金疙瘩高兴？"小金粒说："叔，有件事想对你说。"朱开山说："啥事？说吧。"小金粒说："叔，咱爷儿俩不是一天了，我看你是个好人，我是没爹的孩子，想认你做干爹，你看行不行？"朱开山说："小金粒，你是个好孩子，懂事，仁义，我一直拿你当自己的儿子看待，认不认干爹都一样。"小金粒扑通一声跪下了，说："那你就是认了，从今以后你就是我的干爹了。干爹，儿子给你磕头了！"

朱开山忙扶起他，说："你这孩子，我还没答应呢！好吧，我就认下你这个干儿子了。哎，你哥知道吗？"小金粒说："我自己的事他管不着。"朱开山说："今天的事给我来了个措手不及，干爹也没有什么礼物送你，这咋好呢？"

小金粒说："干爹，我不要你的东西，倒是想送你件礼物。"朱开山说："送我礼物？你有啥？算了吧。"小金粒说："干爹，我想把今天分的金疙瘩送给你。"

朱开山一惊说："送给我？为啥？"小金粒说："干爹，我知道，金子是好东西，可在咱老金沟，金子是杀身的根苗，我不想为它死，家里的老娘还等着我回去呢，我害怕……"

朱开山抚摸着小金粒的头说："孩子，别怕，有干爹在你什么也别怕！我能让你哥儿俩好好地回家，回家置几亩地好好养活你老娘！"小金粒说："干爹，真的不用怕？"朱开山说："只要你听我的就不用怕，把金子好好藏起来吧。好了，回去睡吧。"

第二天一大早，大金粒和小金粒就嘀咕着吵了起来。大金粒吼着说："我的事不用你管！你才多大的年纪，懂个屁！死活我愿意！"小金粒哭着说："不管怎么说你是我哥哥，我不管谁管？我不让你走那条道！"

大金粒说："你说别的没用，我有一定之规。"朱开山站起来说："哥儿俩吵什么？不怕人家笑话？"大金粒说："没事儿，干你的活。熊玩意儿，想当我的家。"朱开山说："亲兄弟有事好好商量，别犯急。"哥儿俩出去了。朱开山看着大金粒的背影，脸上现出一丝忧虑，他快走几步跟了出去。

大金粒正坐在一个木墩上，用一把锋利的匕首比量自己的腿肚子。他一抬头，见朱开山就在身前。大金粒有些慌乱地说："哎，你看我这把刀怎样？"朱开山走近大金粒接过刀，试着锋刃说："刀是好刀，可要看干啥用，要是用它干傻事就是惹祸的根苗。"

大金粒说："你放心，我不会干傻事。"

朱开山一笑："再聪明的人也有犯糊涂的时候，我劝你还是沉下心来，不要轻举妄动。"大金粒："老朱，你说了些什么？我没听明白。"朱开山："老大，按辈分你应当叫我一声叔，我是把你当孩子看的，你想干啥瞒不过我的眼睛，是不是想运金？"大金粒不语。

朱开山语重心长地说："孩子，听叔一句吧，大伙儿都在动这份心思，别看现在一个个都没啥动静，那是池子里的鸭子，水下都紧着划拉呢。为啥不动？还不是时候。"大金粒不屑地说："你拿我和他们比？小看我了吧？我在金沟混不是一年两年了，进进出出也有五六个来回了，人熟地也熟，没有金刚钻也不会揽这瓷器活，你就不用为我担心了。"

朱开山正色道："别忘了，咱们一块儿起过誓，有福共享，有难共当，要我看你是大难当头了，我不能眼睁睁地看着你往火坑里跳啊。听叔的吧，到时候咱们一起行动，单枪匹马你是斗不过他们的。"大金粒说："好了，你别说了，大路通天，小道也许更近便，前边就是地狱我也要去闯一闯，没有退路了。"朱开山说："年轻轻的怎么说这样的话呢？有什么难处对叔讲，也许我会帮上你的忙。"大金粒呵呵一笑："老朱叔，你有一身好力气我服，可要说起胆识差远了，等我把金运出去你们可别后悔。"说着，伸伸懒腰回屋去了，突然又回过头，狞笑道，"这件事你知我知还有我弟弟知，你要是给我抖搂出去，就别想竖着走出金沟！"

朱开山看着他的背影说了一句："别忘了，老金沟可是吃人的！"大金粒说："我有办法，你用不着操心。"

深夜的荒野中，大金粒眼含热泪端详着手中的匕首，哭泣着说："杏儿，哥这就有钱了，等着哥，哥回去娶你，你千万别变心啊，哥豁出命办这事都是为了你呀！"随后他挽起裤腿，将一截木条咬在口中，举起匕首，狠狠地将匕首插入腿肚子处，然后用力地劐开一道口子。剧痛难忍的大金粒禁不住发出撕心裂肺的惨叫声，那惨叫声在荒野里回荡。

木屋里金夫们在休憩，抽烟的，玩牌的，洗涮的，屋里乱糟糟的。大金粒步履蹒跚地走来。小金粒有些害怕地问："哥，你怎么了？"

大金粒掩饰道："没事，腿让树枝戳了，没事。"小金粒关切地问："真的没事？让我看看。"大金粒有些不耐烦："我说没事就没事，看什么看！"

朱开山扔给大金粒一个纸包："给，这是金疮药，敷上吧，好使着呢。"大金粒说："谢了。"他瞅了朱开山一眼，"这药嘴烂了也管用吧？"朱开山冷笑："管用，你就放心吧。"大金粒说："那就好。"小金粒怔怔地看着两人，不明白他们说了些什么。

金夫们都睡着了。大金粒挽起裤腿，在刀伤里藏好沙金。大金粒站在小金粒的跟前，看着弟弟熟睡的脸，他流泪了，摇着小金粒，轻声地说："醒醒……"

小金粒揉着惺忪的睡眼，问："哥，天亮了吗？"大金粒悄声地说："弟，哥要走了，哥不在以后就跟着你干爹吧，他是个好人。"小金粒哭道："哥，你铁了心了？你会死的，别走了！"大金粒说："别说丧气话，哥没事。走了。"说罢，蹑手蹑脚地走出屋子。大金粒走到门口，回头看看朱开山，朱开山打着呼噜睡得正香。

怪鸟叫声磔磔。大金粒拨着草丛疾行，蓦地站住了——朱开山伫立在他的眼前！大金粒惊慌地问："你？你要干什么？"顺手拔出匕首。朱开山笑了："把刀子放下！我是来救你的。"大金粒说："救我？笑话！让开！不然我就不客气了！"

朱开山苦口婆心："孩子，前边到处是陷阱，死路一条，跟我回去吧，咱们慢慢来，千万不能轻举妄动啊！实话告诉你吧，我也想运金，你这办法也想过，想来想去还是不妥，以前有人这么干过，败多成少，你这是去送命呀！"

大金粒恨恨地说："送命也是我去送，不关你的事！"朱开山叹口气："该说的我都说了，该做的也都做了，你就是执迷不悟我也没有办法。我可以告诉你一句，不管你出了啥事，你弟弟我会照顾好的。好了，你走吧。"大金粒抱拳说："谢了！"头也不回地走了。朱开山看着大金粒的背影长叹一声。

金夫们在紧张地劳作。小金粒眼泡红肿，凑到朱开山的跟前，小声地问："干爹，我哥不会有事吧？"朱开山忧心忡忡："求老天保佑吧。"

突然，小金粒指着远处喊："干爹，你看，土匪又来了！"远处，马队疾驰而来，扬起一团尘雾。朱开山的脸猛然抽搐，脱口而出："毁了！"土匪飙至，一匹马拖着一个已经看不出模样的人到了河套。金夫们惊恐地看着土匪，不敢出声。土匪头目勒马，扬着鞭子吼叫："都给我看好了，这回可是你们的人吧？"

大伙儿蜂拥而至，围观被拖来的人。小金粒惊恐地喊了一声："哥！"抱住大金粒的尸体撕心裂肺地号哭，又猛地跃身而起，扑向土匪，"你们这些瘪犊子，王八蛋！"朱开山紧紧地抱住小金粒，吼着："你疯了！伙计们，把他送回窝子！"

几个金夫不管小金粒如何挣扎，抱着他回了木屋。土匪头目狞笑着："都给我听着，这儿方圆几百里，你们就是插上翅膀也休想从我的眼皮子底下溜走，要金子不要命的你就来，来一个死一个，这儿的乱葬岗子够你们埋的，不信就试试！"打了个呼哨，带着马队驰去。

朱开山深夜在酒馆买醉。大黑丫头、老果子站在柜台后默默地看着朱开山。少顷，大黑丫头走过来，拿过朱开山的酒杯灌了一大口。朱开山说："你想喝酒？老果子，再烫一壶，我和老板娘好好喝一场。"老果子笑了笑，送酒过来。

大黑丫头说："老朱大哥，你都看见了，活蹦乱跳的一个人就这么踢蹬了，真是叫人寒心呀，都是金子惹的祸啊。"朱开山说："哎，人为财死，鸟为食亡，老话一点儿也不假。看开了吧，还是活命要紧呀。"大黑丫头叹息道："唉，话是这么说，到时候就由不得人了。我先放个屁撂到这儿，以后还会有人走这条道儿，但愿不是你朱大哥！我听说原来贺老四在这儿做的时候，也经常出这样的事。"

朱开山也叹息着说："原来的事咱不知道，我就知道人活到我这个岁数，只要干一件傻事，小命没准就没了。"正说着，小金粒来了。朱开山问："孩子，这么晚了，你来干啥？"小金粒说："干爹，你在这儿喝酒我不放心，怕你醉了找不回去，接您呢。"大黑丫头说："老朱大哥，你好福气呀，认了这么个知冷知热的干儿子。"

朱开山一个劲地点头："福气，福气。别看孩子小，懂事！真得谢谢这孩子的爹娘。儿子，回去，干爹真有点醉了，扶着我。"小金粒答应着，扶起朱开山走出酒馆。

回去的路上，夜色清凉，让白日的暑气消退了不少。爷儿俩一边走，一边说着话，小金粒说："干爹，你知道我哥为什么不要命运金出山吗？"朱开山摇头："不知道。"小金粒说："我哥在外边有个相好的，叫杏儿。"朱开山问："哦？啥人家？"小金粒说："听说是个窑子娘儿们，挺浪的，说要跟着哥哥从良，老鸨子放出话了，要我哥拿金子换人。"朱开山问："这门亲事你娘点头了？"小金粒说："我娘死活不同意，娘叫他好好淘金，他不听娘的话。他这回就是想把金疙瘩带出去，打算娶杏儿，我劝他也不听。"朱开山说："那也不用急呀，我都告诉他了，现在不是时候。"小金粒："你是不知道，前几天杏儿托人捎信了，说有个老客要给她从良，哥急眼了，非要出山，这才惹了杀身大祸。"朱开山长叹道："孩子，要记住了，为人一生，要是叫女人牵挂住了，就像掉进大酱缸，再想爬出来就难了！"

夏元璋正在巡看着货架上的物品。传杰走上楼来，问："掌柜的，您喊我？"

夏元璋笑眯眯地说："传杰，今天我闲着有空，给你说说做生意的事。"传杰高兴地说："听掌柜的教诲。"

夏元璋说："做咱们货栈的生意一定要多听、多看、多学，不断地积累知识技艺，所谓要活到老学到老，怕的就是不学，学了总不会嫌多。学过的东西可能一时半会儿用不上，那不要紧，艺不压身，要到用时再学就来不及了。有些当学徒的，耐不了学艺三年之苦，学不到一半就不干了，以为做生意不过尔尔，错了，大错而特错。就说咱们收皮货吧，看来挺简单的，看看皮板毛色，试试手感，看似没有什么，这里的学问可大了。皮子有春夏秋冬之分，当然以冬皮最好，可冬皮又可以细分，怎么分？怎么验？我现在也没那眼力，这方面你要多跟账房常先生学，多请教，他可是个老行家。"传杰说："是，掌柜的。"

夏元璋又道："传杰，今天我给你说点别的。要想学会做生意，首先要学会算账，算账有好多算法，今天就教你我从黄县学的一个口诀，非常好用。"传杰脸上一亮，说："那您就快教吧，我一定好好学。"

夏元璋说："这个口诀挺难背，你记住了，至于怎么用我以后教你，听好了：一六二五，二一二五，三一八七五，四二五，五一二五，六三七五，七四三七五，八五，九五六二五，十六二五，十一六八七五，十二七五，十三八一二五，十四八七五，十五九三七五，十六一。"传杰说："掌柜的，我记不住，您慢点说，我记下来。"

夏元璋厉声道："不行！这个口诀历来都是口传心授，背不下来你就没吃这碗饭的天分。我再说一遍。一六二五，二一二五，三一八七五，四二五，五一二五，六三七五，七四三七五，八五……"传杰努力地背着："一六二五，二一二五，三一八七五，四二五……"

第二日，玉书正在客厅的里间练习着写毛笔字。客厅外间，夏元璋又对传杰说起生意经："今天给你说说'褒贬是买卖'这句话。知道什么是褒、什么是贬吗？"传杰说："掌柜的，褒就是夸奖，贬就是贬斥，您说对不？"练习毛笔字的玉书略感意外地看了一眼传杰。

夏元璋一笑："对了。这句话就是说，客人进了你的店，对你的货吹毛求疵横加贬斥，你千万不要生气，这时候更要和气待客。为什么？嫌货的人才是买货的人。为什么这么说？你说说，他对你的货横挑鼻子竖挑眼，说明了什么？"

传杰说："说明对货感兴趣了。"

夏元璋一拍大腿："对呀！他感兴趣了就是想买，想买必然要和你拉价，要拉价就必然说你的货不好。要是他看着你的货沉默如金那就没戏了。你要是遇见褒贬的主儿怎么对付？"传杰琢磨着，一时无语。

玉书见此，有些不满地说："刚才还觉得你挺聪明的，这会儿成猪脑子了？要真是遇见褒贬的主儿，你就对他说咱的货如何如何好，不就行了！"传杰琢磨着说："这样说……那不就和客人顶牛了吗？"

夏元璋满意至极，道："说得好！传杰呀，真碰见这样的主儿，你得对客人指出的瑕疵做出解释，说价钱的合理，把他拖住，消除他的疑虑，尽量和他化解歧见达成共识，让他高高兴兴地把货买走。这就看你的本事了，这本事可不是一天两天可以练出来的。玉书啊，对刚才这个问题的理解，你比传杰差大了。"

传杰小有得意地看着玉书，玉书回给传杰一个佯装不满的怪样。

传武匆匆走进，说："掌柜的，来了个送山货的。"夏元璋问："生人还是老客？"传武回说："是个生人。"夏元璋说："传杰，这笔生意你去谈。"传杰有些怯："掌柜的……我怕给你谈砸了。"夏元璋说："不要怕，我给你坐镇，大胆地谈。"

传杰硬着头皮出了门，见了客人，踏着板凳站在柜台后，仔细地验着几张皮货，一个劲地摇头，旁边的常先生暗暗地观察着传杰。送山货的问："咋了？"

传杰说："你的价要高了。"送山货的说："要高了？你懂不懂皮货？这可是冬皮子。"

传杰一笑说："冬皮子不假，这可是老冬的皮子，毛上的油性差了，不够柔和了，可惜呀。"夏元璋坐在距柜台较远的桌旁，听着传杰砍价，高兴地对传武和玉书悄声说："你们听听，传杰的价砍得多好啊！说得多有道理！"

送山货的惊呼："哪来的这么个小神仙？我算服了！你看该给个什么价？"

传杰笑说："褒贬是买卖，我也不想占您的便宜，按质论价，按您说的八折可以吧？这可是我能出的最高价了。"送山货的说："再涨涨，我整这些货也不容易。"

传杰说："先生，买卖是东家的，我就是个伙计，我收您的货是一手托两家，既不能让您吃亏，也不能让东家没赚头，要不然我们点灯熬油图的是什么？这么大个店面使费从哪儿出？您说呢？"送山货的点头："好，你这小兄弟说话实诚，成交，你就收货吧。"传杰喊道："狐皮两件，貂皮三件，买卖成交，账房付款。"

账房常先生笑眯眯地付了款，说："先生拿好了，有货还请多关照小号，谢谢。"

送山货的赞道："柜上有这样的小伙计真是难得，后生可畏呀。"

夏元璋拍着掌叫好："好啊传杰，这笔买卖做得不错，验皮子的活是什么时候学的？"传杰说："多亏常先生指教，我也是现学现卖。"夏元璋说："不错，不过还有点不足，买卖成交以后话要跟上，常先生的几句话就很得体，不要觉得买卖成了就完事了，一定要想办法拉下主顾，让人家觉得你的热情始终如一，来了还想来。不要骄傲，还得历练啊。"传杰点头道："明白了。"

传武有些不太服气，但又有些喜爱地看着传杰，喃喃自语道："这小子！"

这是个暖和天，文他娘、传武、传杰正在院里吃饭。传武端着碗粥，喝得山响，越喝动静越大。传杰放下碗看了传武一眼。传武瞥了他一眼，喝得更响了。传杰把碗一放，嘟囔道："这饭没法吃了！"传武问："怎么了？三儿，怎么不吃饭了？"说完故意用筷子翻弄着碗里的菜。

传杰说："二哥，你吃饭能不能不出动静，你听嘴里呱唧呱唧的，像不像老母猪吃食，再说了，你吃菜在自己门前吃，别翻弄别人的地盘，人家夏掌柜的吃饭，那才叫文明、斯文……"传武撂下筷子，一扬眉毛："怎么了？

我一直这么吃饭！你今天才看见呀？我看你身上添了毛病了！怎么着，找收拾啊！"

文他娘用筷子抽了传武一下："闭死你的嘴！三儿说得不对吗？以后吃饭不许出动静，筷子夹菜的时候在自己跟前，你看你吃饭的架势，像不像长枪大马似的要打架？你看三儿吃饭，多规矩，多斯文！"传武说："我可学不了他，他在夏掌柜家吃饭，经常吃不饱，背地里跟我要窝头，娘，三儿现在可是越来越假，越来越操蛋！"文他娘喝道："闭死你的嘴！"

正说着，玉书气喘吁吁地跑回来："大婶，朱大叔来信了！"文他娘惊喜地说："来信了？信是怎么打来的？"玉书说："是大叔托人捎到了春和盛。"文他娘留她说："在这一块儿吃吧。"玉书笑笑："不了，俺爹还等着俺吃饭呢。"

文他娘："三儿，快念念你爹的信！我这心都快蹦出来了！"传杰拆开信，看着看着，哭了。文他娘催道："你倒是念呀！"传杰念道："孩儿他娘，见字如面。今春一别已是大半载了，家里的一切擎在心上。你的身子骨还好吗？两个儿子在春和盛学生意还好吗？你要多嘱咐他们，好好学徒，也要学着做人。两匹儿马一定要给我喂好了，将来咱们的地多了，春种秋收就全靠它们了。我冬天打猎叉鱼的家什要保管好了……"文他娘听着掉了眼泪。

传杰继续念："传文有消息了吗？有了消息一定想办法捎信告诉我。在家的两个孩子我最不放心的就是传武，这孩子浑身野性，有点像我小时候，不怕事，好惹个乱子，调教好了是个汉子，调教不好就不好说了，你对他一定要多拘管着，什么事不能由着他的性子来。"念到这儿他住嘴了。

文他娘问："没有了？"传杰说："就写了这些，剩下的就是落款儿。"传武有点不忿："爹真是的！我怎么了？比三儿差哪儿了？"文他娘给了他一巴掌："你爹说错了吗？你还给俺少惹事了？"

传武气得在院里转着，他操起一把斧头，使劲地劈着柈子，嘴里嘟嘟囔囔地说着什么。

传杰凑近母亲小声地说："娘，他又骂人！"文他娘一听火了，站起来揪住传武的耳朵，骂："你这个畜牲！你嘴里骂谁？说，你骂的是谁？"

传武被揪得眼泪都出来了，用眼睛狠狠地瞪着传杰。传杰说："二哥，你别犟了，你说出来骂谁，娘就不揪你的耳朵了。"传武说："骂你！你娘的！"传杰问："我娘是谁？"文他娘说："那不是我吗？"文他娘又使劲地揪着传武的耳朵，传武赌气地跑了。文他娘追出院子："传武，又发什么疯？给俺回来！"

夏元璋扇着扇子和传杰谈话:"传杰呀,今天再对你说说做生意的道儿。做生意当然是为了发财,生意人无利不起早嘛。可生意起了头不要急着求钱,手里的本钱能流淌起来就算不错了。做生意的命根子就是一个字:诚,这我说多少回了,就不絮叨了。采货的时候,看货眼要像两把刀,卖货的时候,对顾客要胜过三春暖,什么时候你卖货把顾客像父母一般对待,那时候你就该发财了,今后你做生意,记住这一条就行了。"传杰一个劲地点头。

夏元璋又道:"将来你还要学着站柜台,站了柜台,嘴上的话儿得勤点儿,两眼要长精神,除了天文地理七行八作要有个大概齐,遇见老客要看人说话,比方来了个老爷子,你得这样说:'爷,几天没见,您精神,老远我就瞅见您了,过道进店面您用了八步,一般人可得用十几步,我惦着您老人家呢。您老人家身子骨好,咱们小号就能发财啊!为什么这么说?您是老主顾了,您不光从小号带走了货,还带来了不少新主顾,您就是小号的财神爷!您看好了货架子上的什么随便点吧,老主顾了,别客气,点好了就把单子撂这儿甩手走人,我给您包好了送去,不必劳驾,咱小人儿腿勤快……您喝茶呀,爷……'遇着生客呢?你得端量,哪来的?像干什么的?有钱没钱?十分买卖三分在嘴上,三分在眼上,三分在心上,一分在手上……"

传杰用心记着,若有所思。传完了生意经,夏元璋最后说:"前天咱柜台上有个伙计辞了工,我打算让你站柜。虽然你还没出徒,但我也是打你这个年纪就干上柜台了。还有一样,站柜就得住店,你回去问问你妈的意见。"

第七章

晨光中的朱家院里,传武睡醒了,揉着惺忪的睡眼,摸了摸褥子,推醒传杰:"三儿,是不是又尿炕了?"传杰耍赖:"我可没尿,是你尿的!"传武说:"又要耍赖!看看你的裤头,湿没湿?"

传杰笑了:"二哥,看也没用,我没穿裤头,光着屁股呢。"传武:"好啊,你小子,早就有准备,看我不告诉咱娘!"传杰说:"告就告呗!我是怎么落下的尿炕毛病?还不是因为你?你和玉书灌了我八大杯,老掌柜不知情又给我喝茶,没憋死俺。还没找你算账呢!"传武:"哎,你是怎么回事?怎么总是尿炕呢？就是憋不住？"

传杰说："唉，自从那回你和玉书作弄了我以后，晚上老做梦，梦见憋尿了，满哪儿找茅房，可就是找不到，末了总是找到了，掏出小雀就尿，哗……尿了一半就醒了，可就搂不住闸了，就索性尿个痛快，啊，真痛快！我这毛病就是你给坐下的，对不住了，只要你没讨媳妇，和我睡一个被窝就受着点吧。"传武说："行，我就受着，可将来你找媳妇怎么办？尿了炕就赖媳妇？"传杰说："这你就不用操没味儿的心了，车到山前必有路。"传武说："好好好，不操心，起来，晒尿褥子吧。"

一家人在院里吃晚饭。文他娘高兴地说："俺三儿出息了，站柜台了。以后好好跟着夏掌柜的学本事，做个好买卖人，给你爹脸上增光。"传武脸勾勾着："有什么呀，不就是站站柜台吗？多绑人呀，以后就没工夫玩喽！"

文他娘瞪了他一眼："你就知道玩，玩到什么时候是个头儿？就你这样的还能学出徒？猴年马月吧！将来就是个拉弯弯铁的料。"传杰问："娘，什么是弯弯铁？"文他娘说："就是犁杖呗。你二哥就配种地。"

传武说："种地就种地，自由自在的也挺好，没那么多的麻烦事。哎，三儿，掌柜的知不知道你尿炕？你说你要是把人家的炕尿塌了怎么办？"传杰说："这你就不用担心，我睡院里的仓房，单间。"

传武嘿嘿笑道："那也危险，你说你要是尿一宿，第二天掌柜的一开门，哗的一声发大潮了，把掌柜的冲一个跟头，掌柜的好喊了：不好了，逃命吧，渤海又发大潮了，船老大，赶快扯篷呀，奔旅顺口吧……"

文他娘抡了传武一筷子："你还有脸说，你弟弟尿炕的毛病还不是你给坐的？这笔账我还没给你算呢，我都给你攒着，等你爹回来算总账，你爹不扒了你这张皮才怪呢。"传武涎着脸："扒呗，死猪不怕烫，我正嫌自己长得黑呢，扒了这张皮，露出细皮嫩肉更好。"

文他娘哭笑不得："你说你你这孩子，怎么就成了滚刀肉了呢？三儿，不稀理他，咱到了夏掌柜的那儿别的都不用想，一门儿心思学生意，将来自己开个铺子当掌柜的。"传杰一笑说："娘，我就是这么想的。"

炎炎烈日下，鲜儿跟着戏班子边走边学，一起开始了流浪生涯。田边地头，河边林中，鲜儿是个有心人，抽出空来就用心地学习着、演练着，尤其是苦练二人转的三大绝活儿：手玉子、扇子和手绢功。鲜儿本有唱戏的根基，又天生一副亮嗓子，王班主真是倾尽了所有去教她，大机器和大蜡花更是手把手教导、呵护着这个师妹。不觉中，鲜儿的唱功技巧已是娴熟精进，非比寻常了。

晚霞映照下的原野土路。戏班子的马车向着夕阳沉落的方向缓缓走去。一只野兔从路边掠过。大机器等人喊了一声"抓兔子"，就向兔子跑的方向追去。鲜儿手执玉子，喊道："别追了。"说着扬手，玉子飞去，击在兔子的脑壳上，兔子立时毙命。

众人夸赞道："鲜儿，好俊的身手哇！"鲜儿谦虚道："这算什么，你们没见过咱师父的玉子打飞鸟？"大机器说："我们是见过，你见过？"鲜儿笑笑："我听说过。"

大蜡花提着兔子高兴地跑回来，冲着王老永说："师父，好大的一只兔子，炖一炖给您补补身子吧。"王老永说："大伙儿一起吃吧，打打牙祭。鲜儿，我看你的玩意儿可以了，以后有机会就登台吧。"鲜儿问："师父，我行吗？"王老永说："我看行了，你要是登了台可就给咱蹦蹦戏开了先河，头一回有女角儿了。起个艺名吧。"恰巧天上雁阵经过，王老永灵机一动说："我看就叫小秋雁吧。"

大伙儿鼓掌说："师父这个名起得好，就叫小秋雁，响亮！"鲜儿望着远去的雁阵，问王老永："师傅，咱是接着往北走吗？"王老永说："对，咱已经来到关外！接着往北走。"

秋天的元宝镇别有一番风致，熙熙攘攘的各色人等、各种各样的店铺买卖使这个小镇显得喧嚣繁华。春和盛店铺内，传杰穿戴得整整齐齐干干净净，稳稳沉沉地站在柜台后拨算盘，还真像那么回事，虽然脚下还踩着一只木墩子。夏元璋和常先生坐在店铺内另一处的桌旁，悄声地说着话。

常先生说："掌柜的真有眼力，依我看，这孩子错不了。"夏元璋点头道："小小的孩儿，还真有那么股稳沉劲儿，难得啊。"常先生说："是掌柜的调教有方。"夏元璋感慨道："穷人家出身的孩子，知道珍惜机缘，不容易呀。"常先生说："也不论这些，传武也是穷人出身，比起来差多了。"夏元璋说："哥儿俩不是一个林子的鸟，传武的心思不在买卖上。"

玉书拿着本书，蹦跳着从门外进来，打量着站在柜台内的传杰，乐了。她走近柜台，趴在柜台上，对传杰说："行啊，站柜台了。"传杰小心飞快地瞥了一眼夏元璋的方向，对玉书悄声地说："掌柜的在那边，你别碍我的事，走开！"

玉书哈哈大笑："装什么大尾巴狼，就你这熊样，再戴上瓜皮帽就像个小傻财主。"

传杰认真而低声地说："我不当财主，要当就当你爹那样的掌柜的。"玉书撇嘴道："算了吧，哪有尿裤子的掌柜的？"

传杰有点着急："你……我就尿了那一回，都是你和传武害的。"夏元璋和常先生饶有兴趣地看着传杰和玉书。门外传来马车声和车老板的吆喝声。常先生说："掌柜的，送山货的来了，听动静是北山的'油葫芦'，去看看？"

夏元璋皱着眉头说："又是他？不是说过吗，这个人欠实诚，上回送的榛子不少有虫眼，以后少和他打交道。"常先生说："送上门的买卖不能不做，咱把好验货关就不怕他使熊趟儿。"

夏元璋沉思了一会儿，向柜台上招手道："传杰，柜上进货了，你过去照应一下。"传杰脆快地应道："哎。"一溜小跑过来。夏元璋说："传杰，今天送货的这个主儿不太地道，也不太好对付，得罪了也不妥，我和常先生不太好出面，你去应付一下。货一定要验好了，要是说得过去就收了，要是掺了假就回了，可有一条，别把人得罪了。"

传杰有点犯难："掌柜的，我行吗？"常先生鼓励道："掌柜的要你上你就上，他给你坐镇呢。"传杰说："那我就试试。掌柜的，我也有一条，让我验货我就得说话，拍板，有了差池您多包涵。"夏元璋："行，你说了算。不过尽量别伤了和气，和为贵，这是做生意的底线。"传杰说："这我知道。您俩就别露面了，交给我吧。"说罢整了整长衫，背着手走出货栈。玉书目光有些异样地看着传杰。传武和店铺的一个伙计正在卸车上的山货，有皮子、蘑菇、木耳、榛子，皮子没几张，干货倒是不少，装在麻袋里。油葫芦故意大声不满地对传武和那个伙计说："我说，你们掌柜的呢？咋还不出来？店大欺客还是咋的？"传杰从店内走出，热情而认真地说："哎呀，由老板，是您呀？一下子没认出来，我还当是哪个府上的大人呢，穿戴得这么齐整，哪还像个生意人？"

油葫芦上下打量传杰，说："咦？你不是小学徒吗？咋的穿上长衫了？站柜了？你们掌柜的呢？"传杰拱手说："巧了，掌柜的和常先生进山了，托付我料理几天柜上的事。"油葫芦笑道："好啊，有主事的就行。我送了点山货，你看着点点数、过过秤收了吧。"

传杰说："由老板，我这是头一回主事，哪儿做得不周到多指教、多包涵。"

油葫芦说："好说。那就过秤吧？"传杰笑说："由老板性急了不是？老规矩不能丢了，我得先验货呀。"油葫芦说："嗯，说得也对。先看看这些皮子，这可都是些好皮子，好些老客到我那儿出高价收，我都没出手，我说了，我跟春和盛是老主顾，给他们留着，还惹得人家不高兴呢。"

传杰说："由老板够朋友，回头我对掌柜的说说。"他仔细验着皮子，赞道，"哎呀，皮子不错，正经的不错。"油葫芦说："那是，我一句假话没有，就按老价钱收了？"传杰说："别！眼下皮子涨价了，咱的收价也得涨涨，不能让您吃亏呀。"油葫芦问："你说了算？"

传杰说："您放心，掌柜的临走给我授权了。再说了，这是我站柜的第一宗大买卖，我能不照看吗？好，收货。"伙计们搬货。油葫芦说："行，你这站柜的办事脆快。那这些干货过秤吧？"传杰笑道："您看您，又性急了不是？先验货呀。"

油葫芦说："验就验，你就上眼吧。"说着打开一包木耳，用手翻抄着，"你看这些木耳，成色多好，多整壮，多干爽，漆黑，又有油性！我给你倒出来看看？"

传杰笑了笑："就不必了。"他拎起麻袋掂了掂分量，又拎起另一只掂了掂分量，板起了脸，"由老板，对不起，最近小号银两有些周转不开，您再到别的家看看吧。"

油葫芦急了："这是咋说的？刚才还说得好好的，咋转眼就变卦了？"传杰反问："您说呢？"油葫芦心虚了："信不过我？要不咱都拆包看看？"

传杰又笑："不必。"说着从长衫里抽出一只特制的穿子，插进麻袋，盯着油葫芦，"由老板，还用我拔出来吗？"

油葫芦的脸色变了："不用了，不用了。"传杰笑道："那好。由老板要是有诚意，回去另打包，把夹带的东西剔出去，分出三六九等再送来，小号可以凑足银两尽数收了，要是没诚意就另择高枝吧。"

油葫芦满脸羞愧："谢谢美意。哎呀，你这个小兄弟，厉害，实在厉害。"

他一招手，"伙计们，装车。"又回过头说，"小兄弟，谢了，你给足了我面子，领情了。"

油葫芦跳上马车，一抱拳："小兄弟，有空儿到山里做客，我想和你交个朋友，可以吗？"传杰也抱拳说："求之不得。一路走好。"马车离去。一直在旁边看着的传武走近传杰，亲切地捅了他一下说："兄弟，厉害！"

传杰故作平淡地说："还行吧。"店铺内，夏老爷子、玉书、夏元璋、常先生都满意地看着传杰。传杰见到夏老爷子一愣，随即恭敬地说："老掌柜的，您咋来了？"夏老爷子身边的玉书抢着说道："是我把爷爷请来的。你行啊，没给咱店里丢人。"夏老爷子轻拍桌面，说："岂止是行啊，精彩，实在精彩，你小小的孩子，从哪儿学的这些本事？"传杰说："掌柜的和常先生没少指教。"

夏元璋拿过传杰手中的穿子："传杰，你从哪儿捣鼓了这么件东西？没见过。"传杰说："您说这个东西呀？我在山东老家见官家的粮仓用过，不过比这个小点，这是前些日子我画了个图样叫铁匠炉打的。"

常先生慨叹道："机会是给有准备的人准备的，看来这话一点儿也不假。"

夏元璋说："好，今天传杰立了头功，我要给他摆宴庆贺。"传杰却满头大汗，站在那儿直动弹。

夏老爷子觉得奇怪，问道："这孩子，怎么了？"传杰带着哭音儿说："掌柜的，我憋不住了，要尿裤子了！"夏元璋说："那就去尿呀！"传杰如同获了大赦令，咕咚咕咚跑了。大伙儿忍不住哈哈大笑。

玉书飞快地向传杰追去，超过传杰先进了茅房。传杰在门口团团乱转，哀求说："玉书，小姐，求求你了，你出来吧，我又要尿裤子了！"

玉书说："不许叫名，也不许叫小姐，叫姐姐，不叫姐姐我一辈子也不出去！"

传杰说："你没有我大，凭什么叫你姐姐？"玉书说："那我不管，不叫就不出去，憋死你！"

传杰到底屈服了，央求道："姐姐，求求你了，快出来吧。"突然听到茅房里玉书一声惊叫"哎呀"，随即只见玉书满面羞红地跑出茅房。她边向客厅跑去边大声地喊着："爸——你快来啊！"传杰看着她的背影怔住了，没出息地又尿了裤子……

堂屋里，夏元璋抚摸着玉书的头，满脸慈祥地说："孩子，不怕，你成人了，成大姑娘了，爹也给你摆宴庆贺，和传杰一块吧。"原来玉书是来了初潮，见了红，这个从小没了妈的孩子给吓住了。玉书娇羞地说："爸，我不和他一块摆宴，羞死人了！"夏元璋说："不羞，不羞，这是喜事，每个女人都有这一天。唉，这些事本来应当你娘对你说，让我告诉你也是难为了。你爷爷催了我多少回了，让我给你续个后娘，可我怕闺女受委屈啊，续房的事等你出了阁再说吧。可你的女婿在哪儿呢？将来给你找个什么样的婆家才好呢？再说吧。"

吃了掌柜的摆下的夜饭，传杰回到自己的房里呼呼大睡。睡了半宿，他猛然醒了，掀起被子，一股尿臊味儿，他看着褥子上的"地图"发了呆。清早上，传杰起床穿衣，在屋里踅摸一圈，找来麻袋片铺在尿渍上，关上门，走出屋子。一会儿，玉书推门进屋，掀起铺上的麻袋片，看着"地图"，捂着嘴乐起来。

店铺还没有开门，传杰独自一人擦拭着柜台。玉书悄然走到他的跟前，小声地说："昨天晚上又……"传杰脸红了，头低得几乎贴到柜台上。玉书咯咯笑着说："这回画得像英格力士。哎，下回你画个意大利呗！意大利可难画了，像只高靴子，我先给你画个图样？"说着拿一张纸画了个意大利地图，"这是我从一本书上看到的。"

传杰讨饶道："姐，你就饶了我吧。"玉书说："我没怎么的你呀！"传杰说："姐，这件事你千万别告诉别人，臊死人了！"玉书说："你把姐看成什么人了？姐是那种嘴快的人吗？姐……"传杰打断她："姐，你别一口一个姐地自己称呼自己，我听着别扭。"玉书说："我听着不别扭！以前我弟弟玉卿就一口一个姐地叫着我呢……"说着眼圈红了，说不下去了。

传杰说："姐，你别难受了，我以后就叫你姐不行吗？咱可说好了，就是在背地里叫，当着大伙儿还得叫你小姐，不，叫玉书。其实呀，我心里一直把你当妹妹呢。你是知道的，我们家没有女孩子，我真想有个妹妹呢。要不我叫你妹妹？"

玉书说："那可不行，一定得叫姐，叫姐我听着心里舒服。"传杰说："可我不舒服呀！"玉书说："那我可不管，谁叫你有小辫子攥在我手里呢！"

风和日丽，绿草如茵。玉书坐在大石头上，把脚丫子放在水里浸着玩。水上的浮光晃着她的眼睛，她把眼睛闭上，仰面朝天。草地上，传杰的尿褥子摊开着，斑驳的尿渍一圈套一圈。玉书解开自己的发辫，弯下腰。一团乌云在水中飘散，引得鱼儿围过来啃啄。

传杰拖着疲惫了一天的身子走进屋，洗涮完走到床铺前，一愣——只见床铺得熨熨帖帖。传杰伸手插进被子下，暖和和的，仿佛还有阳光的味道，传杰脸上露出了笑容。

玉书端着个碗小心翼翼地进了屋，传杰感激地一笑："姐，谢谢你。"玉书说："谁要你谢了？我是还债的，你坐下尿炕的病我有份儿。"她把碗递给传杰，"喝了吧。"传杰问："什么呀？不是砒霜吧？"

玉书娇嗔道："去你的！这是我给你烧的刀螂籽，治尿炕的偏方。"

常先生陪着两位客商在店铺内看着货。夏元璋坐在店铺内的桌旁，对站在对面的传杰说道："传杰，《孙子兵法》看没看过？"传杰笑了："我也不带兵打仗，看兵书干什么？"夏元璋说："非也，这经商嘛，和打仗是一个道理，也要讲究谋略……"

两人正说着，玉书急匆匆地跑进店铺，喊着："爸，不好了，传武不知怎么了，鼻口蹿血，你快去看看吧！"夏元璋、传杰等人闻听无不惊慌，匆匆跑出去。

传武坐在客厅门前的台阶上，满脸是血，都是打鼻子里滴出来的。传杰惊慌地问："二哥，你怎么了？"传武哭着说："我也不知道是怎么回事，这血就是止不住了，我要死了。"夏元璋说："传杰，你腿快，赶快去请大夫！"

众人慌乱间，夏老爷子满脸怒气地从院内另一处走来，说："不必了！这孩子，偷吃了我的山参。给他熬碗绿豆汤解一解吧。"

传杰恨恨地道："二哥，你怎么又惹祸了！这山参是大补，怎么能随便乱吃呢！"夏元璋叹了口气："传武，不是我不想留你，你也是太不争气了。你呀，天生不是块做生意的料，留着也是误了你的前程。收拾收拾，我送你回去吧。"

传杰还想说情："掌柜的，您饶了他这一回吧，再给他一次机会。"玉书附和着说："爸——"夏元璋打断玉书的话，说："别说了，不是我不给他机会，他的心不在生意上，这孩子的心太野了。"

夏元璋坐在朱家炕沿上无语。传武垂首立站，沮丧极了。文他娘也站在地上，满脸愧疚地说："夏掌柜的，叫俺说什么好呢？都是俺孩子管教得不好，这孩子，柜上应该辞了，留着也是个祸害。你看，老爷子的那块参，拿着当宝贝似的，他怎么就敢去吃呢？你说谁给他的胆儿？"

传武辩解道："我当是什么好东西，一点儿也不好吃。"文他娘一听拿起笤帚疙瘩就去抽打传武，训斥道："俺叫你嘴馋，打死你这个不长进的东西！"夏元璋起身拦挡道："老朱嫂子，你当着我的面打孩子，这不和打我脸一样吗？事情已经过去就过去了。"文他娘说："夏掌柜的，俺知道那东西金贵，也不知道值多少钱，你说个数，俺赔你钱。"夏元璋一笑道："这世上的东西不是什么都可以论价的。不错，这块老山参眼下的确值些银两，就是卖了你的家当恐怕也赔不起，可在传武眼里就是一块味道不好的草根子。"夏元璋起身拿起饭桌上的一张煎饼，"就说这张煎饼吧，现在论起来不值一文，可有时候它值一条命，这价怎么论？我不是来要你赔钱的。按说我留下这孩子也没什么，不就是饭桌上多双筷子吗？可不是那么回事，这孩子的的确确不是生意坯子，留在我那儿也是委屈了，还是让他学点别的什么吧，让他做自己愿意做的事。"

文他娘说："夏掌柜的要是这么说，俺也不好再说什么了，这笔账俺记着，等他爹回来一起算。"夏元璋忙摆手说："不要记了，咱两家没有账，你实在要说有，那我还是欠你的，怎么说也是你们家救了我一条命。好了，我走了，你就别难为孩子了。"

文他娘送走夏元璋，回过头来对传武一声怒喝："传武，给俺跪下！"传武噘着嘴："跪下就跪下。"文他娘抡起笤帚疙瘩，骂道："你个孽障，打死你也不解恨，你这个惹祸的根苗，你要活活气死你娘呀！"传武梗着脖子，并不讨饶，却笑嘻嘻地看着娘，嘴里不闲："娘，别使那么大的劲儿，看闪了手脖子。"文他娘越打越来气："你说你像谁了？越打越喜兴，打死你这个滚刀肉，我叫你笑，叫你笑！"

传武还是咯咯笑个不停，满地打滚儿，喊道："哎呀娘呀，你碰着我的痒痒肉了，痒死我了！不行了，我得出去遛遛风，喘口气儿。"一骨碌爬起来，跑到院子里，牵出小红马，翻身上了马，一溜烟儿跑了。文他娘站在院子里，跺着脚喊："小祖宗，还没吃饭呢，你给我死回来！"

秋天的山林景色宜人，小红马拴在树上低头吃草。传武嘴里叼着草棍儿，头枕胳膊望着蓝天。就近的树上，一只小松鼠在偷窥传武。传武笑了，一个松树篓儿打去，小松鼠溜到树洞里去了。传武笑着自语："小东西，看我的笑话吗？没什么了不起的，关东山这么大，只要有个好身板儿，干什么都能吃口饭。什么破东西，顶得人家鼻子出血，还拿着当宝了，还不要我了，气死我了！"

常先生在考传杰的算盘，嘴里念一串数字，快如炒豆："456，145，125，478，589，254，267……一共是多少？"传杰噼里啪啦一顿演算，报出数。常先生微笑着说："对了。"传杰问："哎，常先生，你说人家西洋人没有算盘，这账怎么算？"常先生说："那也得算，无非是慢点呗。"

传杰说："我听说人家靠笔算，加减乘除都有算式，也挺便捷。"常先生说："小鸡不尿尿，各有各的道儿。哎，我听说你自从搬过来住，那间小仓房谁也不让进了，怎么回事？"传杰支吾道："没那回事。"常先生笑了："传杰，就别瞒了，大伙儿都知道了。也没什么，年轻人贪睡，成了亲就好了。"

夏元璋背着手进了货栈，问："爷儿俩嘀咕什么呢？"

常先生说："没说什么，我给他说算盘呢。"夏元璋递过一张欠条："传杰，趁现在店里不忙，你去对过儿福兴祥讨笔账。"传杰答应下："哎。怎么说？掌柜的教教我？"夏元璋一笑："不用教，看着说吧。"传杰接过欠条走了。常先生满脸的疑惑："掌柜的，福兴祥……你这是唱的哪一出啊？"夏元璋附着常先生的耳朵密语几句。常先生哈哈大笑："你真是用心良苦呀，这孩子心太慈，这方面还真得让他下点功夫。"

福兴祥是间小杂货铺。八仙桌上放着欠条，吴老板哭丧着脸对传杰道："爷儿们，把条儿收起来吧，账我都认，不是不想还，眼下的确没能力还。"传杰道："吴掌柜的，不是我逼账，我们店手头也实在紧，昨儿山里的老由送来一车山货，我们没现钱，硬是没收，把主顾都得罪了，你说你要是不还钱我们的生意也不好做。有句话是怎么说的？好借好还，再借不难，这个理儿做生意的都知道呀。"

吴老板的老婆流了泪："小兄弟，这笔钱实在是没法还。本来呢，我们是准备好了还账的钱，谁知道人算不如天算，我娘'嘣'的一声伸了腿，棺材本儿没预备下，拿去应了急。老娘苦了一辈子，我当闺女的真的眼看着让黄土块子砸她老人家的脸？呜……当儿女能不尽点孝吗？小兄弟，你也是有父母的人，能不体谅人吗？"

传杰听着，陪着流泪："唉，你这一说我想起姥爷姥娘了，他们过世也是没棺材本儿，我娘硬是把自己家院里的老杨树杀了给他们做了棺材。"吴老板说："唉，人心都是肉长的，将心比心吧。回去对你们掌柜的说说，再宽限几天，我手里有了钱立马就还账。"

传杰抹着眼泪说："好吧，我回去说说。"传杰回了夏先生，夏先生听了头也不抬，只说不能缓，让传杰再去。传杰无奈又折了回去。如是者三，吴老板撂了狠话，就是不还账。传杰只好耷拉着头又回了铺子。

夏元璋烫着脚，目光炯炯地盯着站在对面垂手而立的传杰，语重心长道："传杰，我告诉你，这做生意就是两个字，一个买，一个卖。买要付钱，卖要收钱，联系买家卖家的纽带是什么？就是一个钱。收钱这里的学问大了。你今天三番讨账铩羽而归，犯了讨账的三大忌。第一忌就是一个'慈'字。讨账不能有慈悲心，凡是欠账的，除非要无赖，哪个不让人可怜？有慈悲心就永远要不回账。第二忌就是一个'昏'字。你二番讨账，吴掌柜的说的那些话全是些歪理，应当据理力争。可你呢？让他唬住了。第三忌就是一个'懦'字，他一说要死要活你就怕了？要账逼死人的有没有？有，如果要得合理，逼死人也不犯王法！"

传杰听到这儿倒吸了一口凉气，说："掌柜的，我于心不忍。"夏元璋叹气道："孩子，我知道，你心地善良，这很好，也是我看重你的原因，可进了商海善良就是多余的，所谓生意场上无父子就是这个意思。"听到这儿，传杰的笑脸冷了下来。

夏元璋说："好了，今天不说这些了，说多了你心里承受不了，日后我教你三番讨账都应当怎么说。总而言之，讨账不是凭拳头，全凭一张嘴。我给你说说黄县的买卖人是怎么凭着一张嘴卖皮袄的。你是山东人，没听说过？黄县的嘴子，掖县的腿子。黄县买卖人卖皮袄，卖的就是一张嘴，一件烂皮袄也能卖得有声有色，把烂皮袄擎得老高，口吐莲花：你看这皮袄，这毛，哦，毛掉了；你看这板儿——手指头一戳，把皮板戳了个窟窿。自己笑了，你看这茬口……"

夏元璋有声有色地讲着，传杰木木地听着。夏元璋长叹一口气道："唉，你听不懂。把我洗脚水端出去泼了吧。"传杰端着洗脚水走到门口，突然蹲在地上笑个不停。夏元璋问："你笑什么？"传杰笑着说："黄县人还应该说，你看这指头！"夏元璋一愣，继而大笑，笑过了说："你有日子没回家了，今晚回去看看你娘吧，我这儿预备了一包点心，回去孝敬你娘。"

街面正下着雨，淅淅沥沥，似烟又似雾。夏元璋滔滔不绝地为传杰说诚信："要论起做生意，第一要紧的是什么？就是两个字，诚信，诚信是什么？是树的根。一棵大树，看去枝繁叶茂，凭的是什么？有根呗，没有根的树能活吗？俗话说得好：人心是杆秤，斤两称得明，要想生意好，信誉是个宝……"

传杰听得直点头。福兴祥吴老板打着伞跑进店内，一脸平静，拱手道："夏掌柜的，好雅兴呀，给小学徒的说生意呢？"传杰一愣，解不透二人关系。夏元璋笑道："下雨天闲着没事，和徒弟磨磨牙。你来得正好，我新近进了些鹿胎膏，成色一时还拿不准，你在这方面是行家，给我看看？"

吴老板说："我正忙着呢，改日吧。山里给我送来点货，现金一时不凑手，你欠我的那笔款子先还了吧。"夏元璋说："好说，常先生，给吴掌柜的打款。"

常先生道："好的。吴掌柜的，过来吧。"

吴老板冲着传杰一笑。传杰一头雾水呆在那儿，嘴张得大大的。

夏元璋笑眯眯地看着传杰，问："传杰呀，心里难受了？"传杰说话带了哭腔："掌柜的，我一直拿您当圣贤看待，您成天给我讲诚信，可您骗了我，吴掌柜的不欠咱们的账，是咱们欠了人家的，您要我去讨账是把我当猴耍，我心里过不来！"

夏元璋哈哈大笑道："孩子，我给你讲诚信不假，讲的是大诚大信。对生意人来说，诚是指什么？信又是指什么？就是对顾客不欺不诈，买卖公平，货要地道，价码要合理，足斤足两，童叟无欺。可生意人毕竟有自己的秘密，不能所有的话都是实话。比方说吧，你把货卖给顾客，顾客问：'老板，这批货你赚了我多少？'你怎么回答？讲诚实？如实相告？不能吧？你是不是得说：'咳，赚什么赚？我给您的是最低价，赔本赚吆喝呢！'你讲诚实呀！啊，你说：'我呀，做买卖能不赚钱吗？就这一笔买卖，我赚了个盆满钵溢，您再精也精不过我们这些买卖鬼儿。'能这么说话吗？再比如，有位同行来打听：'您这批货的进价是多少啊？'你能说实话吗？能交实底儿吗？啊？所以说生意人的诚信是大诚大信。我让你去讨账不是说谎，是使了一计，三十六计上有，叫作瞒天过海，是锤炼你呢。"

传杰笑了："掌柜的这么说我心里透亮了，还当是您要我呢。"

秋日的金场已有些凉意。

空旷的酒馆内，小金粒趴在桌子上睡着了。朱开山和大黑丫头带着醉意边喝边说。朱开山指着小金粒道："听说你想收他做干儿子？"大黑丫头笑道："嗯，这孩子挺招人喜欢的。"

朱开山点点头："是啊，是个好孩子。不过，也够可怜的了。小小年纪就在这儿拿着命混，你说他家大人咋这么狠心呢？哎，也就是你吧，隔三岔五地惦念着他。光听说你男人没有了，有孩子吗？"

大黑丫头微微一顿："咳！我没孩子。"刚说完，突然放声大哭，"呜……我命苦呀，死鬼光种地不下种，抛下我一个寡妇守空房，没儿没女的，我将来依靠谁呀！"朱开山问："那你轻身离带的，咋就不再找个主儿？"大黑丫头说："残花败柳，谁稀要啊？"

朱开山一笑："谁说你是残花败柳？黑点儿不假，一双眼睛弯弯着勾男人魂呢。"大黑丫头柔情上眉，抬眼看着朱开山问："勾着谁了？"朱开山笑而不答，自顾喝酒。

大黑丫头嫣然一笑，软绵绵地说："哥，实话对你说了吧，不少男人对我动心思，可我都没看上眼，我就喜欢你这样的男人，要是有你这样的男人对我动心思，我一百个愿意。哥，你困了？被窝都给你铺好了，咱屋里睡吧，你这也是靠了大半年了，妹子给你松松筋骨？"朱开山装醉不语，倒在桌上，片刻便鼾声大起。大黑丫头叹了口气，走进里屋。

朱开山突然像变了个人似的，敏捷跃起，几乎没有任何声响地靠近里屋门口，只见里屋的炕上，大黑丫头手捧一件色彩艳丽的小女孩上衣，低声地哭泣着。

而这一切，却又被一个黑衣蒙面人透过窗纸上的一个小洞，尽收眼中。

第八章

天已入了秋，正是黄昏时分，阵阵秋风中已颇有些寒意，大街上行人稀少。元宝镇的夏家大院透射出昏黄的灯光。夏元璋正在更衣，是做客的秋装。玉书领着传杰进屋。传杰问："掌柜的，你喊我？"

夏元璋说："快，去换身出门的衣服。"传杰说："眼看天黑了，换衣服干什么？"夏元璋说："叫你换你就换。今天重阳节，今晚带着你赴个宴，见见世面。"

传杰说："掌柜的，我可不敢，东家们的酒桌我可不敢上。"夏元璋训斥道："啰唆什么？叫你去你就去！哎，谁说叫你上酒桌了？也就是让你见见大席面。"传杰说："哦，那行，我还真没见过大席面。"玉书缠着父亲说："爸，我也要去！"夏元璋说："一个姑娘上酒席不叫人家笑话？"玉书说："传杰还是伙计呢，他能去我就能去！"夏元璋无奈道："好，也带着你。蚂蚱掉锅里也少不了你一条腿。"玉书调皮地说："那要看蚂蚱肥不肥。今晚的蚂蚱肯定肥！"

穆家客厅里，八仙桌上山珍海味，几个商贾已落座了，互相寒暄。夏元璋带着传杰、玉书进客厅。穆公拱手相迎道："元璋老弟，何以姗姗来迟？我已经恭候多时了。"夏元璋也拱手说："穆公，惭愧，小女缠着要来，怎么哄劝也不听，来迟了，多加包涵吧。"穆公说："元璋弟这就见外了，令爱也不是外人，带来又有何妨？这不是关内，没那么多礼数，带着令爱倒显着亲热。哎呀，伙计也来了？这就是传杰？"夏元璋说："不是他是谁？带他出来见识见识。"穆公说："果然气宇不凡！你有福呀，收了个好徒弟。来来来，上座。"

传杰双手送上礼品，说："穆东家，这是我们东家送的一点儿礼品，不成敬意，还望您笑纳。"穆公笑道："元璋，你这伙计伶牙俐齿，礼数周到，都是你调教得好啊。你也落座吧。"传杰说："东家的席面我们当伙计的万万不敢造次，我站着伺候东家，你们坐。"夏元璋和玉书入座，传杰立在身后。几个商贾悄悄耳语，夸赞传杰懂规矩，是个生意坯子。玉书偷着对传杰扮鬼脸。传杰淡然一笑。

酒过三巡，菜过五味。穆公说："当年曹孟德煮酒论英雄，今天庭院秋菊怒放，咱们元宝镇群贤毕至，商贾云集，何不来个赏菊论商？"大伙儿拍掌赞同。穆公说："我想请教诸位，咱们家家都供着财神，无非是关老爷赵公明，可咱们商界老年间的佼佼者应当是谁？可说得明白？"

一客人道："依我之见，陶朱公可以算一个。"

另一人说："我看吕不韦也是一个。"

接着一人说："西汉的邓通也算得？"

穆公说："嗯，这三人可以算得，还有吗？"夏元璋微微一笑说："你们说的都是春秋秦汉的商贾，本朝的胡雪岩可听说过？浙江人，要说真正的商贾，非他莫属。"穆公说："哦，这个人听说过，非常了得，人称红顶商人，买卖大得几乎遍布全国，富甲天下，连朝廷都向他借银子呢！"众人不禁惊叹附和，热议了一阵子，夏元璋又道："方才穆公给的题目是赏菊论商，我看咱们走题了，还是说说经商之道才是。诸位，谁能说说经商第一要紧的是什么？"

一客人说："那还用问？就是赚钱呗。"

夏元璋说："不然，以我之见，应当是诚实，然则不是无原则的诚实，是巧妙地运用诚实，也就是说在适当的时候，以适当的方式，对适当的人说实话。经商的人免不了圆滑，可是如果一味圆滑，和实话不沾边儿，就无异于自弃于市。为什么？谁愿意和一个永远虚伪不说实话的人打交道呢？可是一味地诚实也不可取。打个比方，穆公方才请我的伙计落座，究竟是出于真心还是客套？若按真心就应当说：你是伙计，没资格落座。这不就伤了孩子的自尊？穆公说得就很得体，前一句夸奖是实话，后一句请坐就是客套。"

大伙儿称赞道："夏掌柜的说得好！"

此时的玉书却一边吃着酒席，一边眼气传杰。一番赏菊论商、推杯换盏之后，众人兴尽而回。回了家，传杰伺候夏元璋更衣。夏元璋说："传杰呀，考考你，今天这顿酒席哪个座是上席？"传杰说："这和我们山东家的规矩差不多，穆东家坐的是上席，冲着门。"夏元璋说："坐在上席都有什么讲究？"传杰说："按我们老家的规矩，上菜必须先给上席，要是有鱼，鱼头要对着上席的人。"说着笑了。夏元璋问："咦？你笑什么？"传杰说："今天有一处要是搁在我们老家可是失礼了。"夏元璋问："哦？哪一处失礼了？"

传杰说："要是在我们老家，桌子的木纹应当冲着上席，今天可是横对着穆掌柜的，这叫不顺，不是失礼是什么？"夏元璋慨叹道："到底是孔孟之乡来的人，说得有道理，以后咱们家也要立这一条规矩。"传杰说："掌柜的，我们老家那儿，就是在乡下，规矩也比这儿多，比方说来了客人，辈分再高的女人也是不能上桌的，我家要是来了客人都是我大哥陪客，我娘是从来都不上桌的。"夏元璋有些尴尬，说："哦，这么说今天我带着玉书就有些不妥了？唉，毕竟是关外，讲究少了许多。"传杰说："掌柜的，今天我看见穆东家把饭桌上的米粒捡着吃了，觉着挺什么的。"

夏元璋笑道："是不是觉得抠门儿？你错了，勤俭是美德，富不忘穷，常把有时当无时，这些话应当永远记住，你还没听说过吧？前朝崇祯皇帝的嫔妃还穿补丁衣服呢，没人笑话。今天晚上你没吃饭，冷眼旁观，有些东西看得更清楚，这都是些见识，就是花钱也难买呢。"传杰说："掌柜的，最让我长见识的是您今天说的那些话，够我受用一辈子的。"夏元璋笑了，说："说的可是实话？"传杰忙道："掌柜的，跟您我可不敢圆滑。"夏元璋说："好了，到厨房吃点饭去吧。"

简陋的乡村戏台，气氛却热火朝天，锣鼓唢呐声中，鲜儿的大戏连台。戏台下，两张方桌的周围坐着七八个乡绅，桌上摆着瓜子茶水。四周挤满了观众，个个看得津津有味，不时地叫好拍巴掌。数十名戏迷更是欢呼着高喊："小秋雁，小秋雁！"听到叫好声的鲜儿和大机器投入而忘情地演出着……戏台侧，王老永欣喜地看着。

鲜儿天分高，又肯下力气，迅速成了台柱子，这是王班主意料之中的，不过能让观众如此痴醉还是有点让他惊奇。唯一的遗憾是，人红抵不过天时冷，眼见天气一天冷似一天，那些乡绅贵胄来请戏的帖子也渐渐断了档，戏班子也渐渐闲了下来。王老永带领戏班且演且行，来到一处道观中休整了多日，却没接到一个请戏的帖，不禁愁苦。他掩上房门，跪在神像前的旧垫子上，双手合十，喃喃自语说："各位神仙圣人，眼下天气越来越冷，请戏的越来越少。再赶上这兵荒马乱的灾年，就算是大户人家也没心思看戏。我们这七八口子人，日子难熬啊。求各位神仙圣人保佑我们……"

王老永正喃喃自语着，徒弟小迷糊有些兴奋地跑来，来到正殿门前，喘息着说："师父，请戏的来了。"听得王老永一怔，随即面对神像庄重地磕了头。

道观门外，一辆带篷的马车停在庙门口。王老永率众人出门相迎，却是位旧相识，先前照顾过戏班生意的一个土财主陈五爷，王老永忙拱手说："哎哟，陈五爷，什么风把您吹来了？"陈五爷没答话，眼睛直勾勾地盯着站在王老永身后的鲜儿，像是掉了魂儿。王老永喊了一声道："五爷！"陈五爷这才回过神儿来，说："哎哟，王班主！我是来请戏的。哎，你看这小秋雁，女大十八变，几天没见又变了，变得真俊。"说着，一行人进了道观内。

小迷糊将一张椅子放在地上。王老永对陈五爷谦卑地说："五爷，在这儿坐会儿吧，屋里太乱。"陈五爷打着哈哈说："是不是？行，今儿天好，就在这儿说吧。"

陈五爷抽了两口水烟袋后，有些得意地说："王班主，前段日子热闹了一阵儿，这阵儿请戏的是不是少了？我不和他们争，争什么？你们有闲的时候，有没戏唱的时候。下个月初六我要娶三姨太，准备唱三天大戏，这不，来请你们戏班子。"他拍着王老永的肩膀说，"给你们送银子来了。"

王老永笑道："哎哟，五爷又要纳妾了？这可是大喜呀，真得好好唱几天大戏。"

陈五爷说："咳，大喜什么呀！这小三儿瞅着不大离儿，细皮嫩肉，一双小脚勾魂儿，可是叫小秋雁一比，没了。王班主，你有福，身边有这么个美人儿一定肾虚，悠着点儿。"说着一脸坏笑。王老永说："五爷真会说笑话。"陈五爷别过脸对鲜儿说："小秋雁，过来，叫五爷仔细端量端量。"鲜儿只是不动。

王老永说："鲜儿，过来，五爷喜欢你，叫五爷看看，五爷没闺女，拿你当闺女呢。"鲜儿无奈地磨蹭着走过去。陈五爷对鲜儿摸摸搜搜，说："哎呀，鲜灵灵的一个大姑娘，一朵花儿，真招人疼。"说着摸向鲜儿的屁股，"早都上秋了，还穿这么单薄，不冷得慌？五爷那儿有的是皮袄，等给你送几件来。喷喷，冻死闺女了。"鲜儿急忙躲闪。王老永佯怒说："假假咕咕的没个规矩，还不快谢五爷！至于冷成这么个熊样？下去吧，别在这儿给我丢人现眼！"鲜儿"哎"了一声，抽身出去。王老永说："这孩子，没规矩，五爷别见笑。"

陈五爷说："不见笑，不见笑，我喜欢还喜欢不够呢。我就喜欢这号女人，活眉大眼，有骨头有肉。再胖点好了，抓着一把肉乎乎的，心里舒坦。"王老永说："那么戏就定下来？"陈五爷说："定下来，定下来。好了，告辞了，初六见。"

陈五爷前脚出了屋，大机器后头骂道："呸，什么东西！"

转眼请戏的日子临近，王老永带着鲜儿和大机器亲自到陈五爷家商量戏怎么唱。陈五爷说："我要的这出《大西厢》可有个说道儿。"王老永说："五爷有啥要求尽管吩咐。"陈五爷说："那天是我大喜的日子，洞房里我要见红，戏台上也要见红。"

王老永皱着眉头问："这话儿咋说？"

陈五爷一阵淫笑，从怀中扯出一块红绸布："把这个掖到小秋雁的裤裆里，唱到张生和莺莺私会的时候从裤裆里扯出来，这就是见红。"王老永面有难色，说："五爷，这恐怕不行，小秋雁还是黄花儿姑娘，没见识过这些，以后叫孩子脸往哪儿搁呀！"

陈五爷把脸一沉，说："有什么不行？什么大姑娘小媳妇，早晚不都有这么一回？今天这出戏我讨的就是这个彩儿，没有这个彩儿戏就别唱了。"鲜儿正色道："五爷，你这么干是糟蹋人。"陈五爷说："你话说明白了，我糟蹋你了？你说说，都怎么糟蹋的？你还懂得糟蹋？不就是唱戏吗？"

大机器说："五爷，我师妹还是个姑娘，开了这个头叫她往后怎么做人？"

陈五爷咆哮道："你们听着，我花钱请戏，叫你们怎么唱就给我怎么唱，不唱走人，包赔我的损失，一千块现大洋！"众人噤声。

陈五爷说："怎么都不说话了？告诉你们，我不但要这个彩儿，今天还要给我上《十八猜》。台上干猜，回去我来实在的，带劲。"王老永央求说："五爷，《十八猜》就依了您，《大西厢》就按老谱唱吧，给我个面子。"

陈五爷一脸无赖相，厉声说："不行，肯定不行。我娶三姨太，高兴，不给我助助兴那怎么行？晚上我哪来的劲？不让你们白唱，猜一个，一块大洋，算一算，划算不划算？"

回去的路上，王老永劝鲜儿："鲜儿，师父知道你难，可大伙儿得活呀。

我早就对你说过，咱吃开口饭的是下九流，人家不把咱当人看，咱是人家的耍物，你就是不听。事到如今你后悔了吧？早知今日何必当初呢！咱要是不唱，到哪儿弄一千块现大洋啊？"鲜儿犹豫了半天，咬咬牙说："师父，我应下了，大不了就是个死，我唱！"

陈家院内张灯结彩。戏台下，陈五爷和大小老婆、三姨太坐在方桌旁，嗑着瓜子喝着茶听戏，一个叫小栓子的小仆人伺候在左右。宾客们分别围着三张桌子依次而坐，陈家的护院分别站在院内各处。戏台上，大机器正在演唱着二人转《十八猜》：

猜一猜姐儿头发辫儿啊，

姐儿头发辫儿，

乌云遮满天哪，

七个隆咚八个隆咚店哪啊。

再往下猜啊，

你不让俺猜，

俺偏要猜呀……

厢房里，鲜儿忙活着给大伙儿上妆。王老永满脸愧疚地跟在鲜儿身后，说："鲜儿，难为你了，师父也没有办法，好不容易揽了一出戏，赏钱又多……唉，我无能，叫徒弟受这么大的委屈，我心里难受哇！"鲜儿回过头，冷冷地说："师父，别说了，我认了，为了戏班子，我什么都能舍得。"

院内戏台下，陈五爷兴奋得脸都扭曲了，狂呼道："好啊，往下猜，六块大洋了。"其他看戏的人也跟着哄闹。院内戏台上，大机器继续唱着：

猜一猜姐儿肚脐眼儿，

姐儿的肚脐眼儿，

就在那上边啊，

七个隆咚八个隆咚店哪啊……

大机器好歹比画完《十八猜》，《大西厢》调子骤起，鲜儿与大蜡花和着器乐的节奏舞着手帕上了台。两人一个亮相，台下顿时掌声、喝彩声响成一片。

陈五爷说："这丫头，不上妆就能迷死人，上了妆真叫人他妈的扛不住，活活的一个狐狸精。"三姨太说："你呀，就是邪性。"陈五爷说："这还叫邪性？瞧我今儿晚上的吧。"三姨太说："德行！"

陈五爷站起来，对来客说："诸位，待一会儿就出彩儿了，保管叫大家大开眼界。"来客说："五爷，什么彩儿？透透口风吧。"陈五爷说："不到时候不揭锅，你就瞧好吧！"

戏唱到张生与莺莺相会了，王老永、大机器等戏班子的人都紧张地盯着鲜儿。戏台下，陈五爷又站起来说："诸位上眼吧，到见红的节骨眼上了——小秋雁扯啊！"

戏台上，鲜儿听见了陈五爷的吼声，很听话似的从腰背后扯出了一块绸布，但却是一大块白绸布！在红彤彤的舞台上煞是显眼。台下的观众哇的一声愣了神，台上的乐师们也不知所措，停了手中的家什，音乐骤停！

王老永、大机器大惊失色。戏台下，陈五爷已是暴跳如雷，说："小秋雁，你不是人揍的，你坏了我的好事，我和你没完！今天晚上就没完！"一下子掀翻了桌子。戏台上，鲜儿面色冷峻地看着陈五爷，这让陈五爷更是气急败坏，手指着鲜儿大发雷霆说："就你个小样，敢跟我较劲！给我把她抓起来！"

陈家护院从各个方向跑上戏台，刹那间台上一片混乱！戏台一侧，王老永绝望地说："毁了，戏班子的饭碗砸了，彻底砸了！"

鲜儿给囚在了陈家的厢房上，王老永硬着头皮找陈五爷求情，陈五爷对着垂手站立的王老永说："你说破大天也没有用，我这算是客气的，再烦我，不但要赔我银子，还要送你们去官府，蹲班房！"王老永说："五爷，您要硬是这么做怕要逼死人命的，小秋雁的性子我是知道的，刚烈着呢。"陈五爷说："好啊，骑马要骑烈马，玩女人就要玩烈女，那才带劲。"王老永还要分辩，陈五爷突然狞笑一声说："那对不起你王班主了，先让你尝尝厉害！"

陈五爷一招手，冲进几个护院，不由分说捆了王老永出了屋。屋外早已备好了木架。众人押着王老永，把他吊在木架上，身体呈"大"字状。一个满脸横肉的家丁手执一条长鞭候在一边。陈五爷在木架前坐下，呷了口茶，吩咐道："把戏班子人都叫来吧，鲜儿姑娘也请出来，平时都是他们唱戏给人看，今天也让他们瞧出戏吧。"几个家丁把鲜儿带到院里，大机器等人也给领了进来。陈五爷也不抬头，手指一抬，那持鞭大汉便挥了鞭子抽到王老永身上。一开始，王老永还硬挺着，可是不一会儿，他的号叫声便响彻在院落里，身上的夹衣早已是碎为布片，一道道血痕清晰可见。鲜儿一脸悲愤地看着王老永。大机器哭着劝鲜儿说："鲜儿，你就应了吧！再这样下去，师父的命就没了，戏班子还要活呀！咱现在说别的都没用了。"鲜儿默默地流着泪，一时无语。大机器长叹一口气说："老天爷呀，你真是睁不开眼了吗？"

大蜡花走到鲜儿面前说："鲜儿，事情闹大了，你就忍心看着大伙儿进班房？求你了，我给你跪下了。"

吊在架子上的王老永忽然抬起头来严厉地说："你们这是干什么？你们这是把鲜儿往死里逼啊！作为师兄，你们怎么能这样呢？大机器，带着师弟和鲜儿走吧！我大不了就是一个死！我就是死了也不能让他姓陈的遂了心意！走！都走！马上走——"

大机器等人眼含热泪，爬到王老永面前哭喊着说："师父——"

始终流泪无语的鲜儿，走近王老永，哽咽道："师父，咱们都得好好地活着！"

她径直走到陈五爷跟前，低声道："把我师父放下来。"陈五爷对旁边的护院做个放人的手势，盯着鲜儿问："鲜儿姑娘得有点表示呀。"鲜儿不再说话，低头进了陈五爷的房。吊在架子上的王老永热泪纵横地喊着："鲜儿，你不能去啊！"背身而去的鲜儿，好像没听见一样……

大机器、大蜡花、小迷糊等戏班子的人跪在地上看着鲜儿的背影。大机器泪流满面，突然间像疯了似的，狠命地磕着头，号啕大哭！已经被放下来的王老永老泪纵横……

王家戏班的所有人跪在祖师爷的牌位前，王老永喃喃地祷告说："祖师爷保佑，保佑鲜儿平平安安地回来！我们对不起鲜儿啊，可实在没有办法了，刀把子攥在人家手里，咱是菜板上的一块肉啊！"

忽然屋门被推开，一个陈家的护院走进来说："人给你们送回来了，陈五爷说这事就算了了，你们走吧！抬进来！"

四个护院抬着躺在门板上的鲜儿走进屋内，鲜儿头发凌乱，衣衫不整，双眼紧闭。众人呆呆地看着，王老永俯下身子轻声地唤着说："鲜儿……"鲜儿慢慢睁开双眼，看着师父无力地说："师父，咱走吧。"

寒风呼号，草木凋零。凄厉的唢呐声中，王家戏班的马车又上了路。鲜儿躺在车上对大蜡花说："师哥，叫师父来，我问句话。"大蜡花跑到王老永跟前说："师父，鲜儿要跟你说句话。"王老永急忙跑到马车旁边说："鲜儿，有什么话跟师父说？”鲜儿孱弱地说：“师父，咱还是往北走吗？”王老永说：“对，再往前走就到黑龙江了。”鲜儿叹道：“关东怎么这么大哪？”王老永说：“咱走走停停，边走边唱，道就觉得远。”

鲜儿腮边又带了泪：“师父，戏班子我不能待了，留下总是给你添麻烦，把我扔下吧，我不走了。”王老永抹着泪水说：“鲜儿，你救了大伙儿的命，咱就往你要去的地方走，去找你男人，就是背也要把你背到元宝镇！”鲜儿说：“师父，不能啊，不能为了我断了大伙儿的生路呀，咱们班子哪个没有家里的牵挂？大伙儿的饭碗就在这儿啊！”王老永说：“鲜儿，别说了，到哪儿都能吃碗饭，我们一定要把你送到元宝镇！”鲜儿说：“师父，我不走了，再走就会死在道上的，也不会找他了，我没脸见他。”王老永说：“你要回老家？”鲜儿说：“也不回了。”王老永：“那你要到哪儿去？”鲜儿说：“先找个地方住下，好好想一想。”

王老永沉思了一会儿，说：“鲜儿，这样吧，我在附近的屯子里有个熟人，我给你留些钱，你先到他那儿养病。病好利索了你就直奔烟囱山，那儿有个伐木场，找我的朋友老独臂，他是我的生死之交，一定会收留你的。”鲜儿说：“谢谢师父。”王老永动情道：“鲜儿，咱不管遇到什么难处，千万得好好地活着！”

鲜儿微微一笑说：“师父，鲜儿记住了。”

王老永含泪带笑说：“鲜儿，咱们师徒一场，情如父女，眼下即将分手，别怪我这个当师父的没本事——”鲜儿眼见师父伤感不已，有意打断师父的话说：“师父，从认识你到现在，鲜儿还从来没听到过您唱的戏。”王老永明白了鲜儿的意思，忙说：“孩子，师父今儿为你唱出《阴魂阵》。大伙儿把家伙咂巴起来！”

王家班边走边唱，在秋风中扭啊喊啊，苍凉的音调回荡在一片苍茫浩瀚的天地间：

往前看不见阳关大路哇，
往后看不见白马将军。
叫声高郎回去吧，
金銮宝殿见主君。
娘舅他若准了你的本，
将令一下发大军。

大军发到寿州地，

好破这座阵阴魂。

现如今为妻我身怀六甲，

是男是女我也不知闻……

秋风萧瑟，万木萧条，金夫们还在河套里淘金，一个个冻得瑟瑟发抖。金把头提溜着木棒走来，呼喊着说："伙计们，西沟的崔老五要和咱们斗棒了。咱们为占这几个坑没少花本钱，搭上了不少人命，不能拱手送出去，要不一年就白忙活了！都准备好了家什，他们来一个削他一个，谁后退是孬种！"小金粒呼喊道："他们来了！"果然，远处一群汉子挥舞着木棒边跑边呼喊着："夺回咱们的坑啊，和他们拼了！"

金把头手持短棒呼喊道："伙计们，给我上，金坑就是咱们的命啊！"金夫们迎着来犯者扑去。牛得金一跃而起，朱开山一把没拉住他。两帮金夫们为夺金场展开了大械斗，斗得腥风血雨日月无光。

金把头这时却悄悄地溜到大石头后边躲了起来，朱开山拖着小金粒紧紧跟随其后。金把头吃惊地说："你……"朱开山冷笑着问："你呢？"金把头说："我……"

朱开山说："不要怕，我保护你。"金把头狠狠地瞪了朱开山一眼。朱开山嘿嘿一笑。

官兵马队来了，镇压双方的斗棒人，河套里一片混战，一排排山东淘金人倒下了……朱开山默默地看着。

械斗后的河套上，混杂着浓浓的血腥气，受伤者的呻吟响成一片，直叫得人心里头发颤。朱开山扶起奄奄一息的牛得金，牛得金断断续续地说："老朱，我不行了，悔不该来这儿呀，我的那些金疙瘩埋在林子里那棵核桃树下，要是能带出去，换点钱捎给我老婆吧，他们等着钱活命呀……"话没说完就断了气。

真是秋风怒号，山川含悲。金夫们把大械斗中死去的弟兄们埋葬了，山坡上又多了十几座山东人的坟墓。朱开山悲愤地对众人说："弟兄们，我觉着咱们都该用脑子想想怎么能活着出去的事了。要不然咱这些人没准哪天也得埋在这儿。为了咱们的爹娘、老婆孩子，咱也不能糊里糊涂地撂在这儿。不过，话又说回来，眼下想马上出去还不太行。这段时间，大家都动动脑子，想想办法。当然,更重要的是,都能平平安安地活着,找一个最好的机会,闯出去!"众金夫神态不一地听着。

王班主说的山场子在一所山林深处。刚落了场大雪,漫山遍野一片白,更给山场平添了一份寂静。

木帮头子老独臂和一个女人在喝酒。这个女人人高马大的,说话粗声粗气,很有点儿爷儿们的爽利劲。因为她头上还罩块红头巾,山场子老少爷儿们便都叫她作红头巾。老独臂抿了一口烧刀子,说:"这场雪不小,没有这东西驱寒还真不行。"红头巾嘻嘻笑。老独臂一愣,问:"你笑什么?"红头巾说:"我还有个驱寒的法子。"老独臂意会了,笑骂说:"山场子这么多人你忙活得过来?熊玩意儿你。"红头巾浪笑着说:"有心开饭店,不怕大肚汉。"

门开了,扑通一声,一个雪人倒了进来。老独臂没回头说:"又来了个拍山门的!"红头巾赶紧跳下大炕上前查看,惊呼说:"把头,是个女的!山场子一开,又来了做皮肉生意的。"老独臂冷漠地说:"死的活的?要是死了就扔山下喂狼吧,要是还有口气就给她口热汤热饭,打发到山下去。昨儿我做了个梦,梦见老把头说,山场子最近不能留生脸儿。"红头巾跑到门外抓回一把雪,用雪把那女人揉搓醒了,又伸开两手,噼里啪啦把她浑身拍红,让她活泛了血脉。红头巾道:"哟,好俊的俏脸呢!"这个雪人正是奔波而来投奔老独臂的鲜儿。鲜儿环顾屋子,孱弱地说:"我这是到了哪儿?"

红头巾粗野地说:"不用问就是个浪玩意儿,到这儿干什么?"鲜儿有气无力地说:"大姐,我是山东来的,闯关外到了这儿。"红头巾说:"闯关外?那你跑山场子来干什么?"鲜儿说:"唉,和没过门儿的女婿走散了,没地方去了。大姐,求求你了,给我口吃的,我跟你细说。"红头巾掰了块饼子,倒了碗水,说:"给!一边吃着一边说。"鲜儿啃着饼子说:"大姐,我是和没过门儿的女婿从老家跑出来的,一路奔关外来了,谁知道路上他出了事,眼看要死了,为了救他的命,没法子我就把自己卖了……"

鲜儿一把鼻涕一把泪地讲完一路艰辛,红头巾却冷笑道:"拉倒吧,我就不信,天底下还有你这样痴情的女人?"鲜儿说:"大姐,信不信由你,我说的可都是真话。"红头巾说:"不管怎么说,把头说了,吃饱了送你下山。走吧。"说着出门,套上雪爬犁,回屋说:"走啊,就别磨叽了!"拖着鲜儿就上了雪爬犁。鲜儿抓着雪爬犁死活不走,哀求说:"大姐,我实在没地方去了,求你了，你们就留下我吧，要我干什么都行啊！"两个人僵持着，老独臂出来了。

鲜儿抱住老独臂的胳膊说："爷爷，你就可怜可怜我，留下我吧。"她猛然发现老羊皮袄是只空袖管，又惊又喜地说，"爷爷，你就是老独臂？"老独臂嗔道："我这老独臂是你叫的！"鲜儿说："爷爷，你认得王老永？"老独臂说："你说王家戏班的王老永？怎么不认得？他是我的拜把子弟兄，我们是生死之交。"鲜儿惊喜地说："爷爷，我是他的徒弟小秋雁啊！"老独臂大惊说："啊？你就是小秋雁？听说过，你怎么就到这儿来了？屋里说话。"

鲜儿已经说得泪流满面。老独臂仰天长叹道："唉，想不到王老永有这么一场劫难。他要你投奔我来的？"鲜儿说："师父看我实在没地方可去了，就打发我来投奔你。这下可好了，我可找到家了，爷爷，你就留下我吧。"老独臂沉默不语。鲜儿说："爷爷，你答应了？"

老独臂指了指红头巾，说："小红，门口雪窝子里还埋着半只野狍子，都给鲜儿，你还是送她下山吧。"鲜儿大惊道："爷爷，你不收留我？"老独臂说："孩子，不是我不收留你，这老林子不是女人待的地方，就是一个男人在这里待上一年都得扒层皮，这儿不是你端饭碗的地方，你还是另寻生路吧。"鲜儿说："爷爷，我是走投无路了，没地方去了，你就留下我吧。"老独臂无情地说："多余的话别说，赶快给我走人！"

红头巾却火了，说："你这个老独臂，老轱辘棒子，怎么就一点儿交情不讲呢？人家大老远地投奔你来了，又是你把兄弟的徒弟，怎么就不能给她碗饭吃？"老独臂拍着桌子吼道："你知道个屁！她和你一样吗？人家是好人家的闺女！咱这儿是什么地方？都是些什么人？她要是在这儿学坏了，我对得起把兄弟吗？啊？"

红头巾说："你怎么知道她就能学坏？我一个人在山上怪孤单的，正好来了个妹妹，你就留下她给我做个伴儿，我卖我的炕，她可以唱戏养活自己，那咱山场子不就热闹了？今儿这件事我就越过锅台上炕了，你留也得留，不留也得留！鲜儿，跟我走，看他能把你怎么样！"说罢，把鲜儿领到里屋。老独臂看着两人的背影自语道："留吧，留下也是麻烦，遭罪的日子在后边呢！染缸里捞不出白布来！"

鲜儿感激地说："红姐，谢谢你。"红头巾说："谢什么？浪得你。鲜儿，你留下可是留下了，真想靠唱戏吃饭？"鲜儿说："嗯。"红头巾说："打算长久待还是待两天就走？"鲜儿说："我也没个准主意。"红头巾说："不打算找你男人了？"鲜儿摇摇头。红头巾说："怕他不要你了？"鲜儿点点头。红头巾愤愤地说："天下的臭男人都一个德行，他们到处玩女人行，自己的女人别人碰碰就像掘了他们的祖坟。"说着神色黯然了。鲜儿说："红姐，你怎么啦？"

红头巾愤愤地说："想起老东西刚才的话心里有气。我就不是好人家的闺女了？想当年我也是一掐冒浆的黄花闺女，许给邻村的一个大户人家做媳妇，临出嫁前几天晚上去听戏，不知叫哪个拉血的鬼摸了一下屁股，我'啊'地叫了一声，女婿就不要我了。我冤不冤死了！"

鲜儿说："后来呢？"红头巾说："后来就臭在家里了，瞎子瘸子都不稀得要我。"鲜儿说："以后你就再没出嫁？"红头巾恨恨地说："没有。没出嫁，也没闲着，打那以后我就到处偷男人，偷一家就把一家作得人仰马翻。后来叫人家捉住了，把我绑着扔到河里。也是我命不该绝，老独臂把我救了，打那以后我就跟着他闯山场子。"鲜儿说："红姐，没想到你命也是这么苦。"

红头巾说："鲜儿，要我说，你死活不能找你男人了，你不是黄花闺女了，他指定不会要你了，就是要了你，你在他面前一辈子也别想抬头了。一个女人，怎么活不是一辈子？我现在活得就挺痛快。你还唱什么戏？像我一样，卖，谁给钱就卖给谁，痛痛快快有什么不好？你说呢？"

鲜儿说："红姐，我不卖，我只卖艺不卖身，只要在山场子有口饭吃，我可以给木把子唱戏，做饭，缝洗衣裳。"红头巾说："傻不傻死了你！你年轻，长得又俊，出手就是好价，趁年轻攒两个钱，攒够了下山，有钱怎么不能找个对心思的主儿？"鲜儿摇头说："红姐，我不能那么做，就是杀了我也做不出来！"

红头巾说："哼，还是没逼到时候，逼到时候了，扔块饼子你都能干。"

正说着，门外传来木帮伙计的喊声："红头巾，开门，哥儿几个来了，给你焐被窝呢。"红头巾说："我的主顾来了，你先躲避一下。"鲜儿慌忙躲到外屋的暗处。红头巾欢快地喊："来了，排好队没有？别像上回似的打起来！"开门把几个爷儿们引到里屋说，"进去吧，大炕热乎乎的，把腚烫秃噜皮不包赔。"不一会儿里屋传来了打情骂俏的浪声。

鲜儿吓得开门跑出屋子。老独臂正在屋里烤着火，喝着小酒。鲜儿小心地跑进屋，倚着门，抚着胸口，惊魂未定。老独臂踢过一个木墩子，没吱声，鲜儿坐下。两个人烤着火，一句话也没有。

第九章

又是一场好雪，朱开山家的院落笼罩在飘飞的雪花中。这天是小年，文他娘早早做了饭，等着两个孩子回家，先回来的是传武，他背着下套用的行囊，手里拎着一只冻僵的死野兔，披着一身雪花走进屋。他将行囊和死野兔扔在一边，随后拍打着身上的积雪，走近锅台，掀起锅盖拿出一个饼子一边吹着气一边狼吞虎咽地吃着。

文他娘有些生气地说："还没熟呢！"传武头也不抬地说："我饿了！"文他娘说："你这一天都跑哪儿野去了？不饿不知道回家是不是？"传武不耐烦地说："你别唠叨了！我不是套野兔去了吗？"

文他娘说："传武，你真是越来越不懂事了！你爹出去淘金到现在连个信儿也没有，还不知道是死是活，你倒好，一天到晚不着家，游手好闲的，就知道惹祸！你爹临走前嘱咐你跟夏先生学做生意，可你才学了几天就跑回来了，就知道整天钻山沟子……"传武刚要犟嘴，却见母亲正用围裙捂着脸有了哭声……

传武低声说："娘……"文他娘："你爹临走时说最多三五个月就回来了，怎么到现在连个信儿都没有，他要是有个三长两短，咱们可怎么办哪！"传武望着娘，良久，突然转身拿起自己打猎下套用的行囊，头也不回地往外走去。文他娘一愣，起身喊道："你上哪儿去呀，大雪封山了！"

外头鞭炮声零星传来，传杰和玉书拎着点心，踏雪走进院内。传杰推开屋门，喊着："娘，娘，我回来了，玉书也来了。"却没人应答。

传杰来到上屋，看到上屋的炕上，娘盘腿端坐，呆呆发愣。玉书想要说点什么，传杰连忙阻止，悄声地问："娘，今天过小年，你……"文他娘动也没动，轻声地说："又是一个没良心的！刚才跟你二哥多说了两句，他闷头就走了，看样子是找你爹去了，也不知道现在在哪儿，什么时候能回来……"

传杰说："二哥皮实，娘不用担心他，他不给娘闯祸就不孬。"玉书盘腿坐在炕上，笑眯眯地打量着屋子，说："大娘，你家收拾得挺利索。"文他娘笑了一声，起身倒了一炕山货说："闺女会说话。吃吧，都是他二哥在山里采的。"玉书说："二哥真走了？"文他娘说："这二马蛋子，不管他，他呀，走到哪儿都能刨找点吃的，饿不着。"玉书说："都怨我爸，他要是不辞了二哥，二哥也不至于跑了。"文他娘说："别肚子疼了怨张别古，这事该怨我，我要不说那几句气话，他不会走。"

传杰插话说："娘，二哥那人你还不知道？上来二皮脸管呲管撸，上来小脸子，一口喝不着豆就炮蹦子，又不是一天两天了。"文他娘说："还有脸说他？你不也是一个味儿？一句话不对心思，小脸儿就勾勾起来，几天不说话。可就有一样好处，不会骂人。"传杰说："还有一样，不会打人。"文他娘说："你拉倒吧，平时你脾气是绵。嗯，上来哑巴狠儿也够呛。"

文他娘说："上次，你逮了一只老耗子，给耗子屁眼塞上黄豆，又缝了放回去。耗子憋得难受，回到窝里见谁咬谁，一憋气儿家里的耗子断了根儿。"玉书听着咯咯笑道："传杰呀传杰，你的鬼心眼儿就是多。"

文他娘说："玉书呀，传杰不是俺夸，这孩子别看心眼儿多，仁义，会体贴人，将来要是成了家，拿着老婆孩儿不知会怎么金贵呢，闺女要是睁开眼了，找这样的爷儿们就是烧高香了，也不知哪个闺女有这眼光。"边说着边抓起一把山货塞在玉书手里。

玉书笑着说："小屁孩儿，谁愿意嫁给他，天天还得给他晾晒……"传杰举着烧火棍进屋，吓唬玉书说："玉书，你……"玉书夸张地抱着脑袋说："大娘，你看他啊，要撒野！"文他娘哈哈笑着说："闺女，不怕，他就会虚张声势，借个胆儿他也不敢动你一指头。"传杰有意转换话题，指着窗外说："雪下大了。"

文他娘看着窗外飞扬的雪花，脸子阴下来了，说："三个在外边的，哪个叫人省心呀！"

山场子林区里，临时搭建起一座山神庙。山场子马上要举行隆重的祭山神仪式。老独臂亲自摆上供果，又上了香。鞭炮声响起。

老独臂跪在木帮队列的前面，扯着嗓子狼嚎般地吼唱道：

山神爷爷老把头，
不用忧来不用愁。
俺们今天来拜你，
香火齐了你受用。
保佑木帮顺当当，

木头顺着江水流。

拼着性命做木头，

挣了钱就买头牛。

老婆孩子有依靠，

再来供养老把头……

鲜儿跪在地上，望着山神爷，一脸的凝重。红头巾跪在地上，却满脸虔诚。

众木帮随着老独臂叩了头。老独臂长吼了一声说："山神爷发话了！开套了！开锯了！"空旷的山林中回响着众木帮的喊声："开套了！开锯了！"

远处一棵参天大树下，两个木帮伙计得了令，扯起大锯飞快地拉锯着大树的底部。

老独臂率众木帮在一边庄重地看着大树将倾，两个伙计又抢起开山斧，一左一右用力地砍着被锯过的树基。树木发出咔咔的响声。老独臂与众木帮一齐喊山道："顺山倒了！"大树果真听懂人言似的顺山坡倒下。木帮欢呼雀跃，互相拥抱。

老独臂笑吟吟地喊："好啊，顺山倒，好兆头，今年不错，都好好干吧！"

众伙计在雪地里跳跃着分头跑向山林，开始了一年的伐木工作。鲜儿初次看到这样的场面，惊奇至极。对此已经司空见惯的红头巾对鲜儿说："妹子，这帮野男人好玩吧？"

山场里冷，雪域冻土，寒气逼人。山场里更热，众人伐木，热火朝天。鲜儿不觉来到山场已有半月，简单的日子让她渐渐抚平了内心的伤痛。这一天，她穿着一个大皮袄踩着积雪在林子里慢慢地走着，环视着林海雪原，忍不住唱了一嗓子：

哎咳咿呀咿呼咳……

走一山又一山，

山山不断，

过一岭又一岭，

岭岭相连……

这嘹亮的一嗓子穿过林海，响遏行云。正在伐木的木帮众伙计纷纷停下手中的活，神情不一地听着鲜儿的唱声。唱兴未尽，鲜儿低声哼着曲调从山林中走出，忽然看到一帮爷儿们停了手里活神态专一地打量她，她怔住了。

鲜儿有些害怕，转身欲走，众人却上前围住她，七嘴八舌地撩拨起来，一个说："闺女，真俊呀，你怎么到这儿来了？"

另一个有些煽动性地对大家说："开锯那天我就看上她了！弟兄们，咱们以后有的忙活了！"众木帮七嘴八舌地说："问问她，卖不卖？""这么俊的闺女，搂着睡一宿死也够本了。"

鲜儿吓得不知所措，往后退着说："你们要干什么！""干什么？弟兄们，还等什么？趁着老把头不在，先摸一把呀！"好几个人呼啦上来就要动手动脚。

鲜儿惊呼道："救命呀！"红头巾呼哧呼哧跑来，一顿乱棒打在木帮们头上。木帮嗷嗷怪叫，作鸟兽散。

红头巾抪着腰喊道："都给我听好了，这是我妹子，谁要是敢动她一指头我就摘了他的茄子，和他玩命！"

她骂完了木帮们，又回过头训斥鲜儿说："你这个骚货，怪不得男人看见你像苍蝇见了血似的，你这么鲜亮进山场子给谁看？放骚啊！浪丢丢的唱什么曲儿呀？你是叫春的猫啊？这可是十冬腊月！"

鲜儿被骂得抬不起头来，说："红姐，我唱惯了，一时不唱嗓子眼儿痒痒。"红头巾说："嗓子眼儿痒痒？你还哪儿痒痒？早看了，也是个骚货，早晚和我一样，是个卖大炕的主儿！"鲜儿恼了，说："谁是卖大炕的主儿？我不就是唱了一口吗？唱唱的都是卖大炕的吗？"

红头巾说："你那是唱唱吗？那是什么动静？麻不麻死了！不是叫春是什么？"鲜儿说："你才叫春！你卖大炕都卖大炕呀？还有脸说人！"红头巾一个高儿蹦起来说："好啊，你敢骂我！"一个大背包把鲜儿扔进雪窝里。鲜儿像只小母狼向红头巾扑来，说："我和你拼了！"红头巾哈哈地笑着说："行，还有点血性！"夹起鲜儿向马架子跑去。

传武背着打猎下套用的行囊深一脚浅一脚地在雪窝子里艰难地行进着。为了壮胆，他不断地用木棒敲打树干，同时扯着嗓子乱吼道："啊——，哦——"他自己也记不清离开家有多少日子了。从出了门就下雪，天地一片白茫茫，让人连方向都难辨。他逢人就打听淘金的五道沟，打听朱开山的信儿，可谁也没给过他一个准儿。眼见天冷似一天，雪快封了路。他拣了条山路走，想到林里找块避风的地方。

远处传来木帮喊山的声音："顺山倒喽！迎山倒喽！横山倒喽！"

传武停下脚步，循着喊声看去。只见千米外的山林里，一棵棵大树倒下，一团团雪雾腾起。众木帮一片喊声："横山倒喽！顺山倒喽！迎山倒喽！"传武侧耳听了一会儿，加快了步伐，却听"啪"的一声，左脚一阵剧疼，他突然被一个狍子套套住了，他拼了命地挣扎着，可是套越勒越紧。

屋里，红头巾和鲜儿正在给木帮们缝补衣服。鲜儿有些感激地对红头巾说："红姐，我知道你那样对我是为我好……"红头巾做个手势止住鲜儿，倾听着屋外的声音说："好像有什么动静。毁了，一定是狍子套着人了，我得去看看。"

传武躺在地上，疼得龇牙咧嘴。红头巾跑过来，笑眯眯地端详着传武，却不给他解套。传武挺横，说："笑什么？没看见我被套住了？给我解套呀！"红头巾笑说："我当套了什么，原来是个孩崽子，不在家咂你娘的奶，跑这儿干吗？"

传武瞪着眼睛说："爷儿们出来散散心，你管得着吗？"红头巾咯咯笑着说："好大个爷儿们，还穿开裆裤吧？我看看，小雀儿睡醒了没有。"说着要解传武的裤腰带。

传武捂着裤裆喊道："你要干什么！"红头巾笑着说："嘿，还知道害臊！让姑奶奶看看。"说完就动了手，传武忙用另一条腿扫倒欲要解自己裤腰带的红头巾，并顺势用力夹住她的头，然后双腿合力，使红头巾动弹不得。红头巾使劲地挣扎着，传武死命地夹着她，两个人一时间僵持着。

红头巾喘息着说："臭小子，力气还不小。给你解套吧，看样你比一头骡子好使。"传武不放心地说："说话当真？"红头巾说："姑奶奶说一不二！"传武松开腿，红头巾爬起给他解了套。传武问："你下的套？"红头巾说："算我晦气。好了，走吧。"

传武说："前边有山场子？"红头巾说："你问谁？"传武说："这儿除了你还有谁？"红头巾说："我没名没姓吗？"传武说："我知道你叫什么？"红头巾说："你鼻子下长的什么？塞饭的窟窿？不会问？"

传武说："那你叫什么名？"红头巾说："少教，对大人说话没有称呼吗？"

传武说："你真啰唆，你叫什么名？"红头巾说："就叫我红头巾吧，不行，叫红姐。"传武说："红姐，前边就是山场子？"红头巾说："你问这干什么？"

传武说："我想做木帮。"红头巾哈哈大笑说："奶毛没干就想做木帮？回家吧。"传武沮丧地说："回不去了。"红头巾："怎么了？"传武说："找不着我爹我坚决不回去!"红头巾说:"看不出来,小小的人儿天大的胆儿。走吧,回去跟你娘认个错儿,撅起屁股让她狠狠打一顿就完事了。你太小,把头不会收留你的。"传武说:"家,我现在是肯定不回了,挣点钱去找我爹。"

屋里两面大炕,当中生着大炉子,炉里烧着桦子,炉子周围烤着木帮的乌拉、包脚布、湿棉裤什么的,烟气腾腾。几十个木帮休憩的休憩,打闹的打闹。老独臂围着炉子烤饼子。红头巾领着传武进了屋,对老独臂说:"把头,又来了个闯山场子的,交给你了。"老独臂一看是个生脸,顿时拉下脸来:"谁叫你把他领来了?这不是个孩子吗?打发他下山吧,我这儿不收。"

红头巾说:"是我领的吗?我下套子套住的,非要来咱山场子,我甩不掉他,是他自己跟来了。"老独臂说:"你总是有说辞!母狗不放骚,牙狗哪能跟着腚转?"红头巾说:"谁放骚了?我看他是块做木帮的料,你别看他人小,一身的力气,不比头骡子好使?"

老独臂笑骂道:"娘的,说着说着漏兜了,放屁的工夫你也能舞弄一个,试过了?"红头巾咯咯笑着说:"他呀,儿马蛋子,没开拃的萝卜一个!"老独臂一挥独臂,说:"那就先领你屋去吧,给他弄点吃的,愿意拾掇你就拾掇拾掇,完事就送他下山。"传武央求说:"把头,留下我吧,等过了这两个月的蹲裆雪,开了山,不用你撵我,我就找我爹去!"红头巾拖走传武,说:"走吧,现在说什么也没用,跟我走。"

红头巾领着传武回了自己屋,鲜儿正在屋里给木帮们缝补衣服。她抬头一看,不禁一个愣怔,这个一身打猎行头的青壮小子不是传武吗?传武也认出了鲜儿,他几乎不相信自己的眼,使劲揉了又揉,走到跟前,试着叫道:"鲜儿,是你吗?"鲜儿从炕上跃下来,也叫道:"传武!"

两人情不自禁,紧紧地握着对方的手。红头巾吃惊道:"你们认识?"鲜儿流着泪说:"红姐,这就是我对你说的传文的弟弟,老二传武。"红头巾笑道:"闹了半天是一家人,我去炸狍子肉。鲜儿,还不叫你兄弟上炕暖和暖和!"

红头巾在屋外烧上桦子,支上锅,又端来一筐箩雪,化水煮狍子肉。里屋,鲜儿已经哭成了个泪人儿。传武也哭着说:"鲜儿姐,没承想你遭了这么多罪!"

鲜儿说:"这么说你哥一直没信儿?"传武说:"没有,也不知是死是活,娘的眼睛快盼瞎了。鲜儿姐,咱不在山场子待了,跟我回家吧,回去娘不知会怎么高兴呢!"

鲜儿摇着头说："传武，姐不能去你家了，姐嫁过人，又当过戏子，姐……"

传武说："姐，那不是你的错儿……"鲜儿说："传武，什么都别说了，姐这一辈子毁了，认命了，你还是回去吧，这儿不是养人的地方，你何苦来受这份罪呢？"

传武说："姐，你不走我也不走，我给你做个伴儿，咱俩一起在这儿混，我一定要混出个样来，让我娘看看，我就不信没三儿有出息。"鲜儿望着传武："你能吃得了苦？看见木帮是怎么干活的了？"传武摇头说："没看见。什么活不是人干的？别人能干我就能干。"鲜儿说："吃了饭我领你去看看，看看你能不能吃这份苦。"

一拨拨木帮抬着巨大的木头，呼着号子，你追我赶，每一步都迈得气势磅礴。

伙计们呀——哎咛！

向前赶呀——哎咛！

憋足劲呀——哎咛！

别松气呀——哎咛！

挣了钱呀——哎咛！

别乱花呀——哎咛！

莫耍钱儿呀——哎咛！

莫耍烟儿啊——哎咛！

见了娘儿们躲着走呀——哎咛！

山东还有老婆孩儿呀——哎咛！

众人吆喝着，每个人的脸都通红，双肩因为过度用力而使身体微倾着，虽是寒冬，豆大的汗粒却挂在他们额头。

传武和鲜儿惊呆了，他俩从来没有看到这样的场面。鲜儿说："传武，你能吃得了这份儿苦？"传武说："只要能陪着姐，什么苦我都能吃！"鲜儿叹口气说："还不知老把头留不留你呢。这样吧，他们住在那儿，姐不方便去，你去看看老把头在不在？"

传武径直进了木帮伙计的屋，好奇地看着屋子，摸摸这儿，摸摸那儿，突然发现了酒壶里的酒，喝了一口，又喝了一口……

木帮们疲惫不堪地收工回来，拥进屋里。众木帮烧桦子的，烤鞋袜的，啃干粮的，各自忙活着。一个叫老刁的精瘦的汉子拿起酒壶要喝酒，却发现酒壶空了，大喊道："谁他妈的偷酒喝了？大个子，是不是你喝了？"大个子说："没有啊！"

大家互相猜疑指责。老独臂进了屋，呵斥道："吵什么？鳖吵湾呀！"大个子说："把头，有人偷酒喝了！"老独臂说："谁偷了？偷了就认账，别他妈的像娘儿们似的假假咕咕，爽快点！"

大炕暗处突然传来了鼾声，只见传武正在昏睡。大个子过来闻了闻传武的嘴，揪起传武就打，说："他妈的，是这兔崽子偷的！"传武疯狗似的咬着大个子的胳膊不放。大个子一声惨叫蹿出老远，说："哎呀娘呀，这狼崽子，咬死俺了！"

众人大惊失色。老独臂微微笑着说："嗯，是只兽儿！兔崽子，过来！"传武过来。老独臂说："想留下不是？"传武说："说什么也不走了。"

老独臂说："那好，只要你答应我个条件。"传武说："你说。"老独臂说："这个月十六是我的生日，我要好好庆贺，三天之内你给我拖回只狼来就收留你。"

传武说："你说话算数？"老独臂说："我出口的话句句都是砸进木头里的钉子，拔不出来！"

传武在自己打猎用的行囊中拿出个套子，在林中选了个地方埋设下，自己在不远处溜达了半天，却连个狼影也没见着，腹内已空空的，无奈他拖着疲惫的身子回到马架子。鲜儿堵在门口，问："传武，套着了？"传武摇摇头。鲜儿说："你到底会不会套？"传武说："傻狍子和兔子什么的都套过，就是没套过狼，都差不多吧？"鲜儿说："你问我？我问谁去？吃没吃饭？"传武说："谁也不给。"鲜儿说："跟我来吧。"

红头巾从外边进来，盯着传武说："鲜儿，你把吃的给他了？你个贱货，把头怎么说的？这三天不管他饭，让他自己刨食，你给他吃的算怎么回事？看上他了？想吃童子鸡是不是？口味挺高的！"鲜儿说："红姐，别说得这么难听，他是我弟弟！"

红头巾冷冷地对传武说："你当老独臂真的过生日？他一年不知要过多少生日，一要整治人就过生日，把人撺出去套狼。你只有两天的工夫了，你不知道这个老独臂，他的毒性大着呢，皇帝老子也难叫他改口！"

传武又摇摇晃晃地进了林子，下好的套子还是空的。他守了一阵子，不知不觉倚在树干上慢慢地睡着了。鲜儿赶着雪爬犁来了，她知道这个朱家老二的性子，哪里放得下心，果然，她赶到的时候，传武已经冻僵了，她拍着他的脸说："传武，你醒醒，千万不敢睡了，过去就没命了！"鲜儿稳住神，努着劲把传武拉到爬犁上，往回路奔去。

回到屋，她把传武放到炕上，用雪擦着他的手脚、胸膛。冻僵的传武毫无知觉。始终在里屋冷眼观望的红头巾破口大骂道："你个骚货，等不及了？"鲜儿委屈地说："红姐，他都冻硬了，我看他太可怜了！"红头巾火气挺大，说："活该，是他自己找的！"说完摔门而去。

良久，传武终于被搓醒了，轻声地说："姐。"鲜儿心疼地哭泣着说："传武，你把姐吓死了，你还是离开山场子吧，姐求你了！"传武也哭着说："姐，你不走我就不走，我死活要和你在一起。明天我还要去，我一定会套着狼的，大哥不在眼前我就是你的亲人了，我不能让你一个人在这里受苦了！"说着说着，又昏睡过去，嘴里喃喃地说，"姐，我还冷，你搂着我睡一会儿吧……"

鲜儿红了脸，但还是搂住了昏睡的传武，轻轻地哼着歌谣：

悠啊，悠啊，
快点睡觉别哭了。
狼来了，虎来了，
瞎子背着鼓来了。
老虎妈子跳墙了，
舌头伸出老长了，
正在窗外望你哪。
咬猪了，咬羊了，
宝宝你可别哭了……

鲜儿唱着，唱着，一串串泪珠滴到传武身上。见传武睡熟了，鲜儿给他盖好被，横横心进了木帮屋。老独臂正在抽烟儿上神儿，瞅了她一眼没吱声。鲜儿说："爷爷，你就放过传武吧，别折腾他了，留下他吧！"

老独臂磕磕烟袋锅子说："这是山场子，不是戏班子，这儿的角儿是我，不是你，轮不到你说话！让他套狼自有我的道理，他没有能耐套着狼就没能耐待在这儿，这儿不是人待的地方，能待住的都是兽儿，是长着獠牙的兽儿！告诉他，套不着狼就别回来了，明天可是最后一天了！"

鲜儿说："爷爷，你的心肠怎么这么冷呢？不能先让他在这儿干几天试试？他要是你的孙子呢？"老独臂说："我的孙子？要是我的孙子我早就一顿乱棒打走了！你也别费唾沫了，我要到场子看看。"

第二天一大早，传武醒了，披上衣服就要走，鲜儿把一个雪爬犁交给他，说："传武，赶着雪爬犁去吧，这是红头巾借的，今天要是套着了更好，实在套不着早点回来，山场子不留你，姐也不在这儿待了，姐下山。"传武笑着说："姐，你答应跟我回家？"鲜儿摇摇头说："你的家我是不会去的，找个主儿嫁了吧。"

传武急了，说："姐，不能啊，你不等我哥哥了？"鲜儿伤心道："别说他了，我和他就当是一场梦，我早就寻思开了，和他有情没缘，成不了夫妻。"传武感动地说："姐，你昨天是不是哭了？"鲜儿说："什么也别说了，快走吧！"

传武赶着雪爬犁在林中飞驰。一会儿工夫，赶到下套子的地方，传武惊呆了，他惊喜地看到，狼套上分明套着一只狼！那狼已经死了，身体冻得梆硬。传武从套子上卸下狼，装上雪爬犁，打了个响鞭飞驰而去。一路上，他大声地对着林海笑着，喊着："套着了！套着了！山神爷收留我了！"

他扛着狼走进屋子，鲜儿跟在他身后。传武把狼重重地摔到地上，大声地说："把头，狼套着了！"众木帮围拢过来，议论着："啊？真套着了！好大一只狼呀！"

"这小子，还真有点玩意儿！"大个子有点不信，踢着狼说："不是条狗吧？"老独臂过来，蹲下看看，毫无表情地站起身来，对传武说："行了，留下来吧。大个子，你带他吧。"鲜儿高兴得眼泪都流出来了。

老独臂没再说话，回身进了里屋，红头巾正在里头炕上坐着。老独臂一双眼睛凝如点漆，盯着红头巾，冷笑着说："这只狼是你挂到套子上的吧？"红头巾说："怎么会是我呢？我有这能耐？"老独臂冷冷道："你瞒不了我，是你用枪打死了狼，又把枪眼用松油堵了挂到套子上。看来你真是喜欢这个孩子了！"

红头巾淡淡地说："看出来了？我是喜欢！我喜欢他浑身野性，像只小野兽！"

传武在劈桦子，手起斧落，一起一伏间，他青春的力气和朝气尽露无遗。

红头巾嗑着一把松子倚在门边上，出神地看着。传武看看她，说："红姐，谢谢你。"

红头巾问："谢我什么？"传武说："我听大个子说了，那只狼是你给我挂在套子上的，你疼我，护着我，我以后要好好报答你。"红头巾说："不用谢，也不图你报答，我还会护着你的，你什么时候身上没有野味了，我就不管你了。过两天你就得上山抬二杠，到时候我就看你是不是个爷儿们。哎，我可告诉你，你以后离鲜儿远点儿。"传武愣了，问："为什么？"

红头巾说："你要是和她在一块儿，时间长了就什么都不是了！"说罢扭身走了。传武听不懂她话里的意思，怔怔地站在那儿。

归楞大战开始了，哼唷咳哟的号子声不绝于耳。喊山声此起彼伏："顺山倒喽！排山倒喽！迎山倒喽！"木帮八人一帮，抬着巨大的原木前行。采伐的两个人一组，用快码子大肚子锯锯树，用开山斧"要碴"。

红头巾抬着木头跟木帮叫号："爷儿们们，加把劲呀，今天日子好，谁超过我今晚就犒劳他，和他放大炕！"大个子兴奋地说："是啊？伙计们，还要命吗？赶快跑啊！"木帮伙计你追我撵，林子里充满了活力，打远看，只见一根根原木朝前蹿。

木帮老刁带着自己的一帮人扯开了嗓子唱荤曲，大个子带着另一帮简短地应和着：

谁的屁股圆呀？
咱妹子呀！
谁的脸子俏呀？
红头巾呀！
杨柳小腰，
委实好哇！
大脚片子，
没处找啊！
……

一直干到入了夜，大家才回屋吃饭。大个子从屋外进来，悄悄地对传武说："伙计，红头巾叫你去呢。"传武说："叫我？去干什么？"大个子笑了笑说："你忘了？今天归楞，咱们这帮赢了，红头巾点名要招待你呢。正在大热炕上等你呢，快去呀！"传武笑了笑说："我不去。"

　　众木帮起哄道："别叫他了，是个没长把的！""就是有把也没能儿。""他见过什么？别吓着孩子！"传武被逼急了，忽地站起来说："有什么呀！不就是女人吗？"说着朝外走去。

　　他走到红头巾门口停下脚步，有些犹豫。鲜儿不知从哪儿冒了出来，一把揪住他，厉声地说："传武，你不能进去！"传武被吓了一跳，他不知道鲜儿哪来的那么大的力气，说："姐，你的力气不小呢。"鲜儿道："你才多大就不走好道！这是你来的地方吗？啊？给我回去！"

　　红头巾推开门，说："我当是谁在门口吵吵呢，鲜儿，是你呀！我和小兄弟热乎热乎，你插的什么杠！想虎口夺食儿不是？没你这么干的。"鲜儿央求说："红姐，他还是个孩子，你放过他吧！"红头巾说："怎么了？我是害他吗？他大小是个男人。你别饱汉不知饿汉饥，他这么大了，也该给他放放闸了。"

　　鲜儿红眼了，说："红头巾，你今天要是把他勾引坏了，我和你对命！"说完一把揪住红头巾撒开了泼。红头巾火了："唉哟嗬，和我撒泼？今天我还把他要定了！"两个人撕扯起来。红头巾力大无比，抱起鲜儿扔进雪窝，拽着发呆的传武进了屋子，反身把门扣上。她拉扯着还在发呆的传武，边走边说："瞧你这傻样儿，赶快脱下乌拉，上炕！"传武迷惑不解："上炕？上炕干什么？"

　　红头巾把传武拽到炕沿边坐下："说你傻还真傻呀？山场子的活，今天活着明天还不知埋哪儿，有口气就受活受活吧，姐今天就让你尝尝做男人的滋味儿，别死了还是个童子鸡，赶快脱乌拉！"还在发呆的传武面对咄咄逼人的红头巾，一时不知该怎么办。

　　红头巾见此，双手捧着传武的脸，温情地挑逗着说："不喜欢姐吗？姐不中你的意？"说着脱了披在身上的红棉袄，露出红肚兜，一对豪乳顶在胸前。她爬到炕上对传武嫣然一笑说："来啊，快上来。"传武两眼死死地盯着红头巾的胸脯，喘了粗气。

　　红头巾伸出一只手，抓过传武的一只手，轻轻抚摸着，悄声地说："快把衣服脱了，上来。"传武不知何故，身体突然一僵，随即"妈呀"一声，捂着裤裆跑出去——他跑马了。红头巾哈哈大笑，笑过自语道："这孩子，还挺有意思，脸皮儿薄，招人喜欢。"

传武从屋里开门跑出，忽然看到鲜儿站在雪地里瞪着他。传武走近鲜儿，认真地说："姐，我啥也没干，真的没干。"鲜儿望着他直哭。传武问道："姐，你怎么了？我真的没干，我要是撒谎，我就不得好死！"

鲜儿一把捂住传武的嘴说："别再说了！姐信你……传武，原来姐巴望你留在这儿，咱好做个伴儿，可现在姐盼着你赶紧走，这不是个好地方，你走吧！"

传武说："姐，你光说这儿不是好地方，那你怎么不走呢？我还是那句话，要走咱就一块走。"鲜儿眼泪流下来，说："姐走不了啦，没有地方去啊，姐没人要啊！"

传武也哭着说："姐，不能啊，我哥回来会要你的，你都是为了他呀，他不能不长良心！他不要你，我就宰了他！"鲜儿被传武的话打动，情不自禁地抱着他失声痛哭。红头巾站在门里，怔怔地看着他俩。

老刁病了，疼得在大炕上打滚儿折腾，呻吟不停。其他人无奈地看着。传武急切地问旁边的大个子说："大伙儿怎么都跟没事似的？再不想办法救他，他可就完了！"大个子淡淡地说："兄弟，你初来乍到，头次见这种事，时间长了你就习惯了。干咱们这行的，命硬不硬，老天爷说了算。"

老独臂擎着三棱子大马蹄针走进屋，说："老刁怎么了？我看看。"大个子说："老刁肚子疼，抗不了啦，你快救救他！"老独臂观察着老刁，面无表情地说："看这样够呛，放放血试试吧，活过来算他命大。死了就算他命中注定。你们给我按住他。"大个子、传武几个把老刁按住。

老独臂用三棱子大马蹄针挑着老刁的身子放血。一股鲜血滋了老独臂一脸。

老刁挣扎了一回，渐渐地没声息了。大个子说："把头，人不行了。"

老独臂抹去脸上的血，翻了翻老刁的眼皮，一挥手，冷冷道："抬出去扔了吧，妈拉个巴子，临死还作索我一脸血，晦气！"传武目睹这一切，向老独臂投去仇恨的目光。老独臂读懂了传武的眼神，恶狠狠地说："别拿眼睛斜楞我，如果你还想干这一行，你的下场比他好不到哪儿去，就是走出山场子也逃不出水场子！"

山场子林区临时搭建的山神庙里供着鸡鸭鱼肉加坚果，那是林区里供奉山神爷的供果。传武在家里养了嘴馋的毛病，又正是青春淘气的年龄，他早就瞄上了这些供品。隔三岔五就会寻摸点打牙祭，这一天，他看看四周没人，又把手伸向供果。忽然几个木帮呼喊着从隐蔽处跑出来，说："抓着了，是你这小子！"

传武被绑着，押回山屋子。老独臂抹搭着眼皮说："他偷吃山神爷供果，犯了山规，按老规矩办，放到老林子里去吧。"鲜儿跪在地上哭求道："把头，你就饶了他这一回吧，他还小啊，不懂事。"老独臂说："谁求情也没用，不能破了规矩，破了规矩是要遭山神爷报应的，要是能回来那是山神爷饶了他，是死是活看他的造化吧。"

密林深处，几个木帮扔下被蒙着眼睛的传武，又赶着雪爬犁疾驶而返。传武挣扎着揭开蒙眼睛的黑布，顺着雪爬犁的印辙追去。可追了一段，漫天飞雾，再也寻不着车辙的印痕，传武跟跟跄跄地跋涉在密林，他迷路了。

山场子红头巾的马架子这边，鲜儿哭得几乎背过气去，她说："红姐，他回不来了，一定是叫狼吃了，我找了这么久，找不着啊，怎么办啊！都是我害了他，早知道是这个下场，我就听他的话下山好了。呜……"红头巾烦躁地说："你就会哭，哭起来也浪丢丢的。唉，我再去找找吧。"

鲜儿说："等等，我也去！"红头巾回身一脚把鲜儿踹回屋里，说："挺你的尸吧，到哪儿也是个累赘！"

筋疲力尽的传武终于走出密林来到路边，他再也坚持不住，靠着路边的树木缓缓倒下。红头巾策马驶来，抱起传武，摸摸他的胸口，放到马上，又策马返去。

到了山场路口，她把传武推下马，说："你自己回去吧，千万别说是我救你的，要不然你还活不了。"传武站在地上咬牙切齿地说："老独臂，我早晚要杀了你！"红头巾冷笑道："得了吧，你不是他的对手！"传武不服道："不就是一个独臂老人吗？有什么呀！"红头巾说："你呀，不知道他的根底！你知道他早些年是干什么的？"传武摇头。

红头巾说："他当过捻子，还是个头领。"传武大吃一惊，说："真的啊！他杀过人？"红头巾说："想知道？去问他！"红头巾从怀里掏出一块熟肉，扔给传武说："慢点吃，别噎着。"然后兀自策马而去。传武看着手中的熟肉，充满感激地注视着离去的红头巾。

老独臂坐在桦树皮桶里，传武给他仔细地搓澡，惊诧地看着老独臂一身的伤疤。老独臂眯缝着眼睛说："孩子，说实话，自己找回来的？"传武没吱声。

老独臂说："我知道你会回来，她不会让你死的，她喜欢上你了。你小子，有女人缘啊。"

传武探询道："爷爷，你老家是曹州的？"老独臂说："嗯？她对你说了什么？这个骚娘儿们，那张破嘴早晚要给她缝上！"传武抚摸着一个个伤疤说："爷爷，这些伤疤都是你当捻子的时候留下的？"老独臂不语。

传武说："这个，刀疤吧？我爹也有一个。"老独臂说："你爹真是义和团的？杀过洋毛子？"传武说："真的！"

老独臂道："你说这个疤？这是我身上的第一块疤。那时候我和你现在的岁数差不多，我姐叫本村的恶霸老财糟蹋了，让他们全家糟蹋了，为了给姐报仇我入了捻子，带着弟兄攻进恶霸老财的围子，我一口气杀了恶霸一家六口，留下这块刀疤。"

传武倒吸一口凉气，道："爷爷，你下得去手？"老独臂轻描淡写道："仇到了不报就得死的时候杀人就红了眼，过后也不忍，可绝不后悔。"传武说："那这些呢？"老独臂说："这些呀？一块疤就是一场恶战，就是几条官兵的人命，没有什么好说的。"

传武说："这个好像不是刀疤，也不是枪伤，像是咬的牙印。"老独臂突然哈哈大笑说："你说这个？那一年我在哈尔滨遇上了一个俄罗斯娘儿们，大伙儿都叫她大洋马。"传武说："俄罗斯娘儿们？我还从来没见过，漂亮吗？"

老独臂说："漂亮，奶子比你的屁股都大，走起道儿来乱颤，迷死人。这娘儿们，缠着我不放，死活要我娶她。我是自在惯了的人，不想拴在女人的裤腰带上。有一晚上和她热乎够了，我说要和她分手到山场子做木帮，她非要我带着，我没应承。这臭娘儿们，抱着我就咬，我把她的屁股都打肿了还是不撒口。那是女人吗？是兽儿！我可告诉你，俄罗斯娘儿们可不敢招惹，劲儿特别大，上来那股劲儿没完没了，又撕又咬，没几个爷儿们能抗得住。跟你说这些干什么？你还不懂。"

传武说："爷爷，你的胳膊是怎么丢的？叫官兵砍了？"老独臂说："你好好看看，这是刀砍的吗？那一年我在老林子里遇见了一只虎，那虎看样好多日子没吃食了，肚子溜瘪。唉，你武艺再高也和它没法使，人家不接招，什么螳螂通臂，不理睬，张着大嘴扑过来就咬。我也是急了眼，就势把胳膊捅进老虎嗓子眼儿里了。老虎噎得直翻白眼儿，可到底把我胳膊咬掉了。我一看，娘的，吃亏的买卖咱不能干，不能舍本儿，忍着痛把手里木棒捅进老虎屁眼里。老虎没尝过这滋味儿，吼又吼不出来，撒欢儿跑了。约莫半个月以后吧，我见老虎死在林子里。老远地看着，我就奇了怪，这老虎怎么长着两条尾巴？近前一看，哈哈，一条是真尾巴，另一条是我那根木棒，还插在老虎的屁眼里呢！"说到这里，爷儿俩哈哈大笑。

　　笑够了，传武问道："爷爷，你离开老家小四十年了吧？想不想？"老独臂的脸又冷了下来，说："老家的亲人被官兵杀绝了，我没老家了，老林子就是我的家。"传武说："爷爷，听口音红姐也是曹州人，你们是老乡吧？"老独臂说："嗯。"

　　传武说："她一个女的怎么到山场子来了？"老独臂说："唉，都是闯关东的人，谁没有段伤心的老事呢？就别揭人家的疮疤了，打听人家的老底儿在咱这儿是犯忌的。我今天不知怎么了，对你说了这么多，有些事我对谁都没说过，怎么都告诉你了呢？你可不能给我说出去，说出去我就要了你的小命！"

　　传武说："爷爷，你就放心，我把你说的话烂到肚子也不会对别人说。"老独臂似乎在想些什么，自语道："这两个孩子，就是岁数差得大了点，性子倒也合得来。唉，顺其自然吧。"传武说："爷爷，你说些什么？"

　　老独臂回过神来说："没说什么。"

　　冬日深夜的林场，静谧中透出阵阵寒气，红头巾马架子外，大个子哼着小调走来。传武挡住去路。大个子说："传武？你要干什么？"传武说："我不让你进去！"大个子说："关你屁事？滚！"传武说："我让你滚！"大个子说："欠揍你！"两个人打了起来。

　　两个男人的战斗很快以传武的头破血流结束了。里屋，红头巾为传武擦着脸上的血，鲜儿从旁边帮着忙。红头巾对传武说："你这是干什么？姐是愿意，你打人家干什么？"传武说："姐，你三番五次救了我，就是我的亲姐姐，我敬重你，我不让你这样活着！"红头巾训斥道："你小孩子懂什么？这就是日子！"

　　传武说："姐，我知道你也是好人家的闺女，你不该这样，别这样了，我挣钱养活你。"

　　红头巾心头一热，情不自禁地把传武搂在怀里说："好弟弟，姐不用你养活，姐这一辈子就这样了，你可要好好活着，活得像个爷儿们！鲜儿你说呢？"一直听着两个人说话的鲜儿真诚地说："红姐，我还是第一次听你这样说话，真好！"

第十章

金场金夫们住的木屋前头的空地上，两个已经冻死的金夫被绑在木桩上。

金大拿流着泪对金夫们说："伙计们，我是真不愿意看到这一出啊，可到底让我看到了！我这心里像刀扎的一样啊，在流血呀！为了运金，王大牙死了，大金粒死了，他俩也活不成了，我当大柜的能不心疼吗？可心疼能替了他们吗？就算我不惩治他们，官兵能饶了吗？还有那些靠咱们金场吃饭的马帮呢？死在咱自己人手里还能捞个囫囵尸首，落到他们手里就更惨了。运吧，想运就运吧，谁也抵挡不了金子的诱惑，我也想运，可我更怕死。"他看了众金夫一眼，一指金把头说，"你是把头，给他们把后事办了吧，尽量风光点。天哪，自己的伙计死在自己的手里，我早晚得遭报应啊！"

朱开山死死地盯着他，默默无语。老烟儿、小金粒等人神情不一地听着。埋了人，荒野中又多了两个簇新的坟丘。见多了这场面，金夫们已习以为常，默默看一会儿便各自散开，只有朱开山一直凝望着、沉思着。大黑丫头赶着马车载着酒从山外回来，看见朱开山，忙跳下车说："老朱大哥，怎么？又踢蹬了两个？又是为了运金？"朱开山仰天长叹道："唉，看来这运金比登天还难，我也想开了，白干一场就白干一场吧，大柜说得也对，金子再金贵也比不上命啊，我要净身出山了。"

大黑丫头笑着说："都是这么说的，可老金沟没有一个甘心净身出去的，谁见金子不眼红？那是什么？是房子，是地，是三妻四妾骡马成群，攥到手的金子没有放下的！再说了，凭什么白干一场呢？"朱开山说："人和人想的不一样。"

大黑丫头说："唉，也许吧。大拿、把头还有官兵土匪，这是架在老金沟里外的三张网啊，插翅难飞。你到底是怎么想的我不管，听我一句劝吧，不要玩命，我是为你好啊！"朱开山说："你劝不劝的对我没用，我身上可一点儿金子也没有，我怕什么？不干了，没意思，头开春我要走了，回家老老实实种地吧，还是土里刨食最安稳。"

大黑丫头深深一笑说："不回去？上车吧。"朱开山说："你走吧，我想自己待一会儿。"大黑丫头赶着车走了。朱开山默默地望着她的背影，若有所思。

大黑丫头一边赶着车一边唱起关东民谣：

跨海往北穿，
来到关东山。
走过大酱缸，
金沟把身安。
挖着金疙瘩，
心里好喜欢。
喜欢不喜欢，
明年开春看。
金沟白骨多，
死的都是淘金汉，
都是淘金汉……

她竟唱得泪水涟涟。

万籁俱寂，众金夫正在熟睡。金大拿踹开屋门进来，金把头和保镖打手们跟在他的身后。金夫们迷迷糊糊睁开眼，金大拿笑吟吟地说："伙计们，都回来了？昨天晚上外边挺冷的吧？除了老朱和小金粒，其他人都到金把头那屋里坐坐吧。他那儿炉子烧得正热呢，还烫着好酒。他会好好招待大家的。"金把头晃悠着手中的木棒，软中带硬地说："都跟我走吧。"

朱开山和小金粒躺在炕上默默地看着这一切。金把头继续道："大伙儿别害怕，咱们就是去聊聊天，说说你们昨晚上都干了些什么。只要把事情能说明白，柜上绝不会跟你们过不去，走吧！"众金夫虽然不情愿，但在金大拿和金把头的威慑下，不得不起身穿衣服。

金大拿走到朱开山跟前，客气地说："老朱，去我那儿坐坐？"

朱开山跟着金大拿进了他的屋，却见屋内摆了一桌好酒好菜，不禁有些发愣。只是隔壁不时传来一阵金夫的惨叫声。朱开山面露惧色，金大拿笑盈盈地说："这是金把头在和他们聊天呢。没事，坐吧。"

朱开山小心地解释着说："掌柜的，这件事我可没掺和。"金大拿说："我知道。我呀，早就看出来了，你是个义气人，佩服！最叫我佩服的就是讲义气的人。来，今天咱老哥儿俩喝一壶。"

朱开山说："我可不敢和掌柜的称兄道弟，你太抬举我了。"金大拿说："说哪里话！能和你朱老三交朋友是我的造化，坐下，喝酒。"朱开山说："那我就造次了。"

金大拿说："唉，我呀，你们都误会了，是不是以为我和大伙儿过不去？错了，都错了！你们淘的金最后都落到谁的手里了？我可一粒也没到手啊，那都是官家的。我就不想自己弄点？就不想发财？错了！我比你们谁都想！可想归想，这金子是随随便便能运出去的吗？你往四周看看，官家和马帮把金沟围得铁桶阵似的，那是一张网，我也是被这张网罩住的人，插翅难逃。你还不知道吧？他们在金沟里有眼线！"朱开山故作惊惧道："是啊？真想不到！眼线会是谁呢？"

金大拿说："不会是我，也不会是你，藏得很深，到底是谁呢？我一直在琢磨。"朱开山说："不管是谁和我没关系。"金大拿说："别呀，别说没关系，咱叫它有关系。老朱，我是十分倚重你的，我想和你联手，咱们一起干，从这张网里转出去，出去咱们就大秤分金，你意下如何？"正说着，忽听窗外有声响。两人急忙走出去。窗下雪地里一排细碎的脚印，两个人察看了半天，竟然是狍子蹄印。金大拿长舒了一口气说："吓我一跳，没事，回屋。"朱开山说："你先回，我去看看，给掌柜的弄个狍子回来。"金大拿说："也好，快去快回，还等着你喝酒呢。"

朱开山朝前追查而去，他循着狍子蹄印一直来到山林里，越走越深。突然，一支飞镖从脸边擦过，带着声响钉在树干上，一个黑衣蒙面人的身影闪过。朱开山脱口而出道："好镖！身后的弟兄，现身吧。"

刚说完，又是两支镖飞来。朱开山闻着风声，疾步侧身躲过，随即蹽起大步在雪地里追逐那黑衣蒙面人，追了一会儿站住，说："兄弟，你要是英雄就露露脸，咋也得让我会会吧！"黑衣人却不言语，只见他身影略作停顿后，又闪藏在一棵大树后。朱开山向这棵大树跑来，不想脚下一空，暗叫"不好"，人已掉进了树边的一个陷阱里。朱开山在陷阱里拼命地挣扎，却无济于事。

陷阱上有人说话："别想出来了，明年的今日就是你的周年。临死告诉你两句吧：带着沙金谁也别想出金沟，金大拿也不是什么好东西！"接着便听见脚步声远去。

白天的酒馆内空空如也。酒馆里屋，大黑丫头坐在炕上发愣。朱开山踉踉跄跄地走进来，大黑丫头连忙跑过去，扶住他说："老朱大哥，你这是怎么了？"

朱开山说："说了不怕你笑话，我刚才出来尿尿，一出门看见一只狍子站在门口，那狍子见了我吓了一跳，扑腾一下就跪下了。我一看，这不是送到嘴边的肉吗？刚想过去拿现成的，谁知狍子又站起来了，一瘸一拐地往西跑。我哪能舍弃？跟着就追，追着追着就掉到一个雪窝里了。"

大黑丫头说："哎呀，你看多危险？跟我进里屋，给你洗洗擦擦。你也太冒失，这要是掉到陷阱里就没命了！"说着搀扶起朱开山向里屋走去。朱开山边走边打量着酒馆内说："你这儿咋这么清静？"大黑丫头说："大白天的，都这样。"里屋，大黑丫头端上一壶热酒说："老朱兄弟，刚才这件事我越寻思越危险，来，喝壶酒压压惊。"朱开山说："也没有什么。"

大黑丫头为朱开山擦洗着伤，说："你们这些留在金沟过冬的，我看了，都在心里打小算盘，心事都不轻呢！那都是叫心事搁的，你也一样！你们自己觉得溜精八怪，外人看得清清楚楚。我劝你还是死了这条心，真的，我是真心为你好，你看不出来？这个金场吧，听老人说道光年间就开了，最盛的时候来采金的好几万人，每天出金子四五百两，你算算，一年出多少？可直到现在，还没听说有几个人带着金子逃出去的，淘金人自己有金子，那是他们做了几百年的梦！"

朱开山说："是呀，淘金就是挣工钱，要是有梦就不好了。哎，你们女人不做这样的梦吧？做啥梦呢？"大黑丫头又卖弄风情说："做啥梦？就是梦着有你这样的爷儿们厮守一辈子。"朱开山喝了碗里的酒，抬起腔说："好了，做你的梦吧，我走了。"

大黑丫头拖住朱开山，怨艾地说："你呀，怎么就是不近娘儿们呢？叫人琢磨不透！坐下，我还有话对你说。"朱开山说："有啥话？说。"大黑丫头说："朱哥，我知道你家里有老婆孩儿，嫂子也漂亮，我喜欢你，这你也是知道的。我不指望你明媒正娶，也不想缠着你不放，知道你是女人裤腰带拴不住的爷儿们，我就想要你在这儿也安个家，我和嫂子两头做大，你看不好吗？"朱开山哈哈大笑说："大黑丫头，你当我真是不好女色的人吗？就你这姿色，要是撂给从前的朱老三，你早就是我被窝里的心肝肉了！拨拉拨拉指头算，不算窑子娘儿们，我裤裆下过的女人一打不止。"大黑丫头大惊说："你……真的？"朱开山说："有一回我靠上了一个大户的姨太太，事儿犯了，叫人家抓去骟了！哈……"

朱开山和金夫们密谋运金。老烟儿说："嘘！这回老朱答应和咱们一块儿走，前几回他说时候不到，都说中了，这回大伙儿都要听他的。起个誓，不听他的不得好死！"大伙儿响应说："对，起个誓，不得好死！"

老烟儿说："老朱，你说吧，怎么走？"

朱开山紧锁眉头说："咱们为啥一回回走水？土匪有眼线，这个眼线非常厉害！这一回这么办，大伙儿身上谁也不许带金子，空走一趟。"小金粒不解地问："空走？不带金子出去干啥？"朱开山说："你小孩子不懂，这趟你就别去了。"

当夜，朱开山带着同屋的伙计们钻进了白桦林，东寻西摸，终于走出了金沟，众人刚舒了口气，蓦地，一队官兵举着枪矛正往这边巡逻过来。金夫们回头就跑，没跑多远，又一支队伍包围过来，为首的骑个大马，一脸凶相，金夫们认得是老林里的土匪头子老路。金夫们大喊道："不好，中了埋伏了！"一个个便要东跑西窜。

朱开山厉声喝道："都给我稳住！"大伙儿站住了。老路率土匪围过来说："站住，干什么的！"朱开山说："老金沟淘金的。"老路说："我还不知道你们是老金沟的？这么晚了想到哪儿去？"朱开山说："当家的，我们这几个伙计本来想在这里猫个冬，开春接着干，想家想得不行了，要回家。"

老路冷笑说："我看是想运金想得不行了。给我搜！"土匪们不由分说过来搜身，却一无所获。老烟儿神色惊慌，老路下了马走到他跟前，把手伸进他的嘴里抠着。老烟儿止不住恶心，"哇"的一声吐出一段猪大肠。一个土匪捡起猪大肠，检查着，惊呼道："老大，这里藏着金疙瘩！"

老路说："好啊，挟金潜逃，按规矩办，杀！"话音未落，但见刀光一闪，老烟儿的人头已落地。金夫们一声惊呼，朱开山也仿佛吓得瑟瑟发抖。

老路走过来看了朱开山一眼，哈哈大笑道："熊样儿，尿裤子了。"土匪们一阵哄笑："兔崽子，就这点胆气还想运金？滚吧！"朱开山和大伙儿抬着老烟儿的尸体仓皇地跑回金沟内。一个土匪不解地说："老大，他们怎么又跑回去了？"老路说："傻瓜！他们这趟是来探路的。"

朱开山和金夫们葬了老烟儿，朱开山默立无语。良久，他悲愤地说："大伙儿都看到了，这一回咱们是探路，不让大家带金子，要是大家都像老烟儿这样不守誓约、心不齐，这金子一辈子也运不出去！"一个金夫说："这回是官匪联手，咱们做得密不透风，是谁泄露出消息的呢？我看眼线就在咱们这些人中间。"朱开山说："咱们都是生死弟兄，不要互相怀疑了。"

朱开山和金大拿喝着酒。朱开山说："大柜，我认了，这辈子是走不出金沟了。"金大拿说："我在这儿干十多年了，地理不熟还是人头不熟？都熟。运金的事不想吗？想，做梦都想！为什么迟迟没敢动手？古人云，要做大事得有天时、地利、人和。如今天时有了，还没化冻，大酱缸还能过去。地利呢？我熟。就差人和了，你要和我联手就齐了。不过嘛……"

朱开山问："不过啥？"金大拿说："不过要想运金……哎，我问你，你是要命还是要金子？"朱开山说："命和金我都要！"金大拿问："能不能舍一个？"

朱开山说："一个不舍！"金大拿说："这是何苦呢？"朱开山说："我不能白干一场！"

金大拿说："古人云，鱼和熊掌不可兼得，要想得金就得舍命，没有肯舍命的这金子还是运不出去。"朱开山说："咋个舍法你说说。"金大拿附耳对朱开山说了几句。朱开山听罢大惊失色。

朱开山回了自己屋，把同屋金夫召集到一起，说："金粒，把门关严了。我今天听大柜了个办法，咱想运金的不妨一试。办法说起来也简单，八个字：舍命吞金，运尸过关。"大伙儿惊呼说："啊！"

朱开山说："大柜说得对呀，咱们用过的方法、走的路线，官家和土匪都再熟悉不过，咱就是再搭上几十条人命也没有用，这个办法还没人用过，也就这一个办法了。"几个人七嘴八舌议论了半天，横下心来，决定抓阄来定吞金的人。

唯一不说话的是小金粒，他见众人铁了心，哭着哀求说："叔叔大爷，我劝你们别干了，咱们要金子干什么呀？我可是死活不干！"一金夫说："不行！就咱这些人了，干也得干，不干也得干，不干的就是眼线，谁也不能草鸡！"小金粒又哀求朱开山说："干爹，求求你，我不加入你们一伙，放了我吧。"

朱开山一跺脚说："已经定下的事谁也别求情，没有别的出路！不过吞金的不能白死，咱要立个契约，把他的尸首运回山东老家，给他家里置几亩好地，没娶亲的娶房阴亲。"一金夫说："合情合理，谁不守信约整死他！"大伙儿说："对，整死他！咱们喝血酒发毒誓。"

众人咬破中指喝了血酒，发了毒誓。朱开山说："老天爷在上，我们九个人，此番运金，死者为尊，厚葬养亲，不守信约，处死无论！"大伙儿说："死者为尊，厚葬养亲，不守信约，处死无论！"

残酷的抓阄开始了。说来也邪，谁最害怕，那阄还就认准谁，正是小金粒抓到吞金的阄儿。小金粒如遭雷轰，扑通一声跪下了，哀求众人说："叔叔大爷，我不想死呀，饶了我吧！"

金夫们火了，说："这兔崽子，孬种！他不吞今天就打死他，剟开肚子藏金！"

说着动了手。朱开山冷冷地看着这场面，一声不语。小金粒说："别打了，我吞还不行吗？我就有一个请求，你们今天让我和大黑丫头见一面，告个别，也不枉她疼了我一场。"朱开山声色俱厉地说："不行！"小金粒哭号着说："干爹，为什么？"

朱开山冷冷地说："为啥？你知道！"小金粒大惊失色，一屁股坐到地上说："干爹，你……"朱开山长叹一口气说："你呀，好赖也是一条命，好了，吞金我替你了。"大伙儿说："老朱，你这是怎么了？疯了！"

朱开山大手一挥说："谁叫我是他干爹呢？就这么定了！"众金夫敬佩地看着朱开山，不禁赞道："老朱，没见过你这样的爷儿们，你的后事我们一定办得风光！"小金粒抱着朱开山的大腿哭着说："干爹，你也不能死呀！"朱开山扯起小金粒说："好了，别哭了，我领着你见见大黑丫头，我和她的酒账还没结呢！"

朱开山带着小金粒进了酒馆。一进门，朱开山手腕上稍一加力就卸了小金粒的膀子，小金粒扑通一声跌倒在地。柜台边的老果子一看事情不妙，拔腿想跑。

朱开山说："这是你的，还给你！"一扬手，一支飞镖已扎进他的咽喉，老果子仰面倒下。大黑丫头一看，瘫坐在地，惊恐地指着朱开山说："你……

朱开山道："不错，你有眼力，我就是朱开山，你可以报官领赏了。"大黑丫头嘴哆嗦着说："我……"

朱开山说："不用说了，你是土匪的眼线。我明天又要运金了，你可以给土匪报信了，可惜老果子不灵了，你得亲自出马了。"小金粒哭喊着说："娘，俺干爹要吞金了，他是替我的，别让干爹去死啊！"大黑丫头紧紧地抱着小金粒哭着说："孩子，今天娘也活不成了，咱们造的孽太深了！"朱开山怒目圆睁，盯着大黑丫头说："我就没看见天底下有你这样黑心的娘儿们！你的心比蛇蝎还要毒吗？我那些弟兄的冤魂能饶了你吗？你说，这都是为了啥？"

大黑丫头哭着说："事到如今我只好说实话了。不错，我是土匪的眼线，老果子也是，他跑马帮送信。你们的一举一动都在我的眼里，大金粒、小金粒是我的儿子，是我的眼线，可我是被逼无奈呀，我的闺女还在土匪手里攥着，我不做眼线闺女就要被土匪糟蹋啊，往死里糟蹋……你杀了我们娘儿们吧，死在你手里我不怨，我知足！"

朱开山说："杀你？我这双手杀过洋人无数，还没杀过平民百姓，老果子是头一个，他咎由自取！不杀你我是念着你的好，我知道，那天掉到陷阱里是你放了我一命。"

大黑丫头扑通一声给朱开山跪下了，说："老朱大哥，你就是不杀我也要劝你一句，官兵土匪还有大小把头眼睛都盯着金子，你防了东防不了西，别和大伙儿往网上撞了。"朱开山说："开弓没有回头箭，死活我认了。大黑丫头，往后做人别这么累，带着孩子走吧，眼前的事怎么了结你看着办吧！"说罢径直出门而去。

他没回金夫屋，而是往金大拿屋里去，到了门口方要敲门，只听得屋里头金大拿和金把头在低声商谈。金大拿嘿嘿笑着说："这一招兵书上写着，叫明修栈道，暗度陈仓。"

金把头说："大哥，你这一招真够绝，咱们这回可是万无一失。完事以后咱们老麻子沟四舅家碰面，你可不能卷金子跑了。"金大拿说："怎么会呢？怎么说咱也是表亲。"金把头一笑说："你跑了我也不怕，嫂子和侄子我早就托人给你送到一个安全的地方了，你找不到他们，我能。"金大拿大惊失色说："你……"

金把头说："大哥，别多心，我是为你好，你还看不出来吗？"金大拿哈哈笑了，说："我多什么心？是你多心了。咱俩这么多年了，大哥是什么人你心里还没数吗？一言九鼎，四舅家见。"金把头侧耳说："什么动静？"金大拿说："你放心，那些彪子正在做美梦呢。"

朱开山小心收了步子，回了自己屋。屋里鼾声震天，伙计们都沉浸在发财的美梦里。他悄悄地爬上炕躺着，两只眼珠子像灯泡直闪亮，似在琢磨着什么。

第二天是个大晴天，一清早，金把头安排了酒菜，手捧大碗酒敬朱开山等金夫说："兄弟们，今天的事大柜就不便出面了，大伙儿心照不宣吧。喝了这碗酒咱们就启程，一路顺风，干！"大伙儿干了碗里的酒。

金把头拿起桌子上用猪肠子裹了的金疙瘩说："老朱兄弟，看你的了。托住一口气，吞了，是生是死就看老天爷的了。"朱开山说："把头，事到如今我没二话可说，我这些弟兄你好好照看吧。"金把头说："好说，你就放心。"朱开山说："把头，不太好吞，给我再来碗酒送送。"金把头取了酒。朱开山咽了口唾沫，忍着恶心将那猪肠子往嗓子里送，翻滚腾挪，表情痛苦，好不容易进了肚子，人也渐渐昏迷。金夫们大哭道："老朱大哥，你可要挺住啊！"金把头吼道："哭什么！赶快上路！"

两辆雪爬犁在雪野急驶。一辆载着几个弟兄和朱开山，一辆载着金把头等人，在雪原上卷起两团雪雾。一路疾行，前边就到了五道沟的路口。只见一彪人马候在路头，竟是官兵和土匪。雪爬犁不得不驻下，众金夫内心慌乱不已。一个官兵头目说："站住！干什么的？"金把头说："长官，一个伙计死了，送回老家。"官兵头目说："有没有夹带？"金把头说："没有，绝对没有，长官不信就搜搜看。伙计们，让长官搜一搜。"

官兵头目说："活人不搜，搜死的！"金把头一愣说："长官，死者为尊，就别打扰他了。"官兵头目说："少废话！弟兄们，给我搜！"两个兵丁搜遍朱开山的身上，一无所获。

官兵头目冷笑着说："给我剖腹！"大伙儿慌了，围住朱开山说："长官，不能啊！他是死人啊！"官兵头目哈哈大笑说："死人还怕剖腹吗？剖！"金把头拉开大家说："长官要剖就剖吧。"大伙儿蒙了，说："把头你……"

金把头说："我怎么了？说让你们就地儿埋了你们不听，咱没有夹带怕什么？长官，剖吧。"一个兵丁举刀上前，金把头及金夫们紧张不安地看着。孰料朱开山缓缓睁开眼睛，看着兵丁笑出了声。

举刀的兵丁惶恐地说："我的妈呀，这个人诈尸了！"金把头及众金夫们看着朱开山惊呆了。朱开山"哇"的一声呕出一堆猪肠子，大呼道："噎死我了，贪嘴差点要了我的命啊！"官兵头目狂笑着说："妈了个巴子，还说没有夹带，这是什么？"

官兵与土匪们手持兵器将众金夫围起。官兵头目指着肠子说："看看吧，里边有些什么。"一个兵丁用刀挑开猪肠子，仔细地翻着说："咦？什么也没有啊！"

金把头面如土色，大呼道："啊！出鬼了！肯定出鬼了！"金夫们也惊呆了。官兵头目深感意外："嗯？什么也没有？消息不会有误啊！我就不信了，每个人都给我搜！"兵丁上来挨个人搜身。一个兵丁从金把头背着的包裹里搜出一段猪肠子，说："长官，在这里！"官兵头目掂着藏有金子的猪肠子，狞笑着走到金把头的跟前说："你还有什么话可说？按大清律，斩！"几个兵丁上前捆绑金把头。金把头挣扎着说："我冤枉啊，这是有人栽赃！"官兵头目说："哼，抓着的没有不喊冤枉的，就地正法！"话音未落，金把头的人头落了地。

金大拿赶着一架雪爬犁拼命地跑着。突然间他勒住了马，紧张万分地看着前方——朱开山等金夫站在路中，逼视着金大拿，身后停着他们的两辆雪爬犁。

金大拿停下雪爬犁，跪地求饶说："弟兄们，饶了我吧，是我给官家报的信儿，我就是想用你们引开他们，咱们不都是为了金子吗？"他从怀里掏出金子，说："我就这些金子，咱们平分，要不你们都拿去，只要饶了我一条老命就行，你们的大恩大德我永世不忘。"

一个金夫接了金大拿的金布袋递给朱开山，说："老朱大哥，你看怎么办？"

朱开山打开金布袋说："就这些？"金大拿信誓旦旦："就这些，这是我这些年的全部心血呀，我不要了，我再也不要金子了，我家有八十岁的老母，还有妻儿老小一大帮，你们放了我吧。"朱开山咄咄逼人道："你给我说实话，贺老四是不是你和金把头勾结官府和土匪杀掉的？"金大拿一时不知该如何回答。

朱开山冷冷地一笑说："你们不是一直想找原来跟贺老四一块儿干的那个人吗？"金大拿突然间明白了，大惊失色地说："你……"愤怒的朱开山一把拎起金大拿，愤愤道："就为了那点金子，你们害死了我的好兄弟，害死了那么多人！"

金大拿腿像筛糠："大哥，所有的金子都归你，饶了我吧……"他慌乱地指着拉爬犁的马，"那四块马蹄铁都是裹了铅的金子。"

一个金夫抬起一只马蹄子，用刀子撬下一块马蹄铁递给朱开山。朱开山接过来，仔细地看着。金大拿趁众人不备之时，猛地挣开朱开山，跳上自己的雪爬犁就跑。金夫们欲追，朱开山说："不用了。"他一甩手，马蹄铁"嗖"的一声追上了金大拿的脑袋。金大拿应声栽下雪爬犁。金夫们一阵惊呼。

朱开山板着脸说："弟兄们，这里有一些是咱们该得的，有一些是不义之财。我看刚才有几个弟兄有些红了眼，想都分了。我看是不行的，不义之财咱们不能要。"众金夫说："那也不能扔了吧？"

朱开山说："谁说扔了？我早就打算好了，明天咱们找个地方换成银子，给老烟儿、牛得金他们几个死去的弟兄寄到家里，你们看行不行？行，就这么做了，谁也别反悔；不行，我就把它扔到老林子，谁也别想得。"

众人点头说："朱大哥仗义，谁也没的说，咱们就按他的意思办。"

金场里外，难得的宁静，大黑丫头和小金粒娘儿俩缓缓而行，金场离他们越来越远……

开江了，松花江冰排拱起，惊天动地……

林场里，一派热火朝天的劳动场面。

一个彪形大汉踏雪哼着淫词小调走来：

小大姐儿坐绣楼，
捧着棒槌夺拉头。
姐儿姐儿愁什么？
悔叫夫婿觅封侯。
人家鸳鸯成双对，
姐儿空房没人留。
盼着来个俏郎君，
贴胸交股效风流。

一个木帮说："哎，看见没有？又来了个拍山门的。"大个子望着那人说："这个人我认得，他叫老熊。""他就是老熊？我的妈呀，看样就是个凶神恶煞。"大个子说："小点声，这个人当过胡子，又有他那个当大把头的大哥撑腰，谁也不敢惹。他到咱这里干吗来了？"

老熊走到正在给原木打杈的传武跟前，朝屁股踹了一脚说："喂，小半达子，老独臂在哪旮旯儿？"传武斜了他一眼说："你踹我干什么？"大个子忙过来说："兄弟找我们把头？他在马架子里，在那边。"老熊瞪了传武一眼说："小半达子，还挺冲！"他夺过传武手里的斧子，抡起来，"嗨"的一声，一根碗口粗的树枝飞了出去。

在场的木帮无不咋舌。老熊扔下斧子朝马架子走去。传武有些佩服地说："这傻大个还挺厉害！"他旁边的大个子对传武说："你可别招惹他，这小子可是心狠手辣！再加上他大哥是管咱们这一大片山林的大把头，没人敢惹他。"

鲜儿正在低头清扫着马架子周围的积雪，忽然发现一双大脚站在自己面前，抬眼看去——老熊正笑眯眯地看着她。鲜儿被老熊的大个头和色迷迷的神态吓了一跳！老熊有些馋涎欲滴，说："嘿，老林子里还有这么俊的鸟儿！小娘儿们还羞答答的，有味，早晚我要收拾了你！"

鲜儿像惊弓之鸟转身往林场跑去，一头撞在传武身上。传武说："姐，怎么了？你慌什么？遇见狼了？"鲜儿惊魂未定，抚着胸脯，喘息着说："可吓死我了，有个大个子刚才又在道上堵着我了，净说些没羞没臊的话，吓死我了。"她抓起传武的手说："你摸摸我这儿，现在还嘣嘣乱跳。"

传武摸了鲜儿的胸脯，旋又烫着似的缩回手，说："姐，别怕，我护着你！"

传武站在屋里大骂老熊说："欺负人欺负到家了，欺负女人算什么英雄？今天我和他没完！"大个子说："传武，你真要和他斗狠？"传武愤愤地说："对这样的人就得斗，我就不信斗不过他！"大个子说："算了吧，能忍就忍吧，老熊心狠手辣谁不知道？又有他哥给撑腰，谁惹得起呀！"传武跺着脚说："我，我就惹得起！不整出他的屎和尿我不姓朱！"

老熊和传武在雪地里摆下了场子，木帮们围成一圈。一场恶斗。传武自恃跟爹学过几手，却又哪里是老熊的对手，一开始，他还能递几招，斗到后来就几乎只有挨打的份儿。传武忍着疼，浑身是血，紧紧地抱住老熊的腿，就是不撒手。

老熊狠狠地踢着他。鲜儿在屋里听着传武嗷嗷直叫，极力要冲出屋门，红头巾拦住她说："你绝对不能去！你在那儿传武会分心，老熊会更来劲。你在这儿老实待着，我去看看。"

红头巾过来拖着老熊说："大哥，你不就是要玩玩吗？和谁玩不一样？妹子替替鲜儿，妹子炕上的花样你保准没见过，走啊。"老熊甩开红头巾说："滚！什么破货你，一边滚去！小半达，你不行吧？还敢挡横儿吗？"

老独臂过来说："慢！你老熊敢和传武三盘两胜吗？"

老熊笑笑，说："那好啊，把头的面子我还是要给的，斗几盘我都奉陪，明儿见！"

红头巾把传武扶进屋，鲜儿打水拿药，为传武擦着伤，说："传武，不要为了姐拼命了，姐不值得你这样。"传武还是那句话："你是我姐姐，老朱家的人我就得护着，拼了命也要护着，要不我就不配做朱开山的后人！"老独臂听了一愣，说："你……这才是人揍的！鲜儿，你回吧，今儿传武就留我这儿过夜了。"

见鲜儿和众人都退出去，老独臂问："孩子，你爹叫朱开山？"传武捂着自己的嘴说："我说了吗？"老独臂仰天长叹道："怪不得啊，老虎生不出狗娃子，老熊啊老熊，你必死无疑！"

里屋，鲜儿坐在炕上垂泪。红头巾对鲜儿说："赶紧逃吧，你不能眼看着传武叫老熊打死，你走了他们就没什么斗的了，传武这样的好爷儿们还上哪去找啊，不能让他毁了！放心吧，你走了我不会把他教坏的，前些日子我那是逗他玩呢。好爷儿们不多，再说他还是个孩子。咳，这小子，你说他才多大？就知道护着咱俩，这爷儿们要是长大了，真是个看家护食的好手，还不知道怎么疼娘儿们哪！可惜呀，咱俩都没这个福分！"

鲜儿哭着说："我不能走呀，我走了老熊还不得和传武要人？要是他恼了更饶不了他呀，要死我和他一起死！"她咬着牙根儿说，"我就不信他老熊死不了！"

红头巾大吃一惊说："你是想……"鲜儿狠狠地说："你放心，我知道怎么能叫一个男人死！"红头巾拍着大腿说："我的妈呀，这个世上不要命的越来越多了！"鲜儿说："都是逼的！"

传武和老熊第二次恶斗。传武输得更惨，他鼻孔蹿血，筋骨剧痛，他摇摇晃晃地站起来说："行，还有一回，你要是把我打服了，我从此离开山场子。"

老熊轻蔑地说："那好，你不用离开，我就把你埋在这儿！"

老独臂亲自给传武疗伤，启发他说："传武啊，爷爷都忘了，我当年是怎么把老虎整死的来？你说说。"传武笑着说："你把棍子捅到老虎屁眼里了。"老独臂斜了传武一眼说："这老虎那么厉害，裆下也不抗造哇。"传武乐了，说："爷爷，你不教好道儿，我家三儿也那么整治过我呢。"

老独臂叹口气说："和人打仗得讲套路，和畜牲就没法讲了。"

正说着，老熊推门走进来，说："小半达，我有话说，我没工夫和你这么没完没了的，明天我要下死手了，你必死无疑！我找了中间人整了个生死契约，打死不偿命，你敢不敢签字画押？"传武说："怎么不敢？拿来！"老熊递来契约。

传武说："没有笔呀，摁手印吧。"说着一拳打破自己的鼻子，蘸着鲜血摁了手印。老熊惊呆了，看着传武半天没缓过神来。

一口新做的桦树皮棺材摆在决斗场旁边。传武和老熊第三场恶斗即将开始。老熊狞笑着说："小半达，咱可是说好了打死不偿命，不给对方留一口活气儿。"

传武："别娘儿们胎了，动手吧。"

围观的大个子问："把头，给传武预备的？不用这么大吧？"老独臂说："看看吧，谁死了谁进去。要是老熊死了呢？还要再做吗？"大个子说："我看，死的准是传武，他不是老熊的对手。"

传武这次吸取了教训，不给老熊近身的机会，他个头相对小，闪转也灵活些。这么僵持了一炷香的工夫，老熊气得使了蛮劲，瞅出一个空来，一伸手搂住传武的腰。传武觉得自己像被铁条箍住了一样，气都喘不顺。一分神，老熊另一只手取了他的脖子，只听"嗨"的一声，传武已被他举过头。鲜儿和红头巾唬得叫出了声，老独臂也眉头紧锁。老熊看看众人，一声狂笑，作势便将传武朝棺材上掼去。正要绝命时，只见传武一个鹞子翻身，头拱进了老熊的裤裆。老熊一声惨叫，传武狼一般呜呜地叫着，咬着老熊的裤裆在雪地上转圈儿。

老独臂舒解了眉头，木帮呆呆地看傻了眼。鲜儿和红头巾破涕为笑。传武死死地咬着老熊的裤裆，挣扎号叫的老熊轰然倒地。传武这才松了口，趴在雪地上呼呼地喷着白气，大口大口呕吐起来。在场的人呆呆地看着，老熊慢慢地爬起来，脸色惨白，摇摇晃晃地朝山下走去，走出几步后停下脚步转过身来，大口地喘着气说："小半达，我下山了，谢谢你留了我一条命。这孩子，哪是人哪？是头狼，吃人的狼！"

众人欢呼着拥向传武。传武已经躺在雪地里昏死过去了。鲜儿一口一声地呼唤道："传武，好弟弟！"红头巾也是热泪盈眶。老独臂背着一只手走了，说："咳，我的棺材白预备了！"

山场子的活完了，老独臂摆了一桌丰盛的酒席，木帮喝散伙酒。老独臂站起来说："好了，天下没有不散的酒席，山场子的活完了，钱也分了，散伙酒也喝了，大伙儿就此分手吧。我老独臂这几个月对大伙儿多有得罪，也是没有办法，多多包涵吧。"红头巾说："你还来嗑儿了！大伙儿心里都有一本账，没有你老独臂做把头，咱这山场子火不起来。把头，我敬你一大碗！"一碗见了底儿。

大伙儿说："把头，我们都敬你一碗！"老独臂说："好，你们敬完了我敬。"

老独臂敬到传武、鲜儿、红头巾的跟前说："人是活宝，两山不见面，两人不定什么时候还能见，松花江水肥了的时候咱们再聚，水场子木排上见！"

第二日，众人各自别过。鲜儿思忖了一宿，还是不愿跟传武回去，她怕见传文，更怕见不到传文。传武哀伤地说："鲜儿姐，你不跟我回去，那要到哪儿呢？"

鲜儿说："走到哪儿算哪儿吧，有了山上这一段，到哪里我也不怕了。"传武又问红头巾："红姐，你呢？"

红头巾说："我要到松花江下游，夏秋的时候放排的人都在那儿打宿，那是我刨食的地方。鲜儿，跟我一块儿走吧，那儿的钱好挣。"鲜儿摇了摇头说："我不会跟你走的，就此分手吧。"

鲜儿自己上了路，默默地走出寂静的山林。山林里突然响起了清脆的戏文：

往前看看不见阳关大路啊，

往后看看不见白马将军……

春光大好，文他娘正在院里吃饭。忽然门外传来一阵马嘶声。文他娘站起来朝外看去。春光里，原野上，传武骑着一匹马，还赶着两匹，疾驰而来，传武驱马大声地欢叫着……

文他娘站在院门外激动地看着，传武进了院子，给娘磕了三个响头说："娘，老二回来了！"文他娘哭着说："你这个不着调的孽障，想死娘了！俺的儿呀！"

传武爬起身来，坐到饭桌前，端起饭就狼吞虎咽地吃起来。文他娘说："别急着吃饭，我要跟你说说话！"

文他娘的好事没有完，两天后，火红的夕阳下，她日思夜想的男人朱开山风尘仆仆地推开了家门，正在吃饭的娘儿仨几乎不相信自己的眼睛。文他娘默默地流下眼泪。传武、传杰不约而同地扑向父亲，大声地喊着："爹，爹……"

文他娘说："谢天谢地。他爹，从今以后你再不走了？"朱开山说："我答应你的事就不会变。咱有钱了，我打算置几垧地，盖六间大瓦房，咱们好好过日子。"

文他娘说："唉，全家人就缺传文了，这孩子，到哪儿去了呢？"

春天带给人的惊喜就像那些分时段绽放的迎春的花，有早春开的，有正春开的，还有暮春开的。文他娘念叨传文没几天，一个蓬头垢面、拄着棍子的人走进家来。全家人都一愣，那人一下子扑到炕上号啕大哭道："爹呀，娘呀，俺可是找到家了。"此人正是传文！他寻找鲜儿未果，一路乞讨来到了这元宝镇。

终于团圆了。在元宝镇的照相馆里，朱开山和家人坐好了。照相师傅说："往这儿看！""噗"的一股白烟儿，镁光灯一闪，朱家人照了一张全家福。

第二部

　　武昌起义一声枪响，辛亥革命的熊熊烈火焚毁
了几千年的封建帝制。中华民国南京临时政府成立
了，孙中山就任中华民国临时大总统。可不久，袁
世凯迫使宣统皇帝退位，就任中华民国大总统……
城头变换大王旗，滚滚向前的历史车轮给芸芸众生
带来不同的命运轨迹。

第十一章

又是一年春来到，城外杨柳吐绿，草长莺飞，柔柔春风中却仍夹裹着寒意。

一条较宽阔的官路上，三匹快马在奔驰。到了一个岔路口，三匹快马分别向不同方向奔去。远远地就可看见高大的城墙，城门口处时有各色行人进出。

景色秀丽的王府后花园内，格格那文坐在桌旁弹奏着琵琶。鲜儿站在她的身后侍立着。那王爷坐在桌前很讲究地喝着茶，听着女儿的弹奏。

那文一曲弹罢，她身后的鲜儿连忙恭敬地接过琵琶。那王爷赞道："不错，不错！技艺有所长进。"一个管家带着一个人急匆匆走来，行至那王爷面前，慌乱地施了个礼。那王爷不满道："什么事这么慌乱？"报信人急道："禀告王爷，大事不好，京城大乱了，革命党已经控制了紫禁城！满人要遭难了！皇太后让小的转告您，躲避为上，保命为重！"那王爷顿时惊呆了。

王爷府一片混乱，各个房间内都有人进进出出，有的搬抬着箱子，有的扛着包袱，有的拿着贵重物件不知如何是好。

格格那文和鲜儿也在收拾东西。那王爷走进屋来。那文说："阿玛，皇上怎么样了？"那王爷叹口气说："唉，皇上下了逊位诏，袁世凯这混账东西已经做了大总统，大清国彻底完蛋了。"那文哭了，说："那咱可怎么办啊？"那王爷说："眼下世面挺乱，不知道革命党下一步还会怎么折腾，这儿不能久留，你到三江口你舅舅家避一避吧。"那文问："家里其他的人呢？"那王爷说："咱不能都往一座破庙里挤，几十口子人，哪儿也挤不开，我自有安排。"那文说："阿玛，你呢？"那王爷哭了，说："我这一把年纪，哪儿也不去了，就留下守着祖宗创下的基业，死活听天由命吧。"那文说："阿玛，咱家还有什么呀？这些年家产都变卖光了，就剩下老宅子了，咱们一块儿走吧。"

那王爷说："我哪儿也不去，这就够对不起祖宗的了，还往哪儿去？"他悲叹一声，回身交代鲜儿："鲜儿，你跟着格格。她打小就没离开王爷府一步，出去两眼一抹黑，寸步难行，好好照应着她，将来我不会亏待你的。"鲜儿说："王爷放心，我会照料好格格的。"那王爷泪流满面，在屋里踱着步说："唉，好好一个大清国，说亡就亡了，亡了啊，没有皇上了，没有王爷了，也没有阿哥格格了，主子奴才不分了，铁杆庄稼没的吃了，八旗子弟也得当花子要饭喽，纲常没有了，世道乱了啊！"

那文说："阿玛，咱大清国早就成棺材瓤子了，自打老佛爷垂帘听政，做的哪件事得人心？光修园子花去国库多少银子？袁世凯是什么人？野心谁没看出来？可老佛爷呢？皇上信不过，把他拿重当心腹，怎么寻思的？不败才怪呢！"

那王爷说："朝廷的事谁说得清？说别的没用了，还是说说自己吧。鲜儿，你来府里七八年了吧？都看到了吧？你主子长这么大，成天除了吃饭就是琴棋书画，别的什么也不会，到她舅家好好照料着，这边世面安稳了我就打发人接你们，到时候我会好好报答你。"

鲜儿说："王爷，你就放心吧，您和格格对我恩重如山，又是主子。不是你们收留，我鲜儿早就葬身雪野了。我会好好照料，不能让她出一丝的差错。"那王爷老泪纵横道："那就好，那就好，我也看你是仁义之人才把格格托付给你，你们虽然是主子奴才，可平日里相处得像姐妹，我放心。"他一摆手说，"走吧，车子我都给备好了。早点上路。道上一定要小心，嘴紧点，别乱说话。我给你们备下的银子省着点花，够几年用的了，能给你们的就这么多了。走吧。"

车夫来福搬着沉重的箱子往车上放，故意一个拌蒜，手里的箱子摔了出去，箱子跌开盖了，露出满箱的钱财。来福瞥了一眼又慌忙盖上箱子，说："奴才该死，奴才没小心。"那王爷嘱咐说："来福，道上好好服侍格格，送到了赶快赶回来。"

来福说："主子放心，奴才一定好好伺候格格。"

那王爷目送女儿出了王爷府。城门口处，革命党人设了关卡，留着辫子的人被拖到关卡旁边按住脑袋强行剪发，一片哭天嚎地……来福老远瞅见了，担心地停下马车，回头低声对那文说："格格，城门口那儿的革命党，逮住留辫子的就给剪掉，我……"鲜儿不等来福的话说完，非常麻利地揪住来福的辫子，同时从怀里掏出一把剪刀，一把将来福的辫子剪掉。来福傻了眼。

那文也被鲜儿的举动惊呆了，鲜儿解释说："我担心路上出现意外，所以随身带了把剪刀，没承想在这儿先用上了。来福，为了小姐的安全，咱只能这样了！"那文缓过神来说："鲜儿，行啊！"来福哭丧着脸说："格格，你看这……"

那文柳眉倒竖道："怎么跟你说的？从今以后别叫格格。不怕招风啊？"来福自罚，扇着自己的脸蛋子说："奴才该死，奴才忘了，这记性，该掌嘴。"那文说："奴才也别叫了，人家一听就听出我的身份了。出城以后紧着走，天黑前找地方住下，找最好的店，别怕花钱。"来福说："小的明白了。"

顺顺当当出了城，紧赶慢赶，到了一个客栈住下。来福提着一个大包裹送那文和鲜儿进屋，安顿下，说："小姐，你们先歇着，我去叫点吃的。"那文说："还真有点饿了，快一点！"来福说："小姐今晚想吃点什么？"那文寻思了一会儿说："一道上够辛苦的了，想吃点清淡的。你去叫碗燕窝粥，还有油焖春笋、银耳素烩、素炒鳝丝，再来个荤的吧，清蒸鹿蹄儿，面食就是鸡丝打卤面吧。"

来福叫苦道："我的大小姐，你当这是在王爷府呀？你要的这些这里不可能有。"那文一挥手说："那你就看着办吧，尽着好的点，不要怕花钱。"来福说："哎。那我就去了。"那文打量着屋子说："这是什么破地方，多脏啊！你看这被褥，油脂麻花的，一股什么味儿？嗯，死猫烂狗的味儿，恶心死人！鲜儿，你闻闻，叫人怎么睡呀！"

鲜儿说："小姐，这就叫在家千日好，出门事事难，咱得将就不是？你当都是王爷府呀？"那文说："也得差不离儿呀。你看这桌子，还能看见本色吗？我的妈呀，这是地吗？踩上去软乎乎的，掉个锅还能听见动静？"鲜儿捂着嘴笑道："你呀，就能白话，至于吗？"

晚饭是两碗高粱米，一碟小咸菜。那文看着食物紧皱着眉头说："哎呀，这是人吃的饭吗？怎么咽哪！"眼泪快出来了。鲜儿劝道："小姐，就别挑剔了，怎么也得吃点啊！这一道上好不到哪里去了，总不能不吃饭吧？习惯就好了。"

那文无奈地坐下，捧着碗吃饭，干嚼咽不下，大滴的泪珠掉到碗里。鲜儿却吃得香甜。

吃了饭，来福边喂马边朝屋里瞅。鲜儿已经躺在炕上了。那文坐在椅子上，抱着肩膀就是不睡觉。鲜儿劝道："小姐……"那文烦躁地说："得了，得了，以后别小姐了，有这么倒霉的小姐吗？唉，现在咱俩都一样了，到了我舅家，你要是还小姐小姐地叫着，哪还像个逃难的？以后就把'小'字省了吧。"鲜儿说："姐，你就这么靠到天亮？好歹上炕睡会儿，要不道上挺不住的。"那文哭叽叽地说："鲜儿，我实在闻不了被窝上的味儿，一闻就恶心，就想吐。"

来福不知从哪里端来一盘烧鸡，还提着一壶酒进来了，说："大小姐，这下好了，我弄了只鸡，还有一壶酒，你们吃点喝点。"那文眼珠子锃亮，叫道："鲜儿，起来，咱姐儿俩喝一壶。"鲜儿说："姐，我吃饱了，你慢慢享用吧。"

那文嗔道："你这个人，敬你不知道是敬，要是搁在王府里，你能和我一个桌吃饭？一个炕上睡觉？过来，陪姐吃。"

那文伸着莲花指，优雅地撕着鸡肉送到嘴里香甜地嚼着，喝一口酒说："嗯，这鸡的味道还成，有点沟帮子烧鸡的意思，就是火候老了点。酒是什么味儿呀，泔水一样，你尝尝。"鲜儿喝一口酒说："嗯，味儿是不太好。"那文说："在府里，那喝的是什么酒呀，透瓶儿香，都是自己家酒作坊酿的。吃的是什么？哪一顿不是山珍海味？完了，那样的日子一去不回头喽！这叫什么？这就叫落魄的凤凰不如鸡，虎落平阳遭犬欺！"

鲜儿说："好了，别提以前了，咱现在是秦琼卖马，讲究不得了。"那文说："鲜儿，你到我家有八个年头了吧？想没想起来咱俩是怎么认识的？"鲜儿说："怎么想不起来？那时候我从山场子下来，挣的那点钱都叫人家抢了，没处投靠，到处流浪。"那文说："可不，那一天我和额娘串亲戚回来，车上看见你作索得像个叫花子，拄着棍子一边走一边唱，唱的什么来？"鲜儿说："好像是月牙五更。"那文说："对，就是月牙五更，是不是这么唱的？我唱给你听听。"说着唱了起来：

> 一更里进绣兰房，
> 樱桃口呼唤梅香，
> 银灯掌上，
> 灯影沉沉我把那个门关上……

鲜儿说："都说女愁哭，男愁唱，我愁起来就想唱。"那文说："那时候我家里不缺丫头，听你唱迷了，我就央及额娘收你当丫头，你直给我磕头谢恩呢。"

鲜儿说："我那时候走投无路，幸亏你收了我，要不还不知道现在还在哪儿流浪呢。姐，你舅舅家在哪儿呀？"那文说："三江口的元宝镇。"

鲜儿睁大了眼睛说："哪儿？元宝镇？"那文说："对呀，你那儿也有亲戚？"

鲜儿愣了半晌说："姐，我不能跟你去了。"那文说："怎么了？那儿有吃人的老虎啊？"鲜儿说："唉，我以前对你说的，没过门的女婿就是奔元宝镇放牛沟找他爹的，我没脸见他们了。"那文说："咱是到元宝镇，又不去放牛沟，怕什么？你实在怕他们知道，我给你改个名，咱住在我舅家的深宅大院，谁知道？"鲜儿说："我还是不想去，想去我早就去了。"

那文哭着说:"鲜儿,好妹妹,你就忍心半道把我撇了?从我额娘去世以后,除了阿玛我身边没有别的亲人了,你就是我的亲妹妹,我求求你了,跟着我吧!"

说着越哭越伤心。鲜儿被她哭得心软了,说:"好了,别哭了,我跟着你。哎,你给我改个什么名?"那文破涕为笑:"我就知道你不能撇了我。改个什么名?就叫秋鹃吧。"鲜儿说:"嗯,这个名挺鲜亮的。"她不由得打个哈欠说,"瞌睡了。"

那文说:"我也瞌睡得不行了,睡吧。"鲜儿吹灭油灯。

来福凑近房门前,仔细地听着屋内的动静。闻听两人睡熟,他轻轻推开房门进屋。提起那文随身带着的大包裹,随手将房门轻轻关上,蹑手蹑脚地离去。

烈日炎炎,聒噪的蝉声阵阵传来,更让人燥热烦乱。距元宝镇不远的土路上,鲜儿在前边走,穿着旗袍的那文一瘸一拐地落在后边,呼喊道:"秋鹃,你不能慢点走?坐下歇会儿吧,累死我了,脚上都起泡了。"鲜儿坐在路边大石头上等着那文。那文赶上来,哭咧咧地说:"来福这个该死的奴才,把咱的东西都卷跑了,没有车马咱什么时候能到元宝镇啊?"鲜儿没好气地说:"就你这个走法,没有半年走不到。"

那文哭着说:"秋鹃,我的命怎么就这么苦啊?我现在死的心都有了,活够了!"鲜儿说:"闭死你这张臭嘴!瞎说什么!这点苦就受不了啦?你这样的人就该送到山场子做木帮,累你个半死,像熊瞎子似的蹭一身松树油子,来个风水不透,要不然,遭罪的日子还在后头!"那文的嘴咧得像个瓢,抹着眼泪说:"秋鹃,你说你现在哪像个丫头。"鲜儿说:"我本来就不是丫头了。"那文说:"也不像姐妹。"

鲜儿说:"那像什么?"那文又咧着嘴哭了,说:"你像我的主子,我像你的奴才,咱俩翻了个个儿。"鲜儿说:"你要是嫌委屈我走,我可不愿意给你当主子!哪有奴才把主子累得要死要活的?"那文慌了,忙说:"别,你别走,我说错了还不行吗?"鲜儿缓过脸来说:"姐,你别往心里去,我这是心焦的。咱这样走也不是个事儿。"她打开包袱,拿出自己的衣服说,"把你的旗袍脱了,换我的。你穿这一身怎么走道啊?一步一扭,踩蚂蚁蛋啊?量身段儿啊?也得有人看啊!"

那文嘟着嘴说:"我不换,我是格格,怎么能穿下人的衣服呢?"鲜儿说:

"我说你怎么还在做梦呢？现在是民国了，没有格格了！你说你穿这一身，咱没人走的道不敢走，路上不敢起早贪黑，也不是事呀。昨儿不是你扭呀扭的，腔后哪能招了一大帮老爷儿们，苍蝇似的赶也赶不走。"那文无奈地说："好吧，听你的。"

两个人拖着疲惫的身体终于赶到了元宝镇。在一座大宅院前，那文领着鲜儿敲门。门开了。那文、鲜儿进了院，一个老者对那文说："你们找关德贞哪？他把这房子卖给我了，搬走了。"那文立马惊呆，呜呜哭了，说："啊？他搬走了？搬哪儿去了？"

老者说："听说搬到柳树沟去了。姑娘是他什么人？"那文说："我是他外甥女。"

老者说："投奔他来了？"那文点头。老者说："唉，你投错地方了。按理说我不该说他的坏话，可你这个舅舅实在不咋的，万贯家产叫他作索光了，都是叫口大烟累的。你去柳树沟找找看吧。"

夏日的元宝镇街面上人来人往，辛亥革命也给这个边远的小镇带来了些许新的气象。街口，临时搭起的木台子，关东著名昆伶越楚红等正用新兴的"文明戏"，在台上表演着昆曲《牡丹亭》中的一折。他们身着简易的戏装，在昆曲曲调的伴奏声中，拿着腔调用念白的方式表演着唱腔的内容，这样一种演出形式，不伦不类，就是热闹。舞台后方的幕布上，一条横幅挂在上方，上书"革命万岁，共和万岁"。

舞台下，男女老少约有二百人，个个兴致勃勃。朱家一家人也在台下看着。同村大户韩老海的独生女儿秀儿不离朱家的前后，眼睛始终盯着传武。她不算俊，也不丑，就是不喜传武的眼儿，一直对传武单相思，还挺执着。传杰说："二哥，你看见没有？秀儿的眼睛老盯着你，看样恨不得把你吃了。"传武烦躁地说："别搭理她，给个好脸儿她能缠磨你好几天。"传杰坏笑道："我看挺好的，就是胖了点，能生养，咱爹娘肯定中意。"传武说："你中意？你要中意我给你说说？"传杰忙说："拉倒吧，你自己留着吧。"

一出文明戏演完了，越楚红等演员谢幕，乐队的琴师以及随越楚红同来的各位文化人手里拎着剪刀走上舞台。越楚红站出来慷慨陈词道："父老乡亲们，兄弟姐妹们，我叫越楚红，是你们熟悉的昆曲演员，今天想借这个机会说几句话。现在是民国了，一直压在咱们头上的封建制度被推翻了，封建礼教被打碎了，我们中华民族历史新的一页翻开了，让我们振臂欢呼：革命万岁，共和万岁！"台上台下热烈响应。

越楚红又道："可是在我们的乡下，封建余孽还存在，封建思想还是根深蒂固的，我们看到，清王朝已经完蛋了，可是元宝镇的大多数男同胞还留着辫子，女同胞还在缠足，这是多么可悲啊！今天我们下乡来宣传革命，动员大家，男人剪辫子，女人放足，大伙儿说好不好？"台下不少人欢呼支持。越楚红说："我们今天带着剪子，愿意剪辫子的请上台来！"七八个小青年跳上台来说："我剪，我剪！"

传文却愤愤不平，在台下喊道："剪了辫子，和尚不和尚，尼姑不尼姑的，像什么？"越楚红说："留着辫子像什么？男人不男人，女人不女人，那是满族人的装束，本来就不是汉族人的打扮！"

传武和传杰在台下跃跃欲试。传武说："三儿，咱俩也上台把辫子剪了吧？"

传杰说："好啊，我早就想剪了。"哥儿俩刚想上台。传文一把揪住两个弟弟说："你们敢！还没有王法了！老祖宗留下的辫子说剪就可以剪了吗？都给我老实待着！"传杰笑着说："二哥，我说不行嘛。大哥把辫子看得可高贵了，谁动动他的辫子像动了他的心肝肺，看样他还想大清复国，他好去给皇帝做太监呢。"传武说："嘻嘻，他做太监？我看行。你说他要是做了太监，是不是得天天在金銮殿门口一站：皇上有旨，有事奏本，无事退朝哇！他成天像个大尾巴狼似的，挺适合干这个活的。"

哥儿俩逗着笑，却见玉书跑到舞台上，拽着越楚红，捏着嗓子念白道："这位大姐，我来问你，你言道女孩儿家应当放足，你却是放了没有哇？"越楚红笑了，也念白道："你说我吗？说来惭愧，小女子自小流落风尘，梨园行里度春秋，哪里缠得足来？已经无有什么可放的了哇！"玉书说："我却是不信，你，何不给大家展示展示，以消我等的疑虑呢？"越楚红扭着腰身说："这个吗？大庭广众之下，羞人答答的，不太好吧？"台下的观众笑翻了天。

玉书还要接话，夏元璋怒气匆匆蹿上台去，拽着玉书下了台，嘴里喋喋不休："你说你这个疯丫头，怎么就不知道羞臊呢？给我回家！"台下传杰对着玉书直跷大拇哥。朱开山笑着对文他娘说："这丫头片子，不怯场，招人喜欢。"文他娘朝着传杰努嘴说："你看咱家的这个，喜张的。两个成天凑一块儿嘎嘎嗒嗒的有说不够的话，他俩将来要是……"

朱开山直摆手说："不行，你是剃头挑子一头热，咱现在和夏家肩膀不一般齐。"文他娘说："也不论，想当初谭永庆家门槛不比咱家的高？不是也答应把鲜儿说给咱老大了？"朱开山说："那可不一样，想当初鲜儿她爷爷抽大烟把家抽败了，咱两家也算是半斤对八两。"文他娘眼圈红了，说："唉，鲜儿和俺分手七八年了，现在她在哪儿呢？可怜的孩子，叫人牵肠挂肚的。你说她当年怎么就是不答应跟着传武回来呢？要是回来了，咱的孙子也该有了，少说五岁了。"

朱家已经套起了大院套，六间大瓦房已初显殷实人家的气势：上堂下屋，朱开山与文他娘住北屋，传文兄弟们住在东厢房，把头老崔和几个雇工住在长工屋，牲口棚农具屋一应俱全。

天蒙蒙亮了，公鸡报了晓。老崔和雇工们打着哈欠从下屋走出来。传文套了牲口，安排传武和雇工干活说："传武，你赶着车送粪。老崔，你领着伙计们今天把西坡的豆子地耪一遍。"老崔懒懒地说："唉，好吧，就听少东家的吩咐。"

传文瞅了他一眼说："老崔，不是我说你，你们昨儿地是怎么耪的？我数了数，一共耪断了十棵苞米，这是多少粮食呀？那地耪了些什么？秃老婆画眉呀？庄稼人就这手艺？就这手艺，在俺山东家还能有人雇？撅腚等着吧！"

老崔不服道："你们山东家？我也是从山东过来的，在咱那儿，多大的财主有这么多地呀？人均就是亩八分的，像伺候老娘儿们似的摆弄。你这可是七垧地，我们几个人忙活得过来吗？"传文说："你就是有说词，没有说服你的时候，起点早贪点晚不就有了？真看不是自己的地，要是自己的，泼命也摆弄得熨熨帖帖的。"传文栽排完了活，到堂屋门口喊道："爹，你看俺活栽排得对不对你的心思？"

文他娘走出屋子说："吵吵什么？你爹天没亮就到地里去了。"传文回过头训斥雇工们说："都瞅瞅，老东家天没亮就到地里去了，你们还磨蹭什么！"说着要跟大伙儿一起下地。文他娘说："老大，你留步。"传文说："娘，你还有什么栽排？"文他娘说："俺昨天和你爹商量了，鲜儿八年也没个音信，你也不小了，该成家就成家吧，就把鲜儿的念想断了吧。给你托老马婶子说说媒？"传文说："娘，鲜儿肯定还活着，俺哪天晚上睡觉不梦见她？梦见她给俺唱戏文。不管怎么说她救了俺一条命，俺不能对不起她！"说着眼圈儿红了，"娘，就这？没别的俺下地干活去了！"说罢转身走了。文他娘拍着大腿说："你说这不是耽误俺抱孙子吗？鲜儿，什么时候才能找到你呀！"

一片片的大豆朝两边分去，传武、传文及老崔在耪地。传文训斥着说："传武，你耪了不到一垄地，我数了数你连尿尿带喝水回地头四五回。喝水我管不着你，就说尿尿吧，掉过腚就尿呗，浇到地里都是好肥料，你那是尿尿喝水吗？纯粹是磨洋工！"

传武说："你这个人，管天管地还管开人家拉屎放屁了。你不说我还忘了，有泡屎我还没拉，我去拉屎。"扔下锄头就跑。传文嘟囔道："这个人！懒骡子懒马屎尿多。你给我回来，拉到地里去，那是好肥料。"老崔在一旁听着笑了。

传文说："老崔，你笑什么？你看你领的这些人，干的是什么活？我是后起的垄，干你们前边去了，你们不脸红吗？"老崔说："少掌柜的，我们比得了你吗？你干活是玩命，地是你的，你玩命值，我们可就不值了。你出去打听打听，关东山的长工也好，短工也好，有没有像你这么干活的？要是有一个，我脑袋挣下来摔地上给你听响！都是这样，大长的日子，活得抻着干。像你这干法，年轻的时候不觉，老了病就找上来了。来，你也歇歇，抽袋烟，尝尝我的，真正的蛤蟆头。"传文说："我来不了。要说烟好抽，还是俺爹种的那几亩，他今年种的是山东烟，你等抽他的吧，抽上就拿不下嘴。"

紧靠着大豆地旁边的烟地，朱开山在自己的一片黄烟地里侍弄烟。传文走过来说："爹，你这块烟地喂豆饼了？烟这东西馋，你不喂好东西他不给你出味儿。"朱开山说："喂是喂了，可半月没下雨了，要是再旱下去，别说是烟，今年一年什么庄稼都要瞎了，老早做准备吧，要是再旱几天，我就打算雇工浇水了。"爷儿俩唠着，韩老海也凑过来与朱开山唠起了今年的庄稼。

韩老海说："老朱，我看了，全屯的庄稼谁也没有你种得好，你们山东人真会摆弄庄稼！你看这几亩地，在老拽子手里的时候都要荒了，自从到了你手里，都成了金不换的好地。"朱开山说："有数的，人勤地不懒，这土地你不好好侍弄，它能给你长出好庄稼？就好比养孩子，你不管不顾，成天给他喂稀汤寡水，养大了也是歪瓜裂枣。"

韩老海说："理儿是这个理儿，都知道，可有几个付得起辛苦？我就佩服你们山东人的勤苦，比不了，谁都比不了。"文他娘挑饭送水来了。传文站在地头吆喝道："都把手里的活放一放吧，吃饭了。"朱家人和雇工们走拢过来。

文他娘问："传武呢？"传文说："我说不了他，说了几句跑了。"老崔往嘴里划拉碗里的高粱米水饭，几粒米掉到地上，传文看见了，说："老崔，你这个人，怎么就是不知道爱惜粮食？一粒米一滴汗，糟蹋粮食就是糟蹋自己，庄稼人谁不知道这个理儿？"老崔火了，说："你这个人，怎么眼睛老是盯着我呢？这几粒米掉到地里了，我能捡起来再吃了？"传文说："谁叫你捡起来吃了？我是说这件事，吃饭得瞪起眼睛，别掉米粒儿，你是没要过饭，要过饭的人拿着粮食胜过亲爹娘！"文他娘说："好了，都少说两句，你们吃着，我去喊传武。这孩子，又到哪儿疯去了？"

文他娘正在院里忙活着。秀儿打扮得鲜鲜亮亮，来朱家串门，衣襟里兜着包杏，笑眯眯扶着门框说："婶儿，又在忙活呢？一天到晚手脚不闲，就不会歇一歇？不累得慌？"文他娘笑道："俺当是谁，是秀儿呀。来，家里坐。有事儿？"

秀儿说："没事儿就不兴登你家的门儿了？"文他娘说："俺可没那么说。"

秀儿进院，在碾盘上兜出衣襟里的杏子说："我家院里的杏子树结杏了，挑了一些熟的大的给你送来，尝尝鲜。"文他娘："哎呀秀儿，你说你，一年到头吃你家多少果木？你说俺家也没什么新鲜东西给你尝尝，叫俺老大不过意的。"秀儿说："有什么不过意的？自从你们家搬来，我们家少得了你家的好处？我娘跟着你学了多少针线活儿？裁剪衣服，做鞋，絮棉被。就说我吧，绣花的活儿不是你把手教的？还有我爹，庄户院里的活儿也没少跟着大叔学。我爹说了，自从你们来到放牛沟，咱们这个屯子简直就变成你们山东家了。"

文他娘说："叫你说说！长短不齐的，就是互相帮扶呗。"秀儿往厢房瞅着说："婶儿，就你自己个儿在家？"文他娘说："可不呗，他爷儿仨在豆子地里忙活。"

秀儿说："传武哥也在那儿？我怎么没见着？"文他娘说："他不在？兴许是他爹打发他干别的了。你找他？"秀儿说："不是的。"文他娘说："秀儿，快出门子了吧？"秀儿害臊了，说："婶儿，说什么呢！还没有主儿呢，没有人稀得要。"

文他娘说："净瞎说！俺看你是挑花了眼。说媒的踏破你家门槛了，你当俺不知道？不大离儿就行。"秀儿不吱声了。文他娘说："心上有人了？"秀儿还是不吱声。文他娘说："俺家传武……你真的？"秀儿羞臊地点点头。两人正说着话，传武回来了，手里提着一只山鸡。秀儿脸上灿烂起来了，说："传武哥回来了？哎呀，这是你打的山鸡？多肥呀！传武哥就是有能耐！"传武没有搭理她，虎着脸走进厢屋。文他娘说："传武，秀儿和你说话呢，没听见？"传武回头说："怎么没听见？老远就听见她吵吵。"

传武躺在炕上，正在上神儿。文他娘走进来说："怎么？不舒服？"传武没接话，说："秀儿走了？"文他娘说："走了。少教的玩意儿！你怎么不搭理人家？这闺女多招人喜欢！你爹也挺喜欢的。托个媒人去说说？"传武一句话把娘顶了个跟头："谁喜欢谁娶，我就是打一辈子光棍儿也不要她，看见她就烦！"

传武和传杰在镇上剪了辫子，嘻嘻哈哈地回了村。一群村童跟在后面好奇地看着，笑着，喊道："噢！剪辫子了，都来看呀，丑死了！"传武呵斥道："笑什么！回家叫你娘也给剪了吧，都民国了。"

传文窝在家里修理农具。见传武和传杰乐颠颠地进了门，再一看两人那副样子，大吃一惊道："你们俩，你们……"气得说不出话来。传杰笑嘻嘻地说："大哥，好看不？"传文呵斥道："谁叫你们剪了辫子！好看个屁！假洋毛子！"他朝屋里喊道，"娘，你管不管了？老二和三儿把辫子剪了！"文他娘走出屋子，见状，拍着巴掌哈哈大笑说："两个小兔崽子，到底把辫子剪了，也挺好，利利索索的，省着天天梳理。"

传文不满地说："娘，没见过像你这么惯孩子的！咱元宝镇有几个剪了辫子的？不怕人家笑话？"朱开山走进院来，头上竟也没了辫子，传文大惊，眼睛瞪得大大的，说："爹，你这是……"朱开山微微一笑说："留着也费事，我早就想剪了。传文呀，你也剪了吧，现在全家人就你留着辫子，大家看着都硌眼呢。"

传武说："哥，咱爹都发话了，你也剪了吧。三儿，你去屋把剪子拿来。"

传文抱着头，杀猪般地号叫道："使不得，使不得呀！娘，你管管他俩！"

文他娘哈哈笑着说："你们爷儿们的事俺可不管。"传杰吓唬传文说："哥，你还没听说？城里人都剪辫子了，革命党满大街盘查，谁要是留辫子，革命党抓了去，咔嚓！就给咔嚓了。"传文说："怎么？还要杀头？"传杰说："不是，是把辫子剪了。"传文说："吓了俺一大跳。"传杰说："咔嚓可是咔嚓了，不白咔嚓，咔嚓一次收十两银子，不交银子蹲大狱！夏掌柜的都剪了呢。"传文说："俺的娘啊，这不是敲竹杠吗？俺先避避浪头吧。"说着，把辫子盘了起来，扣上了大草帽。

文他娘问："三儿，你怎么回来了？"传杰说："掌柜的说了，这阵子柜上的活不忙，放了我的假，让我回来帮着家里夏锄呢。"文他娘说："夏掌柜的真是个仁义人。玉书呢？怎么不领着来家玩儿？"传杰说："镇上要办小学堂呢，她谋划着要当先生呢。"文他娘说:"真的?你说说,革命就是好,女孩子也能当先生了。今天家里人又齐了,娘给你们擀面条,吃打卤面。"

第二天,一家人在吃早饭,独不见了传文。文他娘说:"传武,你哥呢?怎么还不来吃饭?还没起炕?往常他可是比你们起得早,今天这是怎么了?"传杰说:"谁知道呢?不是尿炕了没脸起来?"文他娘说:"胡说!你大哥从小就这点好处,自打会说话就没尿过炕。"朱开山说:"三儿,你去看看。"

正说着,传文捂着头进屋来,号啕大哭道:"爹,娘,可不好了,俺的辫子丢了!"传杰故作吃惊,说:"是吗?我看看。哎呀,不是鬼剃头吧?肯定是!夏掌柜的说,他年轻的时候也有这么一回,睡了一宿觉,第二天早上头发一根也没有了,成了个秃瓢,哭得要死要活。"传武说:"是吗?咳,不就是辫子没了,也不至于这样啊。"传杰说:"你知道什么!他第二天要成亲呢。没办法安了条假辫子。也该当有事,成亲那天,假辫子上扎的红头绳晃来晃去的,惹得家里养的猫挺好奇,就过来扑,一下子把假辫子揪下来了,露出精光锃亮的秃瓢,大伙儿那个笑啊。"

传武问:"后来呢?"传杰说:"后来有人传了个偏方,用生姜切片擦头皮。还真管用,新头发长出来了,又黑又密。大哥,你别愁,我给你切生姜治一治。"

传武说:"我还听老人讲,鬼剃头多数是男人没娶媳妇憋的。哥,你趁早给俺娶个嫂子回来吧,我和三儿急着当叔呢。"传文还是哼哼唧唧。

朱开山说:"好了,别哼唧了,到猪圈里看看吧,你的辫子说不定长在猪腚上呢。"传文飞跑出屋子,旋又提溜着一条沾满猪粪的辫子哭着回来,说:"娘,这是叫人给剪了呀!"他看看传武、传杰说,"你们两个脱不了干系,说,谁干的?今天不说出来我和你们没完!"传杰笑道:"大哥,这还不好猜吗?是二哥干的!"

传武说:"谁出的熊趔儿?还不是你!"传文说:"好啊,你们一个是狗头军师,一个是刽子手,合起伙来欺负俺,今天不给你们点辣汤喝老是拿俺当面瓜。"传杰给传武使个眼色,哥儿俩不等传文动手,抢先搂了他的腰抱了他的腿,把传文摔了个仰八叉。兄弟们滚作一团。

传文跑到地里,跟父亲告状说:"爹,俺娘惯着两个小的,你也不说句公道话,叫人家心里寒得慌。"朱开山没接他的茬:"你心里寒不寒倒不打紧,可眼下这天越来越旱,得想办法给庄稼浇水呀,救一棵苗就是一把粮食啊!"

韩老海家堂屋里,韩老海正在吃饭。秀儿娘走进屋,韩老海问:"还是不起炕？"秀儿娘摇摇头。韩老海说："这孩子，没治了。"秀儿娘叹了口气，说："自打那一年传武把她从狼嘴里救出来，说了一句长大了除传武不嫁，主意一直没改。这不，就为了传武不愿意理她，中了心病了，这可怎么好啊！"说着抹开了泪。韩老海说："我看啊，传武是没和咱秀儿交往长，不知道咱闺女是块金镶玉。你也不用愁，我想办法让他们凑一块儿，凑一块儿就会日久生情。"

吃了饭，韩老海没下田，而是去了朱家的大豆地。朱开山家的大豆因为天旱都快蔫了叶，朱开山蹲在地堰子，正看着干旱的庄稼发愁。韩老海过来说："老朱兄弟，瞅什么？"朱开山说："这天老不下雨，庄稼这不干坏了吗？"韩老海说："我看了，不能老这么旱，一场透雨下来就什么事也没有了。有件事和你商量。"

朱开山说："什么事？"韩老海说："我家里你是知道的，地种了不少，人手少，顾了地顾不了家，忙活这头院里的活就没人干。你三个儿子，匀一个给我当帮手，操持院里的活，权当帮帮我，工钱我多出，你看行不？"

朱开山笑道："行啊，你的面子我能不给吗？工不工钱的不打紧，我也不缺钱。你就点名要人吧！老大肯定不行，老三学生意，也不行，就传武了。"韩老海说："他也行。"朱开山说："也行？看样不太满意。那这样吧，我叫老大去，他那摊儿我给顶着。"韩老海说："不不不，我就要传武。"朱开山拍拍韩老海的肩膀说："和我说话别拐弯抹角，打心眼儿里说，秀儿这孩子我也喜欢。你这主意，挺好。"

回了家，朱开山让传武下午就去韩家。传武心里头是一百个不愿意，可知道拗不过爹，只能硬着头皮上了韩家门。韩老海让他给牲口铡草，秀儿娘往铡刀里续草。秀儿打扮得漂漂亮亮的出了屋子，拖起娘说："娘，你歇着，我来吧。"

秀儿娘说："好啊，闺女知道疼她娘了。你们俩把这点活先忙活着，我去做饭。今天给你们做高粱米水饭，两个菜，猪肉炖粉条子，再来一个鲇鱼炖茄子。有数的，鲇鱼炖茄子，撑死老爷子。"秀儿说："娘，菜还行，水饭可不行，传武哥胃不太好，吃高粱米上酸水。"秀儿娘说："传武，那你想吃什么？"传武没抬头，说："什么都行啊。"秀儿说："娘，他们山东人最愿意吃面食，你摊几张油饼，多放油，烙出鲜黄的疙渣，切点葱花撒上，他就好这口儿。"秀儿娘说："山东人就是会吃。好，我这就去做。"说着喜滋滋地走了。

传武朝秀儿瞪眼说："谁说我愿意吃葱花油饼？是你嘴馋了吧？"秀儿委屈

\ 154 ____

地说："你这个人，怎么就是不领人家的情？我是嘴馋的人吗？不都是为了你？好心当成驴肝肺。传武哥，我看你累了，满头大汗，我给你擦擦。"说着从怀里掏出花手帕给传武擦汗。传武躲避着不让她擦。

秀儿娇嗔道："你看你，躲什么？都叫我爹看见了。"传武说："看见就看见了，反正也不是我对你动手，是你舞弄我。"秀儿说："我舞弄你什么了？你说，说不清楚我可不依你。"传武说："得了吧，你的勾勾心我还不知道？让我给你们家干活是谁的主意？又为的什么？我心里明镜儿似的！"秀儿说："你可冤死大天了，要你到我家干活是两家老人商量的，我可一句话没说，不信你就问你爹。传武哥，你就这么不稀罕我？我哪儿做得不好你说出来，我不是那种糊涂人，有错愿意改。"

传武说："和你说不着。再说了，你有没有错关我屁事！"秀儿一听哭了，说："传武哥，我一片真心对你，怎么就换不回你一点热乎气儿呢？你想要我怎么样，你说，你今天要是说要我把头拿去，我就给你躺到铡刀上，你给我铡下，只要你能带走就行。"传武说："我可不上你的当，进一身血谁给我洗？我还没娶媳妇呢！"秀儿哭着说："你个没良心的，你别寻思气气我我就害怕了，我告诉你，我这条命是你救的，归你了，我是贴在你脊梁上的狗皮膏药，这辈子你就别想揭下来了！"她呜呜哭着跑回自己的屋里。

韩老海跟着进了屋，说："秀儿，怎么了？刚才还欢天喜地的，怎么哭了？他欺负你了？"秀儿哭着说："他就是不愿意搭理我。"韩老海说："别心急，下上水磨工夫慢慢来。千万别哭，你越哭他越烦，咱不哭，笑，就给他个笑，早晚笑出他的婆婆尿就好了。"

文他娘在烧火做饭。传武闷哧着回来了。文他娘问："传武，你不在人家老韩家做营生跑回来干什么？"传武说："不干了，这活儿没法干了！"文他娘说："怎么了？活不好干？"传武说："不是，我是受不了他闺女。"文他娘说："你说是秀儿？她给你气受了？"

传武说："不是。你说我干活吧，她就凑到我跟前，说这个，说那个，絮絮叨叨没完没了。说她一句她就把嘴咧咧得像个瓢似的，哭起来没完，好像我把她怎么地了似的，你说烦不烦人？哎，你说今天又不哭了，一个劲儿地笑，也不说话，笑得人家心里发毛，好像什么东西附了体，那个瘆人呀！娘，这活儿咱可不能再干了，再干下去早晚出事。"

文他娘说："傻小子，她不是看上你了吗？"传武说："可我没看上她呀！"

文他娘说："你说你这孩子，人家不挑你，你还挑起人家了，这不是挺好的一门亲事吗？咱想攀还攀不上呢！"传武笑了笑说："谁爱攀谁攀，我大哥还没媳妇呢，先替他忙活忙活吧，我不急。"

第十二章

那文、鲜儿按照老者的指点，在黄昏时分来到柳树沟关德贞家。这是一个茅草房，家具破旧，屋里凌乱。关德贞一件长衫皱皱巴巴掩饰不住穷酸相。那文已经哭得像个泪人儿。关德贞叹气道："唉，那文呀，你都看到了，我已经败家了，镇里的老房子不姓关了，我把它卖了，不卖就要饿死了。你舅母也带着孩子回她娘家了，我现在也是孤家寡人了。你说你舅长这么大，力气活没干过，就会写写诗文遛遛鸟，这几年就靠着卖东西换点吃的，卖了宅子就什么也没有了。你说你阿玛送你来也没事先打个招呼，要是打了招呼，死活我也不会让你来的。这可倒好，你们来了，把盘缠也丢了，回也回不去了，这可怎么办？"

那文哭着说："舅，我家兴旺的时候我阿玛帮着你置了多少家业呀，怎么家说败就败了？"关德贞说："唉，说起来惭愧，不就是叫口大烟累的吗？不说这个，还是说说你怎么办吧。我看你也老大不小，也没说下婆家，我给你打听个主儿嫁人吧。虽然说咱是高宅大院里出来的，可现在是民国了，阿哥格格都落炉了，不敢提了，提了都没人敢要了。为什么？臭了行啦！都知道咱这样的人家出来的孩子，手不能提，肩不能挑，臭毛病一身一身的。对了，我还忘了问你了，你没染上那一口？"那文摇摇头。关德贞说："这就好，这就好。刚才说什么来？啊，说你嫁人的事。大清复国你想都不用想了，实际点吧，找个家底儿殷实的人家，别问人家什么出身，也别管是满洲人还是汉人，只要人好就嫁吧。"那文哭着说："舅，我是高低不肯的。要嫁人我还跑这么老远干什么？在府里就嫁了，还用你操心？"关德贞说："这就叫彼一时，此一时。"

鲜儿说："那文姐，舅舅家的情况就这样了，我看舅舅说得也有道理。你说你依靠舅舅是不行了，咱带的钱也没了，谁养活咱呀？找个好人家嫁了也好，就别难为舅舅了。"那文哭着说："妹妹呀，我从天上一下子掉到地上，没准备呀，姐活不起了！"关德贞说："看你说的都是些什么话？还没个丫头有见识。你好好想想吧，想好了给我个话儿，我也好给你托人说媒。可有一条，千万别露出格格的身份。"

那文在哀哀地哭泣。鲜儿说："姐，你别哭了，哭得我心里不好受。咱就这命啊，认了吧。你不管怎么说还是找到舅舅家了，可以清清白白地嫁人。我呢？明明有婆家不能回，有女婿不能去找，我这一辈子可怎么办啊！"说着也哭了起来。那文说："秋鹃，咱俩都不哭了，唱吧，你给我唱个曲儿。"

鲜儿为她唱了一曲自编蹦蹦戏文：

二八的俏佳人儿，
对着孤灯泪涟涟，
好似那失群的雁，
声声悲鸣没人怜。
千里寻亲投娘舅，
娘舅败家难周全。
想把小奴嫁檀郎，
推出门外把身还。
奴家呼天天不应，
奴家呼地地不言。
叫一声我的爹娘，
难死女儿小可怜……

一曲戏文竟然把两个人都唱哭了。

吃饭的时候，那文瞅着碗里的粗茶淡饭暗自垂泪。鲜儿劝说道："那文姐，你好赖吃点儿。你看你瘦的，再不吃饭会靠倒的。"关德贞冷着脸子说："那文呀，到什么山唱什么歌，到什么地方说什么话，你现在不是格格，说不好听的就是个逃难的，还讲究什么？要想讲究我比你会讲究，讲究不得了。我看了，你也就是个小姐身子丫环命罢了。我不是不想养活你，你没看见？我把房子卖了搬到这儿，卖房的钱也支撑不了几天了，咱吃完了还吃什么？你说你不想嫁人，不嫁人就得出去要饭，你能要饭？还是我能要饭？都不能。还是嫁人吧。

我听说放牛沟有户殷实人家，家里的大儿子岁数和你仿佛，人呢，不错，你要有意我给你说说。"

那文问："舅，你说咱大清就一点戏没有了？"关德贞说："你还做梦啊？我都不做了。"那文说："你说那家是汉人？"关德贞说："是汉人，家里有七八垧地，六间大瓦房，车马都有。"那文说："我要嫁过去秋鹃怎么办？能不能带着她一块儿嫁到那家？"关德贞说："我看够呛。为什么说？那家也就是户殷实人家，庄户人，不会让你养丫环的。秋鹃不用你愁，我看了，她到哪儿也能刨口食儿吃，你要是走了，她愿意给人家当丫环我就把她荐出去，愿意嫁人我就给她寻个主儿，她比你好办。"鲜儿说："那文姐，你就嫁你的人，不用管我，我怎么都能活。"那文哭着说："要是那么着我宁肯不嫁人！秋鹃，我不能和你分开！"

正说着话，一个戴大斗笠的人走了进来，大家都一愣。那人慢慢摘下斗笠，原来是王爷的仆人来顺。那文一愣说："来顺？你怎么没跟王爷走？出了什么事？"来顺哭着说："格格，王爷和管家在路上被革命党查明了身份，都给关起来了！……"那文蒙了良久，"哇"的一声扑倒在炕上……

赤日炎炎似火烧。大田里的庄稼叶子都蔫了。朱家老小和雇工们往地里挑水浇地。老崔累得不行了，放下担子歇息。传文挑着担子过来了，训斥道："老崔，别停下啊，你就是这么当把头的？"老崔说："你爱怎么说就怎么说吧，我是不行了，肩膀子都破了，腰也直不起来了。"雇工和兄弟们都累倒在地里。传文俨然一副把头的架势，用树棍敲打着大伙儿说："歇歇就行了，赶快起来干活，庄稼等水喝呢。"传武哼哼着说："哎呀，腰疼得不行了，简直就不是自己的了。"

传文瞪着眼睛说："小小的孩儿哪来的腰？净耍熊！"老崔说："少东家，我在那么多大户家里当过把头，没你这么逼命的。"传文说："你怎么不说说谁家也没有俺们出的工钱多？你再打听打听，谁家的伙计吃得比东家好？"老崔说："你说的是实情，可谁家的活儿也没有你家的难干。好了，伙计们，干活吧，咱得对得起东家给咱的工钱。"大伙儿哼呀哎呀地起来干活，一个个嘴里牢骚不断。二柱子说："哎呀，累死了，老天爷真是和咱过不去，怎么一滴雨也不下？"另一个说："凭着肩膀挑水浇大田，也就是他们山东人能干出来。"老崔说："什么也别说了，人家东家不也是这么干的吗？干吧，拿人家的工钱就得干活，没的说。"

天上的太阳并没因为土地的干渴有一丁点的怜悯。骄阳下，庄稼已经穿上了黄褂子。朱开山蹲在自己的地头上，久久地望着韩老海的田地和那一泡水。

韩老海正在给大田里放水，朝这边喊道："老朱兄弟，你看这些庄稼，都干成什么样了，该浇水了。"朱开山说："我还不知道该浇了？光靠肩膀挑不跟趟儿。"

韩老海凑过来说："是啊，种大田就这一样不好，得看老天爷的脸色，一不给你下雨就干瞪眼儿，不比种水田，只要蓄够了水就什么也不用怕。你看我这些庄稼，长势还挺欢，为什么？就靠这泡子水养着呢。"朱开山说："说的是什么？你看你这泡子，地势高，浇水都不用抽，掘个口子就能放水，还是你有算计。"

韩老海说："七月七了，天再不下雨你的旱地儿就没大辣气了。你忙着，我去那边看看，别跑了水。"说着笑眯眯地走了。朱开山站起来，磕磕烟袋锅子，似乎有了主意。

朱开山回了家告诉文他娘说："待会儿给我和盆面。"文他娘说："想吃馍了？"朱开山说："不蒸馍，今天七月七，你烙些巧果儿。"文他娘说："烙巧果儿干什么？咱家也没闺女。"朱开山瞪着眼睛说："你这个人，屋笆开门！有些人情往份儿的不借着这个机会打点打点？多烙些，我有用项。"说罢向院外走去，"我下地去了，晌午给我准备好了。"

文他娘用模子做巧果儿，玉书拎着礼品来了。文他娘说："哎呀，玉书来了，你怎么有工夫了？听说你在小学堂讨了个差事，当先生了？"玉书说："嗯。"

文他娘说："今天怎么没教书？"玉书说："放伏假了。日子久了没看见大娘想得慌，来看看你。大娘，你这是做什么？"文他娘说："今天不是七月七嘛，做些巧果儿。"玉书说："哎呀，我头一回看见做巧果儿。大娘，你教教我。"文他娘说："行啊，洗洗手上面案吧。"

文他娘把手教着玉书说："面团儿要揪匀了，揉开了，模子里要撒上布面，面填进模子要压实了，模子要往面团上磕。哎，这就好了。"玉书说："大娘，这也不难呀。"文他娘说："不难。老娘儿们活，除了养孩子没什么难的。其实养得多了也不难。俺带传杰的时候，临产了还下地拔苞米茬子，拔着，拔着，传杰就跟头把式地出来了，俺还没觉警儿呢！"玉书咯咯笑着说："怪不得传杰到现在还不老实，原来胎儿里就是个调皮蛋儿。"文他娘说："传杰不老实？不会吧？在俺面前可听话呢。"玉书笑道："他呀，对我可坏了。"文他娘也笑了，说："俺明白了，男孩子对女孩子没有不坏的，要是不坏就没人喜欢了。"

韩老海坐在屋里吧嗒烟袋锅子，看见朱开山拎着篮子登门，故意抹搭了眼皮儿。秀儿娘迎出来说："哎呀，老朱大哥，你可是大忙人儿，怎么有工夫出来串门了？"朱开山说："今天不是七月七嘛，大小是个节。平常得了你们不少的帮扶，过意不去，文他娘烙了些巧果儿让我送来。知道你们这儿没这习俗，尝个新鲜吧。"

韩老海说："我们这儿是没这个习俗，你们留着自己吃吧。"朱开山说："七月七是个女儿节，我家一窝小子，从来是不过的，不比你，家里有个闺女。怎么的？嫌礼轻了？"秀儿娘对韩老海道："你这个人，当官还不打送礼的呢，人家大敬意地送来，怎么好回了呢？"她掀开盖在篮子上的盖布，称赞道，"哎呀，看文他娘手巧的，你看这鱼呀，莲子呀，多好看！闻着喷香。"

韩老海不动声色地说："那就收下了。老朱大哥，没别的事了？没事我想到地里看看，怕水放多了冲了田埂。"朱开山说："你不提放水我还忘了，有件事想商量商量你。"韩老海说："哦？你还有商量我的事？这可是头一回。说吧，我听着。"朱开山说："是这么回事，我看今年的旱情是缓不了啦，我那些地再不浇就全瞎了，我想商量商量你，借你泡子点水浇浇地，也不白使你的水，秋后我拿粮食抵，你看行不行？"

韩老海回绝得客气，道："哎呀，按说嘛，放点水也没什么，水嘛，也不是什么值钱的东西，是吧？要在往年你都不用商量，自己去掘开口子放就行，今年可不行，你没看见？天旱，我的庄稼吃水厉害，这泡子水恐怕还不够用的呢。对不起了，你想别的办法吧。"朱开山说："这事儿没得商量？"韩老海说："你再想想办法。你会有办法的，说起种地谁也比不了你。就说今年开春吧，开了犁，你动员大家种山东的高粱，还有大黄烟，说破了嘴，屯里的人就是不听，怎么样？现在都后悔了吧？你有办法。"

朱开山说："有什么办法？眼下就抓瞎了！"韩老海说："不说这些，说说孩子。传武在我这儿干得好好的，怎么就撂耙子不干了呢？是你叫他回去的？"

朱开山："你说他呀？我哪叫他回去了？这孩子，白瞎，干什么也没个长性，在夏掌柜的那儿不是干到半道就不干了？没大辣气。"韩老海说："这可是

\ 160 \

你说的，我看这孩子不错，挺有人缘的，别人不说，我们家秀儿就和他说得来，两个小人儿凑一块儿嘀嘀咕咕叽叽嘎嘎挺有意思的。"

朱开山说："我们传武可比不了你家秀儿，秀儿是个知大知小的孩子，传武呢？驴性子。"韩老海说："你别说，我就喜欢有脾气的孩子，那种一锥子扎不出血的孩子，老实有什么用？我们秀儿也喜欢这样的孩子。"

两人心照不宣，都知道对方在说什么，但谁也不接招儿。里屋，秀儿隔着门听得一头雾水。

朱开山说："哎呀，坐了有时候了，不耽误你的事了。我该回了。"韩老海说："这就走？要不就留下吃午饭吧，我烫壶酒，咱老哥儿俩好好唠扯唠扯庄稼院里的事，和你说回话长不少见识呢。"朱开山说："改日吧，我请你。"韩老海说："那好，我等着。对了，不能让你空手回去，我这儿有点东西捎回去给家里人尝尝。"说着从桌子下拖出一个袋子，显然是早有准备。朱开山接过袋子打开一看，愣了，袋子里是一个猪头。朱开山说："你这个人，我给你一颗枣，你还我一筐梨，这不是羞臊我吗？"韩老海说："咱哥儿俩怎么能这么说话呢？我有姑娘，你想着七月七给闺女送巧果儿，你有儿子，不得托人说媒？托媒人不得送猪头？这就叫你想着我，我想着你。"朱开山哈哈大笑道："好你个韩老海，做事汤水不漏，我算服了你了！"

朱开山回到家里，坐在那里长吁短叹。文他娘说："他爹，这是怎么了？"

朱开山说："这个韩老海，真是不好说话。"文他娘说："就是不让水？说什么也不行？"朱开山说："这家伙，鬼心眼儿就是多，我听出他的话味儿了，在打咱家老二的主意呢，说了半天，绕来绕去，就是想把秀儿说给传武。"文他娘说："俺看秀儿那孩子不错啊，要不就应了他？"朱开山说："我也看秀儿不错，不过他用这个做交换我心里不舒服。"文他娘说："咳！没有什么大不了的，你的心路就是窄巴。你看，说着说着老二回来了，我跟他说说！"说着走到院子里。

传武赶着马车进了院，文他娘给传武掸着身上的尘土说："传武，娘跟你说个事。"传武说："娘，什么事你就说吧。"文他娘说："娘想给你说门亲。"传武说："谁家的闺女？"文他娘说："还能是谁家的？韩老海家的秀儿呗。"传武说："娘，你别说了，要是愿意我早就答应了。"文他娘说："你这孩子，秀儿怎么了？多会甜活人的一个闺女！我看配你富富有余！人长得拿出手去，活眉大眼儿的，见人不笑不说话，多好啊！"传武说："谁看好了谁娶，我是死活不愿意。娘，你们别逼我，逼急了眼我就尥蹶子跑山上去！"

文他娘有点恼了，骂道："你这个不听话的孩子，盘丝头，没有顺溜的时候，动不动就拿上山吓唬俺，打死你这个孽障！"传武满院子跑，文他娘满院子追。传武逗着娘说："娘，你打呀！打不着吧？给你根杆子打？"文他娘大声地喊道："不好了，娘晕了！他爹，也不管教管教你儿子？"朱开山站在门口，哈哈笑着，突然一口血喷出老远。娘儿俩惊呼着，把朱开山扶回屋里。听说朱开山病了，韩老海赶过来看望。文他娘扶着朱开山从里屋出来，韩老海忽地站起来说："哎呀，老朱兄弟，好好的，怎么说病就病了，特地来看看。没请先生瞧瞧？"朱开山勉强地笑着说："我这是陈病，年轻的时候坐下的，躺两天就好了。"韩老海说："大意不得，还是找先生看看好。"朱开山说："老韩兄弟，守着明白人我就不说糊涂话了，我这陈病是怎么勾起来的想必你心里清楚，就是一股火。这么着好不好？庄稼我不能眼瞅着不救，你给我放水，我把侍弄的那垧地的黄烟收了都给你，你看合适不合适？"

韩老海笑着说："你呀，水泊梁山宋江的弟弟叫宋清吧？他的绰号叫铁算子吧？你比他厉害，你是鬼算盘。我给你算一笔账，我把水放给你，旱死我六垧地的庄稼值多少钱？你一垧地的黄烟又值多少钱？我这不是太亏了吗？"朱开山说："你的账不能这么算，你就是给我放水也不至于绝收啊，也就是歉点收。"

韩老海说："往后天还会旱成什么样？你知道还是我知道？我可不敢冒这个险。我是来看你的病的，咱不说这些。"朱开山说："我是庄户人，不说这些我就没话可说了，那就不留你了。文他娘，老韩兄弟带的礼咱就收下了，不能让人家空着手回去，给人家打点一下吧。"文他娘说："早就预备好了。"说着递了一个包给韩老海。韩老海打开包一看，愣了——包里是八只猪蹄子。

老崔和雇工们还在睡大觉。传文进屋，吆喝着说："一个个还要不要脸了？都什么时辰了？还不起来干活！俺白养活你们啊？"老崔起来了，揉着惺忪的睡眼说："少东家，大伙儿累得实在不行了，再这么干下去都得累趴下，老东家从来不像你这么心狠。"一个雇工说："老东家主事，每到夏忙的时候顿顿饭有肉，天天晚上有酒，白面馒头管够造。今年你主了事，天天早晨喝稀的，馒头改大饼子，肉不见影了，酒就更不用想了，吃的喝的跟不上，身上就没有劲，还要起大早，没有你这么使唤人的！"

老崔说：“少东家，要是不冲着老东家的面子，我早就摔耙子不干了。我跟你实说了吧，现在大伙儿这个干法是我安排的，我是把头，他们听我的，你要是看着不行，我带他们走人！”传文软了，说：“谁要你们走了？眼下不是抗旱吗？过了这一段，不会让你们再这么累。”老崔说：“你成天抗旱抗旱，旱不是这么个抗法。你听谁说的靠肩膀挑水浇大田？浇得过来吗？我跟你说，浇也没有用，得灌！今天你要是还安排挑水浇大田，我们不干了，爱找谁找谁！”传文妥协了：“好吧，今天不浇地了，耪耪地保保墒吧。”

朱开山的病老不见轻，躺在炕上直哼哼。传文和传武走进屋。传文问：“爹，你好点了？”朱开山说：“什么事你就说吧。”传文说：“爹，地里旱得不行了，浇水也浇不过来，再说伙计们也不干了。”朱开山说：“唉，靠挑水浇大田是不行了，停就停了吧。”传武说：“那怎么办？”朱开山说：“怎么办？要么天下雨，人说了不算；要么放水灌田，人说了算。”他瞅了一眼传武说，“可这个人就是不说，我是没有办法了，听天由命吧。”

传文说：“伙计们对吃的也有些意见，老崔吵吵着要带着伙计们走。”朱开山说：“该怎么办你看着办吧，我不是放手了吗？”

秀儿低着头进了屋门。传武冷冷地说：“秀儿，你来干什么？看我们家的笑话？”秀儿说：“听说大叔病了，我来看看不行吗？”传武说：“我们家的事，不用你操心，你走吧！”朱开山发火道：“传武，你这少教的东西，给我滚开！”传武和哥哥出了屋。

秀儿说：“大叔，你病好了点？”朱开山说：“秀儿，我没事儿，叫你挂在心上了。”秀儿说：“大叔，我知道你为什么病了，都怨我爹。”朱开山说：“秀儿，可不敢这么说，我这是陈病，不怨你爹。他不放水也是公理公道，我们大人的事不用你们小孩子掺和。”秀儿流泪了，说：“大叔，我看着你病了心里怪酸的。你不用上火，回去我跟爹说说，求他放水，他不该眼看着你家的庄稼绝了收。”

韩老海正在家里喝酒。秀儿推门而入，说：“爹，我才从老朱叔家回来，他病得厉害，你帮帮他吧！”韩老海说：“孩子，我帮不了他，咱家的地也需要水，我不能割下自己的肉贴在他的身上，他应当自己想办法。”秀儿说：“可是他为了水已经病了，病得还不轻，只有你能救他。”韩老海说：“不，不是我不想救他，是他不让我救！”秀儿说：“爹，你这话是怎么说的？”韩老海说：“孩子，我这都是为了你，我就你这么一个宝贝闺女，我做的什么事都是为了你。

我给他指了一条明路可他不走，那我也没办法了。"秀儿说："爹，你给他指了什么路他不走？"

韩老海说："我的意思很明白，让传武娶你，可他就是不吐口。"秀儿说："爹，这怨不得他，是传武对我不好，他爹娘是挺喜欢我的，传武不答应。"韩老海说："糊涂！自古婚姻大事都是爹娘做主，怎么说的来？对，叫媒妁之言，父母之命，他愿不愿意没有用，他这是和我较劲。你放心，我不会输给他的。"秀儿瞪了爹一眼，生气地抽身走了。秀儿娘有些担心地说："他爹，你这办法行吗？"韩老海非常自信："准成！等着看吧。"

传武扛着铁锹在田里徘徊，看着韩家的水泡子发愣。秀儿也扛着把铁锹急匆匆走来，说："传武哥。"传武说："你来干什么？"秀儿说："这是我家的地，我爱来就来，你可管不着。"传武说："我是管不着。这下你爹可高兴了，你也高兴了是不？"秀儿说："传武哥，你怎么能这么看我呢？大叔病了我心里难受得什么似的，不信就扒开我的心看看。"传武说："不稀罕看。"秀儿说："传武哥，人家劝爹给你家放水了，挨了爹一顿骂，不信你问问我娘。"传武说："你替我们家说情？打死我也不信。"秀儿说："信不信由你。你今天要是答应我一件事，我给你放水！"传武说："啊？你放水？你说，什么事？"秀儿说："我，我，说不出口。"传武说："有什么说不出口的？"秀儿说："那我说了你别生气。"传武说："你说吧。"秀儿说："你抱着我亲一口！"传武说："啊？你疯了！"

蓦地，秀儿扔了铁锹，疯了似的扑向传武，紧紧地抱着他，嘴里喃喃道："传武哥，你想死了我了，为了你我什么也不顾了，你就娶了我吧！"传武被秀儿的动作吓呆了，一时间不知如何是好，秀儿趁势在传武的脸上亲了一口，然后一把夺下传武手中的铁锹，使劲地挖着，掘开自家水泡子的边堤堰。传武更没有想到秀儿会这样做，呆呆地看着泡子里的水哗哗地流到朱家的大田里……

朱开山家上屋内，文他娘正在给朱开山喂药。传文慌慌张张地跑进院内，来到上屋说："爹，娘，可不好了，不知道谁放了老韩家的水浇了咱家的田，老韩大叔在屯子骂大街呢，说要报官，让咱家包赔损失，还要蹲笆篱子！"朱开山忽地坐起来说："谁？谁干的？把人都给我叫回来，我要查个水落石出！"

朱家人和雇工们都站在院子里。朱开山坐在椅子上，铁着脸说："说，谁干的？今天不查出来我就饿你们的饭！"老崔说："老东家，我们这些扛活的你

\ 164 \

就别问了，放水浇你家的田，我们犯不上，还是问问自己家的人吧。"朱开山说："文他娘一直守着我没出门，就不用问了，传杰在镇上也不用问了，传文，是你干的？"

传文说："爹，你就是借给俺一百个胆儿俺也不敢啊！"朱开山说："传武，那就是你干的？"传武说："爹，我敢对天起誓，不是我干的。"朱开山说："这就奇了怪了，难道是鬼干的？今天早上谁到泡子那儿转悠了？"老崔说："我们起得晚，到了地里看见老韩骂街呢，不知道。哎，今天少东家和传武起得早，问他们。"

传文说："我在地西头，就看见传武往泡子那边去了。哎，老远地还看见老韩叔家的秀儿也往那边走了。"朱开山说："传武，你说，你到泡子那边干什么了？"传武一看扯出了秀儿，只好硬着头皮承认说："爹，就别问了，是我干的，要蹲笆篱子我去，不关别人的事！"朱开山咆哮道："我就知道别人没这个胆儿！老大，还有老崔，你们给我把这个混账东西捆了，我要到老韩家登门请罪！"大伙儿都来求情。

老崔说："老东家，传武还年轻，你就饶了他这一回吧。"传文说："爹，传武不懂事，都怨我没管好弟弟，要捆就捆了我吧！"文他娘说："他爹，不能啊，这让孩子以后还怎么做人哪！"朱开山朝文他娘瞪着眼睛说："他这两年一回回地给我惹的事还少吗？他不是能充好汉吗？好汉做事好汉当。少废话！给我绑了！"大伙儿无奈，把传武捆了。朱开山说："文他娘，你给我准备好了厚礼，咱这就走！"大伙儿推着传武走出院子。

朱开山骑在马上，牵着传武上了街。村民们都来看热闹。朱开山慷慨陈词道："诸位乡亲，各位高邻，养不教，父之过，大家都知道了，我们家传武私自放了韩老海家的水，是我朱开山教子不严，我愧对乡亲们。今天我把逆子捆了，送到韩家请罪发落，该打就打，该罚就罚，该送官就送官，我朱开山绝不袒护！大伙儿看着，从今天开始，我朱开山家的人凡是做了对不起乡亲们的事，你们就告诉我，我家法伺候！"

一村民劝道："老朱大哥，乡里乡亲的，不就是放了点水吗？何至于此？你们山东人做事也太认真了！"朱开山老泪纵横道："老乡台，我们山东人跨江过海来到贵地，承蒙大家不把我们当外人看待，我朱开山已经是感激涕零了，理应报答大家，可逆子做出这样的事让我抬不起头来，也让我以后没法做人了，我对不起大家，给大家谢罪了！"大伙儿议论纷纷："唉，山东人规矩就是大。"

"不光规矩大，仁义。"

"要不说这些年山东这么多人闯关东，大多数都立住脚了呢，山东人就是值得交。"

"其实呀，论起来咱们屯子的人，不少老辈都是山东人呢！"

秀儿咕咚咕咚跑进屋，喘着说："爹呀，可不好了，老朱叔捆着传武上咱家来了，说是要请罪呢，你看怎么办啊！"韩老海忽地站起来说："怎么？朱开山把传武捆了？这个老山东棒子，给我来绝的，倒叫我不好办了。"秀儿手指院内说："爹，人家来了！"韩老海望着院内，无奈地走出屋子。

朱开山牵着捆绑成粽子似的传武进了院，一抱拳说："老韩兄弟，我朱开山教子不严，放了你家的水，我知罪，特地带着逆子来给你请罪，你看着发落吧。传武，给老韩叔跪下！"传武梗梗着脖子说："我上跪天地，下跪爹娘，除了这谁也不跪！"朱开山大怒道："我叫你嘴硬，给我跪下！"一脚把传武踹跪下。

传武却挣扎着又站起来。韩老海忙过来劝阻说："老朱兄弟，你这是何苦？有话慢慢讲。传武，我问你，水是你放的？"传武说："是我放的。好汉做事好汉当，你把我送官吧。"

韩老海说："传武，你言重了，我那是气话，何必当真？"朱开山说："老韩兄弟，你不当真我可要当真，我们山东人处世做人最讲究诚信二字，他今天做出这样的事和偷和抢没什么两样，该送官就送官，该怎么处罚，官家自有规程。"韩老海说："老朱兄弟，按理说传武做的这件事就是送官也不为过。可咱们毕竟是乡里乡亲，为了这点事你让我把他送官，这不是让我背了个不厚道的骂名吗？我可不上你的当。秀儿，把你传武哥的绳子解了。"秀儿过来解绳子，一边解一边哭道："传武哥，都是我害了你，我……"传武瞪眼说："不关你的事！"

朱开山说："还不谢谢你韩叔！"传武不情愿地说："谢谢韩叔。"

韩老海说："不用谢了。老朱大哥，其实都是自家人，何必搞得这么紧张呢？"

朱开山说："你这话怎么讲？我没听明白。"韩老海说："没听明白？慢慢悟吧。"

朱开山说："传武，你韩叔今天网开一面，这是你的造化，他放过你，我可不能就这么放过了，不给你点教训你不会长记性，今天我要当众教子，给你使点家法！"说罢，一个大耳光向传武面门扇去。传武毫无防备，应声倒地，口鼻冒血。朱开山还要再打。秀儿心疼得不行，扑向传武，哭着说："老朱叔，你冤枉了传武哥，水是我放的，你要打就打我吧！"大伙儿都愣住了。韩老海惊诧地说："秀儿你……"传武赶忙捂住秀儿的嘴，说："秀儿，你别胡说！爹，你打我吧，打得好，打死我才痛快！"

韩老海在屋里踱着步，一拍脑壳说："咳！这个朱开山，我今天是中了他的苦肉计了！"秀儿娘说："中了苦肉计？这话是怎么说的？"韩老海说："你想啊，我放出风去了，要报官，也没当真，就是要逼着他答应传武和秀儿的亲事，他来了这么一出，对传武要打要杀的，给我来了个措手不及，我就稀里糊涂地放了他一马，我这不是白忙活了吗？还让他赚了个当堂教子的好名声。中计了，我中计了！"

秀儿娘恍然大悟道："我的天哪，这个朱开山可真是不简单，看起来忠厚仁义，一肚子的计谋！"韩老海说："我告诉你，朱开山不是一般的人物，当年闹义和团的时候开过香堂，进京杀过洋毛子，老金沟淘金，九死一生带着金疙瘩回来的。咱秀儿恋着传武我为什么没拦挡？我是看好了这孩子有朱开山身上的一股英雄气。咱家人丁不兴旺，就秀儿这么个闺女，咱闺女要是跟了传武，就等于给老韩家立了一根顶门柱！这个亲我一定要和他做。"

秀儿娘说："你怎么做？"韩老海说："他给我唱了出苦肉计，我还给他唱出龙凤呈祥！"秀儿娘说："刚才传武挨他爹打的时候，咱秀儿是怎么说的？我看放水的这件事有蹊跷。"韩老海说："这里边蹊跷大了！秀儿是铁了心要跟传武，她什么事做不出来？我又为什么看重传武？这孩子，义气！"

朱家堂屋文他娘抹着眼泪说："他爹，你心怎么这么狠？你看把孩子打的，鼻口出血。"朱开山说："没事儿，他也就是受了点皮肉之伤，我还没有数？这孩子也该调理了，太意气用事。"文他娘说："还不是像你？"朱开山说："比我差老了，有勇无谋。嗯？今天我教训传武，秀儿脱口说了句水是她放的，难道真是她放的？"文他娘说："也说不定，秀儿恋着传武，看咱家急着用水，为了讨传武的好把自己家的水放了，秀儿能做出这样的事。"朱开山笑了，说："就像你当年把你爹的金疮药秘方偷给我？要真是那样，传武为什么大包大揽说是他自己放的呢？他不是不喜欢秀儿吗？这件事蹊跷。"

两人正说着，韩老海提着礼品来了，说："老朱大哥，你们走后我越寻思心里越不得劲儿，你说你在我家里把传武打成那样，你是打他还是打我？"朱开山说:"你多心了,教育孩子随时随地,有句话,当面教子,背后劝妻,为的就是让他长记性。"韩老海说:"不管怎么说是在我家里打的,我来看看他。"文他娘说:"不用看了,在厢屋睡了。大兄弟你坐,我去给你沏壶好茶。"

朱开山说:"不管怎么说,那件事实在是对不住你。"韩老海说:"没事,好在发现得早,没跑多少水。不提这些了,都过去了。我说,咱们屯子山东人来了好几户,我最敬佩你们家,你说你们这些年在咱屯,那是勤俭持家诚实守信,我早有和你们结好的意思。你说要是咱们两家能结好,在这块地方谁还敢欺负?我说,你们山东人在这块地方落地扎根,没有我们当地人帮衬,我看也是独木难成林,风大必低头。"朱开山说:"这也正是我的意思。"

韩老海说:"要结好怎么结?最好就是轧儿女亲家。《三国演义》你没看?刘玄德是怎么起的家?还不是东吴招亲?我也不和你拐弯抹角了,我们秀儿是看中传武了,不但看中了,还放出话来了,非传武不嫁,已经着魔了,我跟着她丢老人了!其实我也中意传武,要是咱两家能结成亲家,那就是一家人了,还分什么彼此?我愿意放水救你的急,就是损失几千斤粮食我也在所不惜!老朱兄弟,我这是老着脸皮说这些话,可都是掏心窝子的话。"

朱开山又来了倔劲,说:"老韩兄弟,承蒙你看得起我,可儿女的亲事不能拿这说事,你这不是逼我上架吗?我要是应承了,传出去我这是拿儿子换水,好说不好听啊!"文他娘急忙打圆场说:"大兄弟这也是美意,这事容我们商量一下。"韩老海笑着说:"不急不急,你们慢慢商量,我回去等信儿。"说完走了。

朱开山说:"文他娘,你对今天韩老海说的那件事怎么看?"文他娘说:"依我看,韩老海话说得有点儿不地道,可看来还是诚心实意的。再说了,秀儿这孩子我委实看好了,你呢?"朱开山说:"我也看好了。这丫头直乎心眼儿,对咱传武像是一盆火,什么凉水也浇不灭,传武要是能娶了她也是福分。这门亲事要是真的成了,借水浇地也是应当应分。"文他娘叹息说:"可就是传武对她不热盆儿。"

朱开山说:"什么事不能都由着孩子的意,我看咱们就定下这门亲事。你去把传武叫来,咱们把成破利害跟他说清楚。"文他娘答应着,把肿着半边脸的传武领进屋。文他娘说:"传武啊,秀儿她爹今天到底亲口来提亲了,俺和你爹商量了,打算应下这门亲事。"

传武有些气急败坏,说:"我说了多少回了?秀儿我不要,你们不能逼我，逼急眼了我还是要跑。"朱开山大怒道："还反了你了！儿子娶亲是老子说了算还是儿子说了算？娶媳妇是做什么？是过日子！秀儿是正经人家的闺女，哪一点不好？人家对你诚心实意，拿着你当宝儿，你拿着香饽饽当臭狗屎。这件事就这么定了！"传武拎腔走了，说："要娶你们娶，她给我当媳妇肯定不行！"

这回他也不顾爹的脸色了，到了院里马厩前，牵着马就要跑。传文死死地拉着缰绳说："传武，你又要犯浑！"朱开山喝道："传文，你不用拦他，让他跑！"

传文说："传武，你怎么这么不懂事！这门亲事多好啊，咱家现在的日子多难啊，要是今年粮食绝收了日子还怎么过？你不替爹娘想想？爹娘拉扯你这么大容易吗？"传武说："你看好了？你怎么不娶她？你不是也没媳妇吗？"传文说："你，你这混账东西，满口喷粪，我打你这个不着调的东西！"传武说："大哥，你打吧，我不还手，打死我也不娶。"传文哭了，说："传武，你不能光为自己想啊，还要顾顾这个家啊，咱爹闯的这份家业是拿命换的呀，你不能不长良心！"

正劝着，传杰和玉书来了。传杰说："大哥，你别逼二哥了，他不愿意你逼也没有用，你不能什么事都维护爹娘的意思，都什么年月了？包办婚姻不时兴了！"玉书挥舞着手里的报纸，小嘴儿巴巴地说："大哥，按理说你们家的事我不该插嘴，可路不平有人踩，老人糊涂咱不能跟着糊涂。有了初一就有十五，老人能给传武包办就能给你包办，到时候为了家里的利益，老人给你娶个大财主家的傻闺女，你也能答应？"传文说："可，可秀儿不傻。"玉书说："传武说得对，那你娶呀！"传文说："可秀儿喜欢的是传武！"玉书说："啊，秀儿喜欢传武就得嫁给他？那你喜欢秀儿就娶她呗，道理不是一样的吗？"

文他娘对朱开山说："坏了，玉书这闺女还没过门儿呢，小嘴就这么厉害，将来可有好戏看了。"朱开山不以为然道："嘁，一窝吵吵鸟，没吵吵出什么道理。看着闹吧，闹到天亮也没用，我就不信小胳膊能拧过大腿。"说罢背着手回屋去了。文他娘说："玉书、三儿，这么晚了来家里，有事？"玉书故作神秘道："大娘，大事！天大的事儿，咱屋里说吧。"旁边的传杰含笑无语。

玉书进了屋说："我爸让我来给二老过个话，镇上有个叫关德贞的，是个满洲人，有个外甥女扑他来了，到了该出嫁的年龄，据说人长得不错，知书达理。这个老关不知怎么知道咱家了，听说大哥还没娶亲，有意要说给大哥做媳妇，托我爸说媒。我爸要我来问问你们有没有意，要是有意就让我来给串通串通，相相亲。我可有言在先，这可不是包办，双方要是有意就见见面，没有意就拉倒。大娘，这算不算是天大的事？"

文他娘笑笑说："你这个孩子，老是一惊一乍——是个满洲人？我心里不太熨帖。"朱开山说："满洲人怎么了？满洲人也是人。"文他娘说："我是怕人家过日子道儿和咱不一样，凑一块成天唧唧咕咕的。"朱开山说："成不成咱先别说，要是成了，就按咱的过日子道儿走，没的说。"

传杰说："那当然，她要是愿意找咱汉人，就说明人家能适应咱的生活习惯。其实满汉通婚现在挺多的，听说王爷府的格格有的是嫁给汉人的呢。"文他娘说："玉书，这个闺女不是格格？"玉书乐了，说："要是格格更好，那传文哥就成了驸马爷了。那您二老不就成了皇亲国戚了吗？"旁边的传杰故作严肃："你正经点儿，说正事呢！爹，您说该怎么办？"

朱开山说："玉书，回去跟你爹回个话，我现在叫庄家院的这些事缠得不轻，你也看见了，传武还在和我较着劲，过了这阵子再说。"

第十三章

朱开山夫妇正在吃饭，传文进了屋说："爹、娘，传武还是不吃饭，已经三天了，一粒米也没进。"文他娘哭了，说："他爹，这可怎么办哪？真的叫他饿死？你出个主意。"传文恨恨地说："这个犟驴，饿死活该，我去劝他一回他骂我一回，说我是你们的狗腿子，还把我咬了，你们看我这手，快叫他咬烂了。饿死他，看他还咬不咬！"朱开山说："他想饿死？没那么容易！那年我在北京看见是怎么填鸭的了，传文，你给我找个竹筒。"传文说："爹，你要竹筒干什么？"

朱开山说："你不用问，我自有用项。"

传武躺在炕上，看见爹娘和哥哥进来，马上闭了眼睛。朱开山说："传武，我再问你一句，你吃不吃？"传武摇头。朱开山厉声地说："传文，给我把他绑了！"传文麻溜地把传武绑了。朱开山拿起竹筒说："把他的嘴给我掰开！按住他的头！"传文照办，朱开山把竹筒对着传武的嘴，用一根棍子使劲地往嘴里顶着食物。传武难受得直摆头。朱开山对传文道："按住他的头！"传文手上用了劲，一竹筒的食物灌进了传武的肚子里。

文他娘有些担心地在一旁看着。朱开山说："他饿了三天了，一竹筒怕吃不饱，再来一筒！"传武大叫道："爹，我服了，我饱了，我吃饭还不行吗？"文他娘笑了，旁边的传文解气地说："爹，再给他来一筒！"

朱开山板着脸说："小样儿，和我来这一套，你打听打听北京的烤鸭是怎么喂肥的？你当我那几年在北京光杀洋毛子了？全聚德我也去过，没吃过鸭子还没看见怎么喂的？将来你们有了孩子胖不起来就这么喂，几天就撅起来了。"

这时韩老海一步插进屋来，见状大吃一惊，道："老朱兄弟，你这是干什么？"

朱开山说："小兔崽子，给我来了个绝食抗婚，我还不信整治不了他！"韩老海大喊道："老朱兄弟，使不得！我闺女不是没人要的主儿，强扭的瓜不甜，他实在不愿意算了。"朱开山说："算了？你算了我可不算，这事就这么定了！我要是管不了他，还有脸面在元宝镇立着？要是秀儿嫁不过来，我叫他一声爹！"

韩老海说："老朱兄弟，牛不喝水别强摁头啊，你就是要他听话也要慢慢来呀！"朱开山说："慢慢来？你给他来软的试试，他能抓唬死你！"

三天后，屯里有名的马媒婆进了韩家门，一张胖脸笑成朵花，对韩老海说："你就把心放到肚子里去吧，这门亲事有我老马婆子出马，那叫马到成功！老海呀，你这笔买卖赚头大了，到哪儿找这样的好人家！我就是没闺女，要是有闺女，轮不到秀儿的份儿，我早就下手了！你不知道啊，起先老朱还犹犹豫豫地拿不定主意呢，咱嘴里长的这叫什么？这叫三寸不烂之舌！叫我三三见九，六六三十六，给他劈头盖脸这么一算，他麻溜地答应了。你看我给你带来了什么？朱开山给你立字据了，他应亲，你放水。"

秀儿趴在堂屋门外偷听。韩老海看着朱开山写的字据喜上眉梢，说："他是当着你的面写的？"马媒婆说："一点不假。你看他按的这个大手印，我的妈呀，简直是老虎爪子，费了我半盒印泥！"韩老海又皱眉说："朱开山我知道，说出的话不会坐蜡，可传武……"马媒婆说："这你放心，就凭着朱开山还压不服个孩子？这桩亲事就是板上钉钉了，我就等着吃你们的猪头。"

秀儿欢天喜地地跑到院子里，和娘撞了个满怀。秀儿娘嗔道："什么事把你欢喜的？"秀儿兴奋地说："娘，传武他爹答应下定了，日子让咱挑。"秀儿娘抚着胸说："这下可好了，娘得赶紧给你置办嫁妆了。"秀儿说："娘，你跟爹说说，他就我这么一个闺女，别像以前似的抠抠搜搜，好好陪送我，要不进了他家的门儿让女婿瞧不起。"秀儿娘说："我知道，不光你爹要好好陪送你，我还给你攒了不少小体己呢，保准把闺女光光鲜鲜地陪送出去。"秀儿从侧面搂着娘的肩膀，撒着娇说："娘，这些都是后话了，你赶紧催爹去下定吧。"秀儿娘笑了，说："等不及了？你说养个闺女有什么用？"

朱开山正在收拾着犁具。韩老海领着秀儿来了，带着鸡、鸭、猪肘子、酒，这是按规矩过大礼。朱开山一愣，说："哎呀，老韩兄弟，你这是……"韩老海说："知道你忙，我就先走了一步，这不，给你过礼了。"朱开山说："哎呀呀，你说你，到底让你抢到头里了！文他娘，快出来，老韩兄弟来过礼了，快来接着！传文，赶快杀鸡！"传文从厢房里跑出，问道："爹，杀鸡干什么？"朱开山说："傻小子，你韩大叔和秀儿来过礼了，你说干什么？"传文一愣说："啊？"反应过来说："哦！"高兴地跑去抓鸡，又返回来跑到秀儿跟前乐呵呵地说："这么说，你就是我未来的弟妹了？"秀儿有些害羞。朱开山一板脸说："你这个当大伯哥的，规矩点！"边说边下意识地掸着身上的灰尘。秀儿赶紧过来，殷勤地给朱开山掸着灰尘。韩老海笑道："到底是你们家的媳妇，秀儿从来没给我掸过灰呢。"

秀儿羞赧地说："爹！"文他娘呱呱笑着跑出堂屋，说："哎呀，爷儿俩都来了，快屋里坐。"

朱开山和韩老海落了座。文他娘牵着秀儿的手说："秀儿，跟婶儿里屋坐，咱娘儿俩好好唠扯唠扯。"两人说着就进了屋。韩老海感叹道："多好啊！老朱兄弟，按理说呢，你们娶我们嫁，应当是先媒人提亲，儿女相亲，再过礼下定，最后择日子迎娶，这都是有一定之规的。可咱们是乡邻，这些过场能免就免了吧。说实话，咱这门亲事是我们赶弄你们，有些地方呢，我们就得主动点，你不会因为这个就轻贱了我们吧？"

朱开山说："你看你，说哪儿去了？"韩老海问："咦？传武呢？"朱开山说："出去遛马了，传文——"传文一手拎着一只鸡，一手拎着一把菜刀进来，说："爹，又要干啥？"朱开山说："去把传武找回来，马上！"传文说："那这鸡？"秀儿从里屋迈出，说："大哥，鸡我来杀吧。"传文把鸡交给秀儿，逗乐地说："弟妹，受累了。"忽然看到朱开山不高兴地板脸瞪着他，吓得转身跑出。韩老海说："该把传武找回来，今天咱是把相亲、过礼、择日子捆一块了，有些事得当面鼓对面锣地定下来，女婿不在眼前不好说话。"

堂屋内，八仙桌已经摆好了，朱开山和韩老海聊得不亦乐乎。秀儿一趟趟里出外进地往桌子上上菜，面带羞赧，步履轻盈，脸上带着幸福的微笑。朱开山看着秀儿的背影满意而无声地微笑着。韩老海看在眼里，说："亲家，我没说错吧？我这个闺女就是给你们家养的！你看她今天，一进门就和老嫂子形影不离，一直是这个笑模样。这孩子，头一样好处就是心眼儿直乎，不会拐弯，心里就是一湾清亮亮的水儿，一眼见到底儿。"朱开山说："跟你说实话吧，秀儿我是早就看好了，要不是她看好了传武，我想说给老大呢，谁知道她就是眼睛盯上老二了。"

韩老海说："那咱就说定了，你们秋天迎亲，我秋天嫁女。唉，可是这些话咱没当着女婿的面说，我这心里不踏实。"朱开山说："有什么不踏实的？这不，他来了。"果然，传武牵着马进了院子，传文跟在旁边。

秀儿飞跑出屋，接过缰绳。传武依然是不理不睬，大步走进堂屋。秀儿有些委屈地看着传武。传文连忙安慰着秀儿说："他就这熊样！你别往心里去。"

走进堂屋的传武，一反常态，笑嘻嘻地说："韩叔早来了？对不住，我去遛马了，让你久等了，来，还等什么？喝酒吧！"朱开山与韩老海惊诧不已。朱开山说："好，那就喝吧。"韩老海说："别忙，老嫂子，还有传文、秀儿都没坐下呢。"

韩家放水了——水泡子被掘开一道宽宽的口子，泡子水汩汩流淌，漫进朱家的田地……

朱开山望着被水浇灌的庄稼，慢慢地蹲下，双手捧起一捧泥水，动情地看着。

传文情不自禁地跪到地上，看着被水浇灌的庄稼激动地说："爹，您放心，我拼死拼活也得让咱家今年有个好收成！"文他娘、秀儿及老崔等雇工也都是神情振奋。站在众人身后的传武平静地望着这片庄稼，怅然若失。

元宝镇上，夏家的春和盛与吴家的福兴祥是两大山货店，位置对门，生意上因同做山货，也自然成了竞争对手。夏家的店面门口停着两辆马车，吴家的店面门口也停着两辆马车，伙计们都忙活着往店里搬运货物。

传杰站在柜台上呜哩哇啦地念日语。夏元璋走进货栈，站着听了一会儿，说："传杰，你在那儿念什么呢？"传杰说："掌柜的，街上不是开了家山田货栈吗？我跟山田先生学日本话呢。"夏元璋火了，说："谁叫你学日本话！"传杰说:"掌柜的,这两年街面上日本生意人不少,咱现在没和他们打交道,可说不定将来会用得上呢。"夏元璋大怒道:"咱永远也不会和他们打交道,你记住我这句话,春和盛死也不会和日本人做一笔生意!"传杰说:"掌柜的,你哪来的这么大的火呢?我可从来没见你发这么大火。"夏元璋悲愤地说:"传杰呀,你别忘了,我一家好几口人都是日本人杀的呀,我和他们有不共戴天的血海深仇啊!"

传杰小声地说:"掌柜的,我知道了。"他见夏掌柜冷眼看着街对面的福兴祥,说道,"掌柜的,我看眼下不是进货的时候,价钱不合适,咱何必跟福兴祥争呢?让他进去,咱再等等,我看这价儿早晚得跌。再说了,咱的库满了,再进就没地方了。"夏元璋说:"是吗?你看准了?"传杰说:"我觉得八九不离十。"夏元璋说:"我也觉得八九不离十。"传杰说:"那你为什么……"夏元璋说:"我先不说为什么,你慢慢地悟。咱先说说,我开这个货栈最大的心病是什么?"传杰说:"这我知道。"努努嘴说,"还不是对过儿。"夏元璋说:"福兴祥的买卖做得不地道,专门和咱顶着干,他现在是改辙了,咱们进什么他进什么,咱们出什么他出什么,抬价收,压价出。俗话说,一山容不得二虎,明摆着,他这是想挤垮咱。"传杰说:"那咱和他们顶着干,到头来不就是两败俱伤了吗?"

夏元璋笑着说:"不会的,我还不至于这么傻。"传杰焦急地说:"掌柜的,那咱就赶快撤吧,撤得晚了就陷进去了!"夏元璋说:"我不但不撤,还要大进特进,和他有的一拼。"传杰说:"掌柜的,这件事本来没我说话的份儿,可我还是想提醒您一句,别意气用事,到时候闹个鱼死网破大家都不好。"夏元璋咬着牙说:"你放心,网不会破的,鱼是死定了!"传杰说:"掌柜的,您这步棋我到现在没看明白,能不能给我点拨点拨?"夏元璋问:"想知道?"传杰说:"太想知道了!"夏元璋说:"好吧,今天下半夜你起来,我告诉你。"

下半夜时分,传杰紧跟着夏元璋站在院子里。人无语,马去铃,几辆大车马蹄包着麻袋片悄没声地进了大院。夏元璋打开库门。传杰举着灯笼往库里一看,大吃一惊,压低声音说:"掌柜的,咱进的货不止这些呀,都哪儿去了?"

夏元璋说:"别出声,你看到就行了。"说罢指挥伙计们说,"都给我小点声,轻搬轻放。传杰,你也别闲着。"传杰和伙计们一道,无声地把货物从库里搬上马车。马车走了,库房空了。

传杰伺候夏元璋洗了脸。夏元璋说:"传杰,看明白了?"传杰说:"掌柜的，你成天给我说三十六计，这是不是就是您说的，明修栈道，暗度陈仓？"夏元璋笑了说："对了。"传杰说："掌柜的，您是不是明里和福兴祥抬价争货源，暗里又把货送回去，引着福兴祥高价囤货撑破肚子，货价一跌他就砸到手里了？"

夏元璋说："对了，这就是我要看到的结果。"传杰说："掌柜的，我又不明白了，货主把货送来又拉回去，岂不是白忙活？都说无利不起早，人家图的是什么？"夏元璋说："你的担心不是没有道理。我都告诉你吧，看起来我和福兴祥进的是一样的货，其实就是包装一样，里边早已经偷梁换柱了，我使的这是连环计。货主这样做也有好处，他可以趁机抬价。"传杰倒吸了一口凉气说："掌柜的，你这样做也太……"

夏元璋打断他说："是不是心太黑了？所谓兵不厌诈，他福兴祥起黑心于先，我春和盛应对于后，生意场上就是这么残酷！"传杰心里不忍说："掌柜的，这样一来福兴祥恐怕要栽大跟头了，咱不能眼看着他们破产，您能不能缓缓手？"

夏元璋威严地说："不能！他不仁我不义，想在生意场上立住脚，你必须有铁石心肠！再说他也不至于破产。回去歇着吧，睡不着把今天的事好好在脑子里过一过。"回到自己的小仓房里，传杰躺在被窝里辗转反侧，他失眠了。

夏元璋逗着鸟儿，嘴里哼着京剧《空城计》诸葛亮的唱段："我坐在城头观山景，城外发来了司马的兵……"心情显然不错。传杰进来，小声地说："掌柜的，吴掌柜的想见您。"夏元璋说："快请进啊！"传杰请进了吴老板。吴老板哭丧着脸说："夏掌柜的，救救我吧，我要破产了！"

夏元璋笑着说："吴掌柜的，您又要给我演戏！上一回您就在这屋给我唱了段，唱的什么来？想起来了，《连环套》，窦尔敦的那段，好啊，铜钟大吕，绕梁三日，到现在我的耳朵里还嗡嗡响，您今天唱的这是哪一出？看样是哭戏，《文昭关》，不对呀，您的本工是架子花呀！"

吴老板说："夏掌柜的，您就别取笑了，前些日子收的那批货现在价跌惨了，砸在手里了，您给出出主意，看看怎么办好？"夏元璋满面怒气说："当初我说什么来？我说咱两家联起手来压住价，稳住市面，你背信弃义，一个劲儿地抬价。抬呀，使劲抬，我夏元璋奉陪到底！"吴老板说："夏掌柜的，我错了，我不是人，您高抬贵手救救我。"夏元璋说："您要我怎么救您？"吴老板说："我听说您没有库存，您就把我的库存吃一些吧，我欠着外边好多货款呢。"夏元璋说："让我吃您的库存不是不可以，这价怎么说？"吴老板说："我给您打八折。"

夏元璋哈哈大笑说："吴掌柜的到现在还跟我开玩笑，就您那些货，再不出手就烂家里了，我顶多出五折，还是看在老相识老街坊的面子。"吴老板一跺脚说："五折就五折，我可是要现款。"夏元璋说："好，成交！传杰，跟着吴掌柜的点货。"

玉书回来了，问道："爸，传杰呢？柜上没有，死哪儿去了？"夏元璋亲昵地说："下了课就找传杰，我给你看着呀？到福兴祥点货去了。"玉书说："死玩意儿，让我给他买书，人家好不容易买到了又找不到他。"夏元璋说："别急，一会儿就回来了。哎，玉书，你们小学堂不教四书五经都教些什么？"玉书说："教什么？国文、算数、自然、地理什么的，还有体育。对了，爸，你给我买台风琴吧，我想下学期给学生开音乐课。"

夏元璋说："开音乐课？要风琴干什么？拉拉胡琴弹弹琵琶不行啊？"玉书说："爸！那么多学生唱歌，胡琴琵琶派不上用场，再说教五线谱也不合适。"

夏元璋说："你还会五线谱？"玉书说："人家不是正在学嘛！"夏元璋说："啊，你是现学现卖呀？行，爹支持你。"

爷儿俩说着话，关德贞袖着手来了，说："爷儿俩在说什么呢？这么热闹。"

夏元璋说："哎呀，关先生来了。坐。有事？"关德贞说："没事不会打扰您，上回我托付您的事……"夏元璋一拍脑袋说："哎呀，你不说我还忘了，我给你办了。玉书，你给关叔叔说说。"玉书说："关叔叔，是不是您外甥女要找婆家的事？我给问了，也催了，他家老二的婚事定了，可以谈谈了。"

关德贞说："那太好了，那咱就托个媒人去说说？"玉书说："我最讨厌媒婆说媒了，当媒婆的没句实话。我看这样吧，明天我领着您去他家看看，你们当面谈，就不用媒婆瞎掺和了。"关德贞说："哎呀，我的大小姐，这可不太好，哪有舅舅给外甥女提亲的？"玉书说："没那么多讲究，要是讲究起来，你们老祖宗还不允许满汉通婚呢！"关德贞无奈地说："那好吧，咱也不讲究了。"

文他娘前前后后，收拾着屋子，抹桌子，摆凳子。朱开山说："文他娘，关先生以前也是大户，他们满洲人礼数多，挑剔大，咱可不敢慢待了，不管这门亲事成不成，都不能失了礼。"文他娘说："知道了，你念叨不知多少遍了。"

朱开山扑哧一声笑了。文他娘愣了说："他爹，你笑什么？"朱开山说："我笑玉书这孩子，自己还是个姑娘家，倒跑前跑后地给人家做起媒来了，成了小媒婆了，我倒要看看，她要是和传杰将来成了谁给她做媒。"文他娘说："他们要是成了还用什么媒人？孩子是自己对上眼儿的。"朱开山正色道："那可不行！自古儿女婚嫁，讲的是父母之命、媒妁之言，没有媒人怎么行？走走过场也得请个媒人，面子上好看，要不就叫苟合。你没看韩老海？按说咱两家还用媒人插一杠子？可他还是打发媒人来提的亲，礼数该走到了就得走，省不得。"

两人正说着话，院里传来玉书银铃似的喊声："大叔、大婶儿在家吗？我把客人关先生领来了。"朱开山和文他娘赶忙迎出门去，朱开山道："关先生，来得挺早，我正打算到门口迎接呢。"关德贞拱手施礼道："不敢劳驾。"他看着院子说，"哎呀，没想到，您这份家业不小啊！"朱开山说："咳！有什么，也就是个庄户人家。关先生，屋里请。"

关德贞撩起长衫，弓着腰，斯斯文文地坐下。朱开山对身旁的文他娘说："文他娘，给关先生上茶。"玉书说："我来吧。"朱开山一把拉住她说："不行，你今天是贵客，坐好了！"

文他娘上茶说："关先生，茶不好，您就凑合着吧。"关德贞欠欠身说："叨扰了。哎呀，府上比我想象的要好多了，虽说不是深宅大院、殿阁楼堂，倒也是青堂瓦舍，窗明几净。玉书姑娘所言果然不谬。"玉书说："我两头都没说假话。"

朱开山说："玉书这孩子我信得过。"

关德贞说："那是，那是。不过关某一直有一个疑团，如鲠在喉，不吐不快。"

文他娘关切地问："哎呀，关先生吃什么噎着了？快喝口水送送。"关德贞尴尬地笑了："非也，非也。"文他娘悄声地问玉书道："什么叫'非也'？"玉书咯咯地笑。朱开山不满地瞅了文他娘一眼，对关德贞说："关先生，内人是笑谈，有什么话就说。"

关德贞说："关某看府上着实家业兴旺，然，令郎早已过了弱冠之年，何以中馈乏人？"朱开山这一下也有点晕了，直朝玉书使眼色。玉书会意，笑道："关叔叔，我给你说说吧，大哥在老家定过娃娃亲，后来在闯关东的道上失散了。大哥是个重情义的人，一直等到现在，看来是没指望了，所以现在才谈婚论嫁。"

关德贞说："哦，明白了，我这就放心了。哎，说了半天，令郎贵庚？"文他娘说："耕？噢，俺家老大耕地可是好把式，庄稼院里的活拿得起放得下，没的说。"朱开山皱皱眉头，关德贞笑了笑。玉书见此连忙插话说："大叔，我大哥二十六岁了吧？"朱开山说："对，属龙的。"关德贞说："哎呀，太好了，我外甥女属鸡，这可是龙凤相配，再好不过了。哎，令郎台甫怎么称呼？"玉书越俎代庖道："大号朱传文。"关德贞拍掌叫好说："传文，好啊，好名字，耕读传家，千古文章，好！"朱开山决定以攻为守道："关先生，您外甥女可是大户人家的千金小姐，她可愿意进我们这样的庄户人家？"文他娘也担忧地说："是呀，千金小姐我们可养不起。"

关德贞说："不然，不然，她们家今非昔比，况且我这个当舅舅的惭愧啊，养她不起了，就是想给外甥女找个妥实的人家嫁出去。我们一不论门第，二不图彩礼，只要外甥女满意，我就做主了，白给你们送个媳妇。哎呀，咱们说了半天，你们总得把令郎请出来让我见见吧？"

文他娘领着传文来了。朱开山说："见过你关叔叔。"传文鞠了个躬说："关叔叔好。"关德贞说："哎呀，令郎一表人才，玉书所言果然不谬，和我外甥女真是天生的一对。"一拍脑壳说，"哎呀，看我这脑袋，怎么会忘了呢？我带着外甥女的小照呢，给你们看看。"说着掏出那文的照片，朱开山接过。

朱开山与文他娘送走了玉书和关德贞，文他娘问："他爹，你看这门亲事能行？"朱开山说："行不行的等相了亲再说吧，要是看照片好俊的一个人儿。这个关先生也是个滑头，不见咱传文不拿出照片，看样他是对传文满意了。"文他娘叨叨说："你说这门亲要是成了可就热闹了，传武找了个关东人，这传文又找个满洲人，传杰的那个玉书也是个当地人，没一个山东媳妇。"

朱开山笑道："咋没有，夏先生家祖辈上就是闯关东过来的。他娘，我倒是挺喜欢老大这门亲事，这也叫改良土壤，光有好种没有好土地也白瞎，换换地儿说不准日后能长成一片结结实实的好庄稼！你没看咱们从山东捎来的高粱种，今年打的高粱少说多了三成收入。"文他娘被朱开山一番精彩的比喻说笑了，说："你呀，歪歪理儿就是多，你老朱家的种就是好种？也就是王婆卖瓜，谁不说自己的瓜甜？"朱开山呵呵大笑。文他娘说："你又笑什么？"朱开山说："笑什么？我笑关先生满口说的话我一半儿没听懂，要不是玉书在一边接话，咱什么也听不明白、说不清楚。"文他娘说："坏了，要是他外甥女和他一样说话，咱家就全成了聋子了。"朱开山说："不会吧？她舅是老学究，故意跟咱转学问呢。"

传文从自己的房间走出，说：“爹，他们走了？”文他娘说：“你夹咕哪儿去了？和人家关先生见了一面，没说上两句话就抽身走了。”朱开山说：“没见过世面！传文哪，你觉得这门亲事怎么样？”传文沉默了。文他娘说：“你爹问你话呢！”传文说：“爹，你真的要给我说亲？”朱开山说：“这样的事能儿戏吗？”

传文说：“爹，俺还是想等等鲜儿，俺总觉得不一定哪一天鲜儿会找上门来的，到那时候可怎么办啊！”朱开山说：“老大，不能再等了，老韩家催着咱们传武迎亲呢，你怎么也得赶到传武前头去，你不成亲压着俩弟弟也不是事儿。”文他娘说：“我也是这么说的。鲜儿她是嫁过的人了，不会进咱家的门了，你就把她从心里抠出去吧，你这么大了，该成亲不成亲，从哪方面都说不过去。”传文低下头，半晌才说：“俺听爹娘的。”

夜深了，传武睡得正香，传文却没睡意，他坐在炕头上，手里摆弄着当年鲜儿闯关东路上剪下的头发，旁边是那文的小照片。传文默默地看着，大滴的泪珠滚落脸颊。良久，他长叹一口气，慢慢地包起鲜儿的头发。

这一天，传文和那文相亲谋面。关德贞领着那文上了门，对朱开山两口子说：“那文啊，这是你朱大叔，这是你朱大娘。”那文行了满族见面礼，举手投足，气度不凡，说：“大叔好，大娘好。”朱开山满意地打量着那文，文他娘高兴地说：“好，姑娘也好。”关德贞说：“还有你朱大哥。”那文又行了礼说：“朱大哥好。”

传文有些不知所措，嘎悠着嘴说不出话。关德贞说：“罢了，你们俩这就算见过面了。初次见面，守着老人约莫你们也不好开口，老朱兄弟，让孩子们到里屋说说话？”朱开山说：“好，好，你们到里屋说话去吧。”那文礼貌地说：“就听叔叔的安排。”自己往里屋走去。传文木木地站在那儿没动。文他娘捅了他一下说：“跟着去呀，木头！”传文这才跟了进去。

关德贞说：“老朱兄弟，我外甥女还说得过去吧？”朱开山说：“不错，不错，到底是大户人家的闺女，大大方方的，多舒展！比我们传文强多了。”关德贞说：“令郎也不错，我看他们蛮般配的。”文他娘笑眯眯地说：“闺女说话真好听！她舅，闺女给我施的那叫啥礼呀？没见过。”关德贞说：“我们满洲人女孩子对长辈都是这么施礼，别见怪。”文他娘说：“不见怪。”关德贞说：“不见怪就好。我们满洲人礼数多。可有一样，这孩子自小在城里长大，庄稼院里的活没干过，也不会干，你们可要多担待。”朱开山说：“这好说，庄稼院里的活，只要肯吃苦，没有什么难的。"

里屋，那文瞟着传文说："传文哥，我从进了门你没拿正眼瞅我，莫非不中你的意？"传文说："没有，没有，俺中意，中意。"那文扑哧笑了。传文问："笑什么？俺不中你的意？"那文说："不是的。"传文说："那你笑什么？是不是笑俺不会说话？"那文说："我是笑怎么这么巧，我叫那文，你叫传文，名里都有一个文，你爹张口闭口文他娘、文他娘地叫，叫谁的娘？"传文说："那还用问？叫俺的娘呗。你要是愿意给俺做媳妇，过了门也是你的娘。"那文听了没接话，掉开了泪。

传文莫名其妙道："刚才好好的，怎么哭了？是不是跟俺你觉得委屈？要是那样别委屈了自己，这可是一辈子的事。"那文说："传文哥，你别误会了，看你守着爹娘，我就想起我死去的额娘，还有，我阿玛还不知道怎么样呢，他现在在哪儿也不知道，我忽然想到他们二老。"传文说："这好办，咱俩要是成了亲，我套上马车找你爹去，把他接过来一起住，女婿孝敬丈人爹是应该的。"那文说："你别丈人爹、丈人爹地叫，应该叫岳父，要是雅一点叫泰山老大人。"

传文说："倒是听说有这么个叫法，俺乡下可都不这么叫。哎，说了这么半天，哄着俺又叫岳父又叫泰山老大人，你倒是中意不中意俺呢？"那文又笑了，说："不中意跟你进屋？还说了这么半天话？"传文也笑道："那就是中意了。行，俺看咱俩还是说得来。原先就怕你嫌俺书念得少，说不一块儿去。"那文说："我起先也担心这个。可一见面，我看出你这个人外表憨厚，可眼睛里有故事，就知道你不是个满脑袋糨糊的人。书念得少不要紧，可以补，要是满脑袋糨糊就抠不出来了。你没看过《聊斋》？"传文说："没看过。"那文说："《聊斋》里有个陆判，是个鬼仙，交了个朋友叫朱尔旦，朱尔旦文章写得不好，有一天晚上陆判把朱尔旦的心挖出来了，把堵住心眼儿的东西都抠了出来，后来朱尔旦就变得聪明起来，文章写得也好了。"传文说："俺的娘呀，你不是想把俺的心也挖出来吧？"那文咯咯笑着说："我哪有那么大的本事！我是想，咱要是成了亲，我得教你读书，要不然，咱俩早晚话说不到一块儿去。"

外屋，朱开山对关德贞说："看样两个孩子还说得来。"关德贞说："嗯。要是两个小人儿看好了，这门亲事就可以定下来了。要是定下来就早点办了吧。"

朱开山说："等到秋天吧，怎么也得准备准备。"关德贞说："成。"他嗫嚅了一会儿道，"老朱兄弟，有句话不知当讲不当讲。"朱开山说："都是一家人了，有什么不好讲的？讲。"关德贞说："怎么说咱这也是满汉通婚，我想，我想……当然了，你们是娶，我们是嫁，按理说一切规矩应当依着你们，可是我想咱们能不能通融一下，两面的规矩都照顾着点，有些规矩……"朱开山明白了他的意思，大度地说："好说，你想怎么做就怎么做，有些规矩可以依着你。"关德贞感激涕零："老朱兄弟，你行，什么也不说了，你给足了我面子。"

里边两人还继续聊着，那文说："传文哥，我还有件事想和你商量。"传文说："什么事你就说。"那文说："我身边还有个丫头，叫秋鹃，和我处得像姐妹，跟了我六七年了，我想过门的时候带过来，你看行不行？"传文说："哎呀，这件事我可做不了主，要跟爹商量商量。依我看八成是准不了。"那文说："准不准的你问一问，她要是不跟着我可就没处安身了。"传文说："那我就去问问。"

一会儿工夫，传文乐颠颠地回来了，说："爹说了，让她跟过来吧，可不是当丫头，咱家没那个谱儿。娘也说了，当闺女养活着，将来找个好人家嫁出去，她也可以当丈母娘了。"那文说："不是叫丈母娘，应该叫岳母！"传文说："噢，叫岳母。"那文长舒了一口气道："秋鹃啊，你总算有了归宿，姐替你高兴啊！"

从朱家回来，鲜儿和那文夜话。鲜儿说："那个人还行？"那文说："还行吧，人长得相貌堂堂，有男子汉的气派，挺憨厚的，就是书底子不够。"鲜儿说："庄稼院里的孩子，有几个念书的？只要人好就行。"那文说："他爹娘也挺好的，一看就是古道侠肠，我一提出来要把你一块儿带过去，他爹娘都答应了，说过去不让你当丫头，拿你当闺女养活着，将来找个好人家嫁出去。"鲜儿说："你说了半天，你女婿姓什么？叫什么名？"那文说："说起来也巧，我俩的名里都带一个文字，他叫朱传文，他爹叫朱开山。"那文的话音未落，鲜儿如五雷轰顶，手中的碗当啷一声掉到地上，喊一声"天哪"，泪流满面。那文惊呆了，急问道："鲜儿，你怎么了？"

鲜儿忙掩饰说："那文姐，我心口疼的病又犯了，疼得不行了！"那文说："我给你化点面碱水？"鲜儿抚着心口窝说："姐，不用了，这阵过去了。"那文说："那你躺下睡吧，歇一歇会好点。"鲜儿躺下说："姐，你成你的亲，我就不跟过去了。"那文说："怎么了？"鲜儿说："姐，我舍不得离开你，可到了人家我算什么身份？说是拿我当闺女待，也就是说说，人家凭什么把我当闺女？到时候我闺女不闺女，丫头不丫头，他们家那么些爷儿们，说不定让我给他老爹做小老婆呢！"那文说："不至于吧？"鲜儿哭着说："怎么不至于？我说了怕你不愿意听，我刚到你们府上的时候，你们家的多少爷儿们打我的主意？老爷不是也打算把我收房吗？不是你护着，我早就当你的小妈了，你不清楚？"那文说："可也是的，你长得也就太招人疼了，哪个爷儿们不想把你弄到手？那你以后怎么办？"鲜儿说："我想好了，我在外边早就流浪够了，大不了回老家找我爹娘。"

那文说："也好。那你也得送我出了阁。"鲜儿说："姐，你放心，你出阁那天我去送你。你不是就喜欢我唱的单出头吗？那一天我给你唱，别让他们小瞧了咱娘家人。"

朱家张灯结彩，一派喜庆。朱开山在院里摆了四桌酒席。韩老海带了秀儿也来送礼吃喜酒，夏先生带着玉书也来了。院内外人来人往，好不热闹。朱开山夫妇站在院门外应酬着前来贺喜的邻里乡亲们。传武手擎鞭炮候在院门外另一处，秀儿也擎着鞭炮陪在他的旁边，不时地瞟着传武，传武依旧佯装不理，直盯着花轿行来的方向。院内，传杰、玉书招呼着前来贺喜的男女宾客们各自落座。

院外，花轿渐渐行近。一时鞭炮齐鸣。七八个孩子跟在花轿后边拍掌边唱道："新媳妇，进洞房，不脱花鞋就上床。傻新郎，摸进房，抱着媳妇喊亲娘……"

花轿停在院门前，跟在轿后的传文下马来到花轿旁边。马媒婆上前掀开轿帘，用手搀扶着头顶红盖头的那文下了轿，并将手中的红绸两头分别递给那文和传文。传文在前用红绸牵着那文进了院。马媒婆搀扶着那文，引导着她跨过火盆，进入堂屋。

司仪念喜歌："蝴蝶飞上玉搔头，玉人喜登鸳鸯楼。今朝结下连理枝，早生贵子觅封侯！"

喜歌念毕，又引着小夫妻拜堂。拜完堂，传文用红绸牵引着那文走入新房。马媒婆搀扶着那文在炕上坐好。宾客们已经开始吃喜宴了，传武、传杰陪着大哥向宾客们敬酒。坐在女桌上的秀儿，眼睛一直不离传武。朱开山在主桌上兴奋地站起，满面春风地说："诸位老乡台，今天是我儿子传文大喜的日子，蒙各位光临，我朱开山不胜荣幸。朱开山自从来到咱们屯子，没少得到大家的帮扶，为了略表谢意，我特意请了戏班子为大伙儿唱大戏。大伙儿喝着酒听戏，一定要尽兴啊！"宾客们鼓掌叫好。

戏班子的人从厢房里出来，各就各位。锣鼓点响起，唢呐声声。两个演员舞着跳着唱起了一出二人转喜庆戏。宾客们喝着酒听戏，叫好声不断。传武坐在次桌上大口大口地喝闷酒，秀儿过来劝道："传武哥，你少喝点，酒喝多了伤身子。"传武有些不耐烦地说："一边待着去，我愿意！"秀儿说："传武哥，我这都是为你好，你可别狗咬吕洞宾不识好赖人。"传武一摆手说："好好好，我是狗，你是吕洞宾，行了吧？"秀儿委屈地说："传武哥，我不是那个意思，我是说怕你喝醉了难受。"传武说："我愿意难受，你别烦我，老盯着我干什么？"

秀儿深感委屈，文他娘走近秀儿悄声地说："秀儿，别理这狗东西！"边说边狠狠地瞪着传武。秀儿见此忙说："大娘，我没事。"自己含着眼泪怅怅地离去。

文他娘用手指头戳着传武的头说："你咋就不懂事呢！"

二人转欢快地表演着，玉书看得饶有兴趣，夏元璋凑近她说："玉书呀，赶明儿你成亲，爹也给你请戏班子唱大戏，唱他三天三夜。"玉书羞赧地说："爸，你说什么呢！"传杰也凑过来，笑嘻嘻地说："掌柜的，咱唱《猪八戒背媳妇》，要不唱《猪八戒拱地》，可热闹呢！"玉书嗔道："闪一边儿去，要唱就唱朱传杰尿炕！"传杰笑道："唱呗，反正我现在已经不尿了。"

众宾客推杯换盏，喜宴进入了高潮。朱开山已面色酡红，文他娘喜不自胜。戏台上，二人转告一段落，音乐再起，一个一身红的姑娘站在台中央，亮开嗓子唱了一出传统戏单出头的名段。那声音真如黄鹂一般清脆，乐音婉转处处理得圆润流畅。不用说，这正是鲜儿，她这不只是在用声唱，更是在用心、用命唱啊。虽然脸上涂了油彩，那泪水却早已蒙眬了双眼。正在敬酒的传文听到鲜儿的唱腔声一愣，转身看来……

喝闷酒的传武眼睛直勾勾地盯着台上的人，他对这声音是多么熟悉啊！一个人坐在新房里的那文猛地扯去盖头，仔细地辨听着，入了迷。

鲜儿舞着，唱着，赢得阵阵喝彩。传文呆呆地看着，慢慢地走到戏台下。鲜儿目视着传文，声音哽咽起来。传文已认出鲜儿，泪水渐渐涌上。鲜儿难以再唱下去，禁不住停下动作，止住声音，极力控制着自己的哽咽声。众宾客皆不解地看着。朱开山夫妇似乎预感到什么，有些揪心地看着。

传武也已经认出了鲜儿，眼含热泪喃喃自语道："姐……"

传文、鲜儿两人泪眼相望，传文声音颤抖着叫道："鲜儿。"突然声嘶力竭地喊了声："鲜儿——"猛然把鲜儿抱在怀中，失声痛哭！鲜儿长久压抑的情感突然释放出来，大哭不已！众人大惊。传武泪流满面，将一大碗酒灌进口中……

那文站在新房门口，呆呆地看着抱在一起痛哭的传文和鲜儿，朱开山、文他娘含泪看着痛哭的两个人，传文边哭边说："鲜儿，这些年你跑哪儿去了？你让俺好等啊！"泪眼婆娑的鲜儿欲说点什么，忽然看到站在新房门口的那文，立刻下意识地挣脱传文，呆呆地看着那文，那文也同样呆呆地看着鲜儿。

院内有了片刻的宁静……

烛光摇曳，烛泪流满了桌子。传文呆呆地坐在墙角。已经知道了真相的那文早已哭成了泪人儿，喃喃道："传文哥，咱这是在戏里吗？怎么会这么巧呢？"

传文垂头无语。那文抽泣着说："这可怎么办啊？叫我怎么办啊……"传文还是垂头无语。烛光摇曳着，摇曳着。传文默默地走出屋子。

卸去戏装，坐在炕上的鲜儿目光呆滞，空洞地盯着炕桌上的油灯。月光如水。传武在鲜儿的房门口来回地走着——他怕鲜儿再出意外。

文他娘忧虑地说："他爹，你看这件事咋办？"朱开山吧嗒烟袋锅子没有应声。文他娘说："他爹，你说句话吧，俺是没咒念了，早不来晚不来，疙瘩汤出了锅她又来了，上哪儿去找干面粉啊？"朱开山瞪着眼睛说："你没咒念我就有了？想念咒儿找唐僧，我这儿就有金箍如意棒，只能用棒子把他们打散，没别的办法！"文他娘非常不满地说："你说的是人话吗？"朱开山深深地叹了一口长气……

第十四章

这个秋夜过得并不宁静，摇曳着的烛光里坐着一夜没睡的传文，那文仍然呆呆地坐着……鲜儿临时住的屋门前，传武倚着墙蹲在那儿，默默地想着什么。鲜儿无声地收拾着自己的行装。

天还是亮了，那文仔细地对镜理妆，传文无奈而不解地问："你，你想咋办？"那文背着身说："我是老朱家明媒正娶的媳妇，我应该尽到一个做媳妇的本分。你是个男人，我相信你会处理好鲜儿的事情。"说罢，缓缓地走出屋子。

那文按照满族的规矩，恭恭敬敬地站在上房门口，等候公婆起炕问安。屋里传出朱开山的咳嗽声，他刚一出屋。那文趋步上前行了个满族礼说："爹起来了？爹，您吉祥。"朱开山没见过这阵势，吓了一跳，抽身又回去了。

朱开山跳进屋里。文他娘惊诧道："怎么了？怎么又回来了？"朱开山说："吓我一跳，媳妇早就等在门口，给我道吉祥呢。"文他娘说："是啊？这媳妇，按着他们的规矩来了。道就道呗！"朱开山说："你说得轻巧！咱应该怎么答应？答应个'嗯'就行了？不那么简单吧？你说呢？"文他娘说："我也不知道。"朱开山说："这可怎么办？还不敢出门了，叫个媳妇憋在家里了。"文他娘说："憋就憋，憋一会儿就把她憋走了。"朱开山急了，跺脚说："可我这泡屎能憋住吗？你们老娘儿们能过上话，你先叫她回去。"文他娘埋怨说："一遇见张不开口的话你就叫俺说，得罪人的事都推给俺，你装好人。"她对着门帘子问："他嫂子，你在外边站着吗？"

那文应声答道："娘，是我，给二老请安呢，娘您吉祥。"文他娘说："吉祥，挺吉祥的。你回吧。"那文说："娘，那我就去下厨了。"文他娘说："饿了？别急，我这就去做饭。"那文说："哪能呢，下厨是媳妇的事，您歇着，我这就去做饭。"

朱开山有些意外道："嗯？这媳妇行啊。"文他娘叹口气道："唉，鲜儿也不差啊。"

鲜儿提着自己的随身物品，平静地打开房门走出，一直在门外守护着的传武站起来，认真地打量着鲜儿说："姐，你要走？"鲜儿说："你在这儿待了一夜？"

传武问："姐，你想去哪儿？"

传文也出来了，心情复杂地看着鲜儿说："鲜儿，有什么话你就说吧。不管你说什么，哪怕你骂我、打我都是应该的。"鲜儿淡淡一笑，真挚地说："传文哥，你就和那文姐好好过吧，咱俩的缘分早就断了……我这次来就是想看你一眼……你好好的我就放心了，我没有别的要求，只求你和那文姐好好过日子，别难为她……别忘了你病的时候，在粮他家的那些日子……她现在和那时候的你一样，别冷了人家的心……"

鲜儿的一番话让传文禁不住热泪盈眶。旁边的传杰说："哥，鲜儿的话都说到这份儿上了，你就是把她劝回来又能怎么样？"传文一跺脚，向堂屋跑去。

那文虽然进了厨房，可哪样也不会拾掇，好不容易烧上火，又被灶内不断冒出的烟呛得连声咳嗽，眼泪汪汪。鲜儿走进来，非常麻利地三两下就把灶火收拾旺了。那文不知所措地看着，鲜儿站起来道："姐，我刚才都跟传文哥说过了，你们俩都是好人，日子一定会越过越顺。"说完后拿着自己的行李，毅然转身离去。那文有些不知所以然地看着鲜儿离去的背影……

传文进了屋，低着头说："爹、娘，跟你们说个事。"文他娘说："说吧，什么事？"传文说："鲜儿回来了，咱能不能把那文送回去，俺还是想和鲜儿成亲。"

朱开山威严地说："这么说你想休妻？"传文说："爹，不是休妻，俺和她还没成夫妻。"朱开山："啊，你把人娶来家拜了堂又进了洞房，折腾了一溜十三招再送回去，不叫休妻叫什么？休妻有七出之条，那文犯了哪一条？你说！"

传文说："可鲜儿怎么办啊？俺俩也是定过亲的啊！"朱开山说："你别忘了，你们没成亲，鲜儿她可是成过亲。"传文哭着说："可她都是为了救俺啊！"朱开山叹口气说："唉，这我都知道，我知道你对她有情有义，你那样做于情也许说得过去，可咱们做事不能越了理。你回吧，这件事容我再好好想想，会有个两全之计。"传文说："可鲜儿她已经走了！"

朱开山、文他娘闻此一愣，朱开山长叹一声说："鲜儿是个懂事的孩子。"随后向屋外大声吼叫着说："传武，进来！"传武跑进来问："爹，啥事？"朱开山说："你马上去找鲜儿，想办法劝她回来。"可随着又摇摇头，"不行！就算是她回来，天天看着传文和那文，鲜儿这心里更难受。"他对文他娘说："把咱家的钱都给我拿出来！"

文他娘连忙爬上炕去，从炕头的柜子里掏出一个小布包递给朱开山说："他爹，咱家的钱都在这儿。"朱开山接过小布包递给传武说："你去追她，把这些钱给她！还要给人家说清楚，咱老朱家对不起鲜儿！不管什么时候，只要她想回来，咱家的大门永远给她开着！"

鲜儿并没走远，传武骑着马很快就追上她，也不多说话，一把把鲜儿拉上马，双腿一夹，马迅疾驶出。夏天的风吹在脸上分外清凉，却怎么也吹不干马上这两个人的泪。

传武没有带鲜儿回家，而是把她安排在屯子边靠近桦树林的一个小木屋里，那是他为冬天打猎方便搭建起来的。"姐，你在这住着，我隔两天就过来陪你一回，把你需要的东西给你带过来，我知道你心里不自在，有我你别怕。我爹说了，不管什么时候，只要你想回家，咱家的大门永远给你开着！"说着从怀里掏出小布包说："他还让我把这些钱给你！"忽然又把手缩回说，"不行，不能给你！有了钱你更想走了。姐，还是我帮你先管着吧。"

鲜儿说："传武，你就别费心了，我还是要走。"传武说："姐，你往哪走？你漂了多少年了？你知道我找了你多少年吗？"鲜儿生气地说："我不知道，也不想知道，你不放我走，我就一头撞死在这儿！"传武说："你想走？我早就想走了！现在是放排的时候，说不定老独臂现在正在松花江下游想着咱们哪！要走咱们一块走！"鲜儿说："我凭什么跟你一块走？"传武说："姐，在山场子里咱俩的命就连在一块了，我再也不会让你一个人走了！"鲜儿说："你留着我干什么？咱俩这算怎么回事？"传武说："怎么回事？我说不清楚！一句话，我不能让你遭罪难受！"鲜儿说："我永远是你的姐姐，听明白了吗？"传武直视着鲜儿执拗地说："只要你答应先留在这儿！"

夏家客厅里，夏元璋和传杰正在收拾行装，准备进山收山货。夏元璋对常先生说："常先生，我和传杰这趟进山估摸得个把月吧，家里这摊就撂给你了。"

常先生说："掌柜的，你就放心大胆地走，家里我会照料好的。"玉书跑着进了客厅，说："爸，我也要跟着你们去。"夏元璋笑道："不当你的先生了？你要是不当了就领你去。"

玉书说："你们就不能等学堂放假再去？"夏元璋说："到那时候去咱们收什么？冬天过去了，现在正是收皮货的时候，耽误不得。"玉书说："传杰，你这回进山回来可得给我捎好东西。"传杰说："你想要什么好东西？"玉书说："你看着办。"传杰说："要不我给你弄张好狐狸皮，做条围脖儿？"玉书说："不稀要。"传杰又问："给你弄点猴头蘑？"玉书说："也不要。"传杰犯难了，说："那你想要什么？"夏元璋笑着说："传杰，你就别问了，她想要什么我知道，回头我告诉你。"玉书羞赧地说："爸！"传杰似乎明白了，说："哦，我知道了，一定办到。"玉书拿出一个纸包递给传杰，说："给，拿着。"传杰说："什么东西？"

说着便要打开看。玉书说："不许现在看！"夏元璋说："好啊，闺女对爹也保密。"玉书说："就保密，谁叫你乱说话呢！"

夏元璋和传杰坐着马车上了路。夏元璋说："传杰，玉书让你捎什么东西你知道？"传杰说："知道。"夏元璋说："你说说看。"传杰说："掌柜的，玉书最喜欢抓嘎拉哈了，早就央及我给她整一副野猪骨头的了。我这回一定给她整到。"

夏元璋哈哈大笑说："傻小子，你还是没整明白，她要的不是这个。"传杰愣了说："那是什么？"夏元璋说："你想想，姑娘大了，该需要点什么了？"传杰这才恍然大悟说："你说是鹿胎膏？"夏元璋点点头说："嗯。哎，玉书给了你什么东西，还挺保密的。"传杰说："一本书，让我闲着的时候看着解闷儿。"

夏元璋说："哦？书？什么书？拿给我看看。"

传杰把书递给夏元璋，是歌德的《少年维特之烦恼》。夏元璋笑了，说："传杰呀，你可别辜负了玉书的一片心！"传杰说："掌柜的，玉书对我好我知道，可我没敢往那儿想。"夏元璋说："是吗？我看可以想一想了。"

进了山，道变窄了，马车没法走，两人只好下车步行。夏元璋说："传杰，歇歇吧，再有小半天就到你老山猫爷爷家了。"两人坐下来。夏元璋问："传杰，知道我这回为什么带着你出来收山货吗？"传杰说："掌柜的，我知道，你是让我历练历练，多长点见识。"夏元璋说："对了。我看你柜上历练得大有长进，可是对山货的知识还有欠缺。我是一天比一天老了，再有几年就干不动了，咱这个货栈你以后可要多担些担子，别辜负了我的期望。"传杰说："掌柜的放心，我一定努力，不会辜负您的！"

夏元璋又问："传杰，你大哥和嫂子现在过得怎么样了？还别别扭扭的？"

传杰说："好多了。鲜儿姐这一走他彻底死心了，和嫂子过得挺好。"夏元璋说："这就好。不管怎么说，他俩的婚姻我是多了嘴，要是过不好我心里也不好受。"

传杰说："我嫂子调理大哥可有办法了，大哥现在在嫂子面前猫似的，我都有点看不惯了。"

夏元璋说："一个男人对老婆好是应该的。在咱关东可不像你们老家，关东的汉子对媳妇都好，不像你们山东人，拿着媳妇不当事儿。你们山东人哪儿都好，就是男尊女卑太厉害了，这一点我不赞成。"传杰说："掌柜的，其实我们山东男人拿着媳妇也好，是在心里好，不愿意挂在嘴边就是了。就说我爹吧，对我娘可疼了，我娘要是哪天真生气了，我爹背后净是小话，可当着我们的面硬撑。"

夏元璋说："是吗？真想不出来你爹背后怎么跟你娘说小话。好了，歇够了吧？歇够了就上路，到你老山猫爷爷家里造顿好嚼咕，都是你没见过的野味儿，别撑爆肚子就行了。"

终于到了老山猫的窝棚。老山猫用野味苞谷酒招待夏元璋和传杰，三个人盘腿坐在炕上说得热闹。老山猫豪爽、开朗、大气，说话高门大嗓，他冲夏元璋嚷嚷道："夏掌柜的，真没想到你能来，高兴死我了。就住我这儿，哪儿也不去，你点的货我都发下话了，到时候就送来了。这两天我领你们爷儿俩满山转转，看看咱这老林子里的稀罕景儿。"传杰说："山猫爷爷，你还要多给我讲些故事，回去我还要讲给玉书听呢。"

老山猫说："想听林子里的故事？有的是！我这就给你讲个。说起来，在老林子里打猎最要紧的是什么？得懂规矩。这老林子里的野兽多了，你不能遇见什么打什么，什么时候打什么都有一定的规程。咱这儿有句话叫春不打母，秋不打公。怎么讲？春天的母兽大多数都带着崽儿，你打了一只母兽就等于祸害了两条命，山神爷爷不会饶了你，早晚要得报应。为什么秋不打公？秋天公兽要配种，你打死它不就是让它绝了后吗？打猎的人都有讲究：你不吃我不宰，你不买我不卖。"传杰说："山里的规矩可真不少。"

老山猫说："那可不！在林子里打猎，不能乱说，也不能乱动。有一年冬天，一个愣小子跟着几个猎户进山打猎，天将将黑的时候看见道边一个猫不猫狗不狗的东西蹲在那儿，猎户们都没理它。愣小子手贱，随手就给了那东西一鞭子。那东西一个高蹦起来，一瘸一拐地跑了，原来是条瘸腿狼。大伙儿一看愣小子惹了瘸腿狼，一个个都吓白了脸。打头的猎户说，坏了，小子你惹了大祸了！话音没落，就看那只瘸腿狼跑到远处，用前爪扒扒脚下的土，把嘴插进土里嗷嗷地叫了一阵，叫得那个难听啊。打头的说，坏了，咱都走不了啦！天大黑下来的时候，四周出现了一片片绿色的亮光，摇摇晃晃朝着大伙儿围过来，那都是狼啊，有成百上千只！猎户们和狼群好一场恶战，到底是挡不住了。打头的一看，没法子了，把愣小子绑到一匹烈马背上，说，小子，回去叫人吧，快去快回，说完把马尾巴点上了火。那马发疯似的冲出狼群的包围。等愣小子带着官兵回来的时候，天亮了，那块地方一点声音也没有了，到处是狼的尸体，再就是人和马的骨头架子！"

传杰听得目瞪口呆。夏元璋边听边喝酒，不胜酒力，说："你们爷儿俩说吧，我可要睡了。"老山猫说："天不早了，孩子，你也睡吧。"传杰说："山猫爷爷，我不瞌睡，你再给我说说挖棒槌的事，怎么挖？这真的假的棒槌怎么分辨？"老山猫说："你真的想听？"传杰说："嗯。"老山猫说："要说起棒槌嘛，这里的说道可多了……"

新房内,那文弹着弦子正在演唱京韵大鼓《宝玉见晴雯》,唱得有声有色。传文坐在炕上乐呵呵地听着,不时鼓掌叫好。

院内,文他娘朝屋里努努嘴儿说:"唱些什么!哪赶上咱老家的琴书什么的,啧啧,还有个捧臭脚的。"朱开山说:"你还会听个戏?这叫京韵大鼓,京腔京韵,唱的是贾宝玉去看望有病的丫头。多好听!"文他娘说:"你说这个媳妇,成天抆搫着手,庄稼院里的活什么也不会,炸锅饼子一半儿刺溜锅底儿去,一叫她做个营生眉头就皱皱着,要论起玩来没有够的时候。可就有一样,礼数周全,一天问三遍安,一口一个娘地叫着,还怪甜的呢。"

朱开山说:"这就不易了,人家是大户出身,能在咱家待住就不错了。"文他娘说:"光说是大户人家,到底大到哪儿?"朱开山说:"管那些干什么?要紧的是她现在是咱家的媳妇。"文他娘忧虑起来说:"说心里的话,俺还是稀罕鲜儿,可命里没这媳妇呀,也不知她跑哪儿去了。这闺女,我看她是跑野蹄子了。"

朱开山安慰老伴儿说:"跑就跑吧,她这一跑传文断了念想,小两口日子过得也安生了,也是好事。"

一首后唐皇帝李煜的《虞美人》跃然纸上,正宗的草书,颇有些王羲之的风范。传文佩服地看着,那文止住笔,欣赏着自己的大作说:"怎么样?"传文尽管看不懂,但仍然讨好地说:"好!写得怪黑。"那文白他一眼,问:"黑就是好吗?"

传文讪笑着把纸张拿正,那文轻轻地吟诵:"春花秋月何时了?往事知多少。小楼昨夜又东风,故国不堪回首月明中。雕栏玉砌应犹在,只是朱颜改。问君能有几多愁?恰似一江春水向东流。"这一诵又触动了她的伤心事,不禁伤怀身世,潜然泪下。

传文见此,慌忙用手擦着那文的眼泪,说:"你这眼泪来得真快啊,早知道要哭写字儿干什么?这不是没病找罐子拔吗?不写了!屋里的,谁又惹着你了?"那文抹着泪说:"谁也没惹着我,就是心里酸得慌。"传文问:"不是好好的吗?有什么可酸的?"那文说:"唉,你不懂我的心。"传文说:"屋里的,你的心可不好懂,一会儿哭,一会儿又笑,哪还有个准儿?哭够了吧?给我笑笑?"

那文笑了说："去你的！"传文说："屋里的，你哪儿长得都好，就是嘴大，哭起来咧咧着，笑起来也咧咧着，怎么看都像个葫芦瓢，不哭不笑正合适。"那文佯装生气说："不理你了！"传文说："你看你，又生气了。"

那文说："咱俩以后的称呼得改改，别一口一个屋里的，难听死了。"传文说："那怎么称呼？"那文说："叫夫人？还没到那份儿上；叫妻？两口子没这么叫的。"

传文说："咳！就叫老婆。"那文说："不行！太俗了。就叫我文儿吧，显得亲切。"传文说："你也是文儿，我也是文儿，那不叫混了？"那文说："不能叫你文儿，叫文，这不区分开了？"嘴里唤着说，"文，文，不好听，太硬了。"

传文说："费那些劲！你就叫我老头子。"那文说："去你的！"传文说："要不就叫我传文。"那文说："那可不行，不尊重，为妻的怎么能直呼丈夫的名字呢？"传文说："要不就叫当家的。"那文说："你当家吗？咱家是公爹当家！哎，要不就叫你先生吧。"传文哈哈笑了说："我不教书，也不算命看病，叫什么先生！"

那文说："你知道什么！现在文明人之间都称先生，听着雅。"传文说："雅是雅，在咱乡下人家笑话。"那文说："谁给你当众叫？咱这是背地儿里叫。"传文说："成。"那文说："那我就叫了？"传文说："叫呗。"那文说："先生，我有件事想和公爹商量，又不好开口。"传文说："文儿，有什么事不好开口？先对先生说说。"那文说："先生，说了你也做不了主，白费唾沫。"传文说："文儿，那不一定，现在这个家，一半儿我说了算。"那文说："先生，真的？"传文说："文儿，真的。"那文说："先生，我想用咱家闲着的屋子办个书馆，教几个村童。"

传文说："哎呀文儿呀，这我可说了不算，还是跟爹说去吧。"那文："那就走啊！"传文说："啊？你来真的啊！"

朱开山在堂屋和文他娘说话，朱开山说："他娘，我看这些日子传武老是骑着马往林子里跑，回家还满脸是笑，干活也挺卖力气，有时候一边干活一边唱戏文呢。"文他娘说："可不是嘛，叫起爹娘来声音也柔软了，像猫叫，也不出去惹事了。孩子大了，懂事了，这下可好了。"朱开山摇头道："这个东西，肯定是有事，我还不知道他？不出动静便罢，弄出个动静来把你吓死。"文他娘说："那就赶紧把他的事儿办了？"朱开山说："也不能太急了，韩老海可是个挑剔人，要办就办得风风光光。"

传文领着那文进了屋。传文说:"爹,那文有件事要和你商量。"朱开山对那文说:"有什么事你就说,别拘束。"那文说:"爹,庄稼院里的活媳妇插不上手,闲着也不好看,咱家西厢房闲着,我看屯子里也没有个学堂,想带几个村童念书识字,不管怎么说也可以得点束脩。"朱开山没听明白,可是不动声色,以沉默应对。文他娘也没听明白,可就沉不住气了问:"束脩?束脩是什么?你呀,净说些叫娘听不懂的话。"那文说:"娘,束脩就是学费。"朱开山适时开口,嘿嘿笑着对文他娘说:"有些话你听不懂别乱插嘴。那文啊,你的想法挺好,教几个学童也好,家里不是养活不起你,束脩就免了吧,咱来这个屯子没少受大伙儿的帮扶,权当是个回报吧。"那文高兴地说:"爹,您答应了?太好了!"

朱开山说:"答应是答应,现在也没有赶考中举的事了,咱教书就是领着念不起书的孩子们识几个字,也别光教字,也像玉书他们的小学堂,教教算术算盘什么的,将来好算个账。"那文皱了眉。朱开山说:"我知道你算术算盘不在行,到时候可以让玉书指教一下,算盘可以找传杰。"那文说:"哎,这样好。"

朱开山又道:"另外呢,咱这也不是正规的学堂,也不是私塾,农闲就开讲,农忙就停。你看怎么样?"那文高兴地说:"爹想得周到,这样最好。"朱开山说:"那就准备去吧。哎,传文,闲着没事也跟你媳妇学着点。"传文说:"我就免了吧,都这么大了。"朱开山说:"活到老学到老,没书底子你一辈子也不会长进。"

传文无奈地说:"好吧。"文他娘拍着巴掌说:"俺的娘啊,俺这哪是娶媳妇?明明是请了个先生来家!"

学堂很快就在朱开山家的一个厢房里建成了。厢房的门上挂着匾额,上书:清风书馆。总共有五六个学童,那文一句句领读着《相鼠》中的文句,不时地瞟一眼收拾院子的传文。讲了一会儿,她招手说:"来呀,你也来听听讲,今天讲《相鼠》,是很有意思的,省得晚上再费一遍口舌。"传文笑着掸掸身上的土,走进厢房。

那文说:"我给大家介绍一下,这是你们的大同学,大名叫朱传文。"学童们笑道:"嘻嘻,朱传文?同学?"

那文敲着戒尺说:"好了,别吵了,现在开讲。'相鼠有皮,人而无仪,人而无仪,不死胡为?'说的是,观察老鼠,老鼠是有皮的,而有的人却不注重仪表，人要是不注重自己的仪表，那为什么不去死？这四句就是这个意思。可见人是要非常注重自己的仪表的，否则活着就没什么意思了。"一个学童起身，指着另一学童说："先生，胡牛牛是个鼻涕虫，不讲仪表，应当死。"

胡牛牛擦着鼻涕，反唇相讥说："你的裤子还破了呢，露了屁股，丢死人了。"

那文说："都坐下。这里是用老鼠说事，也就是打个比方。不死胡为，只是强调仪表的重要，并非要你去死。"胡牛牛说："先生，你的仪表最讲究，我们应当向你学习，不向朱传文学习，他不讲究。"传文局促不安地搓着身上的泥巴。那文严肃地说："你说得对。朱传文同学，以后得注意仪表了。"

上了一头午课，传文走进自家屋里，坐在桌前说："文儿，忙活了一头午，没赶上饭碗，给我弄点吃的。"那文侍候上酒菜说："先生，请用膳吧。"传文嗔怪道："说你多少次了？吃饭就是吃饭，成天用不用膳的，我膳了，你怎么办？"

那文嗔道："先生，又说粗话了！你这个人啊……"传文说："好了，好了，又要训人，不是说个笑话嘛！你呀，讲究就是多，说话都得一字一句照着书本，累不累呀！"那文一本正经地说："先生，习以为常就不累了。"传文美美地小酌。

那文挨着传文坐下，幸福地看着丈夫说："先生，那文如今也算是十分美满了！我这一辈子不求夫婿做高官，骑骏马，也不求家财万贯，能过上这么悠闲恬静的农家生活也就知足了。陶渊明所谓'采菊东篱下，悠然见南山'也不过如此！"

传文说："这都是命里注定。哎，吃完饭我领你下地看看？"那文拍手道："好啊，你教我种地。"

秋高气爽，传文扛着犁，那文跟在后边。二人来到地头，那文面对广袤的田地，舒服地伸展着身体，感叹着说："太美了！"随后指着大豆说："先生，这些草都是咱家的吧？"传文哭笑不得："对对，都是咱家的，不过不是草，是大豆！"

他放下耕犁说："文儿，过来，我教你扶犁耕地。"那文问："先生，大秋天的扶什么犁呀？"

传文说："这不为了开春做准备嘛！你要是什么也不会，俺爹娘脸色就不好看了！人长得好坏不要紧，种地可是根本。"那文说："人家都说女人不好扶犁，男耕女织，扶犁是爷儿们的活儿！"传文说："那都是迷信说法，还说晚上不好耕地呢，咱哪晚上闲着了？"那文佯怒道："先生，说着说着就说那儿去了，我看你是中了邪了。"传文哈哈大笑道："中邪了，是中邪了，我朱传文邪得还不轻呢。"那文转过身不理他，有些出神地看着远处……

传文说："文儿，又发呆了？哎，你不是说想到镇上去逛逛吗？一会儿我就领你去，镇上可热闹了！"那文明白传文是在有意地宽慰她，充满感谢地看着传文说："咱现在过得这么舒坦，我忽然想我阿玛了。先生，你真好！"

一大早，文他娘站在院子里吵吵道："啊？这些日子都怎么了？什么东西都丢。这真是出了鬼了！前些日子丢锅丢盆儿，这两天就丢粮丢咸菜。我去年秋里渍得满满一大缸酸菜，前些日子还有小半缸呢，今天一捞，没几棵了。你说怪不怪？"传文从屋里出来说："我也觉得怪，不是伙计们干的？我去问问。"

传文把长工们召集起来问道："都说说，到底怎么回事？你们这里肯定有人手脚不老实，是谁把大院里的东西倒腾出去了？"老崔不满地说："少东家，你说我们这些人，都是你们家雇的伙计，冬闲的时候都在自己家里猫冬，这才回来上工几天？你们家丢东西也不能往我们身上赖呀！再说，丢的都是什么好东西吗？破锅破盆谁家没有？酸菜咸菜谁稀得往家里倒腾？白给要不要？"

朱开山过来了。老崔说："老东家，你给评评理，你们家丢了东西，也不是什么值钱的玩意儿，也就是些破盆烂罐儿，少东家一大早就把我们叫起来，查这个问那个，有这么做东家的吗？啊？"朱开山说："传文，你怎么能这样呢？咱这些伙计都是些什么样的人你不清楚吗？怎么能这么对待人家呢？他们比你大的有，比你小的也有，哪个不是靠得住的？这是一天两天了吗？怎么这么不尊重人？真给老朱家的人丢脸，还不给大伙儿赔个不是！"传文无奈向大伙儿道歉说："我对不起大伙儿。唉，我这也是急的，你说也怪了，这是谁呢？往外倒腾这些东西干什么呢？"老崔说："不会是家神闹家鬼吧？"朱开山一愣，抽着烟袋锅子似在沉思。

传武骑马直奔小木屋。鲜儿迎了出来。传武说："姐，你看我又给你带来了什么？"他从袋子里拿出酸菜、咸菜还有粮食。鲜儿说："我的天啊，你快把家都搬来了！吃没吃饭？"传武说："还没吃呢。"鲜儿说："那就一块吃。"

两个人吃着饭说话。鲜儿吃得香甜。传武却不吃，只是用异样的眼光盯着鲜儿。鲜儿说："传武，你倒是吃呀！"传武躲开鲜儿的眼神，低着头喘息着说："姐，现在大哥已经成亲了，他已经有媳妇了……"鲜儿说："传武，我听明白了，可我是你姐！"

传武哭了说："姐，你别再装糊涂了，我已经是个大人了！我从进山场子那天就没把你当姐，我和红姐真的没干那事，就是因为心里有你！姐，在山场子不是你救了我，我早就没命了！我这条命一半是你给的，我早就在心里发了狠，这一辈子除了你谁也不娶！"鲜儿沉默着。传武低声地说："你说句话！"鲜儿说："不行。"传武抬高了声音问："怎么就是不行？"鲜儿说："不行就是不行！"

传武说："这不行那不行到底是为什么？"

鲜儿闭着眼睛一句话也不说，良久，轻声地说："传武，我知道，都知道，你是个好弟弟，可是我怎么能嫁给你呢？"传武问："你为什么就不能嫁给我呢？"

鲜儿说："传武，我的事你还真不知道，就是天塌地陷了我也不能嫁给你！我嫁过人！"传武说："这我早就知道了！就为了这个？我绝对不会嫌弃你！"鲜儿打断传武的话，抬高嗓门说："可有些事你根本就不知道！除了我谁都不知道！"传武从没见鲜儿这么大声过，一下愣了……

鲜儿平静一下自己的情绪，缓缓地说："传武，不是让你逼急了我不会说这件事，我从张大户家逃出来，又进了戏班子，为救我师父，我被恶霸糟蹋了，从那以后，我一直嫌弃自己，你可能会不嫌弃我，可这件事传出去你爹你娘怎么能受得了呢！"传武呆呆地看着哭泣的鲜儿，突然猛地搂住她，近乎歇斯底里地说："这不是你的错！天不嫌，地不嫌，我更不嫌！"

突然，门开了，朱开山站在门口。传武和鲜儿都愣住了。朱开山见状勃然大怒，顺手抄起屋内的一根木棒就向传武打去，边打边骂道："你这个畜生！怪不得成天往林子里跑，今天我打死你！"

传武躲闪着，同时急切地解释着说："爹，你听我说不好吗？我大哥已经成亲了，鲜儿姐救过我的命，她现在无家可归，我要娶她，死活要娶她，我不能扔下她不管！我知道你不能让，我带着她走，走得远远的不行吗？"鲜儿死死地抱着朱开山胳膊，哭着说："大叔，你听我说，听我说完了再打，连我一块打，打死我也不喊屈，你让我说句话不行吗？"鲜儿哭着，哭着，闭了眼。朱开山忙摇着她，呼唤道："孩子，你醒醒，有什么话跟叔说，叔听你说！"

鲜儿好不容易才平静些，哽咽道："大叔，我和传文哥的缘分断了，早在来关东的道上就断了，我卖身嫁过人，当过戏子，又被恶霸糟蹋过，在别人眼里我是个贱女人，我已经没脸见你们家的人了。我来元宝镇也是被逼无奈呀，是老天爷的安排，本想躲着你们，本来也可以躲过去，可我的心躲不过去啊！

不管怎么说，我和传文哥是你和我爹给定的娃娃亲，我的心里一直放不下他，就是想看他一眼，看他成了家我就放心了，没求别的。"

朱开山心里酸楚，说："鲜儿，你对传文有恩啊，可你糊涂啊，你是为了他遭了那么多的罪，受了那么多的屈，再怎么着他也会娶你，我们家的人也不会慢待你的！可是都怨你自己呀，你来晚了，我不能让传文休妻再娶呀，要是那样我就是不仁加不义，没法做人了！"鲜儿说："大叔，我不怨你，也不怨传文，就怨命，我没有和传文哥做夫妻的命。"朱开山说："鲜儿，可是你和传武……"

鲜儿说："大叔，你听我说，传武一直把我当姐姐看待，我也把他当弟弟待。那一年老天爷安排我们俩在山场子相遇了，你是知道的，能从山场子滚出一条命容易吗？那时候我们姐弟俩相依为命，他护着我，我护着他，没想别的，临分手他想让我到元宝镇等传文哥，我没答应，可谁想到今天事情会这样呢？他说我是为了救传文哥才落到这一步，说老朱家不能扔下我不管，他要娶我，让我这一辈子有个着落，我一直没应承。可他痴心不改，我也没办法啊！"

朱开山说："孩子，别说你没应承，就是我也不能应承，不管你和传文成没成亲，你们毕竟差半步就是叔嫂的名分，这是乱伦啊！传出去让人家怎么说？不过你放心，大叔不会扔下你不管，你先在这儿住着，我会给你个交代，让你好好过一辈子！"

朱开山带着传武回了家。文他娘给他掸着身上的灰尘问："他爹，你这是怎么了？满脸的官司，又是哪个惹着你了？"朱开山说："唉，事情弄糟了，一盆糨糊扣咱家里了，都粘巴住了，进屋我跟你慢慢说。"

文他娘听了，跺着脚说："你说传武这个畜生，这可怎么了得！虽说传文没娶鲜儿，可传武要是那么做了也叫弟娶嫂啊！再说韩老海为咱放水救了庄稼，咱把成亲日子也跟人家定了，这筐烂桃子可怎么收拾？"朱开山一拳砸在桌子上说："不行，有我这口气在，这个畜牲就别想那美事！"

传武进屋来，扑通一声给爹娘跪下说："爹，娘，你们就成全了我们吧，鲜儿我是娶定了，她救过大哥的命，也救过我的命，咱老朱家的人可不能忘恩负义啊！爹，你说过，受人滴水之恩当涌泉相报，这句话可不能挂在嘴上！"朱开山叹口气说："传武，起来吧，这些都不用你教我，鲜儿对咱家有恩我都知道，有恩必报我也明白，可是报恩不等于可以弟娶嫂！"传武说："爹，鲜儿没和大哥成亲,她不是我嫂子!"文他娘泪水涟涟,拖着传武说:"儿子,你不懂啊,他们的名分已经有过了,印在大伙儿的心上了,擦不掉了!"传武忽地站起来说:"我不管别人怎么看,我自己的事不用别人管!"说罢转身推门走出去。没想到传文站在门口,他早已是泪流满面了。

传文满腹心事折回自己屋,那文正在研墨,传文没说话一腚坐在炕沿上。那文凑过来说:"先生,你到哪儿去了?我又有了新题目,给你写一首新诗。来,给我研墨。"传文不耐烦地说:"去去去,没看人家烦吗?"那文却是百般柔情:"先生,有什么烦心事对为妻的说嘛!我给你解忧。"传文气得拿起毛笔,在那文铺好的宣纸上一顿乱抹,一边涂着一边哭道:"写写写,你成天除了写就是唱,哪知道这个世上还有愁!"那文气得火了说:"我哪儿惹着你了?朝我发什么火啊?这要搁我在王爷府的时候……"传文一愣说:"你说什么?什么府?"那文自知失言,忙嫣然一笑岔开话题说:"你是不是饿了?"传文有些发蒙……

朱开山摆了一桌酒席,韩老海、夏元璋和几个邻里围坐在桌前。文他娘、那文出出进进地上着菜。韩老海问朱开山说:"不年不节的,你请的什么客啊?"

一个邻里说:"是啊,老海,你家秀儿和传武的亲事不是都定下来了吗?办喜事的时候喝你们的喜酒就是了,今天还请什么客啊?"夏元璋微笑着说:"老朱大哥,今天喝的什么酒你就说了吧,宝葫芦该揭盖了。"朱开山说:"火候不到。先透个风,天老爷赐给了我一件宝贝,待会儿就献给大伙儿看看。"

酒过三巡,朱开山见传文、传武、传杰和那文、鲜儿都落了座,起身高声道:"诸位老乡台,我朱开山自从到了放牛沟,没少得到大伙儿的帮扶,也多亏了大伙儿的帮扶,我们家的日子越过越红火。想想十几年前,我朱开山在北京闹义和团,被官府画图缉拿,穿一身破衣烂衫,光脚板逃到咱元宝镇放牛沟,乡亲们没有嫌弃我,没有告官却收留了我,让我安身立命。四年以后,我的妻儿又投奔而来,渐渐地就有了这份家业。当年文他娘是带着三个儿子闯关外,走海路的时候把老大撇下了。为什么?就是因为老大没过门的媳妇偷着从家里跑出来,撵了上来。为什么撵了上来?这两个孩子情意深!深到什么样?夏掌柜的看到了,当时传文一见闺女没赶上船,嗖地跳下海就去接!那可是入了冬的天气,海水刺骨地冷啊!孩子连滚带爬地上了岸,一对有情人紧紧地抱在了一起。"

传文极力地控制着眼里的泪花，他旁边的那文认真地听着。文他娘慈爱地抚摸着鲜儿的肩膀。鲜儿极力控制着自己的感情。传武似乎预感到什么，神色颇不安宁。

朱开山继续道："正赶上日俄在旅顺口开战，封海了，两个孩子改走旱路，相依为命奔元宝镇而来。道上传文病了，差点死了。闺女多义气！插草为标卖身救传文！传文病好了，闺女送走了传文又只身出逃奔关东而来。好一个节烈的女孩子，好一个糊涂的闺女！救了我儿子的命却不愿辱我朱家名声，一直在关外流浪了八年不肯登我的门！有情人不能成眷属，这里的苦情有谁知道！这还不算，诸位高邻都知道，那一年老二传武为了找我误入山场子，遇见了他没过门的嫂子。传武拍山门，把头不收留，差点冻死在老林子里，又是闺女救了老二的命。闺女对我们老朱家有恩啊，天大的恩，她应该是我老朱家的媳妇！可传文等了她八年，整整八年，她是音信皆无，无奈之下传文只好另和那文结亲。"

屋内众人唏嘘不已，好几个女人掉了泪。

朱开山说："可就在传文结亲的那天闺女露面了，你们都见过，她就是那文的生死姐妹，我的好闺女鲜儿！"朱开山拖过哭成了泪人的鲜儿说，"那天办喜事，鲜儿姑娘露面了，为什么单单这个时候露面？她是看到传文成亲心里的一块石头落地了，她是想和传文见上最后一面就远走他乡！多仁义善良的闺女！我朱开山能让闺女走吗？今天我把她找回来了，请大家来就是要告诉诸位，我要把鲜儿收为闺女，当我的亲闺女！以后大家多照应点，今后镇里屯里谁要是敢欺负我闺女就是欺负我朱开山，我和他对命！等她嫁人的那一天大家都要来，喝喜酒！"

朱开山的一番话赢得一阵喝彩声，传武却目瞪口呆。传文泣不成声，那文则长长地舒了一口气。传杰别有意味地笑了笑，随即又皱紧了眉头。鲜儿的泪水簌簌而落。朱开山问："鲜儿，你愿不愿意？"鲜儿有些犹豫，旁边的文他娘亲切地说："好孩子，从今往后咱就是一家人了。"鲜儿苦苦一笑悄声地说："爹，娘。"文他娘高兴地应着。朱开山大喜道："好！闺女，认认长辈高邻兄弟嫂子，给他们敬酒。"

鲜儿抹干净脸上的泪水，给长辈们鞠躬敬酒，来到传文和传武跟前的时候，她的声音哽咽了说："传文哥，传武兄弟。"传武没接酒杯，一跺脚，径直出了屋子。

鲜儿呆呆地看着他的背影……

第十五章

　　韩老海家的雇工小丁赶着一辆小马车，秀儿坐在车上，眼见秋天已到，婚期临近，她去了镇里裁缝店量了新衣。这回来的一路上，她高兴得就没合上嘴，边走边哼唱着一首关东民歌：

　　　　正月里来正月正，
　　　　姑嫂二人去逛灯，
　　　　坐在炕上巧打扮，
　　　　不用盘堕马髻，
　　　　不用系红头绳，
　　　　两耳戴的是五谷丰登……

　　走了一半路，小丁停了车，二人下来活动活动身子，忽然听到路边底下的河沟里，传来一阵哇啦哇啦的说话声。秀儿仔细地听着，像是日本话还杂着哭喊声，秀儿好奇，向传来声音的地方寻去。

　　秀儿顺着斜坡溜到沟底，慢慢地蹲下来，扒开草丛，朝沟里望去。只见五个穿着日本铁路服的人正点起一堆篝火，要把一个躺在地上的孩子架到火上焚烧，旁边扔着一副破担架。那个孩子满嘴日本话，哇啦哇啦叫着喊着。秀儿不知哪里来的胆，站起来大声地喊道："杀人啦，杀人啦！"那几个穿制服的人一惊，慌乱中扔下孩子便跑。

　　篝火还在燃烧着，那个孩子静静地躺在篝火旁，是个十六七岁的少年，瘦弱得几乎就剩下一把骨头，发如茅草，胸骨随着沉重的呼吸一起一伏，几乎要撑破胸膛。少年望着秀儿，艰难地伸出干柴似的手臂，两只眼睛空洞得可怕。

　　秀儿慢慢地往后躲着，颤着声问道："你是谁家的孩子？怎么在这儿？"少年张了张嘴，没说出话来。秀儿说："你说话呀。"少年望着秀儿，伸出的两臂慢慢地垂落下来。

韩老海慌慌张张地跑到秀儿的屋里劈头就问："谁家的孩子，秀儿？"秀儿说："我也不知道。"韩老海说："你这个傻孩子，不知道是谁家的孩子就往家背呀？在哪儿呢？我看看！"韩老海一见孩子的样，唬了一跳，说："我的妈呀，这不是个小鬼子吗？这怎么回事？"秀儿说："爹，我在回家的道上看见几个穿铁路服的日本人要烧他，就喊了一嗓子，那几个人放下他就跑，我看还有气儿，就把他背回来了。"韩老海说："傻！傻呀！整个一个傻狍子！"

秀儿问："怎么了，爹？"韩老海一跺脚，恨恨道："还傻！你惹了祸了！"

秀儿说："我惹什么祸了？"韩老海说："傻到根了，没救了！"韩老海再看这个少年，撩起自己的衣角捂住嘴，闷声闷气地说："惹祸了，惹祸了，那帮人是南满铁路的日本人，他也是个小日本！你看他，肯定是染了瘟病，八成是虎列拉，日本人为什么要架火把他烧了？怕传染！你这个傻狍子倒把他背回来！"

秀儿这才觉出怕来。韩老海一挥手，喊伙计："小丁啊，喊几个伙计把这个小日本给我扔出去！"秀儿说："爹，他还喘气呢，你看，还瞪着眼睛看咱哪！"

韩老海说："管不了那么多了！别让他给咱传染了！"几个伙计把日本少年抬起来问抬哪儿去。韩老海说："从哪儿捡来的扔哪儿去。"少年看着秀儿，又伸出干柴似的手臂。

朱开山背着手在屋里踱着步。日本少年仰躺在椅子上，文他娘在给他喂水、洗脸，秀儿和鲜儿在旁边帮着忙。传文、传武默默地看着父亲。秀儿轻声地说："叔，婶儿，给你们添麻烦了，你们看该怎么办呢？他还会喘气，爹让扔了他，他紧紧拽住我的裤脚，我真是舍不得呀……"

朱开山停下脚步，轻声地说："文他娘，你说说吧！"文他娘说："要我说吗？"

朱开山说："你说句话！"文他娘说："那就留下！"屋里人都一愣，一起看着文他娘。文他娘说："不管是日本人还是中国人，只要他是人，只要他还喘一口气儿，咱都得把他留下，这是做人的道理！"传文说："娘，他有传染病……"文他娘说："俺照看他！要传染就先传染俺！"传文还要再说，文他娘一抬头说："就这么定了！"

朱开山说："都听见了吧？你娘说得多好！飞禽走兽失了一个还三鸣而寻，四鸣而别，何况我们都是人呢。传武，我想问问你，你有什么想法？"传武说："娘和爹说的都对。"朱开山说："就是一个马脑子！"传武怔怔地看着爹，不解何意。朱开山说："我是说你小子有福啊，你看看秀儿，心地多善良，你一辈子有这么个媳妇还愁什么呢？"传武愣愣地站着。

文他娘说："别愣着了，传文啊，你赶紧把闲屋收拾出来。鲜儿，赶紧把炕烧热。传武，你现在就去请先生……"一家人忙活起来。少年瞪着大眼睛默默地看着这一切。

秀儿端着一碗热气腾腾的中药汤，坐到躺在炕上的少年面前，给他喂药。

少年闭着嘴，眼睛警惕地看着药汤，秀儿怎么喂他也不张嘴。秀儿说："婶儿，他怎么就是不张嘴呀？"文他娘走过来说："俺来试试。"可文他娘怎么说，少年还是不张嘴。文他娘说："啊，俺明白了，这个小日本，可够精的了！"文他娘自己喝了一口药汤，又给少年喂。这下少年张开嘴喝了。文他娘笑了说："孩子，毒不死你，你说说你们这些日本人哪，怎么就这么精怪呢？问问你，你爹娘呢？他们不要你了？没事，孩子，他们不要你俺要你，你什么时候病治好了就把你送回家，找你的亲爹亲娘去！你叫什么名啊？"少年又闭上眼睛。

文他娘摇摇头，喊道："传文，把木澡盆子拿进来，鲜儿的水烧热了吧？你给他洗个澡，刚才先生不是说了吗，他得一天洗个热水澡，去火，去菌。"文他娘说着走出屋子。传文拖着大木盆走进来，用一块布捂着鼻子，将木盆放在炕下。秀儿把开水倒进盆里。传文说："秀儿，俺还有活儿，你给他擦擦脸就行了。"说罢返身就跑。秀儿说："大哥，你走了谁给他洗呀？"传文头也不回地摆摆手说："你把他扔到澡盆里烫烫就行了！"秀儿有些无奈地看着少年，随后试了试水，抱起少年把他放进澡盆里。

传文穿着皮袄正在收拾着农具。他冻得哆哆嗦嗦，一个喷嚏接一个喷嚏地打着，一个比一个打得响。秀儿来了说："大哥，你怎么了？"传文说："坏了，八成是叫日本孩儿传染了。你还来干什么？"秀儿说："我不放心他，过来看看。"

传文说："过去看吧，小心点！"秀儿进了小屋。传武从屋里出来说："大哥，爹叫你屋里吃饭。"传文说："不吃了，不吃了，俺传染了，俺得伤寒了……"

正说着，朱开山出来了问："怎么这两天不大旺兴啊？饭也不吃了？"传文说："嗯，不大痛快。"朱开山打量传文说："怎么连皮袄都穿上了？耍什么神呀？"

传文捂着嘴，不停地打着喷嚏说："爹，娘，说给你们个不好的信儿，俺叫那个孩子传染了，浑身发抖，晚上冻得上牙打下牙，俺怕是不行了，不信就问问那文……"

文他娘说:"烧不烧呀?"传文说:"烧!烧得可厉害了!烧得头皮发麻,呼呼直冒热气,要是在头顶上坐上一壶水也能烧开了!"文他娘说:"这可了不得了,赶快去看先生吧!"传文说:"俺倒不要紧,怕传染给你们呀,你说咱们全家都叫这个孩子传染了怎么办呀!你说咱们这是图什么呀?咱可不能为了他把全家人的命都搭进去。这个秀儿,真是个惹事精!"文他娘望着朱开山。

朱开山说:"传文,你先回屋躺着去吧,今天就不要下地了。一会儿我给你拔两个火罐,去去毒,去去火!"传文去了。文他娘说:"你说老大真病了?"

朱开山点点头说:"病了,病得还不轻呢!"

吃着饭的文他娘心不在焉,竖起耳朵听了听,说:"鲜儿怎么还没回来,那孩子没事吧?传武,你去看看。"传文道:"不是死了吧?"文他娘说:"闭死你那张臭嘴!你把皮袄给我扒下来!"传文咳嗽着说:"俺浑身发冷,叫他给俺传染了,越来越重了,以后咱不能在一个桌吃饭了,给俺立个小灶吧,俺不能连累全家人。"鲜儿慌忙地跑进屋内说:"娘,小屋里那个孩子怎么没有了?"

传文略有些不太自然地说:"那孩子是不是自己跑了?这些日本人太不是东西了,走之前你好歹说一声啊!怎么说也是咱家把他给救了!"文他娘哭了,念叨着说:"可怜的孩子,跑哪儿去了?不行!我得去找!"传文连忙说:"娘,这黑灯瞎火的上哪儿找去?"他煞有介事地问传武说:"传武,俺问你,是不是你把他送哪儿去了?"

传武刚要分辩,朱开山做个手势阻止,然后,笑眯眯地对传文说:"老大,看你这会儿的吆喝劲,你的病是不是好点了?"传文一愣,连忙又想装着打喷嚏,可没打出来,急中生智说:"唉,爹,还真是好点了。"朱开山继续问道:"身上不冷啦?"传文有点下意识地轻轻哆嗦着说:"还是有点儿冷,这日本孩儿的毒性就是大!"朱开山说:"走!去你那屋,我给你收拾收拾!"传文说:"不用了,爹。"朱开山说:"用!你病得不轻啊,再不收拾你肠子都要绿了!"

传文光着膀子趴在炕上。朱开山骑在他的身上,伸出斗大的拳头狠狠地揪着他的脖颈。揪一下,传文就一声惨叫。朱开山说:"强点儿了?"传文说:"好了,爹,俺浑身都轻快了。"朱开山说:"我看还不行,你看,全紫了,你浑身的邪火还没蹿出来!"传文说:"就是,这家伙,这日本病可真厉害啊,哎哟……"

朱开山狠狠地揪着。传文杀猪似的号叫道:"爹,你要揪死俺呀?"朱开山不说话把传文又翻了个个儿，又狠狠地揪起来。传文说："爹，你这是干什么呀？要俺的命啊！"朱开山说："我就是要你的命！我叫你成天穿着皮袄说冷，我叫你成天一吃饭就打喷嚏，我叫你成天说传染上日本病！你哪来的病？你根本就没病，找罐子拔！我早就看出你装病了，你的舌头鲜红鲜红的，比狗舌头都红，哪来的病？你就是想把他撵走。老大，这孩子一出咱家门就是个死啊，你的良心让狗叼去了？"传文说："爹，俺也是为咱全家好啊！"朱开山说："说，你把那个孩子藏到哪儿去了？"传文说："爹，不是俺干的，俺可没那个胆儿！"朱开山说："你胆子大了！还给我嘴硬！好，让你尝尝我的老拳吧！"朱开山抡起钵大的拳头。传文一阵惨叫……

那文在这边坐立不安说："娘，听着动静不对，我去看看。"文他娘说："你可不敢去，你爹给人治病不许别人瞧。"传武说："大哥这是怎么了？怎么像杀猪似的叫？"文他娘说："你爹给他用马蹄子针放大血呢，瞅那血吧，放出来的保管都是黑的！"正说着，传文垂头丧气地走进来，鼻青脸肿。那文急得要哭道："你这是怎么了？叫谁打的？"传文说："谁敢打咱？这是咱爹给俺治病，把身上的毒都表出来了。"传武说："大哥，你病好了？"传文说："跟俺走吧，俺知道他在哪儿。"众人一愣。

传文把全家人领到院内的地窖子前，朱开山掀开地窖子的盖，见少年像只狼一样蜷缩在那里，两眼惊恐地望着众人，手里攥着两块石头……

文他娘和秀儿不停地冲少年拍着手，喊着说："一郎，放下棍子，来，朝这走，慢点儿走，别害怕……"一郎站在阳光下，拄着棍子，眯着眼睛看着太阳，嘴角第一次露出了微笑。文他娘和秀儿不停地喊着说："走两步，走！"一郎慢慢地把棍子扔到一旁，张开两手，蹒跚踉跄地像个孩子一样朝文他娘与秀儿扑来。文他娘和秀儿正高兴，忽听得外面一阵喧闹，正纳闷，几十口子人已进了当院。一郎吓得一下子躲进文他娘的怀里。文他娘搂着一郎，站起来，笑道："各位高邻，今天这是什么日子？怎么全屯儿的爷儿们都来了？有什么事吧？有事咱都坐下慢慢说，凳子不够委屈你们就地打个坐，都站着干什么？朱开山不在，俺就是当家的，说吧！"农户老康问："你说了算？"文他娘说："康大哥，俺说了算！"

老康说："那好，你也看见了，今天全屯的爷儿们都来了，来干什么想必你也知道个大概，你收了一个有传染病的日本孩儿，是吧？"文他娘说："这没假，这孩子就在俺怀里！"秀儿说："你们想干什么？"老康说："虽说你们是闯关东来的，不过，朱开山大哥为人仁厚仗义，你们家也知道，我们东北人不欺生，咱们一块儿处得都挺好，是不是？"文他娘抱拳说："是！这得谢谢诸位了！"老康说："不过，今天这个事儿，我们可不讲什么情面了，一句话，这个日本孩儿得的是传染病，你们家不怕传染，咱们屯子里的人害怕传染！咱也别伤和气，你把这个孩子交出来，我们给处理了，那咱们就相安无事，你看这好不好？"

文他娘："你们说的也在理。"众农户纷纷道："在理就把孩子交出来！"

文他娘扬扬手说："俺的话还没说完。这孩子是得了传染病，不过，俺告诉大伙儿，现在孩子的病好了，你们看，俺们全家都好好的，不信你们问先生，他也说孩子的病好了。既然这样，这孩子就不能交出去，就不能由你们去摆布。怎么着？你们也像日本人那样把这个孩子架在火上烧了吗？"

老康说："文他娘，我们也打听了，这种病是好好坏坏、坏坏好好，就像瘟鸡一样，不一定哪一天就把全屯人都毁了。这孩子一天不处理，全屯的人就一天不得安宁，要不日本人怎么能架火烧他呢？再说了，日本人都要把自己的种儿烧了，咱中国人还留他干什么？来吧，把孩子交给我们吧！"说着人已到了文他娘跟前。一郎吓得直哆嗦。文他娘抄起身边闪亮的钢叉，大喝一声说："都给俺闪开！小心把血喷到身上！俺就说一句话，今天俺的命和这孩子的命连在一起了！夺他的命就是夺俺的命！没说的！俺这把钢叉和这一罐子热乎乎的血全送给你们！不信？谁再敢上一步，俺叫他倒地无声！俺再问你们一句话，要是你们的孩子现在这样了，也忍心架火把他烧了吗？说，忍心吗？不管他是日本人还是中国人，他还是个孩子，是条命！俺再说一句话，日本人不要，俺要！你们要是敢伤他一根毫毛，俺们全家人的命在这顶着！都给俺滚！"众人呆呆地看着文他娘。

传武气喘吁吁地回了家。朱开山问："情况打听得咋样，他爹娘有下落了？"

传武说："别提了。"朱开山道："你这话啥意思？"传武说："爹，我找到南满铁路职工宿舍，刚进了街，呼啦上来一群日本人，高低不让我进院，呜呜拉拉我也听不懂。后来找了个看门的中国人一打听，说一郎的爹娘回国了，他们寻思一郎已经烧死了。"传文说："看没看见？这就是日本人，他们无情无义！"

朱开山说："他娘，你看这事怎么办？"文他娘说："烫壶酒，添两个好菜！"众人怔怔地看着文他娘。

一郎孤独地趴在窗口望着黑漆漆的原野，他的大眼睛里含着泪珠。传武走进来，轻声说："一郎，我娘叫你过去。"一郎惊虚虚地看着传武，没说话，低头跟上他进了正屋，一下子愣住了——炕上摆了一桌子酒菜，朱家一家子人看着他，脸上都是友善的微笑。文他娘招呼着说："一郎，快上炕吃饭喝酒！"一郎愣愣地不动，传武一把把他拥簇到炕上。文他娘说："吃吧，一郎，从今天起，你和二哥一块儿睡，这儿就是你的家，你就是俺的老儿！"

离传武和秀儿约定的婚期还差三天。朱家人收拾了新房，置办下酒菜，个个忙得团团转，却独独不见传武的影。朱开山正生气他这老二不省心，亲家韩老海上了门。

韩老海说："后天就是好日子了，我那边可是都齐备了，你们这边怎么样了？也差不多了吧？"朱开山说："差不多了，执仗都有了，酒席都备好了，帖子也都下了，再没有别的了吧？"韩老海说："新房都收拾出来了？"文他娘说："收拾得差不多了。要不放心领你去看看？"韩老海说："不用，不用，你们俩我还不放心？"

东房里传文洗着脸，那文递给男人香皂说："先生，给你胰子，把脖子好好洗洗。"传文说："文儿，你从哪儿弄的这玩意儿？喷香的。"那文说："买的呗。"

传文说："你哪儿来的钱？"那文说："婆母给的小体己。"传文说："好啊，你别的没学会，抠弄钱倒学得挺快。"那文说："我不要，婆母说鲜儿也有，我就收下了。哎，你说二弟能跑哪儿去了呢？"

传文说："谁知道呢！"那文说："放心吧，他会回来的。"传文问："你怎么知道？"那文说："你看全家人都急得火上房了，谁不急？"传文说："谁？"那文说："鲜儿！"传文说："可也是的。"那文说："她肯定心里有数。"传文说："老二能跑哪儿去了呢？"那文说："在林子里下套子打猎呢。"传文问："你是怎么知道的？"那文说："你没看看家里什么少了？下套子的绳子哪儿去了？"传文说："咦！说得在谱。哎，俺，你幸亏是女的，要是个爷儿们该去衙门当捕头。你怎么不早跟爹说？"那文说："我这也就是猜测，说准了也不会有犒赏，说不准落埋怨，何苦呢？"传文说："文儿，你的心眼儿太多了，你将来不会把俺卖了吧？"那文咯咯笑着说："那要看你待我好不好。"

这边韩老海说："亲家，我就这么一个闺女，秀儿是我的宝贝疙瘩，我一定要好好陪送。我和她娘商量了，再给闺女陪送两匹儿马，不活了！你可听清楚了，是纯种的蒙古马，你早就眼红了的！"朱开山笑了："你舍得？"韩老海说："怎么不舍得？为了闺女我什么都舍得！"朱开山说："行，我也不白要你的，我地里的黄烟都归你了。"韩老海笑了说："还是你占相应。哎，传文办事的时候你请了戏班子，这回没请？"朱开山说："罢了，没请着。"

韩老海说："我就知道你没请着！我早就头一个月给你请了，是才从关内回来的王家戏班，玩意儿好啊，比你上回请的好百倍。费用我出。"说着满屋撒目说，"咦？我女婿呢？怎么一直没见他露面？"文他娘急忙插话说："啊，到镇上洗澡了，俺让他好好收拾收拾。打发人去把他叫回来？"韩老海说："不用，不用。镇子上有澡堂子了？"朱开山说："有了。"

韩老海说："哦。我说亲家，我知道女婿有个好到处跑的毛病，办事那天你可得把他看紧了，也不能让他多喝酒，喝酒误事。我就这么一个宝贝闺女，还想早抱外孙哪！"文他娘说："俺也急着抱孙子。"韩老海有一点凄然说："朱大哥，闺女成亲我是高兴，可细想想心里也挺难受的，你说我一辈子拼死拼活熬了这份家业，等到蹬腿那天，这家业不都成你老朱家的了？你朱大哥就成了元宝镇的大拿了，这笔买卖你可是狠狠地赚了一把呀！"朱开山笑着说："老海，儿女婚嫁的事你怎么也论起斤两来了？这可不是做买卖。你不是觉得亏了吗？那好，过两年我让他们两口子到你们家去，传武给你当养老女婿行不行？"韩老海说："好倒是好，可他不姓韩哪！"朱开山说："就打是姓了韩，你两腿一蹬的时候什么都不知道了！"两个人哈哈大笑。韩老海说："好了，今天咱就说到这儿，一句话，咱们两家齐心合力把事办好，办得风风光光轰轰烈烈，给元宝镇的人看看，韩老海，朱开山，不白给！"

朱开山送走韩老海，满面笑容的脸呱嗒掉下来，骂道："传武这个畜生，处处给我下眼药，你们看着，我早晚收拾了这个鳖羔子！"文他娘："行了，别骂了，跑了的听不见，没跑的跟着挨骂，有火朝他发去，跟这些人发，犯不着。"

文他娘话音刚落，传武骑着马进了院，马上挂着一些猎物，脸上风尘仆仆，还多了几道伤痕。家里的人都从屋子里跑出来。传文说："传武，你可回来了！咱爹咱妈急疯了！"朱开山冷着脸说："说，这些日子你又到哪里去了？"传武笑着说："爹，后天不是办事吗？我看你要摆的桌不少，怕席面太寒碜，到林子里打了点儿野味，也是想给酒席上添点儿喜庆。"

朱开山这才有了点儿笑脸说："那你也该打个招呼，别让大伙儿担心啊。"

文他娘一把抱住传武说："儿呀，你可别再跑了，再跑了娘可活不起了……"传武笑着说："不跑了，不跑了，哪儿也没有家好，我要好好地过日子！"鲜儿走过来说："二弟，新房都布置好了，你不过去看看？"传武说："看看，后天就在新房里搂着新媳妇睡觉了，哪能不看呢？"说罢跟着鲜儿去看新房。文他娘和朱开山对视一眼，心里一颗石头落了地。

传武进了新房，这儿看看，那儿摸摸，还不停地提着意见说："大体上还行吧，就是不够火暴。咦？怎么没贴窗花？大红喜字太小了……"鲜儿默默地跟在他的身后。传武突然转过身来，直视着鲜儿，他的眼里跳着一团火苗，刺得鲜儿不敢看他。传武突然反手闩上门，变了神色说："你刚才在院里叫我什么？"鲜儿只是不语。

传武闷着声音说："以后不准叫我二弟，叫传武！"鲜儿背过身去在炕上坐下。

传武突然伸手把她抱起来，放倒在炕上。鲜儿挣扎着，小声地说："传武，你别胡来！"传武不再说话，粗暴地扯开了鲜儿的衣裳。鲜儿泪水盈眶，抱紧了传武，狠狠地掐着他："传武，明天好好跟秀儿过，秀儿是个好姑娘。"炕上的新被垛慢慢地倒下了，五颜六色的花被把鲜儿埋住了。

田野起了青纱帐。朱家迎亲的队伍已经出发了，花轿喇叭匠在田野里疾走。传武骑在马上，红绸披胸，十分威武英俊。鲜儿站在村口大树下，酸恻地看着远去的迎亲队伍。

秀儿幸福地化着妆。马媒婆给秀儿开着脸，嘴里絮叨说："秀儿这么一打扮俊死了，看这眉毛，漆黑，绝细，老长，快到鬓角了，稀不稀罕死人！这小脸开出来，粉嘟嘟的，细嫩，你说传武看了能挺到天黑？"

秀儿娘给闺女插着绒花说："看你马婶儿嘴巧的。秀儿，娘嘱咐你的话千万记住了，公婆要孝敬，大伯小叔子不要慢待了，让着，早晨别贪睡，早早起来做饭，吃饭的时候多长点眼色，看谁碗空了赶快添饭，他要是把筷子往碗口一横就是不吃了，就别硬给他添。"秀儿说："娘！人家山东人和咱当地人的规矩不一样。"秀儿娘："那好，进了门跟婆婆讨教，把规矩问清楚了，别做出失礼的事。"

秀儿说："娘，这些话你都絮叨一百遍了。"

送亲的仪式带着浓郁的东北风情。韩老海请的王家戏班正是王老永的班子。王老永指挥着踩高跷扭秧歌，大机器、大蜡花、小迷糊等浓妆艳抹，穿着戏装在院里耍了起来，各逞绝技，好不热闹。韩老海站在门口看得高兴。

迎亲的队伍上了门，传武跃下马来，秀儿蒙着盖头从屋内走出，马媒婆在旁搀扶着她来到院门口。秀儿上了轿，花轿在喇叭声中起轿，颤悠悠地朝朱家走去。

新媳妇进了朱家门，自然是一片欢天喜地，一时鞭炮齐鸣，锣鼓喧天。鲜儿有些失落，一转头忽然看见了王家戏班的师父师兄，大吃一惊，急忙跑到王老永面前，激动地叫着说："师父！"王老永一愣，旋即认出了她，与众师兄们一起过来把鲜儿围住。

鲜儿哭着说："师父，我找你们找得好苦啊！当年我从老独臂爷爷那儿出山就找你们，一直没找到啊！"王老永紧紧握住鲜儿的手说："小秋雁，你怎么在这儿？"大机器说："师妹，到底找到你女婿了？"鲜儿点点头，又摇摇头。大蜡花说："师妹，到底怎么回事？你说啊！"鲜儿哭着说："说来话长，这儿不是说话的地方，有空我慢慢对你们说，进屋吧，别晾在这儿。"

四桌酒席摆在院中，高朋满座，喜筵进入高潮。主桌上，众多宾客纷纷向韩老海夫妇敬酒。夏元璋向朱开山夫妇敬酒说："恭喜，恭喜！"文他娘高兴地说："同喜，同喜！夏先生，老二的事儿办完了，该老三了，你怎么想的？"夏元璋笑盈盈地说："我觉得他俩的事儿怎么办，咱们说了都不算。这两个孩子，特别是我们家那个，主意大着呢！"传武一身新打扮，英武中又显俊朗，他说着笑着，显得十分幸福："各位老亲，今天是我大喜的日子，一定要喝好啊！爹，你就多陪着叔叔大爷喝点。"朱开山高兴地说："多喝，一定多喝。"戏班子在院里唱开了大戏，大机器、大蜡花唱的是《猪八戒拱地》。

流水席一直吃到夜里，宾客方散了。传武已有十分醉意，踉踉跄跄边走边对父母说："爹，娘，你们睡吧，我也去睡了。"

鲜儿在暗影里默默地看着传武。传武推开新房的门的刹那，突然停下脚步，往鲜儿的方向回过头来，带着醉样，怪怪一笑，含义不清地摆了摆手，推门进了屋。

屋里头秀儿红了脸说："传武哥，你也累了一天了，睡吧。"传武说："还早呢，你没听见窗外有动静？说不定三儿还在外边听墙脚呢。大哥成亲的那天晚上我就和三儿听的墙脚，他们两口子被窝里说的那些没羞没臊的话我俩听得真真亮亮，得空就羞臊他们，直到现在大嫂看见我还躲着呢。"秀儿说："那咱还能不睡了？就这么干守着？"传武说："咳！干守着做什么？咱讲故事啊！"秀儿说:"那你讲故事给我听。"

传武说:"行。给你讲个老虎长两只尾巴的故事?"秀儿说:"老虎长两只尾巴?怎么回事?你讲,快讲啊!"传武说:"那一年我在山场子干活,我们的把头叫老独臂。老独臂嘛,当然就有一只胳膊。你知道他那只胳膊哪儿去了吗?"

秀儿说:"不知道。"传武绘声绘色地讲故事说:"你听我讲。那一年老独臂在老林子里遇见了一只老虎,一只斑斓猛虎,那老虎看样好多日子没吃食了,肚子溜瘪。老虎看见了老独臂嘿嘿笑了。"秀儿说:"我不信,老虎还会笑?"传武连说带比画道:"老虎是在心里笑,嘴里没笑出声来。老独臂一看,坏了,怎么遇见这么个倒霉旋儿,肚子溜瘪,看样是出来下馆子!老虎拿眼斜楞老独臂,心里的话,这个老干柴棒子,瘦了点,老了点,拿他当点心小心塞牙。老独臂寻思,不能跑,一跑老虎就知道我怕了,撵上来咔嚓一口我的头就没了,先下手为强吧,亮亮我的真功夫,耍了一套通臂。老虎在那儿纳闷儿:莫非这老头是哑巴?给我打手语?我也不懂啊!摇了摇头。老独臂误会了,心里话,你不服是吧?看这个。又耍了一套螳螂拳。老虎还是摇头,心里说,别和我废话了,下手吧,嗷的一声就扑过来。老独臂一看急了,你怎么不按套路来?哪个师娘教的!老虎张开血盆大口就来咬老独臂。老独臂也是急了眼,就势把胳膊捅进老虎嗓子眼儿里了。老虎噎得直翻白眼儿,心里的话,你这是什么套路?可到底把老独臂的胳膊咬掉了。老独臂一看,娘的,吃亏的买卖咱不能干,不能折本儿!忍着痛把手里的木棒捅进老虎屁眼里。老虎觉得屁眼里火烧火燎的,没尝过这滋味儿,吼又吼不出来,撒欢儿跑了。"

秀儿咯咯笑着说:"这下老虎可吃大亏了。"传武说:"可不怎么的。老虎也找不到先生瞧病呀,忍着痛在老林子里到处溜达。约莫半个月以后吧,老独臂见老虎死在林子里。老远地看着老独臂就奇了怪,这老虎怎么长着两只尾巴?近前一看,哈哈,一只是真尾巴,另一只是他的那根木棒,还插在老虎的屁眼里呢!"听到这里,秀儿哈哈大笑,笑得前仰后合。

朱开山与文他娘听着从新房里传来的笑声,欣慰地笑了。朱开山说:"这孩子,多少年没看见他这么高兴了,有个媳妇拴着,他的野性慢慢地就收了。"文他娘说:"也不见得,生姜断不了辣气,你年轻的时候倒有老婆拴着了,可你要跟着义和团闹事,我拴住你了?"

传武越讲越有精神,而秀儿激动加劳累,渐渐地闭了眼睛,依偎在传武的怀里进入了梦乡。传武这才闭了口,小心地把秀儿放在床上,自己蹑手蹑脚地打开床头的衣柜，随便翻了几件衣裳，用一块包袱包起来，悄没声地出了屋。

月近中天，满天的星光。传武呆呆望着天空，好一会儿，他回过神来，听听左右厢房一片静谧，自己一闪身进了鲜儿的屋。

鲜儿仿佛在等他来，默默地坐在炕头上，其实这一夜她又何尝合过眼啊！传武一笑说："我就知道你没睡。"鲜儿淡淡地说："我就知道你会来。"传武小声地说："姐，我备了马，赶快，和我一块儿走！"鲜儿问："上哪儿去呀？"

传武说："关东山天高地远，有的是地方，咱俩放排去，快活去，天管不着地管不着，那才是咱们该过的日子！"鲜儿说："啊？原来你是诓着爹，你一走这个家怎么办？秀儿怎么办哪？"传武说："顾不了那么多了，这都是叫爹逼的！快走吧！"鲜儿心里头纷乱，态度却坚决，说："不，我不走，走了对不起爹娘对我的一片心！"传武说："你不走也能窝囊死！事情到了这个份儿上了，你不走也得走！"不由分说，拖着鲜儿出了屋。鲜儿还要再说，传武使出了浑劲："你喊吧，你这时候把他们喊醒更说不清。"

传武从马厩里牵出平日里骑惯了的红马，紧紧攥着鲜儿的手，就此出了院。一出村口上了大路，他立即纵马在桦树林边的原野里飞奔起来。传武快活地叫着说："啊！可是自由了，谁也别想再管我了！"鲜儿疲惫地倚在传武的怀里，轻声地说："传武，你要把我带到哪儿去啊？咱们这一走爹娘非得急疯了不可！"

传武勒住马，转身朝着家的方向，大声地快活地喊着说："爹、娘、秀儿，传武对不起你们啦！鲜儿跟我在一起，你们就放心吧！"

第十六章

朱开山直奔桦树林中鲜儿住过的木屋，他抡着棒子把屋里的坛坛罐罐砸得稀里哗啦。传文默默地看着。朱开山砸够了，自己停下来，大口地喘着粗气。传文小心翼翼地将他扶坐在门前，劝着说："爹，行了，他们不会回这儿了，咱别处找找吧。"朱开山老泪纵横道："老大，爹丢不起这个人啊，真想一头撞死！爹杀过洋毛子，老金沟和官兵斗，和马贼斗，飞镖毙了老果子的命，马蹄金送金大拿上西天，可今天就败在这个逆子手里，我的心里过不来呀！"传文说:"爹,父子爷儿们没有输赢,别往那儿想,咱还是去找他吧。"朱开山伤感道:"不找了,关东山地方太大了,他要是不想回来,找是没用的,想想怎么对付韩家吧,这个坎儿可不好迈呀!"

秀儿木然地坐在新房的炕头,无声地流着眼泪,呆呆地看着窗上的大红喜字。门响了一下。秀儿抬起头,竟然是一郎。秀儿擦了擦眼泪,轻声地说:"一郎,这么晚了怎么还不睡?快睡觉去!"一郎站着不动。秀儿说:"听见没有?睡觉去!"一郎像没听见一样,慢慢地向前挪了两步,突然从怀里掏出一块手绢,塞在秀儿的手里,慌张地转身跑了。秀儿看着手绢,默默地擦着眼泪。

秀儿还是回了家。韩老海在地上踱着步,牙齿咬得咯咯直响,咆哮着说:"朱开山他不叫玩意儿!他这是耍笑我,羞臊我,撕下我的脸皮扔到脚下踩,还踩了又踩。闺女,我非把这口恶气出了不可!我要是再不放个屁,在元宝镇就没法见人,元宝镇的狗都会笑掉大牙!我这就去找他!"

韩老海领着亲戚,伙计们抄着家什,气势汹汹打上了门。朱家所有的门窗都大开着,朱家所有的人都老老实实地站在院子里,一言不发。一郎偎在文他娘的怀里,满脸惊惧。韩老海红了眼,发一声喊道:"给我砸,狠狠地砸!"顿时稀里哗啦,响成一片。传文急了眼,朱开山一把拽住他。

韩老海不管这套,举起镢头,"砰"的一声,把朱家的锅砸了。传文喊着说:"爹,他们欺负人欺负到家了,我和他们拼了!"朱开山轻轻抬手,一下子把传文摽倒在地,喝一声道:"谁要敢动一下我叫他这一辈子别起来!"那文赶忙过来扶起传文,瞪着公公却不敢言。一会儿工夫,朱家被砸得一片狼藉。文他娘发话了说:"亲家,气撒完啦?"

韩老海气咻咻地说:"朱开山,咱两家没个完!"一挥手说,"伙计们,这是头一回,让他们收拾收拾,明天还来!"韩家的人走了。

全家人都看着朱开山,却又不敢说什么。朱开山沉默良久道:"传文,你到韩家递个话,今天晌午我在镇上酒馆请他喝酒说话,请他务必赏脸。"传文哭着说:"爹,他把咱家的锅都砸了,这跟掘咱祖坟一样啊,凭什么还请他喝酒!"

朱开山说:"唉,这件事说到天边咱也亏理,要是摊在咱身上这也解不了气,将心比心吧。我和他坐坐,长辈们弄出个清理再说吧。"传文说:"那咱就忍了?"

朱开山长叹一声道:"咱山东人闯关东,到人家的地面上刨食吃不容易啊,四周都是密不透风的关东苞米，就咱一棵山东高粱挺在地里，孤木不成林，要万事小心！"

朱开山在元宝镇的一个酒馆里坐等韩老海。韩老海依旧气势汹汹领来了镇里有威望的老人和一些窜地龙（东北土语，恶棍），众人一屁股坐下。朱开山起身抱拳说："亲家，消消火吧，咱们都这么大的年纪了，肝火大了伤身。我朱开山现在立在这儿，可心里是在跪着和你说话。儿女大了不由人，我们朱家对不住你，更对不住秀儿，你想怎么着我都认了，决不说二话。"韩老海火气冲天道："朱开山，你们家还叫人吗？传武跑了，我闺女怎么办？还嫁不嫁人了？嫁人能嫁出去吗？不嫁人叫她这辈子守活寡吗？啊？"朱开山说："亲家，你说的都是实情，等我抓住这鳖羔子，当着你的面活生生地劈了他！"韩老海说："哼！都说山东是孔孟之乡礼仪之邦，你朱开山就是这样教儿育女的？"

朱开山不停地点头认罪说："养不教，父之过，我领罪。"一个老人不忿道："你们山东人就是嘴会说，满口的仁义道德，可做的事呢？够评的吗？你们跨江过海来到元宝镇，我们此地人欺生了吗？啊，我们不欺生你们倒欺负起人来了！元宝镇你们说了算了？我看这件事就是不公。"

窜地龙龙小三拍着桌子说："我他妈就看着不公！传武这鳖羔子，别叫我碰上，要是让我挠着，非捆到林子里让野兽分尸不可！"另一个干脆揪住朱开山的脖领说："还抓他的儿子做什么？今天先把他老子教训教训！"朱开山怒喝一声道："混账！这儿没你们这些窜地龙说话的份儿！"话毕，暗运掌力，向下拍去，只听"砰"一声一掌把酒桌砸趴下了，酒菜洒了一地。

众人被朱开山的神力震慑，脸色大变。龙小三神色尴尬地溜走了。这个当儿，一个韩家的伙计气喘吁吁地跑进来说："不好了，秀儿跳井了！"朱开山和韩老海不约而同地站起来说："啊！"来人大喘了几口气说："还好，救过来了，老韩叔，你快回去看看吧！"

过了有半个月，朱家日子才算安生点，一家人坐在一起吃顿平稳饭。文他娘说："唉，这些日子叫传武的事闹腾得不轻，一家人没好好吃顿饭，这才安稳了点，赶明儿咱烙葱花大油饼。"那文嘴甜说："娘，我拉风匣。"文他娘说："你也就会拉个风匣。"那文笑道："娘，我是杨排风，干的就是火头军。"文他娘说："拉倒吧，就你这份火头军？拉起风匣来一会儿紧一会儿松，像月孩子抽风，不稀说你。"传文说："娘，咱家的风匣不好使，也怨不得那文。"文他娘说："你看看，一说你媳妇你就护着。咱家的风匣怎么不好使的？生生叫你媳妇拉坏了！娘耶，她那叫拉风匣？赶上拉大锯了，呼嗒嗒，呼嗒嗒，咬着牙闭着眼，像是跟谁有仇。"朱开山威严地说："行了，吃顿饭你的嘴不拾闲。一郎呢？"文他娘说："咦？刚才还在院里耍，调腔儿没有了。哪儿去了？"

正说着，一郎气冲冲地走进院，脸上挂着伤，衣服也被撕破了，不停地挥舞着手臂，却不说一句话。文他娘一愣，问道："可伤了，俺的老儿，你这是怎么了？谁打的？快告诉娘，是谁？谁下这么狠的手？"传文也忽地站起来说："一郎，告诉大哥，谁把你打成这样？俺叫着你三哥去收拾他！"

一郎坐在凳子上喘着，憋着气，还是一句话也不说。朱开山说："不用问，一定是让屯子里的孩子欺负了。这可不行！传文，你去给我打听打听，我得亲自登门去说说这个理儿！"话音没落，一郎砰的一声躺在地上，浑身抽搐着。

一家人大惊，又是捋胸口又是掐人中。半天，他拔出一口气，哇地哭出声来。文他娘心疼地说："俺老儿气背过气儿了。"朱开山说："这孩子，怎么气性这么大呢！"

吃了饭，传文把一郎领到院当中，扯开个架势，说："一郎，俺教你几手绝招好吗？"一郎说："哈咿！"传文说："给我说中国话！"一郎说："好，教吧！"

传文一边说一边比画着道："记着，这是绝招，别人再欺负你的时候，你一看打不过人家，怎么办呢？你得侧着身子慢慢地走，可眼睛不能闲着，干什么呢？你得看地下有没有石头，你走到有石头的地方，首先是喊一声跳起来，趴到地上，两掌一拍地……"一郎问："拍地干什么？"传文比画着说："拍地呀，你看我手里抓的是什么？"一郎说："黄土。"传文说："这就对了，这两把黄土噗地朝他眼睛扬去，一下子他就迷眼了。这个时候你再捡起石头，你想怎么收拾他就怎么收拾，明白了吗？这招还是你二哥教的，百战百胜！"一郎自己琢磨着，笑了……

文他娘正在拉风匣做饭。一郎从背后搂住了文他娘。文他娘说："小老儿，干什么呢？又馋了是不是？别急嘴，锅里烀着猪蹄儿呢，一会儿锅开了你先吃，可别让你大哥看见，又好说俺偏心眼子了。"一郎不说话。文他娘拉着风匣说："怎么了？小老儿，说话呀。"一郎轻声地说："我，看皇历了，今天，我过生日。"

文他娘一愣，旋又乐了说："天啊，你怎么不早说呀？好，咱换饭！今晚咱炒八个热菜，娘给你擀长寿面吃，咱吃出点动静来！"

当夜，朱家还真摆了一桌丰盛的宴席。打传武走后，就没这么热闹过。朱开山喝了个大红脸，说："咱一郎的生日酒喝得差不多了，上面吧。"那文端着一碗碗热气腾腾的山东打卤面放到八仙桌上。文他娘说："一郎，吃面吧。"一郎将着圆滚滚的肚子说："我，吃不下去了。"朱开山说："一郎，这碗面你得吃，咱中国人过生日就得吃长寿面，这是个讲究。什么意思呢？就是图个吉利，长长远远，顺顺当当。你看看，这是山东打卤面。我告诉你，你吃了这碗面一辈子都能记得住，你看这卤里都有什么，酱油打卤，漂了一层蛋花，还有咸肉片、黄花菜、山木耳，这卤，只有地道的山东人才能打出来，以后不管你走到哪儿吃什么面，真要吃上一碗山东打卤面就不那么容易了。来！"他挑起长长一根面条，不由赞道，"好长，这是你娘的手艺，没个比，接着！"一郎张开嘴接着这根长长的面条，吃得吸溜吸溜的，一家人都给逗乐了。

正热闹着，忽然传来一阵急促的敲门声。传文忙去开门。片刻，传文领着一对穿戴不俗的中年夫妇走进来。全家人愣怔怔地看着他俩。一郎突然呼吸急促起来，用日语喊了声："爸爸妈妈！"哭着扑到中年夫妇怀里。朱家人全明白了，也全傻眼了。

一郎的父亲不停地向朱家人鞠躬，用日语夹杂着汉语哭着说："谢谢你们给了我的儿子第二次生命，我们以为他死了，我们回到日本后，又听说他被一家好心的中国人救活了，还曾经去找过我们，我们又从日本赶到这里。谢谢你们，你们是他的再生父母，我想领他走，可以吗？"见朱家人面面相觑，他急忙从兜里掏出一把钱来说："这是我的补偿，不好意思，如果不够我还可以送来，请收下吧。"朱开山看着文他娘。文他娘说："孩子你可以领走，钱，你给俺收起来，你别把俺们看扁了！"一郎母亲小声地问："你需要什么？"文他娘轻声地说："今天是孩子的生日，俺想按照中国人的规矩，你们让孩子吃完了这碗面再走！"

一郎父母点头如捣蒜："当然可以！"文他娘不看他俩，俯下身对一郎说："一郎，吃面！都吃下去！这可是长寿面！"

一郎看着文他娘，端起碗来，慢慢地吃，吃着吃着，肩膀抖动起来，突然放下碗，跪到文他娘面前，哭着喊了一声道："娘……"文他娘轻声道："面吃完了，跟你爹娘走吧。"一郎说："娘……"文他娘一挥手，抬高了声音说："走！跟你爹娘回家去！"说罢缓缓地走进里屋，脸上早已挂满了泪……

朱开山扶起跪在地上的一郎，动情地说："好孩子，你是老朱家的第四个儿子，爹娘会一直想着你……"一郎再次跪地，重重地磕了三个响头，然后转身向门外跑去。众人皆愣，传文欲要追去，朱开山阻拦着说："让他去吧，我琢磨着他是想到秀儿了。"

一郎泪流满面地跑到外头，跪在地头上，向着空旷的田野呼喊着道："秀儿姐，秀儿姐……"

传文哭喊着跑到屋里说："爹，不好了，咱家马厩里的马丢了一匹，圈里的猪也死了不少，你快去看看吧！"朱开山面不改色说："我早就说了嘛，不会这么太太平平安安稳稳，该来的都来了。"传文说："爹，肯定是韩老海干的，我去找他算账！"朱开山苦笑道："找人家算账？你的证据呢？谁能证明是他偷了咱的马，毒死了咱的猪？找人家算账是把脸送给人家打！"传文说："这还用证据吗？谁跟咱家有仇？这不明摆着的吗？我去告官！"朱开山说："你以为就你鼻子下长的是嘴，人家的也不是窟窿！"传文说："那就这么算了？俺咽不下这口气！"

朱开山厉声地说："咽不下也得咽！人心向背这句话那文教没教你？咱家的人现在出门人家都戳脊梁骨，你现在去找人家说理，元宝镇所有的人都不会向着你说话！"说着语音悲怆起来道，"孩子啊，人这一辈子创个好名声不容易呀，可要想臭了名声不费事，只要你一句话说得凉了大伙儿的心，一件事做得伤了大伙儿的情，再想挽回好名声就难上加难了！传文哪，咱老朱家的名声全让传武当成揩腚纸扔到茅坑里去了，咱得把它捡回来，洗净了，晾干了，晒它几个伏天的太阳，让老冬的冰雪冻几个来回，你再拿回来闻闻，说不定还有臭味儿呢！"

传文跺着脚号啕道："传武啊，传武，你这个不是人揍的，咱这个家叫你一个人毁了！抓着我活扒了你的皮！"文他娘一个高从屋里蹦出来，呵斥道："传文，你骂谁？俺和你爹不是人？打了锅说锅，砸了盆说盆，你骂传武俺说不出别的，骂俺老两口可不能答应！俺看你这些日子越来越不像话了！他爹，你就让老大这么骂咱俩？啊？屁也不放一个？"

朱开山有点火了，高高地举起铜盆，砰地摔到地上，跺着脚说："去你娘的呱哒哒，我还不管了呢！"这是骂谁呢？文他娘和传文都糊涂了。一家人正吵吵着，村里的黄木匠带着一个小学徒进了院。朱开山忙露了笑容。黄木匠问："老当家的，这回要打造什么家具？莫非小三儿也要成亲了？打箱子打柜？"朱开山笑道："他呀？还早呢。黄师傅，想请你打十副我们山东人使唤的犁杖。"黄木匠说："怎么？你们山东人使唤的犁杖？你们的犁杖和我们的不一样？"朱开山说："不一样，你们的那叫满犁，和我们山东的大不一样。"黄木匠大摇其头说："罢了，我们就会做满犁，你说的犁杖什么样我可没看着过。"朱开山说："你等着。"他回屋拿来自己画好的图纸，"不难，我给你画了大样儿，你照着做就是了。"

黄木匠接过图纸，仔细地看着说："就按着这样子，这尺寸？"朱开山说："嗯！"

黄木匠说："打造十副？"朱开山说："一副不能少！"黄木匠问："你打那么多干什么？"朱开山说："你打就是了，我自有用项。"传文十分不解道："爹，打十副犁杖，用料咱先不用说，光工钱得多少？花这个冤枉钱干什么，你倒是说说。"朱开山笑了笑说："传文哪，什么事你都得往前看十步，到时候自有它的用处！"

天凉了，朱家人早早歇了夜。传文躺在炕上，头枕着胳膊翻白眼儿，扑哧一声笑了。那文说："先生，你笑什么？"传文说："没笑什么。"那文说："不对，肯定有什么高兴的事。"传文高兴地坐起来说："咱爹今天跟我说，今后伙计们的事让我看着办。"那文说："这有什么好高兴的？"传文一梗梗脖子说："今天让我管伙计们，明天呢？后天呢？将来这家里的一切……啊？"那文说："别得意得太早，千里之行，始于足下，你先想想怎么把伙计们管好吧！"传文闻此气不打一处来说："咱家这些伙计，现在越来越不像话，昨晚打了一宿纸牌，今天找个由由就不上工了。说说吧，一个个嘴瞥里啪啦的，脖子还挺硬，属酸枣刺的，一打一梗梗，甩头拨拉角，不好整，气死我了！"说完又躺了下去。

那文安慰着传文说："这有什么可生气的，当年我们王爷府……"忽然意识到说漏了嘴。传文先是不经意地说："接着说啊，当年你们王爷府……嗯？"忽然反应过来，猛然坐起，眼睛直勾勾地盯着那文说："如果我没记错的话，你这是第二次说到'王爷府'，你给我说实话，你家原来是干什么的？"那文笑了笑说："先生，咱们一块过了这么长的日子，你看我们家像是干什么的？"

传文猜测着说："王爷府……莫非你真是——格格？"那文努力找着格格的感觉说："你看我像不像？"传文仔细地打量着妻子喃喃道："我的妈呀！你真

是格格呀？"那文嫣然一笑说："先生，你好福气啊，你说心里话，从嫁给你之后我做得怎么样？"

传文情不自禁地说："好，好得没法再好了！"随后也说不清是哭是笑，幸福地感叹着说："哎呀，老天爷，我真的找了个格格！"猛然间抱住那文亲了两口，然后故作严肃说，"格格怎么了？格格也是我朱传文的媳妇，也得老老实实地伺候我！"说话的同时高兴地在炕上来了一个前滚翻。那文笑着说："行了，行了，别发疯了！接着说伙计的事吧。"

传文兴奋地凑近那文说："格格请讲，哎，对了，你们王爷府过去也是雇了不少的下人，你家是怎么调理的？"那文说："怎么调理？擒贼先擒王。你别看那些下人在主子面前地位都一样，背后里都有个头儿，你要是把头儿制服了，其他的人都乖乖地听话。府里有个叫大巴掌的奴才，盘丝头一个，可不好对付了，我阿玛略施小计就把他调理得熨熨帖帖。"

传文忙问："怎么调理的？你教教我。"那文说："教的曲儿唱不好，咱家缺材料。"传文说："缺什么材料？"那文说："我跟你说说阿玛是怎么调理大巴掌的吧。有一天晚上阿玛把大巴掌灌醉了，故意派了一个俊俏的使唤丫头去撩拨他。大巴掌酒后色胆包天调戏丫头，正待入港……"传文打断她："你等会儿，入什么港？怎么说着说着到码头了？"

那文说："你看你，问你《石头记》看没看，你说看了，那是第几回来？想起来了，十九回，说秦钟看好了馒头庵的小尼姑智能儿，晚上去偷情，说正待入港被宝玉捉了个正着。入港就是……明白了？"传文说："哎呀，就这种书你也看？怪不得和你初次见面，看着你稳稳当当的，进了洞房就不是你了，吃人的老虎！都是那些闲书把你教坏了。说了半天说哪儿去了？说说你爹怎么制服大巴掌的。"

那文咯咯笑着说："阿玛揪住了大巴掌的小辫子要告官，大巴掌跪地求饶，打那以后就乖乖的了。"传文琢磨着说："嗯，这个办法好，不过咱家是缺材料……"看着那文不说话了。那文一板脸："你想干什么？"传文马上赔着笑说："你放心，再怎么样俺也舍不得拿你当鱼饵，俺是在想啊，你刚才说的那个招给俺引了条路。"那文忽然有些撒娇说："先生，你已经知道了我的真实身份，以后……"传文猛地一把将她搂在怀里说："这一辈子我都会好好待你！"

一个年轻的女人低着头坐在夏家客厅里，模样还算周正。夏元璋微笑地瞅着她，随后递上一杯茶，年轻女人低着头接过茶杯。玉书走进客厅说："爸，你喊我？"夏元璋说："玉书，我给你介绍一下，这就是我跟你说的你巧云姨，从山东过来投奔亲戚，亲戚现在不在咱元宝镇，没处安身了，我打算……"玉书说："爸，你别说了，我明白你的意思，你也早该成个家了。"巧云说："先生，这就是玉书姑娘？葱俊儿的人儿。"夏元璋说："玉书，爹想这几天就把事办了。办也不想太声张了，请请亲朋好友坐坐就是了。"玉书说："爸，你想怎么办都行，我没意见。"夏元璋说："那好，领着你姨到马裁缝的成衣铺做几身衣服，衣料要选最好的，别不舍得花钱。"玉书说："知道了。巧云姨，走哇！"

元宝镇上，酒馆买卖兴隆通四海，南来北往都是客。一个老艺人唱着关东大鼓传统老段子，声情并茂。春和盛对面福兴祥的吴老板跷着二郎腿哼着鼓词，眼睛却紧紧地盯着门外，见夏元璋进来，赶忙起身，拱手说："哎呀，夏掌柜的真是金身玉体，这么难请，我这壶酒温了又温，再不喝酒味儿可就全飞了。"

夏元璋撩起长衫坐下，客气道："吴掌柜的请酒哪敢怠慢？柜上正好接了笔生意，一时没脱开身，还请您老兄见谅。"吴老板说："不不不，我可没有怪罪的意思，就是久等不至有些着急罢了。来，喝酒，也就要了几个时令小菜，不成席面。"夏元璋说："这就挺好，挺好。哎呀，这几个小菜多好，颜色鲜灵，一看就勾出了馋虫。不错。"二人端起杯子喝酒，眼睛却都在偷偷地打量对方。

一个穿长衫的人背着个包裹进了酒店，觅了个安静角落坐下，吩咐了酒馆伙计几句。伙计上一碟花生豆，一壶酒。那人伸兰花指捏起酒盅，揪揪起小口儿慢慢咝饮，喝得极雅。这一举一动被夏元璋尽收眼底。

吴老板笑着说："哎呀，前些日子您续弦怎么也不告诉我一声？应该备点礼贺贺喜。结果呢，您偷偷摸摸地就办了，不够朋友！"夏元璋说："唉，也不是头婚，张罗什么？再说了，她是只身从山东来投奔亲戚的，亲戚又走了，娘家这边没什么人了，也没什么可操办的。"吴老板："听说新嫂子非常漂亮，人也贤淑，可就是没见过，连我这个对门儿的也没能一睹芳容，您可真是金屋藏娇啊，究竟要藏到什么时候？"夏元璋说："急什么？她这个人啊，腼腆，初来乍到的还有些害羞，不愿出门，早晚还看不着？哎，吴掌柜的，您今天不会是为这事讨伐东吴吧？有什么话不妨请讲当面。"吴老板说："夏掌柜的就是精明，什么也瞒不了您。那我就说了？"夏元璋说："说吧，谁也没堵着您的嘴。"

吴老板说："唉，上番没听您的话，跟您抬价收山货栽了个大跟头，到现在一直没缓过乏来，干什么都不敢干了。这不，手里有两个闲钱儿攥得紧紧的，就不敢轻举妄动了。我听说您准备秋后大干一场，钱上也不太凑手，正在四处拉股。我也寻思了，干山货行和您比拼没戏，不如把钱投到您那儿入个股，不知道夏掌柜的肯不肯赏脸。"

夏元璋说："好啊，有钱大伙儿挣，您入股那是抬举我，能不欢迎吗？"吴老板说："那咱今天就把话敲定了？"夏元璋说："敲定了。"这时，那斯文的长衫客人小酒喝得泪流满面，仰天叹息。吴老板瞥了一眼道："咦？这个人挺面生，好像不是此地人。"夏元璋说："从来没见过。我看这个人举手投足很不一般，不是大户破落，就是怀才不遇。"吴老板说："我看也差不多。看样是有什么愁事。咳，咱这不是看三国流泪，替古人担忧吗？腊月二十三过小年，自家的灶王爷自己送，不去管他，喝咱的酒。"

两人闲聊几句，各自散去。夏元璋回了春和盛，见常先生和传杰正忙着，自己笑了，坐在柜台里，面露得意之色，旁边的传杰恭敬地说："掌柜的，有好事儿？"夏元璋点头说："好事儿。昨儿对过儿吴掌柜的缴枪了，不和咱们争着做山货生意了，入了咱的股，说了，以后想改做杂货生意。嘻嘻。"传杰说："那好啊，这样咱就少了个对手，生意也好做多了。"

夏元璋有些飘飘然说："你说咱元宝镇，说起来也不大个地盘儿，你看这做山货的造了多少家？不算咱们的春和盛，对过儿有福兴祥，这条街还有乾聚号、德兴裕、天合成、富连德……不下十家，还有日本人开的山田洋行也做山货。为什么一个镇子这么多做山货的？关东山物华天宝，咱这元宝镇地界儿好，背靠深山老林子，面对一马平川的大甸子，天生是山货聚散地，别说十几家做山货的，就是二十几家也不够做的。可这些年有些家生意做得不地道，要么欺行霸市，要么坑蒙拐骗，把咱元宝镇的名声搞得有点臭。我就是想把咱的生意做大做强，做个龙头，把咱这行的规矩立起来，也算是造福一方吧。"

传杰说："掌柜的抱负真大，想得也长远。元宝镇现在的山货生意这么做，最后吃亏的是谁？不是货主就是买主，市面忽高忽低忽冷忽热，咱的风险也大，要是有个大家儿能挑起头来维持秩序最好不过。我看了，将来能挑起这个头来的非掌柜的您莫属。"夏元璋踌躇满志地说："这个日子不会太远了吧？"他昂头看着对过儿，内心一股豪气，把眼光收转回来，却见方才在酒店里见的那个长衫客人在自己铺子前徘徊着。传杰也瞅见了，说："这个人不像本地人啊。"

夏元璋说："我和对过儿吴掌柜的在林香园喝酒就看见过这个人。看他的举手投足拿捏得恰到好处，不是出身官宦就是大家子弟，看样是落魄了，遇到难事了。传杰，你去把他请到客厅说话。"传杰说："掌柜的，不认不识的请人家干什么？"夏元璋说："这样的人多结交些不吃亏，去吧。"传杰答应了一声出了店门。

传杰把人请了进来。巧云给客人上茶。那人有些惶惑地说："掌柜的，您找我有事？咱们可是素昧平生啊！"夏元璋微微一笑说："这位先生，您我不是初次谋面，在林香园咱们见过了。请问先生台甫？"那人愣了一会儿说："哦，哦，哦，是的，是的。在下佟传玺，字安国。"夏先生说："我是这儿掌柜的，夏元璋。"

佟传玺说："久仰，久仰，夏掌柜的找在下有何见教？"

夏元璋说："我看佟先生言谈举止落落不凡却郁郁寡欢，似有难言之隐，是不是遇见什么难事了？能不能对我说说，或许我会给您点帮助。"佟传玺低下头不说话，眼泪大滴地滚下脸颊。夏元璋大惊道："佟先生这是怎么了？有话请讲，别流泪呀！"佟传玺长叹一口气说："有道是须眉男儿有泪不轻弹，那是没到伤心处，我实在是有难处，还是天大的难处。"夏元璋说："佟先生有什么难处何不说出来，也许我可以给您分忧。"

佟传玺说："实不相瞒，在下是旗人，正黄旗，家父大清国的时候在京为官，官至三品。这不，皇上逊位了，和革命党本也相安无事，可谁知道家父受人撺掇参与复国之举，如今惹了官司被押在京城大牢。"夏元璋说："哎呀，这可麻烦了。"

佟传玺说："说的是啊！这不，前些日子家父托人捎来口信儿，说是如果使钱运动可免杀身之祸。家里这几年可以变卖的早已卖空了，哪里还有钱财？情急之下我想起了家里还有一棵珍藏多年的老山参，想拿出来换些钱财进京运动救家父一命。可是家父有话在先，宁肯赴死也不许出售此物。可作为人子岂能不救父命？出售又违父命，难啊！"

夏元璋笑了笑说："佟先生，我是做山货生意的，恕我直言，一棵老山参就是出售，所值几何？也救不了你父亲的命啊。"佟传玺急了说："你见过什么？这棵山参本应该是进贡朝廷之物，是家父偶然所得，一直秘不示人。家父说了，若在前朝，皇上知道了就是杀头之罪，现在拿出来也恐怕招来诸多麻烦。为什么？因为找不到买家，它太值钱了！"

夏元璋连连摇头说："恐怕言过其实，我做这么些年的山货了，什么大货没看见过？山参值钱不假，也不至于没人买得起呀！"佟传玺被激怒了，说："好好，我也不和您争辩，东西就在我身上，信不信由您。"夏元璋说："那就拿出来让夏某养养眼？"佟传玺犹豫再三，示意屏退他人。

夏元璋回头说："传杰，你到柜上照看着，顺便把门关上。巧云，你也不用在这儿陪客了，屋里歇着吧。"巧云和传杰退了出去。佟传玺揭开包袱说："夏掌柜的请过目。"包袱里是一个精致的缎盒，打开缎盒，盒里一棵酷似人形的老山参躺在那里，须尾俱全，成色饱满。夏元璋倒吸一口凉气说："啊！"

佟传玺说："夏掌柜的，七两为参，八两为宝，我这件东西可以吧？"夏元璋掏出手绢擦着额头的汗，眼里却冒出贪婪的光芒说："可以可以，佟先生打算怎么处理？"佟传玺说："出售肯定是不会的，就是出售也不会找到买家，我说这东西无价不为过吧？"夏先生说："不为过，不为过，那您的意思是……"

佟传玺说："我的意思是拿它作抵押借些钱财，先把家父救出牢狱，待家父出狱之后求求亲朋好友讨些银两再赎回来，他老人家京城故交好友不少，这不成问题。"夏元璋说："那你想借多少？"佟传玺说："不多，大洋两千，为期半年，到期本息翻番还您。"夏元璋说："逾期不还呢？"

佟传玺说："东西归您。"夏元璋说："提前还贷呢？"佟传玺说："本息不变。"

夏元璋说："别急，东西我再好好看看。"佟传玺说："随便看。"夏元璋仔细地看着盒里的人参，不住地点头。

佟传玺说："夏掌柜的，看样您对大货也不太在行，要不要找行家看看？"

夏元璋说："不用，不用。哎，如果到时候我给你掉了包，你怎么能证明东西不是原物呢？"佟传玺说："说实话，到柜上之前我打听了您的口碑，您不是那样的人。"夏元璋说："不，我要是那样的人呢？"佟传玺说："我的东西我当然认得，到时候我自有辨认的办法。"夏元璋哈哈大笑道："我说的是笑话，我夏元璋绝不是那样的人！好，咱们成交。"佟传玺说："慢，咱们得找个中人立下字据。"

夏元璋说："佟先生办事果然有根底，对过儿吴掌柜的这方面是行家，咱们就请他做个中人。"

生意谈成了，夏元璋心情大好，逗着笼中鸟儿低吟浅唱道："我本是卧龙岗散淡的人……"巧云说："先生，您唱戏真好听。"夏元璋说："好听吗？好听以后就经常唱两句给你听。"巧云问："先生唱的是《借东风》吧？"夏元璋说："对对对，就是《借东风》，你也懂戏？"巧云说："多少懂点，俺爹是个戏迷，小时候经常领着俺听戏。"

传杰进来了说："掌柜的今天真高兴，又唱上了。"夏元璋说："高兴，怎么不高兴？哪天不高兴？哎，传杰，想没想着咱们那年在龙口等船，天就是不起风，风船开不了，周大善人急眼了就装神弄鬼儿，扮成诸葛亮祭天，唱的就是这段。周大善人，戏唱得那叫一个好啊！是不是这么唱的？"传杰问："掌柜的，您唤我来不是要我听戏吧？"

夏元璋说："咳！你看，我把正事忘了。传杰呀，那天佟先生要把大货拿出来给我看，我把你支走了，有想法了是不？"传杰说："也没有什么想法。"夏元璋说："你瞒不过我的眼睛，我看出来了，你当时不太痛快。也别怪人家小心了加小心，这可是件宝啊！"传杰说："掌柜的，我当时是想看看，想帮着您长长精神，怕您叫假货打了眼。"

夏元璋说："拿假货打我的眼？谁敢！传杰，这个佟传玺在元宝镇一露面我心里就是一动，就觉得我和他之间会有点什么事，果不其然。其实啊，他的东西没拿出来我就没有怀疑了。为什么？我这双眼睛别看近视，毒着呢，看人看到骨头，一打眼我就看出他是个有来历的人，那言谈举止做派，不是一天两天就模仿得了的，深在骨头里，他就是成了叫花子也掩盖不了。这号大户人家的子弟，就是穷到家了也不会使诈，他们出手的东西你看都不用看，没有假的。"

传杰说："那是，想蒙您可不容易。"夏元璋说："来来来，我今天高兴，让你开开眼。"说着取了锦缎盒。巧云知趣地走了。

传杰说："掌柜的，这么好的宝贝人家肯定会回来赎走的。"夏元璋说："也难。他就是救出老爷子，出来以后凑足两千块大洋也是痴心妄想。有道是人走茶凉，何况一个蹲过大狱的人？人家不会买他的账，避之犹恐不及呢。退一万步说，他就是凑足赎金，咱也不吃亏，半年就赚回两千块大洋，上哪儿找这样的买卖！"他打开了锦缎盒，传杰凑前仔细地看着盒里的山参。

夏元璋说："传杰，你记住了，棒槌这东西，七两为参，八两为宝，这棵参重七两二钱五，我长这么大个人了，头一遭看见这么大的东西，兴奋得好几天晚上睡不着觉。"传杰看着看着，却皱起了眉头。夏元璋问："怎么了？"传杰说："掌柜的，您把放大镜给我使使。"夏元璋把放大镜递给传杰说："对，好好看看，机会难得啊！"

传杰拿着放大镜看了半天，突然大呼道："掌柜的，您上当了，这是棵假参！"

夏元璋脸色大变道："什么？不可能！"传杰说："老山猫爷爷教给我辨别山参真假的方法。他说了，有人专门拿桔梗冒充山参骗人呢。"夏元璋笑了说："桔梗我还不认得？桔梗长成人形的也有，可不会长出参颅、参须。你看这参颅上的叶痕，你数数，多少处！还有这参须，多长！"

传杰焦急地说："老山猫爷爷说了，造假参的人都是精心雕刻了假参颅粘到桔梗上，参须也是粘的。这棵参的颅和须都是粘的，您眼神不好没看出来！"

夏元璋一把夺过传杰手里的放大镜，仔细地看着，猛地摔了放大镜，大失风度道："果真叫他妈的骗了！我玩了一辈子鹰，到头来叫鹰啄了眼，丢不起人啊！"

传杰劝慰说："掌柜的，谁都有走眼的时候，以后注意点就行了。咱不动声色，等着佟先生来赎取就行了。"夏元璋摇着头说："不会来了，老龟摆脱金钩去，摇头摆尾不再来，他现在还不知躲在哪儿偷着乐呢！就这么认栽了？我这心里过不去啊！"夏元璋在院里踱着步，长吁短叹，转悠了半天回到客厅。

巧云过来送茶说："先生，你太累了，回屋歇着吧。"夏元璋温柔地抚摸着巧云的手说："巧云啊，我遇见难事了，脑子有些乱了，让我一个人好好想想。你先去睡吧。"巧云边走边说："唉，要是能想个办法让那个姓佟的回来赎他的东西就好了。"夏元璋沉思着，蓦地，脸上露出了一丝微笑。

第十七章

夏元璋背着手在屋里踱步，传杰领着吴老板进屋说："掌柜的，吴掌柜的请来了。"夏元璋满脸的沮丧说："吴掌柜的，请坐。"巧云献上茶。夏元璋说："吴掌柜的，你不是说没见过新嫂子吗？这一回见着了吧？"吴老板开始称兄道弟了，说："哎呀夏兄，新嫂子果然俊俏，夏兄真是交了桃花运了。哎，我看夏兄的气色不太好，新嫂子漂亮，不是晚上砍伐过度了吧？嘻嘻。"

夏元璋唉声叹气道："唉，吴掌柜的，不瞒您说，我在那方面还真是没什么兴趣，不然怎么会年近半百才想起来续弦呢？"吴老板说："那么是哪儿不舒服？"

夏元璋说："不是不舒服，是很不舒服。"吴掌柜的说："哎呀，那得找先生瞧瞧，别耽误了。"夏元璋说："我这个病先生看不了，是心病。"吴老板说："哦？"

夏元璋说："吴掌柜的，您也不是外人，我把实底儿交给您吧，咱们让佟先生耍了，他给我留下的是棵假参！"吴老板大惊失色道："您说什么？不会吧？"夏元璋说："他瞒了我，也瞒了您这个行家，可没瞒过我的这个小学徒。传杰，把东西拿给吴掌柜的看看。"传杰捧来参盒，巧云又知趣地走了。

夏元璋打开盒盖，拿来放大镜："吴掌柜的好好看看。"吴老板看了半天说："还真看不出来。"夏元璋说："不是传杰提醒我也没看出来，这是棵不值钱的桔梗，颅和须都是假的，刻出来粘上的。"吴老板又看了半天说："哎，您这一提醒还真是这么回事。这个姓佟的，真是太狡猾了！"

夏元璋说："是太狡猾了，我被他的外表蒙骗了，就寻思大户人家出来的子弟，不至于干出这种卑鄙龌龊的事来。可他就干出来了。"吴掌柜的低头道："这么说我这个当中人的……"夏元璋说："哎，不关您的事，您就是做个中人而已，当时东西您也没过目，怨不得您，我自认倒霉。"

吴老板愤怒异常："这个姓佟的，真他妈的丧尽天良，捉到他非送官府不可！"

夏元璋说："算了，背后跺脚人家也听不见，干赚了自家地面受委屈。传杰呀，你去把火盆端来。"传杰说："掌柜的，还没上秋呢，要火盆干什么？"夏元璋瞪着眼睛说："叫你拿你就拿，哪儿来的这么多废话！"传杰溜溜地走了，一会儿端来火盆。

夏元璋说："吴掌柜的，这件事就您知我知还有我的这个小学徒知道，就不叫外人知道了吧，丢人啊！东西我不能留着，看着它闹心，也不能让它再骗人了，这东西也确实乱真，留着是个祸害，我把它当着咱仨人的面烧了，以后谁也不许提起这件让我丢面子的事，您看行不行？"吴老板说："夏兄说的也是，这是个惹祸的根苗。"传杰哭着说："掌柜的，不能啊，这可是两千块现大洋啊！"

夏元璋一边烧着参盒，一边哭着说："这哪是现大洋啊，明明是我的半世英名，毁了，全叫它毁了！"老山参片刻工夫化为灰烬。

吴老板说："夏兄，我有件事想求求您。"夏元璋说："哦？那就说吧。"吴老板说："是这么回事，我想了好些日子，一直不好意思开口。您说我不干山货生意别的还真干不了，想来想去还是觉得重操旧业合适，想从您这儿把股撤了。"

夏元璋说："哦？您要撤股？这可给我来了个措手不及，那些钱我都押在货上了，能不能容我缓两天？"吴老板说："我不急，不急。那我就告辞了。"吴老板满脸的同情，步履沉重地走了。夏元璋看着他的背影，冷冷地笑了。传杰也笑了。夏元璋收了笑脸说："传杰，你笑什么？"传杰说："掌柜的，您笑什么？"

夏元璋点着传杰的额头说："你这机灵鬼儿，想瞒住你还真不容易，敢情你刚才不是哭皇陵！我就奇了怪了，你的眼泪是怎么挤出来的？"传杰伸开手说："我这儿有辣椒面儿。"

三天后，夏元璋在院里逗着鸟，传杰进院说："掌柜的，来了！"话音没落，吴老板领着佟传玺走进屋子。吴老板拱手说："夏兄，您看我领着谁来了？"佟传玺也拱手说："夏掌柜的，别来无恙。"夏元璋大吃一惊道："佟先生？您……您不是上北京了吗？这么快就回来了？老爷子的事办妥了？"

佟传玺说："我压根儿就没去。"夏元璋问："怎么？事儿不办了？"佟传玺说："咳！不用办了，我还没动身呢，这不，家父又捎信儿来了，说没事了。"夏元璋说："您这是……"佟传玺说："哦，我是来赎我的东西。"夏元璋目瞪口呆，站在那儿半天没说出话来，额头上冷汗直冒。

吴老板佯作关心问："夏兄？您这是怎么了？"夏元璋结结巴巴地说："您不是说半年为期吗？怎么……"佟传玺掏出字据："夏掌柜的，我这儿可是有字据，我可以提前还贷。"夏元璋说："还贷？我不着急。"佟传玺说："可我急呀！家父还捎来口信儿，让我带着东西进京，他要靠着这件东西给我谋个一官半职呢。"

夏元璋接过字据说："这上面可是清清楚楚地写着，提前还贷本息照付。您当时借我是两千块大洋，要还四千块。"佟传玺说："对呀。"夏元璋问："钱您带来了？"佟传玺说："带来了。您过目，这是本镇钱庄昌盛隆的银票，大洋四千块。"夏元璋接过银票，反复看着。佟先生说："夏掌柜的怕是有假？何不让伙计到钱庄验一验？"夏元璋说："那就验验？传杰，你腿快，就去验验，佟先生这也是好意。"传杰接过银票跑了。吴老板说:"佟先生,我劝了你多少回了,你急什么?东西夏掌柜的还没稀罕够呢,你就让他再赏玩几天不行吗?"佟传玺说:"我不是急着进京吗?家父准备给我在直隶谋个县长的职务,关节都打点好了,就等这件东西了。"吴老板说:"你那件东西到底值多少钱?"佟传玺打量着夏宅:"怎么不值这么个家当?"夏元璋说:"真的吗?"佟传玺说:"只多不少。"传杰一头汗急匆匆地跑回来。夏元璋问:"怎么样?银票货真价实?"

传杰说:"真真切切,没有假。"

夏元璋说:"银票呢?"传杰说:"交给常先生下账了。"吴老板说:"咦?东西还没还呢,你下的什么账啊!"夏元璋嘿嘿一笑道:"怎么?吴掌柜的急了?传杰,既然人家本息都还了,东西还给人家吧,人家急着有用呢。"传杰说:"哎!"高兴地跑进客厅。吴、佟二人大为不解。

传杰拿着一个锦缎盒从客厅来到院内。吴掌柜的大惊失色,指着夏元璋问:"你不是……"佟传玺指着吴老板说:"你不是说……"夏元璋板着脸说:"行了,验验货吧。"吴、佟二人面面相觑,验着货,汗水流满脸颊。夏元璋说:"验好了吧?那就完璧归赵了。传杰,送客!"说罢背着手走进客厅。

佟、吴两人一走出春和盛店铺,佟传玺就气急败坏地把锦盒摔到吴老板的脸上说:"你不说是稳拿糖瓜吗?啊?你拿回家吧!"吴老板一把揪住佟传玺的脖领:"你往哪儿走?我垫的钱呢?还我的钱!"佟传玺说:"呸!你还有脸要钱?煮熟的鸭子又飞了,我他妈的白忙活了!"吴老板:"这损失不能由我一个人承担,这是咱俩的事,起码也得一人一半,这两千块钱可是我借的,我要破产的!"佟传玺说:"你活该!就你这号的买卖人活该破产!你不破产天理不容!"说罢撒腿跑了。吴老板坐在地上号啕大哭道:"天哪,杀了人了!我可怎么办哪!没法活了……"

夏元璋和传杰站在门口,默默地看着街上的这场闹剧。传杰叹气说:"唉,吴掌柜的这阵子也怪可怜的。"夏元璋说:"哼,他是咎由自取!传杰,是不是妇人之仁的老毛病又犯了?这样的人,他要是把你整倒了,不但不可怜你,还会坐在你的屁股上喝酒庆功呢。回吧,今天摆酒席庆功,十几天的工夫赚了两千块,痛快!"

福兴祥门口外,吴老板似大病初愈,倚着墙坐在那儿欲哭无泪。旁边他老婆哭天抢地痛不欲生:"作孽呀,这都是自找的,怨不得别人……"吴老板的儿子黑牛狠狠地瞪着搬运他家东西的伙计们。传杰搬着一个箱子从福兴祥店铺内走出，看到吴家等人的惨状，同情之心油然而生。夏元璋看到传杰的神态，呼唤说："传杰，你过来!"

传杰放下手中的箱子，来到夏元璋面前。夏元璋温和地说："传杰啊，是不是觉得我太残酷了?"传杰勉强地笑了笑，轻声地说："是。"夏元璋循循善诱道："传杰呀，生意场上历来如此，大鱼吃小鱼，小鱼吃虾，我不痛下杀手怎么能维护正经生意人的利益? 这种害群之马不除，元宝镇的买卖家永无宁日!"传杰说："掌柜的，您说的都在理，可我就是见不得人家落难。"夏元璋仰天叹息道："我夏元璋又何尝是铁石心肠的人? 生意场从来都是剑戟丛生险恶无比，你在里边滚得久了，一颗心就像被油锅炸了，水分干了，变硬了，眼窝子里就不会有泪水了。"

回到自己的小仓房里，传杰躺在床铺上，两眼盯着天花板愣神。玉书蹑手蹑脚地走进屋子。传杰起身问："姐，这么晚了你还来?"玉书嗔道："说了多少回了，不许叫我姐了!"传杰说："有事?"玉书说："没事就不许来你这儿坐坐? 你今天怎么了? 闷闷不乐的。"传杰说："唉，看着吴掌柜的败家了，心里老大不忍。你爹说得对，生意场就是战场，是战场就要打仗，就有得胜将军，也有败军之将，可自古哪有常胜将军? 你说咱要是成了败军之将，那心里是什么滋味? 往后想想还真有些害怕。"

玉书笑着说："那就别想那些，想高兴的事。"传杰说："身在其中不想行吗? 哎? 你到底有什么事?"玉书说："你这个人真没劲，人家睡不着觉，想和你说说话。二哥和鲜儿姐有没有信儿?"传杰摇头。玉书说："唉，我这个媒人你说是怎么当的? 给你们家成了一对亲，拆了一对亲，还都应在大哥身上，我到现在还老大不自在。你说天下哪有这么巧的事? 怎么都叫我碰上了?"

传杰说："别说了，大哥和鲜儿姐就是没有夫妻的命。"玉书说："那你说二哥和鲜儿姐有没有夫妻命?"传杰说："我也说不准，你说没有吧，他们俩一起跑了，你说有吧，二哥跟秀儿成了亲，乱套了。"玉书咯咯笑了。传杰说："你笑什么?"玉书说："你说咱俩呢? 有没有夫妻命?"传杰说："你说呢?"玉书说："我可不信命。你呀，早就被我攥到手心里了!"夏元璋背着手溜达进屋里说："玉书，你在这儿呀? 我说呢，满哪找不到你。"玉书说："爸，找我干什么? 陪着巧云姨说话吧。"

夏元璋说："你说你这个小人儿，拿着老爹取乐儿。你不是想要一架风琴吗？爹给你从哈尔滨买来了，刚卸车，你不去看看？"玉书高兴地跳起来说："是吗？传杰，走，去看看。"

一架风琴已经放在客厅。巧云擦拭着风琴说："先生，这叫什么东西？躺箱吗？小了点。炕琴吗？怎么没门儿？"玉书咯咯笑着说："姨，这叫风琴。"她打开琴盖，熟练地弹奏了一曲，传杰跟着吟唱。夏元璋摇头说："不好听，不好听，和拉风匣没什么区别。"传杰笑道："掌柜的，哪有这么贵的风匣啊！"

玉书与传杰来了精神，用日语对话。玉书说："我爸虽然在生意场上精明强干，可毕竟是落伍了，对新事物缺乏敏感。"传杰说："但他是成功者，我们应当为他骄傲。"玉书说："但愿他不像你的父亲，在我们的关系上制造麻烦。"传杰说："不会的，我对他抱有十足的信心。"玉书说："传杰，你真的爱我吗？"传杰说："当然，能得到你的爱是我一生的幸福，我愿意为你舍弃一切，就像二哥一样，在这一点上我很佩服他。"

玉书说："那你为什么现在不吻吻我呢？"传杰哈哈大笑道："你疯了？不可以这样抓唬老父亲。"二人笑作一团。

夏元璋一头雾水，大发牢骚道："不要你们学日本话偏偏不听！你们说了些什么？我一句没听懂。"玉书笑得直不起腰来说："你要听明白就坏了！"

朱家伙计们围在屋里玩纸牌耍钱。二柱子输光了，骂骂咧咧道："妈的，点儿太背，不玩了，不玩了。"老崔说："再玩会儿，晚上饭还早着呢，闲着也是闲着。"

二柱子说："妈的，没钱了。"他走出屋，伸了个懒腰，忽然听到那文唱戏的声音。

那文边哼唱着京剧，边姿态优美地烀着饼子，身段动作煞是好看。传文急匆匆走来对着灶间喊道："那文，你出来一下。"那文站到门口问："什么事啊？"

传文递给那文一个钱褡子说："收好了，这是十块大洋。"那文问："什么钱？"

传文说："给黄木匠预备的工钱。放好了。"转身要走。那文说："还到哪儿去？"

传文说："到地里看看。"说罢又跑了。那文进了灶间，一会儿又走到院子里，对着堂屋喊道："娘，您望着门，我去借点醋。"人也跑出院子。二柱子犹豫片刻后，小跑着溜进灶间。

他慌乱地从风匣上拿起钱褡子，摸出几块大洋，揣在怀里，转身就往外跑，突然愣了——传文堵在了门口。二柱子惊呆了，张口结舌道："你……"传文厉声道："好你个二柱子，原来是个贼！"二柱子扑通一声跪下了，将怀里的大洋掏出来，说："少东家，饶了我吧，我这是头一回，真的头一回！"

传文冷笑道："头一回？怪不得俺们家这些日子老丢东西丢钱，原来是你这个贼干的！走，跟俺见官去！"二柱子磕头如捣蒜说："少东家，我真的是头一回，开恩吧，饶了我，我再也不敢了！"传文说："饶了你？你凭什么让俺饶你？"

二柱子说："从今以后我听你的，让我干什么都行，千万别给我说出去，要不我就没法活人了。"传文说："这是你说的？"二柱子说："是我说的。"传文说："好吧，就饶了你这回。你听明白了，以后再敢跟俺捣乱，俺就把你做的这些事嚷嚷出去，你在元宝镇就别想再抬起头来！"

中午时分，朱开山神态平静地喝着小酒，旁边的文他娘边吃边说："他大嫂，今天怎么多炒了俩菜啊？"那文与传文相视一笑，那文欢快地说："今天高兴，一不小心就多做了俩菜。"文他娘不解，问道："又有啥事让你高兴啊？"旁边的朱开山佯装不满说："啥事你都喜欢刨根问底的，吃你的饭吧！"他转头对传文夫妇道："你们俩把酒倒上。"传文俩一愣，那文连忙拿过酒壶酒杯，为传文和自己倒酒。

朱开山依然平静地说："你们俩今天拿下了二柱子，这出双簧演得不错，喝了吧。"传文俩傻了，那文赔着小心地问道："爹，你怎么知道的？"朱开山说："这种点子只有王爷府的格格能想出来。"传文惊得一屁股倒在地上，那文手上的酒杯也掉在地上。

文她娘一口饭噎在嗓子眼，想说什么说不出来，眼睛直勾勾地看着那文。

朱开山还是非常平静地端起面前的酒杯，一口喝下去。慌了的那文急于想对朱开山表示敬佩之情，但慌乱之中却词不达意道："爹，你不是人！"刚刚爬起来扶好凳子的传文，一听老婆的话又慌了神，还好那文连忙补充说："爹，你是神！我服了！"传文长出了一口气，重新坐好。

文他娘好不容易咽下嘴里的饭菜，喘息着问那文："你真是格格？"不待儿媳回答，又转问朱开山说："你怎么知道的？"朱开山嘿嘿道："想知道吗？不告诉你。"文他娘佯装生气道："你个老东西，想急死我们！说不说？你要是不说，从今儿开始你自己住，没人伺候你！"那文请求着说："爹，你就告诉我们吧！"

朱开山微微一笑，慢悠悠地说："其实很简单，四个字——'兵不厌诈'。"

那文不解道："可您咋的得有根据啊？"朱开山解释着说："我从见到你舅和你的那一刻起，就觉着你们不会是平常人家。后来，我让传杰通过夏先生又专门找过你舅，送去二十块现大洋。一是帮你舅日子能过得好受点，二是让你舅说实话。你舅死活没扛住，全说了。"

文他娘恍悟道："你个死老头子，还有小三，这么大的事不早告诉我！长着嘴巴光知道吃饭啊！"朱开山说："就你这脾气，早告诉你还不定出什么乱子呢。前段时间咱家够乱的了。"文他娘问："那你为啥现在说？"朱开山说："你没看见刚才他们俩那个得意的样儿，再不给他俩扎扎翅，他俩就不知道姓什么了。"

传文说："爹，那二柱子的事……"

朱开山抿了一口酒，说："二柱子是个胆小的人，他刚才找到我，自己都招了。"传文夫妇不约而同地站起，敬佩之情油然而生，说道："爹，敬您一杯！"

朱开山得意地说："小样儿，知道什么叫火眼金睛了吧？"

秀儿坐在堂屋门前纳着鞋底子，她旁边的篮子里摆放着七八双已经纳好的鞋底子。秀儿清瘦了，精神恍惚，不时地发愣。堂屋内，韩老海闷闷地抽着烟，秀儿娘不无担心地观察着女儿。院门外传来马蹄声。秀儿扔下手里的活儿奔到门口，扶着门框看远去的骑马人，又失望地回来，坐下，继续手里的活儿。

秀儿娘忧虑地说："他爹，再这样下去，秀儿早晚得出事。"韩老海略思，起身来到秀儿的跟前，强装笑脸温和地说："秀儿，纳这么多的鞋底子做什么？"

秀儿说："爹，传武愿意到处跑，穿鞋可费了，我多给他做几双鞋，不能让他光着脚。"韩老海闻此，克制着内心的伤感，继续温和地哄着秀儿说："秀儿，他不会回来了，你就死了心吧，把他忘了吧，爹再给你说个好人家。"秀儿流着泪说："爹，他能回来的，我没做错什么，他就是一时糊涂，会回心转意的。我生是他家的人，死是他家的鬼。"韩老海再也难以控制自己内心的悲怆，眼含热泪说："朱开山，你都看到了吗？我闺女叫你们老朱家害成什么样了！我能咽下这口气吗？你不让我过好，我也不能让你过安生日子！你等着，咱们一报还一报！"

韩老海发了狠，朱开山家里遭了殃：满院子死鸡，满地鸡毛，连牲口棚的驴子也弄折了腿。可怪的是，也没见外人上门啊。传文疲惫不堪，有点神经兮兮了，嘴里念叨："这日子没法过了！爹，娘，俺一宿一宿地不睡，天快亮了，寻思没事了，刚合了合眼就这样了，俺扛不住了！"文他娘十分心疼儿子，说："老大，这都是报应不到数，就别费心思了。"

传文说："娘，不光是报应，这儿的人欺生，咱雇的伙计们也都造反了，摁下葫芦起了瓢，地里的活儿说给你撂了就撂了，有空没空都摸纸牌，说说他们，一个个眼珠子瞪得牛蛋子大，七个不服八个不忿，也不知谁是谁的东家了。谷子不秀穗儿还种它干什么？公鸡棒子不打鸣还养活它做甚？光糟蹋粮食。咱这是雇伙计吗？是养了一群爹呀！爹，这些伙计俺看了，长虫钻屁眼儿，没治了，都辞了吧，咱换新的。"那文说："你少说两句吧，听听爹是怎么说的。"朱开山说："听我的？要我说再换也一样啊，一片地里长不出两样谷子。没有外神闹不了家鬼。传文，你看着办吧，也该为我操点心了。"

传文点点头，想来想去还是去找了二柱子，他人被孤立，可是一个房里那些人，事他应该知道。他瞅了个二柱子自己在屋的机会，问他："二柱子，咱院那些事谁干的，你肯定知道吧？"二柱子没说话，只瞥了老崔的炕铺子一眼。

传文点点头，出来对朱开山说："爹，都弄清楚了，就是这么回事，都是老崔起的事，明天起早俺就抡着大棒子，把老奸臣撵出这个院子！"朱开山说："不行！撵跑他你一个伙计也留不住。"传文说："那怎么办？就让他留在咱家兴风作浪？"朱开山说："别急，我自有办法。"

朱开山请来老崔喝酒，说道："老崔，喝酒呀，别客气，我知道你的酒量。"老崔说："老当家的，你到底有什么事就说，不说我的心里老是揣了个兔子，怦怦直跳。"朱开山说："谁的心不跳？喝酒。"朱开山一个劲儿地给老崔斟酒，什么事也不说。

院里一只芦花大公鸡大中午的抻脖子叫起来。朱开山说："不识时务的东西，什么时候才想起报晓！"一甩手，一根筷子飞出去，大公鸡立刻毙命。心怀鬼胎的老崔终于忍不住了，哭着说："老当家的，你就高抬贵手吧！"朱开山故作吃惊道："老崔，你这是怎么了？"老崔说："我认头，事是我干的，我也是磨不开情面，替人出气，至于替谁出气你心知肚明，我就不说了。"朱开山不动声色道："说那些干什么？咱今天就说说明年种庄稼的事。老崔，你是种庄稼的把式，咱种什么，种多少，我想听听你的意见。"老崔说："老当家的，你真不往心里去？"朱开山岔开话题道："今年风调雨顺，我看明年好该涝了，我想高粱就少种点，多种些苞米，你早点打谱。”老崔叹口气道：“老当家的，你大气，宰相肚子里能撑船，我是服了！”

烈日下，朱家一家人都在给庄稼除草。老崔带着雇工卖力地干着。那文也蹲在地里，动作夸张，表情丰富，干了一会儿站下了，擎着手，竟咿咿呀呀地哭了起来。传文走过来问道：“文儿，又怎么了？”那文说：“你看人家的手，都磨起水泡了。”传文说：“乍一干都这样，等磨成茧子就好了。”

那文说：“疼死人家了！和你商量商量，我和娘换换吧，我回家做饭，让娘下地干活。”传文说：“得了，得了，就你做的饭？谁吃呀？你上回烀的大饼子，老崔是牙口差了点，愣是没啃动，随手甩到猪圈里，正好砸在咱家老母猪的后腿上，活生生把腿砸断了。你没听传杰吆喝？”那文说：“也没砸到他的腿上，他吆喝什么？”传文说：“吆喝什么？他要去找黄木匠给老母猪做副拐杖。”那文咯咯笑了道：“他啊，不用笑话我，等玉书过门看，不一定赶上我！”传文说：“你们俩要是凑一块，正好是一对儿。”那文说：“一对儿什么？”传文说：“一对儿什么？一对儿呱呱鸟，光会抻着脖儿叫。”那文咧着嘴哭了说：“叫你这么一说，我这不是个废物吗？”传文笑道：“谁说你是废物了？成天陪着俺说话、睡觉，你的功劳也不小呢。”朱开山走过来说：“你们俩在这儿嘀咕什么呢？”传文说：“爹，那文的手磨起水泡了，我给她看看。”朱开山说：“那文呀，我这两天膀子疼的老毛病又犯了，你给我跑一趟，到镇上的济仁堂买两贴膏药。”那文高兴地说：“哎！”朱开山说：“顺便看看你三弟，问问他怎么好长日子没回家了。是不是又忙着收山货了？让他注意点身子。再到绸缎庄看看，有没有喜欢的衣料，有就回来告诉我一声，你和你娘都做套秋里穿的衣裳。”那文不断地答应，脸上开了花，颠儿颠儿地跑了。

传文埋怨道：“爹，好人都叫你做了，得罪人的事都要俺做了。”朱开山笑着说：“安排她下地就是让她体会体会种田不易，她成天小嘴儿巴巴的挺会说，就是没体验，目的达到了就行了，你当我真的指望她干活？”

晚上临睡前，那文躺在炕上哼呀咳呀的。传文说：“文儿，又怎么了？”

那文哭唧唧地说：“先生啊，为妻的活不起了，浑身酸疼得了不得啦，骨头都裂了缝儿了，你快给我捏捏按按，要不然为妻的就熬不到天亮了！”传文说：“你呀，就能咋呼！你说你今天都干什么了？耪了不到一垄地，到镇上逛荡了大半天，买回两贴膏药还错了，是治头疼的。”那文说：“谁叫爹没说清楚呢！”

传文说："能怨爹吗？他还没说完你就跑了。"那文说："我不是怕他变卦嘛。"

传文给爱妻按摩，累得满头是汗，嘴里叨叨说："你说俺娶了个老婆得什么济了？啊？白天抗旱，晚上抗你，俺非把你这身臭毛病改过来不可！你怎么不弹弦儿了？怎么不写诗了？什么一江春水向东流，俺看是屁滚尿流！"那文一骨碌爬起来说："不许你糟蹋这么好的诗！"传文说："好了，不糟蹋。哎，你到镇上看见传杰了？"那文说："看见。传杰现在章程可大了，夏掌柜的现在撒手了，货栈的买卖他说了算了。"

传文说："他成？"那文说："成！这不，山货就要大上市了，各家钩心斗角争得乌眼儿鸡似的，夏掌柜的倒退到后台了，摇着芭蕉扇推陈出新，让传杰独当一面。传杰说了，夏掌柜的现在什么事也不管，传杰有几回生意上的事不太明白找他求教，你猜夏掌柜的怎么说？"传文说："怎么说？"那文说："夏掌柜的说，买卖全当就是你的，看着办吧，我要当老太爷喽。"

传文说："传杰能撑起来？"那文说："怎么不能？你还别看，他的道眼真不少，联合了几家信誉好的货栈，把市面控制得牢牢的。"传文说："夏掌柜的真的不闻不问？我就不信！咱爹还说咱这个家让俺看着办呢，其实呢？针头线脑的事是俺说了算，要是动刀子割肉了，刀把还是攥在他的手里。俺估摸传杰也是一样，也是个木偶，他在前台比画，夏掌柜的在后面牵线。"

那文说："不是，不是，夏掌柜的我是看出来了，他也没有儿子，将来是想把买卖交给传杰。你就不一样了，咱爹对你还是信不过。"传文说："俺也看出来了。可咱爹为什么就是信不过俺呢？"那文说："这也怨不得咱爹，你呀，顶破天就是个将才，传杰就不一样了，他是帅才。"传文说："这么说，将来要是传杰和玉书成亲，那他就得叫人家招了养老女婿。"那文说："所以说你还有机会。"

传文说："怎么说的？"那文说："你想啊，传杰招了养老女婿，传武又不在家，你在老朱家可就是蝎子尾巴——独（毒）份（粪）儿了，大阿哥就是再没章程将来也得即位呀。"传文犯愁了道："这么大的家业，真要是让俺顶起来心里还真没谱儿。"那文说："那有什么？有我呢，我可以垂帘听政啊！"

一家人正准备吃午饭，那文收拾上了饭菜。文他娘说："稍等一会儿吧，传文在地里还没回来。"朱开山说："那就等他一会儿。我看眼下黄烟上劲了，今年黄烟是个大丰收啊。"那文说："我听传文说，今年的烟价也错不了。"朱开山说："差不离吧。咱家地里的黄烟哪年不卖好价？为什么？咱这是山东烟，品种好，味儿正，又有劲又柔和，颜色也喜人，一上市疯抢。种庄稼别的我不敢说，要论起种黄烟，谁我都敢和他比试。"文他娘说："你种烟的本事还不是跟他姥爷学的？"朱开山说："这倒不假，他姥爷种黄烟那可是好把式，有名儿，外号烟油子。"

正说着，传文气喘吁吁地跑进屋来，哭叽叽地说："爹，娘，不好了，地里的黄烟叫人家毁了！全毁了！"文他娘哭天号地说："天啊，杀人不过头点地，怎没完没了啦？这是不让人活了！老朱家的爷儿们都死绝了吗？啊？他爹，你浑身的雄气都哪儿去了？让狗吃了吗？洋毛子你都敢杀，马贼你都不怕，怎么躲进放牛沟你就瘪了茄子了？你这是怎么了！"

传文抄起镢头，眼睛瞪得鸡蛋大说："俺也不想活了，和他们拼了！"朱开山怒喝一声道："都给我闭嘴！"喊罢，背着手在屋里转悠，沉默得像块石头。大家也都缄口，默默地看当家人如何动作。

朱开山终于开口说："好了，说起来拼命最简单，不用你们动手，我一个拼他十个绰绰有余，可是有用吗？啊？你们说有用吗？他们是洋毛子吗？是马贼吗？你不栽蒺藜哪来的刺？啊，就许咱撕下人家的脸皮坐腚底下，放屁拐带喷沙子，不许人家泄泄私愤？天下的道理都在咱的布袋里吗？他娘，秀儿不是你的闺女，要是你的闺女，你不拼上这条老命烧了他家的房子我不姓朱！"

文他娘说："烧他的房就解气了？俺能零刀割了他！"朱开山说："还是的！"

传文说："那就这么忍下去？"朱开山说："是疖子早晚会鼓头儿，没鼓头儿不能乱戳弄！都听好了，这件事不许张扬，要敛住气稳住神。他娘，明天在院里备两桌酒饭。"文他娘说："你这又是耍什么神？"朱开山说："到时候你们就知道了。那文，吃了饭你留下，给我写帖子。"那文脆快地答应了。

韩老海看着请帖不解其意，背着手在屋里转悠。屯里接到请帖的几个人也拿着帖子来了。老孙头说："老海，你也接着朱家的帖子了？"韩老海说："你们都接着了？"老孙头说："可不是嘛！老海，怎么办？到底去不去？这个朱开山，葫芦里到底卖的是什么药啊？"韩老海说："你们问我，我问谁去？"老孙头说："那咱去还是不去？"韩老海说："谁愿去就去吧，自己拿主意。"

朱开山的院里摆了两桌酒席，朱家老小堆起笑脸，热情地招呼客人，让座儿。老孙头、张把头等人与朱开山坐在一桌，传文与其他人坐在另一桌。宾客们都坐下了。老孙头说："老朱兄弟，你今天请客又有什么说法？这回是认个干儿子吧？"朱开山打哈哈道："要认也不认你，你呀，老干干枣。"老孙头说：

"别看老干干枣样不济，甜倒牙！"文他娘说："老孙头，甜倒谁的牙也甜不倒你的，数数看，你满嘴还有几颗牙站着？站着的也在那儿打晃。"大伙儿笑了。

朱开山说："诸位老乡台，今天请大伙儿喝酒没别的意思，也没有什么相求的，要是有所求才请客那就让大伙儿看不起了。就是想和大伙儿坐坐，拉扯拉扯庄稼院里的事。来，喝酒，一边喝着一边说话，想说什么就说什么。来，咱先喝起来！"大伙儿热情地响应着。

老孙头看到忙忙活活的那文有意道："大媳妇哪儿去了？自从她进了你老朱家的门，开了小书馆，虽说是三天打鱼两天晒网，我孙子倒是识了不少的字，今天我老汉要敬先生一杯酒。"那文说："孙大爷，教几个孩子也不费事，爹说我这是借着机会偷懒呢！再说了，您是长辈，我怎么能让您敬酒呢？还是我敬您。"说罢将老孙头面前的酒杯恭恭敬敬地端起。大伙儿笑了。

张把头对邻座说："这个媳妇不简单，你听这两句话，真真假假，把她公公说得哭笑不得。"邻座说："可不，我影影绰绰听说人家原来是个格格呢。"老孙头说："你们看看，大媳妇多会说话！好，这杯酒我喝了。"接过那文手中的酒一饮而尽。酒喝到好处，朱开山站起来说："诸位，我朱开山今天不光请大伙儿喝酒，还有样东西相送。"老孙头说："还送东西？什么东西？拿给大伙儿看看。"朱开山一挥手说："传文，让大伙儿看看。"

传文掀开了一块托盘上的苫布。苫布下面是山东的优良粮食品种和烟种。

大伙儿欢呼道："好啊，老朱兄弟，这些东西我们早就眼红了。"朱开山说："好的还在后面呢！"说着离座，转到院边墙，那里摆了十副山东犁杖。老孙头说："这也是送给我们的？我们不稀罕，庄稼院谁家没有犁杖啊！"朱开山说："你们用的是满犁，太笨重了，两头牛拉起来都费事，看看我这是什么犁杖？山东犁杖，简便轻快，小马驹子拉起来都嗖嗖的。"大伙儿都来围观。

朱开山笑着说："今年春耕的时候你们不是围在地头看我的犁杖吗？还都纳闷儿，老朱的地种得怎么这么快呢？知道为什么快吗？我给你们演示一下。"说着演示起来。

众人恍然大悟，院子里热闹起来。而朱开山不时地望着院门外，韩老海始终没有来……

拿着种子的、扛着犁的，大伙儿说笑着走出院门。朱开山笑眯眯地送大伙儿出去。传文过来，小声地说："爹，我到老海叔家看了，他在家。"朱开山说："哦？看见秀儿了？"传文说："没看见。半道看见媒婆马婶儿了，她说秀儿有点魔怔了，说哭就哭，说笑就笑，一宿一宿地不睡，嘴里不停地念叨传武，惦记着他的身子。对了，她现在成天什么也不干，就是纳鞋底子给传武做鞋，做好就拿刀剁了。"

朱开山仰天叹息道："痴情的孩子啊，传武不值得你为他这样，我们老朱家对不起你！传文，跟你娘要些钱出趟远门。"传文说："到哪儿去？"朱开山说："去趟哈尔滨。"传文呆在那儿说："哈尔滨？哈尔滨在哪儿？"这时朱开山已经回到院里。传文撵上去问："爹，你还没说呢，到哈尔滨干什么？"

这天早上，那文扫着院子，打开院门，大吃一惊——昨天送出去的犁杖一溜摆在院门口。那文慌忙跑进堂屋说："爹，出去看看吧，您送出去的犁杖人家都送回来了！"朱开山也是一惊道："是吗？看看去。"他和那文来到院门口一看，沉默不语了。那文说："爹，这件事不那么简单。"朱开山说："哦？你说说，怎么个不简单？"那文说："这是人家和您较劲呢，让您看看放牛沟谁的脚板厚，天大的情没人敢领。"朱开山背着手，望着远处的田野说："嗯，这事不能急，摞一摞再说吧。我是以诚相待，可他也别太过分，我就不信虱子能顶起被单来，蚂蚱能穿着我的鞋跑！"

元宝镇的酒馆里，韩老海郁闷地喝着酒，陪坐的是老孙头。韩老海说："都送回去了？"老孙头说："你发话了，谁能背你的味儿呢？"韩老海说："没别的动静？"老孙头说："鸦雀无声。"韩老海说："我看朱开山这下是蔫头了，他那几垧地的黄烟损失大了。行了，你该忙什么就忙什么去吧。你去告诉大伙儿，我韩老海不会亏待他们的。"老孙头走了。

这时候夏元璋也来酒馆喝酒，见到韩老海打招呼道："想不到老海哥也有闲情雅致。怎么，自己喝？"韩老海说："哎呀，夏掌柜的，来来来，一块喝一壶，你大喜我没过去，我请你。"夏元璋说："别呀，我请你。伙计，再上几个好菜，来一壶好酒。"店伙计应答着，麻溜地上菜上酒。

夏元璋说："老哥，还跟朱开山过不去呢？"韩老海说："能过得去吗？我闺女现在都魔怔了。我和你一样，就这么个心肝宝贝，他这是不让我活啊！一报还一报，我也不能让他好过了！"夏元璋说："冤冤相报何时了啊！我劝你应该有点节制，山东人也不是那么好惹的。我看朱开山这个人已经够大气的了，他要是真的和你抹下脸来斗，你未必就能占上风。这个人的来历我有个大概其，有胆有识，见过大世面，当年……"韩老海不愿听了说："得了，得了，别替他吹了，都是传说，连他自己都不认账。他就是再能耐，我韩老海也不怕他，无非是血葫芦对对他的铁砂掌，他有八卦拳我有无影腿，他敢死我敢埋，大不了一命对一命！"夏元璋说："这是何苦呢？就打你和他俩是旗鼓相当，可斗来斗去又有什么意思呢？光叫人家看光景了。我估摸了，你们两家斗了这些日子都没少损失，那些人都是白听你的使唤？"

韩老海火了说："你是替谁说话？哦，你是不是替他做说客的？对了，我早就听说你有意把闺女说给他家老三，你这是替亲家说话啊！我可要奉劝你一句，你闺女可别叫人家也要了。他们家的人玩女人可有一套了！"夏元璋反唇相讥道："你怎么这么说话？难道你闺女是叫人家玩了？"话说到了韩老海的疼处，韩老海咬牙切齿说："他敢！"

堂屋内，韩老海郁闷地抽着烟。秀儿坐在一旁还在纳鞋底子。秀儿娘守在闺女旁边。朱开山带着传文和一个医生登门拜访，临到堂屋门口时，朱开山做个手势，传文与医生停在堂屋门前，他自己进了屋。

秀儿见到朱开山，高兴地站起来，双手抓着朱开山的胳膊，满脸微笑地说："爹，你来了？传武有信儿了？他没说想我了？你告诉他，我可是想他，天天想，想他给我讲的故事。真有意思，一个老虎长出两只尾巴。你们知道是怎么回事吗？我给你们讲讲。山场子里有个老独臂爷爷……"

朱开山非常心酸地看着秀儿，秀儿娘连忙哄着推着秀儿进了里屋说："秀儿，跟娘到屋里去，娘有个好事跟你说说。"朱开山压下内心的酸楚，转身对韩老海真挚地说："老哥，我听说秀儿病了，心里老放不下，这不，让传文到哈尔滨请了个先生给闺女瞧瞧。"说着，递给了韩老海一包银圆说，"这是我的一点意思，给孩子抓药用的。"韩老海冷冷一笑，无语。朱开山见此，对医生做个示意。医生会意地点点头，走进里屋。

朱开山见韩老海没有反对，再次对韩老海说："老哥，不管你对我有什么怨恨，咱先放在一边，眼下给秀儿把病治好是最要紧的事。你说是不是这个理？"

韩老海的脸色有所缓和说："钱你拿走，钱救不了我闺女。你的犁杖没人敢收吧？你知道了就行。我给你个面子，明天把犁杖给我送一副来别人就敢收了。可我还有一句话，咱俩的账没完！你记着，只要传武不回来，咱们两家还有好戏看，你要是愿意，我给你把戏单送过去，你想听哪出随便点！"

医生看完了秀儿的病出了屋说："闺女的病也无大碍，就是精神受了点刺激，主要靠静养。要是愿意就吃点药吧，我给开个药方子。"他开着药方说：

"就这样吧，照方抓药，两天一剂。"韩老海说："那就这样，我就不送了。"朱开山见韩老海依然冷漠的样子，只好无奈地说："那我就先回去了。"说完后与先生走出堂屋。

朱开山和医生刚出门，韩老海把那包银圆扔到院子里。朱开山、传文及医生都一愣，医生有所不解，传文无奈地捡起银圆。这时秀儿跑出来，把两双鞋塞给朱开山说："爹，这是我给传武做的，你托个人捎给他，告诉他，在外边逛荡够了就赶快回来，就说秀儿想他！"说罢掩面跑回屋里，韩老海愤愤地关上堂屋的门。

朱开山与传文回来了。朱开山十分气闷地坐到椅子上，说："传文，你都看见韩家的势力了吧？咱怎么赶弄他也不动心。我看了，他早晚还要弄出大事，现在咱就得把两只翅膀奋拉着，谁也不许给我惹事！"

文他娘掉下脸子说："他爹，你原来是一个多么有血性的人儿，怎么自打闯了关东就变得像只病牛似的？你叫谁吓破胆了？再这样韩家就得骑在咱脖子上拉屎了！怎么跟你越过越窝囊，再这样俺回山东去了！"那文说："娘，不能这么说，我爹这叫卧薪尝胆，当年我们老祖宗……"

文他娘恨恨地说："闭死你那张嘴，关起门来好好过你的日子，家里的事你少掺和！"那文分辩道："看娘说的，家里的事不就是我的事吗？我也是琴棋书画满腹经纶哪，可就是用不上。"传文拉拽媳妇说："你少说两句吧，赶紧烧火去。"那文下了炕出门。

文他娘说："这大媳妇，别看是大家闺秀知书达理，可是有点儿二，倒也欢喜人。"那文从门外探进头来问道："娘，什么是二？"一句话惹得一家子人噗的一声笑了。

第十八章

宽阔的松花江水滚滚向前，浪起浪落，水势汹涌。岸边停放着一个大大的木排，宽约十五米，长约一百五十米。这个木排由二十余个小木排连缀而成，粗大的原木扎成。木排的后侧方拴着一条艞船，艞船上装载着众木帮的各种生活用品。柜上带队的曹三颐指气使，指挥大家整理船务。

在这个木排的最前边搭制着花棚。鲜儿躲在花棚里，不时咳嗽着，探出头偷偷地看着岸边。岸边摆放着一个硕大的供桌，供桌上摆着各种山林中采来的供果，点着很多香烛，香炉中香烟袅袅。约二十名老老少少的男排工，面向供桌与江水跪地。领头的老者瘦削中透着精干，一只缺了臂膀的袖管套扎在腰中，甚是显眼，不用说，此人正是排帮的"头招"老独臂。老独臂身后紧跟的是一个英武的青年，眉宇间虎虎生气，只是因为奔波日久，面有憔悴，却是传武。

老独臂引吭高歌道：

伐大树，扎木排，
顺着大江放下来，
哪怕激浪冲千里，
哪儿死了哪儿埋！

老独臂唱完了传武唱：

有心想把江沿离，
舍不得一碗干饭一碗鱼；
有心要把江沿闯，
受不住西北风开花浪。
双手抓住老船帮，

木排上，躲在花棚里的鲜儿不甘寂寞，站在排子上接唱道：

喊声爹来喊声娘，
孩儿心里好凄惶；
自从来到关东山，
十年漂泊到江上；
前边就是十八盘，
闯过险滩奔老洋……

老独臂听到鲜儿的歌声愣住了，朝着传武发火道："传武，她怎么还没走？"

传武说："爷爷，她没地方去了，你就带着她吧。"老独臂吼道："你们这两个冤家啊！自古以来哪有女人上排子的？这儿不比山场子，风险太大，让她回去！"

鲜儿远远听见了，咳嗽着说："爷爷，我不怕，你们到哪儿我跟到哪儿！"老独臂叹了口气说："唉，拿你们就是没办法，不怕死就留下吧。"一挥手说，"伙计们，上排子啊！"

排帮们纷纷跳上木排。老独臂一声呐喊道："开排了啊！"排帮们喊起了号子：

撑起篙哇。

嗨哟！

走江心哇。

嗨哟！

闯险滩哇。

嗨哟！

斗风浪哇。

嗨哟！

奔老洋哇。

嗨哟……

号子声中，木排缓缓离岸，顺江流而下。

老独臂对传武道："孩子，你说你，凭着好好的日子不过，找我来干什么？"

传武说："爷爷，我就愿意过这种自由自在的日子，像你一样，舒心，痛快！"

老独臂笑道："你们两个小人儿一路脾气，心就是野。"传武说："和你一样，你的心不野？"老独臂说："和我比干什么？我是被逼无奈。"

鲜儿从花棚子里拱出头来说："爷爷，打听你个事，我红姐这几年在哪儿？没有她的音信？"老独臂说："沿着江沿儿走总会碰见她的。"鲜儿说："她现在干什么？成家了？"老独臂说："她还能干什么？干的还是皮肉生意。钱没少

\ 240

挣，都作索了。有了钱，不是跑到哈尔滨，就是跑到牡丹江，大把大把地花。臭娘儿们不学好，有了钱就和俄罗斯娘儿们比穿戴，貂皮大衣，高跟皮鞋，还戴着捂眼罩，走起道来屁股扭啊，扭啊，一直能扭到海参崴，两个奶子挺啊，挺啊，恨不能挺到西伯利亚！"

鲜儿笑道："爷爷，你就能遭白个人。"老独臂说："我遭白她干什么？穿点戴点也就是了，有些臭男人一哄她就上钩，就要跟人家过日子，等她把钱花光人家就跑了，再回到江沿儿，再卖，挣了钱再跑，一回回上当就是不长记性，也就是个潮乎蛋子。"传武说："红姐心眼儿太善良了，也太直了。"

木排逶迤前行，两岸的景色如诗如画，缓缓向后退去。老独臂不时地指挥排帮行排说："往江心靠……躲着流子……排子头要拨正……下篙要准……注意江面的颜色……"排帮们鼓噪说："鲜儿妹子，都说你蹦蹦戏唱得好，来一段！"

鲜儿说："来一段就来一段，可有一样，荤口我可不唱。"在排帮的欢呼声中，鲜儿触景生情，亮开了嗓子，脆生生的戏调回荡两岸，响遏行云……

排帮们欢呼叫好。老独臂摆摆手说："好了，都把眼睛瞪起来，前边就是十八盘，这可是恶河！"果然，前边出现了险滩。老独臂两眼紧盯着河面，排帮们齐心勠力。只见木排几次沉浮。传武和鲜儿死死地拉着手……

木排闯过险滩，又平稳地缓缓前行。岸边出现了一处排窝子。传武问："爷爷，前边是什么地方？"老独臂说："噢，这是一个排窝子，前边还有，不在这儿停。"岸边有披红挂绿的女人在招摇，风情万种，骚劲十足。

一个肥硕女子摇着手绢喊道："大兄弟，靠帮吧，天眼瞅着黑了，酒给热上了，炕也烧好了，热乎乎的被窝就等着你钻了，妹子陪哥哥睡一觉，歇歇乏。"二招问老独臂："头招，靠不靠帮？"老独臂一摆手说："往前赶，到前边风陵渡再靠。"

那女子泼辣辣地唱了起来道：

映山红，开红花，
妹妹今年才十八，
召唤哥哥上岸来，
哥哥不理为的啥？

排帮们鼓动二招说："二招，你歌唱得好，和她对一个。"
二招一笑唱道：

小妹妹，听根芽，
哥哥不是不采花，
兜里没钱腰不硬，
就怕妹子笑话咱。

女子对道：

俏哥哥，浪里花，
浑身都是铜疙瘩，
妹子不图金和银，
配对鸳鸯成个家。

二招对道：

好妹子，赛山花，
人人见了都想掐，
鸳鸯戏水好风流，
良宵春梦不是家！

排帮有的蠢蠢欲动，鼓噪着要靠帮："头招，靠帮吧，早靠晚不靠。"
"是啊，该歇息了。"
老独臂不停地用棍棒敲打着心猿意马的排帮说："我叫你们起花心，都给我干活去！"二招喊起了号子，排帮们应和：

顺江走啊，
嗬嗬！
莫回头啊，
嗬嗬！

家有妻啊，

嗬嗬！

盼郎归啊，

嗬嗬……

木排在嘶哑的号子声中继续前行，一直到天擦黑了才靠了岸。花棚里，鲜儿恹恹地躺在松毛铺上，不停地咳嗽。传武焦急地说："姐，你咳嗽越来越厉害了，是不是受了风寒？"鲜儿说："我没事。都上岸了，你也去吧。"传武说："姐，我不去，守着姐比哪儿都好。咱就干这一季，等分了钱咱就安下家成亲。"花棚子外，老独臂默默地抽着烟。

传武拱出花棚子，在老独臂跟前坐下，问："爷爷，这几天越走越慢，什么时候才能到安东啊？"老独臂说："唉，咱这是最后一拨排子了，排子再往前走就难了。要是硬往前走，非窝在那儿不可。"传武说："那可怎么办啊！"老独臂说："唉，走到哪儿算到哪儿吧！鲜儿是不是患了风寒哪？"传武说："嗯，这两天一直咳嗽发烧。"老独臂说："走，我进去看看。"老独臂进了花棚，摸摸鲜儿的额头说："还是试试老法子吧。"说着，从怀里掏出大马蹄针。鲜儿忍着疼，传武看着揪心，老独臂还是寻常的淡漠神色，手脚麻利地在鲜儿身上放出半盆血，那血都发了黑。

曹三拱进花棚子，一见盆里的黑血，一惊道："哎呀妈呀，这么大的毒性啊？"

他转头问老独臂说："这还能走吗？"老独臂摇了摇头。曹三对传武说："没事，实在走不了你们就先在这儿养病，等排子回来的时候再接你们。"说着捂着嘴出去了。

曹三见排帮兄弟三五成群地在吃饭，凑过去，嘴里骂道："净他妈的扯淡！哪有女人吃这口饭的？女人应该在岸上吃咱们。我早就说了，她在这里不吉利。我看她这病八成是痨，早晚把你们都给传染了。你们商量商量，看怎么办吧。"

排帮们颇有几个迎合，一个说："对，扔了，怪不得我老输钱，有她在排子上大伙儿都没有好。"另一个说："我这两天也咳嗽，说不定是叫她传染的。"

传武拱出花棚子，一顿臭骂道："闭死你们的臭嘴！我想把你们都扔了！谁敢胡说八道我和他没完！"说着脱了衣服要和人家动武。曹三一看事不好，悄悄地溜了。老独臂拱出花棚子，拦住传武说："你小子，又要犯浑！还不想办法给她抓几服药去！"他又转对大家说："你们不是早就想快活快活吗，风陵渡这儿地方虽小，可什么都有。明天一早都给我按时回来，去吧！"排帮们高兴地哄闹着向岸上跑去。

风陵渡岸边起风了。曹三吆喝着说："赶快起排！"二招说："等一等，传武和鲜儿还在农户家熬药呢！"曹三说："不等了，赶快走！"众排帮用竹篙使劲地撑着岸，木排缓缓启动了。岸上，传武背着鲜儿气喘吁吁地跑来，一纵身跃上木排的后部。曹三拦住他说："传武，今天我们把话挑明了，女人本来就不该上排，再说了，她这个病，早晚把大家都得传染了！要么你把鲜儿扔下，要么你们俩人都下去，你选哪条道？"

传武恶狠狠地说："我今天也把话挑明了，女人上排过去也不是没有过，鲜儿的病也绝不会传染给别人，都是你瞎琢磨的，她是我的女人，我们死也要死在排子上，你给我闪开！"说完径直背着鲜儿向排头走去。

这一番折腾，鲜儿已是奄奄一息。传武把她放在炕上，坐在一旁暗自垂泪。

老独臂进来说："孩子，我看鲜儿不行了，可木排还要走啊！传武，也不是不留你们，你总不能让鲜儿死在排子上吧？死在哪儿也得黄土盖脸啊。鲜儿这儿我给留了几个钱，你和她留在岸上吧。"说罢扭头而去。

鲜儿睁开眼睛说："传武，把我扔下吧，要不你也活不了。你的心思姐都领了，姐这辈子有人疼过，虽说没有个家，姐知足……"说着昏昏沉沉地睡过去了。

曹三又拱进花棚子，捂着鼻子听了听鲜儿的呼吸，冲传武说："不行了，这人马上就要咽气了！传武，听我的，赶紧把她扔下去吧！"传武一惊，伏下身子听了听鲜儿的呼吸，说："还有气呀？"

曹三沉下脸说："有什么气？都是浊气！我告诉你传武，我曹三是这条排上的总管事，对你们也算是仁至义尽了，你总不能让她臭在排子上，让大家伙都跟着倒霉吧？来来来，你跟我出来一下。"传武有些不放心地看了看鲜儿，随曹三走出花棚子。花棚外的木排上，排工们聚在一起。传武随着曹三走向排尾。

一个快五十的排帮老郭道："传武，我们可都是拉家带口的，我们可不想陪着这个娘儿们死！再不把她扔下去，可别怪我们不讲兄弟情义，你也一块儿下去！"众人附和着。

传武眼见着众人的态度，有些服软说："我求求你们，她还有气啊！她要是真咽气了，我跟她一块儿下去，好不好？"曹三认真地说："传武，好姑娘有的是！"

说着摸出两块大洋晃了晃说："只要有这个，什么样的都得任你挑！传武，听我一句话，赶紧把她扔了吧！"说罢把大洋塞进传武怀里，传武哪里肯接，一巴掌把钱打到排上。曹三气急败坏道："传武，你别他妈的不识好歹，你是想把我们都害死啊！我就问你一句话，你动不动手吧？你要下不去手，我们帮你！走！"传武猛地跳起来，吼道："站住！谁敢动鲜儿一指头，谁就先去见阎王！"曹三等人被传武的气势所震慑，停下脚步。两方都阴着脸，僵持着，鲜儿从花棚内走出，向木排靠近江心的边沿处走去。

她走得非常迟缓，但是神色又非常坚定。传武声嘶力竭地喊道："鲜儿！"拔腿向排头跑去。鲜儿好像没听见一样，继续向木排的边沿走着。

曹三及众排帮目瞪口呆地看着。鲜儿走到木排边上，脚步没做任何停留，回头冲传武一笑，一头跳入江水中。传武傻了有片刻，随即叫着"鲜儿"，也纵身跃入江水中。老独臂呆呆地站在木排上，泪水怆然而下。

木排在宽阔的江面上艰难地前行。老独臂坐在排头，轻声地哼唱着，苍凉的歌声在江面上回荡：

铁底铜帮松花江，
你是爹来你是娘。
二月开江桃花水，
引来四方男儿郎。
千里放排归大海，
有去难归好凄惶……

唱着排歌的老独臂面色冷峻。在歌声中，曹三及众排帮神态不一地默默地听着。二招对老独臂说："头招，前边那就是老木渡吧？"老独臂点头说："嗯，靠帮吧。"二招指着渡口，惊讶地喊道："头招，你看——"

渡口上，传武抱着昏厥的鲜儿默默地站在那儿，两个人的模样非人非鬼。

老独臂震惊了，泥塑木雕似的站在那儿，大滴的泪珠滚出眼窝，一声不吱。木排靠帮了。传武抱着鲜儿跃上排子。大伙儿掩饰不住惊惧地看着二人。老独臂叹了口气说："孩子，你们命大，这辈子没看见你们这样的痴情男女！"传武跪下了，喊了声说："爷爷，她是我的命啊……"老独臂转身对大家说："你们都听着，从今往后谁要再逼他们，我就宰了他！"

鲜儿昏睡了三天，传武守在她跟前侍候了整三天！鲜儿吃不下药，传武就嘴对嘴地喂给她；鲜儿身上烫人，传武打来江水用毛巾一遍遍地给她擦身子降温。三天过了，鲜儿的烧退了，传武的脸瘦了一圈。

人的命有时就像倔强绵长的松花江水，就是让冰封了上头，冰下依然有热流涌动，奔流不息。三天后，鲜儿醒了，她喘着气喃喃地说："我饿了……"传武大喜，问："你说什么？"鲜儿说："我饿了……"传武跪在排子上，眼里的泪水再也止不住了，旋即像疯子似的哭喊着说："鲜儿活过来了，活过来了……"

老独臂听见没回头，让二招端了饭菜送进棚。棚子里，传武死死地抱住鲜儿，哭着说："姐，咱都是死过几回的人了，阎王爷都不稀要啊，你怎么就是想走那条道啊？姐，你到现在还没有个家，咱们自己的日子还没开始，我要让你有个家，这辈子咱俩再不能分离了！"

江岸上，马贼小旋风带着全副武装的部下骑着马疾驰。小旋风朝天鸣了几枪，大声冲排帮喊着："赶快靠岸！"木排上曹三大惊失色道："老独臂，你看，这是小旋风的人马，怎么办啊？"老独臂也有点慌神道："怎么遇见他们了！江面太瘦，他们说上来就上来，谁也挡不住。"曹三说："那就认头了？让他们随便抢？"老独臂说："也不用怕，他们劫财不劫命，弟兄们身上也没多少钱，让他们看着抢吧。伙计们，身上的钱能藏就藏，不能藏就让他们抢，千万别招惹他们！"

曹三急了说："你们都好说，我呢？这一道上的使费都在我腰里，往哪儿藏啊！"

传武灵机一动说："独臂爷爷，快，让大伙儿把我捆起来！"众人莫名其妙。

老独臂一拍大腿说："对！把他捆起来！"大伙儿面面相觑，不知何意。老独臂吼着说："还发什么呆？大伙儿把钱都藏到他的裤裆里，把他绑到排杆上！"大伙儿这才恍然大悟，赶忙行动，捆人的捆人，藏钱的藏钱。鲜儿也急火火地从灶底操起灰来涂了满脸，扮成一个厨娘。

木排靠向岸边。小旋风等人下了马，跃上靠近岸边的木排。两个马贼端枪威胁着众人，小旋风指挥着其余的马贼搜查着。马贼开始了疯狂的劫掠，却没搜到几个钱。小个儿喽啰走近小旋风说："妈了个巴子，遇到一伙穷鬼！"

这时被绑在排杆上的传武大叫道："瓢把子，小弟也是绺子，失手了，叫他们绑了，大哥救救我！"小旋风走过来，围着传武转着，笑着说："啊哈，原来你也是绺子？看你这个熊样，你们大伙儿看看，像不像尿了炕让他妈打屁股的样子？啊？哈哈……"马贼们都笑了，附和道："像，太像了！兔崽子还想吃这碗饭？奶毛还没干呢！"

小旋风说："妈了个巴子，绺子遇绺子不救，这个道理你也不懂吗？行了，你就在这儿凉快吧。伙计们，这儿水浅，走人吧。"说罢，率众跳下排子。马贼们骑上马扬长而去。众人这才把排杆上的传武解下，纷纷道谢。曹三拍着传武的肩膀说："你小子，行，还有点心眼儿胆识。"

老独臂把传武叫到跟前，说："孩子，看起来你不愧是朱开山的儿子，有胆识。"传武说："我也是逼急眼了。"老独臂说："鲜儿这孩子也是命大，怎么就好了呢？爷爷有点对不住你们。"传武说："爷爷，我不怪你。"老独臂说："不是爷爷心狠，出来闯世界，靠谁都不行，就得靠自己，有了灾有了难你就得自己在刀尖上滚，滚过去就是活命，滚不过去别怨谁，这就叫闯江湖。有人帮扶你那是你的造化，没人帮扶你也别怨天怨地，因为谁也不欠你的。我的这些话你听了也别心凉，不好听可是实情。我的话你听明白了？"传武点着头说："爷爷，我都听明白了。"

一场秋雨洒落，带来了阵阵寒意。朱开山一家人散坐在堂屋内，看着这绵绵的秋雨发愁。文他娘说："都什么时候了还下雨？这雨来得不是时候。"那文说："娘，下雨对庄稼不好吗？"文他娘说："你除了唱小曲弹弦子还懂什么？"传文说："其实弦子也弹得不怎么地，嘣嘣嘣，嘣嘣嘣，怎么听都像弹棉花。"朱开山说："说你们没见识还不愿意听，那文的弦子弹得好哇，一打耳朵就知道，那是经过名师指点的。"

那文说："那可不！我阿玛那是花了大银子，专门从北京请了给名角儿捧弦子的师傅把手教的。就我弹的这弦子，你满东北找吧，没第二个。"朱开山说："那文，你哪儿都好，就是这个不谦虚，什么时候能改？你们当格格的都这德行？"

文他娘说："可不是，说起话来云山雾罩，得拿簸箕簸着点。"那文说："娘，为什么？"文他娘说："秕子多呗！"那文说："秕子多怎么了？"文他娘说："秕子多就是实成的少。"那文说："哎呀娘啊，你就说我实话少不就得了？拐这个弯儿啊！"

朱开山忧虑地说："这场雨过去霜期怕是要提前来了，咱们家种的大豆多，要是真的提前那可是要命的！"传文说："那怎么办？"朱开山说："没别的办法，只能往地里扛苞米秸子沤烟抗霜了。"传文说："咱家种的豆子多，那得多少人扛，多少人点火啊！"那文说："那就未雨绸缪啊！"文他娘说："那文，你又说了个什么词儿？"那文说："未雨绸缪。"文他娘说："什么意思？"那文说："就是说天还没下雨，先把门窗绑牢。也就是提前做好准备的意思。"文他娘说："啧啧，还说俺说话拐弯儿呢，你这弯儿拐到高粱地里去了。"

朱开山说："那文说得有道理。传文啊，你早下手做点准备，备好秋秸，多备一些，雇些临时伙计，工钱咱给厚着点。"传文说："那得雇几天？"朱开山说："谁知道哪天霜降？怎么不得十来天？早点准备好。"文他娘对那文说："叫你未雨绸缪着了。"那文说："那是，学问总是有用的，我的书底子，那是两个举人……"

文他娘说："又来了！拉你的风匣去！"

元宝镇街口两边，朱家、韩家两挂马车都在招工。传文一看韩家的伙计就来气，他憋足劲，站在马车上吆喝道："想做工的跟我走啦，我按今天的最高价码出工钱，吃的就不用问了，顿顿猪肉粉条子大馒头，管够造，隔三岔五还有鱼，晚上还有小酒。这样的好事到哪儿找啦，还等什么？快上车啊！"

街口另一边，原来围在韩家马车前的一伙打短工的吵吵嚷嚷跑过来，跳上车。

传文刚要赶着马车走去，一个打工的气喘吁吁地跑来，对车上的人说："都到那边去，老韩家出的价码更高，到那边去！"大伙儿又纷纷跳下马车，跑向远处的马车。传文跟了过去说："喂，都别走啊，俺再加一毛！"

如此三番开始了拉锯战，打工的人跳下这车又上那车，折腾个不清。干脆在两车中间蹲着，看两边抬价。传文到底顶不住了，愣愣地看着对方把人拉走，一个也没雇，叹了口气，赶着马车自己回家了。

传文跑进院里，看到雇工们一个个都坐在院里不动，瞅了一眼，顾不得细问，慌忙进了堂屋。朱开山坐在凳子上闷头抽烟。传文焦急地说："爹，韩老海搅乱，雇不着工怎么办啊？"文他娘说："他爹，你倒是说句话啊，看把孩子急的！"朱开山还是不说话。

文他娘哭叽叽地说："这可怎么好？伙计们也撂耙子了，没有人手咱的豆子就瞎了，这不是要杀人吗！"传文说："娘，伙计们怎么了？"文他娘说："怎么了？说了，雇短工给那么多钱，他们亏了，不干了！"传文说："这不是雪上加霜吗？俺去说说他们！"朱开山说："不用，你一个一个把他们喊来，我有话说。"

朱开山还是坐在凳子上抽烟，二柱子进来了说："老东家，你喊我？有什么吩咐？"朱开山说："也没什么事。你娘挺好的？"二柱子说："我娘挺好的，谢谢老东家挂念。"朱开山说："腰疼的病没再犯？"二柱子说："吃了你给抓的几服药好多了。"朱开山说："哎，有一回你跟我说过你表哥的腔让黑瞎子舔了一半去，是怎么回事来？你再给我说说，挺有意思的。"

也不见谈什么正经事，就这么一个一个见了一遍。传文觉得奇怪，问那文："爹这是干什么？一个个地提溜，过堂吗？"那文寻思了半天，一拍脑壳说："我的天，咱爹这招儿绝，太绝了！你看吧，住会儿他们就会出工了。"

老崔是最后一个，他从堂屋回来，见几个伙计还在玩牌。二柱子说："咦？怎么少了一张牌？"顺子说："少了牌怎么玩？不玩了。"老崔说："别呀，找找。"

大伙儿起来找牌，怎么也找不到。老崔说："不玩了。奇怪，刚才还一张不少呢，怎么打了几圈就会少了呢？"二柱子问："打头的，老当家的找你说了些什么？"

老崔说："和你们一样。"顺子说："真的？"老崔说："真的。"二柱子说："没说点别的？"老崔说："没有啊！没对你说点别的？"二柱子说："也没有。"老崔说："那你没说点别的？"二柱子说："绝对没有。"老崔说："你们都没说点别的？"大伙儿都摇头。

顺子说："别光问别人，你没说点别的？"老崔说："我能说点什么别的？你们信不过我？"二柱子说："你在老当家的那儿待的时间最长，都说了些什么谁知道？"老崔说："你什么意思？"二柱子说："我能有什么意思？"老崔说："你们信不过我？"顺子说："这年头谁也别信谁，干自己的活吃自己的饭吧，别到头来叫人家卖了还帮人家点钱，吃了晌我可要干活去了。"正吵吵着，传文站在门口喊道："都到堂屋去，老东家要送你们一样东西。"

伙计们进了堂屋。老崔说："老当家的，你喊我们？"朱开山说："不好意思，耽误你们玩了。"老崔说："不玩了。"朱开山说："玩吧，猴年马月赶上这么一回，不容易。"传文说："爹，你不是要给他们样东西吗？"朱开山说："你看，你不说我差点忘了。"说着从腋底下抽出缺了的那张牌扔到地下说，"少了这张牌你们玩不成了吧？回去玩吧。"

伙计们无不愕然。朱开山蓦地厉声道："别寻思我不知道你们在背后干了些什么，说了些什么，这张牌里什么都有了！你们信不信？"伙计们面面相觑。

老崔跺了跺脚说："老东家，我斗不过你，彻底服你了，从今以后老老实实听你的。都愣着干什么？干活去！"

老韩家院里，秀儿往车上装玉米秸，装了满满一车。哈尔滨的大夫开的药方起了效。秀儿不再痴想传武，神情正常，人却清瘦了许多，韩老海说："秀儿，你这是干什么？"秀儿擦了把汗水也不说话，赶着牛车出了院，一直赶到朱开山家的大豆地里，秀儿把车停住，把一堆堆的玉米秸拢好。韩老海默默地看着，说道："秀儿你傻了？这不是咱家的地！"秀儿说："不，这是我家的地，是我公公的地，霜要来了，我得帮着公爹熏霜。"韩老海扭过头，望着远处的田野，眼里的泪水慢慢地涌了上来。

朱开山家里，传文套了马车打算到镇上。传杰走进院子说："大哥，你要干什么去？"传文说："到镇上看看，俺就不信凭着钱就雇不到工。"传杰说："大哥，算了吧，现在这个时候，有地的人家没有出来打工的，街面上就那么几个打工的，都叫韩老海招去了。"

传文："啊？他也没种豆子，眼下也用不了那么多人啊！"传杰说："你当他雇了去干活啊？都领在镇上打牌呢，韩老海管吃管喝，一个个好不快活呢！"

传文肚子气得鼓鼓的，一掌拍到马屁股上，发着狠说："这个韩老海，看样不把咱整个俯伏在地不算完。这可怎么办啊？咱爹也不管，难死人了！"朱开山从堂屋里出来，听到传文发牢骚，不满道："我是不管吗？能管我不管吗？腿长在人家身上，我能把人家拖来？算了，有多少算多少，就咱这些人了，整成什么样就什么样吧。"

传文一跺脚说："唉！早知今日，何必当初？跨江过海这是图的什么？"文他娘一步跨出堂屋说："老大，话可不能这么说，咱要是不出来这个样也没有，早不知死几个来回了！都忘了？听说要闯关外，你们哥儿几个乐得直翻跟头，现在又说这些，别蜷舌头说话！"

传文气得回了自己屋，躺在炕上喘粗气。那文说："先生，生什么气？光生气还气饱了呢。"传文忽地爬起来说："能不生气吗？眼看就要败家了！"那文说："不就是雇不着工吗？不就是韩家捣鬼吗？不如让我试试看。"传文说："你有办法？"那文说："试试看吧。"传文说："你怎么试？"那文说："你就不用问了。你跟爹借十块大洋，我自有办法。"传文说："你这是要干什么？"那文说："你看你，去借就是了。"

传文将信将疑地找朱开山借钱。朱开山对传文说："这孩子，净做些叫人摸不着头脑的事，不说清楚了我不能给钱。"那文走进屋来说："爹，你就借给我十块吧，别不舍得，您听清楚了，就是借，不是要，明儿一早还你。"朱开山说："不是不舍得，要是有正经用项，给也给得，可你到底要去干什么？"

那文说："爹，自打我嫁到咱家还没为家里出点儿力，现在该我亮个相了，我要叫传文知道什么叫咬人的狗不露齿。"文他娘从里屋探出头来说："怎么，那文，你要咬人了？"那文说："娘，我就是打个比方，我的意思是，大家别拿豆包不当干粮，你们就相信媳妇一回。"朱开山说："好好好，就相信你一回。他娘，给媳妇十块钱。"

元宝镇的酒馆里乌烟瘴气，如同鳖吵湾。韩老海和老孙头、张把头几个正在吆五喝六地打麻将赌钱，一群打短工的在一旁看眼儿，那文走进来，一边看着牌一边讽刺挖苦说："哼，我当是些什么高手，哪有一个会玩牌的！"

韩老海回头瞪了那文一眼说："爷儿们在这儿玩，你一个妇道人家往这儿凑什么？这里没有女人的事，你赶紧给我出去！"那文说："凭什么？我来给我爹打酒，酒馆是你开的？就打是你开的也不能撵客啊！"韩老海说："没看见我们在玩牌吗？"那文哈哈笑了说："你们这也叫玩牌啊？我看了，元宝镇没有一个会真玩牌的，全是胡打乱敲。"韩老海来了气说："这么说你也会玩牌？小样儿吧。"那文说："不敢说会玩，可是看过，要是玩起来你们这里没有一个是对手。"

韩老海说："口气不小，要不你上来试试？"

那文说："算了吧，我还得回去，我爹等着喝酒呢。不过要是真玩起来也没什么意思，你们的档次太低。行了，走吧，看你们打牌上火，出张牌磨叽老半天，生孩子也没这么费事的。"转身要走。韩老海拦住不放说："别走啊，把我们损了半天这就要走？玩两把，我倒要请教请教。"

那文说："玩两把就玩两把。"说着把一个玩家替换下来，笨手笨脚地洗了牌。瞧着她的身手，韩老海一笑说："慢，我们可是动输赢的。"那文说："我知道。"

八圈下来，那文是一输再输，一把未和不说，还老点炮，她气鼓鼓地站起来说："今天手气不好，没钱了，不玩了。"韩老海冷笑道："我还当是高手呢，原来是只油葫芦，到底是骡马上不了阵。"那文说："我还不信了呢，我把首饰押上，再玩两把。"

那里赌得热闹，可朱开山一家人急得团团乱转。传文说："你说她到底去哪儿了，还没回来，急死人了！"朱开山说："她没说到哪儿去？"传文说："问她光笑，就是不说。"文他娘说："俺早就看了，这媳妇是个中看不中用的东西，早晚惹事。还有老三那个玉书，成天攥着张报纸，小嘴巴巴着，新思想啊，要解放啊，解她娘的臭脚吧！两根筷子一般长，早晚都是下脚料。"

正说着，剪了新发型的玉书走进来说："大娘，我还没过门呢，就这么说我？以后咱娘儿俩有的是仗打。"文他娘说："耳朵就是长！"闭了嘴不理她。玉书逗文他娘："耳朵长也没你的嘴长，我在家里坐着，就觉得耳朵发热，寻思大娘又在说我的不是了，忙跑来看看吧，果不其然！"

传文说："玉书，别逗俺娘了，她的脾气你还不知道？她呀，越喜欢的人就越骂，不喜欢的人她都懒得说。这么晚了有什么事？"玉书说："传杰这两天柜上忙得脚打后脑勺，让我来说说，这几天他就不回来下地了。"文他娘说："不回来就不回来吧，不差他一个。"玉书说："刚才我在外边都听到了，嫂子出去没回来？"

文他娘说："这块荒料，不知一翘子扎哪儿去了，荒料就是荒料，就可以扎个篱笆墙。"玉书说："要我说，你们都小瞧了嫂子，嫂子将来可是一个惊天动地的人儿。"传文说："玉书，你陪陪娘，俺出去找找这块荒料，好歹还能扎个篱笆墙，防防野狗什么的也行。"说罢跑了出去。

酒馆里的赌局继续进行着。那文狂劲上来，脱了外套挽了袖子，爷儿们似的咋咋呼呼，却更显得身段婀娜，风情万种，惹得大伙儿不时地拿眼睛瞟她。韩老海笑着说："那文啊，再输你输什么？"那文喝下一盅酒，醉笑道："有什么啊，再输我光着身子走出去。"酒馆里一片笑声。

那文又喝了一盅酒，说："就玩一把了，我一个人赌你们仨，我和牌你们三家输，你们三家不论谁和都算我输，咱来大的，不许赖账，要立字据！"韩老海说："来大的？你还有什么大的？"那文有些醉眼蒙眬笑着说："我哪儿大你们不知道？"众人又大笑道："光说大，谁看见了？"那文咯咯笑着说："你们赢了就看着了。"韩老海说："你真的拿你自己下注？"他面露红光，心里暗道：朱开山呀朱开山呀，你让我闺女丢丑，我今天就让你儿媳妇在全镇面前现眼。

那文说："我可以立字据。你们呢？你们掂量掂量，我赌自己的身子，你们下什么注？可别叫镇上的爷儿们笑话。"韩老海两眼冒火说："我赌四匹马！"

老孙头说："我赌三头牛！"

张把头说："我赌三间房！"

那文说："那咱就立字据！"一回头对众短工说，"你们这些看眼儿的，想不想'铺'？不想'铺'的走人，别在这儿捡便宜。"大伙儿说："怎么个'铺'法？"

那文说："都是秋后的蚂蚱，腿上哪还有点肉？这样吧，把你们东家答应的工钱翻两个番，愿意就留下来，不愿意走人。看样一个个长得都像个爷儿们，咱们就口头定约，行不？"大伙儿异口同声说："行，就这么办！"

大赌开始了。那文醉醺醺地打三家，她不停地晃来晃去，时而皱眉，时而傻笑着。众人发出一阵阵的淫荡笑声，等着看好戏。可战来战去，众人渐渐傻了眼。韩老海直朝老孙头和张把头使眼色耍牌，那两人却苦着个脸光瞪眼。那文瞅在眼里一笑，起手摸了一张牌，刷地将面前的牌推倒，喊了声"和！"话音没落，又一下把字据攥在手里，念道："韩老海输马四匹，老孙头输牛三头，张把头输房三间。对不起，这几张契约我先收了。"韩老海、张把头、老孙头三个玩家呆若木鸡，大汗淋漓，都在嘎悠嘴，却说不出话来。

那文把脸子冷下来，穿上自己的外套说："明天我可要挨家收账了，该怎么办你们自己端量，我晚上听回话。忘了告诉诸位了，本人出身格格，刚过百日，老王爷就抱着我在桌上打牌，三岁的时候王爷就让我摸牌，四岁的时候老家院教我牌路，五岁的时候我就会打二十九路，两个色子比自己的儿子听话，一副牌上手摸三把，不用看我就知道它是什么，光码牌我就学了三年，抓起牌来，要幺鸡它不敢给我来二饼，要东风它不敢给我来红中，牌掉到地上不用看我知道反正，看下眼神我就知道你想和什么，论输赢银子拿车拉……和你们玩？这就算抬举你们了！"

那文说罢，轻声一笑走出酒馆。酒馆里死一般地寂静。众人望着韩老海，惶惶不知所措。韩老海的头耷拉下来，挥了挥手道："不用看我，该怎么办你们就怎么办吧，我今儿个是一口咬到生铁了，认栽！"

一家人都等着那文吃饭，见那文摇摇晃晃地走进屋来，扶着门框嘻嘻笑着不说话。文他娘闻着了酒味，埋怨道："怎么才回来？可伤了，你这是喝酒去了？"

传文也冲她发起火来道："知不知道家里找你找翻了天？一个个都急出了猴疮，闹了半天你去喝酒了！在哪儿喝的？"那文举着手说："娘，我累了，今天的事以后再说。"她把三张纸给了文他娘说，"娘，你好好保管着，别让传文拿去揩屁股了，我得回去躺下歇歇了。"说罢转身回到自己屋里，关上了门。

文他娘擎着三张契约说："这是三张什么纸？还拿着挺金贵的，他爹，我不识字，你看看。"朱开山接过契约一看，大惊失色道："我的老天，她这是出去赌钱了，赢回来半个家当！"正说着，老孙头、张把头带着一伙人闯进来。

朱开山一愣道："你们这是……"老孙头和张把头一个劲儿地哀求说："开山大兄弟，高抬贵手吧，活不下去了……"大伙儿也一个劲儿哀求说："求求你跟嫂子过个话吧，我们都输不起啊，我们都愿意给你们家打工，我们白干顶赌账还不行吗？"

老孙头说："老朱兄弟，我和张把头商量了，明天拉上百十人的队伍到你们家地里抗霜，那笔赌账就勾了吧。"

朱开山说："我大媳妇和你们都有账？"老孙头说："她一个人把我们都涮了，我们输惨了！"朱开山呵呵大笑道："到底还是小看了这孩子！行了，你们的要求也不算过分，我就替她做主了。"众人千恩万谢道："谢谢朱大哥，你要不答应我们上吊的心都有了。谢谢了。谢谢了。"一个个鞠躬如捣蒜地走了。大伙儿没走几步，朱开山大喝一声道："都给我回来！"大伙儿惊呆了说："你这是要反悔？"

朱开山笑了说："怎么会呢？我朱开山是什么样的人你们还不清楚吗？把契约拿走吧，把韩老海的也带着给他，告诉他，我和他没账。"

文他娘拍着巴掌笑道："天爷爷呀，杨排风抢着风火棍破了天门阵，这可是立了头份大功！"朱开山说："她娘，赶快，今晚上的饭另吃，赶紧炒几个好菜，烫壶老酒，咱请媳妇上炕吃饭！"传文说："爹，那文累了，我去把她扶来？"

朱开山一挥手说："不！不，你把她背来，我敬她三杯酒。"传文高兴地跑出去。

传文兴冲冲跑到屋里一看，那文正睡得酣畅。传文推着媳妇说："文儿，醒醒，你是咱家的有功之臣，娘说你是杨排风大破了天门阵，给咱家立了头份功，咱爹让过去吃饭，要敬你三杯酒呢！"那文慵懒地说："酒就不要喝了吧，你给我研墨吧，我好久没写诗了，现在上来了诗兴呢……"

第十九章

家里灶间外，玉书用一个大盆在洗着青菜，那文在案板上吃力地挥刀剁着猪排骨。灶间内，秀儿轻松自如地拉着风匣，文他娘在案板上做着白面馒头。

秀儿有些担心地说："娘，你说这霜能抗过去吗？"文他娘边忙边说："抗不过去也得抗，不然这一年白忙活了，咱家可就惨了。"忽听传来那文的惊呼声道："哎哟！"

文他娘、秀儿急忙从灶间内赶出，玉书也急忙站起说："大嫂，怎么了？"

那文有些夸张地说："哎哟！闪了手腕子了，疼啊！"秀儿关切地说："大嫂，这活儿我来干吧。"边说边拿起刀，熟练地剁起猪排骨。捂着手腕子的那文有些佩服地说："这么沉的刀在你手里怎么像木棍似的？娘，秀儿干这个比我合适。"

文他娘故意板着脸说："那你干什么？那么多爷儿们在地里扛着，咱娘儿们不能掉地下！要是耽误了他们吃饭，有你好看的！"那文有点得意地说："我可以去拉风匣吧。"文他娘说："风匣你也拉不好，玉书你去，让你大嫂洗菜。"

地头上，老孙头干着活，问朱开山说："老朱兄弟，你看这霜什么时候到啊？"朱开山说："这就得问老崔了，你们不是都叫他'算破天'吗？"张把头凑过来说："我光听说他叫'吹破天'。"老孙头说："也别说，要论起看天象，咱元宝镇还没有比过他的。六月天孩儿脸，说变就变，出门谁知道能不能遇到雨？怎么办？不用看别的，你就看他出门带不带雨具就行了。"朱开山说："我已经栽排了，今番抗霜他是军师，谁都要看他的羽毛扇怎么摇。"老孙头竖起大拇哥说："还是你行，不记前仇，知人善任，不像有的人，心眼窄得穿不过一根马尾巴。"

东方微露晨曦。朱家的大田里，分散摆着三十余堆大大小小的秫秸垛。每个秫秸垛前，雇工们严阵以待，等待凌晨"霜头"的到来。大家手里举着火把，眼睛紧盯着凝视着夜空的老崔。老崔凝神望天，朱开山紧跟在他的身旁。

众人屏息看着二人。老崔轻声地说了一句道："老东家，霜头来了！"朱开山喊了声道："点火！"一支支火把向四方散去。大家举着火把奔跑着，呐喊着，把一堆又一堆秫秸点燃。一霎时火光闪耀，烟雾滚滚。真是一幅波澜壮阔的抗霜图卷！火光映照着朱开山一张凝重的刻满沧桑的脸，泪水滚下他的脸颊……文他娘温柔地替他擦去泪水，老两口紧握着手，相视而笑，笑得是那样好看。

传文、传杰高兴地抱在一起，兄弟二人眼看着团团火光，激动不已。传文眼含热泪颤抖着声音说："兄弟，咱家的好日子两年之内不用发愁了！"那文、玉书、秀儿举着火把向朱开山夫妇跑来。三人来到朱开山夫妇面前停下脚步，秀儿气喘吁吁地说："爹，娘，咱家又是一个丰收年啊！"玉书高兴地喊道："抗霜胜利了！"那文忽然发现了什么，怪模怪样地拖着腔调说："尔等不许胡闹！没见咱们的爹娘正在手拉手地亲热吗？"朱开山夫妇有些不好意思地松开手，文他娘故作不满说："你们这三个疯丫头！"边说边将三个孩子拥在怀中。大田内火光熊熊……

回到家里，朱开山和传文、传杰及伙计们在磨刀石上磨镰。文他娘走近朱开山问道："我说，文他爹，明天开镰，今晚上吃什么？"朱开山磨着镰没抬头说："今晚就不用忙乎了，我带他们到镇上喝酒去，喝完酒呢，去听二人转，什么时候回来还不一定。"文他娘说："也好，忙了一年了，该喘口气了，你们去吧！我也带着媳妇们一块儿吃顿饭，说点儿话。"

朱开山一愣，抬起头说："你们成天在一块儿吵吵，还能有什么话？"文他娘说："娘儿们之间的话。"朱开山说："娘儿们之间有什么话？"文他娘说："有说不完的话。"朱开山愣了半晌，自言自语道："这是想造反哪。"文他娘对正在灶间门外洗菜的那文说道："老大媳妇，今晚咱聚聚，炒几个好菜，烫两壶老酒，别忘了把秀儿也招呼过来。"

说开宴就开宴，摆了一桌子菜和酒，文他娘、那文、秀儿、玉书团团地坐了。文他娘说："都齐了，咱就开始吧，除了玉书，那文和秀儿打从嫁到朱家门上，咱娘儿们还没一块儿坐下吃顿饭，娘也是个热闹人儿，早就盼着这一天。你爹在家，娘不敢，我不是怕他，打从我嫁给他，我就没怕过他，就是怕他给你们摔冷脸子，惹你们不高兴。你看他今天张狂的，他说忙了一年了，今晚要带着爷儿们们去下馆子，听小戏。好哇，他眼里只有那些爷儿们，咱娘儿们也累了一年了，你说说咱娘儿们，一个个花红柳绿，鲜活生动，可就跳不进他的眼皮子里。行！叫他们去野儿吧，今晚咱娘儿们也野一把，来，喝酒呀，咱说说咱娘儿们之间的话……"

那文擎起酒盅，眼泪掉下来了。文他娘说："老大媳妇，你这是怎么了？这酒还没喝，泪珠子怎么就掉下来了？"那文说："娘，这堂屋的大炕，就是比我们小炕热，坐在这里喝酒吃饭就赶上我们王爷府里殿堂了，端起酒盅，我就想喊……"玉书笑着问："想喊什么？"那文说："想喊——左右丫头，单弦伺候，上下仆人，洗耳静听，且看我酒到酣处，文房四宝来，我挥诗一首，与月同醉，怎一个好字了得……"众人大笑。那文说："娘，我敬你一杯，这日子我想了多少回了……"

女人们的笑声传来。朱开山和传文、传杰坐在传文房炕上。传文说："爹，你今天是怎么了？领我们到镇上转了一圈儿就回来了，不是说好了喝酒听戏吗？"朱开山说："我那是和你娘说着玩的，我哪舍得花那个钱哪。"传杰说："爹，我饿得实在不行了，你闻闻，那屋又是肉又是酒多香啊，咱上那屋吃饭去吧，走吧，爹。"朱开山说："不能去！咱一进屋就叫她们笑话了，爷儿们说出去的话就是泼出去的水，挺着吧，我倒想知道知道，她们成天在一个院里，怎么还要背着咱们说一些悄悄话……"朱开山说着笑了。传文说："爹，这可不像你做的事。"朱开山说："赶上一个丰收年，日子过好了，就生出些闲情雅气来，我多少年没这么高兴了，不过现在就是肚子饿了点儿，传文，你屋里没什么吃的？"

传文说："今天也没做饭，没什么吃的。"朱开山说："我估摸着，她们多少能给咱们留点儿残羹剩饭。"朱开山刚说完，只听文他娘的声音传过来："你爹算个什么东西！"爷儿仨都一愣。

文他娘刚放下酒盅，有些许醉意，抹了把嘴说："我说给你们听听，你别看他现在成天背着手，板着个脸，像个门神似的，年轻的时候可不这样。当年我也是花啊朵的，十里八村的也有点儿名声。你爹呢，鬼着呢，看好了我，就是不开口，天天帮我种地，天不亮就来了，天摸黑才回去，没有一句话，还自己带着干粮和水罐，秀儿，比你追传武的时候可痴了……"秀儿笑了笑。

文他娘说："待会儿再说你的事，咱先开个场，说点儿高兴的事。"院里传来朱开山的咳嗽声。那文小声地说："娘，我爹他们回来了，你就别说了。"文他娘又喝了一盅酒说："他回来就回来吧，我告诉你们，我今天是真高兴，院里从来没有这么清静过，我的心从来没有这么敞亮过，刚才说到哪儿了？"朱开山又是一阵大声咳嗽。

文他娘又喝了一盅，冲外面喊说："听动静上火了吧？不要紧，厢房里有香油，你冲口香油水喝吧。"说着，冲媳妇们一笑道："他朝我发威呢，磨不开面子了，我偏要说。刚才说到，他天天帮我种地，那地种得可好哇，那天犁地，他一个人套了三股绳当牛使，那犁比牛拉得快，我坐不住了，就说，你歇歇吧，绳套都要拉断了，你赶上头牛了，他闷了一句：我就是牛！说着还来劲了，嘿，嘣的一声，到底把绳套拉断了，一头拱进粪堆里……"院子里朱开山的笑声传来。屋子里也大笑起来。

文他娘止了笑说："不说了，再说你爹就真生气了，什么事都得有个尺度，一把不准就偏了。我说秀儿，娘这些话，一个是今天高兴，二呢，也是对你说的。其实，娘一直想跟你说，可见了你，又开不了这个口，憋了我好长时间了。两个人要不是这个意思，过得就没有劲了，等也是白等。秀儿，听娘一句话吧，别等传武了，他回不来了，娘看着你这个样心疼啊。你还年轻，再寻个人家吧，没疼没爱不成夫妻，打打闹闹那也是日子的作料，可你俩什么都没有哇……"

众人望着秀儿。秀儿泪珠在眼眶里打着转，端起酒盅说："娘，嫂子，玉书，谢谢你们。你们把我叫来，没忘了我，咱还是一家人哪，我挺高兴的。难得娘也这么高兴，咱不说我的事了，说高兴的事，赶上这么个丰收年，不容易啊，我敬你们一杯！"

秀儿一饮而尽。那文说："秀儿说得好，咱今天只管喝酒，说话，来，我把弦子也带来了，我给你们唱一曲！"

传文听着老婆的曲，问："今晚这是怎么啦？爹，你说这是怎么了？"朱开山说："你闭着眼慢慢地听着吧，还要到镇里去听戏，花那个钱干什么？他们有咱们家的戏好听吗？"戏文声忽然没有了。传杰："哎，怎么不唱了？"朱开山说："是不是她们喝醉了？传杰，你去看看。"传杰跑出去，喊道："爹，不好了，屋里没人！"

朱开山呼的一下坐起来说："没人？"传杰说："没人！一桌子菜没动，三坛子酒喝光了！"传文说："那菜是留给咱的，咱赶紧去吃吧！"朱开山说："你就知道吃，赶紧去找她们去吧，在家里怎么着都行，这四个老娘儿们要真是喝醉了，跑到镇上去要疯去，那还不叫人笑话死！"朱开山带着两个儿子慌慌张张地跑出去。

爷儿仨在青纱帐里寻找着。传杰耳尖，说："爹，你们听！"远处传来了四个女人的笑声和唱戏声。青纱帐里，在一片空地中，文他娘带着三个媳妇唱着跳着，又嘻嘻哈哈地躺到这又熟又香的庄稼地里。朱开山慢慢地坐下，点上一锅烟抽着，品着眼前这幅图景……

木排集散地渐渐地临近。老独臂如一座塑像伫立在木排上，凝视着远方。二招兴奋地说："头招，到了！"老独臂点点头。排帮们欢呼雀跃，互相拥抱，一个个热泪盈眶。

老独臂指挥着大伙儿把木排向岸边靠拢。岸上，开店的、设赌场的、窑姐儿纷纷围拢上来。木排还没停稳当，他们热情地上了排招揽着，死皮赖脸地拉客，嘴上像涂了蜜说："大兄弟，一路辛苦，住店吧，歇歇脚，我们店吃的住的好，价钱公道，想要什么有什么，去晚了就没铺位了，给您留着呢。""哥们儿，想玩不？我们那儿有局子，一宿到亮，发财的机会来了！""哥，还犹豫什么？跟妹子走吧，被窝儿热乎乎的，就等着你钻呢，累了一秋了，妹子好好陪陪你，养养精气神儿。"

曹三叫着人名给排帮们分钱说："这一道上我拦挡你们，不让你们耍钱，吃花酒，靠娘儿们，为什么？那时候你们有钱吗？没钱不是等着找揍吗？我不知道耍钱痛快？不知道搂着肉乎乎的娘儿们睡觉美？可没钱干瞪眼，老是冒虚火，对不对？"大伙儿笑了。

二招笑道："这回有钱了，虚火能转成实火了，我得好好地痛快痛快！"曹三说："好了，这回钱到手了，我就不管了，痛快几天，完事呢，愿意跟我回去的跟我走。别不舍得花钱，钱是什么东西？就是买痛快的，挣钱不花是土鳖，等你两腿一蹬，那就不是钱了，是废纸。不跟你们说了，白费唾沫，有个局子等着我呢，还有，上番我轧和的娘儿们铺好了被窝儿等着我呢。妈了个巴子，小娘儿们一身肥嘟嘟的白肉，抓一把软乎乎的，真他妈的过瘾，抗不了，先去热乎一锅再说。"说罢笑眯眯地走了。

老独臂看曹三走去，沉下脸对大伙儿说："都给我听好了，这儿可是个喝人血的窝子，咱挣的钱不容易，都把口袋捂紧了，该回家的回家，还想跟我回去的把钱捎走，别带在身边。"

传武兴奋地对鲜儿道："姐，咱俩的钱你都收好，过些日子木艚子往回返，咱们跟着回去。你不是看好了野马湾吗？咱就到那儿安个家过小日子。"鲜儿说："我喜欢那儿有山有水，咱在那儿盖两间房，买几亩地，过几天舒舒坦坦有家的日子。"传武说："你再给我生几个大胖小子。"鲜儿羞赧地说："不许胡说！"

她话是这么说，人却依偎到了传武的怀里，软语喃喃道："传武，今晚你就住这吧。"传武紧紧地搂着鲜儿说："姐，再等等，等咱们有了自己家的时候吧。"

老独臂端坐在那儿警惕地看着四周。二招溜出门来，刚想跑，被老独臂喝住。老独臂低声道："孩子，按理说我不该管着你。听我一句劝吧，我都是为了你好，回屋去吧，你今天要是出去了，明儿一早就会光着屁股回来。我不是吓唬你，那些开赌局的、开窑子的、卖大烟的早就在咱们周围布下了一张网，就等着你往里钻呢。"这时候，陆陆续续又有几个人要出门。老独臂招招手说："都过来，一块听我说说。"大伙儿围了过来。

老独臂说："你们都叫我老独臂，都知道我这条胳膊是被老虎咬去了，可这里的枝枝蔓蔓你们哪里知道。那一年，也是这个季节，走的是北流，在船厂，分了钱我本打算回山东老家，可是中了人家的圈套进了赌局。结果呢，输得干干净净没脸回家。这时候柜上跟来的人找到我，说要借钱给我翻本儿，不过要签约，还要回山场子给柜上干。结果呢，还是输了个干净，没办法做了江驴子，就是那一年冬我把胳膊丢了。"排帮甲说："大叔，怎么叫江驴子？"

老独臂说："这儿管返回山场子、水场子干活的都叫江驴子，从这儿回山的路是一步一步地登高逆水，有时还要拉纤拖艚子，像毛驴子一样。一道上没吃没喝，只好要饭，要不到就吃苣荬菜。年轻人，回去吧，我过的桥比你们走过的路都长，这些都是经验之谈，为你们好。"大伙儿点头说："听头招的，回吧。"大伙儿纷纷回到客栈。夜深了，老独臂还坐在那儿抽烟，像是在回忆一件久远的往事。

老独臂的话说到了家，可赶不上花枝招展的娘儿们的荡笑，也赶不上赌钱暴富的招引。头两天，排帮们还能守住性子。再过两天，老独臂起了一身重病，躺在炕上起不了身子，传武和鲜儿前后照应着。没他看管，排帮们也就松了弦，赌的赌，嫖的嫖。半月工夫，大半年的挣命钱就见了底，一个个唉声叹气。曹三笑吟吟地问："这些天吃喝嫖赌得痛快吧？怎么？怎么不出去玩了？"二招说："大伙儿都没钱了。"曹三说："没钱玩？这不叫人家笑话吗？咱们可不能就这么走了，怎么也得把本儿捞回来。钱？我这儿有啊，来来来，需要多少？我先垫上。"二招说："我们拿什么还啊？"曹三说："咳，这容易，咱们签个约，再跟我回山场子不就得了？"排帮老郭说："我们咋回去啊？"曹三说："老规矩，你们沿着江岸走，逆水而上把艚船拉回去。我呢，在这儿还有些事要处理一下。"他又转头叮嘱二招，"老独臂的病越来越重，看样不大行了，回去的路上你多关照着点，我亏待不了你。怎么样，你们签不签？"

二招一拍大腿说："行，我签！"大伙儿纷纷地说："我也签！"

排帮拉纤逆江而上，顺流而下的轻适再也不见。老独臂病重了，躺在艚船里，鲜儿目不转睛地看护着。拉纤的传武不时地看着艚船里的老独臂。

众排帮一边喊着号子，一边拉着纤绳非常艰难地行进着——纤绳紧紧勒着他们的肩膀，仿佛要陷入肉里，他们的身体几乎伏在地上向前走着。

号子声声：

逆江水——哎嗬，

顶头风——哎嗬，

拖木艚——哎嗬，

往北行——哎嗬，

钱输光——哎嗬，

家难回——哎嗬，

这辈子再难见老婆孩——哎嗬，哎嗬，哎嗬！

号子声中，年龄较大的老郭终因体力不支倒在江岸上。拉纤的众人停下脚步，默默地看着。跟在老郭身后的传武忙俯身去搀扶，却又哪里扶得起来。艚船内的老独臂吃力地坐起身来，声音微弱地问："是不是不行了？"传武悲痛而无声地点点头。二招问道："头招，你看是让他顺江走还是埋起来？"老独臂说："今天就住这儿吧，我和他说会儿话。"

江边生起两堆篝火，传武、鲜儿及排帮们围着一堆篝火啃着干粮。另一堆篝火旁，老独臂倚靠着排帮的行李卷自斟自饮地喝着酒。

他喝完一杯酒又倒上一杯，一边小心给死了的老郭嘴里灌着酒，一边轻声地说："老伙计，老乡，兄弟，你也喝一口吧，喝一口少一口！到了那边给阎王爷捎个话，过不了几天我也会去的……"

传武、鲜儿不解地看着。传武悄声问鲜儿："姐，爷爷在干什么呢？"鲜儿忧虑地说:"他自从病了以后就像换了一个人,不吃药也不愿多说话。只要醒过来就要酒喝,谁也不知道他心里想什么。"

老独臂又喝了一杯酒,忽然感觉到心里难受,急忙用残存的右臂捂住胸口,稍后索性端起酒壶,大口地往嘴里灌着。传武、鲜儿有些发愣地看着。鲜儿对传武说:"咱过去劝劝,不能这么个喝法。"传武和鲜儿走到近前,老独臂有些醉意地笑着说:"你们俩坐下,爷爷跟你们说几句话。"鲜儿和传武小心地靠近老独臂坐下。

醉眼蒙眬的老独臂却不再看他俩,而是面色凝重地面对天空和江面认真地说:"你说,你说,我听着呢。"鲜儿和传武不解地看着,传武欲要问话,鲜儿连忙阻止。

老独臂不知在听着什么,随后哈哈大笑道:"你说什么?时辰到了?叫我这就跟你走?知道,急什么?我老独臂一辈子什么都知道,不就是阴曹地府去走一遭吗?你说什么?我这辈子罪还没遭够?那好啊,我去伺候你们,我给你缝三年铠甲,洗五年血衣,推十年大磨,成吗?我不害怕,我这一辈子就不知道什么叫害怕!你说什么?还让我活两天?那我可得谢谢你了!我这辈子在苦海里熬过,在刀尖上滚过,可就是没跟女人睡过!赏一个吧,十七八岁的黄花大姑娘!行行好吧,让我闻闻女人味再走吧!啊?你早就给我预备了?那我可得谢谢你了,我给你磕三个响头!一辈子就你知道我,就你知道我!哈哈……"笑着笑着涕泪横流说,"天爷爷呀,我等不及了,快领我进洞房吧!哈哈……"

等他住了声,传武和鲜儿问:"爷爷,你在和谁说话?"老独臂淡淡一笑说:"和天说话。"传武说:"爷爷,你说了些什么?我一句也没听懂。"老独臂说:"你慢慢会懂的。"鲜儿说:"爷爷,你哭了?"老独臂又是淡淡一笑。传武说:"爷爷,你别难受,我们送你回家。"

老独臂沉默良久说:"想家啊,想山东老家,真想回去看看,可回不去了,真成了没家的人了!你们两个患难相交,有情有义,早些成家吧,好好过日子。人这一辈子不管怎么要有一个暖和和的家啊,别像我,一辈子漂泊,没在一个地方扎下根。"鲜儿说:"爷爷,到了野马湾咱就不走了,咱们买处房一起过,我和传武伺候你一辈子。"

老独臂说:"孩子,你们的心意我领了,可爷爷熬不到那天了……你们记着,我死了以后,你们把我埋了,坟头一定要朝着咱山东老家,我活着回不去，死了也要看着老家，看着爹娘！记住了吗？"两人点点头。老独臂望着传武和鲜儿，眼里跳动着异样的光芒。他摸索着传武，又摸索着鲜儿，轻声地说："真好。"说罢，他抡起那钵大的拳头，朝心口猛地一击，嘴里喷出一股血来，人已怆然倒下……两人呼喊着扑向老独臂。

传武、鲜儿及排帮们举着火把，每人捧着一盏河灯向江边走来。鲜儿举着火把点燃了每一盏河灯。一盏盏河灯顺流而下。传武、鲜儿及排帮们站在岸边，默默地看着河灯远去。空气中，似有老独臂以往的歌声在江岸的夜空中回荡……

江岸上，传武、鲜儿及众排帮又把纤绳深深地勒进肩膀里，把身子拉成了弓，谁也不说话，艰难地行进着。他们没看到，江岸上土坡后，慢慢地探出十几个脑袋，注视着拉纤的排帮们——这是一小群散兵游勇，他们的头目目光贪婪地盯着鲜儿……

上行到了野马湾，传武和鲜儿告别了排帮伙计，沿江边默默走着。传武停下脚步轻声地说："姐，咱就在这野马湾住下吧。你说过喜欢这个地方，咱就在这儿安家，咋样？"鲜儿看着传武，轻轻地点了点头。传武说："姐，我要送你一样东西。"鲜儿说："传武，走了这趟排，你的心思姐都明白了，姐什么都不要。"

传武从怀里掏出一只银手镯说："姐，这是我攒的，你戴上吧。"鲜儿望着传武，良久，把手伸出来。传武把手镯戴到鲜儿的手腕上。

传武兴奋至极，猛然将鲜儿拥到怀里，在鲜儿的额头上亲了一下，随后放开鲜儿，高兴地沿江边跑着，边跑边兴奋地喊着说："我有家了！我有自己的家了——"突然，不知从何处传来两声枪响！奔跑中的传武被枪弹击中，随后一头栽进江中。刚刚还沉浸在幸福中的鲜儿被突如其来的枪声惊呆了！脑中一声轰响，人软瘫在地上。

十余名散兵游勇举着枪，怪叫着从不远处飞马而来，呈扇面形围向鲜儿。

鲜儿吃惊地看着奔驰而来的马队，那头目高声喊道："小娘儿们，跟我享福去吧！"

鲜儿悲愤地看着渐近的散兵，挣扎着起来，大叫一声："传武，等我。"转身跳入江水中。江面只是荡开一个涟漪，随又恢复了平静。头目狠狠地说："妈的！这小娘儿们，性子够烈的！"

三辆拉着山货的马车从春和盛店铺门前走过。夏元璋和传杰站在店铺门口内看着走过的马车。传杰焦急地说："掌柜的，山货大批上市了，您怎么又突然改了主意呢？价钱挺合适的，怎么就是不让我进货呢？您到底是打的什么主意？"夏元璋说："传杰啊，这做生意不能赶大呼隆，贵在别出心裁，讲究的是人无我有，人有我精，人精我走。都做这些大路货就没有什么赚头了。"传杰问："那咱不做大路货做什么？"夏元璋说："走，我领你去见一个人，让你长长见识。"

　　夏元璋说的这个人姓邵，人微胖，总是似笑非笑的样子，好像对什么也瞧不上眼。夏元璋在镇上酒馆里设了宴，让传杰陪他喝酒。邵先生说："据我所知，咱们这一带还没有做松茸的。这东西可金贵呢，在大城市大码头，那可是千金难求，卖得火着呢，里头的利大着呢，大得你都不敢想！"传杰说："我们掌柜的说过，做生意，凡是利大的风险就大。"邵先生说："哎，这话得倒过来说，风险大利大，越有风险越有利。你要是提篮小卖，或者只做点针头线脑的小生意，有没有风险？没有吧？可利呢？不能说没有，可那是蝇头小利，没意思，太没意思了！"传杰说："可是做松茸投入太大了。"

　　夏元璋笑了说："传杰，资本大赚得也多呀，比方说都是三成利，你投入十块钱，周转一圈挣多少？三块钱吧？你要是投入十万块呢？那可就是三万块呀！"邵先生说："你看看，账还是掌柜的算得明白。我这三车松茸十万块给你们，你们贩到奉天，出了货就是三万块到手，够你们几年挣的？"

　　传杰说："掌柜的，咱的家底划拉划拉也凑不够那么多啊。"夏元璋说："哦，这你就不用担心了，我有办法。"传杰说："掌柜的，咱能不能少进点货试试看？先探探路，好做咱再做大。"邵先生笑道："夏掌柜的，想不到你这个伙计年纪不大倒是挺稳重。小兄弟，实话告诉你，不少老客都在打我这三车松茸的主意，机不可失，时不再来，我对他们都是有言在先，这三车货我是打捆儿出手，零打碎敲我可不干。为什么？耗不起工夫。我这三车货是急着出手才高进低走。知道我为什么急着出手吗？"

　　传杰问："为什么？"邵先生说："实不相瞒，我和几个朋友约好了，想跑趟俄罗斯倒腾皮货。不过呢，出不了手我也不怕，索性俄罗斯就不去了，我押着货到奉天也不少挣，不过比起到俄罗斯贩皮货利就又小了不少。"夏元璋说："那倒也是。"邵先生说："另外我这里还有一个小秘密。"他压低嗓门儿说，"我为什么对俄罗斯这么感兴趣？告诉你们，我在那边靠了个俄罗斯娘儿们，等着我呢。嘻嘻。"

夏元璋吃惊地问："是吗？"邵先生说："怎么样，夏掌柜的，做完了这笔买卖我领你跑趟俄罗斯？俄罗斯娘儿们好啊，够劲儿！"夏元璋正色说："我对那些不感兴趣。"邵先生说："失言了，知道您是正人君子。说正事，这笔买卖您感兴趣？"夏元璋说："再说吧。"邵先生说："也好，这笔买卖毕竟不是小数目，夏掌柜的要是有诚意，价码咱还可以再商量。"

回到家，夏元璋在屋里踱着步。巧云说："先生，不早了，早些睡吧。"夏元璋说："巧云，你把那东西给我找出来，我再抽两口。"巧云说："您不说就是玩玩吗？怎么又想起来了？别上了瘾，上了瘾就不好戒了。"夏元璋瞪着眼睛说："啰唆什么！我还没有数？"他指着自己的脑袋说，"那些上瘾的人这儿不行，没有定力。跟你说实话，年轻的时候，赌我也赌过，嫖我也嫖过，作得也不轻，别人都上了瘾，我说一声戒，怎么样？它就戒了！这就是定力，不是谁都有的。我这几天正在思谋一件大事，也就是用它提提神儿。"

巧云无奈，伺候夏元璋抽上大烟。传杰在外面问："掌柜的睡了吗？"夏元璋说："传杰吗？有事儿？你在客厅等一会儿，我这就来。"一会儿，夏元璋精神饱满地从里屋走出来问："传杰，什么事？"

传杰说："掌柜的，我睡不着就想白天这件事。松茸是好东西，可太金贵了，我听说了，就是大城市，一般的饭庄也经营不起。奉天太远我不知道，我打听了送山货的老客，人家说，哈尔滨的大菜馆货已经进足了，货源可能是邵先生的。"夏元璋说："哈尔滨近水楼台，货进足了不足为奇，奉天不会。再说了，奉天可就大多了，大饭庄有的是。你是不是没去过奉天？光一条中街有好几个元宝镇大，那人海了去了，有钱的人也多。松茸这东西你是不知道，在饭庄老值钱了。"传杰说："掌柜的别忘了，越是值钱的东西越下细。"

夏元璋说："你说得倒也是，可这也得分地方，奉天有钱的人多。这有钱的人可也怪了，什么贵想吃什么。熊掌贵不贵？燕窝鱼翅贵不贵？吃的人少吗？我现在考虑的不是进不进这批货，是想怎么凑足这笔资金，价压到什么程度。你就是为这个睡不着？不用担心，我在买卖场滚了这么多年，这点眼力还是有的。你记住了，做生意四平八稳固然是正理，可你总是不敢搏就永远在原地踏步，就是前进一步也是小脚老太太扭秧歌，退两步进三步，迈不出去多远。"

传杰说："掌柜的，我怎么寻思这事都有点不牢稳。"夏元璋发了脾气说：

"行了，我做了一辈子山货，什么样的风险没经历过？我说你怎么越来越胆小了呢？好了，回去睡吧。你提醒我倒是一件好事，我再考虑考虑。"传杰说："哎。"抽着鼻子问，"嗯？一股什么味儿？还挺香的。"夏元璋说："你的鼻子就是尖，我最近吃一种东洋进的大补丸，这东西，挺来劲。"

三辆拉着松茸的大马车整装待发了，夏元璋和玉书为传杰饯行。夏元璋说："传杰，这回出门千万要小心，一定要昼行夜伏，不能有半点差池，我可是把整个家当都押上了！"传杰说："掌柜的放心，我一定会谨慎，只要那边一收了货我就把汇票打过来，星夜往回赶。"玉书嘱咐："传杰，天越来越冷了，道上该加衣服就加衣服。"说着为他围上围脖。

传杰一愣说："玉书，你什么时候织的？"玉书说："还能让你知道？道上别不舍得吃喝，身子要紧。"传杰说："你放心，我会照顾好自己的。"夏元璋说："传杰啊，这趟买卖回来之后我就彻底撒手了，货栈就交给你。抽空和你爹商量商量，早些把你和玉书的事办了，我也想抱外孙了。"玉书羞赧地说："爸！"

夏元璋从常先生手里接过酒杯说："好了，不说了。来，喝了这杯饯行酒上路吧。"传杰喝罢饯行酒，跳上马车上路了。

韩老海牵着四匹马进了朱家大院。朱开山迎出屋子，惊呼道："老海兄弟，你这是干什么？"韩老海说："你装什么糊涂？我是来还债的，这四匹马从现在开始姓朱了。"文他娘呱呱笑着跑出屋子说："大兄弟，在哪儿学的骂人的法子？叫你这么说俺们也是牲口了？"朱开山说："老海兄弟，这马我是高低不能要，这都是大媳妇闹着玩的，这孩子没轻没重，玩笑闹大了。你把马都牵回去，我好好教训教训她，改日让她给你赔礼道歉，再让她没大没小！"

韩老海说："老朱兄弟，自古赌场无父子，我输了就是输了，不管是输给了谁，还输得起，你要是不收可就让我没法做人了。"朱开山说："你说哪儿去了？你说你输了，我们可不认这个账，我们都不认账你还的什么账？这不是天大的笑话吗？"韩老海说："你不认我认！好，算我说错了，这马不姓朱，可是归你了，你要也得要，不要也得要！"朱开山火了道："哪有你这么欺负人的？也太霸道了！"气得抄起鞭子朝马甩去。四匹马撒开蹄子朝韩家跑去，韩老海冷着一张脸出了院门。

文他娘、那文在灶间里忙活着做饭。朱开山坐在堂屋门前仔细地擦拭着老土炮。玉书疯跑进屋，喘息着说："大叔，不好了，传文哥她……叫马贼……

绑走了！"文他娘说："闺女，慢点说，到底怎么回事？"玉书说："传文哥在镇上卖完了粮往回走，我正好遇见，刚说了两句话，一伙蒙面人冲过来，把他绑到马车上跑了……"那文惊天动地地哭着道："我的天啊，这可怎么办啊！"擦拭着老土炮的朱开山坐着一动不动。文他娘拍着大腿说："你怎么一动不动啊？赶紧拿个主意吧！"朱开山说："不急，是疖子总要有冒头的时候，这回是冒了头了，大戏到了煞尾的时候了。"那文给朱开山跪下了说："爹，救救传文吧，现在全家就你一个爷儿们在家了！"朱开山说："孩子，快起来，不要怕，我保证让传文平平安安回来！"忽听"啪"的一声，一支飞镖钉在门上，带着一封信。女人们慌作一团。朱开山取下信，铁青着脸看着，仰天长叹道："该来的都来了！"

三辆马车拉着松茸从奉天城回来了，传杰坐在马车上。马车飞驰至货栈门口，传杰匆匆跳下车，奔进货栈。夏元璋正在吞云吐雾。玉书疯狂地摔着屋里的东西，哭喊着说："爸！你怎么就是不听劝呢？怎么就是戒不了呢？怎么一点志气也没有？这个家早晚让你败掉的！"巧云瑟缩着站在一旁不敢出声。玉书又冲着巧云来了，说："你这个糊涂虫，怎么不早说！"巧云抹着眼泪分辩说："我敢说吗？先生不让。"

夏元璋说："闺女，没事儿，爹就是玩玩，爹有数，就凭爹的定力，说戒就戒，等传杰回来爹就戒了，你放心。"话音刚落，传杰哭喊着冲进屋里说："掌柜的，不好了！"夏元璋忽地站起身来说："传杰，你回来了？买卖怎么样了？赚了多少？"传杰哭着说："掌柜的，完了，全完了，奉天大菜馆早就进了邵先生的货，咱的货谁也不收，咱们叫邵先生骗了！"夏元璋如五雷轰顶，惊呼一声道："我的天，这下全完了！"一屁股瘫坐在地上，昏死过去。大伙儿急忙扶起夏元璋。玉书哭喊着说："爸，你醒醒！"

夏元璋元气大伤，连春和盛的大宅院都抵给了姓邵的，还落下一屁股债。又加上烟瘾折磨，短短几天，人已变得形销骨立，面如菜色。而当年他的手下败将对门的吴老板腔前腔后地跟着邵先生狐假虎威，更让夏元璋悲叹不已。传杰经了这场变故，觉得生意场上真是波谲云诡，不禁想起当年夏元璋对他说的"诚信"二字，恍如梦中。

夏元璋这日犯了瘾，在铺上翻滚着，哀号道："好孩子，救救爹吧，我实在受不了啦，万箭穿心哪！"巧云在一旁哭泣。传杰对玉书使了个眼色，二人把夏元璋捆绑起来摁进柜子里。夏元璋又哭又闹又哀求说："你们不能这样啊！

巧云，他们这是忤逆，你赶快给我报官啊！"巧云哭着说："先生，你就委屈一下吧，他们是帮你戒烟啊！"

吴老板背着手进来了说："嗬！你们爷儿们唱的这是哪一出啊？夏掌柜的，是《打棍出箱》吧？"夏元璋咆哮着说："你这条狗，给我滚！"吴老板："哎，你可别狗咬吕洞宾不识好赖人，我是来给你闺女做媒的。邵先生可是看好你的闺女了，有意纳小。说了，要是你愿意，他可以供你烟膏子。多好啊，到时候你就是他的老丈人了，这大宅子一半又归你了。"夏元璋气得浑身直哆嗦，指着吴老板说："你，你这个畜生，你怎么不把你闺女给他做小！"又指着传杰说，"你还愣什么？给我打出去！"

第二十章

朱开山准备独闯匪巢救儿子。传杰递过来老土炮，那文送上匕首。朱开山说："这些东西都用不上，放着吧。"文他娘拦挡说："他爹，你不能去啊！那些胡子什么事做不出来？去就没命了！"朱开山说："你放心，我都打听好了，他们的瓢把子叫老蝙蝠，我去会会他。"传杰说："爹，我跟你去。"

朱开山说："不行，你留在家里，我对你还有交代。他娘，我前脚走，你随后就带着全家到神仙沟住些日子，我早在那儿修好了地窖子，粮食也备了，我不回来你们千万别回家！传杰，我这一去吉凶难料，一旦不能回来家里就你一个爷儿们了，你要挑起全家的大梁。还有，实在不行就把夏掌柜的和玉书接来家吧，你是条汉子了。"传杰说："爹，我怎么琢磨这件事都是老海叔干的。"

朱开山说："还用寻思吗？所以说天下冤家宜解不宜结，你今后出门做事一定记住这个道理。不过我还是那句话，虮子顶不起被单来，蚂蚱不能穿着我的乌拉跑！"传杰哭着问："爹，我还能做点什么？"朱开山说："孩子，你有胆量吗？"

传杰说："爹，我是你的儿子，你能做到的我也能！"朱开山说："好！"把传杰拽到身边，附耳交代几句，传杰连连点头。

朱开山懂得规矩，他按那封信上的指示一个人赤手空拳上了山，土匪们早有人守候，见他来了，上去绑了，又捂了眼。朱开山也不反抗。押到山寨里头，喽啰给朱开山摘掉蒙眼布，松了绑。老蝙蝠说："朱开山，你到底还是来了，是个爷们儿！"朱开山抱拳说："当家的，冤有头债有主，我朱开山栽的蒺藜刺儿自己拔，你把我儿子放了。"老蝙蝠嘿嘿一笑，一挥手。几个喽啰推搡传文进屋。

传文哭喊道："爹，你怎么来了？家里怎么办啊？"老蝙蝠说："好了，别叫了，你爹来换你，你走吧。"传文说："爹，我不走，还是让俺留下，要杀要剐随他们的便，你可是家里的顶梁柱啊！"朱开山说："孩子，回吧，你娘和你媳妇还等着你呢，我没事，我和当家的好商量。"传文哭喊道："俺不走！你们杀了俺吧！"老蝙蝠说："喊，你爹来了你倒爷儿们起来了，不是吓得尿裤子的时候了。"一抬手说，"给我轰出去！"

传文还真爷儿们起来，可不论怎么挣扎着，到底让喽啰推出门去。老蝙蝠吩咐手下说："备下酒菜，我要跟朱开山叙谈叙谈。"大碗酒大块肉摆满一桌。朱开山说："当家的，初次见面总得有个见面礼，我这儿给你备下了大货，赏个脸收下吧。"说着送上一棵山参。老蝙蝠斜了一眼说："那我就不客气了。收下。"喽啰忙来收了山参。

老蝙蝠说："我说，我的帖子下了不是一天两天了，你还真能沉住气，就不怕我把你儿子做了？"朱开山说："我知道你不会，你的目的还没达到呢。"老蝙蝠说："那我提的那些条件你到底是答应不答应？"朱开山说："当家的条件也太过了，要是答应了就是个破家。我朱开山见识短，除非咱们有仇，你不至于下这么狠的手，可我怎么想也想不明白，咱们到底有什么过节？"

老蝙蝠说："这你就不用多问了，反正不答应我的条件我就撕票。"朱开山说："当家的要那么多钱我实在拿不出来，卖房子卖地也来不及，这不是往死里逼我吗？你叫我怎么办？"老蝙蝠说："那是你的事，我就管不着了，我就管要钱。你不当家哪知盐米贵？没钱我的这些弟兄怎么养活？你说呢？"朱开山说："说的也是。这样吧，我知道这片山里有一棵长在树上的大棒槌，一直没动它，今天把它送给你，这样咱们可以两顶了吧？"老蝙蝠哈哈大笑说："你说什么？棒槌长在树上！闻所未闻！"

朱开山说："当家的，这你就不懂了。当年这座山有伙挖参的，挖了半年也没挖到一棵，这一天遇到了一个要饭的小斜眼，小斜眼要求参带着他吃口饭。帮主见他斜着眼朝天上瞅，知道是个废物，不肯收留。有人看孩子可怜，劝帮主留下。小斜眼跟着大伙儿进了山。说起来有意思，就因为他的小斜眼朝天上瞅，发现一棵千年老树上长了棵大参。小斜眼心里恨帮主没告诉他。后来小斜眼快病死了，参帮把他扔了。正赶上我在山里打牲口把他救了。小斜眼对我感谢不尽，就把秘密告诉了我。我一直没动，想再过三年起这个大货。现在救自己的命要紧，就献给当家的吧。"老蝙蝠乐了说："真有这事？行，你就领着我去开开眼。要是真的我就饶你一命。"

朱开山被土匪拴着进了深山密林。他领着土匪在山上转来转去，到底麻达山（迷路）了。几个喽啰哭唧唧地说："当家的，不好了，麻达山了，咱转来转去又回来了！"老蝙蝠朝朱开山咆哮道："好啊，你把我们朝死路里引，我祸祸了你！"朱开山镇静地说："我也不想麻达山，要是杀了我谁也出不去。这地方叫干饭盆，多少挖参的老客都麻达在这里了。"他指着地上说，"你看这些白骨，都是他们留下的。"

老蝙蝠害怕了，说："老朱，那咱还能不能出去？"朱开山说："怎么出不去？你们别急，跟着我走，我指哪儿你们走哪儿，千万别乱说话。"老蝙蝠对喽啰说："好吧，松绑，给他索拨棍。"获得了自由的朱开山拿着索拨棍在前边开路。老林子幽暗无比，草茂树密，野兽出没，处处暗藏杀机。

一喽啰惊呼道："蛇，蛇！"朱开山怒斥道："闭死你的臭嘴！"喽啰委屈地说："我说错什么了吗？"朱开山："在这里不能乱说，这叫钱串子。"喽啰分辩道："这明明是条蛇！"朱开山把棍一扔，坐在地上不走了。

老蝙蝠脚踹喽啰说："你他妈的还嘴硬，这是参帮的规矩！"扭头对朱开山说，"老朱，别和孩子一般见识，走吧，你现在是爷爷，我们都听你的。"朱开山站起来说："进山就得懂山里的规矩，不想死就别胡来！"

他用索拨棍敲打着树干：梆梆——梆梆——

老蝙蝠小心翼翼地问："老朱，你这是干什么？"朱开山说："我是在叫棍，告诉周围的参把头，咱们麻达山了，他们要是听见了就会有回音的。"老蝙蝠说："哦，哦，弟兄们，一块敲！"朱开山说："万万不可！这叫棍不是随便敲的，我们这是在说话，你乱敲人家就不搭理你了。"

天色黑了下来。朱开山对老蝙蝠说："当家的，拿房子吧，看来得拿个火堆了。"老蝙蝠小心翼翼地说："老朱大哥，怎么拿？"朱开山说："在山里，住下就叫拿房子，起火堆就叫拿火堆，明白了？"老蝙蝠说："明白，明白。"对喽啰说，"还愣着干什么？拿火堆啊！"

小喽啰们赶紧捡柴生火。大伙儿在一起烤火，烤干粮。在老蝙蝠的示意下，喽啰们谄笑，像伺候亲爹似的给朱开山送干粮，送水，送烟。四周传来狼嚎声，喽啰们毛骨悚然。老蝙蝠说："老朱大哥，你看咱们能出去吗？"朱开山说："只要听我的，能。"众匪徒瑟瑟缩缩地一夜没敢合眼，好歹挨到了天亮。朱开山领着土匪又开始转山，不停地叫棍。忽然，远处有了回应：梆！梆！梆！

老蝙蝠兴奋地说："这下可好了，有回音了。"朱开山说："嗯，这是告诉咱他们在这儿。"朱开山叫着棍，带大伙儿循声而去。衣衫褴褛的一个小斜眼出现在大伙儿面前，仔细看却是传杰扮的。父子二人对视一眼，朱开山惊呼道："小斜眼，我可找到你了！"传杰说："大叔，麻达山了？"朱开山说："可不是嘛，转不出去了。"传杰说："跟我走吧。"老蝙蝠说："慢，老朱，这就是你说的小斜眼？"

朱开山说："不是他是谁？咱走吧。"

老蝙蝠嘿嘿笑了说："往哪儿走？咱们还没起大货呢！"朱开山说："对了。小斜眼，带着大叔把大货起了吧，我找到买家了。"传杰说："真的？那就跟我走吧。"土匪们欢呼雀跃，跟着传杰往前走。突然，传杰站住了，指着一棵大树说："你们看，大货就在这棵树上！"

就在土匪看树上大参的时候，朱开山跳将起来，众匪忽觉得脚底下一空，呼啦啦都掉进一个大狍子坑里。

老蝙蝠叫道："朱开山，你这个老狐狸，把我们放了！要不然我宰了你！"

朱开山哈哈大笑道："老蝙蝠，死到临头你还耍瓢把子威风，你说现在是谁宰谁？啊？你记住吧，明年的今天就是你的忌日！"老蝙蝠软了下来说："老朱大哥，你饶了我们弟兄吧，我们也是没办法吃上这碗饭的，你只要饶了我们，从今以后我们金盆洗手还不行吗？"

朱开山说："我早就对你们说过，我朱开山不怕死！告诉你们吧，我朱开山死过几回了，还有什么怕的？想当年我在老金沟镖打老果子，马蹄金送金大拿上西天，人也不是没杀过……"老蝙蝠面如土色说："啊？你就是当年老金沟的朱老三？哎呀呀，不知道当年那个大名远扬的山东人就是你！老英雄，你早报大名我们众弟兄哪敢太岁头上动土啊！好好好，今天死在你的手里也不算冤屈，动手吧。"

朱开山仰天大笑道："我朱开山杀过歹人，杀过洋毛子，那都是万不得已，可从没杀过无辜，我怎么会杀你们呢？"他示意传杰放下一个软梯，老蝙蝠带着喽啰们狼狈地爬出来。老蝙蝠拱拳说："老英雄大度，感恩不尽！"朱开山说："兄弟，拉杆子上山的为数不少，可哪个不是劫富济贫除暴安良？我朱开山没有为害乡里，家境也就是个小有罢了，可不明白你为什么对我苦苦相逼呢？"

老蝙蝠说："实不相瞒，我和你们屯的韩老海有一面之交，他说他闺女让你们家祸害了，我就听信了他的一面之词上了当，这个老杂毛，我这就去结果了他！"

朱开山疾呼道："万万不可！说实话，我朱开山虽然罪不该死，也实在有负于他，他闺女嫁给我二儿子，可不争气的儿子不喜欢媳妇弃家而去，他想出这一口恶气也是情有可原。"老蝙蝠更加敬佩说："老哥哥，你真是个大气的人，兄弟佩服！"

朱开山说："不过他这么做也确实过分，我怎么也得杀杀他的气焰。这么着，我想借你一缕头发用用，不知道肯不肯。"老蝙蝠说："老哥哥别说要头发，就是要我的脑袋也应该奉送！"说罢剪了自己的一撮白毛送给朱开山。

韩老海在屋里踱着步，对秀儿娘说："朱开山到山上去了？"秀儿娘说："去了好几天了。"韩老海说："他家里的人都躲了？"秀儿娘说："躲了，也不知道躲哪儿去了。"韩老海说："就这些？"秀儿娘说："就这些。他爹，差不离儿就行了，你真的要他家破人亡？"韩老海说："我心里这口恶气没出来。"话音没落，韩老海愣了……

朱开山大步流星地穿过院落，走进屋来。韩老海大惊失色道："你……"朱开山哈哈大笑道："老海兄弟，老蝙蝠我去会过了，我没死，他托我把一件东西捎给你。"说罢拿出老蝙蝠的一撮白毛说，"老海兄弟，这东西你认得吧？"韩老海吓得浑身乱颤，蓦地跪到朱开山面前说："姓朱的，我斗不过你，你看着办吧，我没二话。"朱开山忙扶韩老海说："老海，你我是兄弟，这是干什么？我们两家恩怨该了结了吧？"韩老海长跪不起，哭着说："开山兄弟，是我把事做得绝了些，可这都是叫我心里这口恶气顶的啊！"朱开山说："都是我对不起你，我不怪罪，等传武回来吧，回来咱们找他算这笔账！"

奔涌不息的松花江水，咆哮着，翻滚着……鲜儿沿着松花江下游慢慢地走着。她那天栽下江去是抱了必死的心，却未料栽到一个软滩上，被一个老艄公救上了船。她守在江边等候传武，却又哪里有个人影。泪流干了，心也碎了。她就一直顺着江边漫无目的地走着。

临江的桃花渡镇，街上车来人往。鲜儿来到一个有客人出进的木楼里讨水喝，她显然不知道这是卖春的青楼。老鸨子从屋里出来送客，笑眯眯地对两个男人说："爷，尝到滋味了再来呀！"鲜儿走过来说："大娘，我想跟您讨口凉水喝。"

老鸨子打量着鲜儿说："哎呀我的闺女，大冷的天喝凉水干什么？冻坏了身子不是玩的。屋里请，妈妈屋里沏的新茶，咱喝茶。"鲜儿推辞说："大娘，我喝凉水就行。"老鸨子说："别，别，屋里坐，别害怕，妈妈不要你的钱。"拖着鲜儿进了屋。

这是一个以木质结构为主体的二层小楼。四个年轻男子正在整理清扫着厅堂。比较宽敞的厅堂内，四个浓妆艳抹的妓女打着麻将。厅堂里有通向二楼的楼梯，楼上的几个房间内隐隐约约地传来男女的调笑声与说话声。

老鸨子问鲜儿："闺女，到咱桃花渡做什么？投亲还是靠友？"鲜儿说："也不投亲，也不靠友，想找点事做。"老鸨子眼睛一亮说："闺女，你想找事做？哎呀，巧了，我这个店里正缺人手呢，何不留在我这儿呢？"鲜儿说："留你这儿？做什么活呀？"老鸨子说："我这儿的活轻省，就是一些南来北往的客要住住宿，咱伺候伺候人家……"

这时候，衣着艳俗的红头巾从楼梯送嫖客下楼，嘴里淫声浪语不断道："爷，您这两条腿还站得住？要不就不走了吧，妹子再陪您一晚上。嘻嘻。"鲜儿听到红头巾的声音感觉到分外耳熟，循着声音看去。红头巾与嫖客边走边说着，猛然看见了楼下的鲜儿，惊诧地喊道："鲜儿，是你吗？"鲜儿愣了片刻，也喊道："红姐，你是红姐？"红头巾跑下楼来，和鲜儿紧紧地抱在了一起。鲜儿哭着说："红姐，怎么会在这儿遇见你呢？你是住店还是在这儿做事？"红头巾咯咯笑着说："傻妹子，姐一直没闲着，卖，卖大炕，这儿就是卖大炕的地方。"鲜儿倒吸了一口凉气说："我的妈呀，我还当这是客店，还打算在这儿干呢。"红头巾对老鸨子："妈妈，你就别打她的主意了，她是我妹子，人家可是好人家的闺女。鲜儿，走，跟我上楼。"说着，拖着鲜儿上了楼。

红头巾问了鲜儿的情况说："你说你，转了一溜十三招儿，到底又去了元宝镇，早知今日何必当初？后来呢？"鲜儿擦着泪水说："后来传文到底和那文姐姐成了亲，他爹把我收了当闺女。谁知道传武对我一直有心……"

红头巾说："他对你有心是一天两天的事？你一直没看出来？"鲜儿说："我一直没往那上面想，就是拿他当自己的亲弟弟。"红头巾说："彪不彪死了，知道那样我早就下手了。后来呢？"鲜儿说："后来传武到底从家里跑出来，把我带到水场子。"红头巾说："他就把秀儿撇下了？"鲜儿说："嗯。这不，这块活干下来，我们俩本打算到野马湾安个家过日子，谁知道他被散兵打死了……"

　　鲜儿说到这儿已经泣不成声。红头巾听到这儿眼圈也红了，轻叹一声道："唉，这个传武啊，可惜啊！我看了，你命里盛不下好爷儿们。好了，先说到这儿，我去叫点好酒菜，咱们边吃边说。"

　　鲜儿说："跟着排帮，我一道上没少打听你的消息，老独臂爷爷说，你一有了钱就跑到俄罗斯去快活，真的吗？"红头巾说："老东西没说谎，我是活过今天没明天，怎么快活怎么活，什么福也享过，什么罪也遭过，人这一辈子的酸甜苦辣都尝遍了，死了也不屈。他呢？没跟着你们回来？"鲜儿又哭了说："老独臂爷爷死了，病死了。"红头巾眼圈又是一红，说："他那个人哪，硬了一辈子，我早知道他会有这一天，就是早晚吧。不想这个死鬼了，我问你，你下一步打算怎么办？"鲜儿长叹一声道："唉，走到哪儿算哪儿吧，我这辈子就是没家的命。"

　　红头巾说："呸！什么命不命的！往后的日子还长着呢，我看你还是再找个人家，还要有滋有味地活着，来这世上走一遭可别亏了自己。"鲜儿摇头。

　　红头巾火了说："你说你是什么人？传武都死了，你为哪个守的寡？"说着说着骂了起来，"我告诉你，这个世界上什么都是假的！好男人有没有？有，传武就是一个，可他一死就绝了！从我裤裆里钻出去的男人无其数，我没见过一个好的！你要么凑合嫁一个，要么就不嫁，像我这样，快活一天是一天，死了两腿一蹬，拍着巴掌，嘎嘎笑着见阎王。"

　　红头巾正骂着，楼下传来一片喧闹声。红头巾说："出去看看，又有什么热闹。"领着鲜儿走到回廊朝下看着，只见楼下一个孔武彪悍的中年人走进木楼。老鸨子欢叫着说："大财神来了！大财神又来找媳妇了？"大财神笑着，满口山东腔说："老东西，看见俺来了，抬头纹都笑开了。"一挥手说，"今天晚上的酒席都算到俺的账下，可有一样，俺可不给你们的老二买账。"吃花酒的男人们欢呼道："大财神豪气，谢啦！"

　　红头巾向鲜儿介绍道："看见了吗？这个大财神在关东山有不少买卖，可干的什么买卖谁都不知道，回回来出手可大方了。可就有一样，每回来了只喝花酒，姑娘毛都不沾，说了，就是想找个媳妇做老婆，挑剔得很。这个大财神，桃花镇的人谁不敬重？谁要是能让他看上眼儿，那可是一辈子享不尽的福。你等着，我给你搭搭桥，就看你有没有这个福气了……"鲜儿摇了摇头转身回屋，红头巾无奈地跟进屋内。

　　大财神喝着茶和老鸨子聊天。老鸨子说："大财神，好多日子没来了，在哪儿发财啊？"大财神笑道："发什么财，发棺材吧。哎，俺托你办的事呢？有没有谱儿？"老鸨子说："咳！没停着给你打听。你这个媳妇可难找，模样得俊，胖了不行，瘦了不要，浪的不喜欢，不浪的不中意，还非得是山东人，上哪儿给你找？"大财神笑着说："慢慢找，俺不急。"老鸨子说："我的爷，你还不急？实在没有入眼的不会先讨房小？也亏您靠得住！"大财神说："俺平生不二色。"老鸨子："有什么呀！现在有钱的爷儿们哪个不是三妻四妾？"大财神说："俺就不。"老鸨子说："你这号人难找。可到底为什么？说给我老婆子听听。"大财神说："想知道？"老鸨子说："你说说。"大财神说："不告诉你。"老鸨子说："咳！你这个人，神神道道的，叫人琢磨不透。你说咱们交往也有几年了，到现在我还不知道您是做什么生意的。来我这儿的爷儿们哪个不是左拥右抱地找姑娘们寻欢取乐儿？可您呢，就是不蹚浑水儿。"大财神说："人各有志。哎，这回来怎么没看见红头巾？往常来了，她就像贴膏药贴到俺身上扒不下来，今天怎么连她的动静都没有？又跑俄罗斯去了？"老鸨子说："你说她呀？她的一个不知道从哪儿扒拉出来的妹子来了，两个人拱到屋里嘀咕了一晚上了，连饭都是在屋里吃的呢。"大财神说："好久没看见她了，俺还给她捎了点儿俄罗斯的洋玩意儿，过去看看。"屋里红头巾和鲜儿正说着话，鲜儿抹着眼泪说："红姐，明天就是传武的三七了，我想给他烧点纸送点钱，省得到了那儿手里紧巴。"红头巾说："烧吧。唉，你说你们连个夫妻的名分都没有，烧的什么纸？"

　　大财神挑门帘进屋，高门大嗓地说："红头巾，怎么猫在屋里不出来见客了？"鲜儿急忙躲到一边。

　　红头巾说："哎哟，我当是谁，原来是财神爷到了。今天刮的是什么风啊？"大财神说："不管刮什么风，老远地都能闻到你身上的这股骚味儿。"红头巾吃吃笑着说："得了吧，我再怎么骚对您都没有用。"大财神说："怎么，听说你又去了趟俄罗斯？这回勾引了几个俄罗斯爷儿们？又有为你上吊抹脖子的？外国爷儿们就是好？"红头巾说："好什么好？除了毛多味儿大没别的，多数中看不中用。"大财神点着红头巾的额头说："你呀你！"一转脸看见了鲜儿，不由得一愣，眼神明显地迷离了，说："红头巾，这位是……怎么不给介绍一下？"红头巾说："哎呀，光顾得和您说话了，忘了介绍。这是我结拜的妹子，姓谭，叫鲜儿，闯关东和家里人失散了，一直漂着。"大财神说："嗯，一看模样做派俺就猜个八九不离十。老家哪儿的？"鲜儿说："明水。"大财神说："出来一直漂着？"红头巾说："可不嘛，当过丫环，山场子、水场子都滚过，对了，还进过戏班子。"大财神说："哦？还会唱戏？"

红头巾说："那可不！也是个角儿呢。关外进来的王家蹦蹦戏班子没听说过？当年她可是班子里的顶梁柱，艺名叫小秋雁。"大财神惊呼道："你就是小秋雁？早就有耳闻，没想到今天在这儿见了！"大财神反复端量着鲜儿，冲红头巾意味深长地点了点头说："好了，不耽误你们姐妹说闺房话了，你妈妈还等着我喝酒呢。"说罢笑眯眯地走了。红头巾兴奋地对鲜儿说："鲜儿，你交好运了，没看出来？大财神对你中意了！"鲜儿摇头说："他中不中意关我什么事？我也不想嫁人。"

红头巾恶声恶气地骂起来说："那你想什么？想你娘个头！你当你是谁？没撒泡尿照照自己？一身贱骨头，满脸晦气，隔着八丈远就能闻着你一股酸臭气，还拿着自己当个宝儿呢，狗屁不是！"鲜儿说："姐，我不想嫁人你何必逼我呢？"

红头巾说："我是逼你吗？扳着驴腚亲嘴儿不知香臭你，天上掉馅饼你拿屁股接，气死我了你！"说罢急匆匆出了屋子。

大财神果真站在红头巾房外的回廊愣神儿。红头巾走到他跟前，大财神急切地问："怎么样？"红头巾说："您别急，我这个妹子哪儿都好，就有一样，犟着呢。"大财神问："哦？为什么？"红头巾说："我也不瞒您，我妹子本来有个相好的，这不，才叫散兵打死了，心里过不来呢。"

大财神笑着点了点头说："俺果然没看错，是个有情有义的人儿，这就更可贵了。不急，好人儿都是千呼万唤才露面呢，俺等着。"说罢，从怀里捞出一块金怀表说："这个送了。"红头巾笑着说："我也不是爷儿们，要这个干什么？"大财神说："知道你用不上，留着好送给你中意的爷儿们啊。"红头巾咯咯笑着说："我中意的爷儿们就一个，就是您，您就留着吧。"大财神哈哈大笑说："红头巾，俺本来挺喜欢你的，可你现在一身老毛子味儿，叫人受不了。"

　　自此后，大财神是三天两头往这木楼跑。这日天不黑，就早早来了。老鸨子迎接说："哎呀呀，我的大财神，您这些日子可是跑顺腿儿了，我家的门槛儿快让你踏平了，赶明儿我可得要你给换个新的，要不然这风啊雪啊打着旋儿往屋里灌，冻得姑娘们钻在被窝儿里还直打哆嗦呢。"大财神笑着说："你这张嘴，就是能咋呼。行，赶明儿俺叫人给你扛副棺材板子来，能破多少门槛子？"老鸨子说："你看看，还认了真了，我是说句笑话。"大财神说："俺可不是说笑话，早就想孝敬你副寿材了。"老鸨子说："那我就先谢谢了。快上楼吧，鲜儿等着您呢。"

　　红头巾和鲜儿说闺房悄悄话。红头巾说："你们交往这么久了，没看出来？他这个人啊，和一般的老爷儿们还真不一样，粗中有细，对娘儿们可真的是耐心烦儿，不管是喜欢的还是不喜欢的，没看他对谁动过粗，说起话来柔声柔气，就怕吓着姑娘，多会体贴人！"鲜儿说："看好了？看好了你就嫁给他。"红头巾嘎嘎笑着说："我倒是想。不行喽，在他眼里我是臭皮囊，他看好的是你。"

　　鲜儿说："我看他对你也挺好的。"红头巾说："这也是实话，可他是把我当爷儿们看待。你看不出来？他看我和你的眼神儿都不一样。"鲜儿说："怎么个不一样法？"红头巾说："看我吧，直通通的；看你呢，似看似不看，两只眼，瞄一下躲开了，又瞄一下，又躲开了，里边的故事多了。"

　　正说着，大财神挑开门帘进来了说："呀，姐儿俩在说悄悄话，我来得不是时候吧？"红头巾咯咯笑着说："得了，别装模作样了，要进来就进来。"大财神笑着说："这不，快入冬了，送你们几样东西。"说着打开手里拎着的包裹。包裹里是两条貂皮围脖儿，几样首饰。

　　红头巾惊呼道："我的天啊，这么贵重的礼物我们能受得起？"大财神说："也没有什么，估摸你们女人喜欢这些，也花不了几个钱。"鲜儿说："大哥，您到底是做什么生意的？这几样东西可能养活不少人呢。"大财神说："在关东山做什么生意最发财？"鲜儿说："您是做山货生意的？"大财神说："叫你猜了个大概齐。"鲜儿说："这么说您经常在深山老林子里转悠？"大财神说："对呀，关东山没有俺没去过的地方。"

　　鲜儿艳羡地说："多好啊，当年我和红姐也在山场子干过，那自由自在的日子多眼气人！"大财神说："那可不，老林子里什么没有！就说吃吧，荤的有各种大牲口，烤鹿肉、狍蹄筋，就是熊掌也不稀罕。素的呢？猴头蘑、黄花菜，松茸也有的是。想吃飞禽？有啊，飞龙鸟吃没吃过？那味道太鲜美了！"

鲜儿说："我对吃的还不太感兴趣，就是喜欢那里一年四季的好景致，春里满山的野花开不败，把大山打扮得像个新娘子；夏里满眼的葱绿躲不掉，养眼；秋里呢，那颜色更好看了，绿的，黄的，红的，还有那各色各样的野果子，撑死人；冬里就更好看了，一座座大山白盔白甲，看看哪个都像大将军，坐着雪爬犁逛了这山逛那山，美死了！"

红头巾说："鲜儿，看你美的，要是真的喜欢就跟大财神走呗。"大财神说："鲜儿，跟俺去吧，俺领你去开开眼，你也给俺唱唱戏，俺那儿还有个自娱自乐的戏班子呢，要是玩够了再回来。"红头巾撺掇说："去吧，多好的机会！"鲜儿犹豫着："那就跟你去看看？"大财神说："那就定下来，俺去准备准备。"

大财神赶着马车拉着鲜儿去北边看他的大生意。一路上照顾有加，眼见着鲜儿大冷天要打瞌睡，大财神说："鲜儿，可不敢打瞌睡，俺给你讲故事？"鲜儿说："你快讲，不讲我还真的要睡着了呢。"大财神说："俺给你讲讲土匪为什么叫胡子好不好？"鲜儿说："你讲。"

大财神说："从前一家子有兄弟十八个，家里穷。娘说：你们兄弟都出去谋生吧，一年后回来见我，看你们都学会了什么道理和本事。哥儿几个一走就是一年，所到之处穷人多富人少，富人吃喝玩乐，穷人挨饿受冻。他们回来对娘说：娘，天下不公平！娘说：怎么讲？兄弟们说：富人太富，穷人太穷！娘说：你们想怎么办？兄弟们说：世上什么行业都有了，就缺一个杀富济贫的行业，我们想去干。娘说：可你们一杀人，人家不就认出你们是我的儿子了吗？儿子们说：我们都戴上面具再插上些毛，别人就认不出来了。于是他们一个个化装好了就去杀富济贫，所以后来老百姓就把土匪叫胡子。"

鲜儿说："哎呀，胡子原来是这么叫起来的啊！哎，那咱们老家为什么叫土匪是响马呢？"大财神说："你说咱老家呀？咱老家的土匪做活文明，要想抢劫之前先放响箭打招呼呢。"鲜儿咯咯笑着说："土匪还有文明的？文明人当不了土匪。"大财神说："你看我文明不文明？"鲜儿说："这还用问吗？"大财神说："我就当不了土匪？"鲜儿说："你要是土匪天下就没有好人了。"大财神说："我要是呢？"鲜儿说："我就杀了你！"说完后打量着周围的景色说："大财神，你说要领我看你的大生意，大生意在哪儿？怎么越走越远呢？"大财神笑着说：

"别急，就到了，就到了。"说完后打了一个响亮悠长的呼哨。

马车停下，鲜儿不知所措，正要说话，突然间，路两边的山林中跑出近百名带枪的土匪。众人边跑边喊着说："大掌柜的回来喽！"鲜儿大惊失色。旁边的大财神笑眯眯地说："这就是我的大生意！"土匪们围住马车不住地鸣枪。鲜儿一下子瘫倒在马车上："你，你真的是土匪呀！"大财神哈哈大笑道："我就等着你杀了我呢。"

满屋的松木明子把大厅照得雪亮。大厅里摆着两溜长案，众土匪坐在长案后，边吃喝着，边神态不一、聚精会神地正在听鲜儿唱着二人转。大厅正中横摆着一个大案台，大财神坐在高椅上，格外认真地听着。他的两个得力干将老四和姜炮头也神态不一地听着。

鲜儿唱的戏文却是自己闯关东的坎坷经历：

小奴家我未曾开言泪水纷纷，
诉一诉心里的苦君子听苗根。
鲜儿我本是那山东良家的女，
娇生惯养也是爹娘的甜心心。
自幼儿许配了朱家的大公子，
两小无猜本是一对儿好缘分。
那一年大旱之灾它就天上来，
夫家人闯关东要抛下小奴身。
奴家追随我那没过门的夫啊，
千里迢迢就奔关东山高水深。
实指望到关外成就鸳鸯对儿，
没想到我的夫差点命丧瘟神。
小奴家为救夫插草卖了身哪，
受尽了千般苦逃出了地狱门。
遇上了王家班一路就往北走，
王老永收女徒忘不了他的恩。
大恶霸陈五爷他天生黑肚肠，
施淫威死相逼夺了奴家的贞。
可怜我无家女投奔了老独臂，

山场子顶风冒雪泪水打衣襟。

巧遇了小叔子他名字叫传武，

叔嫂俩苦相恋俺就心连了心。

怕的是叔嫂名分难被夫家容，

有情人没缘分俺二人两离分。

老天爷不忍心让俺又聚了首，

松花江恶浪滚又夺了奴家心。

哭一声老天爷你不该瞎了眼，

朱开山儿两个都和俺没缘分……

　　鲜儿唱得泪流满面，大财神也听得泪不能禁。听到"朱开山"三个字，大财神立起身来惊呼道："鲜儿，你说你没进门的公爹是谁？朱开山？"鲜儿点头说："嗯。"大财神说："我的天啊，是朱老英雄，我差点儿做出天理不容的事来！弟兄们，当年朱开山进京杀毛子，谁人不知，我镇三江就是闻了他的大号，受了他的鼓舞进的京。那是真汉子，跟他比，我镇三江就是一个土鳖。从今天起鲜儿就是俺亲妹子，俺要是动她一指头天诛地灭，谁要是敢动她一根毫毛俺就把他零刀剐了！"鲜儿这才知道大财神的诨号叫"镇三江"，她跪地就拜，喊了声道："亲哥哥呀，妹子可又有家了！"

　　鲜儿在二龙山安了家，跟着大掌柜的镇三江骑马、打枪，日子过得逍遥自在。只是每当夜深人静，她独坐空床时，传武的笑声就在耳边回荡着。"传武，传武……"鲜儿总是喃喃地喊一夜，早上醒来泪湿了枕巾。鲜儿不知道的是，她的传武也在日思夜想着她。传武中枪入水之后，凭着扎实的水性硬是活了下来，辗转去了下水镇遇上征兵，就参加了东北军。军阀战事频繁，九死一生的传武早将生死看淡，独独抛不下的就是鲜儿。民国的平稳日子没过多久，军阀混战开了枪，东北大地匪患横行，且兵匪不分，不少散兵游勇祸害乡里，鱼肉百姓。元宝镇上不复往日的热闹，屯子里，大丰收的喜悦却抵不过霸逆的世道。

　　家破人衰的夏元璋已被安置在朱开山家里。朱开山请来的医生坐在炕沿上为夏元璋把着脉。朱开山坐在炕沿上，关注地看着。玉书偎在文他娘的肩头，无声地哭泣着。医生把完脉，对朱开山微微地摇了摇头。朱开山明白了医生的意思，转头对传文说："老大，你和那文去安置先生住下。明天一早送回哈尔滨。"传文夫妇陪医生离去。

玉书哭泣着问道："大叔，我爹真的不行了？"朱开山沉重地叹了口气，转对传杰严厉地问道："你为什么不早告诉我夏先生的事情？"传杰胆怯地说："掌柜的怕丢人，不让说。"忽然间，昏迷着的夏元璋长长地呼出一口气。众人急忙围上，玉书趴在父亲面前，哭泣着说："爸，你醒醒啊，你不能走啊，你走了我怎么办……"

夏元璋无力地睁开眼睛看着玉书，嘴唇轻微地嚅动着。文他娘凑近朱开山悄声地说："我去把先生请来？"朱开山也悄声地说："算了，这是回光返照。"转对夏元璋亲切地呼唤着说："夏先生，夏先生，你是不是想说点什么？"夏元璋声音微弱地说："谢谢你收留我……我，想和两个孩子说几句话……"

朱开山点点头，转对传杰说："我和你娘就在门口，有事叫我。"然后拥着文他娘离去。玉书泪流满面道："爸，有什么话你说呀。"夏元璋好像精神有所好转，愧疚地说："玉书，爹对不起你，对不起这个家啊，更对不起祖宗。这么大个家业败在我手里了，我没脸去见你爷爷啊。就是一念之差，一念之差啊，悔不该没听传杰的……"传杰说："掌柜的，智者千虑必有一失，不怕，咱们从头再来！"夏元璋："传杰，就别给我宽心丸吃了，我不行了。唉，你和玉书的事老没办是我个心事，看来我是办不了啦，可不甘心就这么走了。传杰，你要是还不嫌弃我穷，现在就和玉书给我磕个头，叫我一声爸，我就可以放心地走了。"传杰忙拉着玉书在夏元璋面前跪下，齐喊了一声道："爸！"连磕三个响头。

夏元璋笑了说："好了，我就放心了。玉书，你跟着传杰一辈子没错，要互敬互爱，就像我和你娘。"他从被窝里掏出一个小包裹，诡秘地笑着说，"我死了以后，你们就买领席子把我卷巴卷巴埋了，我这里还有点小体己，帮贴你们成亲够了。"玉书终于忍不住号啕大哭道："爸，到了什么时候您还想着闺女啊，我不让你走啊！"传杰也哭着说："爸，您放心，我这一辈子都会好好地疼爱玉书。"

弥留之际的夏元璋含混地说："天，黑了，海上……煎饼救了我的命……大门关上吧……灯也该点上了，仓房的门锁上没有？传杰……遇着生客呢，你得端量，哪儿来的？像干什么的？有钱没钱？十分买卖三分在嘴上，三分在眼上，三分在心上，一分在手上……"他的声音渐渐微弱了……

新坟前，传杰和玉书给夏元璋烧着纸钱。传杰大声地喊道："爸，掌柜的，你走好啊，钱给你备得足足的，到了那边买卖接着做啊，咱都记着这句话，不管到什么时候，亏本的买卖不做啊！"

玉书哭得昏天黑地。朱开山劝慰道："孩子，别哭了，你爹这一辈子没白活，也风光过。你先在我这儿住下，挑个好日子我把你和传杰的婚事办了。"传文说："爹，最近从烟囱山跑过来一群散兵，到处抢掠，杀人放火，无恶不作，咱得防着点。"朱开山说："是得防着点。这些兵痞子，什么事都能干出来！"

该来的事躲不过。葬了夏元璋才半月，散兵的马队举着长枪火把进了放牛沟，所到之处，一片狼藉。朱开山趴在院墙上，架着老土炮严阵以待。传杰跑进院来对朱开山喊道："爹，大哥带着娘他们已经躲好了，快走吧！"朱开山说："马鞴好了没有？"传杰说："鞴好了，就在后门那儿。"朱开山说："先别急着走，我放一炮吓唬吓唬他们，实在不行咱再跑！"传杰说："哎哟，爹！这都什么时候了？你一个人根本抗不住他们！"朱开山说："抗不住？今儿就让你看看你爹的能耐！"

突然一阵乱枪射来，朱开山赶紧低头躲在院墙后，愤愤地骂着说："兔崽子们，来真的了！"他探头向院墙外看去。远处，散兵的马队举着火把向大院冲来。朱开山举起老土炮瞄准着，一炮打出——一个散兵被击中，从马上滚下。朱开山哈哈大笑，不留心又一阵密集的子弹射来。朱开山吓得拎着老土炮慌忙从梯子上下来，故作镇定地对传杰说："走！"后院门口，爷儿俩打马驰去。

已躲到山林中的文他娘、传文、那文、玉书紧张地看着家的方向。朱开山和传杰骑马驰来。文他娘使劲地拍了两下巴掌。朱开山、传杰闻声驰近，停下马，朱开山关切地问道："老大，家里人都没事吧？"传文顾不上回答爹的问话，手指着家的方向说："你们看！"全家人回首望去，家园已经淹没在火海中。

传文号啕大哭道："完了，全完了！家没了，辛辛苦苦挣来的家业全完了！"

文他娘说："哭什么！没出息的，只要人还在，大不了从头再挣！"传杰指着远处说："爹，你看，老海叔家也完了！"骑在马上的朱开山对号哭着的传文厉声呵道："老大，你别号了，谁都不许出声！"他朝着家的方向仔细侧耳倾听，判断着说："散兵走了，肯定是抢完东西烧了房子以后走了！你们在这儿待着，我去看看！"

韩家已经陷入火海。秀儿娘搂着秀儿哭着，哆嗦成一团。朱开山骑着马冲过来，喊道："你们怎么回来了？老海呢？"秀儿哭喊着说："爹，你救救我爹吧，他回屋里抢东西，出不来了！"朱开山跳下马背，动作敏捷地躲闪着火头冲进火海。随后赶来的传杰也紧接着跳下马，冲进火海。秀儿娘搂着秀儿，眼泪汪汪地看着。爷儿俩好不容易把已让烟迷了的韩老海抬了出来，韩老海手里还死死抓着一个钱匣子。

偌大一个家已经成为废墟。朱家人木木地站在院里。传文神情呆滞了，嘴里念叨着说："完了，全完了！"那文、玉书擦着泪水，默默无语。朱开山说："都把眼泪给我收回去！"文他娘说："对，收回去！过了年咱就动手修房子，开了春就种地，咱不能躺下。"朱开山说："不，房子不修了，地也卖了它，这儿没有什么可留恋的，咱们继续往北闯，去齐齐哈尔！"传杰说："还是爹有眼力，去齐齐哈尔！"文他娘说："他爹，俺依你的。"

传文说："俺可不同意！咱庄稼人进城能干什么？在大马路上种庄稼？齐齐哈尔俺没去过？又大又乱，乱嚷嚷的吵得头疼。"那文说："你别傻了，齐齐哈尔是水陆码头，可好了，繁华死了！"传文说："我还不知道繁华？可咱去干什么？"朱开山说："传文啊，你是没去过北京，没见过大阵势，你记住，越是人扎堆的地方越是能养活人，你要是有真本事，发财不是难事。"

韩老海带秀儿娘与秀儿走进院子，后面跟着个照相师傅。传杰和玉书都过来打招呼说："老海叔，婶儿，你们来了？"韩老海对朱开山说："亲家，听说你要往北边闯，去齐齐哈尔？这是要干什么？是不是还记恨我呀？"朱开山哈哈一笑说："亲家，说些什么！都过去了，不再提它了。我这个人就是愿意闯。"

韩老海笑着说："你朱开山够硬气！"朱开山说："这位照相师傅可面熟，你请他来干什么？"韩老海说："你们不是要走吗？照个全家福留个念想吧！你们刚到元宝镇，第一张全家福就是他照的。"朱开山说："你想得真周全哪。那好，咱就照一张。"韩老海说："照相之前我求你个事，行吗？"朱开山说："你说。"

韩老海说："把秀儿带上吧。"朱开山说："你舍得呀？"韩老海握着他的手，摇着，眼泪下来了。

朱开山招呼全家人来照相，众人围拢过来，背后还是青烟袅袅的废墟。传文说:"不照吧,人不全,少传武呢。"朱开山一挥手说:"照!我没有他这个儿子!"秀儿、玉书和朱家人在院里站好了。一阵烟漫过镜头。照相师傅大声喊着:"笑一笑,笑一笑。"全家人努力地笑着,那文还摆了一个优雅的姿势。咔嚓一声,全家福照成了。

第三部

　　1922年，直奉两军分东西两路，在京汉铁路之长辛店和津浦路之马厂一带，开始大战。开始，双方各有胜负，后吴佩孚改变战术，以主力迂回奉军背后作战，又分化瓦解对方，迫使奉军第16师等阵前倒戈；同时，吴佩孚首次使用飞机投弹参战，引起奉军全线溃乱……

第二十一章

哈尔滨道外西门脸儿上，有一条繁华的商业街。街道两旁是各种店铺，有饭庄、绸缎庄、杂货铺、扎纸铺、成衣铺、理发店、澡堂子……招牌、广告琳琅满目，客人们进进出出；还有摆摊的、开跤场的、玩杂耍的、卖唱的、卖烟卷的、拉洋片的、卖各种小吃的、要饭的……各种叫卖声此起彼伏，人们熙来攘往于其间。朱开山一家从齐齐哈尔一路上闯到了哈尔滨。在哈尔滨这条著名的商业街上开了饭馆。

"山东菜馆"的匾额被几个伙计举到大门上方。朱传文和媳妇那文在下面指挥，一旁还站了不少围观的人。传文说："左手往下边点儿，再往那边靠靠……"

挂匾的几个伙计随着朱传文的喊声操作。传文说："哎，对……好！就这样！"那文说："不行！太低了！往上！再往上！"传文说："行啦！咱这是菜馆，又不是城门，挂那么高干啥？"那文说："高才显眼呢！"传文说："再高就上房顶了。"

文他娘一脸喜气地四处看着。朱开山打趣道："心里头敲开花锣了吧？"文他娘说："明儿个就开张了，还不兴我笑？"朱开山说："不是在齐齐哈尔的时候了？我一说上哈尔滨，你就撇嘴，说我瞎折腾。"文他娘说："你本来就是爱折腾嘛！"秀儿说："娘，这哈尔滨是比齐齐哈尔热闹。"

朱开山说："这里当然热闹了，有中东铁路在这过去，人都往这聚，能不热闹吗？热闹的地方才好做生意哪。文他娘，你瞧好吧，让你乐的日子还在后头呢！"文他娘说："我不图乐，就图个安生。"老三朱传杰带着一个小伙计走进屋来。经历了夏元璋的死和家庭变故，又兼这一路北行，传杰明显成熟了。他继承夏元璋的衣钵，自己经营了个货栈，找了叫小康子的伙计帮柜。

朱开山对传杰说："三儿，你不忙活你那货栈，跑过来干啥？"传杰说："这边不是要开张吗，我怕这边忙不过来。我把小康子也带来了，要是人手还不够，我就让货栈那边再过来几个人。"朱开山说："不用，这边就交给你大哥了，你管好货栈就行了。哎，你那马帮的事儿张罗得怎么样了？"传杰说："货办得差不多了，找了个姓张的垛爷，正谈价钱呢。"朱开山说："赶早不赶晚，倒腾货就是要早，要快。"传杰说："是。对了，爹，我刚才买了一些刀伤药。"传杰从怀里掏出一把小药包。朱开山问："刀伤药？"传杰说："马帮上路，备不住遇到啥事儿，以防万一的。"朱开山拿过一个药包，打开看，又用手指捻那粉末。传杰说："这药可灵了，刀砍的口子，抹上就好，一包才两毛钱。"朱开山说："这是白灰。"传杰愣了一下说："这是粉色的呀。"朱开山说："死脑瓜骨啊？他不会加色啊！"

爷儿俩正聊着，一个四十上下的人进了屋，对朱开山一揖道："老掌柜的。"

朱开山说："您是……"那人说："您是朱开山吧？"朱开山说："是啊……"

来人又问："您就是当年在山东老家领头闹义和团杀洋鬼子的朱开山？"朱开山打量一下来人说："您是怎么知道的？"那人说："我也是刚才听咱山东老乡说的。我就在街那头开杂货铺，姓刘。"朱开山抱拳说："啊，刘掌柜的。"刘掌柜说："不敢，不敢，小买卖，混口饭吃。"朱开山说："往后，还请刘掌柜多指教啊。"

刘掌柜说："哪说得上指教啊，咱都是山东老乡，我在这街面上混了十几年了，有些事儿得提醒提醒您，您心里好有个数。"朱开山说："哎哟，那敢情好了！"

刘掌柜说："老掌柜的，在这条街上做买卖可不容易啊！"朱开山说："不容易我想到了。想活着，在哪儿都不容易，是吧？"刘掌柜说："您不知道，这条街邪性着呢！尤其那些热河人，奸嘎咕冬坏，损着呢。"朱开山掏出烟袋，在烟荷包里捼着。他在体味刘掌柜的话中用意。刘掌柜说："您知道开绸缎庄的潘五爷？"朱开山问："潘五爷？"

刘掌柜说："在这条街上做生意的差不多都是山东人跟热河人，分成两帮，热河帮为首的就是潘五爷。他开了好几处买卖，有货栈、首饰店，最大的是绸缎庄。这个人交往广，地脉深，上至官府，下至三教九流，他都说得上话。有他撑着腰，热河人凡事都要压山东人一头。他家有个大事小情儿，山东人都得上份子，不上就要你的好看。每逢官府要捐要税，潘五爷都要摁着山东人的脑袋，给热河人分担些。平日里，潘五爷只许热河人到山东人的店里赊账，不许山东人到热河人的店里赊账。光赊账也就罢了，常常还要少还，有时干脆不还。霸道着呢！"朱开山说："还有这样的事儿？"刘掌柜说："我这可是守着灯说话，不掺半句假。"朱开山仍在捼烟袋。

也在西门脸开饭馆的葛掌柜和潘五爷坐在潘家的客厅里，喝着茶，潘五爷的儿子潘老大站在一旁。潘五爷是个高高大大的胖老头，六十来岁。葛掌柜刚刚向他讲完山东菜馆开张的事。潘五爷思忖着说："山东菜馆？"葛掌柜说："是啊，明天开张。"潘五爷说："他叫朱开山？"葛掌柜说："对，是个山东棒子。"

潘五爷说："朱开山？莫不是当年闹义和团的朱开山？"葛掌柜说："你知道他？"

潘五爷说："听说过，据说还有一号呢，什么'大刀朱开山'！"葛掌柜说："就是他。他一直在齐齐哈尔，不知怎么就跑咱这地界来了，他们山东人又多了个铺面。"潘五爷说："那好哇！咱热河人又多了个消遣的去处。"葛掌柜说："五爷，他姓朱的能在这道外西门脸开铺面，听说还有个货栈，挺有道行啊。"潘五爷说："那是。闯关东的人，都不是白给的，何况他朱开山。当年官府抓他都没抓着，如今能利利整整地有份家业，那道行还真浅不了呢！"

潘老大说："爹，这个姓朱的根本没把咱放在眼里，他明天开业，连个请帖都没送给你。"潘五爷看看儿子一笑说："没送就没送呗，兴许人家是忙。"潘老大说："爹，他这是瞧不起咱！"潘五爷又一笑道："呵呵，他今天瞧不起，兴许明天就瞧得起了呢。"开当铺的热河人于掌柜匆匆走进来说："五爷，五爷……"

潘五爷说："瞅你那个样，火上房啦？"于掌柜："五爷，您知道吗，山东菜馆……"潘五爷说："你看你，不就是新开了个馆子吗？看把你急的。坐稳当了，喝茶。老大，给于掌柜的倒茶。"于掌柜坐到椅子上，潘五爷也坐下了。潘老大给于掌柜倒上茶。于掌柜说："五爷，刚才，我看见杂货铺的刘掌柜进了山东菜馆。"葛掌柜说："五爷，姓刘的可不地道，他是贼心不死呀！"潘五爷不动声色，端起茶杯说："还是喝点茶吧。"

送走了客，潘家上了饭。潘五奶走来，坐下对潘老大说："以后，我念佛的时候，别总叫我，烦不烦哪？"潘老大说："你天天对观音磨磨叨叨的，观音他烦不烦哪？"见潘五爷心事重重地吃着饭，潘老大说："爹，你怎么啦？要不，咱爷儿俩喝两盅？"潘五爷说："拿酒去！"潘五奶说："喝酒——又有啥心事了吧？"潘老大拿来酒壶和酒盅，倒上酒。潘五爷说："这山东菜馆，还是叫我心里别扭，就像有一根鱼刺卡在嗓子眼儿，上不来，又下不去。我真得好好琢磨琢磨。"潘五奶说："人家开馆子，不招咱，不惹咱，犯不上跟人家较劲。"潘老大说："娘，你不懂，行里有行里的规矩，他应该知道谁大谁小。我爹是谁呀？他不说孝敬孝敬，连个屁都不放，这就把馆子开了？"潘五爷说："他开一个小馆子我倒不在意，可他是山东人哪。这条街上的山东人，别看表面上都对我点头哈腰的，骨子里却恨不得把我嚼了！啃了！他们在等机会，在等一个人，一个能把我踩在脚底下的人！哼！我绝不能让这个人出头！"

潘五爷喝了一口酒。潘老大说："对，要让他们知道马王爷三只眼！"潘五奶说："你们爷儿俩呀，干啥总来横的呀？老大，你也三十好几了，处事儿就不能稳当点儿？喷火冒烟的好哇？"潘老大要反驳，潘五爷说："你娘说得也对，事是得稳稳当当地做。"

朱家一家人也在吃饭。文他娘说："他爹，照刘掌柜的话说，咱这买卖还不好干呢。"朱开山说："是啊，这个潘五爷，可不是一般人啊。按说，咱应该先跟他打个招呼。"那文不忿说："都什么年头了，民国了，这个潘五爷还摆什么前清王爷的臭谱？要摆，我比他还能摆呢！"传文说："咱初来乍到的，就别和人家较真了，低下头做好咱自己的生意才是正理儿。"传杰说："那也不能让人家骑在脖子上拉屎呀！"

朱开山说："我争强好胜了大半辈子，才琢磨出点儿为人处事的道理：能屈能伸才是真英雄，才称得上大丈夫。老大，老三，你们把我这句话都记牢实了。想龇牙，都给我把嘴闭上；想伸爪，都给我把手褪袖子里去。明个儿，咱山东菜馆就开张了，爹不图一开张生意就多么红火；要紧的，是把街坊邻居们给我都处好了！"文他娘说："这话对，和气才能生财嘛。"朱开山说："三儿，吃完饭，你去给潘五爷送份请帖，跟人家客气点儿！"

吃完晚饭，传杰就来到了潘五爷门外。开门的是潘老大。潘老大说："啥事儿？"传杰说："我找潘五爷。"潘老大说："有啥事儿跟我说吧。"传杰说："您是……"潘老大说："我是他儿子。"

朱传杰赔着笑脸说："啊，是潘大哥呀。小店明天开张，敬请……"潘老大说："是山东菜馆吧？"传杰说："是，是。"潘老大说："这么晚才来请啊？"传杰说："这两天不是准备开张嘛，实在太忙……"他递上大红请帖，潘老大接过，看了看说："知道了。"回身进院，傲慢地把门关上了。传杰愣愣地看着紧闭的大门，"呸"地吐了口吐沫。

潘五爷看完请帖，将帖放到桌上。潘老大问："去吗，爹？"潘五爷说：

"当然得去了，不下河咋知道河深浅哪？"潘老大说："要我说就不去——给他个下马威。"潘五爷说："你不去，人家咋知道你威不威呀？"

一回来，传杰向朱开山和传文讲完了送请帖的经过。传杰说："真牛啊，他连大门儿都没让我进。"传文说："也行啊，只要他收了请帖就行。"传杰说："他还嫌咱送请帖送晚了呢。"朱开山并不言语，点了袋烟，闷着头抽。传杰说："爹，明天不能出事儿吧？要不要做点儿准备？"朱开山说："准备啥呀？大不了摔个凳子，砸扇门，天塌不了。干别的不会，咱们装孙子还不会吗？明天都给我老老实实的！"

文他娘说："怎么都还不睡呀？"朱开山说："正合计明儿个开业的事儿呢。"

文他娘说："这有啥可合计的，敲锣打鼓地就开呗！"传杰说："爹，娘，我二哥看来是赶不上明天的开业了。"朱开山说："你在信上不是都和他说明白了吗？"传杰说："说得明明白白，咱家山东菜馆开业的日子，还有咱家新搬到的这个地方，都说明白了。"

朱开山说："你二哥赶不上开业也好啊，刚开业少不了乱糟糟人来人往的，他那个脾气一上来，说不定又添什么乱子呢。"文他娘说："提起老二，我就又想起了鲜儿，也不知这个人现在在哪儿呢！"朱开山也叹了一声说："是啊，有朝一日咱回了山东老家可怎么和人家老谭家说啊……"

山东菜馆的匾额一侧挂着四个火红的幌子，随风摇荡。锣鼓齐鸣，鞭炮炸响。这条街上山东帮的买卖人纷纷上门道贺。朱开山带着传文和传杰站在门口，恭迎前来道贺的人。刘掌柜和几个人走过来，刘掌柜向朱开山抱拳说："老掌柜的，恭喜发财呀！"朱开山抱拳还礼："大家发财！大家发财！"

刘掌柜向同来的人介绍朱开山："这位就是我跟你们说的，咱山东的大英雄，朱开山！"朱开山说："什么英雄啊，都是毛头小子莽撞气盛时的事儿。快请进，快请进。"人们都进了屋里。

刘掌柜兴致勃勃地向同桌的人讲朱开山当年的英武，说："朱开山，义和团的大师兄，了不得，手下有一千多人马呢，洋鬼子都惧他。他带领弟兄们一直杀到济南府。他浑身是血，可一点儿也没伤着，都是洋鬼子崩的血呀！那才叫英雄呢！哎，还有人编了鼓词儿唱他呢。"有人问："咋唱的？"刘掌柜说："我记得几句。"

有人鼓动："你唱唱，唱唱。"

刘掌柜清了清嗓子，用筷子敲碗，唱起来：

洋鬼子洋枪洋炮响不断，
朱开山手舞大刀冲在前。
刀光闪处，洋鬼子呼啦啦倒一片，
刀花翻飞，洋鬼子个个心胆寒。
直杀得日月无光天地暗，
直杀得山崩地裂大海起波澜⋯⋯

刘掌柜突然收了声。众人顺他的目光看去，只见潘老大带几个人进来了。

传杰迎了上去说："来了，潘大哥。"潘老大扫视一下屋里的人。朱开山和传文也走过来。传杰向朱开山介绍说："爹，这位就是潘五爷的大公子。"朱开山笑着，一抱拳说："啊，潘大公子，失迎，失迎。请上坐。"潘老大招呼随来的人说："来，都坐下，都坐下。"潘老大坐下来偏偏头，望着门外的幌子，说："老掌柜的，咱这店面不大，幌子可是没少挂啊。这挂几个幌子可是有讲究的，对吧？"

传文接过话说："那是，那是，一个幌子是小店，两个幌子能做地面上的各道炒菜，三个幌子就得南北大菜都拿得出手了。"潘老大问道："那挂四个幌子呢？"

传文赔着笑说："那就得客人点什么咱就上什么了。"潘老大脖子一梗说："山东菜馆有这么大的本事？"传文说："请潘大哥多指教。"潘老大说："那好，就给我们几个弟兄来一道爆炒活鸡好了。"传文愣了说："爆炒活鸡？"店里的人也都蒙了，面面相觑。

刘掌柜旁边的一个人小声说："这是找碴儿来了。"他又斜着潘老大悄声说："这个傻瓜跑这来耍横，有他好看的。朱开山是什么人啊？砍洋人的脑袋就像切西瓜似的。"传文半天接不上潘老大的话茬。朱开山问传文说："咱到底是能做不能做这道菜啊？"传文苦笑着摇头说："做不了⋯⋯"朱开山一笑道："那还愣这儿干啥呀？摘幌子去啊。"传文愣了，看着朱开山。

传杰说："爹⋯⋯"朱开山说："怎么，还非得我老胳膊老腿地上梯子爬高吗？"门外传来几声大笑。随着笑声，潘五爷和葛掌柜、于掌柜走了进来。潘五爷说："咱都是一大把年岁的人了，怎么能劳驾兄弟你啊？"席间有人忙站起来，恭敬地招呼说："潘五爷来了。"朱开山上前，抱拳施礼说："哎哟，是潘五爷呀？五爷好，谢谢光临。在下朱开山。"潘五爷打量朱开山，笑了笑说："朱开山？这名字好啊。开山，含着开天辟地的意思。"朱开山也笑道："哪有那么大的心气，爹娘胡乱起的。"潘五爷指着潘老大说："去，搭个手，带咱的人帮人家个忙，把幌子摘了。"潘老大说："好咧！"潘老大和他带来的人向外走去。朱开山微微皱了一下眉。

潘五爷又喊道："就摘一个幌子，不许摘多了。"朱开山暗松一口气，招呼朱传杰说："老三，去搬梯子！"传杰不情愿。朱开山说："去呀！"传杰只好走出去。

潘五爷向朱开山介绍葛掌柜和于掌柜说："这位是开当铺的于掌柜，这位跟你一样，开馆子，葛掌柜。"朱开山向二人抱拳说："于掌柜，葛掌柜，以后还请二位掌柜的多照应。"于掌柜说："好说，好说，你要变卖东西啥的，尽管找我。"葛掌柜说："我就照应不了你了，我把客人都照应你了，我那儿不黄铺了吗？"朱开山说："葛掌柜，您真会开玩笑。"潘五爷向各桌看去说："客人不少啊！哈，都是山东老乡吧？"有人悄悄站起来，向外溜，刘掌柜也起身要走，潘五爷按住他的双肩，把他按在座位上。

潘五爷说："刘掌柜的，你别急着走啊！老乡见老乡，两眼泪汪汪。你也该跟朱掌柜的唠唠体己嗑儿呀！"刘掌柜气得起身离席。潘五爷说："等等！山东菜馆开张，我知道信儿太晚了，今天来得又急了点儿，也没备什么礼品。刘掌柜，从你铺子里搬两坛子好酒来，算在我潘某人的账上。"

朱开山笑着说："怎么能叫潘五爷破费呢。"他叫传文说，"老大，你揣上钱，跟刘掌柜的搬酒去。"传文答应着跟刘掌柜走出屋去。潘老大踩在梯子上，摘下一个幌子，扔下来。刘掌柜和传文出来，幌子正好落在刘掌柜的头上。刘掌柜从头上拿下幌子，向上看了看，狠狠将幌子扔在地上，唾了一口道："呸！狗屁英雄！囊囊膪！"

潘五爷、于掌柜、葛掌柜，以及潘老大和他带来的人围坐一桌，朱开山为他们斟了酒，说："今儿个咱敞开了喝，谁也别藏奸！"传文又端上来一盘鱼说："五爷，尝尝这浇汁大鲤鱼——这鱼就是咱松花江的。"潘五爷夹一口鱼说："嗯，挺地道。葛掌柜，比你家的味道还好呢！"朱开山说："五爷过奖了。五爷，你还喜欢吃啥，叫他再给你做几个，看看他的手艺。"

潘五爷说："行了，这就行了，以后我会常来的。"朱开山说："那敢情好。"

又对其他人说，"你们也常来呀！"于掌柜说："来，一定来。"葛掌柜说："到时候别烦我们就行。"朱开山说："五爷，要我说……"潘五爷说："哎，别五爷、五爷的，他们叫行，你可不行，你叫会折我的寿。"

朱开山说："那我咋和你说话呀？"潘五爷说："你还没到六十吧？"朱开山说："快了。"潘五爷说："我可六十出头了。"朱开山说："那——那我就叫你老哥？"潘五爷说："哎，这听着多近乎。"朱开山说："老哥，我初来乍到，开这个小馆子就为了养家糊口，往后什么地方做得不周，还望老哥多指点些。"

潘五爷把大手一摆说："客套了！客套了！你是带过千军万马的人，谁指点谁呀？还借义和团两个字，往后咱兄弟就处个'义'字，处个'和'字，好不好啊？"

朱开山说："好！这话说得好！老哥，就冲您这句话，兄弟敬你一杯。"两人举杯，欣然饮下。

回到潘家，潘五爷脸色阴冷，潘老大却是喜笑颜开。潘五奶问："回来了？没出啥事儿吧？"潘五爷冷冷地说："喝酒能出啥事儿？"潘五奶说："我一直担心哪，你们爷儿俩去拿捏人家，人家要是不服，还不得动家什见血啊！"潘五爷说："我倒真想闹出点动静来，就怕他姓朱的兜不起！"潘老大说："娘，你没看见哪，那姓朱的就是个窝囊废，对我爹是服服帖帖的，我摘了他家的幌子他都没敢夯翅儿！"

潘五爷训斥儿子说："你懂什么！"潘五奶端上茶水，给潘五爷倒上。潘五爷品着茶水，似有心事。潘五奶看出丈夫情绪不对劲，问儿子说："老大，真的没出啥事儿？"潘老大说："没呀，朱开山像个软瓜似的。"潘五奶说："当家的，人家服软了，你咋还不高兴啊？"潘五爷长叹一声道："当年的大英雄，能忍下今天的气，这我真没想到啊。可我也看出了他眉宇间有股子狮虎之气。这小子，不是凡人！说不定，他真的就是咱热河人的灾星……"

奉军营房宿舍里，多日没人住的宿舍，四下落满了尘灰。房门突然打开了，拥进一群士兵。传武也在其中。几年戎马生涯收敛了他的野气，彰显出一股英气来。士兵们一脸的疲惫，扔下枪支和行李骂骂咧咧地发着牢骚："奶奶的，总算回来了！""妈了个巴子，爷爷在关里卖命，家里连个清扫的人都没有吗？""能把脑袋囫囵个儿扛回来，就谢天谢地吧！""当兵的就是这么个命，骂也没有用！"

郑团长进来，士兵们马上鸦雀无声，挺直了腰板立正站好。郑团长沉着脸说："怎么，活着回来还不高兴吗？"朱传武向前敬礼说："报告团长，弟兄们不过说了点劳累的话。有什么事请吩咐。"郑团长说："你怎么也住这屋来了？"

传武说："我的床位就在这儿。"

郑团长说："从今天起，你搬到连部去。"传武说："我只是个临时的代理连长啊。"郑团长说："郭松龄旅长因为你带一个排掩护了咱们团安全撤退，作战有功，已经正式提升你为上尉连长！"士兵们一听，闹哄起来，恭喜声一片。

传武又给郑团长敬了个礼说："谢谢郑团长，也谢谢郭旅长。"郑团长一笑说："别光拿嘴谢谢啊，晚上咱们摸两圈麻将？"传武说："不行啊，团长，晚上我得回家看看。"郑团长一拍脑门说："忘了，你家就在哈尔滨嘛！"

传文呆坐着望着房顶，满腹心事。那文走进来说："想啥呢？还不回屋睡觉？"

传文说："爆炒活鸡。"那文问："啥？"朱传文说："爆炒活鸡。哎，你在王府里听没听过这道菜？"那文说："扯呢？活鸡咋爆炒啊？"传文说："就是呢，活鸡咋爆炒啊？"那文拽着他说："走吧，回屋睡觉去，我要爆炒你这只活鸡。"

忽然传来一阵敲大门的声音。传文警觉地站起来说："有人来了！"

朱开山披着外衣走出屋，文他娘也随他出来，站在屋门口看丈夫走向院门。朱开山问："谁呀？"朱传武的声音说："是我，爹！"朱开山惊喜道："是老二！"他忙拽开门插，拉开门，一身戎装的传武走了进来。

全家人都迎了出来，传武一一招呼了。传文说："快进屋。没吃饭吧？我给你做去。"传武说："哥，我在营房吃了。"传杰看着传武的肩牌问："二哥，你这是啥军衔啊？"传武说："上尉，连长。"传杰说："哈！二哥当官儿啦！"

进屋坐下，文他娘数落传武说："打从去年开春，你进关里前回来一趟，这就一年多了，硬是没着家！"传武说："娘，成天行军打仗，哪有空回来啊？"

文他娘说："是没空吗？娘看你是没心！"朱开山说："得了，能好好回来就中啦。老二呀，听说奉军这回在关里吃了不少亏？"传武说："可不！这仗打得窝囊，全线崩溃呀！要不是郭旅长指挥三旅、八旅在临榆、抚宁一线抵抗，吴佩孚就能打出山海关来，把整个关东全占了，他老张家的天下就得改姓了。"朱开山说："不是议和了吗？这回不打了吧？"传武说："难说。张大帅已经宣布东北独立，跟北京政府断绝了关系，眼下又建兵工厂又扩兵的，还要往大里整呢。"朱开山说："他这是不服哇！"文他娘说："老打，打到啥时候是个头儿啊？"传武没回答，他看见秀儿进了屋站在门口。其实秀儿比谁都心急，可又不好意思，要不是那文和玉书去叫，还憋着不肯出来。秀儿含羞低头，扫了传武一眼，说："回来了？"

传武也很不自然，站起来说："啊，回来了。"那文贴着秀儿的耳边说："看他一身军装，多打人儿啊！"秀儿用胳膊肘推了一下那文说："去！"文他娘看着秀儿笑了笑，站起身对大家说："好了，时辰不早了，都睡去吧，明儿个再唠。"

传武跟着秀儿进了屋，脱下军装。秀儿端了一盆热水进来，放到炕边说："来，烫烫脚吧。"传武答应着坐到炕边，要脱鞋。秀儿却蹲下身子，帮他脱了。传武说："我自己来。"秀儿说："我来嘛。我给你做媳妇，没给你做过饭，没给你洗过衣裳，给你洗洗脚还不行吗？"传武不再坚持，静静看着秀儿的黑发。秀儿仰起脸来，娇羞一笑说："瞅啥？"传武拽起她说："秀儿，还是我自己洗吧，你洗，我这脚痒痒，受不了。"

洗完脚，传武穿着衬衣就上了炕。秀儿说："你衣裳咋也不脱呀？"传武犹豫一下，脱去衬衣，露出了胳膊和胸脯上的伤疤来。秀儿看见了，大惊失色道："哎呀！咋整的呀？"传武说："枪子儿打的，炮弹崩的。"秀儿心疼欲哭："这不是要命吗？"传武说："当兵吃粮，什么命不命的。"秀儿说："那咱就别当兵了。咱家也不缺吃、不缺穿的，回家得了。"传武说："你也该知道，我是能在家待住的人吗？"

传武躺下，盖上被。秀儿说："这被窝是我刚才焐的，热乎吧？"说着，秀儿也钻进被窝，要解上衣。传武忙说："一个人睡习惯了，身边冷不丁多个人，还真有点儿别扭呢。"秀儿脸色变了，瞅着丈夫。传武打了个哈欠说："好几天没睡好觉了，真有些乏了。你也睡吧。"他侧过身去，一会儿便有了鼾声。秀儿呆坐着，黯然神伤。

天刚蒙蒙亮，秀儿急切地拍着朱开山屋的窗户，说："娘，娘，传武这就要走了！"文他娘从屋里出来，迎住儿子。文他娘说："咋？像阵风似的，说走就走啊？"传武说："娘，我还要赶回去出操呢。"朱开山走过来说："这家也不是家了，赶上旅店了。"传武说："爹，你也知道，当兵的不是老百姓，我能抽空回来看看，这就不错了。"朱开山说："啊，你回来一趟，一家人还得给你烧高香啊？"

传文也出来说："二弟，怎么也得吃了早饭再走啊。我叫你嫂子这就去做。"传武说："哥，别忙活了，我回营房去吃。"传杰跑过来说："二哥，我去送你！"

文他娘说："你送个啥，有你二嫂呢。"传武说："谁也不用送，抽空我还回来。"转身走出院门。秀儿犹豫着，文他娘推她一把说："你去呀！"

晨雾渺渺。因为太早，街上几乎没人。传武阔步向前走着，秀儿在后面跟着。传武停住说："回去吧。"秀儿说："俺再送送。"传武说："不用送了。一大早，天挺凉的。"秀儿说："俺没觉着凉。"传武低声道："秀儿，我不回来吧，也挺想家的，想爹，想娘；可一回来，就又觉得对不住你，也想好好疼疼你，可是没那个心情……"

秀儿又红了眼圈："我就那么招人烦？"传武说："不是。秀儿，你挺好的，这些年仗打得我心里头都木了。"秀儿叹了口气说："唉，这么些年我还是没钻进你心里啊。"传武也叹了口气说："你回去吧！"说着头也不回地走了。秀儿望着传武离去的背影，眼里噙满了泪水。

秀儿回了家闷闷呆坐在屋里。那文蹑手蹑脚地走到她身后，突然"咳"了一声。秀儿打了个激灵，回头说："看你，吓人家一跳！"那文笑道："妹子，想啥呢？"

秀儿说："我能想啥？想南朝，想北国。"那文坐到秀儿的身边，一脸的神秘说："哎，昨晚咋样啊？"秀儿说："啥咋样？"那文说："小别胜新婚，你们两口子离开一年多了，还不可劲那啥呀！一宿没消停吧？"秀儿说："去你的！"

那文说："哎，跟我你有啥磨不开的？跟嫂子说说呗。"秀儿索性放开了说："是，一宿没消停，他搂着我，我抱着他，我们还做嘴儿了呢。他还跟我讲他怎么想我，怎么惦记我，怎么舍不得离开我……"说着，秀儿两行眼泪流了出来。那文愣了说："你这是咋的了？"秀儿哽咽起来。

那文明白了，说："啊，老二那小子又没理你？"秀儿哭出了声。那文说："唉，你也是完蛋货，你跟他闹啊！咋的？你不是他媳妇儿呀？他就是纳妾，你也是大奶奶呀！要我看哪，还是你不行。当兵一年，老母猪赛貂蝉，一个丘八你都没让他动心？你也真是的！女人没勾引男人的本事，那还算女人吗？"

秀儿捂脸跑出屋去，文他娘正在纳鞋底，麻绳拽得吱吱响。秀儿一头闯进来，哭喊一声说："娘——"文他娘忙放下手中的活儿，问："秀儿，咋的啦？"

秀儿扑到娘的怀里失声痛哭。文他娘问："秀儿，是不是传武欺负你了？"秀儿摇头。文他娘说："那是为啥呀？"秀儿说："娘，实话跟你说吧，昨晚，传武连碰都没碰我。"文他娘说："这个犊子！秀儿，等他再回来，我……我让他……"她也不知说啥好了，喃喃道，"你说这个犊子啊，他真不是个物。"秀儿说："嫂子刚才还把我一顿贬斥，那话真让我受不了。"文他娘说："她说你啥了？"秀儿说："她说我没用，不算个女人……"

文他娘说："你嫂子那个人你还不知道，有嘴无心的。秀儿，你放心，娘一定为你撑腰。"她突然小声地说，"秀儿，咱也怀上把孩子，叫你那嫂子看看。"

秀儿说："我怀孩子？"文他娘对秀儿耳语。听罢婆婆的主意，秀儿不禁破涕为笑道："娘，俺可不能那么做。"文他娘笑着说："你这个木头呀，这回你就听娘的吧，娘要给你长长脸。"

第二十二章

一伙土匪马队冲进一座村落。后面，土匪头目老四喊道："二掌柜！"马队停住。为首的二掌柜掉转马头，好一个俊俏的女当家，却是鲜儿。鲜儿问："啥事儿？老四。"老四策马过来说："姜炮头让等他一会儿。"鲜儿说："砸完窑就麻溜撤，磨蹭啥呀？"老四笑嘻嘻地凑近鲜儿，说了几句，鲜儿勃然变色，她冲土匪们一挥手说："回去！"马队原路折回。

鲜儿和众土匪拥进院子，纷纷跳下马。鲜儿喊道："姜炮头！你给我出来！"

正房大门里走出姜炮头，边走边系裤腰带，说："嘿嘿，这小媳妇儿，挺撩人儿的。"一位年轻媳妇从屋里爬到门口，大骂道："土匪！牲口！你们要遭天打雷劈呀……"鲜儿怒不可遏，拔出驳壳枪说："姜炮头，你坏了绺规，我点（毙）了你！"老四见状一下子抓起鲜儿持枪的胳膊。枪响烟起，子弹射向了天空。

几个土匪忙上前劝阻说："二掌柜的，饶他一回吧！""二掌柜的，回山上再说吧！""回去让大掌柜的处置吧！"姜炮头轻蔑地看着鲜儿说："对，要杀要剐，大掌柜的说了算！"鲜儿冷笑一声说："好！就听大掌柜的！"又命令土匪说："把他绑了！"

山路上，鲜儿率领马队赶回山寨。鲜儿的马后拖着一根绳子，绳子系着五花大绑的姜炮头。姜炮头趔趔趄趄地走着，仍是一脸的倔强。老四在姜炮头身边跳下马说："老姜啊，你就服个软吧。"姜炮头说："我服她？一个娘儿们！"

回了二龙山大寨，大掌柜和几个土匪迎出山门。鲜儿和众土匪下了马。大掌柜说："二掌柜的，辛苦啦！咋样？这窑砸得响不响啊？"鲜儿说："动静大去了！"大掌柜说："你头一次领人出去，我还担心你砸个哑巴窑呢！"鲜儿说："小菜儿！"

被绑缚的姜炮头冲过来，他衣裤破碎，满脸是血。他喊声"大哥"给大掌柜的跪下了。大掌柜说："咋整的？血葫芦似的。"

鲜儿说："你让他自个儿说！"姜炮头说："我，我睡了个小媳妇儿……"大掌柜："你……"姜炮头说："大掌柜，就这一回，下回不了。"大掌柜一脚踹倒姜炮头，怒道："看你这份出息！你连自己裤裆里的玩意儿都管不住！把他关笼子里去！"

回了二龙厅里，鲜儿和大掌柜大吵。大掌柜说："咋的？你想要姜炮头的命？"

鲜儿说："要不是几个弟兄拦着，我当场就点了他了！"大掌柜说："他可是咱四梁八柱的大打头的，炮头呀！"鲜儿说："那就更应该懂得规矩！横推立压，就是死罪！"大掌柜说："打也打了，罚也罚了，你就放他一马吧。你想立二掌柜的威风，我也算给你面子了。我关他三天！"鲜儿说："镇三江，你还想要不要你的绺子了？都他妈的这么胡闹下去，咱们在江湖上还敢报号吗？"大掌柜说："鲜儿，你急歪啥呀？其实，我也烦他们胡整。可都是自家兄弟，犯不上太较真儿。"鲜儿摘下驳壳枪，往桌子上一摔，说："那好，镇三江，你就跟你的弟兄们混吧，我走！"鲜儿抬步便走。

大掌柜拦住她说："你这是干啥呀？赶年集呢？说走就走？"鲜儿说："祸祸女人的人，就不是好人！你知道姜炮头糟蹋的那个小媳妇儿骂咱们什么吗？是牲口！要遭天打雷劈！"鲜儿哭了。大掌柜软了下来说："好吧，就依你……"

木栅的牢门前，围着老四等几个土匪。栅栏里，姜炮头正笑嘻嘻地跟他们交谈。鲜儿笑眯眯地走来，说："老四，把门打开吧。"老四忙开锁，打开门。

姜炮头走出牢门，冲鲜儿笑笑说："谢谢二掌柜的，没到晚上就让我出来了。"

鲜儿说："你走吧。"姜炮头说："走？上哪儿去？"鲜儿说："上哪儿去？这一要看你的腿脚快不快，二要看我的枪子儿准不准。"鲜儿脸色突变，拔出插在腰间的驳壳枪。

姜炮头这回可害怕了，扑通跪在地上求饶道："二掌柜的，二掌柜的，饶命啊……"鲜儿说："我这是按绺规办事，清除害群之马。姜炮头，你马上可以跑，我一枪打不着你的脑袋，算你命大，也算你拔了香头（退出绺子），你爱上哪儿去上哪儿去，我绝不开第二枪！"姜炮头转身落荒跑去。鲜儿冷冷一笑，扬手一枪，姜炮头顿时倒地。老四和几个土匪呆住了。鲜儿把枪插到腰间，看着几个人说："谁要是再坏了绺规，这就是样儿！还愣着干啥？去买口上好的棺材，挑个好地界埋了。再打发人给他家送去五百块大洋！都记好了，咱们这伙兄弟就应该拉出去，能打能拼，杀富济贫，除暴安良；住下来，守规矩，练本事，护一方百姓。"

老四咂舌说："从古至今还没有这样的胡子呢。"鲜儿说："我就要带出这么支队伍来，不行吗？"

哈尔滨已下起了大雪。潘五爷、葛掌柜、于掌柜围着一个炭火盆说话。葛掌柜："你说说，按理说这大冷天的，开馆子也是淡季了，可他朱家菜馆还是那么红火。你再看我那馆子，星儿进儿的，一天也就那么两三个人儿……"潘五爷说："人家老朱家就是会做，天冷了，上火锅，这大冷天的，吃火锅多泰和。"葛掌柜说："我也上了，可也没人去呀！"于掌柜："快拉倒吧，你那火锅真不咋样，要味儿没味儿，要实惠不实惠。"葛掌柜说："潘五爷，你看看，咱热河人就是心不齐。你再看看人家山东菜馆里头，全是他们山东人，真捧场啊！"

潘五爷说："你让我们捧场，你也得说得过去呀，别总那么抠抠搜搜的！"

几个爷儿们说着话，潘五奶一手攥着鸡毛掸子，一手拽着潘老大的耳朵走进来。

潘五爷说："老东西！他都多大了，你还薅他的耳朵。"潘五奶说："多大他也不着调！"她松开潘老大的耳朵，"他出息得大发了，竟跟一个小孩子打架。"潘老大说："你知道那孩子是谁吗？是刘掌柜的儿子！他拿弹弓子抻我！都好几回了！"潘五爷说："刘掌柜的儿子？看来，姓刘的是把仇口传给他儿子了。"葛掌柜说:"姓刘的欠收拾!"潘五爷说:"收拾他有啥用?他已经是条落水狗了,他得靠别人替他出气。还是那话,绝不能让山东人还过阳来!"

山东菜馆里,有几桌客人在吃饭,跑堂伙计正忙着招呼客人。忽然进来了几个白俄士兵,还押着个五花大绑的中国人,却是二龙山大掌柜镇三江。各桌的客人都一惊。俄国士兵把大掌柜的推到墙角,自己围着桌子坐下来。一士兵比比画画地喊道:"饭!菜!酒!"

镇三江说:"老毛子,牛逼啥呀?你们都是丧家犬啦!你们俄国的穷党坐天下了,就是没腾出工夫收拾你们,你们扬棒不了几天啦!"朱开山听了伙计的报告从后厨走过来,他看看镇三江,问那几个俄国士兵说:"他,犯了啥事儿呀?为啥抓他呀?"一个俄国士兵比画着道:"他,拿枪,抢我们俄国商人,土匪!带回去,杀他的头。"朱传文和跑堂的端来几盘菜,又倒上酒。几个俄国士兵大吃二喝起来。

朱开山对跑堂的说:"去,端碗水来。"跑堂的把水端来,朱开山接过,送到镇三江的嘴边,说:"喝口水吧。"镇三江笑了一笑,咕咚咕咚地喝了下去。

朱开山说:"好汉,你还要点儿什么?"镇三江说:"我也饿啦!"朱开山说:"那也给你弄点儿吃的吧。"一俄国士兵摆手阻止说:"不行!"镇三江说:"老毛子!杀头也得让人吃饱了呀!咋也不能让我成饿死鬼吧?"

朱开山冲俄国士兵笑笑说:"他的饭钱,连你们的饭钱,都由小店出了。"

一俄国士兵说:"你出?好!好!"朱开山让镇三江在旁边桌子坐下,冲跑堂的喊道:"给好汉盛一大碗饭。"镇三江说:"还是来碗酒吧。"朱开山说:"好。"又喊道,"再来一大碗酒!"镇三江说:"你们馆子有啥像样的下酒菜也上点儿来。"朱开山说:"这现成。"

那文和秀儿远远看着,那文说:"这个胡子胆儿可真够肥的了,竟敢抢老毛子。大清国那工夫,连王爷都怕洋人。"秀儿说:"哎,咱爹那么心疼这个胡子,是不是跟他当年闹义和团杀洋人有关?"那文说:"兴许。"朱传文进来说:"真是条汉子!命都要没了,还能吃能喝的。"

镇三江酒足饭饱说:"不错!酒不错,菜也不错!谢谢你,老掌柜的,还得麻烦喂我。"朱开山用毛巾给镇三江擦擦嘴,说:"别谢,说实在的,我挺佩服你。"

镇三江说:"佩服我?我更佩服你,你能把我一个要死的胡子整得这么乐呵，赶上及时雨宋江了！"朱开山说："那我这就成了忠义堂了！"二人大笑起来。

镇三江说："老掌柜的，问你一个事儿：能不能给带个道儿？"朱开山说："爷儿们，你这话怎讲啊？"镇三江一笑说："怎讲？就是请你给俺带个逃生的道儿。"

朱开山说："爷儿们，你这可是要我这小店的命啊。我可赶不上宋江。"镇三江呵呵笑了说："放心吧，爷儿们，我也就是求你带我去趟茅房！"朱开山笑了说："这好说，来吧。"二人站起身。一俄国士兵喊起来说："不许！"镇三江说："我拉屎！"朱开山对俄国士兵赔着笑脸说："他要上茅房。"一俄国士兵狐疑地看着他俩，持枪跟上。

朱开山引着镇三江去茅房。镇三江低声说："老掌柜的，爷儿们我是个要死的人了，有点儿东西想送给你。"朱开山问："啥东西？"镇三江说："就是我抢俄国人的那几两散碎银子。"朱开山说："你这一去，说不定要吃多少苦，受多少难呢，留那点儿银子，去打点牢狱里管事儿的人吧，你也好少遭点儿罪。"

镇三江笑了说："我是连死都不怕的人，还管他妈什么过堂上刑？"他回身看看跟着的俄国士兵，把声音压得更低说，"我那银子就藏在城东关帝庙后面一棵老槐树的石头下。你去取吧。"朱开山说："你为啥要把银子给我？"镇三江说："就为了今天你能给我这个要死的胡子管了顿饱饭。中国人有句老话，叫滴水之恩，当涌泉相报。"俄国士兵不耐烦了，催促道："快！快！"镇三江冲那俄国士兵喊了一嗓子说："老子不拉啦！"说着返身往回走。俄国士兵愣了一下，忙跟上去。镇三江又回过头来，笑着对朱开山说："老掌柜的，你对俺的这个情分，俺只有下辈子还了！"

晚上，朱开山向文他娘和传文讲白天的事儿。传文问："银子？真的吗？"

朱开山说："那汉子说的肯定是真话。"文他娘说："他敢上手抢老毛子，也算得上是条汉子了。"那文说："为那几个碎银子，搭上条命，真真是不值当。"传文说："爹，是不是去那老槐树下看看？赶趟真有银子，也算他给了咱饭菜钱。"

文他娘说："即便有银子在，那也是不义之财，要不得。"朱开山说："啥不义之财，这些年，他们老毛子还少抢咱中国人的了？"那文说："可不！爹，那年抢皇宫的就有不少老毛子的兵。老毛子兵顶骚性了，后宫里的姐妹叫他们祸害了不老少！"传文说："说正事儿呢，又提你那后宫。"传杰推门进来。朱传杰说："爹，张垛爷来了。"

张垛爷坐在空荡的前厅里，抽着烟袋。他五十上下，小个子，精瘦，两只小眼睛黑豆似的，溜圆锃亮，扫视着四周。朱开山和传杰进来。朱开山抱拳说："垛爷辛苦！"张垛爷身也没起，只是抬眼看了一下朱开山，又闷头抽烟。朱开山说："老三，咋让垛爷坐这儿了？走，请上屋坐。"

张垛爷在鞋底子上磕打磕打烟袋，说："在这儿就中了。一个赶垛子的，在哪儿都一样。老掌柜的，有啥吩咐，说吧。"朱开山坐到张垛爷身边说："垛爷，我这少的年轻，经事不多，道上的事儿他都不懂，这回可全指靠您了。"张垛爷笑了一下，露出几颗烟熏的黄牙。

张垛爷说："老掌柜的别客气，俺就是吃这碗饭的。不是我姓张的夸口，穿破天的山咱跨过，深过海的河咱蹚过。三掌柜的马帮交给我，您就放心好了。哪怕是从火焰山上翻过去，咱的货物也保险连根毫毛都燎不着！明儿一早上路！"张垛爷说完，起身就走。

第二天，朱开山起了个大早，往朱记货栈赶。货栈门前一群马都驮上了货垛子。张垛爷在检查货垛子，传杰领着小康子和一些人在往垛架子上装货。传杰见爹来了，忙跑过去说："爹，这么早你也来了？"

朱开山问："货都齐了？"传杰说："早就齐了。"朱开山又问："回来的货呢？"传杰说："也妥妥的了。"朱开山扫了一眼张垛爷，低声说："三儿，张垛爷不是一盏省油的灯，你要多长几个心眼儿。"传杰点点头说："爹，你放心。"朱开山撇下传杰，走到张垛爷身前递上一包东西，说："张垛爷，这烟叶您收着。这是正宗的亚布利。"张垛爷接过烟叶说："谢了！"

崇山峻岭中，马帮在行进。在白雪的映衬下，山上的松林越发显得黑苍苍的了。传杰和张垛爷并辔而行。张垛爷指着四周的群山告诉传杰说："这可是个虎狼之地。东边那山叫二龙山，上面有伙绺子，领头的是一对夫妻，挺仁义的，男的报号镇三江，女的报号三江红。镇三江前两天，叫俄国人抓去了，定了死罪。西边那山叫歇马岭，上面的绺子名声不咋着，领头的是个认钱不认人的家伙，报号天外天。时不时地呢，这儿还会冒出几股子小蟊贼……"传杰边听边四处看。张垛爷突然止住话头说："小心了！"

前不远的山路边，靠着大石头坐着一个人，穿着反毛皮袄，光着头，身边放着狗皮帽子，帽里朝上。张垛爷低声对传杰说："下马！"张垛爷和传杰下了马，整个马帮都停了下来。张垛爷走到那人跟前，扫了一眼狗皮帽子，向左肩上一抱拳，说："老大，'碰（有情分）'了！"那人翻了张垛爷一眼，手插在怀里。

张垛爷说："我是里口来的（这个地盘的）。老大，看您可不像是这梗子（山头）的。"那人"呸"了一口说："我浪飞（没入绺子）。"张垛爷说："爷，给个话。"

那人说："我满转（什么都干），插旗（寻找目标）呢，口渴（没钱），只好别梁子（打劫）。"张垛爷说："兰头不海（钱不多），我还有活窖（很硬的关系）。"

那人站起上下打量张垛爷，一拍腰。张垛爷左手四指，右手三指交叉一揖。

那人说："我看你是星（冒牌）！"张垛爷说："楼子（太阳）在上，倒阳切裂（东南西北）任你打听。"那人口气缓了问："里码（同道人）？"张垛爷说："空子（外人）哪敢起垛。"那人说："山不转水转，报个蔓（姓）吧。"张垛爷说："跟头（张）。"张垛爷掏出一摞银圆，放到那顶狗皮帽子里。张垛爷说："请林子后面的几位兄弟搬姜子（喝酒），山串（喝醉）。"那人一笑说："请吧！"

张垛爷又一抱拳："谢了！"向后边的马帮一挥手说："走喽！"马帮从那人身边走过，每个人都狐疑地看看那人。小康子小声问传杰说："张垛爷神神道道的，是不是故意吓唬咱们？"传杰不语。马帮消失在松林后面。那人拿出帽子里的银圆，将帽子扣到头上。从林子里蹿出三四个拿着刀和枪的胡子，来到那人身边，问："大哥，你咋让他们过去了？"那人说："他们门清（懂规矩），熟脉子（自己人）。"

传杰的马帮进了一座很不错的客栈。张垛爷和几个赶马帮的伙计从马厩出来，客栈老板迎了上去。老板说："张垛爷，酒菜都准备齐了。"张垛爷说："你那几道拿手菜都做了？"老板说："当然，还有你喜欢喝的高粱窖。"张垛爷："我那些马你也别亏待了。"老板说："马上就喂，半夜再喂一遍，黄豆都炒好了。"传杰和小康子走过来。传杰说："张垛爷，晚上安排人看一下货吧。"张垛爷指一下客栈老板说："让他安排人！"老板说："掌柜的放心，您的货在我这儿，保险出不了事儿！"张垛爷说："出事儿他包着！走吧，喝酒去！"老板领着张垛爷和赶马帮的几个伙计走向屋里。小康子问传杰："三掌柜的，张垛爷咋总领咱们住这么好的客栈哪？"朱传杰说："你少说话。走吧。"

第二天复又赶路，传杰骑马走在马帮前面，张垛爷骑马走在后边。他等张垛爷过来，说："张垛爷，今晚住哪儿呀？"张垛爷说："青山镇韩老满的客栈。"

朱传杰说："我听说狍子沟孙家窝棚有个客栈。"张垛爷说："我知道，那儿能住人吗？"朱传杰说："客栈嘛，不能住人咋叫客栈呢——就住孙家窝棚了！"张垛爷停住了马，盯着传杰。传杰跃上马背，径直往前去了。张垛爷看着离去的朱传杰，冷冷一笑。

太阳快落山了。马帮还在山中行进。一个赶马帮的伙计走到张垛爷身边说："张垛爷，跟你好几年了，可没遭过这份罪呀。连三天了，住那大通铺，又冷又挤的，这且不说，还净吃那秫米饭、白菜炖豆腐，连酒都没有。"张垛爷说："放心吧，亏不了你。"那伙计往前走了。

天黑下来了。张垛爷跳下马背喊了声说："歇了吧！"马帮停了下来。一个赶马帮的伙计走到张垛爷跟前问："张垛爷，咋歇了？这前不着村，后不着店的。"

张垛爷说："那就在这儿打铺睡呗。"伙计说："就在这大野地？"张垛爷说："大野地咋的？你没睡过？我没睡过？他有人没睡过！"那伙计明白了，会意地一笑，说："你是要熬鹰啊！"

传杰赶过来说："张垛爷，咋也得找个客栈哪。"张垛爷说："咋找啊？往前五十里，团山子有客栈，赶到那儿天都得快亮了，明儿个还咋赶路？往后三十里，榆树屯有店，也得过半夜能到，里外里白走六十里地，划算吗？"传杰看看四周，说："这……这冰天雪地的，能睡吗？"张垛爷说："赶垛子的哪有那么多娇气，哪儿不能睡？再说了，这也能给你三掌柜的省点儿盘缠钱哪。"那边，几个赶垛子的伙计已经点起了篝火，铺好了毡子。张垛爷向他们走去，留下传杰无奈地站在夜幕下。

夜空上寒星闪闪。张垛爷和赶马帮的伙计们已经睡熟了。传杰和小康子裹着一个毯子，相依而坐，瑟瑟发抖。小康子上牙直打下牙，说："三……掌柜的……这……这样可不行……行啊……再……再拢堆火……火吧……"朱传杰也打着战说："对……对对……拢火……火……"二人起身去拾柴草。躺着的张垛爷睁开他那双小眼睛，向朱传杰和小康子这边看了看。

就这么连着三天，传杰身子撑不住了，呼吸浑重，全身发热，得了风寒。不得已，马帮找了个大店歇下。小康子找了郎中来抓了几服药。

传杰吃了药盖着大被躺在炕上。小康子拧了一条手巾，敷在传杰的额头。

张垛爷叼着烟袋走进来说："咋样啊？都躺一天了，误了路程可怨不了我。"小康子说："不怨你怨谁？连住了三天大野地，谁扛得了哇？"张垛爷说："小子，是你没扛得了，还是我没扛得了？谁想到他身子这么金贵！秧子货！"传杰睁开眼睛说："还是往前赶吧，兴许，扛一扛这病就好了。"张垛爷说："那好，我去撵罗上路。"张垛爷要走，传杰说："等等。"他挣扎着坐起来说，"小康子，把钱褡拿来。"

传杰说："张垛爷，往后的路程，一切事儿就托付给您老了。这是我带来的所有的钱，现在都归您掌管，客栈咱找好的住，饭菜咱挑好的吃……"张垛爷没接钱褡说："三掌柜的，你这是骂我。"传杰说："不，张垛爷，前些天是我少不更事，慢待了垛爷，慢待了诸位弟兄。"他挣扎着下了炕作了个大揖说，"对不住了……"话没说完，脑袋一沉，人又一头栽倒下去。张垛爷从怀里掏出一个小包，塞给小康子，说："这有几颗药丸子，你一天给他吃一颗，我保他好。"

正午时分，马帮来到一座向阳的山坡。张垛爷跳下马，冲大伙喊道："打尖了！"人们停下来，就地休息。张垛爷把马料口袋扔在马头前，自己坐了下来，掏出烟袋。传杰走到张垛爷跟前说："张垛爷，咋不上前边的客栈歇歇？也好让大家吃口热乎的。"

张垛爷说："你不是让我说了算吗？今儿个老爷儿（太阳）多好，这地场又朝阳，多暖和，赶上小阳春了。"传杰在他身边坐下说："张垛爷，我病的这两天，多亏你了。你好客栈不住，还总吃些平常饭菜，也太省了，你可别……"张垛爷说："我怕你的钱不足兴。"传杰说："我担心您老是不是对我还有……"张垛爷说："身子骨刚好一点，就磨叽起来了。你放心，我轻饶不了你，等明天到地方卸了货，再把回去的货装上，我吃死你！"传杰笑了："等回到哈尔滨，我还给你摆大席呢！"张垛爷又装一袋烟说："你爹送我的这亚布利烟，虽说冲，味儿可真好！"

山东菜馆门前的街上，一个报童举着报纸边喊边跑说："看报！看报！强盗抢劫俄国人，近日就将正法！看报，看报……"鲜儿一身男人打扮，满脸忧戚之色。她买了一份报纸，上面印着的照片正是她要找的镇三江。杂货铺的刘掌柜凑过来看报，一惊道："妈呀，这好汉要没命了？"鲜儿问："大叔，你认得这个人？"刘掌柜说："前些天，他在这条街上吃过饭呢。"鲜儿说："哪家饭庄啊？"刘掌柜指着山东菜馆说："就那家。"

走进山东菜馆，鲜儿找个位置坐下。朱传文走过来招呼："先生，你要些啥？"

鲜儿看着传文，愣住了，颤声问道："你是——朱大哥？"传文也愣了，端详着鲜儿的脸说："鲜儿？"鲜儿点点头，传文激动得张口就要喊，鲜儿拉住他示意低声。传文说："走，上后屋去。"

传文领着朱开山和文他娘进来。朱开山说："鲜儿，你果真是鲜儿？"鲜儿摘下帽子说："爹……"文他娘搂住鲜儿，流下眼泪。鲜儿也哽咽说："娘……"

文他娘说："快告诉娘，你这些年怎么样啊？过得好啊？"鲜儿说："好，挺好的。"

文他娘说："你男人？"鲜儿一错愕，随即点头说："男人？啊，我男人也挺好，做买卖的，也算是个富裕人家。"文他娘说："那就好，这我就放心了。"朱开山说："家也在哈尔滨哪？"鲜儿说："不，挺远的，我是来看个亲戚，路过这儿。"那文进来了，门口还站着秀儿。

那文说："鲜儿妹子来啦？我看看，我看看。哟！还是那么俊哪！"鲜儿说："俊啥呀，都老太太了。"文他娘说："你是老太太，那我呢？"鲜儿看到了门口站着的秀儿。秀儿看着她，眼里似有怨恨，一声没吱。鲜儿说："爹，娘，我该走了。"

文他娘说："才来就走哇？在这儿多住几天呗。"鲜儿说："家里人该着急了。改天吧。"鲜儿走到门口，停下来，看一眼秀儿，说："秀儿，姐姐对不住你。"说完掩面跑出去。

文他娘朝朱开山说："我看鲜儿不大对头啊。"朱开山点点头说："是啊，怎么才进了家，就走了呢？"那文说："不是说去看个什么亲戚吗？"文他娘说："她那亲戚比咱家和她还亲？"秀儿说："娘，她是不是还寻思传武死了，觉着对不起咱家啊？"朱开山思忖着说："兴许啊！刚才怎么就没空出嘴来，和她把这事说了呢？"

朱开山和传文正在算账。夏玉书拿张报纸走进来说："爹，我从学校带回张报纸，你看看。"朱开山说："你叫我看？你当我也像你似的当老师呢——我才认得几个字儿。"夏玉书说："这个人你能认识。"玉书打开报纸，上面印着大掌柜镇三江的照片。

朱开山说："是他？"传文也凑过来看。朱开山指着报纸问玉书："这上头咋说的？"玉书说："他已经被判处死刑。"朱开山眉头紧锁。传文说："爹，他说的那几两银子……"

夜里，关帝庙外，弯月当空。关帝庙后的大槐树下，两个黑影在晃动，是朱开山和朱传文。父子二人来到树下，搬开石头。朱传文摸到了东西说："爹，有了。"是个小包裹，传文打开，父子二人一看，竟是金条、元宝、女人用的首饰，还有不少俄国贵族用的金银餐具。

朱开山说："这要是换成银子，少说也值百八十两。"传文说："哎呀，这可是老天爷让咱家发财呀！爹，多亏你管了那个人一顿酒菜。咱可以用这笔钱再开个铺面……"朱开山说："不！虽说这笔财宝是那好汉的，即便他是将死之人咱也得还给人家。"

传文说："是该还，可咋还哪？他在死牢里呢。"朱开山说："我明儿个把这些财宝拿去换成银子，再找人到衙门口活动活动，整好了呢，兴许能把好汉的那条命换下来。就是换不下来，咱也是把钱还给他了。"

傍晌午，菜馆前厅里客人熙熙攘攘。这时，进来个人，还没等跑堂的上前，他自己便拣了个凳子坐下来。跑堂的急忙走过来问："先生，要啥菜？"来人说："吃啥呢？来个新鲜的吧，就来个油炸冰溜子。"跑堂的愣了一下说："啥？"来人说："你聋啊？大爷要油炸冰溜子！"跑堂的支吾着转身向后厨跑去。

朱开山正在刨井边结的冰。传文跑过来说："爹，有客人点了个油炸冰溜子。"

朱开山一怔说："油炸冰溜子？"传文说："爹，有这道菜吗？"朱开山想了想说："有，当年我在金场子的时候，听说过这道菜。"他扔下镐说："走！"

朱开山领着传文回到前厅，那人却不在。传文问跑堂伙计说："人呢？"跑堂的说："他刚刚出去了。"

菜馆门前围了不少人。那人正踩着梯子，要上去摘幌子。房檐下，挂着一排冰溜子。朱开山笑了说："这位朋友，你可真是个急性子啊。点的菜还没吃呢，怎么就开摘幌子了？"那人说："咋的？油炸冰溜子你们做得出来？"传文拿个盆从店里出来。朱开山仍然笑着说："朋友，你先别下来，借你个手，帮个忙。"

他拿过朱传文手里的盆说，"你就手把那冰溜子掰几个下来。"

盆里的冰溜子被倒上了面糊。旁边的油锅开了，翻着花。传文、那文、秀儿在一旁紧张地看着。朱开山把裹了面糊的冰溜子下到油锅里，稍一炸开便用笊篱捞上来，放到了盘子里。

朱开山把一盘金灿灿的油炸冰溜子放到了那人面前。那人看着盘子，又扭头看朱开山，不大相信，问："这就是油炸冰溜子？"朱开山笑着说："你尝尝嘛！"

许多吃客围过来看稀罕。那人咬一口，冰溜子冒出丝丝白汽。众人无不叫好。朱开山问那人说："朋友，以前吃过吗？"那人摇头。

客人们不忿了，有人喊起来说："没吃过你要什么疯啊？""你是不是想讹人哪？"那人讷讷地分辩道："俺，俺也是受了别人的指派，他说，说你家肯定做不出来……"众人骂道："啥人这么缺德呀？""要和朱家过不去，你当面站出来呀！""他就是来摘人幌子的！"朱开山说："各位老少，各位老少，先别吵吵。说实话，我还得谢谢这位朋友呢，要不是他今天要这道菜，我还真把这手艺忘到锅台后边去了。"有人嘀咕说："这种损事也只有那潘五爷做得出来。"

饭店打烊了，朱家还在议论油炸冰溜子的事儿。文他娘说："上回是爆炒活鸡，今儿个又是油炸冰溜子，说不定明儿个又闹出个啥咕咕鸟儿。"传文说："爹，是不是咱再多让一步？"朱开山说："多让？咋让啊？"

朱传文说："咱可以和潘家平日里多走动走动，叫潘家明白咱的心迹：咱来这里不是要和他家拔个尖儿，争个强，咱不过就想做点儿生意。"朱开山说："这话我早跟他说过。"传文说："咱再说说嘛。您也说过，当三孙子……"朱开山说："如今我后悔说过那话。"

那文说："传文，你是要咱家在他潘家面前装小，对不？这可不行！"朱开山说："老大，你的意思我明白，就是不跟他潘家斗，这我也赞成。可是，不和他斗，咱也不能装小。"文他娘说："那咱咋做啊？"朱开山笑了笑说："不是有那么句老话吗——见怪不怪，其怪自败呀。他进他的招数，咱就不接那个茬儿，不信他就真能抓鼻子上脸。他要真抓鼻子上脸——再说吧。"

第二十三章

夜色已深，客栈已恢复了平静。张垛爷鬼鬼祟祟地来到货堆旁，他四处看看，然后招招手。客栈老板悄悄走过来。张垛爷拍拍堆在上边的两件货，轻声说："就这两件。"暗中，两人互摸手指。客栈老板说："这个整儿，这个零儿。"张垛爷说："中。"客栈老板拍了两下手掌，一个伙计应声溜过来。客栈老板压低声音吩咐伙计说："搬后院柴房去。"伙计扛起一包，夹起一包，向后走去。客栈老板对张垛爷说："去吧，上账房取钱去。"二人离去。马槽边朱传杰和小康子目不转睛地看着。

客栈老板把一摞银圆交给张垛爷，张垛爷把银圆在手中掂了掂。客栈老板说："你不怕东家查出来？"张垛爷说："查出来我也不认账。一问三摇头，就是不知道。能把我咋的？"客栈老板笑道："你这个垛爷，吃里爬外呀。"张垛爷说："你别得便宜卖乖，你赚得比我多。我是拿命陪他们，这点儿钱，我该拿。"

一早，马帮已驮上了货物，准备上路。张垛爷冲客房喊道："三掌柜的，走啦！"客栈老板出来说："掌柜的，这就走啊？"传杰说："啊，天儿不早了。掌柜的，给您添麻烦了。"老板说："哪儿的话呢，您是我的衣食父母哇！"传杰说："掌柜的，您要这么说的话，那我还得麻烦您。有件小事儿，想请您帮帮忙。"

老板说："您说，您说。"传杰说："您后院柴房里的两件货，是不是还给我呀？"老板吃了一惊道："货？啥货，我……"他还支吾着，小康子扛着两件货过来了。

传杰冲小康子一挥手说："装垛上！"老板说："我……"朱传杰掏出一摞银圆，递给他说："没整没零，我按我买的价给你，行吧？"又转向张垛爷说，"张垛爷，咱走吧！"张垛爷一脸尴尬。

传杰去帮小康子往垛上装那两件货。张垛爷一把拽住他说："你羞死我了！"

传杰笑了说："张垛爷，这怪你呀，早起装垛的时候你也不数数，少两件货你都不知道。"张垛爷说："你……把这批货送回到哈尔滨我再也不干了，连这趟的工钱，也由你三掌柜的看着给吧。"

马帮走进一片森林。雪深没膝，人马艰难前行。一赶马帮的伙计问张垛爷说："咋钻老林子里来了？"张垛爷说："三掌柜的说要抄近道嘛。"伙计说："这多不好走啊！"朱传杰和小康子走在马帮的前头。小康子说："三掌柜的，这条路不行啊！"传杰猛地回身，喊道："张垛爷！你过来！"张垛爷急步赶了过去。

传杰说："张垛爷，这路咋这样啊？"张垛爷说："你说抄近道嘛！"传杰说："我说？你是垛爷，路咋走你该拿主意！"垛爷说："你急着要回去赶行市，我能不听你的吗？我欠你的情，我还能再驳你吗？"传杰说："你欠我啥情了？我说你啥了？你这是坑我害我！"张垛爷"唉"了一声说："我他妈的啥也不是了！"传杰说："你说，现在咋办吧？"张垛爷说："只有返回去，还走大道。"传杰说："你还让我睡大野地呀？"张垛爷说："山下有人家，咱可以住一宿。"传杰想了一下说："好吧，你们先在这等着。小康子，你跟我去探探路，看看前边还能不能走。能走就走，不能走，回！"朱传杰和小康子向树林深处走去。

张垛爷对马帮喊道："歇了！歇了！"一伙计走到他身边问："张垛爷，你又要熬鹰啊？"张垛爷说："这回可是他自己熬自己。"突然传来小康子惊恐的喊声，张垛爷紧张地站起循声跑去。

原来传杰路不熟，跌进一个很深的大陷坑。陷坑里布着铁钎子，看样是猎户们猎老虎用的。传杰的腿已被钎子扎出血。张垛爷向传杰喊道："别动！千万别动！那都是毒钎子！"又对身边的人说，"快！都解下腰带！"大家应声解下腰带。

朱传杰终于被众人搜出了陷阱。他左小腿已被钎子刺伤，血染红了棉裤。小康子抱住朱传杰大哭道："三掌柜的……"张垛爷一把推开他骂道："去你妈的！还没到你哭丧的时候！把他腰带解下来！"小康子止住了哭声，忙解开绑在朱传杰身上的腰带。

传杰说："张垛爷，我要是不行了，求你把货带回去……"张垛爷骂他说："都啥时候了，还放这种没有味儿的屁！"说着，他把自己绑腿上插的匕首拔下来，麻利地割开了朱传杰染血的棉裤腿，一直割到大腿根儿。朱传杰的小腿肚上有个血洞，血还在流淌。张垛爷扯过小康子手中的一条腰带，把朱传杰的大腿勒住，把腰带两头又递给小康子和一个赶垛子的伙计，说："拽！狠狠地拽！"小康子和那个伙计狠狠地拽住，扎紧，朱传杰的大腿被腰带紧紧勒住。张垜爷伏下身去，用嘴吮吸传杰小腿肚子上的伤口，连连吐出一口口发黑的血。他又抓把雪塞到自己嘴里，然后吐掉，又去吮他的伤口。

找到一家农舍后，众人把朱传杰抬到炕上。传杰已昏迷不省。张垜爷对一个赶垜子的伙计说："快去村北头，把马瞎子找来！就说我张咕咚请他！"那伙计应声出屋。

小康子守在传杰身边抹着眼泪。张垜爷说："哭啥呀？你哭顶个屁用啊？"

小康子担心地问："张垜爷，三掌柜的他……"张垜爷叹了口气说："唉，就看他的福分了。也算他有造化，就扎了一个眼儿，要是身上再扎两个窟窿，那神仙也没辙了，咱就得给他料理后事了。这阱啊，是专门对付老虎的。猎户怕老虎在阱里折腾，钎子上都挂了毒；为了要留张好虎皮，钎子戳得少，也细……"

这时，伙计领马瞎子走进屋来。马瞎子挟着一个包，进屋便摘下眼镜在棉袍上擦起来。张垜爷说："瞎子，你快点儿，别磨蹭了！"马瞎子说："急啥呀？有你张咕咚在，还能出啥事儿咋的？"马瞎子戴上眼镜，走近躺在炕上的传杰。张垜爷举着油灯给他照亮。

马瞎子看了看传杰的伤腿，又从带来的包里取出药粉，撒在伤口上。马瞎子说："把腰带解开吧。"小康子忙解开勒在传杰大腿上的腰带。马瞎子又取出一贴膏药，在灯罩上烤了烤，贴在传杰的伤口上。马瞎子说："好了，给他盖上被吧。"小康子问："先生，这？这就好了？"马瞎子说："我这三贴膏药贴完，他就是好人一个。"他从包里拿出两贴膏药，递给小康子说，"还有两贴，明后天这个时辰再贴。"

小康子接过药说："谢谢了，马先生。"马瞎子说："别谢我。这一准儿是张垜爷处理过了，毒性不大了，要不，就是华佗再世也难从阎王殿里把他拉回来。"

小康子说："马先生，多少钱哪？"马瞎子说："啥钱不钱的。看张垜爷的面子，我分文不取。"张垜爷说："少扯！我可不欠你的情！"马瞎子诡谲地笑了笑说："你送我到大门口，咱俩就两清了。"

张垜爷和马瞎子走到院门口。张垜爷说："有屁快放，有话快说！"马瞎子嘿嘿一笑说："还是那个事儿，你把你那治感冒发烧的药方子给我。"张垜爷说："我就知道你，横草不过！还是那话：门儿都没有！"马瞎子说："张咕咚，这可是你不讲交情了，我是为了你才救他一命。"张垜爷说："救了吗？他还迷糊呢！"马瞎子说："我保他子时一过，立马还阳过来。"张垛爷打马瞎子一拳说："你真他妈的不是东西！好吧，我就破了祖宗的规矩，把方子给你。我就叨咕一遍，你可要记好了。"马瞎子说："你叨咕吧。"

太阳刚刚升起，马帮迎着太阳走去。朱传杰和张垛爷走在马帮的前头。传杰说："张垛爷，你救了我一命，这救命之恩……"张垛爷说："又来了！屁骚拉蛋的，说这些干啥！"传杰说："我是真心的。"张垛爷说："这话也得两下说，你也是我半辈子见到的最仁义的东家——俩好轧一好嘛。"传杰说："爷儿们，这辈子，我算跟你交定了！"张垛爷说："交吧。我这人可有个外号：张咕咚——坏着呢！"

赶垛子的伙计们唱起走垛子人的歌：

小崽子等着吃饱饭哪，
苦啊乐啊两脚蹚。
小崽子等着吃饱饭哪，
媳妇儿等着花衣裳，
老爹老娘跷脚望，
等俺给他盖间大瓦房……

潘五爷和潘老大走进堆积着货物的潘家货栈库房。潘五爷说："这货咋还没倒腾出去呀？"潘老大说："糟透了！卖不动啊！"潘五爷说："咋回事儿？"潘老大说："妈的！被老朱家抢了先！他家老三，前十天倒回一批货，全出手了！"

潘五爷眉头紧蹙说："姓朱的还真挡我的道了！"潘老大说："爹，这货咋整？"

潘五爷说："咋整？咋也不能烂在手里，压价出去！"潘老大说："那咱不赔了吗？"潘五爷说："赔？这得算在他朱家的账上！"

有钱能使鬼推磨，有钱能使狱放人。镇三江蹲了几天大狱，人又回到了二龙山，土匪们大摆筵席给镇三江接风洗尘。

镇三江和鲜儿挨桌敬酒。老四举杯说："大掌柜的，你是大难不死，必有后福哇！"镇三江大笑道："那是！咱都有福！都有福！来，都干了！"一土匪一边为镇三江倒酒，一边说："大掌柜的，你被抓起来，可把咱二掌柜的急坏了，差点儿起绺子劫大牢。"

镇三江问鲜儿说："你这么干，那不把我多年的家当踢蹬了？"一土匪说："她都去哈尔滨拉线踩盘子啦！"鲜儿说："我听说，你在大牢里还挺受用。"大掌柜说："那可不，天天好酒好菜地供着。"鲜儿说："真邪了门儿了，按说，你那是死罪呀！"

镇三江说："是邪门儿，开头说要砍我的脑袋，那砍就砍呗，我等着；可没几天，又没动静了，好吃好喝地就侍候上了；这不，牢门一开，说放又放了，屁事儿没有了。到现在我还闹不明白呢。"一土匪举起酒碗说："大掌柜的，你这是福大命大造化大！来，干了！"

鲜儿说："你不是说去给我买点生日礼物吗？怎么抢老毛子去了？"镇三江说："不抢他们抢谁？谁叫他们抢咱中国呢？再说，别人有那些洋玩意儿吗？金勺银碗，还有镶着宝石翡翠的首饰，给你当寿礼再好不过了！"鲜儿说："都叫老毛子搜回去了？"镇三江说："哪能呢，到手的东西还能还给他们？他们追我的时候，我抽空把宝贝都埋在关帝庙的老槐树底下了。"一土匪说："哪天，咱起回来。"

镇三江说："还起啥呀，我送给了一家饭馆子，那个老掌柜的挺仁义，他管了我一顿好饭。"鲜儿说："你这是积德行善。老天爷盯着你呢，你能全身出来，还真应了那句老话：行好得好。"镇三江说："对！行好得好！"

军营围墙边，刘掌柜的儿子刘大宝从墙上跳了下来，还没站稳，就被赶过来的几个士兵按住了。刘大宝挣扎着说："放开我！放开我！我要找你们长官！"

传武走过来问："咋回事儿？"一士兵立正说："报告连长，抓了个探子！"刘大宝说："我不是探子！我要当兵！"传武上下打量一下刘大宝，示意士兵松开他。刘大宝对传武说："长官，收下我吧！"

刘大宝跟传武走进军营，朱传武坐下，刘大宝也在他对面坐下了。传武一拍桌子说："站起来！"刘大宝忙站了起来。传武说："连点儿规矩都不懂！记着，长官没让你坐，你就不能坐。"刘大宝喜形于色："长官，你留下我了？"传武说："你要当兵？咋不到招兵站去呀？"刘大宝说："他们不要我。"传武说："为啥？"刘大宝说："他们说我岁数小。"传武问："你多大了？"刘大宝说："十八！"

传武说："十八？不对吧？我看你顶多十六。"刘大宝说："就是十八嘛！"

传武说："家是哪儿的？"刘大宝说："那可远了。"传武说："远是哪儿呀？"刘大宝说："双鸭山。"传武说："双鸭山？家里都啥人哪？"刘大宝说："啥人也没有了。"

传武又问："你叫啥？"刘大宝说："我，我叫刘根儿。"传武说："你认字不？"

刘大宝说："当然。"朱传武指着墙上贴的条例说："唔？你念念。"刘大宝顺顺当当念下来。

朱传武说："行啊，小子！好，我收下你了。你先到班里磕打磕打，你要是块料，半年后你刘根儿就跟着我！"刘大宝一挺胸脯说："是！"打这以后，刘大宝就成了刘根儿。

一家人正吃饭，朱传文端来一盘酱牛肉放桌上，说："咱家的酱牛肉卖不动，都说没啥味儿。咱吃了吧，再放两天该坏了。"传杰夹一块嚼了嚼说："是不好吃。"

朱开山说："我看你是吃洋性了，肉还不好吃？"那文夹一块放嘴里说："就是嘛，是肉就比青菜香！"

传杰说："大嫂，你那是没吃过真正的酱牛肉。有一回，小康子领我到他三姨夫家，他三姨夫做的那酱牛肉真绝了，那才香呢。这么说吧，我长这么大，还从来就没吃过那么好吃的酱牛肉呢！"那文说："真那么好吃？"夏玉书说："对，他也跟我说过，弄得我还直馋呢。"传文问："小康子的三姨夫住哪儿？"传杰说："城北呼兰。"

文他娘对秀儿使了个眼色说："秀儿，你尝尝这酱牛肉。"秀儿会意，放下筷子，捂着嘴跑出屋去。朱开山问："秀儿咋的啦？"文他娘说："你个当老公公的，别啥都打听。"夏玉书会意说："啊，二嫂她有了！"那文说："有了？她？不会吧？"文他娘说："她咋不会？就你会？"对朱开山说，"哎，上回老二回来，有两个月了吧？"朱开山说："嗯，差不离儿。"文他娘说："该是害喜的时候了。"

秀儿正在铺被褥。夏玉书笑眯眯地进来了，说："二嫂，恭喜呀！"秀儿说："啥喜不喜的。"玉书说："我真为你高兴。如今你有了二哥的孩子，二哥就是铁石心肠，对你的态度也该变一变了。他要是再冷淡你，不仅家里人不让他，街坊邻居们也不能让他。"秀儿说："好妹子，但愿是这么回事儿啊。"玉书说："当然是这么回事了！你要是生个大胖小子，二哥准能把你打板儿供起来。"秀儿脸上掠过一丝难言的表情。玉书说："哎，二嫂，那你咋跟大嫂说，二哥回来，你们俩连碰都没碰？"秀儿说："那，那咋说呀？"玉书说："就是呀，谁还能把被窝里的事儿都照实说出来呀？这个大嫂！"

玉书从秀儿的房间出来，那文从黑影里闪出来。玉书问："大嫂哇？你怎么鬼鬼祟祟的。"那文问："秀儿她真的有了身孕？"玉书说："这事儿还能假呀？"

那文说："不对呀，这么多年传武都没对秀儿动心思，怎么偏偏他回来一趟就有了？"玉书说："大嫂，你可真是的！人家有就有了呗，你瞎琢磨啥呀？"那文说："她可跟我说过，老二上回回来，连碰都没碰她。"玉书说："人家两口子的事儿，还能跟你实说呀？瞎操心！"

文他娘也出来数落那文说："老大家的，你真是操心不经老。秀儿怀了孩子，看你忙的，这打听那打听的，你想干啥呀？"那文说："娘，不是，我是担心……"

文他娘问："担心啥？"那文说："娘，上回老二回来，跟秀儿好像没那啥呀。"

文他娘说："你听谁说的？"那文说："我，我品出来的。"

文他娘说："啧啧，人家两口子被窝里的事儿，你咋就品出来了？"那文脸红了说："我……"文他娘说："我说老大家的，你是不是怀疑秀儿不正经啊？跟谁搞破鞋了？"那文连连摆手说："不！不是！"文他娘板着脸说："老大媳妇儿，三个妯娌你老大，可别把你王府里的毛病弄咱家来，里挑外撅地搅家不和。秀儿的事儿我全知道，你就别说用不着的了，也别乱琢磨！"

文他娘进了秀儿屋。秀儿说："娘，不能再装下去了。"文他娘说："咋不能装了？"秀儿说："大嫂老问我，我也不知道咋说。"文他娘说："别理她。刚才我把她呲儿了，她再也不会缠磨你了。娘这回可为你出气了！"秀儿说："娘，总有一天会露馅儿的。"文他娘说："不会，下一步娘都为你想好了。"

传文在切酱牛肉，那文和秀儿在装盘。自打上回传杰说小康子三姨夫的手艺好，传文就留了心，让小康子领着自己登门学了艺，回来便在山东饭馆里打出一道新招牌菜——酱牛肉。那文随手拿起一片塞到嘴里。秀儿说："你都吃多少了？还吃！"那文说："真香。"又拿起一片递给秀儿说，"你也吃一块。"秀儿刚一张口，猛地想起自己要假装怀孕，便作势恶心起来，推开那文，跑出屋去。那文喃喃自语："莫非真怀上了……"

跑堂伙计进来说："掌柜的，又有人要酱牛肉。"那文拿起一盘递给伙计。伙计说："两盘。"那文又递给他一盘。那文说："先生，这牛肉你是怎么做的？

味道可是真美！"传文说："你当我是一般的人吗？"那文说："你又要吹乎，不就是跟小康子的三姨夫学了点本事吗？"

传文说："你呀，也就说对了一半。我把小康子他三姨夫的手艺又改造了，又加上了咱鲁菜的咸口儿和鲜口儿！"那文说："我给它起个名儿吧，就叫'朱记酱牛肉'！"传文说："好，就叫这个名了！"

菜馆里顾客盈门。潘老大溜进屋来。传文笑着迎上去说："潘大哥，今儿咋这么闲着？来，坐，坐。"潘老大坐下，传文为他倒了茶。潘老大说："生意挺红火呀！"传杰说："托您的福，还凑合。大哥，您想吃点儿啥？我请客。"潘老大说："听说你家的酱牛肉挺地道，给我来二斤，我要拿回去孝敬孝敬老爷子。"

传文说："啥二斤三斤的。"他交代跑堂伙计说，"去包一大块酱牛肉来。"

潘老大说："这账我可得先赊着。"传文说："大哥，你这是打我的脸呢！还赊什么呀？算我孝敬你家老爷子了。"

传文送潘老大到店门口，看他哼着小曲走远，心里憋得难受，暗骂不已。

正要回店，见两个人推着两辆独轮车走来，车上放着大肉块。许是瞅见饭店铺门上的招牌，两人蹲在门口喊起来："牛肉！新宰的牛肉！""贱卖啦！十个大子儿一斤！"传文走到车前细细看着，问："你这是牛肉吗？"

卖肉的一个说："看您说的，我家的大黄牛，腿折了，干不了活了，没法子，我只好把它杀了。"传文笑笑，低声道："你唬老赶吧？这是马肉！"另一个忙道："掌柜的，好眼力。实话说，这真是马肉。怎么样？包了，五个大子儿给你。"

朱传文寻思了一下，又看看四周，悄声说："好吧，抬后厨去。"

第二天大中午，山东菜馆里，葛掌柜、于掌柜和几个人围坐一桌，桌上摆了几盘酱牛肉。葛掌柜使了个眼色，于掌柜把肉一口吐在地上，冲跑堂伙计喊道："小二！你过来！"跑堂伙计急忙过来说："掌柜的，有啥吩咐？"于掌柜说："这是啥肉？"伙计说："牛肉哇！"于掌柜说："你他妈的眼睛瞎呀！"

于掌柜把一盘肉摔到跑堂伙计的脸上。饭店其他食客都往这看。传文从后厨跑过来，说："几位，消消火，消消火。有话好说，有话好说。"葛掌柜说："你拿马肉当牛肉卖，太缺德了吧！"朱传文赔着笑脸说："马肉？哪能呢？"于掌柜说："你糊弄鬼呢？老子还分不出马肉牛肉？"两个人从后厨拎来几块还没有加工好的生马肉，摔在一张桌子上，冲饭店里的食客嚷嚷道："看，真是马肉！"

葛掌柜说："姓朱的，这回你还说啥？用不用找人把这肉验验哪？"朱传文讷讷说："这……也许是上货时看走了眼，请海涵。"于掌柜说："海涵个屁！你开馆子还分不清牛肉马肉？你就是良心没放正，根本就不是正经的生意人！"

同桌一人说："你他妈的挂羊头卖狗肉！"一脚踢了凳子。接着仿佛约好了放炮仗似的，噼里啪啦，朱家饭店的大堂被砸了个稀烂。

砸完之后，于掌柜率人扬长而去，别的食客也趁乱溜之大吉，只余店里一片狼藉。传文抱头蹲在地上呜呜直哭。朱开山四下看了看，走到朱传文跟前，问："你真的连马肉和牛肉都看不真吗？"传文吭哧了半天，说："我……我是图希价钱便宜，才买下了。"朱开山长叹一声说："你个糊涂虫，开买卖做生意，是价钱紧要，还是声誉紧要？没有了声誉，你就是投进去金山银山也没有人和你做生意了！实诚，实诚才是做生意的根本啊。这回好，满大街都在说咱家骗人！说咱山东人骗人！"

传文哽咽道："爹，全怪我，是我把咱家菜馆的牌子砸了……"朱开山说："人家找地方下蛆呢，你就给人家留缝儿！哭啥呀？明天你跟着我，挨家挨户去赔礼道歉，向全大街的街坊邻居认错。"

杂货店的刘掌柜走进来，说："老掌柜的，还为马肉的事儿发火哪？"朱开山说："唉，这小子他不争气呀！"刘掌柜说："老掌柜的，其实这事儿也不全怨你家少爷。今天不出这马肉的事儿，明天也得出驴肉、狗肉的事儿。有潘五爷那个霸王在，啥好事儿都能给你搅了。"朱开山说："你是说，这又是姓潘的使的扣儿？"刘掌柜说："除了他还有谁？当年，我家买卖做的也是很大呀，可如今我只能开个杂货铺糊口。为啥呀？就因为姓潘的使坏，俺家全栽在他手里了。"朱开山说："你慢点儿说，把它说详细了。"

刘掌柜说："这话说起来，那是十年前了。那时，在这条街上，俺老刘家也算有一号了，开着客栈、饭庄，还有一家金店，就在那边十字路口，现在是潘侉子的绸缎庄了——那可是个好地界呀！姓潘的看俺家生意好，他眼红啊，就勾结胡子，砸了俺家的客栈、饭庄，抢了金店，洗劫一空啊！这还不算，他又串通官府，把我爹送进了大牢。俺家就这么败下去了。我爹从牢狱出来，大病了一场，死的时候都没闭上眼睛……"

朱开山咬着牙骨，强抑着火气说："都是闯关东来了，做那么绝干啥？"刘掌柜已是鼻涕一把泪一把，握了朱开山的手说："老掌柜的，不说别的，就看在你我都是山东人的份儿上，你也要拿出点当年的威风给山东人出气呀……"

潘五爷和葛掌柜在下象棋，旁边坐着于掌柜。于掌柜说："昨天砸得真是痛快！解气！这回，姓朱的该知道马王爷长几只眼了！"葛掌柜说："五爷这步棋高哇，在这条街上，山东菜馆算是臭名远扬了。"潘五爷一笑说："我这只是小试牛刀。"

潘五奶说："你们哪，成天就琢磨这儿挖个坑，那儿下个套儿，消停过日子不行啊？"葛掌柜说："老嫂子，这做生意就跟打仗一样，消停不了！"于掌柜说："是啊，你想消停就得受欺负。"潘老大走进屋来，坏笑着说："爹，姓朱的挨家挨户磕头作揖整了一上午，马上要到咱家了。"葛掌柜说："哈！他这回也瘪茄子了！"潘五爷说："他这是想挽回名声啊！"潘老大说："我去把大门关上。"

潘五爷站起身说："不，我去大门口恭候。"

潘五爷和潘老大站在台阶上，朱开山和传文走进来。朱开山抱拳说："老哥！兄弟赔罪来了。"潘五爷说："兄弟，哪儿的话呀！孩子年轻，经事少，牛肉马肉的，就兴弄差了。请——"笑着把朱家父子请进门。

进了屋，朱开山见于掌柜和葛掌柜也在，冲二人抱拳说："于掌柜、葛掌柜，我正想到府上答谢二位呢。多谢你们教训犬子。"潘五爷说："你们俩也是，有事儿说事儿，干吗砸人家的馆子？"朱开山说："砸得对！砸得好！不砸他不长记性！下回出这种事儿，你们还去砸，连房子一块儿砸！"又训斥传文道，"做生意哪能见利忘义呀！这叫啥？叫缺德，缺八辈子德！"

潘五爷说："兄弟，跟孩子发什么火呀！坐，喝茶！"朱开山坐下，潘五爷为他倒了茶。朱开山说："你说这小子，错了他还不认头，说啥，中了人家的圈套。啥圈套哇？你要是不贪心，心眼儿放正，啥圈套能套上你呀？就好比这下象棋，你贪吃子儿，肯定人家会将死你！"

潘五爷说："兄弟，你会下棋？"朱开山说："凑合能走两步。"潘五爷说："来，老哥我陪你下两盘，消消火气。"说着摆了棋子。

于掌柜和葛掌柜在旁边看着。潘五爷说："兄弟，你该告诉你那少的，做生意就好比这下象棋，不懂得马走日、相走田的规矩，那谁还再稀得和他下？那是臭棋篓子一个，就像个浑身沾满了牛粪的主儿，顶风能臭出去五里地。"

朱开山说："我跟他说了。他还不服呢，跟我梗梗脖子。我说，你别像个娘儿们似的，错就认，就改。为人处事要正大光明。老哥，你说我这话对吧？"

潘五爷说："那是，那是。"

朱开山说："老哥，你说，跟你下棋的人，动不动就偷棋摸子，你心里烦不烦？我就烦。暗地里头下绊子，不是大老爷儿们的作为。这种老爷儿们头上该扎上女人的簪，脚下该穿上女人的绣花鞋。"潘五爷说："下棋就是动心劲儿，你心劲儿不行，那就得认输。"朱开山说："老哥这话对。我心劲儿就不行。"朱开山走了一步马。

于掌柜说："哎，别马腿儿！"朱开山一笑说："你看看，坏了规矩了。这棋里头，我最不会走马，说不定哪步就别了腿儿了。我最喜欢车，直来直去。"潘五爷说："十六个子都用得好，才是高手。"朱开山说："所以呀，有时我就想，千万别跟生人下棋，坐到棋盘前的人，手里都有十六个子，你知道他是哪路高人？谁也别把谁看成烂地瓜，任你踩，任你踹。他剩一个卒子，就兴把你拱死了！这就叫真人不露面，露面不真人！"潘五爷听罢，哈哈大笑道："好！兄弟，你把棋道中的事情说得真是好听，像是说书唱戏的词儿。"

第二十四章

镇三江和鲜儿走下山坡，鲜儿说："粮台（负责后勤的）说了，咱可没多少银子了。"镇三江说："是啊，粮草该买了，弟兄们也得往家里送钱了。"鲜儿说："不砸个窑这日子就吃紧了。"大掌柜说："是啊。砸谁呢？"鲜儿说："我已经派人下山去高家房子踩盘子了。"镇三江说："砸那个高大户？"鲜儿说："他早就该砸了！都六七十岁的人了，为保条狗命，一年四季雇奶妈子喂养他，恶不恶心人！哪年为收租子他不逼死几口子？高家房子的人都叫他'高阎王'！"一个土匪跑过来说："大掌柜，二掌柜，高家房子的线头子回来了！"

镇三江、鲜儿和几个小头目回到二龙厅里，听线头子汇报。线头子说："下月初三，是高老爷子七十大寿的正日子。他的几个儿子要大操办，高家大院现在就忙活开了。"鲜儿说："下月初三？还有八天。"镇三江乐了，说："想啥来啥！这可真是天赐良机！把高大户家抢了，不说别的，就那些给高老爷子拍马溜须的人，他们送的祝寿礼物，就够咱山寨的弟兄们舒舒坦坦地猫个冬了。"

老四说："这高大户家可是个硬窑啊，他家深宅大院，四周都有炮楼子，那些给他看家护院的，个个都是指哪打哪的好炮手。"一土匪附和道："是啊，要硬干，怕是不那么容易，说不定还要搭上几个弟兄。"鲜儿想了想说："当家的，我倒有个主意，不知当说不当说？"镇三江说："都是自家弟兄，你还闹这些弯转干啥呀？快说吧。"鲜儿对镇三江耳语几句。

镇三江笑了说："妙，妙！二掌柜的，你就是咱们二龙山的智多星！砸这个窑，就你指挥了！"鲜儿说："不过，咱得先礼后兵。"镇三江说："对，先礼后兵！先给他家下个帖子，他要依了咱们，咱就省事了！"他喊一土匪，"翻垛的（文书、军师），给高家去个信儿。"翻垛的拿着纸笔过来。镇三江对翻垛的说："我说，你写！"

青砖黑瓦的高家大院，高高的围墙上矗立着炮楼。老四扮成一个乞丐，走近大门。他四处看看，掏出一把匕首，投向大门。匕首扎在大门上，颤动着。匕首上还插有一封信，信封上写：高大老爷亲启，镇三江拜上。高家管家看见扎在门上的匕首和信，吓了一跳，战战兢兢地拔下来。他一看信封，脸都白了，向院里跑去。

高家少东家拆开了那封信，读道："高老爷子，在下先给您拜寿了。今去信不为别事，只因小寨粮草不足，弟兄们也缺零花钱，想跟您借圆两千。高家是咱这一带有名的大财主，想这两千块大洋会如数借我。我先谢了。三天内等您的回音。镇三江。"

少东家撕了信说："做梦！两千？两个子儿我都不会给他！"管家说："少东家，镇三江手可挺黑呀！"少东家说："他手黑，我养那些炮手也不是吃素的！我就不信他镇三江能打进我高家大院！告诉那些炮手，都给我打足了精神！"

几日后，高家宽敞的院子里搭起了一座戏台。戏台两侧挂着大副对联，上联：三千朱履随南极金鸠作杖；下联：七十霞觞进北堂银鹤添筹。院子里乱纷纷的全是人，四方来贺寿的人，家人奔来跑去地张罗着事情；戏班子乐队走到台右就座。

高家大少爷正在墙头上向几个炮手吩咐着什么。大少爷说："胡子就好在这样的日子下山抢劫，都长点儿精神，别光顾着看热闹。"一炮手说："放心吧，少东家，胡子们那两根破枪烂棍，插上翅膀也打不进咱这深宅大院。"大少爷说："那好，等风头过去，老爷有赏。"

老态龙钟的高老爷子在儿孙的搀扶下出来，人们客气地向高老爷子祝贺说：

"祝您老寿比南山，福如东海。""老爷子，你能活一百岁呀！""七秩大寿，凡人莫比哟！"高老爷子问："咋还不开戏呀？"管家说："老爷，就等您说话啦！"

人们簇拥着高老爷子坐到桌旁。高老爷子说："开吧！开吧！"高家大少爷喊说："把大门关了！"家丁关上了大门。高家大少爷又冲台上喊道："开戏吧！"锣鼓响了，开戏了。

几段唱过，班主走上戏台，又是鞠躬，又是作揖。班主说："今天是高老爷子的七十大寿。为了给他老人家添喜增寿，小班子临时加一段单出头《大西厢》。"

下面的人议论开来说："怪了，《大西厢》从来都是两个人的戏，咋来了个单出头呢？""是啊，新鲜！看他单出头咋唱《大西厢》。"锣鼓点响了。俏丽的鲜儿扮成崔莺莺山环水旋般款款而上，一开口如燕啼莺啭，台下一片叫好声。

一轮明月呀照西厢，

二八佳人巧梳妆，

三请张生来赴宴，

四顾无人跳粉墙，

五更夫人知道了，

六花板拷打莺莺审问红娘，

七夕胆大佳期会，

八宝厅前降夜香……

唱着唱着，鲜儿一抬手，藏在宽大的衣袖里的匣子枪响了，院子一角的炮楼上，有一炮手应声而倒。台下的人还没醒过腔来，她又一抬手，另一座炮楼上的一个炮手也倒了。台下顿时大乱。

戏班子的人打开大门，镇三江带着众多兄弟一拥而进，冲向四下里的炮楼子。枪声响处，又有高家炮手倒地。镇三江说："都别不识好歹！谁敢动弹一下就打死谁！"顿时，高家大院，鬼哭狼嚎。鲜儿亮出匣子枪，向天放了两枪，大喊一声说："都别动！"

鲜儿的枪声和喊声镇住了满院子的老老少少。鲜儿说："都老实待着！谁动谁就是血葫芦。本奶奶报号三江红！带人上了炮楼的，是俺当家的，他也有一号：镇三江。"院墙上站着镇三江，双手持枪说："对！俺就是镇三江，今儿个特意给高老爷子拜寿来了！"

鲜儿说："前些日子，俺当家的给你们下过帖子，想跟你们高家借两千块大洋，可你们不理不睬，连个话都不回，真不够朋友！俺们只好自己上门来取了。俺也不白取，由我三江红给高老爷子唱戏贺寿——这寿礼也不薄了。只要大伙儿懂事儿，肯赏脸，俺们绝不添乱。高老爷子，您答应吗？"高老爷子吓得眼都不敢睁开，只一个劲儿地点头。鲜儿笑了笑说："那好，咱就接着唱。"对乐队说，"伙计们，起家伙！"

锣鼓点又起，鲜儿竟挥舞着匣子枪又开唱了：

张君瑞夜差他人请白马，
白马将军带人马下山冈。
长枪逼走孙飞虎，
孙飞虎抵挡不住归西凉……

土匪们持枪对着高家的人，院子里的人都已战战兢兢，服服帖帖。土匪们大包小裹地往院外搬东西。镇三江冲台上仍在唱的鲜儿喊道："利索啦！上道（出发）吧！"鲜儿大喊一声说："扯乎（撤）！"跳下戏台。

土匪的马队狂奔而去。镇三江和鲜儿抖缰策马。镇三江说："这个窑砸得痛快！一个兄弟没伤，抢了足有四千块大洋的货，还有十七条快枪，八支短枪，一千多发子弹。太肥了！"鲜儿说："我担心，砸得动静这么大，官家不会放过我们。"镇三江说："那就让他们来吧！我就怕咱二龙山不热闹呢！"

山东饭店一大清早开门，门口就围了一群叫花子，传文怎么驱赶也不走，眼见到了中午上客的时候，传文没招了，把朱开山叫出来。朱开山问明白了出了店门，大声地说："传文啊，赶快招呼大家伙坐下！没想到，没想到，朱家开了这么个小店，竟然天下的老老少少都来捧场！"这些脏兮兮、臭烘烘的叫花子，也不客气，一听招呼进店找桌子大大咧咧坐下。朱开山招呼跑堂的说："快！上酒，上菜。"

一个乞丐敲着哈拉巴唱数来宝：

老掌柜的会说话，

客客气气咱坐下。

快上酒，快上菜，

这个掌柜真不赖……

　　好酒好菜上了桌，叫花子们大吃二喝。朱开山问那个唱数来宝的叫花子说："请问先生，你贵姓啊？"那叫花子说："贫贱之人，无有姓名。"朱开山又问道："家不像是这条街上的？"叫花子说："浪迹天涯没有家。"朱开山笑笑，也不再问，起身挨桌给叫花子们敬酒去了。

　　朱开山说："三老四少，你们来我这儿，咱就是缘分，别见外，吃好喝好。说实在的，我当年来到这关东山，也跟你们一样——还不如你们呢，要饭都找不着地界。看见你们，我就想起当年的我了。都不易呀，来，我敬大家一杯！"

　　朱开山喝干了碗中的酒。一个长了些年岁的老叫花子上下打量朱开山。朱开山觉得奇怪，问："兄弟，你不信我的话？"老叫花子说："我信。"他喝光了自己碗中的酒，又对众叫花子说，"冲老掌柜的这番话，小的们，都干了！"众叫花子也都干了各自的酒。

　　老叫花子问："老掌柜的，你得罪啥人了？"朱开山说："兄弟，这话怎讲啊？"

　　老叫花子说："有人叫俺们上你这儿来闹事儿。"朱开山说："为个啥呀？"老叫花子说："人家说你们家这馆子挂羊头卖狗肉，欺行霸市，叫别人都没法儿做生意了。"

　　朱开山笑了说："兄弟，你信吗？我想，兄弟你在江湖上闯荡也不是一天半天了，街面上的事儿你也明白。人嘴两层皮，说啥的没有哇？嘴长在人家身上，由他们说去吧。不管他，来，咱们再干一碗。"老叫花子站起身说："不，今儿个我还就要管一管了！"他走到那个唱数来宝的跟前，说："哎，兄弟，我觉着你说的不是那么回事儿呀？"唱数来宝的说："咋不是那么回事儿了？"老叫花子说："我看他家的人挺厚道，挺仁义。"唱数来宝的说："那都是假装的！"老叫花子说："你咋知道是假装的？你跟他家熟吗？"唱数来宝的说："不熟……"

　　老叫花子"叭"地一拍桌子说："那你凭啥说人家这也不是，那也不是？"

　　唱数来宝的一时语塞。老叫花子说："告诉你，别看我们是要饭的，要饭的也长着眼睛，也有良心！丧良心的事情，留着你自己做吧！"

唱数来宝的说："你们……这是你们自己愿意来的，干我什么事儿！我不明白你们说的啥，我啥也不知道。"朱开山说："老少爷儿们，他也许是受了别人的蒙骗。来，咱接着喝。"老叫花子说："老掌柜的，今儿我们冒失了，对不住您。"又对众叫花子说，"小的们，别给咱脸不要脸，走吧！"朱开山说："别呀，别走哇，聚一起就是朋友嘛……"

朱开山送走众乞丐，又把那个唱数来宝的扶进包间。朱开山说："去，弄碗醒酒汤来。"传文应声去了。那文说："这个要饭花子，咋这么歪呢？"朱开山说："啥歪呀，也是个可怜人。老大家的，你找身好衣服给他换上。"那文走了。

秀儿说："爹，他这么作践咱家，还管他干啥？"朱开山说："唉，人哪，活着都不易，他也是身不由己呀。"唱数来宝的伏在桌上，悄悄睁开眼睛。传文端来醒酒汤，送到叫花子嘴边，说："来，兄弟，把这汤喝了。喝了就好了。"

唱数来宝的把那汤喝了。那文拿来一身衣裳，要给他换上，他却一把推开。唱数来宝的说："老掌柜的，俺压根儿就不是啥要饭的！"朱开山说："我早看出来了，你满口的文词，准是个识文断字、知书达理的人。你来我家，肯定有缘由。你放心，我不怪你。"

唱数来宝的说："我后悔，我听了潘五爷的一面之词，来这里耍光棍儿，丢人现眼哪，我都不如那些真叫花子……"传文问："你是潘五爷打发来的？"

唱数来宝的说："我是潘五爷的一个远房亲戚，我也有自己的一爿店铺。听潘五爷说，你朱开山专和热河人作对，我就动了来这里和你叫板的念头。可我看出你们家仁义，讲理……老掌柜的、少掌柜的，大人不计小人过，千万别跟我一般见识。"

朱开山说："哪儿的话呀，我还得谢谢潘五爷呢，没有他，我也无缘结交你这个朋友哇。"唱数来宝的起身要走说："对不住了。"朱开山说："兄弟，你能行？"

唱数来宝的说："没事儿，这点儿酒……"他突然想起件事来说，"哎，对了，那潘五爷不是当初拿爆炒活鸡难为你们吗？我告诉你们，他潘五爷也是听我说有那么道菜。"

传文赶忙问道："真有这道菜？"唱数来宝的说："有，确实有。"传文又问："你会做？"唱数来宝的说："我也只是晓得个大概：就是抓来活鸡，给它灌上盅老白干，趁它迷糊了，放血，褪毛，剁成块。临下锅，那鸡翅膀还呼扇呢。"

高家少东家坐在官府的沙发上，桌边的一个官员一脸的无奈。高少东家说："您是我们的父母官哪，土匪肆无忌惮，光天化日之下，竟敢抢劫无辜，也不知大人您作如何想，又将如何对待？"官员说："这土匪，是太猖獗了！"高少东家说："家父突遭惊吓，一命驾鹤；家财近万，尽数归匪。如此下去，何谈清平？吴俊升督军若知此事，想也不会安枕吧？"官员说："少东家，我一定报告上峰，为令尊报仇！"高少东家说："家父之死固然可悲，家产损失，固然可惜，桑梓涂炭，民怨沸腾，岂容熟视无睹！"官员说："妈了个巴子的，匪患不除，民无宁日呀！我马上报告省里，请派军队剿匪。"

朱家一家人在吃晚饭。夏玉书说："我在学校里听说，官家派一个营的兵力去二龙山剿匪，结果被胡子打败了，死伤了十多个人。"朱开山说："这胡子也太邪乎了，竟敢跟官军对阵！"玉书说："听说胡子里头，有个领头儿的还是个女的。"文他娘说："女的？那群胡子多生性啊，能听一个女的？"传文端来一盘鸡块，放到桌上。自打马肉充牛肉，差点毁了招牌，传文心里憋着劲儿要补回面子来。听了唱数来宝的的话，自己抽空就琢磨爆炒活鸡，拉着全家做实验，弄得朱家人一见鸡肉就害怕。

传杰说："大哥，又是那爆炒活鸡？"传文说："对，都尝尝，尝尝。"

传杰说："快拉倒吧！上回我反胃好几天。"传文说："上回是上回，这回，味儿准不一样。"见谁也不动筷子，朱开山当爹的吃了一块，面露喜色。

传杰说："爹，你别诳人啊！"文他娘也吃一块说："嗯，好吃！秀儿，你也吃一块。"秀儿吃一块，连连点头。玉书问秀儿说："真好吃？"秀儿说："你尝尝啊。"那文问："老二家的，你不恶心了？"秀儿说："它好吃呀。"文他娘说："秀儿有身子，吃鸡大补！秀儿，吃！"那文冲婆婆翻了翻眼睛。

传文说："没这把握，我还敢端上来吗？"朱开山说："都吃呀！老大还真把这爆炒活鸡鼓捣出来了。"几个人这才夹了鸡块，小口呷摸着。那文那块刚一入口，她便惊叫道："哎呀！真是那味儿呀！比王府的厨子还香呢！俺再给菜起个名吧，叫鲁味活凤凰，鸡肉有凤凰味呢。"全家叫好。

秀儿吃了饭，收拾了碗筷，回了自己房。文他娘手里拿一个小枕头跟进来。秀儿赶紧把一件东西藏到身后。文他娘说："秀儿，藏什么呢？来，给娘看看。"

秀儿只好从身后拿出来，是一个小花肚兜。文他娘拿过来一看说："妈呀，真俊，这不是个肚兜吗？还是连生贵子的图样子呢！这是谁找你做的？"

秀儿脸红了说："俺给自个儿做的。"文他娘微微笑着说："穿了给传武看？"

秀儿点头说："娘，你说鲜儿姐已经有男人了，传武该掉过头喜欢俺了吧？"文他娘说："他早该喜欢你，疼你了！再加上这么个鲜亮的肚兜，他传武就是铁石心肠也该热乎热乎了！"秀儿轻轻笑了说："娘，看你说的。"

文他娘把小枕头递给秀儿说："给，秀儿，咱先把这出给唱了。"秀儿不解说："这是干什么呀？"文他娘说："傻闺女，你该显怀儿了。从明儿个起，你把它缠在肚子上，也不用再装恶心了。"秀儿拿着小枕头，看了看说："娘，装到啥时候是个头儿哇？"文他娘说："你就听我的吧。娘有办法。"

张垛爷抽着旱烟，传杰笑嘻嘻地蹲在他面前给他点烟。赶了一回垛，接了一场亲，上回回来，朱开山为感谢张垛爷对传杰的救命之恩，让传杰认他做了干爹。传杰说："干爹，我自己赶垛子走，你放心哪？"张垛爷说："我上回就跟你说过了，我再也不干了。"传杰说："干爹，我知道您岁数大了，赶垛子追风走尘的挺辛苦……"张垛爷说："我是怕辛苦吗？我怕把你带沟里去。"

传杰说："您再陪我一趟吧，就这一趟。干爹，您再教教我，我就能混个八九不离十，我就成垛爷了。"张垛爷说："你？和我一块儿走垛子的，也不下十几号人，能混个囫囵身的，也就我吧。这碗饭，不好吃。你说你们家，能过下日子就行了呗，为啥来回贩货呀！"传杰说："不贩货，我干啥去？"张垛爷说："干啥都比干这个强。"

传杰说："干爹，您真不跟我去？"张垛爷说："不去。"传杰说："好，那我自己去！"朱传杰起身要走。张垛爷看他一眼。传杰说："我可真走了！"张垛爷笑了说："我去也行，告诉你爹，再给我拿点儿亚布利烟。"

营长正和朱传武商谈剿匪的事。营长说："真他妈丢人！堂堂正规军一个营，连一二百的土匪都打不过，我这营长还挨了一枪！"传武说："营长，二龙山易守难攻，实在是不好打呀。"营长说："那就任由胡子逍遥法外？咱咋向上边交代呀？"传武说："依我说，咱不能强攻，只能智取。"营长说："智取？咋个智取法儿？"传武说："我听说镇三江极好喝酒，而且酒量过人，凡路过二龙山的酒商十个有九个被劫。咱就投其所好，扮作车老板子，拉几大坛子的好酒从二龙山下过，如果被劫，就正好随车上山，探明山上的情况，然后里应外合，打掉这伙绺子。"营长想了想说："试试看吧。这个车老板子，就是你来当了！"

一挂大车晃晃荡荡奔二龙山来了。辕马脖子上的铜铃铛寂寞地叮叮当当响着。赶车的正是朱传武，他扣了顶狗皮帽子，抱着根长鞭子，靠着车上的酒坛子。不仔细看，还真认不出他来。

他哼着小调：

一呀一更里有月牙，
月牙刚出来。
怀抱着金莲等秀才，
情郎哥你咋还不来？
哪里去吃酒？
哪里去打牌？
哪里贪恋人家女裙钗？……

道边有个挎着包袱的老太太，向传武招手。老太太说："嗨！嗨！老板子，别唱啦！"传武把大车停下。老太太说："大兄弟，捎个脚啊。"传武见她年岁挺大，衣着破旧，就说："上来吧。"老太太爬上车说："谢谢了，大兄弟。"传武说："别大兄弟了，看你，都赶上我奶奶了。"老太太问："大兄弟，你去啥地方啊？"朱传武说："往二龙山那面去。"老太太说："正好顺道，能陪你走一程子呢。我正要到孩子他舅舅家去。"传武说："听说二龙山这一带不太平，前些日子二龙山的胡子还抢了一个大户。头几天还把官军打跑了，够邪乎的。"老太太说："有胡子我老太太也不怕。"传武问："你咋就不怕呢？"老太太悄声地说："没看出来吗？俺就是个胡子！"

第二十五章

朱传武笑道："胡子要你这样的老太太干啥呀？他们缺娘了？你要是再年轻几岁嘛，兴许当个压寨夫人还行。"老太太说："压寨夫人咱不敢想。可是，胡子窝也像个家啊，也得有人养个鸡，喂个猪，做个饭，刷个碗啥的，俺老太太干这些营生不是正好吗？"传武看了看老太太，心里觉得有点儿蹊跷。

老太太抿嘴笑了说:"老板子,心里头突突了吧?"传武笑着说:"老奶奶,你还挺有意思的。"老太太说:"不说不笑不热闹,俺这把老骨头,咳嗽一声都能散架子,还能当胡子?老板子,问你个事儿,你明知道二龙山不太平,咋还敢往那边子去呀?"

传武说:"咳,东家派的差事,掉脑袋也得做啊,一大家子人还等我养活哪,就是刀山也得上啊。"不知什么时候后面又上来一挂大车,车上坐了几个汉子。

朱传武把自己的大车闪到一边,后面的大车超过了他。那辆车上的人喊道:"老板子,趁日头还高,赶紧走啊,天晚了,胡子们好劫道了。"传武说:"俺也想快点啊,没看见车上装着酒吗?走快了,怕坛子逛荡碎了啊。"老太太盯着传武瞅了半天,传武被瞅得有些发愣。

老太太说:"看着你,我想起个人来,你和他长得咋那么像呢!"传武说:"他是谁啊?"老太太:"不怕你笑话,他是俺年轻时候相好的。"朱传武说:"现在在哪儿啊?"瞅着将要落山的日头,老太太长叹一声说:"咳,他呀,早就死了……"

路两边长满树林,风吹过,飒飒地响。朱传武警觉起来,眼角不时朝道路两边的林子里扫着。老太太全都看在眼里,细声慢气地说:"其实啊,胡子们也不是妖魔鬼怪,更不愿和穷人们过不去,只要咱把他们要的东西留下,他们也不能太难为咱的。"

传武说:"你一个老太太啥都没带,胡子当然不会难为你了,我这可是拉了一车的好酒啊。酒要是没有了,回去东家还不扒了我的皮!"正说着,迎面一挂大车挡住了去路。传武定睛一看,正是刚才从自己身边过去的那挂大车,车上的几个汉子冲传武笑着。传武停下自己的大车。

那几条汉子正是二龙山的土匪,领头的是老四。他们跳下车,奔过来,掀开酒坛子闻了闻。一土匪高兴地说:"嗯,好酒,大当家的这回又要过年了。"

老四说:"老板子,这车马和酒我们留下了,你呢,想要命就赶紧掉头回去,不想要命呢,就跟我们上山。"传武急了说:"你们是干啥的,还讲不讲道理了?犯抢啊?"

那几个土匪大笑,朝老太太说:"二掌柜的,这小子不是没事儿摸老虎的腚眼子——找死吗!"传武一愣,仔细打量那老太太。那老太太正是鲜儿扮的,她喝道:"瞅啥?你不用瞅!你问我们是干啥的,我们还要问你是干啥的呢!"

传武说："我是赶车的……"鲜儿说："呸！你想蒙我？你根本不是车老板子，你是个当兵的！你把手伸出来！"

鲜儿抓过传武的右手，指着二拇指说："这上面的茧子是搂枪机搂出来的吧？"传武还要分辩，鲜儿招呼说："小的们，把他捆了！"几个土匪抓住传武，转眼间把他捆成了个大粽子。

老太太得意得哼起小调：

八员大将都是女子，
一扇一扇细打量：
头一扇大刀太太王怀女，
二一扇薛金莲撒豆成兵武艺高强，
三一扇杨金花校军场上夺过帅印，
四一扇李月英招夫后花园旁……

传武一听，这不是鲜儿喜欢唱的《大西厢》里的段子吗？声音像，连老太太的身段都和鲜儿般齐，除了那一张皱核桃脸。

传武也不知是怎么想的，居然也接她唱了两句：

五一扇穆桂英大破天门阵，
六一扇红月娥招夫对松关上……

老太太轻蔑地笑笑说："你个死到临头的人还有心思哼小曲。行，官军里也不都是怕死鬼。"传武说："喂，和你打听个人，行吗？"老太太说："咋不行呢。就凭你捎了我一道，我也得为你做点儿啥，要不也对不起你。"传武刚要开口，前面黑影里，传来镇三江的一声吆喝道："哎，上来的是二掌柜吗？"鲜儿笑着答应说："当家的，你鼻子可真尖哪，在山顶上就闻见酒味了吗？"镇三江带几个人从黑影里出来。镇三江笑着说："呵呵，你不老嫌乎我是个酒人儿吗？酒人儿就得生个酒鼻子。我说，官军的事儿探明白了？"

鲜儿说："你多余问。这还用说吗——人家二番又来了，都开到葫芦屯了，离咱这儿不足五十里地。"老四说："二掌柜还抓了个条子呢。"镇三江凑近传武，打量一番说："哼，方面大脸，浓眉大眼，还像是个当官儿的呢。"鲜儿问道："当家的，咱是先审问他呢，还是先喝一壶？"镇三江笑了说："当然是先喝上一壶了！大冷的天，咋也得叫俺二掌柜的喝点老酒，暖暖身子呀！"

土匪们大酒大肉，吆五喝六地闹腾着。鲜儿来给随他下山的土匪敬酒，说："各位弟兄，辛苦。"土匪们说："二掌柜的辛苦。"老四说："二掌柜的，你今天那么一捯饬，还真像个老太太，那小子愣没看出来，还叫你奶奶呢！"一土匪说："二掌柜的，你真是火眼金睛，一眼就看出他是条子派来拉线（侦察）的……"

牢里非常昏暗。传武仍被五花大绑，蜷在一堆草上。鲜儿进来问他说："哎，你刚才要和我打听个人儿，打听谁呀？"传武说："我要打听的是个女人，她老家是山东的。"鲜儿说："她姓啥叫啥？"传武说："她姓谭，小名叫鲜儿。"鲜儿吃了一惊，喊道："拿明子来！"一土匪举着松树明子进来，递给鲜儿。

鲜儿举着明子凑到传武跟前，一把摘下他的狗皮帽子，大惊得不由后退几步，"你是人，是鬼？"传武借着火光，也看出了鲜儿——果真是她，他日思夜想的她啊！传武说："你把左手抬起来。"鲜儿抬起左手，手腕子上露出一只银手镯，正是传武当年送给鲜儿的信物，传武眼泪涌出说："姐姐，我是传武啊！"鲜儿还是不敢相信眼前的事情，说："你不是死在水场子了吗？"传武忙摇头。

鲜儿把火把插到墙上，又对那个土匪说："去，弄个火盆来。"那个土匪应声退去。鲜儿给传武松开绳索说："那年，我顺着松花江边找你，有人告诉我，说你死了……"传武说："我被一个打鱼的救了，后来就去当了兵……"鲜儿眼中含泪说："该杀的老天爷，真能捉弄人。"传武说："姐姐，你怎么到了这二龙山？"

鲜儿露出一丝苦笑说："说了你也未必相信——埋了你的衣物，那也算给你立了个坟。自个儿也不知道该往哪儿去，就走啊，走啊，只想找个地方挣口饭吃。也是命里该着，又遇见了那个红头巾，在她那儿碰上了我们大掌柜的，就是镇三江。后来就跟他上了二龙山。唉！今儿个怎么就碰见了你呀！"

土匪送来火盆。鲜儿擦一下眼泪，背对土匪说："再弄点儿酒菜来。"土匪又应声退去。鲜儿说："那天有点事去哈尔滨，进咱家的菜馆了。"传武说："见到家里人了？"鲜儿说："都见到了，怕家里人知道我上山为了匪，也没敢多说什么就走了。对了，还看见秀儿了。你们过得还好？"

传武说："也说不上好，将就吧。"鲜儿说："孩子多大啦？"传武说："哪有孩子呀！"鲜儿说："为什么啊？"传武伤心地叹一声说："咳，姐姐啊，怎么跟你说呢？整天在枪子儿底下钻，心都木了。"鲜儿掩泣。

传武说："姐姐，你怎么了？"鲜儿说："多少年没人这样叫我姐姐了。"传武说："姐姐，咱们逃走吧！"鲜儿带着泪花笑了说："逃哪儿去？我在这儿过得挺好的，没有人嫌弃，没有人欺压，世上哪还有这样自在的地方啊！要走你走吧。趁现在没人，你赶紧逃走吧！"传武说："那可不行！我走了，你咋办哪？"

鲜儿说："我是二掌柜的，他们能把我怎么样？"传武说："可是我放心不下你啊，姐姐！"鲜儿笑笑说："姐姐不是当年的姐姐了，不用别人牵挂，自己也不牵挂什么人了。"说着眼圈又红了。这时，那个土匪端着酒菜进来了，后面还跟着镇三江。

镇三江说："二掌柜的，眼睛咋红了？"鲜儿说："叫火盆熏的。"她拿袄袖擦了下眼泪。镇三江指着传武问道："这位是哪路朋友啊？"鲜儿说："你说巧不巧？当家的，你猜我抓的这个条子是谁？"镇三江说："谁？"鲜儿说："他就是我和你说过的那个朱传武！"镇三江也有些惊异，看看朱传武，看看鲜儿，乐了。

镇三江说："般配！般配！我说怎么给这个条子又是火盆，又是好酒好菜的，闹了归齐，是见到老相好的了！这我可得离远点儿。"说着，镇三江就要出去。

鲜儿一把把他拽回来说："你往哪儿走？"镇三江说："我在这不好吧？怕是碍眼哪！"鲜儿搡他一把说："滚你个老勺子，胡嘞嘞些啥呀，也不怕弟兄们听见了笑话。"

镇三江笑着说："那好！不走咱就喝酒！"端起酒坛子，拍了拍说："兄弟，这是你带来的，不错，好酒！咋样，能对付几口吧？"传武指指碗说："来，满上！"鲜儿说："当家的，你怕是还喝不过他呢！"镇三江说："那更好啦！咱今儿个喝透了！"镇三江斟满三碗酒，说："按照俺们山上的规矩，咱得先干上三大碗。"传武说："好！干！"三人举起碗，一饮而尽。

镇三江说："哎，兄弟，你们来了多少人哪？"传武说："整整一个团。"镇三江说："才开来一个团哪！少了点儿，就是再加上两个团，要攻下我这二龙山，也是做大梦！"朱传武说："大掌柜，古往今来，营盘可比胡子窝牢靠。"镇三江说："古往今来，官家也没扫清过胡子。"鲜儿说："当家的，他，怎么处置呀？"镇三江说："你说呢？"鲜儿说："按咱的规矩，他可就没命了……"大掌柜说："啥规矩呀？放人！"

鲜儿不相信自己的耳朵，又问一句说："真的放了他？"镇三江呵呵笑着说："不看僧面还看佛面呢！你的老相好，咱能难为吗？"又转向传武说，"放你，兄弟我也得有个讲究。"传武说："到你这儿了，你爱咋讲究就咋讲究吧。"

镇三江给传武倒酒说："官军此番来是因为我们抢了高家大户吧？你上山来是要做个里应外合吧？"传武点头说："行，猜得挺准，是那么回事儿。"镇三江说："抢高家大户可是你这个姐姐领的头儿，她又是这二龙山二掌柜的，你还里应外合不？"传武一时语塞。

镇三江说："行，你一打奔儿，就看出你心里还有这个姐姐。我既要让你完成任务，还要保住我的山头，你信不信？"鲜儿说："当家的，你可别打哈哈。"

镇三江一笑道："我总共抢了高大户三大车财物，我返还他一大车，官府那面说得过去吧？他的任务也完成了吧？官军也该撤退了吧？我的山头自然也就保住了。说不定你朱传武还能连升三级呢！"三人大笑，又各饮下一大碗。

鲜儿、朱传武、镇三江来到山上。镇三江指画着说："看着没，那儿，不用多，我就三五个人一卡，你千八百人都上不来。"传武看去，只见无垠的山海林莽。镇三江说："这二龙山多美呀！你要是开春来，满山的花呀草的，香味儿直往你鼻孔里钻。这当胡子和居家过日子一样，啥啥你都得想周全了，啥啥你都得准备得体统。再让你开开眼！"镇三江走到一个角落，搬开一个石凳，用脚一踩机关，石板拉开，露出一个地道。

鲜儿说："当家的，你连这个都让他看哪？"镇三江说："朋友嘛！"他对传武说，"你们官军就是打上来，我们也早从这挠杠了！这儿，一直通到大沟里。"

他又踩一下机关，地道口合上了。镇三江说："走，再看看我的弟兄们是咋操练的。"

传武悄悄问鲜儿说："大掌柜说放我，可一直不提这个茬儿……"鲜儿说："让你多待几天还不好啊？"传武说："整天领我这看那看的，啥意思？"鲜儿说："他是个好显摆的人，就乐意听别人说他势力大，兵强马壮。"

一土匪跑到鲜儿身边说："二掌柜的，四爷在红草沟挣着（得手）了，让再去几个人搬东西。"鲜儿说："好，我领人去。"她又对朱传武说，"姐姐走了。"

传武说："你忙去吧。"鲜儿看一眼镇三江，镇三江仿若不知，只顾前行。

桌上摆满了各种菜肴，传武和镇三江端着大碗喝酒。旁边站着全副武装的两个土匪。传武说："大掌柜的，好几天了，该放我走了吧？"镇三江笑眯眯地看着传武说："我这么对待你，你还说走？好意思吗？"传武说："哎，你答应过的……"镇三江说："兄弟，你人品好，本事大，有胆有识，就留俺二龙山上算了，保你吃香的，喝辣的。"

传武说："你这可是扯笑了。我一个堂堂的军人，当胡子？落草为寇？你咋想的呢？"镇三江说："我想啊，我是大掌柜，鲜儿是二掌柜，你就是三掌柜，多好啊！"传武连连摇头。镇三江说："你不答应？"朱传武说："不答应。"

镇三江说："你不答应也晚了，谁叫你把我这山头的里里外外都看明白了。"

传武脸色变了说："你啥意思？"镇三江说："兄弟，我是好言相劝，你可别敬酒不吃吃罚酒。摆在你面前只有两条道儿，要么留下来跟我干，要么……"他做了个抹脖子的手势。传武把酒碗一下摔了说："你他妈的不讲信誉，出尔反尔！"几个土匪掏出枪来。

镇三江对土匪摆了下手说："去，给我兄弟再拿个碗来。"一个土匪送来一个碗，镇三江倒上酒说："既然如此，那按照咱山头的规矩，只好送兄弟你上路了。"传武说："看你像个汉子，原来你也是小人——无耻小人！狗都不如！"

镇三江也不生气说："你看你，我也觉得你是条汉子，可一听你这骂人话，你心眼儿也不大。干啥有干啥的规矩，你是官军的探子，你探明了我的窝子，我当然不能饶你了。来吧，喝酒。今天我多敬你几碗，也算我尽了兄弟一场的情义。"

传武说："好吧，喝！我这半辈子还真就没喝醉过，今天就他醉一回，也算了了份心愿。"传武一口喝干了酒，把空碗伸到镇三江面前。镇三江笑了说："哎，这就对了。"

鲜儿和一队土匪策马疾行。鲜儿突然勒一下马缰，马放慢了速度。鲜儿问身边的土匪："老四啥时候去的红草沟？"土匪说："一早吧？"鲜儿说："他去红草沟我咋不知道？"土匪说："许是走得太急了吧？没得工夫告诉你。"鲜儿勒住马说："不对！"她掉转马来，双腿夹一下马肚子。马如离弦之箭，飞奔而去。

传武喝得眼睛乜斜了，他站起身，晃了晃说："痛快！真他妈的痛快！终于喝了一回醉人的酒，这回死也不屈了。走吧，我该上路了，谢谢你这顿酒。"镇三江也醉了，他瘫在椅子上，努力睁开醉眼说："兄弟，你真不肯留下来吗？"

传武直着舌头说："是好爷儿们，谁当胡子？不留！死也不留！"镇三江垂下头，挥挥手嘟囔着说："送他上路吧。"几个土匪持枪进来，还有一个手里拎着鬼头刀。两个土匪上前将传武捆上，推着往外走。传武转过身含着泪，朝镇三江说："大掌柜，我求你件事儿，好好对待我姐姐，你要是对不起她，我的鬼魂也饶不了你。"镇三江也流泪了，嘱咐那几个土匪说："手头利索点儿，别叫他遭罪。"

土匪们押着朱传武站定。操刀土匪说："兄弟，不要怪我。人哪，早死晚死都是死，早死早托生。明年今天，兄弟我到你坟头给你烧纸。"操刀土匪举起刀来。

忽听背后传来鲜儿的喊声："住手——"鲜儿骑马飞来，马一声长嘶，停在朱传武身边。鲜儿跳下马来。朱传武说："姐姐，大掌柜言而无信！"鲜儿问操刀土匪："咋回事儿？"操刀土匪说："大掌柜有令，不能让他活着离开二龙山！"鲜儿对土匪们说："等着我跟他说两句话！"

鲜儿引着传武走出树林，说："你走吧。"传武拉住她说："姐姐，你跟我一块儿走吧。"鲜儿说："我是大掌柜的人，跟你走算咋回事儿？"传武说："你放了我，他们能饶了你吗？"鲜儿说："这就不用你管了！"传武说："姐姐……"

鲜儿怃然说："姐姐在山上已经待惯了，性情野了，心也野了，哪儿也去不了了——我也不想去。"

传武落寞而去，鲜儿无声地哭了起来。梦里想过千百回的相会没想到竟是这种结果。

鲜儿回了大厅，在门前背了两手，叫过一个喽啰捆了自己。镇三江已醒了酒，神色阴沉地看着自缚双手的鲜儿。

众土匪力劝说："大掌柜息怒，饶二掌柜的这回吧。""大掌柜，看在多年的情分上，放一马吧。""二掌柜是咱二龙山的有功之臣哪！"鲜儿说："谁放了条子，砍谁的头，这是道上多少年的规矩，不能因为我是二掌柜的，就把规矩给变了。不过，"她让一个匪徒摘了她手腕上的银镯子说，"当家的，这是传武给我的，我得先还了人家，回来，杀呀剐呀任由弟兄们处置。"

镇三江想了想说："你要是一去不复返了呢？金蝉脱壳，骗得了我吗？"鲜儿说："我是那样的人吗？要跑，我就跟他跑了！"镇三江又想了想说："这样吧，我成全你。只是得我替你去还！"他吩咐身边土匪说，"把二掌柜先看起来，等我从山下回来再说。我再会会他朱传武。老四啊，你跟我走一趟。"

朱家后院，急促的敲门声。朱传文披衣出来问："谁呀？"张垛爷的声音传来："快开门！"传文忙打开院门。张垛爷和马帮的伙计们抬进个人来。朱传文上去一看，竟是朱传杰！他浑身是血，奄奄一息。传文惊恐地叫道："老三——"

把传杰抬上炕，又叫了医生，全家人都是一副焦急神色。朱开山问张垛爷："这是咋回事儿呀？"

张垛爷说："我这辈子也没摊上过这种事儿呀！路过歇马岭的工夫，天外天的胡子就把货劫了。我咋跟他碰码（见面套近乎），他们也不上面。胡子头问谁叫朱传杰，三掌柜的就答应了。土匪们二话不说，连拳脚加棒子把三掌柜一顿乱揍。胡子头还要俺捎话回来，叫朱家往后在潘五爷跟前放顺从些……唉，这回我算是栽了！"

朱开山沉着脸说："这是人家铆上了，怪不得你！"

服了药，传杰昏沉睡去，玉书坐在床头寸步不离。朱开山靠墙坐着说："都看见了吧？人家下狠茬子了。都说说，往后咱的日子咋办？"一家人互相看看，没人应声。文他娘说："家有千口，主事一人，你是当家的，咱家的事情都听你的，你就拿章程吧。"朱开山直愣愣地望着天棚说："咱搬走吧。"

传文说："爹，咱就服他姓潘的了？"朱开山说："唉，该服就服吧。"那文说："爹，咱好不容易在哈尔滨闯出了点儿名声，这就走了？"朱开山说："走吧，再不走，真要出人命了……"文他娘说："他爹，你说得对，咱走！"

化装成商人的镇三江和老四走到山东菜馆门前。镇三江说："没错，就是这儿。"老四说："就是管你一顿酒菜的那家？"镇三江说："对，那老掌柜的可仁义了。咱看看他去。"

屋里没人，冷冷清清。镇三江说："咋没人哪？"朱传文从里头走过来说："二位，对不起，小店歇业了，正准备出兑呢。"镇三江说："咋整的？不是挺红火吗？"

传文说："唉，摊事儿了……"他瞅着镇三江脸熟，一愣说："你？"镇三江一笑道："对，是我。你家摊上什么事了？"传文悄声地说："进去说，进去说。"

传文领着二人与全家人见了面。朱开山和镇三江坐在炕头上，镇三江边往烟袋锅里装烟，边问道："我听你家大少爷说，有人熊你们？"朱开山说："唉，人软货囊，认熊了。这条街实在是不好混哪，惹不起，咱躲得起。"镇三江说："我看你也不是躲事儿的人哪。"朱开山说："生意做不下去，咱就不做了，大不了回去种地。"镇三江说："老掌柜的，我给你的那几两银子，你没取呀？"朱开山说："取了。"镇三江说："那还做不下去？够你过三年五年的。"朱开山说："我一分都没留。我全给俄国人和衙门口了，想救你出来。"镇三江惊讶万分道："我的亲爹呀！原来是你救了我呀！"他从炕上下地，纳头便拜，头磕得咚咚响。

朱开山扶起镇三江说："那本来就是你的钱嘛！"镇三江热泪盈眶说："大叔，我一心里直画魂儿，他们咋就放了我呢？我就没想到这层。你是我的救命恩人哪！"朱开山说："啥恩人哪，这话可过了。"镇三江说："你就是我的再生父母，往后你有啥难处就找我。我不是别人，我就是二龙山的胡子头儿镇三江！"朱开山和传文都是一震。

镇三江说："我知道，正经人家都嫌乎我们胡子。大叔，不管你咋想，你的大恩大德我变骡子变马也报答不了。有事儿你尽管找我，要我的命都行！"朱开山说："你的大号我早有耳闻。胡子和胡子也不一样，听说你从来都不欺负弱小。"镇三江说："大叔，你信我这点就行。告诉我，谁熊你家了？"

朱开山说："既然你管我叫大叔，那我就实话告诉你，不过我不想再招惹是非了。"镇三江朝传文说："大少爷，和我镇三江说句实话。"传文说："是他们老潘家……"朱开山打断朱传文的话说："是马帮被歇马岭的胡子打劫了。"镇三江说："是天外天干的？"他从腰间抽出一根马鞭子，交给朱开山，"这根鞭子上面有我的报号，这一带的胡子都认得。往后拿这根鞭子走马帮，保险没事儿，胡子肯定都会给你们面子。"

镇三江和老四从山东菜馆出来，走在大街上。高家大少爷和一个管家从一家商店出来，一下看见了镇三江，二人忙闪到路边的一个胡同。高家大少爷说："镇三江！"管家说："对，是他！"高家大少爷说："你悄悄跟上他，我去叫警察！"管家说："哎。"镇三江和老四浑然不觉。镇三江说："老四，咱去看那个朱传武，也不能空手哇。"老四说："你还想给他送礼呀？"镇三江说："那小子挺能喝，咱买两坛子好酒送他！"

二人进了刘掌柜的杂货铺，镇三江喊道："掌柜的！拿两坛子酒。"

刘掌柜的从后屋出来说："来啦！来啦！"

镇三江刚端起酒坛，想要看看，一眼扫到了墙上的镜子里，晃动着几个警察的影子。镇三江低声对老四说："有条子！"老四把手伸进腰间。镇三江问刘掌柜说："掌柜的，有后门吗？"刘掌柜说："后门儿？有哇！"这时，宝他娘从里面出来说："宝他爹，咱家后院有动静，好像有人。"

镇三江对老四说："你先待在这儿！"老四说："大掌柜，你……"镇三江抱着一坛酒，已经迈出门槛。

他从杂货铺里抱着酒坛子出来，故意回头喊了声说："谢谢掌柜的！"一个警察冲上来，镇三江把酒坛子向他脑袋砸去，随手掏出驳壳枪，枪响处，一个冲上来的警察倒下。街头顿时大乱，一群警察边追边射击。

一个讨饭女人领着一个四五岁的小孩在跑。女人被警察射来的流弹击中，孩子不知所措，守着母亲大哭。镇三江跑过来，护住孩子，回头冲追来的警察骂道："你们这帮混蛋！别开枪！"他扔下自己的枪。警察们端枪围上来。老四见状，从后门溜走，连夜奔回二龙山。

第二十六章

传文说："爹，都来了，有啥话你就说吧。"朱开山吧嗒吧嗒地抽烟。

文他娘说："你爹他想一出是一出，这又不走啦！"传文问："爹，真的？"传杰乐了说："本来就不该走嘛！"

朱开山说："我寻思了好几天，他姓潘的不光是骑咱们头上拉屁屁，他拉完了，还要咱说他的屁屁是香的！妈的！世上哪有这般道理，这就太过分了！我就是那煮不烂的死牛筋！从今天起，谁也不准再说个走字儿，只要我还有口气，你们就跟着我，和那个姓潘的较上劲儿斗！斗他个飞沙走石，翻江倒海！"夏玉书忙往外跑。传杰一把拽住她问："你干啥去？"玉书说："我向校长提交了辞呈，我要回来！"朱开山说："都该干啥干啥去吧。咱朱家永远在这条大街上安营扎寨啦！就是铁板上钉的钉子，谁也别想拔去！"

一家人忙忙活活一天把饭店又收拾利落，个个累得不轻。吃了夜饭没多大会儿，朱开山和文他娘正准备睡觉，传武拎着两瓶酒进来了，喊道："爹，娘。"

文他娘说："哎哟！老二回来了！"朱开山说："跟一阵风似的，说走就走，说回来就回来了。"朱传武说："爹，就给您带回来两瓶好酒，您留着喝。"朱开山说："我还缺酒啊？"

文他娘说："没给你媳妇儿带点儿啥呀？"朱传武说："我是抽空回来的，哪有工夫去买东西。"朱开山说："这回能待两天不？"朱传武说："嗯，待两天。"文他娘说："你们爷儿俩聊着，我出去一趟。"

秀儿房间，秀儿还在绣那个肚兜，文他娘进来说："你可真有个紧慢，还没做完呢？"秀儿说："娘，快了，还有两个盘扣打上就完了。"文他娘说："赶紧卸撑子吧，你想的那个活兽回来了！"秀儿一喜问："传武回来了？在哪儿呢？"

文他娘说："正和你爹说话呢！麻溜把被褥铺上，把肚兜戴上！娘这就撺他过来！"

朱开山和传武已经打开了一瓶酒，爷儿俩对酌。文他娘进来说："干什么，空口儿就喝上了？"朱开山说："你回来正好，去弄俩菜，俺爷儿俩好好喝。"文他说娘："一边儿去！见酒就没命！都什么时候了，让老二回他屋睡觉去！老二，你快走吧！"见朱开山还要掰扯，文他娘使个眼色又说："你说你，老来老来的，啥也不明白了。陪你喝酒，那秀儿谁陪？"朱开山说："好好，你对！你对！"

秀儿熄了灯，进了被窝。外头传来敲门声。秀儿说："是传武吧，进来吧，门没插。"传武进来说："秀儿，睡下了？"秀儿说："我有点不舒坦。"传武点亮灯，坐过来问："怎么了？哪儿不舒服？"秀儿掀开被子，指着胸口说："这儿。"传武说："心口疼，是什么东西没吃好吧？"

秀儿望着传武，脸上泛起红晕，悄声问道："好看吗？"传武这才注意，秀儿穿了性感的红肚兜，说："你这穿了件什么？"秀儿害羞地说："肚兜，给你们爷儿们瞅的肚兜。"传武皱眉说："你吃药了没？"秀儿摇摇头，羞红了脸说："把灯闭了，睡吧。"传武明白了秀儿的心事，迟疑地熄了灯，脱衣上床。秀儿探过身，凑近道："你喝酒了。"传武背过身说："嗯。"秀儿望着传武的后背说："传武，咱该有个孩子了。"传武还是背着身"嗯"了一声。

秀儿轻轻地抚摸传武的后背，央告他说："你就疼俺一把呗。"传武说："你不是身子不舒坦吗？"秀儿说："俺那是装的，就是想叫你疼疼俺。"传武眼中透出几分忧伤说："秀儿，说句话，你别生气。自从那年和鲜儿姐在水场子走散了，我对女人的那份心就已经死了。"秀儿憋屈得要哭了说："她是女人，我也是女人，我哪儿不好，你说，我哪儿不好！"传武眼中也含着泪水说："我没说你哪儿不好，只是，只是……"秀儿说："你说啊，只是什么？"传武说："只是我没有那种心情了。"秀儿终于嘤嘤哭了。

传武劝着说："别哭了，我说的是真话。"秀儿哭着说："俺不信，你是在装，你是在骗！你心里头到现在也没忘了那个鲜儿姐！那个上了山当了土匪的你的鲜儿姐！"传武沉着脸说："你还想不想睡觉了？"秀儿已经什么也不顾了说："想怎么样？不想又怎么样？反正你是不想和我睡一铺炕了！"

传武不再说话，咕噜爬起来就往身上套衣服。秀儿有点着慌，想拉他又不敢。迟疑间，传武已经下了炕。秀儿抽噎着说："传武，俺错了，俺错了还不行吗？"传武说："不怨你，你没错。"撂下这句话，他人大跨步出了门。

眼看快到营房，听见身后有马蹄声，传武回过头，只见一匹马慢慢过来，马上伏着一个人。他上前一看，马上的人竟是鲜儿！传武惊道："姐姐！这是怎么了？"鲜儿说："来找你，下山走得急了，摔下了马。"

传武把鲜儿带到自己屋，给她擦洗了伤口，又打来热水让她洗漱了，把她扶到床上坐好，传武问："啥事啊？这么着急，还从马上摔下来了？"鲜儿说："大掌柜被官府抓起来了，想请你找人把他救出来。他可是为了找你才被抓的。"传武说："找我？找我干什么？"鲜儿说："你别多问了，就说能不能救吧？"传武说："好，我想想办法。"

军营里多个女眷，任传武再痴情万种，也不好太张扬显摆。第二天，他把刘根儿叫了来侍候鲜儿。

刘根儿给鲜儿打了饭吃完，又扶她上床。鲜儿靠着床说："刘根儿，你也歇会儿吧。"刘根儿说："俺不累。"鲜儿说："陪我唠会儿嗑儿。"刘根儿拽过凳子，坐到鲜儿跟前。鲜儿说："你们朱连长把我托付给你，看来，他对你挺好啊。"

刘根儿说："俺当兵时间不长，跟连长连体己嗑儿都没唠过。不过，俺得谢谢他，没他，俺还当不了兵呢。"鲜儿说："你们连长好吗？"刘根儿说："好倒是挺好，就是有点儿怪。"鲜儿说："怪？咋个怪法？"刘根儿说："我听老兵说的，别看连长家里有媳妇，其实他过得比光棍儿还苦呢。"鲜儿说："为啥这么说呀？"

刘根儿说："老兵都说，连长很少回家，回去了，和媳妇儿也没那事儿。"

鲜儿笑道:"小孩伢子,你知道啥?有没有那事儿你知道?"

刘根儿说:"真的,要不,他能到现在还没有孩子吗?听说,也不是他媳妇多么不好,是他心里头老想着一个人,放不下,别人就进不了他的心了。"鲜儿问道:"那个人是谁?"刘根儿说:"听说是他的一个什么姐姐,俩人儿可好了,可不知为啥就是到不了一块儿,许是缘分没到吧……"鲜儿说:"你这个小人儿,还挺能说。"刘根儿说:"其实,我不咋爱说话,我娘总说我是闷葫芦。不知咋的,跟你,就爱说了……"他眼珠一转说,"哎呀,朱连长心里的那个姐姐就是你吧?"

鲜儿打了刘根儿一下,嗔道:"砸死你,俺早就有男人了。"刘根儿笑着走开了。鲜儿一个人望着窗外发愣。

江上,一伙人正从冰窟窿里往外拽渔网,满网的鱼活蹦乱跳。传文和伙计走进江边的一个小饭馆,掌柜的笑脸迎上来说:"二位发财。想吃点儿啥呀?"传文看见一口大锅里正炖着鱼,满室盈香,又动了心思说:"到你们江边,当然要吃你江里的鱼啦!"掌柜的说:"好咧!您坐!"

菜上来,传文说:"这鱼真好吃呀!"伙计说:"嗯,是好吃。"传文喊道:"掌柜的,再盛一条!"掌柜的又端上来一条鱼。传文说:"掌柜的,你这咋炖的,咋这么好吃?"掌柜的说:"就那么炖呗,搁点儿油,搁点儿盐,再搁点儿葱花、生姜,劈了柴往灶坑里一塞,千炖豆腐万炖鱼,咕嘟去呗。"传文说:"不对吧?"

掌柜的一笑道:"再撒点儿花椒、大料呗。"传文倒了一盅酒,递给掌柜的说:"掌柜的,我敬您一杯。"掌柜的说:"这……您太客气了……"传文说:"一个人喝酒多没意思,那叫闷酒,不提精神。来,掌柜的,陪我喝两盅儿。"掌柜的说:"这,这哪好,这哪好……"传文说:"两个人喝酒那才叫朋友酒,交心酒。来,坐。今儿个我请客。"

掌柜的半推半就地坐下了说:"您太客气了……"掌柜的媳妇在一旁笑骂道:"你这个酒鬼,见了酒就像见了亲爹!"掌柜的对媳妇说:"也没啥事儿,来人你招呼着,我陪这位兄弟喝一壶。你再拿个盅儿来。"

二人推杯换盏,传文绕着圈地把话题往鱼上靠。掌柜的咬口大葱说:"你看你,这鱼你都吃几条了?我天天吃,都吃腻了。还是这大葱好——白酒就大葱,一盅儿顶两盅儿。"传文说:"还是你这鱼好。老哥,你是拿老汤炖的?"

掌柜的说:"你还真明白。是，老汤。"传文说:"我就爱吃这口，总琢磨咋炖，今儿我算领教了。"掌柜的说:"你只知其一，不知其二，我这里头还有两味山草。"传文说:"山草？啥山草？"

掌柜的神秘地一笑，对传文招招手，传文探过头来。掌柜的对他耳语几句。传文说:"就这两样啊！那山里有的是呀！"掌柜的大笑道:"是不起眼儿，可就是没人知道！这就叫:不知道金银不换，知道了全是扯淡！"

朱传武在寓所里为鲜儿敷伤。传武说:"这一天，我跑了好几个地方，找了不少管事儿的，人家都说大掌柜是通缉在案的要犯，好不容易抓到了，谁敢放人？"

鲜儿说:"那就没救了吗？"朱传武说:"难啊！大掌柜也真是的，老实在山上待着得了呗，为啥要进城啊？"鲜儿流泪道:"你得救他呀！传武。这些年我全靠大掌柜护着，要是没有他，我兴许早就烂死、臭死在窑子里了。他要是不在了，我一个人孤孤单单的可怎么熬呀……"传武说:"明天，我再找人试试吧。"

两人沉默一会儿。鲜儿劝传武道:"传武，你和秀儿好好过吧，把咱们当年的那些情义都忘了吧。人得认命啊。"传武问:"姐姐，你信命吗？"鲜儿说:"咋不信呢。人和谁争，也别和命争。"传武说:"我就不信那个邪。啥叫命？根本就没有那么个玩意儿。命是自己的，我就信我自己。"

传武给鲜儿换好了药，指着她腰后一块疤痕问:"你这是枪伤吧？"鲜儿说:"到底是当兵的，一眼就看出来了。"传武问:"咋整的？"鲜儿说:"枪打的呗。"

传武又问:"你也打过仗？"鲜儿说:"打过。那年，跟大掌柜才不长时间，去抢一家大户，打了半宿没打下来，官军来了，我们就散开了跑，结果我中了一枪，从马上栽了下来。当时，我就觉着人飘起来了，前面的云彩一朵一朵的，什么颜色的都有，还都镶着金边，就像是云彩后面有个大太阳在映着。我就往前飘啊，飘啊，想看看那是个什么东西。就听后面有人喊我，回头看，只见到影影绰绰的有个人影，我瞪大了眼睛看，那不是你吗？我那个乐啊。你说姐姐你要上哪儿去啊？我说想看看云彩后面是什么东西，咋那么好看呢。你扯着嗓子喊，姐姐可不能去啊，去了就再也回不来了！我不信，说你怎么知道的？你呀，肯定又逗姐姐玩呢！你急了，跑上来说，姐姐，真的啊！你告诉我你去过那儿，人家说，你一个人他不收，要等到你姐姐一块来。我一下子想起来了，你不是早死了吗？我正发愣呢，你扛起我就往回跑，不知怎么你摔倒了，咱两个人从天上往下掉，我一把没抓着你，再一看，你又没有了……"鲜儿不知不觉声音哽咽起来。

传武问："后来呢？"鲜儿说："后来我就醒了，看看子弹从后背进去，从肋巴条底下出来，满身的血。我扯下绑腿，往身上缠，没缠两道就又晕过去了。傍天亮，大掌柜带人找来了……"传武不再往下听，他用嘴堵住鲜儿的嘴，抱紧了她说："姐姐，咱不信命吧……"鲜儿轻轻推开他，把脸深深埋在枕头里……

朱开山、文他娘、那文、秀儿在厨房里忙活着。传文拿了个帖子急火火地进来说："爹，老潘家给你送请帖了。说他孙子明天百日，让你去喝酒。"朱开山接过请帖看了看说："这哪是请帖，是下战书。要我给他随份子，还要嚼我这筋头巴脑，让他过瘾。"文他娘说："咱不去不就得了。"

朱开山说："去！为啥不去？我再会会他！"文他娘说："得了，跟他置啥气。你去了也斗不过人家，没啥好果子吃。"传文说："爹，去了准又得受一肚子窝囊气，何苦呢。"

那文说："听说，老潘家给孙子办百岁，还请了戏班子呢。"传文说："你想去听戏呀？"那文说："我上他家？他八抬大轿来请我，我也不去呀！赶明儿个咱家也请台大戏，连唱三天！"朱开山说："我倒要看看他姓潘的究竟唱的是哪出戏！"

第二天中午，朱开山带了五十大洋的贺礼进了潘家，院里已坐满了人，闹哄哄的。潘五爷见朱开山过来，起身相迎。朱开山抱拳道："恭喜！恭喜！"潘五爷说："同喜！同喜！就等你了。"朱开山说："我这人，满身晦气，你家孩子百岁，喜庆事儿啊！我来了怕给孩子带来不吉利。可左想右想啊，还是来吧，来沾点儿喜气呀！"潘五爷说："来了好！来了好！"对台上喊道，"开戏吧！"

台上锣鼓响了。演的是评剧《刘翠屏哭井》。潘五爷对朱开山说："看戏也长见识。你就说这出戏吧，说的是咱东北的事儿，你说那刘成爷儿俩，为了钱财，使坏耍横，那鬼都饶不了他。"朱开山说："哎，老哥，今晚这天儿还真行，要是嘎儿嘎儿地冷，大伙儿还不冻跑了？"潘五爷说："兄弟，说要搬走，你咋又不走了？"朱开山打哈哈说："走了，还能陪你老哥看戏吗？哎，我就爱听这段——"台上，刘翠屏正在向丈夫金禄唱：

> 你一路之上要多保重，
> 自己的身体莫当轻。
> 你住店莫住那庄头的店，
> 怕的是店有歹人他们暗行凶。
> 你睡觉莫挨着窗户睡，
> 怕的是夜深了夫受寒风。
> 你过河千万别在头前走，
> 怕的是不知道水深浅夫把命倾。
> 歇凉别在大树底下，
> 怕的是多少年的老树有毒虫……

朱开山在大腿上击着板。潘五爷说："兄弟，这段唱好像专为你唱的。"朱开山说："可不！编戏文的人肯定有过七灾八难，要不咋把这世道看得这么透亮。人，不易呀！时时处处都得小心。"潘五爷说："知道不易就好。"朱开山说："老哥，你点这出戏有点欠考虑。"葛掌柜在一旁道："五爷就喜欢这出戏。"朱开山说："这出戏是叫《刘翠屏哭井》吧？咱孙子百天大喜，这哭——多不吉利。"说得潘五爷一脸尴尬。

于掌柜说："这完了还有《喜荣归》呢。"朱开山说："《喜荣归》也不好——那不到头了吗？按我老哥的脾气，应该唱《钟馗打鬼》。"众人不解他是何意，潘五爷阴下脸来喝茶，却冷不防绸缎庄伙计慌慌张张地跑来说："五爷！五爷！绸缎庄着火了！"

潘五爷两口、潘老大、于掌柜、葛掌柜和一大帮人与救火队同时赶来。潘老大问一个伙计说："咋着的？"伙计说："大掌柜的，是有人放火呀！我听到后院有动静，出去一看，有个人影，一晃就没了，紧接着库房就冒起烟来，前院也蹿起了火苗子……"潘老大说："一群废物！"于掌柜说："这可毁了不少东西呀！"潘五爷瞪他一眼说："好！火烧旺运！"

潘五奶数落着潘五爷说："你呀，肯定是得罪人了。说你你总不听，跟这个不服，跟那个不忿，跟这个争，跟那个斗，满世界的人都得看你的脸子？都得依从你？这倒好，给你点了一把火，明天还说不定出啥事儿呢。唉，我天天烧香拜菩萨，还是不管用，报应啊……"

潘五爷说："你嘚嘚个屁！我要是服了，任人踩，任人踢，你能有如今的日子？我要不争不斗，我能在这条街上站住脚？能有这份家业？"想了想说，"这事儿，肯定跟那些山东人有瓜连！奶奶的，想一把火把我吓住？瞎了他狗眼！"

潘老大说："爹，警探在后院蹅摸了半天，发现三个人的脚印，都是当兵的穿的那种大棉鞋踩的。"潘五爷问："当兵的？"潘老大说："朱家的老二可是当兵的，会不会是他领人干的？"潘五爷想了想，摇摇头说："朱开山不是那种偷鸡摸狗的人。他要干，就会当面锣对面鼓地跟我干。"

刘根儿哼着小调，一脸喜色。鲜儿问他说："这两天你咋这么乐和？捡了狗头金了？"刘根儿说："啥呀？看你身子好多了，心里头高兴呗。"传武推门进来。刘根儿说："连长，回来了？"传武问："刘根儿，前天你为什么没等我回来就走了？"刘根儿支吾着不知咋说，鲜儿说："他晚上有事儿，是我让他走的。我这腰也不那么疼了。"

传武对刘根儿说："你年纪轻轻的，又没家没业，晚上能有啥事儿？可别不学好！我手下的兵，一不许赌，二不许嫖！"鲜儿说："行了，我看这孩子不是那号人。"刘根儿说："连长，我走了。"传武说："一块儿吃吧。"刘根儿说："不，我回去吃。"说完，识趣地出了屋。传武拿出酒，倒了两碗，叹口气道："这两天我找了好多朋友，跟黑龙江省督军都搭上关系了，督军回话，镇三江的案子谁也不能翻，谁放人要谁的脑袋。"鲜儿说："大掌柜的就这么完了？"传武点点头说："督军还是给了点儿面子，说可以给大掌柜留下全尸，还允许亲友们收尸。"鲜儿悲从中来，一口喝干了酒说："我咋也要见我当家的一面哪，传武，让我上大牢里去看看他吧。"传武说："不行！你不能去探监，弄不好，连你也搭进去了。这事儿，就由我替你去办吧。"

鲜儿沉默良久，只是一杯杯地喝酒，泪盈满脸，双肩因悲恸而剧烈地抖着，让传武看了只觉酸楚。好一会儿，鲜儿抬起头说："姐姐该走了。"传武急道："走？急什么哪？再住几天吧，你的身子……"鲜儿说："已经好利索了。山上一大群人呢，当家的不在了，我也不能让二龙山散了摊子！"她举起酒杯，"姐姐这一去，只有一个心事，盼你早点给姐姐添个外甥。"传武眼圈一热说："姐姐，你心里头闷了，就常来走走。"鲜儿长叹道："姐姐这一去，怕是不会再来了。"传武问："为什么？"

鲜儿说:"你是个官军,又有家室。姐姐是胡子,就算来上一千遍、一万遍,咱们也不能走到一起,成一家人啊。命啊,传武!当初,寻思一辈子就跟定传文哥了,谁想人家有媳妇了;后来,又寻思跟着你吧,什么山高水远的,咱蹚呗,可是你又那么死了;再后来,总算和大掌柜的走到一起了,可他如今又……唉,命啊!"传武眼中含着泪,不知说什么好,喝了一大口酒。

鲜儿为他又倒满了酒,说:"传武,别想姐姐的事了,这是命啊,姐姐一辈子就得放单了,注定的。来,姐姐敬你一杯,谢谢你为我当家的四处奔波。"传武浊酒穿肠,忽然低声地说:"姐姐,我想再试一把。"鲜儿说:"你试什么啊?"

传武说:"把大掌柜的救出来。"鲜儿说:"怎么救啊?"传武轻轻地说:"劫牢狱!"

鲜儿大惊道:"劫牢狱?能成?"传武又喝下一杯酒。

第二十七章

天色昏沉,向晚的街道行人寥寥。朱传武和镇三江同乘一辆小车停在街口,传武看看四周让镇三江从车里钻出来,等候已久的鲜儿扑过去说:"当家的……"传武摇下车窗说:"快走吧!"镇三江趴到车窗前说:"兄弟,你冒死救我,我咋谢你呀?"传武说:"少废话!快走!"鲜儿和镇三江上马,消失在夜色中。轿车也飞驰而去。

鲜儿和镇三江回到二龙山,老四早已备下酒饭。几个头目一起陪镇三江喝酒。镇三江似有心事,老四说:"大掌柜,从死牢里都出来了,你该乐和呀,怎么我看你总拉拉着个脸儿呀?"镇三江说:"我不是不乐和,我在琢磨咋报答传武兄弟,人那是舍出命来救俺哪!"鲜儿说:"当家的,你心里有这份情义就行了。日子长着呢,会有机会报答的。来,喝酒。"镇三江喝了口酒说:"我这人哪,也不知上辈子咋修来的福,死牢里转了两回,都没事了。这回是传武,上回是那个山东菜馆的老掌柜……"

鲜儿惊得瞪大了眼睛说:"哎呀,那老掌柜就是传武的爹啊!"镇三江也是万分惊异道:"是吗?!我……朱家爷儿俩救我两次命,我就是再活两回也报答不了这大恩大德了!我也不报答了!各位兄弟记着,我镇三江的绺子,就是他老朱家的看门狗了！"

他一口喝了酒，热泪盈眶，竟唱了起来：

苦命的孩儿呀，没依没靠，
爹死了娘走道，我热泪滔滔。
一条小命啊，就像断根的草，
南风吹北风刮，大野地里飘。
大爷大娘，你老行行好，
来世我变骡子变马呀，为你家去拉套——
还不抢秋臁呀，哎哎嗨哟……

唱毕，镇三江突然一拍大腿说："有了！老四啊，叫弟兄们长点儿眼睛，见潘五爷的马帮从山下过，就劫了它。"老四说："为啥偏劫他家？"镇三江说："这也是帮老朱家的忙。那潘家没少欺压朱家，咱为朱家解解气！"老四说："大掌柜的，你瞧好吧！只要是潘家的货，咱就劫，'花舌子上项（说情进贡）'都不好使！"镇三江说："对，就这么着！"

秀儿在劈柴火，劈完，又码起来。那文躲在一旁偷看，她看秀儿码完，走过去说："秀儿啊，缸里水快没了，你再挑几挑水。"秀儿爽快地答应："哎。"

秀儿去了，玉书看不过眼，过来说："大嫂，你咋总支使秀儿干力气活儿？"

那文说："我是故意的。"玉书说："大嫂，你……"那文说："我看她就不像是真怀孕，真怀孕能啥活儿都干得了？你没看见她刚才劈木头呢，大斧头抡得一股风似的，好老爷儿们都赶不上她。"玉书说："是啊，按理说，四五个月了吧？"

文他娘见两个媳妇直嘀咕，心里明白，跟上秀儿说："你这丫头啊，缺心眼儿，给你个窟窿桥你也踩。你说你这身子，能干力气活儿吗？"秀儿说："娘，俺不想再装下去了，天天往肚子上缠个小枕头，费事儿不说，干活儿都使不上劲儿。再说了，装下去总有露馅的那天，到那时候你叫俺咋在人前站哪？"文他娘说："是啊，娘这不是给你想辙来了嘛。咱溜达一会儿去。"

婆媳俩出去转了一圈子，文他娘去了个中药铺拿了几服药，这才回了家。见那文和玉书进屋，文他娘冷着脸子说："你俩说咋办吧？"那文和玉书莫名其妙。

文他娘说："这回你们该熨帖了，该蹦高乐了——秀儿肚子里的孩子丢了！"

那文怯怯地说："娘，咋会呢？"文他娘说："还咋会呢？咋不会！都是叫你们害的！"顺手拿起笤帚疙瘩，敲打炕沿说，"你们安的什么心哪？啊？明知她有了，还整天叫她干些出牛力的活儿！医生说，秀儿怀孩子的时候，没好好保养自己，那孩子生下来也活不成，就把那孩子做掉了，还开了药让秀儿服。你们是没去那医院看哪，去了，你们也得掉流泪！那可是个小子，连那个小雀雀儿都看出模样啦！我的孙子哎……"

秀儿在一边听老婆婆这么讲，想笑又不敢，只好捂住嘴。文他娘看秀儿的模样，对那文和玉书说："你们看看，我说起那孩子又勾秀儿伤心了。谁能不伤心哪？眼看要当娘了，孩子说没就没了……"秀儿实在憋不住笑，捂着嘴跑出去了。

文他娘喊道："秀儿，别太伤心了……"又对那文和玉书说，"都是你们俩作的！我就闹不明白，秀儿咋得罪你们了？她怀上孩子你们也忌恨她！"那文说："娘啊，你可别生气，都是我不好，我该死……"玉书哭了说："娘，我对不住二嫂。今后，家里活儿我一定多干点儿。"文他娘说："我倒不是挑你们干多干少，我是恨你们不懂得疼人！"

那文说："娘，我是浑哪，让秀儿干重活儿，活拉把您一个大孙子弄没了。"

玉书说："我也不对呀，娘，我连想都没想过帮二嫂干点活儿，让她好好歇歇。"

文他娘越发来精神说："得了，事情已经过去了，已就已就了，就别老念叨了。秀儿把孩子丢了，也算是个小月子，做婆婆的我刚才给秀儿买了点儿补身子的东西，你们做妯娌的该咋办，自个儿寻思吧。"玉书说："我也去买些补养品。"那文说："对，咱俩一块儿去买。"

文他娘说："我都买了你俩还买啥？还是来点儿真格儿的吧。从今天起，秀儿就歇下了，给她送汤送饭的事儿，就交给你们俩了，行不行啊？"那文和玉书赶紧答应了说："行，行。"文他娘又嘱咐说："你们给秀儿的饭菜，好坏我不说，有一桩：每顿饭菜重样了可不行！"夏玉书说："娘，那是指定了，月子里害口，咱知道。"那文说："娘，你就放心吧，我们俩一定把秀儿侍候得熨帖。"

两个人出了门，那文吐舌头说："顿顿不重样，这一天三顿，做小月子也得一个月，那就是一百来顿，这一百样饭菜可咋掂对呀？"夏玉书说："大嫂，我也愁啊。我天天上课，中午回不来，晚上回来得又晚……"那文说："啊……啊？你想脱滑呀？这月子全让我一个人侍候呀？"玉书说："这事儿是你挑的头嘛。"

那文说："那你别答应侍候她呀！当着娘的面，你答应好好的，这你又推给我了，啥人哪？"玉书忙说："我也不是都推你，我想，早上的饭我做，中午和晚上的饭你做……"那文斜楞玉书一眼说："你可真会安排，最难做的就是中午饭和晚饭。"玉书说："就算我求你了。星期天学校休息，全天都我做，这还不行吗？"

那文说："好吧，谁让我是大嫂了。我就是吃苦挨累的命呀！"

那文回了自己屋。传文正在看一个菜单，标题是"满汉全席总录"。他不时在纸上写几个字："此菜可用"。见那文进来，他举着菜单说："哎，我今天在旧货摊淘弄到了一个宝贝，你看，满汉全席菜谱！我呀，要弄个满汉呈祥！"那文没应声，脱鞋上了炕。传文说："哎，当年你在王府吃过满汉全席没？"那文无名火起说："我是使唤丫头！"传文莫名其妙说："咋的了你？"那文说："我想坐月子！让全家人侍候我！"

全家人在吃饭的时候，传杰兴奋地说："这趟货真是顺风顺水。一是靠我干爹一路上尽心尽力，二是靠镇三江的马鞭子！"传文说："那马鞭子还真管用？"传杰说："太管用了！过歇马岭的时候，鞭子一亮，天外天立马放行。"朱开山说："货卖得咋样？"传杰说："卖得好哇！货一回来，全出手了，跟咱订货的老鼻子了。这一半天，我还走！"朱开山说："三儿，越这样，越要小心哪。老人古语讲：得意不可再往。这话里也含着不能大意的意思。"传杰点头："爹，我知道。"

与此同时，潘老大哭丧着脸，正向潘五爷诉苦。潘老大说："爹，那镇三江不开面呀，把货全劫去了。"潘五爷说："镇三江很少劫客商啊。"潘老大说："他劫得还狠呢！我说多少好话，答应给多少钱也不行，一点盐酱也不进哪！爹，咱这回可赔大发了！"潘五爷说："他老朱家的货咋就回来了？他天外天白拿我的银子？"潘老大说："我去歇马岭问了。天外天说，老朱家和镇三江有瓜连，关系还不一般。面对镇三江，他天外天也不敢参毛。"潘五爷说："啊，我明白了，镇三江是在帮老朱家呀！当年，我想跟镇三江搭嘎都没搭嘎上，如今他却为朱家卖力气了。看来，姓朱的银子没少花呀，下血本了，这是要往起拱啊！"他想了想说，"明天张罗人，马上修复绸缎庄，门脸儿要比原来的还要好！别以为我们潘家这就趴蛋了！"

爷儿俩议着事，进来一个警察，潘五爷认出就是那天查看火灾现场的其中一个，忙让到屋里坐下。警察说："五爷，你家绸缎庄着火的案子有眉目了。"潘五爷说："才有眉目呀？"警察说："这种案子不好查呀。"潘五爷说："是谁放的火？"

警察说："你心里也该有个底吧？"潘五爷说："真是老朱家？"警察说："老朱家跟你还没那么大仇吧？我接这个案子，就一直想，这一定是跟你家有深仇大恨的人干的。他会是谁呢？我了解到，十年前，是你使现在开杂货铺的老刘家倾家荡产的，你还霸占了人家的产业，那老掌柜的也被你送进了大牢，出狱后含恨而死。五爷，是这样吧？"

潘五爷说："你知道我爹是咋死的，二十年前，是他老刘家勾结土匪打死的，就因为我爹压了货价，耽误了他家的生意，他老刘家就对我家下了黑手……"

警察说："这我就不管了，我侦破的是纵火案。我还了解到，刘掌柜的儿子刘大宝，半年以前就当兵去了。"潘五爷说："肯定是他！把他抓起来！抓起来！"警察说："抓他？你知道他在哪个部队当兵？我估计，他连名字可能都改了。这我还需要再查。"潘五爷说："需要不少钱吧？多少？我给！"警察说："五爷聪明！我是侦探，连这个案子都破不了，我还干个什么劲！等着吧，我想那刘大宝不会轻饶你，他还会再出现的。"

时已初秋，三道沟坡上的老槐树在风中飒飒地响。潘老大就被捆在这树上。他一脸惊恐。中午潘家绸缎店重开张，他和几个朋友多吃了几杯酒，想到城里找地方寻开心，不料酒劲上涌，人昏沉睡倒，再睁眼就被绑在这树上，绑他的人黑布遮面，双眼放着凶光说："你不用害怕，咱打交道的日子长着呢。我已经给你老爹送信了，只要你家把钱送来，我就放你回去。"潘老大连连点头，塞着布的嘴里发出了"呜呜"声。旷野里的风一阵紧似一阵，蒙面人给迷了眼睛，努力揉搓时，不小心把自己的蒙面布给扯下来。

潘老大哆嗦了一下，他认出了刘根儿——刘大宝！刘根儿索性摘掉黑布，上前扇了潘老大两个耳光，说："对！是我！刘大宝！你能把我怎么样？告诉你，烧你们家绸缎庄也是我干的！你以为你们潘家就可以横行霸道，骑在咱老刘家脖颈儿上拉屎？你以为我爷爷就白死了？我们家就白垮了？你以为山东人就好欺负呀？我要让你知道老刘家后代的厉害！"潘大宝忙口中"呜呜"地求饶。刘根儿不再和他啰唆，将他绑紧了，自己越过三道沟的大坡去了北头的树林，他告诉潘五爷把赎金放在那里一棵大松树的树根下，刘根儿小心翼翼地观望了一会儿，确认无人，蹲到树下，看见一个小布袋子，里面全是大银圆。刘根儿笑了。

朱传文和跑堂伙计们正在摆放桌椅，刘掌柜兴冲冲地一头闯进来。传文说："刘掌柜，这么早……"刘掌柜说："来俩菜，再烫壶酒！"传文说："哟，火还没点呢！"刘掌柜说："那你快点哪！"传文对一个伙计说："快点火去！"又问刘掌柜道，"今儿个咋这么高兴啊？"刘掌柜说："高兴——大喜呀！你爹呢？"

传文说："后院呢。"刘掌柜说："请他来喝两盅儿——潘老大被绑票啦！"朱开山已闻声而来，问："谁绑的票呢？"刘掌柜说："他老潘家得罪人多了，谁都兴对他家下手！撕了票才好呢，解恨！来，喝。"朱开山却眉头皱紧，喝了一口酒。刘掌柜说："上回烧了他的绸缎庄，这回他绸缎庄刚恢复起来，他儿子又被绑了票，天理呀！"朱开山说："这可不是生意场上该干的事儿了。"刘掌柜说："他潘五爷干的也不都是生意场上该干的事儿！"朱开山说："那倒也是。"

营长和副营长正在训斥朱传武，门外传来刘根儿的喊声："报告！"朱传武把他叫进来，营长对他说："行啊，挺给你们连长长脸哪！"朱传武问："刘根儿，昨儿个一天一宿，今儿个又一头午，你上哪儿去了？"刘根儿说："我上街，遇到了我老舅，他非拽我上他家不可，还不让我走。"朱传武说："为啥不回来请假？"刘根儿说："来不及呀。我老舅那脾气，我也拗不过他呀。"朱传武说："我关你的禁闭！"刘根儿说："是！"营长说："算啦，回来就好。传武啊，如今大帅有了新章程，要进关，打曹锟、吴佩孚，这是要抢地盘呀！咱吃老张家，穿老张家，就得听人吆喝。这回进关，把咱们编到第三军，直接归少帅和郭松龄副司令指挥，可不比从前啦。这次就算了，下次一定严格起来。"传武和刘根儿忙敬礼，点头称是。

营长训完话刚要出门，却见郑团长带着副官拥着郭松龄副司令和一个警察急匆匆地往营房里过来，忙立正站好。郑团长见营长在，喝道："你在正好，把朱传武和刘根儿给我叫出来。"

传武和刘根儿早已闻声出来，站在门口，传武不明所以，刘根儿神色阴沉。

郑团长说："大帅早有指示，要我们为入关做练兵准备，可有些人不但不积极训练，反倒滋事扰民，败坏军纪，军法不容。今天，有位潘五爷已经把状告到了司令部，郭副司令亲自督察。刘根儿，你认罪吧。"刘根儿心存侥幸，他昨日放潘老大时曾恫吓他，如告官就让土匪朋友杀他全家，却不料那潘家竟能查访他到部队。传武看刘根儿不应声，上前说："报告团长，刘根儿一向遵纪守责……"

那警察阴笑着说："朱连长，不必再给他遮掩，他刘根儿自以为做得天衣无缝，连他爹娘都不知道，还想把人往胡子身上引。可咱们干这行也不是吃干饭的，他将人绑到三道坡的树林里可是我亲眼见的。而且，除了这次绑票，前两天的绸缎铺也是他放的火吧？"郑团长说："刘根儿，你不用辜，刚才已让副官搜了你的铺盖，一千大洋还在，都带潘记字样。冤枉不了你。"

刘根儿冷冷一笑，说："郭司令、团长、营长，他潘家欺人太甚，我刘根儿终于给爹娘出口恶气。"又转头对传武说："连长，刘根儿对不起你了。"

第二十八章

一直沉默的郭松龄大怒道："这时你还不认罪？把他拉出去砍了！"传武一把薅住刘根儿的脖领子问："刘根儿，你真干了？真的吗？"刘根儿说："连长，我是杂货铺刘掌柜的儿子，我要报仇！"郭松龄说："我们东北军，是东北百姓的子弟兵，任务就是保境安民！我们不是土匪！毁我军名誉，搅百姓不安，罪不容赦！"郑团长说："朱连长，你疏于管理，属下军纪松弛……"郭松龄打断他，问传武道："你就是朱传武？鼎鼎大名啊，进过关没有？"传武说："俺是从关外来的，也入关打过段祺瑞。"郭松龄略一点头，问郑团长："在霸县，指挥一个排掩护了全团安全后撤的是他吧？"郑团长说是，郭松龄说："一会儿收拾东西跟我走吧，当我的卫队副队长。"传武一面点头一面又试图为刘根儿说话，郑团长喝道："你别不知好歹，郭副司令念你旧日军功，给你一次机会。他刘根儿败我军威，罪不容赦！"刘根儿一脸凛然说："连长，请替俺照顾好爹娘，刘根儿感激不尽。"郭松龄看在眼里，道："是条汉子！你父母我会有交代，但你死罪不可免！"

朱家菜馆前厅里，顾客不少，跑堂的在给各桌送酒上菜。传文拿着一张蘸了糨糊的大红纸从后屋进来，贴在墙边，纸上写着："取满汉全席之精粹，集地方风味之特色。本菜馆推出满汉呈祥，一任新老主顾品尝。计冷菜三十六道，热菜七十二道……"传武进来看见了，对大哥道："啊，真热闹呀！"传文乐道："老二回来了！快去屋里。"

朱传武正要迈入门槛，那文赶上来。传武站住说："嫂子，有事儿呀？"那文不好意思地说："那啥，嫂子有啥不妥当的地方，你多担待点儿。"传武被她说糊涂了问："我刚回来，你让我担待啥呀？"那文说："要说吧，也不全怪我，秀儿她也太不小心了，你说她都啥样了，她自己也该注意点儿呀……"传武说："嫂子你说的啥呀？"

那文说："不过呀，眼下她挺好的，小月子也是月子呀，我把她侍候得白白胖胖的了。"朱传武愣了说："小月子？"那文说："我也知道，你媳妇怀上孩子不容易，可赶上了……"传武说："什么？她怀孩子了？"那文说："啊，小月了……咋的？你不知道她怀孕了？"传武愤怒地咬着牙关。也巧，秀儿端着一大盆刚洗完的衣服进了院，正准备晾晒。传武怒气冲冲地走到她身边。秀儿高兴地说："你回来了？"传武脸色铁青说："回屋去！"秀儿脸上的笑容僵住了，问："咋的啦？出啥事啦？"传武压着嗓音说："听着没？回屋去！"秀儿只好愣愣怔怔地跟着传武回了屋。那文看见了，心里头一合计，突然全明白了，暗叫声"不好"，忙快步奔向婆婆的房间。

屋里，传武怒视着秀儿，秀儿不知所措说："干啥呀？回来就狠叨叨的，我也没惹着你呀。那个小布人，我再没扎，扔了……"传武说："少扯用不着的！你马上滚出我们老朱家！"秀儿说："我咋的啦？你让我滚？"传武说："你自己干了啥你不知道啊？以前，我对不住你，今天我给你留个脸。你自己打个包，悄悄走，麻溜走。别给我们老朱家丢人！"

秀儿说："谁给你们老朱家丢人了？"传文说："还非得让我挑明吗？"秀儿说："你说！你说！"传武说："那好，我问你，我从来也没碰过你，对吧？那你咋就怀孕了？你跟谁怀的孕？"秀儿说："我哪怀孕了？"传武说："你还想蒙我？你小产，大嫂还侍候过你呢！"秀儿说："哎呀娘啊，我跳到黄河里也洗不清了！"

文他娘推门进来说："有啥洗不清的！秀儿，别怕他，有我呢！"传武说：

"娘，我们俩的事儿，你别管。"文他娘说："我偏管！干啥呀？回来你就撒野？呜嗷叫唤，反了天啦你！"传武说："娘，你不知道，她……"文他娘说："我什么不知道？我知道你不是个东西！秀儿是我的好儿媳妇！"传武着急，又说不出口。文他娘说："她怎么的啦？她不就是怀孕了吗？"对娘这么冷静的话，传武深感意外，说："娘，她，她都怀孕了，你问她怎么的啦？她怀的不是我的孩子！"文他娘："我知道不是你的孩子。"传武更加惊诧。文他娘说："是个小枕头！"说完忍不住笑了。

传武愣了说："什么？小枕头？"文他娘说："是我让秀儿假装怀了你的孩子。"传武哭笑不得说："娘，你这是……"文他娘正色道："我是替秀儿抱不平！你知道不？你冷落她，妯娌们笑话她，她心里委屈，觉得矮人家半个头，还不兴我编出小戏让她乐乐？秀儿应名是你的媳妇，可你把她……你呀，说你什么好呢……"秀儿一头扎在文他娘的怀里，哽咽起来。

晚上全家难得团圆，朱开山举起酒碗说："来，老二回来了，咱全家好久没聚这么齐整了，都喝点儿——都喝啊！"传武说："爹，娘，我这次到关里，说不定啥时候回来，我敬二老一杯，祝二老健康长寿！"朱开山说："我们好着呢，我们担心的是你。"文他娘说："是呀，这仗咋老打呀？让人提心吊胆的，还能不能消停过个日子？"朱开山说："张大帅也真是的，东北地盘这么老大，还嫌不够。"

传武喝完，又倒一杯，举起说："大哥，三弟，大嫂，弟妹，我是个不孝子，谢你们替我尽孝了！"那文说："哎呀，我们可没做啥；就是做了，也是应当应分的呀！"传杰对传文说："大哥，你看二哥是不是跟从前不一样了，变得会说话了！"

传武喝干了酒，要坐下，文他娘说："哎，你还没敬你媳妇呢！"秀儿忙说："娘，我不用敬。"文他娘说："你怎么的？你缺胳膊少腿了？"传武说："一家人，还敬个啥呀？"朱开山说："我们不是一家人哪？你不都敬了？"文他娘说："老二这话没毛病，人家两口子关上门儿，就是一个小家，就是一家人。哎，老二，今晚儿可得在家住一宿。"传武面露难色道："不行，队伍半夜就开拔，我一会儿就得走。"文他娘不高兴了说："这家不是家呀？屁股没坐热乎就走了？"

秀儿低声说："娘，让他走吧，官身不由己呀。"全家人听了一时沉默。吃了夜饭，秀儿送传武到院门口，传武说："回去吧，别送了，黑灯瞎火的。"

秀儿点点头。传武又说："秀儿，今天，真对不住你，我太……"秀儿眼中含泪："别说了，那天晚上俺也不该那么吼你。"传武说："不怪你，是我的不是。好在有咱娘疼你，我也放心了。"秀儿擦一下眼角说："你打仗，可要当心哪！"

传武点点头，难得地拍了拍秀儿的肩，随即转身消失在夜色里。

潘五爷正喝着茶，于掌柜、葛掌柜进来。于掌柜问："五爷，老大的货啥时候回来呀？"潘五爷说："该回来了，这一半天儿吧。"葛掌柜说："咱热河的买卖人都急坏了，都等着老大的货呢。人家老朱家的货一趟一趟地来回贩，老大咋一趟也弄不回来呢？"潘五爷说："这回，我让他绕开二龙山，肯定没事儿。"

葛掌柜说："没事儿就好。"话音刚落，潘老大跌跌撞撞地跑进来，说："爹呀，这垛子是不能走了！"潘五爷说："啊？又被劫了？"潘老大说："那镇三江瞄着咱家呢，咋也躲不过去呀。他让我捎话给你，别跟朱家过不去。"潘五爷气得摔了茶碗，说："我还就不听那个邪！"于掌柜说："咱不也整治他好几回了吗？可咋也压不住他呀！"潘老爷说："压不住他，他就要压咱们了。压，像当年压老刘家那样！"

几个商人打扮的人走进山东菜馆。传文赶忙迎上前，让座倒茶热情问道："先生，想吃点儿啥呀？"其中一胖子说："听说，你们山东菜馆有几道菜挺有名气，我们是慕名而来的。"传文说："谢谢几位。小店徒有其名，全靠大家关照。"

胖子说："掌柜的，你就别客气了。说说你的菜吧。"传文说："小店的特色菜有朱记酱牛肉……"胖子说："来一盘。"传文说："还有鲁味活凤凰。"一个留胡须的说："活凤凰？这个新鲜呀，咱尝尝。"传文又说："想吃鱼吗？我们还有富富有余。"一瘦子说："无鱼不成席呀！富富有余，这名儿也吉利，上一条，上条大的！"

传文心里乐开了花，遇上富贵主了，脸上堆笑说："再有就是满汉呈祥了。"

胖子说："满汉呈祥，哟！比满汉全席还大呢！"传文说："瞎起个菜名，就是要个响动，哪比得了满汉全席呀。"瘦子指着墙上的红纸说："好家伙，冷热一百零八道！"胖子说："掌柜的，一百零八道今儿个吃不了，改日的。今儿个你这么着，就挑你拿手的再上七个。"又问几个人说："哥儿几个，十个菜，行吧？"

几个人点头。传文问："几位掌柜的，用不用上雅间？"一人说："不用，这多敞亮。走菜吧！"

一会儿工夫，酒菜上齐，几个人边吃边品边议论。胖子说："嗯，这菜的味道真不赖。"留胡须的说："怪不得这么有名气，这可不是吹的，确实好！"瘦子问邻桌的食客说："哎，你们是老主顾吧？"邻桌客人说："我们是这条街上的，总来。"瘦子说："你们可真有口福，临着这么好的一个馆子。往后，我们也常来。"

传文又端上一盘菜来，说："给几位加个菜。"胖子说："掌柜的客气。来，把账结了吧。"传文说："不急，不急。"留胡须的捅了捅伏在桌上的一个人说："哎，孙爷，今儿个你做东，该结账了。"那孙爷只是不动。留胡须的说："这是咋的啦？想赖账啊？孙爷。"瘦子说："他喝多了吧？"胖子说："不能啊，他酒量大着呢。"传文说："要不先扶到后院躺一躺？"胖子说也行，动手去扶，他掀起孙爷的头，孙爷竟已经翻了白眼！传文吓得心直跳，忙问："怎么了这是，病了？"胖子往孙爷鼻孔里探探手，腾地跳起来，叫道："吃死人啦！你们饭里有毒哇！"这一嚷，人呼啦围上来，朱家人也忙赶出来。朱开山说："哥儿几个先别争，把人送医院要紧。"他让传文拿了钱，和留胡须的一起，又叫伙计备了车，把人送去医院。

留下的几个人赖住朱家人吵成一团，只有朱开山眉头紧锁地坐在一张凳子上抽旱烟。那文说："凭啥说是我们药死的？你们不都好好的吗？"瘦子说："他赶上了，我们没赶上——啊，你们还想把我们全药死呀？"文他娘说："我们也不认识你们，跟你们往日无怨，近日无仇，药死你们干啥？"一人说："不管咋说，人是吃你家东西死的！"秀儿说："你别讹人，他还兴有别的病呢！"

那人说："他没病，一直好好的！"那文说："你说他好好的，谁看见啦？"胖子大喊道："都别吵吵啦！跟女流之辈分什么里表。他家掌柜的不是跟咱们的人把孙爷送医院去了吗？等他们回来再说！"朱开山磕磕烟灰说："这位兄弟说得对，这里没你们女人的事儿，都回后屋待着去！"文他娘、那文、秀儿悻悻地离去。

传文一脸沮丧，和留胡须的人挤进屋来。胖子问留胡须的说："孙爷咋样？"

留胡须的说："死了，送医院停尸房了。"胖子说："咋死的呀？"留胡须的一指传文说："你让他自个儿说！"

朱开山说："说！是咋回事儿就咋说！"传文说："爹，医生说，是吃东西中毒死的！"胖子说："这回你们还说啥呀？"传文说："这，这到底是咋回事儿呢？唉，真他妈的倒霉！"朱开山对传文说："事儿既然摊上了，就别哼哟唉哟的。"胖子说："对，哼哟唉哟的没用，说咋办吧？"朱开山说："天塌了有地擎着呢，该咋办就咋办——你们说。"

胖子说："赔钱！"朱开山说："多少？"胖子说："五千块大洋！"传文倒吸一口气说："啥？五千块？"他寻思了一下说，"行！五千就五千！我砸锅卖铁也赔他！"瘦子说："你们还得披麻戴孝地发送孙爷！"传文说："这不行……"朱开山说："行！"胖子说："你行我还不行呢！"传文怒道："你们还想要怎么样？"朱开山对传文说："你让他说！"胖子说："你们朱家从此滚出这条街！"朱开山忍无可忍说："我朱家绝不离开这条街！我就是要饭，也要在这条街上要！还要拎一条打狗棍！"

一口棺材放在了山东菜馆门前，还搭了一个灵棚。和尚诵经，响器吹吹打打，有人跪在棺材前哭天号地。饭店不得不挂了歇业的牌子。胖子向围观的人说："乡亲们哪，老朱家开馆子图财害命，竟然在菜里下毒，我兄弟惨遭毒害，一命归天。可他朱家竟然不闻不问，不但分文不给，还胡搅蛮缠。我兄弟留下孤儿寡母，老爹病娘，真是叫天天不应，叫地地不灵。问朱家，天理何在，良心何在？"

朱开山站在窗前，凝眉看着窗外。传文在一旁唉声叹气说："爹，要不咱就走吧！"朱开山吼了一声道："我说过，谁也不许提走字！"传杰说："爹，实在不行，咱这馆子就不开了。"朱开山说："不开，那不更证明咱家有鬼吗？"传杰说："总让他们这么闹下去也不行啊。"

朱开山说："这两天我就觉得这些人挺怪，白天把棺材抬来，晚上又抬走，啥意思呢？"文他娘说："是啊！他倒来倒去地折腾啥呀？"朱开山说："这里肯定有鬼！有鬼就离不开那个潘五爷！"秀儿说："这可是坏透腔了！弄个死鬼讹人，成天摆口棺材砢碜咱，骂咱，欺负咱老朱家没人了！"朱开山说："这回，我要当众出他的丑。明天，全家人给我上阵，客栈的伙计、菜馆跑堂的，都给我召来！火疖子不出头，我也要把它挤出脓来！"

朱开山出了门径直上了潘五爷家，一抱拳对潘五爷说："我老朱这回请老哥出面当个和人，行不？"潘五爷说："你是想让我当说和人？"朱开山说："是啊，老哥，这条街上，您面子最大了，我也想不出第二个人来了，您费费心。"潘五爷说："这事儿我也是刚听说，咋整的嘛，咋还闹出人命了呢？"朱开山说："就是啊，要是小小不言的事儿，我也不能来求你老哥呀。在这条街上，我跟你走动最勤，你咋也得帮帮我，你露个脸儿也好哇，给兄弟我个面子吧。"潘五爷说："我给你面子，人家那边也不见得给我面子。"朱开山说："老哥，只要您出面跟他们说了，啥结果我都接着。"潘五爷说："好吧，我去试试——试可是试，不过跟我可没关系。"朱开山说："那自然，我只能谢您。"

二人相跟着来到菜馆前，还是围了一堆人，乱成一团。人群中，有小康子和货栈的伙计们，还有菜馆几个跑堂的。朱开山让潘五爷去给胖子几个说项，自己先进了院。文他娘问他："当家的，用拿家伙什儿不？"朱开山说："你可真是的，不怕事儿大！"文他娘说："这两天，可把我憋坏了！"

朱开山说："啥也不用拿，到时候你们薅住他们的人就行。"文他娘说："好。"往后院边走边喊道，"老大家的，老二家的，老三家的，把擀面杖、菜刀啥的都放下吧。"传杰说："我娘真行！"朱开山说："那当然，要不能是你们的娘吗？"

片刻工夫，潘五爷领着胖子等几个闹事的人对朱开山说："兄弟，话我都替你说了，我把他们也请来了。"朱开山说："谢谢老哥。"胖子说："既然五爷出面了，我们也不好驳回。这么的吧，钱给一千就行，发送也不用你们了。不过，你们必须离开这条街。"朱开山对潘五爷说："老哥，你的面子真不小。"潘五爷说："人命关天，能私下里了结了最好，兄弟，依我看，就顺他们的意思办吧。"

朱开山说："我们朱家真就从此离开这条街了？"潘五爷摆出爱莫能助的样子道："要是惊动了官府，你们朱家就得遭牢狱之灾呀！退一步海阔天空啊，就凭兄弟你，到哪儿不发财呢！"朱开山说："谢谢老哥给俺朱家指了一条活路。其实，走，我就是舍不得老哥你呀！"又对胖子说，"这么的吧，兄弟，这两天你们也够辛苦了，我给那位死去的朋友赔个礼，再道个歉！"

全大街的人几乎都拥到了山东菜馆门前，文他娘、那文、秀儿、玉书都在人群中。朱开山从屋里出来，传文、传杰紧随其后。朱开山冲门前的人们一抱拳说："街坊邻居，老少爷儿们，承蒙大家这么关心我们朱家。我今天当着大家的面，为棺材里的人道个辛苦！"说着，走到灵棚前，一把掀开棺材盖。

那棺材里躺着的人一下子坐起来，跳出棺材说："奶奶的，憋死俺了！"棺材里竟蹿出个活人来，围观的人先是以为诈了尸，胆小的赶紧往外跑，待听到那人说话，才明白了怎么回事，立刻像炸了营，纷纷说："这不是熊人吗？""王八蛋才干这缺德事儿！""报告官府，整整这伙混蛋！"胖子和那几个人有点慌。

朱开山问潘五爷说："咋出这种事儿呢？老哥，咋办哪？"潘五爷张了张嘴，扭头就走，被小康子几个人挡住了去路。胖子喊道："潘五爷，你别走啊。"瘦子说："五爷，你走了我们咋整啊？"朱开山呵斥那伙人说："不要拽潘五爷！你们做的混账事情和潘五爷有什么干系！"胖子说："老掌柜的，我们都是听潘五爷才这么做的。"潘五爷回身，狠狠地瞪着他们说："少他妈血口喷人！"朱开山说："对，别血口喷人，五爷是我请来的说和人，我还得谢他呢！"胖子说："大人不计小人过，其实，我们是受了潘五爷的指使……"朱开山说："放屁！潘五爷是我的老哥，是我的朋友，他怎么能对我做这种缺德事儿？你们要想把今天这事情了结了也容易。都先给我站起来！"

那几个人站了起来。朱开山说："当着街坊四邻，我说一句，你们跟我说一句。"胖子说："哎，我们说。"朱开山说："我们来这里撒野放泼讹人。"那几个人嘟囔说："我们来这里撒野放泼讹人。"朱开山说："大点儿声！"几个人大声地说："我们来这里撒野放泼讹人。"朱开山说："和潘五爷一点儿关系也没有。"那几个人说："和潘五爷一点儿关系也没有。"潘五爷悄悄骂了声说："一群废物！"

山海关战场九门口前线指挥部设在山上的一座破庙旁。远处枪炮声隆隆，传武趴在一块大石后，正用望远镜专注地看着前方。郭松龄走过来，伏在他身边。

传武骂道："真他娘的笨！又没上去！"郭松龄接过望远镜，向前望去。传武说："我心里真有些痒痒了。不用多，要是给我一个排，我从那片树林后面兜过去，肯定拿下来。"

郭松龄放下望远镜，盯着传武说："真的？"传武说："手拿把掐！"郭松龄说："那好，你把卫队带上去！"传武说："那哪行？我们是保卫你和司令部的。"

郭松龄说："你把它打下来了，就是最好的保卫！"传武兴奋得有些按捺不住说："那我就去了？"郭松龄说："去吧！不过，只许伤亡一人！"传武立正笑了说："那就是我！"郭松龄爱怜地看着传武，一挥手说："去吧。"

传武带着卫队进入树林。闪转腾挪间，人已到了直军的前沿，一个机枪手疯狂扫射着，压得卫队抬不起头，传武瞅着一个掩护的机会，一抬手射中机枪手，敌人哑了火，奉军卫队趁机冲上山头。

郭松龄伏在大石后，一边观望一边点头，连司令张学良来到他身边都没觉察，张学良的副官咳嗽两声，郭松龄忙起身敬礼说："少帅，你怎么来了？"张学良说："不拿下九门口，咱们就进不了关哪！"郭松龄说："我已经把卫队投上去了。"张学良说："茂宸，到这一步了吗？"郭松龄说："卫队天天闲着，也该练练兵了。朱传武这小子真行！上去了！"

张学良夺下郭松龄的望远镜，说："我看看。我听说过他，能打仗。"郭松龄说："他好像天生就是军人，我得好好带带他。"张学良兴奋地以掌击石说："好！拿下来了！这小子，是行！"郭松龄说："这块骨头啃下来，我们就算进关了！"

张学良把望远镜还给郭松龄，说："茂宸，这回进关了，有啥想法呀？"

郭松龄说："少帅，但愿再别打了。"张学良仰天长叹道："唉，上命难违呀……"

战事暂歇，郭松龄难得清闲，叫了传武一起开车去郊外放松，他们步上一个高坡，纵眼望去，一片绿海。郭松龄说："这里跟我老家奉天城北的道义屯差不多。"又问传武说，"传武，最近家里有信儿没？"传武说："我这个人，野惯了，我不管家，家也不管我。"郭松龄说："媳妇也不管了？"传武苦笑了一下。

郭松龄说："哎，去年，临进关前，你曾为几个逃兵求情，你说什么来着？你说他们不是逃兵，只是不愿进关打仗——是这话吧？"传武说："是。"郭松龄说："你是不是也那么想的？"传武说："我是替他们想。头一次打曹锟、吴佩孚，在长辛店，我们死了那么多弟兄，看遍地血糊糊的尸首，心里疼啊。家都在东北，命咋搁在这儿了？我是一个啥都不在乎的人，可他们不是。一个弟兄临死前还跟我喊：兄弟，把我的尸骨送回老家坟地里去。"郭松龄说："当兵是要打仗，可为了什么呀？他老帅要争地盘，咱就得卖命，值吗？这次我们打赢了，地盘大了，杨宇霆、姜登选他们却当了封疆大吏——督军，多少士兵的血呀！"传武说："副司令，大伙儿都说，老张家对你不赖。"郭松龄说："那是我为他老张家立下了汗马功劳。可我不是他家豢养的狗，我是国家军人！东北军军人！"传武受到感染说："副司令，你说得对呀，我们应当是国家的军人，是东北军的军人，不是哪家养的狗！"

俩人又默默地走了一段路。郭松龄说："传武，你听没听过有人背后管我叫什么？"传武笑而不答。郭松龄说："对，郭鬼子。说我鬼——要是夸我呢，那是说我聪明过人；要是骂我呢，那是说我奸诈透顶。其实，他们都不了解我。了解我的，只有少帅。你刚才的话说对了一半儿，不是老张家对我好，是少帅对我不薄——知遇之恩哪！少帅信任我，把他的部队也交给我管了，这也证明他和我有共同的想法。他和他的老子不一样，老帅为一己之私，穷兵黩武，使东北民穷财尽，兵祸连年；少帅比他强多了，少帅心中有国家，有百姓，有故乡之情。要是少帅主掌东北，那一定是另一个样子。"郭松龄面对大地，猎猎长风，扑面而来，他不觉悲怆，长吟道："十年天地干戈老，四海苍生痛苦深。此中何处无人世，只恐难酬烈士心。"

朱传杰正和小康子点货，见张垛爷进来，忙招呼说："爹，来了？"张垛爷说："传杰，晚上到我那儿去。"小康子对传杰说："怪了，垛爷叫你大号了！"传杰说："爹，有事儿啊？"张垛爷说："咋的？没事儿就不兴去看看我？"传杰说："好，我带点儿酒菜去。"张垛爷说："不用，我给你备下了。"小康子说："垛爷，我也去。"张垛爷说："我和传杰有话说，你算老几？"小康子伸伸舌头。张垛爷向外走去，传杰说："爹，我这就跟你去呗。"张垛爷说："我到街里去买身衣裳，一会儿你再去。"小康子低声说："这老爷子，今儿个有点儿怪呀……"

炕上摆着饭桌，桌上菜已摆上，酒已烫好。张垛爷盘腿坐在桌边，两眼盯着酒菜，一动不动。传杰拎着酒菜推门进来，说："爹，真准备好了？"

张垛爷说："上炕吧。"朱传杰盘腿上炕，看着桌上的酒菜，胃口大开说："啊，爹还真有这两下子，挺香啊！我给你带来的酒菜，只好明天吃了。"张垛爷说："好，那你明天就再来一趟。来，吃吧。"传杰说："我得先敬你一杯啊！哎，爹，你买衣裳了吗？"张垛爷说："买了。"传杰说："咋不穿上啊？穿上呗，让我看看。"

张垛爷说："还没到时候呢。来，咱爷儿俩先干一个。"二人喝了酒，传杰又把酒满上说："爹，有啥话你就说吧。"张垛爷沉默了一会儿说："你知道干爹的大号不？"传杰摇摇头。张垛爷说："唉，看你干爹这辈子混的，连个名都没留下。"传杰说："真的，爹，你叫啥呀？"

张垛爷说："我叫张得本。得本儿，我这辈子，也真应了这个名了，不赔不挣，也就得个本儿吧。"朱传杰说："咋能这么解呢？干爹，得了本儿，那不就是又攒了个本儿嘛。"张垛爷说："我可不这么想。我走了大半辈子垛，能留下本儿——我这个人，就是祖坟冒青烟了。我记不住我娘，我两岁上娘就死了，爹我也就记个大荒儿，是个闷哧汉子，土里刨食儿的庄稼人。他把我带到关东山不久，在脚行扛大个儿累得吐血死了。我不是个好人，不都叫我张咕咚吗？我是咕咚，不咕咚我这本儿就没啦。我偷过，骗过，耍过奸，使过坏，都是为活命，也就是为了本儿！我不攒，也不留，有了就花，没了再想法儿去挣，我不贪，够本儿就行。到如今，我也就是个本儿。"

传杰说："你还有我这干儿子呢。"张垛爷说："所以呀，认识你，这辈子我也算收了租子——得利了！"朱传杰说："爹，你把我这利再放出去，利滚利！往后啊，你别跟马帮了——你别不乐意听，你年岁毕竟大了，垛道上的事儿我也摸得八九不离十了，你就享清福吧。我给你盖个房子。"张垛爷说："那我还叫张得本儿吗？"传杰说："那就叫张得利。"又打趣道，"想给我找个干妈不？要想我给张罗。"

张垛爷说："臭小子！我呀，够本儿就行了。传杰，记住干爹的话，啥时候都得保本儿！"传杰说："那是，把本儿赔光了，那还咋干事儿呀。"张垛爷说："明天你可得来呀！"传杰说："来，我带的酒菜我得陪你打扫了。"张垛爷说："一早儿就来。"传杰说："一早儿？"张垛爷说："对，一早儿，多带几个人来。"

传杰问："干啥呀？"张垛爷说："到时候你就知道了。来，喝酒！我先谢你一杯。"

传杰说："谢我啥呀？"张垛爷说："你就喝吧。"二人喝下酒。

第二天一早，传杰记得垛爷的话，领着小康子和几个赶垛子的伙计来到张垛爷家门前，看见门上的一扇门板没了。传杰纳闷，往屋里一看，惊恐地呆住了——炕上，张垛爷穿着黑色的新寿衣，直挺挺地躺在门板上，这个赶了一辈子垛的老人把自己赶到了生命的终点。

传杰在草木萋萋的乱葬岗子上，立起一座新坟。坟前摆着供品，插着灵幡。传杰和玉书戴着重孝跪在坟前，泪流满面地烧纸。朱开山手里拿着一把烟叶说："得本兄弟，我给你送亚布利烟叶来了……"烧纸的烟火升腾，朱开山向火里搓捻着烟叶。

一个赶垛子伙计唱起来：

赶垛子人哎，走四方，
苦啊乐啊两脚踉。
小崽子等着吃饱饭哪，
媳妇儿等着花衣裳，
老爹老娘跷脚望，
等俺给他盖间新瓦房……

波涛汹涌的大海，巨浪拍击礁石。郭松龄和朱传武在岸边极目远眺，却看不到对岸神州大地。郭松龄说："没来过日本吧？"朱传武说："没来过。"郭松龄说："这次日本陆军部邀请我们来参观他们的军事演习，你知道是什么意思？"

朱传武说："显摆呗。小鬼子不是好饼！"

郭松龄说："震慑！日本对中国，尤其对咱们东北，一直存有野心。可我们的老帅，还在和日本人勾结。"朱传武说："勾结？"郭松龄说："前天，日本陆军参谋本部的芥川找我，这个芥川，在他们参谋部可不是个一般人，他问我，是不是代表张作霖来签秘密协议的？我当时就愣了，问他什么秘密协议？他知道自己弄误会了，支支吾吾地走了。今天我才知道，还真有个秘密协议！老帅已派于冲汉为全权代表，以承认'二十一条'为条件，换取日本的金钱和军火，用来攻打国民革命军！这是什么？这是卖国行为！"朱传武说："张大帅卖国？"

郭松龄说："国家殆危如此，他竟然还做出这样无耻的事情，国人岂能容他！张作霖要是打国民革命军，我就打他！"

郭松龄的妻子韩淑秀匆匆走来，说："茂宸，大帅来电，让你马上回国。"

第二十九章

一轮圆月挂在树梢。院里摆着一张大桌子，桌上摆满了月饼和葡萄等。朱家人高高兴兴地围桌而坐。

文他娘说："今天是八月节，除了老二，咱家也算团圆了。今晚呀，咱们好好乐和乐和！"那文说："当年在王府里头，这日子就得唱大戏了。"传文说："又提你那王府！"那文说："要乐就数唱戏乐，咱家也该唱唱。"传文撇嘴说："得了吧你！"那文说："咋的？兴那姓潘家的请戏班子唱戏，就不兴咱家也唱一出吗？"玉书说："唱戏都是过去的老套路了，现在外面兴看电影了。"朱开山说："今儿个不赶趟了，明儿个咱全家就看电影去。"那文说："爹呀，我可等不到明儿个，现在嗓子眼儿就痒痒，想唱两句。"朱开山说："人心里头高兴了，咋憋得住呀？大媳妇，你就唱吧。"

那文站起来，清了清嗓子，唱了段京戏《贵妃醉酒》：

海岛冰轮初转腾，
见玉兔，玉兔又早东升。
那冰轮离海岛乾坤分外明，
皓月当空恰便是嫦娥下九重……

一段唱罢，众人拍手叫好。玉书说："嫂子，接着唱啊。"传文对玉书说："老三媳妇，你整天在学校里净看见新东西，你就不好也给咱爹咱娘唱个新鲜的？"

玉书笑道："大哥，你是怕俺嫂子唱坏了嗓子，回到屋里给你一个人唱的时候没力气了吧？"文他娘乐了说："老三媳妇说的是，老大，你是不是这么想的？那你唱。"传文脸憋得通红，说："娘，玉书那张嘴啥时候饶过人，你能信她的吗？"

传杰说："玉书，你就别难为大哥了，我知道你自己一肚子的新曲儿，你就唱吧！"

玉书推传杰一把，啐白他说："有你这么出卖自己媳妇的吗？"朱开山笑道："这不叫出卖，叫举荐贤才！"玉书说："叫我唱行，可是我唱完了，我点谁唱，谁就得唱啊。"文他娘指着玉书说："三媳妇，你点谁都行，就是不准点我！"玉书笑问朱开山说："爹，俺娘的话你答应吗？"朱开山蹙着眉头说："那可不行，那不成了倚老卖老了吗？"玉书乐了说："哎，这才叫公平嘛！"秀儿说："好妹子，你可别点我啊。俺哪会唱歌啊？"玉书说："那你就学小狗叫。"文他娘说："行，你要是点她，我替她叫。"玉书点头说："好，我唱一首美国民歌《草原上的家园》。"

一家人沉静下来，月色透过树影筛到桌面上，玉书起身深情唱道：

在草原上，水牛自由流浪，
我愿把草原当家园，
这儿难得听到诅咒和吵闹，
黑云消失在天外远方。
我家在草原上，
无数羚羊、小鹿在游荡，
这儿难得听到诅咒和吵闹，
黑云消失在天外远方……

玉书陶醉着唱完了，家人却没啥反应。玉书问："怎么啦？连个说好的都没有？"传杰说："好——好难听，差点把鬼招来。"那文说："洋歌是不中听。"

玉书说："那是你不懂！反正我唱完了，我现在开始点人了？"朱开山说："好啊。点吧。可说好了，点谁谁唱，别躲滑！"传杰担心道："你是不是想点我啊？又要像小时候那样颠倒我？"玉书笑得喘了说："想好事儿吧，就你那个嗓音，不光能招来鬼，连妖怪都能招来。"文他娘说："老三媳妇，要点谁你就麻溜的吧。"

玉书收住了笑，一脸正色，凑到朱开山面前说："爹，你就给俺们来一段呗！"

朱开山一愣："啥？我？"全家人的巴掌声、叫好声响成一片。

玉书说："爹，话可是你说的，点谁谁唱。"朱开山说："我不会唱啊。"文他娘说："那你就来个武把操。当年，我还不到十八呢，他也就二十出头，他在老家的场院儿练武把操，那石头碌子贴着他的身子飞，他连大气都不喘。我就这么看上了他。"朱开山笑着站起说："说什么呢你？这儿也没碌子，我就耍一套拳法吧。诸位上眼了！"

他敛气定神，出拳带威，抬腿生风。一套拳打下来，大气不喘。众人立时鼓掌叫好。朱开山还要再练，文他娘拽住他说："行啦，行啦，老胳膊老腿的，别散架子了。还是我来吧。"朱开山说："你来？当老婆婆的没个正形儿，你能唱个啥呀？"文他娘说："忘了，俺做闺女的时候也是个热闹人儿。今儿个你撺掇孩子们哼小曲的哼小曲，唱洋歌的唱洋歌，连你自己都练起了武把操，还有没有个老公公的样了？你不像老公公，我也不装那个老婆婆了！"众人又是鼓掌叫好。文他娘连舞带唱，表演起山东农村过节时的歌舞：

八月十五呀闹中秋，
姑娘小伙乐悠悠。
月亮地儿里唠也唠不够，
急得爹娘喊丫头。
丫头就是不乐意走，
跟着小伙子进了荒沟……

玉书走到朱开山身边，问道："爹，明天真去看电影？"朱开山说："当然了，全家都去。"玉书说："明天我去买票。"朱开山说："你记得多买一张，我还得请潘五爷呢。"玉书听了，摸不着头脑。

电影院里，座无虚席。正在放映的是卓别林的影片《淘金记》。朱开山和潘五爷坐在一起，前排坐着朱家人。朱开山小声道："老哥，你淘过金没？"潘五爷说："没。我爹淘过，说是挺苦。"朱开山说："苦透了，比这电影上演的苦。"

电影银幕上，夏洛克和吉姆在吃皮鞋。潘五爷说："扯呢！那皮鞋咋这么快就煮熟了？"玉书回头说："别说话。"潘五爷说："咋还不让说话呢？戏园子里看戏还兴喊好呢！"传杰说："五爷，戏园子是戏园子，这是电影院！您老得懂点儿规矩。"朱开山说："小孩子，咋这么跟长辈说话？"

潘五爷安静了一小会儿，看到银幕上一头熊闯进了小木屋，他又喊起来："不对呀，狗熊冬天也不出来呀！"朱开山说："那是外国狗熊。"潘五爷说："兄弟呀，看这外国玩意儿真不如听戏，这叫啥呀？看了半天，不光不说话，连句唱都没有。"后排的观众急了，按着他的肩膀说："哎，干啥呀你，还让人看不看了？"

潘五爷站起身，冲那观众瞪圆了眼睛说："你看你的，管我干啥？凭啥拍我肩膀头？"观众说："你吵吵嚷嚷的，我们还咋看哪？"朱开山对那观众说："别发火呀！我们唠嗑儿也没唠你呀。你拍人干啥呀？"潘五爷说："啊，我唠嗑儿还不行了？那上边是一群干嘎巴嘴的哑巴，让我也学哑巴呀？"

观众说："哪儿来的老赶哪？不会看电影回家待着去！"潘五爷一听，急了说："谁老赶哪？你说谁老赶哪？"电影院内一下乱了起来，影院里的两个伙计忙过来架住潘王爷，喝道："出去，不许搅闹公共场所！"潘五爷挣扎说："咋的？还抓人哪？我犯啥法了？"影院伙计说："挺大岁数，在家老实儿待着得了，上这儿闹什么？"朱开山故意道："你们知道这是谁吗？这是潘五爷！"伙计说："远点儿扇着！潘五爷能这么掉价？能啥也不明白？告诉你，再来胡闹，把你送局子里去！"撂下话，不由分说，架住潘五爷就往外拽，潘五爷气得直蹦高，影院里嘘声一片。朱开山跟到外头，劝说伙计放下潘五爷，又对他道："这些人，太不讲理了！老哥，要不我陪你上戏园子听落子去？还是那玩意儿看着过瘾。"潘五爷满脸通红，甩开朱开山说："我知道了，是你有意耍我！"恨恨而去。

1925年11月22日。滦州车站戒备森严，一座楼房外，五步一岗，十步一哨。朱传武威严地站立在楼门口。

楼内的会议室里坐满了少校以上的军官，个个面孔严肃。郭松龄慷慨陈词道："自民国十年以来，老帅穷兵黩武，关内关外，兵连祸接，生灵涂炭，东北军官兵，死伤甚众。此次入关，战火殃及长江下游，已引起全国公愤。我郭松龄已拿定主意，此后绝不参加国内战争！我们东北，土地辽阔，物产丰饶，三千万百姓希望安居乐业，我们为什么还要进关打仗？经营好我们的东北，岂不远胜于阋墙之战争？有弟兄说：进关进关，就是进了棺材！我们要跳出这口棺材！南方的国民军提出打倒军阀，我拥护！军阀不倒，国难不已！东北的军阀就是老帅。可老帅竟然勾结日本人，打算以承认'二十一条'为条件，换取日本人的金钱和军火，去攻打国民革命军！这是干什么？这是地地道道的卖国行径！老帅必须让位于少帅。我们要用武力拥戴少帅主掌东北！现在我宣布：部队改称东北国民军，挥师入关，直取奉天！"座下士官个个踌躇满志，鼓掌叫好。

不久，东北国民军的旗帜在硝烟中飘扬起来。一支戴着绿色臂章，上写"不扰民，真爱民，誓死救国"的部队连克昌黎、山海关、绥中、连山、锦州、新民，势如破竹，掀起了轰动一时的倒戈反奉事件。

东北国民军司令部。电话铃急响，郭松龄拿起听筒，却听得里面传来少帅张学良的声音："茂宸，到此为止吧，可以讲和了。"

郭松龄心内一阵汹涌，说："箭已在弦，不得不发。我起兵的原因，想必你已清楚。我只求老帅下野，由你来主政东北。"张学良说："我这个人你也了解，朋友之义都不能违背，怎能背叛父亲，千秋忤逆之名，实在太沉重。"郭松龄说："我也知道，你很为难。汉卿啊，你不应该只顾自己的名声，而违了天下民意。我们讲忠，广而言之，忠于国家人民，狭而言之，亦当忠于地方乡里。你于我有知遇之恩，我此生难报，但为国家为民众，我只能如此。"张学良说："你兴兵之心，我早已明了，但我不能依你。茂宸，你若能就此罢兵，还可以从长计议，凡事都不难解决。你这次举兵的一切善后，弟当誓死负责，你绝无危险。现在我已在兴隆店，你若不听我的劝告，我们只好兵戎相见了。"郭松龄慢慢放下电话，仰面长叹，自语道："那就兵戎相见吧……"

山东菜馆的生意正火，跑堂伙计们忙碌着。窗外驰来一辆军车，跳下一群持枪的士兵，不由分说冲进屋来，顾客们顿时惊作一团。传文忙出来，抱拳笑问道："老总，你们这是……"士兵头目问："朱传武回来没？"传文说："没呀，他去关里前回家一趟，打那再也没有回来过。"头目狐疑地看着传文，说："那我们可得搜搜。"说罢，对士兵一挥手说："搜！"士兵们向后屋奔去。

东敲西砸地踅摸了半天，士兵们空手回到了前厅。朱开山示意传文拿上酒菜来，与那头目边饮边说，他小心问道："长官，我家老二也是当兵的，你们这是怎么个说法啊？"那头目道："知道，我跟他还是一个铺上睡觉的弟兄呢。大爷，没法子，上边的命令。其实，也不怨他，是他摊上了。他跟郭鬼子反大帅，上边让抓他。大爷，你听说了没？这回大帅玩狠的了，郭鬼子和他老婆不但被枪毙，还暴尸好几天呢。"朱开山不觉倒吸一口凉气，心里暗暗担忧。头目又说："大爷，那郭鬼子倒是很器重传武，听说他兵败后自知气数尽了，把传武他们几个副官都赶走了，就是怕他们受牵连。"朱开山说："郭鬼子为什么要反大帅啊？"

头目小声地说："用郭鬼子的话说，张大帅投靠日本人，为争地盘祸害百姓！"

朱开山说："真是这样，我看反他也没错！"头目道："大爷，你小点儿声，正抓这种人呢！"朱开山说："天下人就得管天下事！"头目苦笑道："您老豪气，本人告辞了。"

士兵们上了车，急驰而去，留下朱家人愁眉不展，秀儿更是抽泣不已。文他娘说："你说这小子，不知天高地厚哇，你反什么大帅呀？那大帅是你能反得了的吗？"那文说："可别祸灭九族哇！"玉书瞪她："这是民国，当是你那大清呢？"文他娘哭了说："秀儿，你的命真苦呀！"朱开山说："干什么哭天抹泪的呀？我打听了，老二做的是正经事儿，那张大帅投靠日本人，祸害关东百姓，就应该反他！再说了，上门来抓他，就证明这小子跑了。跑了就有活路。这小子命大着呢，准没事儿。"

二龙山几乎被大雪封了路。白茫茫的山岗子上，除了偶尔蹿出的野物，在雪野里留下一溜爪子印。

传武小心地扒开树丛，突然觉得冻得发麻的脑门给什么东西堵上了，是两杆枪管，持枪的人却是老四和一个土匪。那土匪道："天下转，什么蔓儿（干什么的）？"传武说："少废话，找你们大掌柜的！"老四认出了传武，说："这不是那个条子吗？"传武说："认识就好。去告诉镇三江，就说我朱传武入伙来了！"

老四押着传武往二龙厅去。镇三江和鲜儿早得了信儿，已经喜出望外地迎出来。镇三江拍着传武的肩膀说："我还以为再也见不着你了呢！"传武说："这回咱可要天天在一块儿喝酒了！"镇三江说："好，喝酒！马上就喝！小的们，今天可要敞开喝！"众人向二龙厅走去。鲜儿悄声对传武道："一年以前咱还生离死别的，如今就头碰头了。"

宴席摆开，传武和镇三江、鲜儿、老四等头目围坐一桌。几杯酒下肚，传武红了眼睛说："郭司令万万想不到，小日本还真下了手。没有他小日本，奉天早就是郭司令做主了。少帅也糊涂啊！"一杯酒饮罢，又喃喃自语道："我对不住郭司令啊！"镇三江安慰道："兄弟，你说那些咱们不明白，我就想在这山上，天高皇帝远的，咱图的就是自在不是？我上次留你你不干，费了半天劲，绕了一大圈儿，还得走这条道。"鲜儿说："这才叫逼上梁山呢！"镇三江点头说："对！逼上梁山！咱都是梁山好汉哪！"老四说："大掌柜，传武要入伙，咱照例得走一趟过堂和挂炷拜香吧？"镇三江说："这是我的救命恩人，那套就免了吧。"

鲜儿低声问道："你是一时来混几天？还是永远在这干了？"传武说："永远在这干了！"

几个人正热络地聊着，一个土匪突然跑来报告说，东北军又围了山，而且拉着山炮，阵势浩大，已到寨前。镇三江怒道："真是欺人太甚。"报告的土匪说："不过，官军说这次不是来灭寨，而是为了，为了……"传武站起身道："大掌柜的，肯定是为了我。"那土匪点头道："是，官兵给咱们喊话，说山上的听着，我们不是来剿你们的，只要你们交出朱传武，我们马上撤兵，否则就炸平二龙山。"镇三江喝道："奶奶的，我看谁有那个本事敢夸口炸平咱二龙山。"传武说："大掌柜的，不可意气用事，他们有重武器，真能炸平二龙山。"鲜儿说："二龙山平了，咱再找别的山头。"传武说："姐姐，你这半辈子，生生死死，水里火里扒登，好不容易有了这么个安身的地方，我不能叫你再遭祸乱。"他对那报告的土匪："你告诉他们，我朱传武陪大掌柜的和姐姐喝了酒就下山。"

报告的土匪去了。传武面色不变，把一大碗酒一饮而尽，酒饮完，滚烫的泪珠才落下眼来，一抱拳说："弟弟去了。"鲜儿说："传武，你这一去可是凶多吉少啊。"传武说："我朱传武的命大着呢，我不信就能死！"起身要走。镇三江说："站住！"传武却不回头。镇三江追上去拽住他说："你给我回来！我镇三江情愿给灭了绺子，也不能让兄弟去送死。"传武一甩胳膊，挣脱大掌柜的手，急步下山。镇三江拔出匣子枪，顶到自己头上，喊道："朱传武！你不给我回来，我就死给你看，反正我这条命也是你给的。"传武站住回过身，也拔出枪顶到自己太阳穴上，一笑道："大掌柜的，你要是不带人回去，我为你，为我姐姐，为山上山下的朋友们，先崩了我自己！"镇三江吼道："兄弟，你把枪放下！"传武说："你先放下枪。"镇三江说："你想叫我镇三江留下个不仁不义的骂名吗？"传武说："正因为哥哥是个仁义的人，兄弟才这么做。"

两个人僵持不下，方才报告的土匪又急匆匆地奔上来，气喘吁吁道："大掌柜的，山下官兵说了，抓传武大哥不是为了要他命，是少帅点名要他。"镇三江骂道："你个蠢货，那还不是要他命？"传武听了，倒觉错愕，说："大掌柜的，少帅跟郭司令情同兄弟，虽然这次郭司令倒戈让少帅为难，但我知道少帅心里是痛惜司令的，也许他真是要问我什么事情吧。如果真是要我性命，他们只管用炮轰山就是了。"镇三江收起枪来说:"那我送兄弟下山,只要他们敢对兄弟不恭,我镇三江跟他拼个鱼死网破。"

传武和镇三江、鲜儿以及老四等一干人下得山来,果然见山下山炮林立,官兵众多,一副拿不到人决不罢休的阵势。传武远远地看见领头的是郑团长,招呼道:"郑团长,就因为抓我,害得弟兄大雪天地走这么远的路,值得吗?要知道是你来抓我,打个招呼我就下山了。"郑团长说:"传武啊,我怕二龙山扣人不放啊。他们要是真敢,我就平了他二龙山。今天看你的面子,饶他们一回。传武啊,我都替你可惜,当初郭鬼子要是不把你领走,跟我多好,兴许是营长了。不过,现在也不错,少帅指名要见你,还让我们保护你不得受任何伤害,得把你当客看着!"

传武对二龙山众人道:"不要送了,少帅的为人我知道,请几位放心。少帅问完话,俺还回来。"镇三江等人点点头。传武又拉过鲜儿,嘱咐道:"姐姐,你多保重。我要是耽搁的日子久了,家里那边你和大掌柜的多照应。"鲜儿含泪答应。传武辞别众人,大跨几步来到官军阵前,早有人牵过一匹马来。传武跨上马,回身往山上一抱拳,说:"传武谢谢收留,我走了。"

朱传武一身戎装,笔直地站在张学良面前。张学良微笑道:"行啊,听说当土匪去了?"传武说:"没办法,我知道我犯了死罪。"张学良说:"你何罪之有啊?卫队长就得忠于长官!"传武说:"谢少帅!"

张学良叹道:"茂宸也没罪呀!他就是太着急了。可惜呀,我再难找这样的良师益友了。我本想把他押回奉天,再想办法救他。可是,杨宇霆下了命令,就地枪决。不说这些了。传武,茂宸时常跟我提起你,说你忠义勇武。怎么样,给我做警卫副官吧?"传武一愣,不知如何回答。张学良见他面色犹疑,问道:"难道我不如郭松龄?"传武说:"传武不是此意,实在觉得担当不起如此重任。"

张学良一摆手,说:"不用说这些废话,你肯定可以。"传武立正敬礼,说:"谢少帅再生之恩!"

山东饭店的前厅里坐满了客人,跑堂的忙来忙去。那文若有所思,见秀儿从后厨出来,眼珠一转,亲热地走过去说:"秀儿,歇会儿吧。"秀儿说:"不累。"

那文上前挽住她说:"走,上我屋去。"秀儿说:"有啥话就在这儿说呗。"

那文说："走吧。"

进了屋，那文也不说话，只是瞅着秀儿笑。秀儿给她笑得莫名其妙，说："嫂子，你笑啥呀？"那文说："我笑你傻——你真傻！"秀儿说："不是说傻人有傻福吗？"那文说："你福在哪儿呀？——豆'腐'吧！"秀儿说："这日子过得不挺好吗？"那文说："你说你一天天多累呀，得啥啦？"秀儿说："吃不愁，穿不愁，每月还有零花钱……"那文说："那点儿小钱还是钱哪？馆子这边进项不少，老三货栈那边也挺能挣的，你得多少了？"秀儿说："我要钱干啥呀？"那文说："说你傻，你还真傻透腔了！钱还咬手哇？咱家两个买卖，要是分开，老三干老三的，我和你大哥开这个馆子，你跟我干，我保证让你腰包鼓溜儿鼓溜儿的。"秀儿这才明白了，说："嫂子，你是要分家呀？那爹和娘咋整？"那文说："爹娘就享清福呗，咱还能亏待二老哇？都那么大岁数了，也该歇歇了。分了家，他们就省心了。"秀儿说："那你就去跟爹说呗。"那文说："我说？我说多不好哇，大媳妇张罗分家，好像我要撂挑子似的。你去说，先跟娘说。娘最疼你，也最听你的。"

过了头午，找了个空闲，秀儿把那文的话对文他娘说了。文他娘听了，笑道："是她让你跟我说的？"秀儿说："啊。"文他娘说："你这丫头，一点儿心眼儿也没有，她让你说你就说？"秀儿说："她是好心，让你和爹省心，享清福。"

文他娘说："你嫂子那小心眼儿呀，好心，她咋不说呢？她不敢说，让你来探我的口风。你让人当枪使了。这事儿你别跟旁人说，就当不知道。你去把你大哥叫来，我跟他说句话。"秀儿去了，一会儿传文颠颠地来了，边走边说："娘，啥事啊，前头忙得乱转，你不知道啊？"文他娘阴下脸来说："老大，你媳妇张罗要分家，可是你的主意？"传文一愣说："我不知道哇。我哪想分家，我光琢磨着把咱山东饭店扩大的事了，名都想好了。山东饭店不能叫了，咱叫四味楼……"文他娘说："别扯没用的，我问你分家的事呢。"传文说："准是那文闲得慌！没事儿找事儿。"文他娘说："不是你的主意就好。你也别破马张飞地跟你媳妇儿吵吵，要是让你爹知道了，非把你们两口子打出去不可！"

传文心里嘀咕着回到前厅，也打不起精神来忙活。寻思了一会儿，他装作劳累不堪的样子回了自家屋，一进门，就喊道："哎呀，累死我了……"那文迎上去扶着，说："咋累成这样啊？"传文往炕上一倒说："这一天天硬挺啊！回到家腿疼胳膊酸，骨头都要散了。这个家，不全靠我出力呀，我得啥好了……"那文心里暗喜，说："可不，当家的，咱出这个力真是不值当的，不如早分了另过。"

传文坐起来说："你是说分家？"那文说："对，分开过，咱要这个馆子，挣了都是咱的，你也就不白挨累了！"传文说："对呀！我咋就没想过呢？哎，这么的，你明天先出去找个房子，分了家咱也好有个去处呀。"那文喜出望外道："好哇。"过了两天，那文兴奋地领着传文进了一个小院。院子不大，朝南有三间大屋。

那文说："这院儿不错吧？离咱饭馆也不远，屋里也挺宽敞的。"传文说："是不孬，进去看看。"那文用钥匙开了锁，打开门。传文顺手接过锁来，见那文进了屋，反锁了门。那文有点蒙，在里头喊："干啥呀你？"传文气呼呼地说："干啥？你不是想分家吗？你自己住这儿吧！"自己说完，拍拍巴掌走了，任凭那文在屋里头大呼小叫。

传文回到饭店，哼着小曲忙活。小半个钟头，只见那文一瘸一拐地回来了。文他娘看见了，忙过去问："你这是咋的啦？"那文说："没啥，就崴了一下。"

文他娘喊传文过来，让他扶他媳妇回屋。传文颠颠过来，搀住那文，低声笑道："你本事怪大呀，长翅膀飞出来的啊？"那文带了哭腔，说："你还说，你不锁我，我也不翻窗户，不翻窗户我也崴不了脚。"传文听了嘿嘿直笑，那文翻他一眼说："死鬼，你还觍脸笑。"传文说："该！你还想分家吗？"那文说："缺大德的，你要是不想分就不分呗，也用不着这么折腾自己的媳妇呀。"传文说："不折腾你，你不长记性！"

第三十章

饭馆里，传文给朱开山比比画画地讲着，说："咱把二层楼接起来，楼梯在那边，贴墙，不占地方，下面当库房使。这样就多出四个雅间，多摆八个桌面，客人再多也不用愁了。"朱开山连连点头。传文说："店名我都起好了，叫四味楼。"朱开山说："四味楼？嗯，好，就叫四味楼。"

传杰急火火地跑进院来，说："爹，二哥来信了！"朱开山说："咋说的？"

传杰说："他说他在奉天给少帅当警卫副官呢。"朱开山愣了说："这到底咋回事儿呀？天上地下的，一会儿来抓他，一会儿又跑到少帅跟前去了。"文他娘一把扯过信来说："三儿，把信给我！"说着拿着信进了秀儿屋。

秀儿正在做针线活儿，文他娘说："秀儿，老二来信了！你看看。"秀儿说："娘，我也不认字儿呀！"文他娘说："啊，刚才我听老三念了，他说他给少帅当差呢。这信里一个劲儿地提你，问你好不好，身子骨咋样，让你别累着了，还说见天想你。"秀儿脸红了说："娘……"文他娘说："这信你就留着吧，虽说你不认字儿，那也是他写的呀，就跟他人在你身边似的，对不？"秀儿含羞点头。到了中午头，秀儿见玉书放学回家，忙把她叫进屋里，羞怯地拿出传武的来信，递给玉书说："给我念念信。"玉书一看说："啊，二哥来信了。"她打开信封，打趣道："二嫂，你们的悄悄话也敢让我知道？"秀儿嗔笑道："你念吧。"

玉书念了一遍。秀儿说："就这些？"玉书点头说："是啊，二哥说了，'秀儿有二老关照，我心安矣'。"秀儿说："就这一句？"玉书点点头，突然醒悟过来，待要去掩饰，却见秀儿满脸的企盼已变成彻底的失望。

山东菜馆牌匾已换成"四味楼"三字。鞭炮炸响，鼓乐班子的锣鼓唢呐热闹地响起。朱开山和朱传文父子在门口恭迎前来祝贺的人。

来宾中一人说："恭喜，恭喜呀！老掌柜的，生意越做越大了，真是骏业鸿图，福茂德隆！"另一人说："少掌柜的，这四味楼，是不是指你那四道拿手菜：朱记酱牛肉、鲁味活凤凰、富富有余，还有那满汉呈祥？"朱传文说："对，是指这四道菜。"朱开山说："也含着苦辣酸甜的意思。人这一辈子，三穷三富才过到老，其间得经受多少酸甜苦辣啊！"那客人点头说："老掌柜说得好，说得好啊！"

刘掌柜疯疯癫癫地过来说："我家又开了一个买卖。"传文拦住他说："刘掌柜……"宝他娘赶过来，往回拽着刘掌柜说："走，当家的，回家，咱回家。"

刘掌柜挣扎说："这是咱家的馆子！"朱开山说："对，是你家的馆子。"他上前拦住宝他娘，往屋里让着说："弟妹，进屋，进屋。"宝他娘说："你家大喜的日子，他一个疯子……"朱开山说："没事儿，快进屋，进屋。"又嘱咐传文说，"我今儿个就陪刘掌柜的了，开业的事儿你张罗吧。"

忙忙活活一整天，夜里临睡觉了，朱开山却坐在炕上闷头抽烟。文他娘说："当家的，大喜的日子，该乐和还得乐和。"朱开山说："我今天办了个错事儿。"

文他娘说："是请了刘掌柜的？"朱开山说："不，他不来，我还没觉着错了呢。我没请潘五爷。我该真心实意地请请潘五爷。"文他娘说："他净整咱家了，你咋还想请他？"朱开山说："看见刘掌柜那样，让我心冷啊。为啥要争啊斗哇？我不争了，也不斗了，这一半天，我就请潘五爷。"

朱开山蹲在潘家大门外的台阶上，抽着旱烟，脸色郁郁。他吃了早饭就来请潘五爷，谁知道却吃了个闭门羹。开门的潘老大一见是他，也不让进门。任凭怎么喊怎么敲再也不开门了。一直到了中午头，潘老大要出门，一开门见朱开山还在门口蹲着，潘老大说："我要是不让你进来，你是不是要在这蹲一天哪？"朱开山说："哪能呢？我就不信我老哥一天都不出门。我请他可是诚心诚意呀，不见着他，我是真不走。"潘老大正要关门，忽听得潘五爷在院里说："进来吧。"朱开山说："我说嘛，我老哥咋能不见我呢。"

朱开山进了堂屋，见潘五爷和于掌柜、葛掌柜都在，他一抱拳说："老哥，我请你来了！哎哟，于掌柜、葛掌柜也在，在下一块儿请了。"潘五爷、于掌柜、葛掌柜没起身，也不搭茬，只是冷冷地看着他。朱开山说："怎么？怨我请晚了？老哥，改名开张那天乱哄哄的，我就想找个清静的日子，和老哥好好唠扯唠扯。"潘五爷说："兄弟，你是对手！今天，是不是再想耍我一回？"朱开山说："老哥，上回看电影的事儿是我不对，确实，我是有意涮你一把。今天我特备下薄酒向您赔不是。"潘五爷说："你没错！你心里明白，几次三番的，我也没少整你，你拿我耍一回也是正章。你今天来认错，不是想悔棋吧？"朱开山说："悔棋？"潘五爷说："悔棋就是想赢啊。"朱开山说："啥输啊赢的，我认输了。今天请酒，也可以说是服输酒。"

潘五爷沉吟一会儿说："于掌柜、葛掌柜，我兄弟既然来请，咱就给他个面子吧。"

四味楼里顾客满座，一派喧嚣，比之于前身山东饭店又热络了许多。见朱开山领着潘五爷、潘老大、于掌柜、葛掌柜进来，传文忙迎上来说："五爷来啦，请楼上雅间儿。"潘五爷硬硬地一甩手说："不用这套！我来，不是来吃席，更不是来道喜。看见你们朱家买卖这么好，人气这么旺，我心里烦着呢！这是实嗑儿。"他见客人都安静下来，扫视一下说，"都是山东人吧？这么多年山东人被我们热河人压得喘不过气来，今天出气均匀了吧？我朱家兄弟真比你们强多了，我愣没整住他，反倒被他耍得大病了一场。"朱开山说："老哥，当着大伙儿的面，我今天向你赔不是。千错万错是我的错。你往后看，我朱开山要是有半点儿不恭敬你……"潘五爷说："别呀！这套我懂，就像武林高人，打趴下一个对手后，他会放一马，显得有心胸，显得仗义，显得他更能耐。不过兄弟，我还没趴下呢！"朱开山说："老哥，兄弟是心窝子里的话……"潘五爷说："啥也别说了。生意场嘛，就是你争我斗较劲的地方，就像赌场，上手就得认赌服输，输了心里发狠去！谁让你手臭，谁让你点儿背，谁让你牌艺不精——活该倒霉！兄弟，我想跟你赌一把，最后赌一把！"朱开山说："老哥……"潘五爷说："别老哥、老哥的，一听你叫老哥，我就觉着瘆得慌。大伙儿都看着呢，别他妈装娘儿们！装也没用！说，赌不赌吧？"一个客人说："五爷，朱掌柜已经把话说到这份儿上了，你也该松松口呀。"潘五爷说："我松口？我松口你们还不得咬死我呀？姓朱的，不敢赌你就滚出这条大街！"

朱开山的性子到底还是火，一听这话，不由豪气上头，说："你说，赌什么？"潘五爷说："咱都是做买卖的，当然要赌买卖上的事儿了。现在市面上稀缺的几种药材你知道是什么吧？"朱开山说："知道，北面的山里头就有。"潘五爷说："那好，咱就赌这个。压上全部家当，看谁家能把这几种药材先贩回来。谁先贩回来，这条街上，谁就说了算，输了的从此滚开这里！这不已经开春了吗？正好上路。明天我到你这来立字据！"

第二天，潘五爷还真带着中人来立了字据，他和朱开山各自在字据上按了手印。潘五爷一句话没多说，冷着脸出了四味楼。朱家全家人都聚在屋里，神色紧张严肃，还含着不安。朱开山看看家人，笑说："别都紧绷着脸哪，吓人巴拉的。手印都按了，那就赌！大不了赌输了，咱扛上铺盖卷儿，再回放牛沟去。咱就肯定输吗？我按手印之前，心里也犯合计，想跟潘五爷缓缓，可他不松口啊！如今没退路了，就是南墙也得撞了——撞个大窟窿咱走过去！老大，你这两天把贩货的本金张罗齐；我呢，到二龙山找大掌柜的，让他帮帮咱；三儿，你麻溜去奉天找你二哥，他不是在少帅手下当差吗，让他想法儿弄个批文。"传文和传杰郑重地点点头。朱开山又嘱咐传杰道："关键在你二哥这里，你别稀里马虎的。这几样东西都要官家批文的，咱哈尔滨城里比不上他们潘家熟络。"

就这样，朱家人筹钱的筹钱，上山的上山，进城的进城，各自忙活起来。

传文先备好了钱，朱开山亲自跑了一趟二龙山，只剩下一个路最远的传杰。传武这孩子的性情没得说，可是想到那少帅府深宅大院，小三子能成吗？朱开山心里不免犯嘀咕。

就这么等了几天，潘老大的马帮都上了路，传杰才一脸喜色地回了家门。

朱开山骂道："你个崽子还有心笑哪，你爹都要哭了。"传杰说："我也想早回来，俺二哥不让，非带着我逛四平街，给您二老捎来好多奉天稀罕货，一路上累死我了。"朱开山说："俺不稀罕他那什么稀罕货，批文的事呢？"传杰嘿嘿又乐了，说："你让我喝口水。"文他娘见朱开山气得直瞪眼，过来嗔怪道："你个小羔子，别激你爹了。"传杰说："都放心吧。俺二哥是少帅的副官，谁还不给个面子？我亲眼见他给咱哈尔滨打了个电话，交代我回来就找安厅长。"朱开山这才面色转喜。传杰说："这还不算呢，少帅都关照咱家啦。"他得意地从腰里掏出一个黑家伙来，却是一把小巧精致的手枪，"看！少帅得知俺要走这趟马帮，特意让二哥交给我这把枪，让我带着路上防身。"

文他娘说："少帅也知道咱家的事儿？"传杰："少帅祖上也是闯关东的，听说咱家也是关内来的，所以特别上心。"朱开山从传杰手里拿过枪来，把枪口对着自己把玩着，说："这小玩意儿有啥用啊？"传杰忙一把抢过来，说："爹啊，你可别对自己脑袋啊。你看，这是保险机，打开了就可以击发了，这个机头扳开，是打连发的，后坐力还小，比俺哥那会儿用的匣子枪金贵多了。"

虽说是开春的天气，可是一路北行，又多是山道，潘、朱两家赶马帮的汉子们还是终日在雪雨风霜中展开了竞赛。潘老大虽然早走了好几天，但比不上传杰路熟，紧赶慢赶地，朱家马帮在黑瞎子沟赶上了潘家的马帮队伍。两边人冷冷地招呼了，各自搭起帐篷，点了篝火。

夜深了，传杰和小康子却还机灵地睁着眼四处望着。忽然小康子说："三掌柜，我发现两个人影。"传杰示意他小声。二人蹑手蹑脚地跟过去，只见两个潘家马帮的伙计把一些东西倒在朱家的马匹跟前。等那二人走了，传杰和小康子才过去，发现倒在地上的是些马肠子之类的下水。小康子莫名其妙，传杰却大惊失色说："快！把这些马下水都挖坑埋了！我干爹跟我说过，熊瞎子要是闻见了血腥气，就会赶过来吃人、吃马。这黑瞎子沟，黑瞎子老多了。"小康子恨恨道："老潘家的人也太损了！我扔回他们那边去！"传杰说："你快埋吧！"

晨曦微露。朱家马帮还守着将熄的篝火沉沉地睡着，潘老大已率领他手下的马帮起身了。

潘家马帮在密林中艰难地前行了有七八里路，几匹马忽然变得狂躁不安起来，几个伙计不明所以，忽听得耳后一阵粗气声，一只硕大的黑熊在密林一侧狂奔而来。潘家马帮伙计顿时方寸大乱，潘老大叫道："黑瞎子咋冲咱们来了？"那黑熊看着身体笨拙，在林中行动起来却比人迅疾，眨眼的工夫已奔到马帮跟前。伙计们四散而逃，几匹马也狂乱嘶叫着。潘老大怕马匹走散了，狠狠拽住缰绳，踌躇间，黑熊已冲他扑来。潘老大顾不得缰绳，松了手，马狂奔而去。黑熊给震了一下，有些蒙，等马走了，又朝潘老大扑去。眼见潘老大已气力不支，忽听一声枪响，那黑熊咆哮一声，转过身子，又是几声枪响，黑熊踉跄几步，沉沉地栽倒在地。潘老大瑟瑟缩缩地从地上爬起来，他衣服已给咬烂，浑身血迹斑斑。几步之外，传杰还举着他的小手枪，也是惊魂未定，见潘老大站起来，才说："潘大哥，没事儿吧？"潘老大说："兄弟，谢谢你呀。"传杰说："谢啥呀，一条街上住着，都是兄弟嘛。"潘老大说："真没想到，这么较劲的时候，你还能救我。"小康子跟上来说："把良心放正吧！"传杰回头说："康子，少废话！咱走！"

朱家马帮把黑瞎子撂上了车，继续上路。小康子说："三掌柜，你刚才何苦救他呢？这种人不给他苦头就没有记性。"传杰说："你还说呢，肯定是你给他家的马上抹了啥东西，把黑瞎子引来的吧？"小康子笑了说："他们不仁在先不是？也怨不得咱。唉，三东家，你刚才那几下真利落啊。"传杰笑道："我二哥还说这枪好使，刚才震得我虎口直疼，真不知道他们当兵的是咋舞弄那些长枪短炮的。"

两个人正说着，一个戴着草帽的汉子领着几个人拦住了车问："是朱家的垛子吧？"传杰狐疑地扫看着几人，点头道："是啊，不知几位是……"那领头的摘下草帽说："不认识我了？"传杰认出了，原来是镇三江，忙下了马说："大掌柜的，您还亲自下山啊？"镇三江说："我担心天外天见钱眼开，给你保驾来了！兄弟，咱往前赶路吧！"传杰说："好！赶路！"急行了大半天，天色向晚时，马帮来到一处幽深的沟口。镇三江告诉诸人说："这个地方叫黑松林，是天外天的地界了，弟兄们都小心些。"果不其然，马帮走进沟口没多久，几个土匪便持枪拦住了去路。镇三江手下的一个人上前说："几位兄弟胆子不小啊，怎么连我们家大掌柜的货物也敢劫吗？"那几个土匪闻听上前道："真是镇三江吗？"镇三江骑马过来，向左肩一抱掌说："是我。弟兄们辛苦啊？"天外天的土匪们赔着笑道："不知大掌柜的也在，得罪了。大爷辛苦。"镇三江说："是天外天的人吧？回去和天外天说，我镇三江改日带两坛子好酒，去答谢他。"一个土匪道："谢大掌柜惦记我们当家的，我们弟兄还要巡山，等回了寨子一定禀报。"说着继续带人往前驰去。

朱家马帮转过沟口。传杰说："大掌柜的，多亏你呀，要不这货还真被劫了。"

镇三江说："是鲜儿算得准，她说天外天不讲信义，一定会来劫货——还真让她说着了。不过，天外天还给我面子。"话音刚落，忽然前头几声马嘶，一大帮人马已堵在了前路，为首的正是天外天。镇三江暗叫声"不好"，正要拔枪，天外天却抢先两枪打来，镇三江躲避不过，一头栽下马去。朱家马帮立时大乱。镇三江的兄弟围成个扇形把马帮护在中间，一边还击，一边把镇三江扶起来。

两枪一枪打在镇三江的右臂，另一枪却在左肋上，鲜血已洇湿了他的衣服。传杰也掏出他的小手枪来，随马帮伙计和镇三江的人抗击着，却是寡不敌众。更糟糕的是，刚才遇见的几名土匪又从后面包抄而来，让马帮腹背受敌。

天外天的人很快便把马帮围在中央。镇三江挣扎间，失血更多，已是面色苍白，气喘吁吁道："天外天，你怎么处置我都行，你放朱家兄弟走。有多少钱我赔给你。"天外天狞笑道："大掌柜的，你赔给我？我怕我放走了，我得赔给你条命吧！"镇三江说："天外天，我镇三江从来不会说了不认，我只求你放朱家兄弟一条路。"天外天摇头道："大掌柜的，你这哪里是土匪啊？朱家给你多少好处，值得你这样？"镇三江冷笑道："怕是你收了潘家的东西了吧？"天外天说："那当然，不过老子干的是土匪，我还明说了，他潘家的货一会儿打这儿走，我也照劫不误。老子干了这票带弟兄们就远走高飞。"说着冲手下一挥手，说，"别愣着了，卸货！"

小康子气不过，一把从传杰手里抢过手枪，瞄准天外天就射，天外天咆哮一声，一马鞭甩过来，小康子弹还未射出，却听几声枪响，自己早已被天外天手下打成了血葫芦，倒在地上再没起来。传杰扑到小康子身边，只觉天旋地转，一片血红迷住了眼。

天外天杀机愈浓，他举枪朝向了传杰。镇三江拼尽全力一跃，护在传杰跟前。天外天这一枪，正中他的胸口。天外天喝道："是你找死，我成全了你。"他举起枪来，又要扣动扳机，忽听一声尖锐的子弹声掠耳而过，紧接着一阵剧痛，他惨叫一声，手里的枪掉在地上。与此同时，几个手下也被击中翻下马去——十几米外，鲜儿和老四带着大队人马冲了过来。天外天已失了武器，又见对方来势凶猛，顾不了太多，拍马便往林中逃去。鲜儿等也顾不上追击，跃下马来拽起传杰和镇三江。传杰睁开眼叫声"鲜儿姐"，而镇三江任凭鲜儿怎样摇晃，再也没有睁开眼睛。鲜儿只觉得胸中一闷，一口鲜血喷出来，她长喊一声"当家的——"，人已昏死过去。

潘家的马帮只剩了三匹马，所有的货物都压在这三匹马身上，走得甚是艰难。潘老大耷拉着脑袋，好像早已无暇顾及时间快慢。一个伙计见少东家情绪低沉，跟上他说："大少爷，我今早在客栈听老乡说，昨天一个马帮被劫了，就在黑松沟天外天的地盘，说打枪像爆豆似的。肯定是天外天把老朱家的货抢了。"潘老大却没显出高兴，反而叹了口气说："朱家老三救过我的命啊……"

没走多远，一伙土匪从树林中拥出来拦住马帮的去路，为首的却是天外天，他的一只胳膊吊在胸前，面色阴沉。一土匪说："站住！把货留下！"潘老大说："天外天当家的，是我呀……"天外天恶狠狠地说："抢的就是你！"潘老大大惑不解："你……"天外天说："为了你们潘家，我弟兄搭了十几条命，我也成了摔爪子。我得罪了二龙山，也不能在这待了。没别的，你的这批货归我了！"

潘老大说："你太不讲理了，真是胡子呀！翻脸不认人……"那天外天本就气急败坏，听了潘老大的话更是恼羞成怒，给旁边随从一打眼色，那随从一枪撂倒了潘老大。可怜潘五爷一根独苗的命就给他委托的人舍在了这乱山密林之中。

潘五爷躺在炕上一病不起。潘五奶守在他身边哭道："你说你呀，这不是造大孽吗？一个儿子，活活没了。为啥呀？图啥呀？你又躺下了，这个家不毁了吗？"两行浊泪从潘五爷的眼窝里流了出来。

朱开山领着传文和传杰进了屋。潘五奶看见三人，哭得更厉害了，对潘五爷说："你赌吧，赌吧，人家算账来了。"朱开山坐到炕边，俯下身子说："老哥，身子不碍事吧？"潘五爷躺着不动，只对潘五奶说："去，把房契和钱庄里的银票都拿来，交给他。"朱开山说："老哥，你听我说……"潘五爷说："放心，姓朱的，我说话算话，明天我就滚出这条街。"朱开山说："老哥，兄弟我今天来，是要和你说别的事情。"他从怀里掏出二人立下的字据，一把扯烂。

潘五爷惊诧地挣扎着起了身，却见站在朱开山身后的传文和传杰兄弟竟是一身的丧服！潘五爷说："你们？你们这是来看我们潘家的笑话了？"朱开山摇摇头说："老哥，我们这是给你家老大戴的孝。你们家老大不在了，从今往后，我的儿子就是你的儿子，行吗？"潘五爷几乎不相信自己的耳朵，瞪大眼睛："你说啥？"朱开山说："从今往后，我的儿子就是你的儿子。"

传文和传杰在炕前跪下说："老人家，儿子给您磕头了。"又转向潘五奶叫道："娘……"潘五奶哭着搂住传文和传杰。潘五爷愣怔了半天，老泪横流，一把搂住朱开山说："大兄弟，老哥哥我糊涂啊！"朱开山也泪流不止说："咱们何苦穷争恶斗啊，小康子，潘老大，才多大岁数啊……"

春日迟迟，二龙山还是绿了山坡。一片苍松林立的山丘上，立着镇三江的坟。

坟前，跪着朱开山爷儿仨。香烟缭绕，纸灰飞起，纸幡飘拂。朱开山说："大掌柜，我后悔呀，不该和潘家斗，更不该找你帮这个忙，要是不找你，你哪会年纪轻轻地就入了土啊。你是我们朱家的大恩人，我朱家子子孙孙会记着你的恩德……"

不远处的树下，站着鲜儿和秀儿。秀儿说："鲜儿姐，跟咱爹回家吧。"鲜儿说："二龙山就是我的家。"秀儿说："大掌柜不在了，你咋办哪？"鲜儿说："我照样当胡子！"秀儿说："鲜儿姐，传武心里一直有你，也只有你。你给他当媳妇吧，我……我给咱娘当闺女。"鲜儿摇头说："秀儿，不要说这话！姐已经是大掌柜的人了，今生今世也只能当胡子了！秀儿，回去和传武好好过吧。"秀儿哭了，鲜儿轻轻揽住她说："秀儿，咱女人不易啊……"

朱开山坐在院子里，抽着旱烟，望着夜空，想着心事。刘掌柜走过来说："老掌柜的，听说你让咱这趟街的山东人都去发送那潘老大？"朱开山说："是啊，都去吧。"刘掌柜说："你不是赢了吗？犯不上跟他家低三下四的了。"朱开山说："不，我没赢，镇三江死了，小康子死了，潘老大也死了。什么赢能抵得上人命啊？"刘掌柜说："我就盼着这一天，把潘五爷扳倒了……"朱开山说："刘掌柜的，你还是这么想啊？你家大宝没了，你又疯癫了一回，照说，你该比我明白呀！你们两家二十来年的冤怨，该了结啦！这条街上咱山东人和热河人的恩怨也该了结啦！和为贵呀，一家人得和，一条街上的人得和，天底下的良善之人都该和呀！斗有什么意思——两败俱伤！咱跨江过海地闯关东，不就是为了吃口饭，活条命，盼望着家业兴旺，人丁兴旺吗？你看这天上的星星们，一个挨一个，你亮你的，我亮我的，不争不抢，一千年这个样，一万年还是这个样，和和气气。这人世间是怎么了？没有事儿，也得挑个事儿出来，你争我斗，到头来，头破血流，家破人亡，这到底是因为个什么？"

潘五爷家门前搭起灵棚，热河帮和山东帮共同祭奠潘老大。整条街都是穿丧服的人，抬眼望去，白花花一片。朱家的人、潘五奶、葛掌柜、于掌柜、刘掌柜和宝他娘都在其中。

朱开山和潘五爷领头盟誓，他俩说一句，众人跟着说一句：

热河山东，都是老乡；
一个祖宗，本名炎黄；
人不分派，店不结帮；
有福同享，有难同当；
男女老少，共存一想：
同心同德，百代兴旺！

第四部

　　1928 年，国民革命军北伐，奉系接战不利，张作霖决心退出北京。同时张作霖也没有答应日本侵略中国"满蒙"的条件，日本人奸心遂起，决定除掉他，重新扶植在东北的代理人。6 月 4 日，他们制造了"皇姑屯事件"，又一次赤裸裸地暴露了对中国的侵略野心和帝国主义的残暴本质。民族矛盾骤然尖锐，东北大地陷入一片风雨飘摇之中……

第三十一章

细雨蒙蒙，哈尔滨市内那座标志性的索菲亚大教堂，在暮色的雨中静静地伫立着。四味楼已经改装成中西合璧的店面风格，全然找不出当年山东饭店的寒酸模样，唯一不变的是，饭店内依然是宾客盈门，生意兴隆。

秀儿打着伞冒着小雨匆匆从饭店里出来，在道口张望了一下。远处一辆带篷的马车上，鲜儿挑开篷厢的帘，招呼说："秀儿，在这儿呢！"秀儿跑过去上了马车，问："啥事？还把我叫出来，去家里说说话多好，爹娘老想你哪。"鲜儿说："咱在马车上慢慢说。"秀儿说："雨腥腥的天，上这马车里干啥？有啥话不能进家说？"鲜儿说："没觉得这两天风声挺紧？各处的官军、警察像抽了大烟，眼珠子锃亮，看谁都得多盯上两眼。我怕到家里给家里添麻烦。"秀儿点头说："还真是，饭店里一天来好几拨警察，到底出啥事儿了？"鲜儿说："我还要问你呢，传武这两天没回来？"秀儿说："他还在北平呢，这两天也没来信。"

鲜儿沉默片刻说："传武要是在家，或许能知道出了什么事儿。"秀儿说："你就为这事儿来的？"鲜儿说："还有件事儿，下月初八是咱爹六十六岁的生日，老话说，五十五阎王来到数一数，六十六一刀肉。是说闺女在老人六十六岁生日的时候给买上一刀肉，免灾去祸。我不方便回去，你就代姐姐办了吧。"

秀儿说："姐姐心怪细。"鲜儿一笑，递给秀儿一个包裹说："这是八十块大洋，算我孝敬咱爹的。"秀儿说："那我替咱爹收下了。"鲜儿又拿出一个小包来说："这是给生子的，你给那文嫂子吧。你和传武还没有个孩子？"秀儿说："他还是那样，回了家也不住下，看看咱爹咱娘就走。"鲜儿叹口气道："咳，他这个驴性子什么时候能收敛收敛。"秀儿说："就这么过吧，都那么多年了。"

鲜儿说："妹子，等哪天见到他，姐非把事情掰扯清楚。他再不调头，姐永生永世都不见他了。"秀儿说："姐，不用了。"鲜儿说："妹子，这事听姐的，姐就做主了。"赶马车的车夫忽然脆响地甩了一下鞭子，鲜儿说："有情况了，我先走，不送你回去了。"秀儿下了车，两人别过。

朱家人正在吃晚饭。文他娘一个劲儿地往小孙子生子碗里夹菜，小碗里冒尖的一碗。传文说："娘，你别撑毁他了。那天在饭店里来了个洋毛子，人家说外国人不让孩子吃太饱。"朱开山一瞪眼说："咱是中国人，听他们胡咧咧。来，乖孙子，都吃了。"说着又给生子夹了一片大肉。文他娘问那文："大媳妇，秀儿也没和你说一声就出去了？"那文说："娘，伙计们说，她才刚接了个电话，啥也没说就着急巴火地出去了。"文他娘说："上哪儿去也没说？"那文说："没有。"

生子插嘴说："娘，俺二婶还拿了把伞走了。"

文他娘说："咳，这孩子去哪儿也不放声吗？"玉书说："娘，俺二嫂也该出去走走了。整天在家待着也不是个事儿啊。"那文说："他三婶，秀儿不是你，你是教书先生，不在外面跑动也不行。她就是个媳妇子，哪能整天上大街上抛头露面。"玉书说："我要是二嫂，不光出去抛头露面，还得再找个人家。"传杰说："玉书，你说些什么？"玉书说："本来嘛，现在都什么年代了。"那文说："啥年代咱女人也得讲究个妇道。"朱开山说："都吃饭吧，管好自个儿的事儿就行了。"

正说着，秀儿乐颠颠地进了屋。生子说："二婶，你上哪儿了？奶奶都着急了。"那文说："你呀，窜哪儿去了？叫一家人不放心。"秀儿笑着说："大嫂，咱家的事儿你啥都知道，我问你，下月初八是个啥日子？"那文想了想说："不是哪场赶庙会啊？"秀儿更乐了说："还赶庙会呢！你唱大戏得了，是咱爹六十六大寿！"那文说："是吗，爹？"朱开山点点头。文他娘说："秀儿，你咋知道的？"

秀儿坐下来说："刚才，俺去见鲜儿了，她说的。"文他娘说："鲜儿咋不进来啊？"秀儿说："她说，这两天警察们查看得挺紧，进家来，怕不方便。"

她把一个小包给了生子，说："这是你姑姑特意从山上捎下来的。"又拿出个包裹来说："这是鲜儿孝敬俺爹的八十块大洋。"朱开山说："这两天街面上不同往常。官军、警察像是多了不少。"传杰说："对了，今天我听人说，张大帅在奉天叫人给炸了，是死是活还不知道呢。"朱开山说："有这等事？"传杰说："是啊，好几个人都这么说。"朱开山叹一声说："乱世啊，一方的封疆大吏都能叫人给炸了！"文他娘惊道："传武没事吧？"传杰说："娘，传武跟少帅在北平呢。"

气氛顿时有些凝重，一家人都不大说话。只有生子玩弄着鲜儿给他的东西，爱不释手。朱开山坐在椅子上，不住地打盹儿。文他娘说："他爹，要是困了，就上炕去吧。"朱开山睁开眼说："没喝几口酒，这眼皮子怎么就发沉了？"文他娘说："当你还是十八、二十三哪，六十六啦！"朱开山说："老了，一晃咱来关东都二十好几年了。"文他娘说："是啊，孩子们都成家立业了，孙子都有了，咱能不老吗？"朱开山叫那文说："大媳妇，再烫壶酒吧。"文他娘说："刚刚还说自己不胜酒了，怎么又要喝？"朱开山说："心里头有点儿发慌，喝点儿酒兴许能稳一稳。"孩子们看着他，谁也没敢放声。

那文给朱开山斟上酒，朱开山咂了两口说："文他娘啊，咱是不是回趟老家啊？"文他娘说："咱在这过得好好的，怎么就想起回老家来了？"那文插话说："爹，是不是潘五爷去年回了热河老家，你也要跟他学？"朱开山说："潘五爷人家是回去养老享清福，不再回来了，爹就是想回去看看。看看咱家的老屋，看看你们爷爷奶奶的坟头，完后，还得回来呀。"传文附和着说："应该啊，俺爷俺奶的坟怕是多少年没有人培土、压纸了。"

传杰不以为然道："爹，那用得着你亲自去吗？叫俺们弟兄谁跑一趟就得了呗。"朱开山摆手说："你们呀谁也代替不了。今早上我做了这么个梦。"生子问道："爷爷，啥梦啊？"

朱开山说："傍天亮的时候，我梦见在一条大河边上，遇见俺娘了。俺娘说，家里的房顶塌了，叫俺回去看看。俺正不相信呢，就听河对面有人喊，回头一看，那不是俺爹吗？爹招着手，要我和俺娘过去，我一看河水滚滚滔滔怎么过啊？可是俺娘扯着俺的手就下了河。你们说神奇不神奇？俺娘儿俩走在河底下，都能听见头上面水里的沙子，沙啦沙啦地响。猛然间，眼前有一只大脚，一抬头见正是俺爹。他一伸手把俺拉上了岸。岸边上，景色那个好啊，粉莹莹的梅花开得一片一片的。我问俺爹俺娘，咱家的房子在哪儿啊？爹娘指着几棵梅花树中间的空地说，那不就是吗，我走到近前，见那空地竟是一盔塌了的坟头！我这么一惊就醒了，心里头一阵一阵地慌慌。"

生子问道："爷爷，这梦啥意思啊？"朱开山说："是你太爷太奶想爷爷了。爷爷得回去看望看望。"那文说："这坟的事儿可是个大事儿。历朝历代的皇帝老子不光活着的时候得给自己选一个风水好的陵寝；死了，儿孙们还得按时去祭拜。不然的话，天下就别想消停。咱倒不是皇家了，可是，祖坟的事儿也不能马虎呀，俺爷俺奶的坟要真是塌了，可要妨着咱这些活着的人了。"玉书反驳她说："大嫂，做梦的事儿没那么玄乎。中国人说，昼有所思，夜有所梦。现代外国有个人叫弗洛伊德，他说，梦是愿望的达成。也就是心里想的事儿在梦中实现了。咱爹说得对呀，就是想自己的父母啊！"朱开山说："文他娘，我看哪，咱就回去一趟吧。"文他娘说："行啊，你定的事儿，谁反驳也没有用。"

那文说："你们二老也不能自个儿走啊，这山长水远的。"朱开山说："那就叫老大陪着。"传文说："爹，四味楼的事儿交给谁？"朱开山说："不是还有三儿和那文他们吗？"传文看了看一家人没吱声。他把朱开山扶进屋，凑在跟前说："爹，我跟你和俺娘回山东老家，把这里一大摊子交给传杰他们，你真的就放心吗？"朱开山说："怎么不放心，传杰也是三十好几的人了。"传文说："爹，我怎么看传杰做事儿就少那么点儿稳当，要是咱不在家，他闹出点闪失来，回头我给他收拾，还是小事儿，你跟俺娘不都得跟着上火吗？"朱开山点上一袋烟："老大呀，朱家的事情早晚得交你手上，可是三儿也得插手操练操练，不然的话，将来给你当帮手都是个麻烦事儿。"传文点着头说："也是啊，爹。"

传文回到自己屋里，那文悄声地说："咱爹要回老家这可不是好兆啊。"传文一愣说："怎么讲？"那文说："知道那句老话'辞路'吗？多少年出门在外的老人，突然想起要回老家，十有八九不是什么好事儿，恐怕是有去无回啊。"

传文大惊道："真的吗？那就别让咱爹回老家。"那文反倒又笑了说："就那么个老话呗，不一定就会真了。不过，这趟道上，你多照看点儿爹倒是真的。"传文还想着爹如果出事儿怎么办，问道："咱爹要是真应了那句老话，这家不就乱了吗？"那文说："怎么能乱？家有长子，国有大臣，你是干什么的？你是长子，你就是咱家的大臣，你就得把这个家顶起来！说不定比咱爹管得还要好呢！"传文点头说："是啊，这个家早晚得靠我来顶啊。"

朱开山两口带着传文上了路。四味楼就由那文和传杰负责打理。传杰的心思在他的货栈，对饭店生意总上不上心。

这天下午，那文数落传杰说："老三，昨晚那一桌你怎么才收那么几个钱？请人家白吃得了！"传杰笑着说："嫂子，那不是几个朋友嘛，和朋友怎么好认真呢？"那文说："古往今来，哪有什么真朋友，都是狐朋狗友。驴啃痒，你啃我一口，我啃你一口，哪一口啃不相应，就翻脸了。老三，和你说，今天能看上你的朋友，他准是有事情求你，哪天用不上你了，他一脚就把你踹到那爪哇国去了！"传杰笑着说："嫂子，你知道爪哇国在哪儿？"那文说："我不管它在哪儿，往后和你那些狐朋狗友们交往，自己多长个心眼儿，省得吃了亏，再满天下找后悔药！"

正说着，门外传来一阵摩托车的声音。那文翻翻眼说："不用看，这准是绍景来了。公子哥！"话音刚落，潘绍景进来。他三十仿佛的年纪，头上戴了顶飞行员的帽子，上面还套着风镜，身上穿着西式夹克衫，脚下是一双短皮靴，整个一摩登青年。他是潘五爷的亲戚，打从潘老大死后，潘五爷也无心经营生意，从热河老家找来绍景接管了店面，自己和潘五奶回了热河。

传杰笑着说："绍景，这又上哪儿消遣去了？"绍景说："试试我那辆摩托，刚换了个德国的零件。"那文说："绍景啊，哪天把弟媳妇接来吧，一个人在这要单，就不怕早晚要出个二房、三房来？"绍景笑着说："还接弟媳妇呢，连我自己都想要回去了。"那文说："我看，你这是叫富贵给烧的！没出个什么力，就把潘五爷的家业接过来，还不满足，我不知道你到底想干点儿什么！"传杰说："人家绍景的心气大呀，留过东洋，跑过北平、上海那样的大码头，咱小小的哈尔滨能游得开人家这样的大鱼吗？"绍景说："大鱼咱不敢说，在这里我没法施展是真的，整天做点儿批批发发的小生意，实在是没有什么意思。当初，要是知道俺五大爷的买卖就这么个规模，杀了我，我也不能来！"那文说："绍景啊，你是守着骆驼不说牛啊，什么大说什么，哪遭你做笔大买卖给嫂子看看。"绍景笑着朝传杰说："三哥，咱还真的做点儿大事情啊！不然，妇道人家都笑话咱了。"

传杰也笑了说："倒不是怕谁笑话，你我这个年岁，真应该干点儿有响动的事。"

那文说："你们哥儿俩，一个比一个能吹乎，俺可不听你们的了。"说罢扭身走了。绍景凑近传杰，低声说："你猜，有人想卖给我什么？"传杰说："我哪知道？"

绍景说："手枪，一支小手枪。"传杰说："你买它干什么啊？"绍景一笑道："反正没什么事儿，玩儿呗。"

饭桌上已经摆上了几盘菜肴。生子嘴馋，也顾不上筷子，偷偷就下手从盘子里抓菜吃。秀儿进来，看见了说："小心点儿，叫你娘撞见。"生子说："二婶，今天怎么做这么多好吃的啊？"秀儿说："明天你三叔要走马帮，今晚给他送行。"

话音未落，那文进来了，一巴掌打掉生子手里的菜说："就你嘴馋！这要是在你姥爷的王爷府里，非敲掉你门牙不可。"

传杰夫妇进屋来。玉书笑着说："大嫂，这是要摆酒席啊？"那文说："明儿个传杰不是出征吗？"传杰说："大嫂，跑趟马帮不是家常便饭吗？"秀儿笑着说："不光准备了菜，连酒都烫上了。"玉书也笑了说："大嫂，真看咱爹咱娘不在家了！"那文笑着说："一年三百六十五天，爹在咱身边站着，连说句笑话都得先看他的脸子，今天，咱们也快活快活！"几个人笑着落座。秀儿给大家斟上酒。

几圈酒下来，秀儿已经有些醉了，那文又给她斟上一杯。玉书劝道："二嫂已经喝大了，你别劝了。"那文说："不是我要劝，你没看她望着酒盅满脸的笑吗？"传杰说："大嫂，那是二嫂喝大了，才瞅着酒盅笑呢。"秀儿笑着说："大嫂，俺真的有点儿晕了，不能再喝了。"那文说："一年咱能有几遭这么乐和，一盅，最后这一盅。"秀儿说："这样吧，我出个谜儿你猜，猜出来了我喝，猜不出来你自个儿喝。"那文笑着说："好啊，多少年没这么做了，在王府的时候，酒席宴上，都好行个酒令、猜个谜儿什么的。"秀儿说："你可是答应了啊，我这就出了。"

那文说："你出吧，保险你出一个，大嫂破一个，从小猜谜儿，猜谜儿最拿手！"

秀儿说："听好了：大哥天上照耀，二哥大声吼叫，三哥四处乱跑，四哥泪水滔滔。猜吧，啥？"那文想了好一阵子却猜不出来，笑着说："别说，秀儿整天不声不响的，肚子里还真藏着些锦绣。玉书，你说她猜的是什么？"玉书说："二嫂考的是你又没考我，是什么你自己猜呗！"那文又问传杰："老三，咱俩是一伙的，你帮嫂子猜一猜。"传杰笑着说："嫂子，你多机灵个人还用别人帮忙吗？"

秀儿说："大嫂，我给你提个醒吧，这四句话说的都是人世间的事情。"那文问道："我见过吗？"秀儿说："你不光见过，咱这里面你年数最大，见得最多。"

生子在一旁插嘴说："娘，头一句说的是不是太阳？"那文说："怎么见得是太阳？"生子说："你看，不是说大哥天上照耀吗？在天上照耀的不是太阳是啥？"那文说："你个傻小子，猜谜儿都是拐着弯说话，能直来直去吗？肯定不是太阳。"那文一拍脑门说："对了，人世间像太阳那么照耀的只有皇上！秀儿，你说嫂子猜得对不对？"秀儿笑着说："对不对全叫你说了，下面那三句呢？"

那文一听以为自己真猜对了，说："下面？下面咱就往下顺呗，二哥大声吼叫，说的是大臣，对不对？三哥四处乱跑，说的是小芝麻官，对不对？"秀儿将她军说："那四哥呢？"那文又想了想说："比小芝麻官还小的那是什么呢？整天还泪水滔滔……那不就是最没有身份、最没脸面的草民吗？"秀儿大笑说："嫂子，你精明了半辈子，今天看来还不如生子脑瓜子快呢！大哥天上照耀，说的就是太阳；二哥大声吼叫，说的是打雷；三哥四处乱跑，说的是刮风；四哥泪水滔滔，说的是下雨！"玉书在一旁拍着巴掌说："对，二嫂这么解释太对了，大嫂赶快喝酒吧！"那文说："喝就喝，不过咱有言在先，秀儿，你这个谜儿也就太土气了。王府的酒席宴上，从来没有猜这样谜儿的。"玉书笑着说："大嫂，你老把咱家和王府比，比来比去丢人了吧？"在众人的笑声中，那文喝了一盅酒。

一辆黄包车在四味楼前停下。车夫回头对车上的客人说："四味楼到了，哈尔滨最有名的鲁菜馆子。"客人下了车，是个清瘦的青年，神情里却有一种隐藏不住的忧郁。这个青年就是当年秀儿在放牛沟救回来的日本少年龟田一郎。一郎问车夫："这里有打卤面吗？"车夫说："哪家鲁菜馆子没有打卤面啊？"

一郎付了车钱，抬步上了四味楼，找了个靠窗的位置坐下来，招呼跑堂的伙计说："给我来碗小碗的打卤面。"伙计说："这位爷，咱四味楼从来都是大碗面，但保证价钱公道，您要不还是来大碗的吧？"一郎却固执地只要小碗。跑堂的应承下来，一闪身进了后院，见秀儿正和几个老婆子在择菜，过去说："二奶奶，有件事问你。"秀儿说："啥事，说吧。"跑堂的说："来了位客人，点了打卤面，偏要小碗的，咱四味楼从来没有上小碗的规矩。"秀儿说："少收点儿钱就完了呗，怕啥？"跑堂的又说："二奶奶，俺觉得这人不大地道，不光因为他要小碗面；他说自己是山东人，可是俺听那口音又不大像，俺怕他又是来刁难咱四味楼的。"秀儿笑了笑说："多少年没有上四味楼闹事儿的了，怎么这么巧，今儿个就叫咱碰上了？给他上小碗的打卤面就是了。我一会儿叫大奶奶去看看。"

秀儿择完菜，去找那文，那文却出了门。秀儿只得自己到了前厅，只见一郎端着那小碗的打卤面，吃得正香，没等吃完回头喊道："跑堂的，再来份大碗的。"秀儿远远地望着一郎，觉得这人好生面熟，却又想不起在哪里见过。

跑堂的将大碗的打卤面端上来，问道："先生，这打卤面味道还好？"一郎连连点头："地道！真是正宗的山东打卤面，有黄花菜、蘑菇，还有咸肉片，味道真美！"跑堂的说："您是山东人？"一郎点点头说："可以说是。"跑堂的说："可是听您的口音，倒不大像。"一郎笑了笑，不再言语，低头吃面。

秀儿渐渐转到一郎面前，轻声道："先生，您贵姓啊？"一郎抬眼瞅了一下秀儿，说："免贵姓桂。"秀儿轻轻笑了说："听着挺别扭，是哪个贵啊？"一郎说："桂花的桂。"秀儿又问道："和你打听个人，不知认不认识？他是个日本人。"

一郎一愣，再次抬头，盯着秀儿说："你说，他叫什么名？"秀儿嘴角带着笑意说："龟田一郎呗。"一郎愣了，直直地瞅着秀儿，忽然一阵惊喜说："你是不是秀儿啊？"

秀儿确认了一郎的身份，扑哧笑了说："连我都不认得了？你那条命还是俺捡的呢！"一郎腾地起身，一把抓住秀儿的手说："秀儿，我怎么就没认出你呢？你怎么在这儿？"秀儿说："我怎么不在这儿？这四味楼就是咱家开的。"她轻轻推开一郎的手。一郎的脸红了，说："是吗？咱爹咱娘呢？"秀儿说："前两天，大哥陪他们回山东老家了。"一郎说："秀儿，"他赶忙又改口说，"我应该叫你二嫂吧？"秀儿说："对啊，俺和传武成亲的时候你不还在咱家吗？一郎，你怎么还要小碗的打卤面呢？"一郎说："怕味道不好，要多了就剩下了。"秀儿说："为啥单点打卤面呢？"一郎说："那年，我过生日，咱娘给我做的就是打卤面，那是我头一次吃山东的打卤面，也是味道最好的一次打卤面。这么多年，再没吃到过那么好的打卤面，今天总算又找到了！"

秀儿把一郎领进后院。一郎说："这么气派的院子啊！记得当年咱家在放牛沟就是那么几间茅草房。"秀儿说："是啊！和现在比，那时不差远了！一郎，刚才你怎么说自己姓桂花的桂啊？"一郎笑笑说："老和中国人做生意，说自己姓龟田，觉得别扭，我就改了。"秀儿说："你爹你娘现在在哪儿啊？"一郎说："那年从放牛沟出来，我随父母去了天津，后来他们先后去世了，就剩下我一个人了。"秀儿叹一声说："咳，一郎，你这半辈子也挺苦啊！"一郎说："还行吧！眼下在天津开了个商社，这回来哈尔滨一是找点儿生意做，更想的是找找咱爹咱娘。真的，这些年，老是想再见见咱家这些人。"

二人来到一扇窗前，一郎问道："这是谁的屋子啊？怎么大白天还遮着窗帘？"秀儿说："俺和传武的。"一郎问道："二哥现在干什么？"秀儿说："当兵呢。"

一郎说："你们的孩子也挺大了吧？"秀儿苦笑说："哪有孩子啊？"一郎看了看秀儿，想说什么又改了口说："记得小时候二哥脾气大，胆子也大，对吧？"秀儿说："现在也还是那样，这又好几年不着家了，跟着军队今天关里，明天关外，听说现在在北平呢。"一郎听出了秀儿的话中似有无限隐情，安慰道："当兵的规矩严，哪能随便往家跑啊！"秀儿一声细叹道："是啊，连咱爹咱娘都勒不住他，就更别说俺了。"两人相视一笑。

山东龙口港，天上下着小雨。下船的人一个接一个走下舷梯。传文背着大包小裹，领着朱开山和文他娘从舷梯上下来。望着飘飘洒洒的细雨，传文说："爹，咱是不是找一个大一点儿的饭庄，歇下来吃口饭？"朱开山说："上什么大饭庄，大饭庄闹哄，找个小店吧，清静。"

三口人下了大街，拐进小巷，进了家小酒馆。朱开山推开门，酒馆里冷冷清清。跑堂的迎上前，请朱家三口人坐下，问道："三位要点儿什么？"朱开山说："烫壶老酒吧！"跑堂的说："对呀，这样的天气喝点儿老酒驱寒，解乏，菜来点儿什么？"朱开山说："就要点儿家常的，你看着捣鼓吧！"跑堂的答应着进了后厨。

什么地方传来吱吱呀呀的二胡声，当着朦胧的夜雨，声调有些悲凄。传文说："这小店还有卖唱的吗？"朱开山说："卖唱哪有拉这个动静的，这是悲调《苏武牧羊》。"跑堂的端上酒菜。朱开山问道："爷儿们，这是什么人在拉呀？"跑堂的说："是俺家老掌柜，他没事好拽巴两下子。"正说着二胡声断了，后厨的门帘撩起来，摸摸索索走出一位老人。还没等朱开山开口，那老人先搭了腔说："是从关东回来的吧？"朱开山一愣问道："老人家，您怎么知道？"那老人说："闯关东的人，回来的时候脚底下都带股子风啊，急咔咔往家奔的风，和走的时候不一样。"文他娘问："走的时候是什么脚步啊？"老人摸摸索索坐下来说："什么脚步？那是迟迟疑疑拿不动腿，不愿离开故土呀。"

文他娘仔细打量老人一下，想起来了，高声问道："老人家，你是不是隆福祥的老掌柜啊？"老人点了点头。文他娘告诉朱开山："他就是当年有名的周大善人，我带着孩子们往关东去的时候，人家可是帮了大忙啊！"文他娘又转脸问那老人说："老人家，还认得俺们吗？"老人轻轻地叹了一声："老妹子，上哪儿去认得啊，这两只眼早都看不见了。"传文说："爹，当年俺跟娘往关东去，正赶上不是顺风天，等了好几天船也发不了，是周大善人登上高台，耍着宝剑，做法场，求天求地，还念叨着'快点儿起风啊，送这些苦难的人逃命去吧！'"

朱开山为老人斟上一杯酒，举起杯来说："老人家，谢谢你了！没有你当年行善事，就没有俺一家人的今天啊！"

老人端起杯抿了一小口说："大兄弟，那些事情提不得了，如今别说登上高台做法场，连还能活几天自个儿都说不清了。"朱开山说："老人家，你这眼睛没找个郎中看一看？"那老人说："看也没有用，是想俺家老二想的。那年他听说关东那面生意好做，就揣上钱，登上了风船，可是一去就没了音讯啊。我就盼他，盼哪，盼得自个儿手上的生意扔了，眼睛也搭上了……"

雨中，小酒馆门前的灯笼在风中摇摇摆摆。暮色苍茫，淡淡的烟气笼罩了朱家峪村。朱家三口人伫立在老房子门口。老屋的门楼已经倾圮，院墙也已坍塌了，满院子的荒草在风中摇摆，仿佛在诉说三十年的时光。传文说："咱家的房子好像矮了。"朱开山说："那是因为你长大了。"文他娘唏嘘着几乎要哭出来，说："多少回夜里头梦见咱这老屋啊！"

朱开山一声轻叹道："三十年了，总算又回来了！"传文说："爹，房子都破成这个样了，还能修吗？"朱开山说："修，再破也得修！这是咱老朱家的根哪！"

过了两日，传文置备好材料，从村里请了工匠，开始着手房上房下地修葺老屋。院子里放了一张小桌，朱开山和几个老汉坐在桌边，喝着茶，唠着嗑。朱开山慨叹道："外头再好，也不如自己的家乡啊！今早上，我出了家门，闻一口咱这儿的风，那个香啊，一路上的劳顿顿时没了，比喝上几大碗老酒都灵验。"

一老汉问道："老哥哥，这趟回来还走吗？"朱开山说："哪能不走？一大家子人都在关外呢！不过早晚得回来呀。六十六的人了，说不准哪一天一口气就拔不上来了，这把老骨头可不能扔关外啊！还是那句话，叶落归根。"

文他娘炕上炕下忙着把从关东带来的各种山货分给女人和孩子们。一中年妇女说："老婶子，俺怎么看你富态了？"文他娘说："你可真会说话，闯关东的人还能富态？到了冬天，想吃口萝卜白菜比上天摘星星都难！今儿个土豆倭瓜，明儿个倭瓜土豆，把你吃得腻腻歪歪。"一老太太说："俺怎么听说关东山还有把孩子吊起来养的风俗，当真吗？"文他娘笑着说："怎么还当真？就是真的！那关东山人口少，走多老远看不见个屯落，野兽还多呢！大白天那个熊瞎子都能溜达到屯子里来，不把小孩子装筐里吊房梁上行吗？还不都喂了野物了？"

外头朱开山说："关东山是大清朝的龙兴之地，大清朝一入关的时候是不让关里的人去关外的，怕搅断了他们的龙脉。"一老汉问道："那后来怎么开了禁呢？"朱开山说："大清朝上百万的兵马入了关，关东这面人烟就稀少了，北面的老毛子，也就是俄国人乘虚而入，强占了咱中国黑龙江东的六十四个屯子，杀了无数的中国人。听说中国人的血把黑龙江都染红了。大清朝这才想起来从关内向关外输送人口。"一老汉说："这么说来，闯关东也是好几百年了？"朱开山说："对呀，大清朝二百六十来年，三十年算一代人吧，闯关东的也有八九代人了。"老汉又问道："现如今，那面有多少人是闯关东去的？"朱开山说："准确的人数我说不清，反正那面七八成的人口都是闯关东去的。我说的还没算上那些去了关东又回来的人，要是加上他们，这二三百年间闯关东的人数可就大到天上去了！"

文他娘打听身边的一位老太太说："老嫂子啊，怎么没见到老谭家的人？"

老太太说："你说哪个老谭家？"文他娘说："就是当年把他闺女鲜儿许配给俺家老大的那个谭家啊！"老太太说："哦，那家人啊，搬走了，搬走好几年了，随他儿子搬济南府去了。"文他娘有些失望，想起鲜儿这些年的流离漂泊又有些惆怅。

院子里，朱开山正讲得神采飞扬，忽然砰的一声，吓了老头们一跳。原来一个修房顶的伙计脚下失了根，一个趔趄从房顶上滚了下来。朱开山赶忙起身，奔过去说："小子，你这是怎么了？"那年轻人爬起来拍拍身上的泥土，咧嘴笑着说："没事儿，脚底滑了一下。"朱开山说："猫大个年龄，登个高，眼珠子就晕了？"年轻人不服："老爷子，别笑话俺，有能耐你上去站站。"朱开山说："小子，不用和我较真儿，上去算什么？我还得拎上点儿东西给你看看！"他站起来，一手提起一桶泥巴，一手抓起几大片瓦，上了梯子。传文在上面喊道："爹，你可小心啊！"朱开山说："用小心吗？倒退二十年，把袍子往腰里一别，脚底下一使劲，我就……"他话还没说完，身子一晃悠，从梯子上歪下来了。

房上房下的人大笑，传文赶忙从房上下来。朱开山已经站起来了，只是泥巴溅了他半边身子。传文将朱开山扶到桌边坐下，又沏上茶水说："爹，没事儿吧？你把俺吓死了，往后可别逞这个能了。"朱开山笑着和桌边的老汉们说："不服老不行啊！现世报，现世报！你说自个儿不老，老天爷立马扇你个小巴掌！"

一老汉笑着说："老哥哥，和你打听个人，你认得吗？"朱开山说："说来听听，谁呀？"老汉说："龙口的黄老爷子。"朱开山说："黄老爷子？不认得。"那老汉说："听说黄家就是在关东山淘金发了财回来的。"朱开山说："黄家现在做什么？"

那老汉说："黄家如今可了不得了，开了当铺，在全国各处都有他们的分号，听说呀，连民国政府都和黄家借过钱呢！你想这是多大的势力！"朱开山说："哦，闯关东能闯到黄家这个份儿上的不多呀！我也淘过金，把头克扣，官府欺压，胡子抢劫，最后能进自个儿兜的钱那是少之又少啊！咱没闯到黄家那个份儿上，可是也知足啊！有多少乡亲把命都扔在金场子了……"想起当年那些事，朱开山又不禁神情黯然。

传武一身戎装，急匆匆走进少帅办公室。张学良见他进来，简短道："是这样，朱副官，大帅过世的消息，我想过几天就公之于世，在公布之前为稳定局势，我想把咱们东北军内部的人事动一动。"

传武说："这事听说了。"张学良说："现在，我委任你为东北军驻哈尔滨陆军步兵第十八旅七十六团团长。"传武一怔，没有马上回答。张学良说："怎么，不答应？"传武说："少帅，你知道我没有带过那么多人。"张学良笑了笑，说："凡事总得有个第一次。过去你没有带过一个团，从今天起你就带吧。有什么难办的事尽管和我说，咱们毕竟朝夕相处了这么多年。"传武点着头说："那好吧，谢少帅栽培。什么时候出发？"张学良说："明天早上。更多的事我就不叮嘱了。眼下，我最担心的是日本人趁机作乱，你到任之后一旦和日本人打交道，务必小心，不要感情用事，不要轻举妄动。"传武说："是，遵命。少帅，有件事我始终想问，咱们东北为什么允许日本人驻军？"张学良说："南满铁路早叫日本人占了，当初有条约规定，允许他们在铁路附近驻少量军队。"传武说："那为什么在北满还有日本人的驻军？"张学良说："那是大帅在的时候，日本人打着协助抵御苏联的名义开过去的。这些历史旧账早晚解决，但不是今天要办的事。今天，首要的事情，就是要把东北的局势控制住，稳定下来。"传武点头向张学良敬了个礼，转身出去。

森田宅邸里，日本商人森田物产的总裁森田正在写书法。他矮矮胖胖，一身和服，六十开外的样子，戴了副黑框眼镜。副总裁石川领着一郎进来说："总裁，这位先生要见你。他是天津来的，有咱们天津分号的引荐信。"森田放下毛笔，转过身来，费劲地望着一郎说："靠前点儿。"一郎向前走了两步，鞠躬敬礼说："在下龟田一郎，初次相见，请老前辈多多关照。"森田说："再靠前点儿。"一郎又上前几步，森田眯缝着眼打量他说："孩子，你是天照大神的子孙吗？"

一郎说："我是真正的日本人，老家是九州福冈。"森田说："哦，咱们还是同乡呢！来哈尔滨干什么？"一郎说："考察市场，想来做点儿生意。"森田说："什么时候来到中国的？"一郎说："很小随父母来的，已经二十几年了。"森田说："我说嘛，眼睛里已经缺少了天照大神子孙的光彩，倒是有几分中国人的样子了，不好，知道吗？"一郎低头不语。

森田回身指着书案上的那幅字问一郎说："认识这几个字吗？"一郎上前，轻轻读那几个字说："圣人南面天下，向明而治。"森田问道："明白是什么意思吗？"一郎有点儿尴尬地笑了笑说："一下子说不好。"森田说："这是中国古书《易经》上的一句话，意思就是，有作为的人，要向着光明的地方治理好自己的国家。"

石川说："龟田君，明治天皇的年号，就是从这句话上来的。"一郎说："知道了。"森田说："孩子，我们日本人，种地的也罢，做工的也罢，经商的也罢，其实都是为了一件事情。"一郎说："哪件事情？"森田走到一郎面前，长久地看着他，一郎有些害怕，半天森田才慢慢地说："孝忠天皇。"一郎不敢接森田的目光，又低下头说："晚辈明白。"森田从桌子上拿起一只烟斗，装上烟点燃。那烟斗像是金属做的，通体闪着金色的光，比普通的烟斗大。他抽了口烟，转过脸问石川说："见到那个姚厅长了吗？"石川说："东省矿业厅的人说，姚厅长这几天正忙着开会。"森田说："滑头，中国人比泥鳅都滑，尽快找到姓姚的，叫他批复开采报告。"石川点着头说："是。我一定抓紧办。"森田对一郎挥了一下手说："去吧，小同乡，有什么事和石川说。"一郎答应着，随石川出去。

院子里草木葱茏。石川送一郎出来。一郎说："石川君，森田总裁好像眼神不好。"石川说："知道1894年的日清战争吗？"一郎说："知道。那年日本和中国先是在黄海打了一仗，而后又占领了中国的旅顺和大连。"石川说："森田总裁的眼睛就是在攻占旅顺口时受的伤。"

关东山林，浓云若墨，大雨倾盆。山路上，朱家的马帮正冒雨赶路。一伙计说："刚才吓死人了，半边的山坡，轰隆一声就塌下来了！要不是掌柜的早有嘱咐叫靠一边走，人马准得伤着！"另一伙计四下望着说："我说，咱掌柜的怎么不见了？"一人道："刚刚他跟我要了把铁锹，往后面去了。"另一伙计说："这大雨的天，他拿铁锹去干什么？赶紧找找去！"伙计们转身向来路奔去。坍塌的山坡上。传杰正冒雨用铁锹挖着什么。伙计们喊道："掌柜的快下来吧！山坡刚塌！"传杰全当没听见，继续挖着。伙计们喊道："挖什么呢？不要命了？"传杰高兴地喊道："宝贝，挖宝贝呢！这可是大宝贝！"伙计们愣了，相互看看。一个接一个地往山坡上跑。

第三十二章

潘绍景骑着摩托车在四味楼门前停下来，急匆匆进了饭店。那文招呼说："绍景，这一大早地就来照顾四味楼的生意了？"绍景说："大嫂，听说三掌柜回来了？"那文笑着说："你和俺家老三真比亲兄弟还亲兄弟，他昨晚后半夜到的家，你今儿一清早就来了，是不是有什么想头啊？"潘绍景说："大嫂，听说三掌柜带了个宝贝回来。"那文笑着问道："你怎么知道的？你是不是在俺家门口安了眼线了？从今往后朱家还真得提防你了。"绍景笑着追问道："他带没带回来宝贝吧？"那文一笑道："其实啊，也不算什么宝贝，就是块狗头金。"绍景瞪大眼睛说："什么，狗头金？"那文说："对啊，狗头金，就是狗头那么大的一块金子！"

传杰打着哈欠闻声出来。那文瞅一眼传杰，嗔道："你呀，有那么点儿好事，就坐不住了。就不能多睡会儿？"传杰笑笑说："不是听见绍景来了嘛。"那文正色道："别忘了，眼下你可是四味楼大管事的，凡事多少端住了些。"传杰笑着点头。绍景问道："狗头金，真的吗？别看我国内国外跑了那么多地方，还真就没见到过狗头金。"传杰笑了说："真的假的，你看见就知道了。咱这块狗头金还不是一般的呢，拿一般的狗头金，多少块都不换！"说着他领绍景进了后院。

绍景急切地问道："在哪儿呢？"传杰指着桌子上的一个托盘，托盘上蒙了块红布。绍景小心翼翼地揭开红布，托盘上竟是一大块乌黑锃亮的煤炭。绍景回头瞅了瞅传杰，说："三哥，你这是什么意思，这叫狗头金吗？"传杰笑了说：

"绍景，这趟带着马帮回来，路过南面甲子沟的时候，大雨冲垮了山坡，我就在山坡上挖到了这块煤！"绍景看看那块煤，又瞅了瞅传杰兴奋的模样，眼睛一亮问道："你是说发现了煤层？"传杰点点头。绍景又问道："你是说要在甲子沟开煤矿？"传杰点着头大声地说："对，我就是这么想的。你干不干？"

绍景听了不由得兴奋地前后踱步，想了片刻说："三哥，开煤矿可不是一个两个钱啊，你我有那么多资金吗？还得有技术，你我懂吗？"传杰说："绍景，资金，咱们热河和山东的商号可以筹集啊；技术嘛，有了钱什么人请不到啊！"

绍景一拍传杰的肩头说："行，我看行！知道吗？这些日子我就犯愁呢，守着俺五大爷这么丁点儿产业，我这满身的本事可怎么施展呢？"

过了几天，两个一腔热情的年轻人就请来了这条街面上山东和热河各商号的人，商议开发煤层的大事。绍景说："老少爷儿们，传杰在甲子沟发现煤层的事，大伙儿早就知道了吧？这两天我和传杰又找了东省矿业厅的人拉了设备去甲子沟，试验地打了两钻，结果怎么样呢？矿业厅的专家们说，甲子沟煤炭储量丰富，而且质量上乘。据他们说，这里很可能是全东北最有发展前途的煤矿。现在的世界正当工业时代，建城市、办工厂哪一样都缺不了煤炭，可以说煤炭是动力之源，是财富之源！谁掌握了煤矿，谁就等于占有了黑色黄金！"

于掌柜说："绍景，大道理说多少也没有用，你就说咱们怎么干吧！"绍景说："我和传杰商议了，这煤矿，就由咱们热河和山东的商号合伙来办！不知诸位有什么意见？"葛掌柜说："好，这个主意好。这遭咱热河和山东的商号终于要联手做件大事情了！"刘掌柜站起来，摆了摆手叫大家静一静，说："老少爷儿们，咱合伙开煤矿确实是好事，大道理绍景说得也挺清楚，可是，做生意办矿山光有大道理不行，还得听听细账，钱到底是怎么赚的，有多大赚头。"

传杰站起来说："刘掌柜想得周到，是得说说细账。奉天附近的抚顺煤矿，大伙儿听说过吧？当初，它就是一个热河人和一个山东人最先开起来的。那是清朝末年的事，开工的第二年，一天就能开出三百吨煤来，一吨煤去了花费，净剩八块大洋，一天就净剩两千四百块大洋，一个月呢？一年呢？十年呢？这个账不用我算，大伙儿比我清亮吧？"

有人高声说："这还用算吗？天底下上哪儿去找这么赚钱的买卖，干了！"绍景站起来说："既然老少爷儿们都有这个心，合伙开煤矿的事我看就这么定了吧！还有件事得和大伙儿商议，我和传杰为咱这个煤矿起了个名，叫山河煤矿。"

有人问道："这个名有什么讲究吗？"传杰说："要说太大的讲究也没有。山，指的是山东；河，指的是热河。叫山河煤矿，就是说这个煤矿是咱山东人和热河人共同开办的。"众人赞同说："好，这个名字好！给热河人提了气，给山东人扬了名！"

山河煤矿的事议定后，传杰回到家里又在屋里开起了小会。传杰、玉书、那文已经落座，生子拽着秀儿进来了。秀儿说："大嫂，俺又不明白生意，叫俺来说什么？"那文说："先别说你懂不懂做生意，你是不是咱朱家的人吧？"传杰也说："二嫂，这么大的事还是咱一块儿商议一下好。"秀儿这才坐下。传杰说："咱爹咱娘和大哥不在家，咱这条街上合伙开煤矿，咱家到底投多少钱，咱几个得商议一下。"那文说："这两天，我就在想，做生意谁不图个利大？既然开煤矿是赚大钱的买卖，咱不妨就下一把大赌注。"玉书说："我同意大嫂的意见。"

秀儿说："这么大的事，是不是等咱爹他们回来再定夺？"传杰不以为然道："这又不是什么看不清的事情，等他们回来怕是事情已经晚了。我愁的是，眼下咱家账上拿不出太多的钱来。"那文说："好办哪，咱把四味楼抵押出去，不就从钱庄拿出钱来了吗？"传杰有些疑虑说："这恐怕咱爹不会答应吧？"那文摇着头说："你呀老三，白跟咱爹这么多年了！咱爹是个什么样的人物你不知道吗？咱爹看事情讲究一个大，做事情讲究一个新！开煤矿大不大？新不新？这不正投咱爹的心意吗？不用思前想后了，明天就上钱庄抵押四味楼去！"秀儿说："要是咱爹不高兴呢？"那文用手指点着秀儿说："你呀，你当咱爹是你吗？遇上件事，八百年拿不出主意——就瞧好吧！知道咱把四味楼押上，他脸上的老褶子不笑平了，才怪呢！"说得四个人都笑了。

玉书问道："你和绍景的开采申请书递上去了吧？"传杰说："递上去了，他们还能不同意吗？实业强国是现在的潮流啊。"那文问道："你老东省东省的，这个东省具体指哪儿说的啊？"传杰说："东省是为了方便管理中东铁路附近的地区设立的，叫全了应该说是东省特别行政区。它包括了哈尔滨，东到绥芬河，西到满洲里，南面一直到长春，这么大片地方呢！东省和黑龙江省、吉林省一样，直接归中央政府管。"

东省矿业厅姚厅长的秘书老秦正伏案处理公务。森田物产的副总裁石川进来。秦秘书抬起头，礼貌地招呼道："你好，石川先生。"石川一脸的不悦道："秦秘书，我能好吗？往这跑了多少个来回，腿都跑细了！开采申请书该批复了吧？"

秦秘书赔着笑说："石川先生，实在对不起，这两天姚厅长又下去视察了。"石川说："昨天开会，今天视察，森田总裁怀疑你们有没有诚意批复我们开采甲子沟煤矿的申请！"秦秘书说："哪能没有诚意！为你们开采甲子沟煤矿的事，大会小会开了不下十几次。"石川说："那什么时候能批复呢？"秦秘书说："姚厅长说了尽快，必须尽快！这件事不仅关乎东北的开发，也关乎中日两国的关系呀！"

石川哼了一声，扭头就走，正跟传杰和绍景走了个碰头。石川怒气难平，走过传杰和绍景身边的时候，用日语嘟囔着说："中国人真是比泥鳅还要滑。"

绍景站住，转身用日语问他说："你刚才说什么？"石川一惊道："我，我什么也没说呀！我说什么了吗？"说罢，仓皇下楼。传杰问绍景说："他刚才说什么啊？"绍景说："骂中国人比泥鳅还滑。"传杰望着快步下楼的石川说："你们日本人比鬼都奸。"

二人见过秦秘书，秦秘书招呼二人坐下，说："光在开采申请书上见过你们的名字，今日得见，欢迎！欢迎！"绍景问："秦秘书，我们的申请书看了吗？"秦秘书说："看过了，姚厅长亲自看了。"传杰："有什么问题吗？"秦秘书说："问题嘛，姚厅长倒没说。"传杰说："那什么时候能批准呢？"秦秘书说："那就难说了。日本的森田物产也要开采甲子沟煤矿，他们的开采申请书报上来也有日子了，姚厅长还没有定下个准主意呢！何况你们才报上来一个礼拜。"绍景说："刚才，从这出去的就是森田物产的人？"秦秘书点点头说："森田物产的副总裁石川。"

传杰说："你们不会把甲子沟煤矿交给日本人开采吧？"秦秘书问道："为什么不能啊？"传杰说："中国人的矿山怎么能让日本人开采？"秦秘书一笑说："别说矿山哪，你放眼看一看全东北驻了多少日本人的军队！"绍景说："难道你们能把甲子沟煤矿让给日本人？"秦秘书说："不是没有这个可能啊！"传杰说："秦秘书，我们可以见一下姚厅长吗？"秦秘书说："姚厅长今天不在，下去视察了。"绍景说："我冒昧地问一句：甲子沟煤矿让日本人开，还是让我们山河煤矿开，姚厅长是什么意思？"秦秘书饶有深意地笑了笑说："在这种中国企业和日本企业的利益出现冲突的时候，姚厅长一向格外小心，有时候即便他拿了主意，上面不还有管着他的人吗？"传杰和绍景相视一笑说："秦秘书，不管怎么说，还求您多费心，拜托了。"秦秘书说："客气，客气，应当的。"

二人告辞出来。传杰说："日本人也看上了甲子沟煤矿，这真没想到！"绍景说："并不奇怪呀！日本人早在明治维新之后，就确定了所谓'大陆政策'，其中就包括了占领中国的台湾和东北的计划。为实现这个计划，日本人多少年来派了无数的间谍来秘密勘察咱们东北的矿藏、物产。"传杰说："可是，省矿业厅到今天还糊涂，还拿不准主意！"绍景说："昏庸腐败的政府。"传杰说："骂他们也没用，眼下咱怎么拿到煤矿的开采权呢？"绍景说："他们不是昏庸，不是腐败吗？是不是给他们上点儿银子，当官的就认银子！"传杰笑了说："刚才你还骂腐败，再上银子不是叫他们腐上加腐、败上加败吗？"绍景说："可是，要办事，上银子管用啊！"传杰摇摇头说："还是先别动这个心思吧！既然森田物产也要开发甲子沟煤矿，那就是咱们的对手，咱先得弄清楚森田物产是个什么东西，是吧？"绍景说："这事我来办。咱就从他的根儿上查，日本我还有同学嘛！"

太阳暖洋洋地照着朱家峪村外的小山冈上，山冈上坟头密布。传文搀扶着爹娘来到爷爷奶奶的坟前，他指着坟边上一个刚刚修好的簇新的坟茔说："爹，娘，按你们的意思俺找人把它修好了。"朱开山说："文他娘，将来咱就住在这儿了。"传文说："爹，娘，这可是青石铺底，青石起帮，一水儿的洋灰扎缝。工匠们说了，这样的坟圹保险几百年都不透风，不透雨。"文他娘说："好啊，老大，爹娘没白养你们一场啊！"

朱开山围着父母的坟前转了一圈说："文他娘，咱爹多大年岁去世的？"文他娘说："比你现在小两岁吧？那年你闹义和团，跑没影了，官军把咱爹抓去了，等托人托脸把他抬回家的时候，咱爹只有出气没有进气了。临死还念叨你小名，说：'不想走啊，虎子还没回来呢！'"朱开山听着眼圈微红。

传文在爷爷奶奶的坟前摆上了供品。朱开山点燃一炷香，望着坟头，轻轻念叨着说："爹，娘，不孝的儿子回来了，领着媳妇和子女们回来了。你们活着的时候儿子没能好好孝敬，今儿个儿子挨着你们身边也给自个儿做了个窝。等儿子死了，回来好好伺候你们。天冷了，儿子给你们披衣服，添柴火；天热了，儿子给你们扇扇风，擦擦汗……"

传文照顾着爹娘一路下山来，问道："娘，咱是不是该往哈尔滨返了？"文他娘说："这得听你爹的呀。"传文朝朱开山说："爹，咱这趟回来祖坟拜了，老屋修了，把你们二老的坟圹也做了，是不是该往回返了？"朱开山正望着道边的几株野菜出神，随口说了句："是吗？老大，你认不认得这是什么菜？"传文看了看那几株野菜说："苦菜呗，小时候，没少挖它。"朱开山弯腰掐起一根苦菜放在嘴里嚼了嚼，品咂着说："还是那个味啊。那年，你奶奶领我来挖苦菜，挖了小半天装了满满一篮子，临下山，我一跟头栽倒了，苦菜撒了半山坡，你奶奶拽起来我，没打没骂，就说了一句，虎子呀，你哪一天能长大呀？"传文问道："爹，那阵子，你多大了？"朱开山："也就五六岁吧！一眨眼，六十年过去了。"文他娘说："是该回关东了，过两天还是你六十六的生日呢！"

三口人回到家，传文让爹娘坐在桌边，自己在灶上忙着，转身把一盘一盘的菜端上桌来。朱开山打量着翻新后的老屋，说："这房子一修还跟新的似的。"

文他娘说："是啊，再挺个二三十年没事儿。老大呀，别忙活了，坐下来吧！"

传文答应着，又端上盘菜来，也坐下了。朱开山给传文斟上酒，传文摆着手说："爹，这怎么行，我给您老斟吧。"朱开山说："这一趟回老家，你功劳最大，爹得谢谢你。"父子俩碰一下杯，各自饮下。朱开山说："老大，咱家往后的事儿你没想一想？"传文点着头说："爹，俺也想过。"朱开山说："怎么想的呀？"

传文说："俺想把四味楼西面的两个店铺买下来，四味楼的座位就能多出一倍，到那时候，我想，四味楼它就是全哈尔滨最大的鲁菜馆了！"文他娘说："好啊，可是老大，咱能做到那一步吗？"传文说："娘，怎么不能？咱家开多少年饭庄了？咱的朱记酱牛肉、富富有余、鲁味活凤凰和满汉呈祥，在哈尔滨一提起来，谁不知道？再说了，咱家的回头客有多少，常常是这拨没走，后面的客人就号上了。把座位再翻一番，咱四味楼的客人肯定还是爆满。这摊子事我有数，二老放心。"

朱开山问道："再下一步呢？"传文眨巴眨巴眼说："再下一步？再下一步还怎么干？爹，这俺可真没想。"朱开山说："老大，爹替你们想了，再下一步啊，咱就得调转头回老家。"文他娘说："什么？扔下四味楼不做了，叫孩子们回老家？"朱开山说："我有我的道理啊！常言说，创业不易，守业更难。不如咱见好就收，把四味楼转到山东来开，再置上百八十亩地，咱一家人不怕风不怕雨，过平安日子多好！还有，这不前两天张大帅叫日本炸死了，我看哪，关东山早晚还得有一战，中国人和日本人。兵荒马乱的年月，我实在是不愿再经受了。"

传文举起杯说："爹，你这个主意真好！前前后后、家里家外全想到了，周全，真是周全！爹，俺敬你一杯。"爷儿俩又喝了一杯。传文喝了几杯酒，有些兴奋说："爹，娘，俺有句话想问二老，咱家三个儿子，三房媳妇，最当你们意的是哪一个？"文他娘笑了说："老大，你问这个话，八成你心里是有谱了吧？"

传文嘿嘿一笑说："我看是传武。"文他娘问朱开山说："老大的话，说你心里头去了吧？"朱开山笑着摇摇头说："要说秉性，老二倒有点像我，不怕事儿，好打抱不平。可是，他从小身上就有股子邪气，不安稳，当了这么多年兵，那股子邪气，我看还越来越大发了！把秀儿扔在家里，不管不问，这叫男人吗？这叫成家立业的大丈夫吗？我看不上！"传文又试探地问道："那最当意的就是传杰呗？"朱开山说："要说学问，是啊，老三最好，要说眼界，老三也开阔，可是，他有那么点儿小毛病。"传文赶紧问道："什么毛病，爹？"朱开山说："做事情脚底下少了点儿根基。"传文说："就是遇事不那么周全呗？"朱开山点点头说："对，就是这个意思。"传文说："爹，我也这么看老三，你听他讲，头头是道，可是你看他做起事情来，常常是顾头不顾腚。少了那么点儿像爹这样的深谋远虑。"文他娘点着头说："老大，你说得准确啊！"朱开山说："老大，别光说话，把那个蘸酱的小葱再上点儿。"

传文转身又添了些小葱，不依不舍地问道："爹，娘，你们评说评说俺呗？"

朱开山说："怎么评说啊？"传文笑了笑说："看看俺还有哪些地方得周正周正？"

朱开山："这叫你娘说吧！"文他娘思量片刻说："要说孩子们里头，最顾家的还得说是老大呀，对不对，他爹？"朱开山轻轻笑了说："这也用周正吗？"

文他娘说："老大还有个别人比不了的地方，从来不惹是生非。最能叫爹娘放心。"

传文也笑了说："娘，是让你说一说俺不当你意的地方。"文他娘瞅了瞅朱开山说："他爹，这话你来说？"朱开山说："好听的话都叫你说了，不好听的交给我，好吧，我就扮这个黑脸了。老大，要说你爹你娘最不赞成你的地方，就是你端不起家里老大的架势来，按不住老二，也说不服老三，连自己的媳妇你都怕上三分，这可不行啊！"传文举起杯说："爹，今儿个冲你这番话，我再喝一杯。从今往后，俺就是头拱地也得按住老二，说服下老三！爹，娘，俺保险做到。要说那文嘛，俺怎么觉着从来就没怕过她。"朱开山和文他娘笑了。

夜深了，朱开山和文他娘已经躺下了。文他娘对朱开山说："他爹，还是在老屋躺着舒坦哪。"朱开山说："还用你说，老家的什么东西不好？"文他娘打趣道："你和老大回去吧，我是不想回关东去了，冰天雪地的。"朱开山说："你自个儿在这儿怎么过？"文他娘说："怎么不能过？实在不行，就再找个人将就呗。当然了，要找赶上你的人恐怕是没有了。"朱开山拍拍文他娘说："你舍得下我，我还舍不下你呢！"文他娘叹一声说："是啊。人要是还有下辈子，俺还得嫁给你呀……"不知怎么，老两口的眼圈都有些湿了。东屋的灯光还在亮着。偶尔有几声狗叫，远远地传来，让这故乡的夜色浸满了温暖。

老东家从山东老家回来了，厨师们在灶上煎炒烹炸准备接风宴。一个跑堂的进来说："王师傅，小葱蘸大酱再准备一份。"王师傅停下手里的活计说："今天怎么净是清淡的菜？"跑堂的说："老东家刚从山东老家回来，说是路上劳顿，吃点儿清淡的败火。"王师傅说："这小葱蘸大酱已经上去两份了！"跑堂的说："老东家说，在山东老家他吃好了这一口。"王师傅说："那他一个人也不能吃三份啊？"跑堂的笑着说："看老东家爱吃，那小的们爱吃不爱吃，不也得抢着下两筷头子！"说得王师傅也笑了。

院子里，朱家人围坐在一起，谈笑风生。那文说："爹，你不在家这些天，传杰可是做了件大事啊！"文他娘问："什么事情？"传杰笑了笑说："也不是什么大事，就是那天领马帮往回走，在南面的甲子沟捡了块煤。"传文说："捡块煤算什么大事！"那文说："你明白什么？拿了这块煤请懂行的人上甲子沟一勘察，原来地底下藏了个大煤矿！"朱开山说："煤矿就煤矿呗，和咱家有什么干系？"

跑堂的将小葱蘸大酱端上来。生子嚷道："怎么又上了一盘？今天净吃青菜了！"文他娘笑了，朝朱开山说："他爹，人家小辈人不喜好咱的口味呀！"那文说："娘，别这么说，俺可是喜好这一口。"文他娘瞅瞅那文说："老辈人的东西啊，是叫人看不惯哪。"她转过头对朱开山说："今儿个一进门，我把从山东老家带来的土布和鞋样子分给三个媳妇，你猜人家怎么说？有那么个人说啊，娘呀，丑死了！都什么年代了还穿戴这些东西？"那文赶紧问道："娘，谁这么说了？"文他娘说："俺不知道谁这么说呀，俺光听见秀儿说，那鞋样子俊，那土布做成衣裳，穿在身上也舒坦。"传文板着脸说："这屋里就三房媳妇，那不尊重的话是谁说的？赶紧站出来，给娘认个错。"玉书说："娘，你听见了，当你面说那话的是我，我错了。"她又转向传文说："但是，大哥，有那么个人当咱娘的面不说，等咱娘一转身，她说得比我还厉害。"传文眼珠子一瞪说："玉书，你把那个人给我薅出来！她胆子肥了，在老朱家还搞阴一套阳一套的！"文他娘笑了说："老大呀，你赶紧坐下吧，那个人是谁，你还用问吗？"生子说："爹呀，三婶说的肯定是俺娘啊！"满座的人都笑了。

秀儿想起了刚才说煤矿的事，说："爹，开煤矿的事可不是和咱家没有瓜连哪！"那文："爹，咱这条街上不少的商号都入伙了！"秀儿说："咱家还投了本金呢！"传文赶紧问道："投了多少？"那文一笑说："能投多少，就是账上那几个活钱！"传文又问传杰说："真就投那么几个钱？"传杰说："大哥，你不相信我，还不相信大嫂吗？"朱开山冷冷地说："那几个活钱也不能投，一个子儿也不能投！"他望着传杰问，"老三，你到底投了多少钱？"传杰有些支吾说："爹，咱先吃了饭再说不好吗？"朱开山说："爹就叫你现在说。"传杰有些为难了。

传文在一旁催促说："老三，你没听见咱爹说话吗？"传杰急了说："我上哪儿记那么清楚？你着急自个儿查账去！"传文说："摔什么脸子，我也是为咱爹咱娘，为了咱这个家。"说完还真抬起屁股奔账房去了，临出门，又回过头来指着传杰说："你呀，老三，做了回龙墩，就乱了纲纪！"

那文说："爹，你向来看事情都比俺们高出一头，这回为什么不让做开煤矿的生意啊？"朱开山说："为什么不让？爹现在还不想和你们说！"那文又说："爹，咱家从放牛沟出来不就图希奔上条新道吗？这开煤矿可是眼下最赚钱的买卖，咱为什么不做？"朱开山打断她说："老大媳妇，你不用给传杰遮着掩着，我叫他回话，你把嘴闭上。"文他娘劝朱开山："他爹，咱们不在家，孩子们做了回主，就算事做错了，你得让小三把饭吃完了，再训斥啊！"朱开山斜了眼传杰，朝文他娘说："你听没听过那句话，叫孙卖爷田心不疼啊！"

一家人谁也不敢放声了，闷下头来吃饭。传文回来了，脸上挂着憋不住的笑，朝朱开山说："爹，咱都叫三儿耍了！"文他娘问道："怎么个事儿？"传文笑了说："账上一个子儿都没动啊！"文他娘嗔斥传杰说："三儿，你有没有个正经的？怕你爹这一道上劳顿还不够是不是？"传杰也笑了说："本来，俺想逗爹乐一乐，俺爹就翻脸了，投钱开煤矿，这么大的事儿，没有俺爹的话，谁敢乱动啊，对不对，大嫂？"那文赶紧接上说："可不是吗，满街上的商号都急火火地掏钱入股。三儿领着俺们，硬是按兵不动，说没有咱爹的话，他们说破了天，咱也不投一个子儿。"朱开山举起杯子说："来吧，敬你们这些功臣一杯。"传杰、那文、玉书赶紧站起来举起杯，那文说："爹，还是俺们敬你，都是你以往教导得好。"

吃完了饭，瞅着爹娘回屋休息了，那文递给玉书一个眼色，玉书又瞅瞅秀儿，闪身回了屋。传杰在屋里头急得像热锅上的蚂蚁，见玉书进来说："你把窗帘拉上。"一会儿，秀儿悄悄进来问道："大嫂还没来？"玉书说："没呢。"秀儿说："她不能和大哥把事情说了？"还没等玉书回话，那文闪了进来。玉书说："大嫂，怎么才来？"那文说："我是在瞅着秀儿身后有没有人盯着呢。"秀儿忙问道："有吗？"那文说："有啊！"秀儿惊道："谁？"那文笑着说："就是我！"传杰说："别闹了，说正经事儿。咱拿四味楼做抵押贷的款，已经进了山河煤矿的账，现在要反悔来不及了，咱爹这么个态度，咱们该怎么办？"玉书说："千万不能叫老爷子知道这件事。"秀儿说："这是能瞒得住的事情吗？"那文说："瞒不住也得瞒，嫂子有个办法：老爷子吃软不吃硬，过两天是他的六十六岁大寿，到时候咱们都说点儿好话，说不定，老爷子一高兴他就答应了。"玉书问传杰说："这能行吗？"传杰说："也只好走着看了！"

绍景骑着摩托车载着传杰来到哈尔滨郊外的大森林。传杰问："咱跑这儿来干什么？"绍景说："打点儿野物！过两天，不是你爹六十六大寿吗？也算个礼物吧！"他掏出一支小巧玲珑的手枪说，"勃朗宁，美国造，四五口径，最新款式。"传杰说："你会用吗？"绍景插上弹夹，打开机头说："咱打什么吧？"传杰指着不远处树枝上的一只鸟说："看见了吗？就打那只鸟。"绍景举起枪瞄了半天，枪响了，鸟儿飞走了，只有几片树叶落下来。传杰笑了说："就你这个枪法，还打野物呢，还给俺爹贺寿呢！看我的吧，当年俺还用少帅给的枪打过黑瞎子呢。"

二人在森林中四下寻觅着野物。传杰说："绍景，俺爹不同意抵押四味楼啊！这事现在我还瞒着他呢！你千万别说漏了。"绍景说："这老爷子不糊涂了吗？开煤矿多好个事儿！别怕，到他六十六大寿那天，看我怎么劝说他。对了，森田物产的事情我查了。我那些日本同学说，森田物产的总裁叫森田大介，在日本国内有煤矿，在中国主要是做矿产和木材的生意。还听说森田大介背景挺深，和日本的政界、军界都有些瓜连，更多的他们也说不很清。"传杰有点儿吃惊："森田在日本还有煤矿？"绍景说："是啊，咱得抓紧把开采权拿下来，不然，甲子沟煤矿真有可能落到森田手里。"传杰说："这两天我又去找了两趟姚厅长，可是他都不在。"绍景说："他是不是有意躲着咱们啊？"传杰说："也不像，那个秦秘书告诉我，姚厅长办事有个特点，不把事情查得四脚着地了，他不轻易拿主意。"绍景说："那么说，姚厅长是在悄悄摸咱们的底？"传杰说："也没看他来人哪？怪事！"

一辆军用卡车停在了四味楼前，车上跳下了几名士兵，荷枪实弹，分列到大门两旁，进出的客人们赶紧闪到一边。传武从驾驶室里下来，笑着和士兵们打招呼说："不用啊，这是我家，都进去。"传文从门里出来了说："你啊，老二！瞅我这身汗，刚才吓毁了。"传武笑着说："哥，你怎么胖了？"传文说："我还能胖？整天叫饭庄忙得脚打后脑勺。"朱开山出来见了传武，咧着嘴笑了笑说："这是哪位大将军哪？"传武上前抬手敬了个军礼，说："爹，俺回来了，你挺好？"

朱开山说："好什么？身边少了个儿子。"说着，冷不防朝传武的肋下捅了一拳。传武哎哟一声，弓下腰，笑着问道："爹，你把我当沙袋了？"朱开山朝士兵们笑着说："看看，都看看，你们这个带兵的，连块豆腐都不如！"士兵们也笑了说："老爷子，怨你的拳头硬啊！"

文他娘从门里分开众人出来，眯缝着眼，笑着问道："这位长官，贵姓啊？"

传武见是娘，赶忙退后几步，郑重地敬了个军礼说："娘，俺是传武啊！"文他娘上前仔细打量儿子说："这一脸的尘土，怎么弄的？"传武说："一道上坐车，还能有好样？"文他娘眼泪出来了说："老二，你这一去又是好几年啊！"传武说："娘，身子还好？"文他娘说："能好吗？整日惦记你，你这个活兽！"朱开山在一旁朝文他娘说："你呀，人家不回来，你整天念叨；人家回来了，你又擦眼抹泪。不给人家丢脸吗？"文他娘说："你明白个什么？这才叫当娘的。"说罢，擦着泪水朝身后喊道："秀儿，秀儿在哪儿？"她从人丛中扯过秀儿，一手领着传武，一手领着秀儿说："走，咱进屋说话，咱慢慢说。"传武嘱咐传文说："哥，把这几个弟兄招待好了。"传文答应着，引着几位士兵进了雅间。

一家人落座。文他娘看着传武说："老二，娘怎么觉得你模样变了？"那文说:"娘,没看人家肩膀子上多了几个星吗?"秀儿悄悄问那文说:"那几个星是啥官?"那文说:"这话还得你问,俺算他什么人?"秀儿也不问,只是微微笑着瞅传武,传武说:"这几个星是上校。"朱开山问道:"那官职呢?"传武说:"团长。"秀儿又小声问那文说:"团长带多少人?"那文说:"还不得几千号人哪?"

秀儿说:"妈呀,那么多人,可怎么管?"传武对门口站着守卫的两个士兵说:"去车上,把我的箱子拿来。"一个士兵答应着,出去了。

朱开山问:"传武,张大帅叫日本人炸了,少帅就这么忍了?"传武说:"不忍行吗?明知是日本人干的,可是查不到实处,查不到实处怎么动?还有,东北军里也是三帮五派的,真和日本人动兵,说不准哪一帮哪一派就反水投了日本人。再说,日本人早就要占领东北了,他正盼着你动兵呢!你一动兵,他有了借口,趁机就进攻东北。你说少帅能不忍吗?他得先稳住东北三省的局面,家仇国恨,等来日再说吧!这回少帅把我派回哈尔滨也是这个意思。"朱开山点点头,问道:"少帅多大年纪?"传武说:"上个月才过了二十七岁生日。"朱开山赞叹道:"比你还小,行!有城府,有韬略!"

士兵送进手提箱。传武打开取出一对玉麒麟,放到桌子上说:"爹,少帅听说你要过六十六岁的生日,这是他给你祝寿的礼物。"朱开山拿起玉麒麟看了看说:"太贵重了!替我谢谢少帅。"传武又从箱子里摸出一个精致的首饰盒递给娘说:"娘,这是少帅送给你的。"那文抢先接过去,打开首饰盒从里面取出一只硕大的玉石戒指,说:"妈呀!这可是件真装东西,祖母绿,最上讲究的祖母绿!在王府里也只有福晋、格格们才配得上戴。娘,你这是跟老二沾光了!"

文他娘笑了说:"老二,娘做梦也没想到,还能跟你这个活兽沾上光!"

那文举起杯说:"老二,来,我替你大哥敬你一杯。"传武赶忙站起来说:"大嫂,这次回来得匆忙,没来得及给你和大哥带什么东西。我先喝,算赔罪。"那文也喝了说:"说什么呀,有你这么个团长的小叔子,明儿个我上街,不用放声,就有人鸣锣开道了。"一家人都笑了。

那文小声地对秀儿说:"秀儿,你知道我现在想什么吗?"秀儿问说:"想啥?"那文用更低的声音说:"嫂子恨你!"秀儿愣了说:"为啥?"那文笑着说:"为什么?你自个儿想!"文他娘说:"老二,今天,你可得好好敬秀儿一杯,这么多年,你不在家,人家为咱家出了多少力,你知道吗?"传武只好举起杯说："秀儿，劳累你了。"秀儿低着头抿了一口酒。

朱开山说："老二，我看，和日本人早晚有一仗。"传武说："少帅也这么看。"

朱开山说："如果打起来，谁能赢？"传武说："中国人呗！"朱开山说："有这个把握吗？"传武说："日本关东军在东北也就驻了一两万人，咱们东北军可是四五十万啊！咱们也有坦克，还有海军、空军。你说咱们能不赢吗？"

文他娘插嘴道："老二，这回来家能住两天？"传武说："不行啊，我这是顺道回来看看。"文他娘说："那过两天是你爹生日，你也不回来？"朱开山说："孩子是军务在身，我过生日算什么？"文他娘说："老二，今晚你就别走了，不能老把秀儿一个人扔在家里。"传武说："娘，待会儿我就得带弟兄们往军营赶，哪能住家里呀！"文他娘说："就差一晚上吗？叫那几个弟兄先去呗！"朱开山说："老二刚刚提升团长，有没上任先住家里的道理吗？这遭他驻防哈尔滨了，哪天回家不行？"秀儿听见，知趣地收了碗筷出去。文他娘见了，更不高兴，说："老二夫妻的事就不是正经事？装什么王公大臣的脸子！"说完出去安慰秀儿。

朱开山说："老二，爹盼着早点儿和日本干一仗啊，把小鬼子的膏药旗从咱中国的地面上拔干净！"传武说："爹，是中国人都会这么想。可是打仗不光是军队的事啊！也不光是两个国家的事，牵扯的方面多着呢！"朱开山满意地看了看传武说："好啊，老二长学问了。"

陪爹说了会子话，传武踌躇了一会儿，还是回到自己房。秀儿正坐在床头上发愣，见传武进来，忙站起来，笑道："来了。"传武点点头，打开手提箱，取出一件旗袍递给秀儿说："这是少帅夫人送给你的。"秀儿抖开旗袍说："这么艳哪，叫俺怎么穿？"传武说："那我也不能带回去啊！"秀儿把旗袍小心叠起来。

传武见桌子上有一碗水，秀儿说："就是给你预备的，凉了吧？"传武笑笑，端起来一饮而尽。

门悄悄开了，生子探头探脑地进来。秀儿说："进来吧，这就是你二叔。"

传武说："你是生子吧？"生子点点头说："二叔，你这么吓人呀？"

传武一笑说："怎么了？"生子说："你眉毛那么黑。二叔，你怎么老不回家呀？"秀儿说："你二叔不是带兵打仗吗！"生子说："二叔，二婶可想你了！"秀儿说："胡说啥，生子。"生子说："谁胡说了？"他跑到传武身边说：

"二叔，我告你个话。"传武配合地弯下腰，生子贴着他身朵，悄声地说："我小时候，老看二婶放两个枕头睡觉，二婶说，多那个枕头是给你留的。"秀儿说："生子，说啥呢？快出去玩吧！"生子往外走着，小声嘟囔说："反正俺没撒谎。"

传武听了生子的话，心内凄然，一时无语。秀儿说："俺那天看见鲜儿姐了。"

传武问："她说什么了？"秀儿说："也没说啥，就是告诉俺，到日子别忘了给咱爹过生日。家里和你说了吧？那年，鲜儿姐和大掌柜的可是帮了咱家大忙啊！"

传武说："知道，为了帮咱家，大掌柜的把命都搭上了。他葬在哪儿？"秀儿说："二龙山，南坡上。"传武点了点头。秀儿又倒了杯茶递给他说："俺知道，依你的心，俺早该离开这个家，另找个人，可是，俺也为难，一个女人家，进了一扇门，还怎么出去啊？再说，俺也舍不得咱爹咱娘。"

传武心里越发难受，可是又不知道该说些什么。秀儿叹口气说："你该走了，弟兄们还等着你呢。"传武摘下军帽，深深地给秀儿鞠了一躬。

第三十三章

四味楼挂了灯笼，结了彩绸，一派喜庆气象。餐厅里摆了寿案，贴了寿联。朱开山六十六大寿的宴席好不隆重。

已经酒过三巡，绍景有些醉了，朝朱开山说："老爷子，作为晚辈，我想请教你一个问题。"他指着头上的电灯说："这是什么？"那文说："电灯呗，这还用问，你是喝大了。"绍景问那文说："电又是从哪来的，你知道吗？"玉书接上说："你问我呀——发电厂！"绍景问玉书说："发电厂是怎么发电的？"玉书说："蒸汽涡轮机呗。"绍景又问道："蒸汽从哪来？"秀儿说："这俺知道，蒸汽，不就是水开了，冒的那股气吗？"绍景说："水又是用什么烧开的？"朱开山进出个字："煤。"绍景高兴地一拍桌子说："煤！对，老爷子高见。眼下，是工业时代，干什么都少不了煤，无论是建城市、开工厂，你说哪样……"

朱开山摇摇手笑着截住他，说："绍景，听明白了，你这是绕着弯说开矿，劝我投资，对不对？你们开煤矿，朱家什么事都不做说不过去，这样吧，我这面搭上个传杰给你做个帮手，于情于理总可以了吧！"绍景说："老爷子，你不要小看了开煤矿这件事。中国有三大煤矿，抚顺煤矿现在叫日本人抢去了咱不说，河北的开滦煤矿，山东的枣庄煤矿，你知道都有哪些人入股吗？说出两个你都能吓得一跟头——黎元洪、徐世昌，人家可都是当过民国大总统的人物啊！"

朱开山笑了笑说："这样的大人物咱比不了。"绍景说："那咱就讲小人物，咱这条街上的大小掌柜们和民国大总统比应该是小人物了吧！可是这一回哪个不是挤着抢着要入伙办山河矿。传杰，俺三哥，在你眼前更是个小人物了吧？为了办矿，他把四味楼都押上了……"朱开山一惊说："你说什么？"绍景一下子反应过来，知道自己说漏了嘴，支吾着说："我是说啊……三哥，那天你怎么和我说的？"

传杰赶忙接过话头说："爹，那天，大伙儿一块商议投资开办山河矿，我说这事得问问俺爹，俺爹要是答应了，哪怕是把四味楼押上都没有问题。"传杰又转向绍景说："绍景，俺爹没答应这个事，你能这么胡说吗？"绍景尴尬地笑了，说："喝多了，喝多了。老爷子，我自罚一杯。"

生子不知从什么地方跑过来，擎了个杯子说："爷爷、爷爷，我来敬你：福如东海，寿比南山。"绍景说："生子，你这套词好是好，就是太旧了点。"生子小脖一梗说："嫌乎旧了，那俺就来个新的，昨晚才学的。"那文说："生子，一边去。这不是你说话的地方。"生子不听那文的，指着朱开山，开口说道："这个老头不是人。"满桌子的人全惊了，街面上的宾客们更是吓得合不上嘴。只听生子又说："他是神仙下凡尘。"大伙儿笑了，齐赞生子聪明。玉书说："下面呢？"

生子说："孙男娣女全是贼。"大伙儿又愣了，绍景说："生子，你把自个儿都骂了！"

生子做了个鬼脸，抓过个寿桃来，朝朱开山跪下，献上寿桃，大声说："偷来蟠桃献至亲！"众人无不笑得前仰后合，齐声称赞。秀儿问生子说："生子，你跟谁学的呀？"文他娘说："还能跟谁学，你嫂子呗。"桌上的人又笑了。

寿宴兴尽，几个子女簇拥着朱开山和文他娘，将老两口送进房间。见儿女们走了，朱开山说："文他娘，你没觉着，四味楼开始晃荡了吗？"文他娘说："你是喝多了，脚底下发软。"朱开山说："你不信是不是？睁大了眼，走着瞧吧！"

传杰、那文、秀儿、玉书又悄悄进了传杰的屋。传杰说："老爷子是铁了心不掺和开矿的事了，下面咱怎么办？"秀儿说："早点把抵押四味楼的事和爹说了吧，本来这事咱办得就欠思量。"玉书抱怨道："什么都不怨，就是咱爹老了！"

那文说："眼下是不大好收场了。咱爹也怪了，这么好的事情怎么就醒不过腔来了呢？"传杰说："我看，只有一个办法，那就是瞒下去，不和咱爹咱娘说，也不能和大哥说，大嫂，你看这么办行吗？"秀儿插嘴说："瞒，瞒到哪天是个头啊？"

那文说："老三的主意我看行！秀儿不是问哪天是个头吗？只要咱们几个不走漏风声，老爷子要弄清底细也得个时日。到那时候煤矿办起来了，红火了，整天成大包的银子往家里进，老爷子能不高兴？到那时候就是个头！说不定，老爷子还能摆上酒席感谢咱们有先见之明，押上了大赌注呢！"

那文回了自己屋，传文问她："你跑哪儿去了？"那文说："不是送咱爹咱娘歇息吗！"传文说："我看你变了？"那文说："是老了，还是少面了？"传文指了指那文的胸口说："是你的心变了。你成天和传杰都鼓捣什么？当我不知道？"

那文啐他一口说："什么意思？还我和传杰鼓捣什么，你们不在家这些天，有些事情，我们不得在一块商议商议啊？到你那张臭嘴里就成了鼓捣，呸！幸亏你们是亲兄弟，要是换成了别人，你还不知能喷出什么粪来！"传文说："你别瞎扯乎，老实说，传杰是不是把四味楼抵押了？"那文心里一惊，却故意顶着传文的脸说："对，抵押了！还赚了十大包银子，都叫我和传杰藏起来了，藏哪儿了，就不告诉你，除非你把我这口牙都敲碎了。"

传文碰了一鼻子的灰，转过身一个人讪讪地脱衣上床。那文宽了衣服，凑到他身边，脸上堆着笑说："我看你这些日子瘦了，也黑了。"传文说："劳累的呗，回老家又修房子，又开坟圹。"那文说："今晚上，就让我好好犒劳犒劳你。传文，自个儿的老婆能和你二心吗？"传文听着老婆的话，心里那点儿不快像给熨平了，不觉心花怒放，和那文温存着。那文顺势说："就算老婆做点儿背着你的事，你也不该往心里去。"传文推开她说："这么说，你到底还是做了背着我的事？"那文笑着说："你说呢？谁的心里还没藏个小茶壶？"传文摇头说："不行，你得把那个小茶壶打碎了，我看看里面是什么？"那文说："不用看哪，里面装的东西，都是为了你，为了咱这个家。"传文说："这个话怎么讲？"那文说："朱家的产业，将来还不是你朱传文说了算啊？"传文说："对呀，这趟回老家，咱爹把这话挑明了。"

第二天一清早，玉书摸到后院，见秀儿在帮着伙计们择菜。玉书凑过去说："二嫂，你可真勤快，一大早就在这了。走，有件事和你说。"说着拽起秀儿就走。

秀儿说："你和我说明白干啥啊？"玉书说："回屋换件衣服，今儿我领你上俺学校看看。"秀儿说："俺又不是孩子，上学校去看什么？"玉书说："老在家待着，你就不闷？散散心呗！"

秀儿答应了，回屋换了那件传武捎回来的旗袍，跟着玉书喜气洋洋地往外走。那文从餐厅里出来，招呼着说："秀儿，真打扮成官太太了，上哪儿这是？"

秀儿笑着说："玉书叫俺和她上学校去。"那文说："上那去干什么？"玉书笑着说："请秀儿去当老师。"秀儿说："别听她的，就是去看一看。"那文说："好啊，出去走一走，比憋在家里强。"

传文也起来了，遇见玉书和秀儿，狐疑地看着她俩，嘴上打了招呼，心里又犯了嘀咕，一转身进了爹娘的屋。传文见爹娘都在，压低了声说："爹、娘，俺有件事不得不说给你们听了。"文他娘说："一大早，什么事？你这么惊乍乍的。"传文说："爹、娘，传杰他们指定背着咱们做了什么事！"文他娘说："至于吗？抵押四味楼的事，传杰昨儿个不都说明白了吗？"传文说："昨晚上啊，那文告诉我，她和传杰他们有背着我的事。她可从来没说过这样的话，这不叫人画魂吗？"

朱开山问传文说："老大，你看这个事怎么办？"传文分析道："老三是不能改口的；那文说，除非把她的牙都敲掉了，才肯说出实情；玉书和老三是一条心，咱也别想了。"朱开山说："你到底是什么主意吧？"传文说："爹，就眼下来看，能开口说出实情的，我看也就是秀儿了。"文他娘说："那我去问问秀儿？"传文说："你等等吧，我刚看见玉书拽着秀儿出了门。你想想，秀儿的脾气哪里是这样的，不知道什么事情呢！"

学校音乐教室外面的走廊上，秀儿透过窗户向教室里凝望着。教室里老师正在弹着琴，教学生们唱一首舒缓而又忧伤的歌曲。老师唱一句，学生们跟着唱一句：

你知道你是谁？

你知道年华如水？

你知道秋风吹来多少伤悲？

吹啊，吹啊……

秀儿听着不觉泪水涟涟。玉书从另一个教室走出来问："怎么了，二嫂？"秀儿轻声道："这叫啥歌啊？"玉书说："歌名叫《问》。"秀儿说："问啥呢？"

玉书说："你没听那词吗？问的都是人这一辈子该怎么过。"秀儿说："该怎么过，咱自个儿说了算吗？"玉书说："怎么说了不算？咱就得说了算！"秀儿摇摇头，深深地叹了气。秀儿和玉书从学校回来。那文匆忙迎上去说："秀儿，早上你刚出去，咱娘就找你来了。"玉书说："什么事？"那文压低声说："八成是问抵押四味楼的事。"秀儿说："不会吧？要问也得问你和传杰呀！"那文说："反正你小心点儿，打死也不能说！"秀儿说："知道了。"

秀儿和玉书两个人上了楼，进了秀儿屋，却见文他娘正坐在床边，传文站在一旁。秀儿和玉书都是一愣，玉书说："娘，你怎么在这儿呀？"传文说："玉书，你领秀儿上哪儿去了这一天？"玉书说："俺领二嫂上学校去看了看。"文他娘说："都看见什么了？"秀儿说："娘，也没啥好看的。就是看看孩子们跑操，听听孩子们唱歌。"

文他娘瞅见秀儿身上穿着那件时髦的旗袍，冷冷一笑说："你这身衣裳倒是挺鲜亮的，才买的吗？"秀儿说："是那天传武带回来的。"文他娘说："哦，我当着就娘疼你，原来，传武心里头也装着你呀！"秀儿说："娘，俺知道啊！"

文他娘站起身来围着秀儿转了一圈，说："你还知道呀？娘当你不知道呢！"玉书说："娘，看你说的。"文他娘说："你怎么能把那么大的事瞒着娘啊？"玉书说："娘，二嫂把什么事瞒你了？"传文说："老三媳妇，咱娘是问秀儿呢！"秀儿说："娘，你要问啥事？"文他娘说："娘要问什么事，你自个儿清楚！"

那文从外头进来，高声笑着说："哎哟哟，他二婶，你什么时候置了这么件行头！娘，瞅上去她像不像画上的人？"文他娘说："闭嘴，我问秀儿话呢！"

那文说："娘，天又没塌，地也没陷，你干什么还板着个脸？"传文说："那文，你先出去好不好？"那文说："俺们娘儿们在这一块说话，你算干什么的？还叫我出去！"

文他娘说："老大媳妇、老三媳妇，你们俩都给我出去。"那文说："娘，什么要紧的话？还避着俺俩。"玉书说："是啊，有什么话叫我们也听着呗？"文他娘眼睛一瞪说："出去，听没听见？"

那文、玉书只好灰溜溜地退出去。文他娘说："秀儿，跟娘老实说，四味楼到底押出去没有？"秀儿讷讷地说："本来俺是和他们拗着的。"文他娘说："后来呢？"秀儿说："后来俺就拗不过他们了。"文他娘问道："到底把四味楼抵押了，是不是？"秀儿低头不语。传文说："秀儿，还是和娘说实话吧，在这个家里，娘心里最疼的不就是你吗？说吧，反正带头的肯定不是你。"秀儿只好开口说："他们说开煤矿能见着大利，还说，娘和爹回来了也能答应这件事。"文他娘叫一声说："祖宗啊，你们这些小祖宗啊！朱家就败在你们手上了！"她一跺脚冲了出去。

屋外头，那文和玉书扒着门缝，听了个清楚。见文他娘出来，两人忙拦着说："娘，你听俺说，听俺说啊……"文他娘径直朝朱开山房间走，扔下句话："说，说什么？说个老勺子吧！一群小祖宗！"

那文进了屋，气呼呼地质问秀儿说："都说好了的事，你怎么就挺不住？"秀儿说："背着爹娘做事，俺本来就不赞同！"那文指着秀儿的鼻子说："你呀，要是在王府里头，办这种糊涂事，往轻里说，也得割下舌头。"秀儿也不示弱说："那重了呢？"那文咬着牙根说："重了，重了就咔嚓你的头。"玉书进来说："说这么难听干什么？走吧，先看咱爹怎么发落吧！"

传杰已经听了信儿，灰溜溜地进了爹的屋，当厅低头站着。朱开山闷头喝着茶水，只做没看见，也不搭理他。传文凑上前说："爹，老三来了。"朱开山还是自顾自地品着茶。传杰稳不住了，说："爹，俺错了。俺应该把抵押四味楼的事和你实说。"朱开山说："文他娘，我说咱这四味楼要晃荡，你还不信，怎么样？"传文问传杰说："老三，这事是谁做的主？"传杰说："我先是和大嫂、二嫂还有玉书商量了……"朱开山打断他说："问你是谁做的主？"传杰说："是我，和她们没关系。"

朱开山朝传文说："老大，咱们没看错，他办事情脚底下不是少点儿根基，是压根就没有根基！"传文说："老三，你胆子也忒大了，能不和咱爹咱娘商量，就把四味楼抵押进去吗？"传杰辩解说："大哥，这不叫胆大，是看准了时机要把咱家的产业做大。绍景那些话没错，现在这个工业时代，煤炭确实非常重要，哪一行哪一业缺了它都不行！"朱开山说："我不听你们那些梦话，爹不是糊涂人，不让你们跟着去开矿也是思量来思量去了的。你大嫂那天不是问，我为什么阻挡你们开煤矿吗？传文把她们都给我喊来！"那文、秀儿、玉书早在门外听着呢，没等传文喊，就一个个蹭进来了。

朱开山说:"那天不是问我为什么阻挡你们开煤矿吗?今天我和你们一五一十地说。第一条,闯关东的人成千上万,有几个闯到咱家这个份儿上了?有饭庄,有货栈,满哈尔滨,谁不知道四味楼和朱记货栈?咱家在闯关东的人家里,可以算是百里挑一、千里挑一了。我是满足了,你们呢?也该满足吧?"

传文说:"爹,俺是知足了。老三,你呢?"传杰不放声。

朱开山继续说:"这第二条,老话说,有多大的碗吃多大量的饭。你们开过煤矿吗?听别人一吆喝,脑瓜子一热,就要开煤矿了!这不是痴人说梦吗?还有第三条,开煤矿是能发大财,可是你们想没想到闪失啊?把四味楼抵押进去,一旦煤矿倒台了,咱这个家怎么办?我和你娘都是土埋半截子的人了,不想什么大富大贵,可是也不想叫你们再受穷遭罪啊!我和你娘要护住这片产业,要把它留给你们,你们再把它留给你们的儿孙。做爹娘的这么想,还有什么不对吗?你们怎么就不体谅做爹娘的这片心肠呢?"朱开山直说得泪光闪烁,屋里鸦雀无声。

传文把娘扶到椅子上坐下,回身说:"老三,咱爹的话你都听见了吧?你还有什么反驳的话?"传杰抬起头说:"爹,我想喝口水。"朱开山说:"就喝我这碗吧,刚沏的,今年的龙井。"传杰上前一仰脖,把一碗茶水全喝了。朱开山说:"说吧,看来你是攒了一肚子的话啊?"

传杰嗫嚅了一下,终于开口说:"爹,你老了,真的,你老了……"传文听了,皱眉打断他说:"咱爹才六十六,你就说咱爹老?"传杰不接传文的茬儿,继续说:"爹,咱怎么能满足呢?就这么点家产就满足了?你怎么不和那些比咱们强的人家比?全世界都知道开煤矿是赚钱发财的事,你却说,有多大的碗吃多大量的饭!煤矿我是没开过,可是不明白的事,不是可以跟别人学吗?还有,从我记事起,就不知道你怕过什么,可是现在,你却怕起了闪失。爹,当初你一个人下金场子,想到闪失了吗?你领着俺们,从放牛沟到齐齐哈尔,又到哈尔滨,想到过闪失了吗?没有吧?爹,你别不愿意听,真的,你老了!"

朱开山气得胸口忽闪忽闪地起伏,喝道:"三儿,和你比,我可不是老了吗?能不老吗?一辈子豁上命挣给你们吃,挣给你们穿,铜铸铁打的人也得老啊!可是你爹还没糊涂,你才刚呼号着大半天,我听明白了,你是嫌弃你爹看不清事理了,不该再主持这片家业了,占着老佛爷的牌位,不显灵了,挡你们的害了,是不是?"传杰赶忙分辩说:"爹,俺没那个意思,只是说放开些眼界,咱家还得朝前奔啊!"朱开山问道:"那爹的话你还听吗?"传杰说:"俺听，俺听。"

朱开山说："那好，现在，你就去把咱家的钱从山河矿撤回来。"传杰又不放声了。

传文追问道："老三，咱爹叫你把钱撤回来，听没听见？"传杰说："做不到啊！钱已经入了山河矿的账，再说，已经都用了。"朱开山哼了两声说："这不就得了，你还是不肯听你爹的。文他娘啊，照往常，我早该火冒三丈了吧？今儿个，咱改一改，不是说咱老了吗？咱就不打闪，也不打雷了——三儿，你不是还年轻吗？不是眼界更开阔吗？不是还要朝前头奔吗？爹不挡着你了，好不好？"

那文一听朱开山要说出绝情的话，赶紧上前说："爹，你别这么说，俺听着心里头都怪难受的，不管怎么说，俺都是你的孩子，有不周全的地方，就尽管说，可别动真气啊！"朱开山理都不理那文，说："三儿，从明儿个起，你就离开这个家，撤开你的小蹄子，朝前头奔！不对，是挓挲开你的小翅膀，朝天外头，哼着小曲，扇着凉风，高高地飞！"文他娘害怕了，朝传杰说："三儿，还不赶快给你爹跪下！"

传文上前摁着传杰跪下，文他娘催促传杰说："哑巴了？赶紧认错。"朱开山说："不用他认错，认了错，我也不会改主意的。"传杰跪下说："爹，你打我，骂我，处罚我，我都认，就是不能让我离开这个家。"玉书也跪下说："爹，俺不走！"那文也扑通跪下了，说："爹，这事说实话，也有我半张桌，俺认杀认罚，别撵他们走吧？"秀儿也跟着跪下身子说："爹，饶了老三吧！"文他娘又把茶碗斟上水，端给朱开山说："他爹，喝口水，消消气吧！"朱开山接过茶水，见众人们还一个劲儿地劝他，他气得捏着茶碗，颤抖着说："怎么，你们非得叫我摔这个茶碗吗？"

一家人站着的、跪着的，谁也没动。生子背着书包跑进来，嚷着说："爷爷、奶奶，俺饿了，快吃饭吧！"朱开山放下茶碗，挥了挥手说："出去，出去，全都给我出去！"

一家人沉默地吃着饭。伙计们端上来两盘菜。文他娘说："三媳妇，角瓜虾仁来了，动动筷。"玉书说："娘，你吃吧。"生子说："三叔，吃块红烧肉吧！"

他站起来要给传杰夹红烧肉，一抬胳膊碰掉了一只汤勺。那文丧着脸说："添乱，捡起来！"生子蹲下来，悄悄捡起汤勺。传杰和玉书两口子满腹心事，哪有心思吃饭，胡乱扒了几口就出去了。那文也搂着生子出去了。文他娘瞅瞅秀儿，两个人站起来随之出去。

传文给朱开山又斟上一杯酒。朱开山说："老大，这个家，你真得多出些力了，货栈那摊子你也管起来。"传文答应着说："爹，明儿个，老三他们搬出去，用不用从账上支两个钱给他们？"朱开山说："支吧！"传文说："支多少？"朱开山说："有个三十五十就行了，他们不是翅膀子硬了吗？"

文他娘进了传杰屋，见小两口都哭丧着脸，心里难受，说："三儿，你怎么想的，就把四味楼抵押上了？"传杰说："娘，咱不说这件事好不好？"文他娘说："好，娘不说了。"传杰发狠道："娘，只要煤矿能开起来，四味楼就不能白押。就算煤矿开砸了，我也能再挣一座四味楼！"文他娘说："当爹为娘的没有和儿女过不去的，你爹今儿个是在气头上，等他这股子气过了，说不定哪天又好上门请你们回来了。"传杰说："娘，我看俺爹真是老了，都开始怕事了！"玉书说："是啊，俺爹是老了，放往常，他哪能这样啊！"文他娘说："不老他能忽儿巴想起回老家吗？还在你爷你奶的坟边上，给自己挖了个坟圹子。别怨你爹吧，人到了我和你爹这个年岁，不想身后的事，那是假话！"

那文进来说："传杰，你恨不恨嫂子？要不是当初我撮乎着，你也不能把四味楼押上呀？"传杰一笑说："恨什么呀！到现在我也没觉着事情做错了。"那文说："有这个心情就对了，不是说好事多磨吗？出去住，肯定得吃苦，可是还得想着享大福的时候。"文他娘说："你说话就是轻巧，享大福是哪年哪月的事啊？"那文说："出不了今年，煤矿开起来，一旦见了利，那是三个两个钱吗？成千上万的银子就来了！"文他娘斜一眼那文，没吱声。

秀儿拿了个小包裹进来，走到玉书跟前说："玉书，这是俺的一点儿心意。"

那文凑过来说："什么宝贝东西，还包起来了？"秀儿说："俺知道，支门过日子不容易，这是俺攒下的几个钱，玉书，你和老三拿去用吧！"玉书说："二嫂，俺哪能用你的钱哪？收起来吧！"文他娘说："秀儿啊，这几个钱，你揣腰里吧！他们再不济，也比你强啊！"

几个女人各有心事地回了屋。那文侍弄生子睡下，自己也早早地在床上歇了，心里却毛躁躁的不得劲。很晚了，传文才一身酒气地回来，碰了碰那文说："和你说件事。"那文气呼呼地不睁眼，背过身说："又喝酒了是吧？什么大事？"

传文说："陪咱爹少喝了点儿，你睁开眼，我和你说。"那文说："毛病！闭着眼也知道你长了几根胡子。"传文说："好，那你就闭着眼听。和你说，往后，家里头，鸡毛蒜皮的小事别惊动我。"那文说："这就是大事？"传文说：

"没说完呢！爹把货栈也交给我了，饭庄加上货栈，这两大摊子事，好管吗？"那文说："怎么不好管？开煤矿才称得上是大事。"传文不以为然："咱爹不说了吗，开煤矿是傻事！是痴人说梦。"那文反驳道："咱家三儿，走南闯北什么没见过？那个潘绍景也是一肚子的洋墨水，他们两个，一个人看走眼，还能两个人都走了眼？什么痴人说梦，满街的商号打破了头，入股开煤矿，人家都是傻子？"传文说："听你这个意思，咱爹是傻子，是不是？"那文说："俺没那个胆子。要说，俺也只敢说，咱爹是老了，的的确确老了。俺恨自个儿是个女人，要是个男的，也得跟三儿他们开煤矿去！"传文哼一声："你当花木兰得了，从军去吧！"那文眼珠子一瞪说："怎么，俺要是当兵，还能差哪儿去啊？至少不比咱家老二差，不封个王爷，也是个镇边大将军！"

一辆马车停在后院门口。传杰指挥着伙计们把几样简单的行李装上车。文他娘带着那文、秀儿和伙计们出来送行。传杰走到娘跟前说："娘，俺和玉书上去跟爹道个别吧？"文他娘一把拽住他说："小祖宗，就别惹他扒皮瞪眼了，还嫌家里闹腾得不够吗？"秀儿眼泪汪汪地扯着玉书说："都怨俺，俺不该把事情说出去。害得你们俩连个家都没有了……"秀儿说着越哭越厉害，任谁也劝不住了，惹得那文和文他娘也红了眼圈。

二楼上传来朱开山冷冷的声音："秀儿，别哭了。"众人抬头，朱开山站在二楼走廊上说："秀儿，你有那么个三弟吗？爹可没有那么个三儿子。"传杰忙拉着玉书跪下，朝朱开山道别说："爹，俺走了，您老多保重！"朱开山不动声色地说："走吧，快走，赶紧走，早走早好！"

传杰磕了个头，叹口气，拉着玉书头也不回地出了门。文他娘等忙跟出去。

朱开山却叫住了传文。传文连跑带颠上来了，说："爹，什么事？"朱开山说："给他们带钱了？"传文说："带了。"朱开山说："多少？"传文说："按你昨晚说的，五十块。"朱开山说："再支二百吧。"传文奇怪地看了看朱开山，答应着，一溜小跑去了。

望着静下来的院子，朱开山眼睛里两行老泪缓缓地流了下来。

朱开山、文他娘、传文、秀儿、一郎围着一桌子酒菜。朱开山说："一郎，上一回，秀儿也没学清楚，你现在到底做些什么？"一郎说："在天津开了个商社，叫东胜商社。"传文问："一郎，买卖有多大？"一郎笑着说："能有多大，凭我这点本事。"传文说："告大哥个实话，到底是怎么个规模？"一郎说："在爹娘面前，我就不装假了，还行吧！养活了几十号人，一年下来多少还能剩点。"传文说："剩多少？"朱开山说："老大，你也是生意人，这样的事，好随便交底吗？一郎，别告诉他！来，咱喝一盅。"

那文领着生子进来。文他娘介绍说："一郎，这是你大嫂，叫那文，那是你大嫂的儿子，叫生子。"那文瞅了瞅一郎，笑了，朝文他娘说："娘，一郎怎么看也不像个日本人哪！"一郎站起来说："大嫂，你好。"那文笑着说："俺生子该怎么称呼你？"文他娘说："就叫四叔呗！"生子嘴甜，上前就鞠了个躬说："四叔好。"

一郎问道："俺三哥、三嫂呢？"文他娘说："可别提他们了！为了开煤矿，背着你爹把四味楼押上了，没把你爹气死。"朱开山说："行了，一郎回来是喜庆的事，不扯他们。"一郎举杯敬朱开山和文他娘说："爹、娘，一郎敬你们一杯，不是你们当年救了我，我哪有今天哪！"朱开山将一杯酒喝下。文他娘说："一郎，娘不喝酒，你可是知道的，娘就喝口茶吧。对了，你还得敬秀儿啊，当年还多亏秀儿，在山坡上发现了你。"一郎说："是啊，要不是二嫂，当年我就被化成灰了。来，二嫂，一郎也敬你一杯。"秀儿举起杯，轻轻地抿了一口，一郎一饮而尽。

那文说："一郎，俺弟妹没跟你过来？"一郎笑了，说："哪有什么弟妹啊！俺一个人过。"文他娘说："这可不行，男大当婚，女大当嫁，一郎，你的婚事，娘给你包下了！"一郎说："行，俺听娘的。"朱开山说："一郎，你这趟来，除了看看咱家里人，还有别的事情？"一郎说："想在这开个分号，眼下正准备着呢！"生子说："四叔，你那脸怎么像大红灯笼一样？"文他娘说："咳，他那是肚子里没食光喝酒了！一郎，赶快吃点儿什么。"一郎说："娘，我最想吃的就是你做的打卤面。"秀儿说："对啊，上回来，一郎就光吃咱家的打卤面了。一郎说，那年他过生日，娘做的打卤面给他吃，他这么多年都没忘。"文他娘说："是吗，一郎？"一郎点头说："娘，我永远也忘不了啊！"文他娘夸奖说："好啊，一郎好孩子，知情知义！"

秀儿瞅着窗外发呆，脑海里总萦绕着《问》那首歌的旋律。文他娘进来说："想什么呢，秀儿？"秀儿说："娘，你说，玉书他们现在在干啥？"文他娘说："娘也想他们啊！明天叫你大嫂去看看。"秀儿说："俺也去。"文他娘说："明天你还有你的事情。"她拿出块怀表来，递给秀儿说："一郎喝多了，临走把这块表忘咱这儿了，明天你给他送去。"秀儿说："他住哪儿俺都不知道，怎么送啊？"

文他娘说："才刚，一郎来电话了，询问这块表，还说他住在马迭尔大酒店。"

秀儿说："娘，明天你陪俺去呗？俺没上过那样的地方。"文他娘说："娘就没有娘的事了？自个儿去，出去溜达溜达，省得坐家里净长肉了。"

马迭尔大酒店餐厅里四下坐着时髦的男男女女，有中国人也有外国人。餐厅角落的一张桌边，一郎和秀儿吃着西餐。一郎举杯说："二嫂，再喝点。"秀儿举起杯一口喝下去了。一郎说："二嫂，这可是酒啊！"秀儿说："是吗？咋没平日里喝的酒杀口呢？"一郎说："不是和你说了吗，这是葡萄酒，法国的。"

秀儿笑着说："俺喝它光觉着挺甜的，哪有酒味？"一郎又给她斟上一杯。服务生送上一道菜。秀儿看了看说："妈呀，这肉熟了吗？俺怎么看还带着血丝！"一郎说："这是牛排，西洋人就这么个做法。"秀儿说："半生不熟的，俺可不敢吃。"一郎看着她，忽然笑起来。秀儿有些醉意，面色桃红，问道："笑什么，一郎？二嫂可没喝多呀！"一郎说："那年，我刚进咱家，一开口就是日本话：哈依，噢哈哟，古匝一嘛丝。我说一句，二哥就拍我一下脸，我说一句，二哥就拍我一下脸。我问二哥，我怎么了？你老打我。你猜二哥说什么？"秀儿问道："他说啥？"一郎说："二哥说，我就烦你说这种跟面条似的话！二哥把日本话说成是面条话了！"秀儿听了笑得前仰后合，一仰脖，又喝了一杯酒。却不晓得葡萄酒后劲大，秀儿迷迷糊糊地就趴在了桌上。

等秀儿醒来，天色已黑，窗外下着细雨。她四下看看，见一郎正在窗前熨衣服，忙起身说："一郎，这是哪儿啊？"一郎说："这是我的房间。"秀儿站起来说："俺得回家了，天都黑了！"一郎说："再等会儿，衣服就要熨完了。"秀儿说："是俺的衣服？刚才我喝醉了吧？"一郎说："还行！没太醉。"秀儿说："俺刚才没说啥吧？"一郎笑了笑说："光说小时候的事了，还有俺二哥。你喝口水，在床头那儿都倒好了！"秀儿拿起水杯慢慢地喝着，望着一郎熨衣服的背影，心底涌起一阵阵暖意。

一郎把秀儿送回家，刚一进门，见那文打着伞急三火四地从外头过来，跟他俩匆匆打了个招呼，一路喊着娘，进了四味楼。文他娘迎出来说："咋呼什么？"

那文说："我刚从老三那回来，老三病得不行了！躺在炕上，发着高烧，头不抬，眼不睁，整个人都脱相了，玉书一步也不敢离。"文他娘说："赶紧叫大夫啊！"

那文说："我这不回来找人吗？"文他娘四下喊道："传文，传文！"传文闻声跑过来。文他娘说："你赶紧跟那文上老三那去！"传文说："出什么事了？"

那文说："老三病了，病得不轻呢！"传文说："不用和爹说一声？"文他娘说："问那个凶神干什么？你麻溜跟那文去！"

文他娘心慌慌地回了屋，冷着个脸问朱开山："你都听见了，我问你，答不答应老三他们今晚搬回来了？"朱开山说："别想那个好事。"文他娘说："好，你不答应，今晚我就搬老三那去。"

老两口谁也不让谁地吵着。传文和那文进来了，一身的雨水。那文说："娘，老三他们没影了！"文他娘大惊道："说什么呢？"传文说："爹、娘，俺和那文刚才去了，屋里屋外，找了个遍，连行李都不见了！这可怎么办？"文他娘说："怎么办？还不快出去找！"朱开山拦住说："找什么？他们俩不是佛爷，也不是鬼神，上不了西天，也下不了阴曹地府，叫他们自在去吧！"文他娘火了，眼角一挑说："他爹，我告诉你，说别的，我都依你，今天这事你做不了主。你是孩子他爹不假，可是他们在你肚子里待上一天了吗？你喂他们一口奶了吗？都是我，我是孩子们的娘！你看你那个能耐，为了个四味楼，还把三儿撵出去了！四味楼算个什么？一百个、一万个四味楼也抵不上俺的三儿子！"

文他娘叫上传文和那文说："走，咱们找三儿去！三儿没有爹，还有娘呢！"

朱开山见文他娘真动气了，这才抬起身，慢悠悠地说："传文，就别劳碌你娘了，上那个潘绍景家去看看。"传文问道："老三，能在那儿？"朱开山："他能上哪儿？眼下，也就是绍景能收留他。"传文和那文答应着，又急匆匆地出去了。文他娘这才消了点气。朱开山转到她眼前说："消消气吧！你的宝贝儿子丢不了，更死不了！"文他娘说："你个老东西，原来你心里早有底了！"朱开山笑一声说："哼，一个小家雀，能扑棱到哪儿去？"

第三十四章

四味楼餐厅，进来位客人。他文质彬彬，细高个儿，还戴了副眼镜。他也不慌落座点菜，而是四下转着。传文迎上去问："先生，要用点什么？"客人说："来壶龙井茶吧。"传文说："只要一壶茶，别的呢？"客人摆摆头，却问："你们四味楼总共有多少张餐桌啊？"传文说："楼下大厅有四五十个座位，楼上还有六个包间。"客人又问："一天下来能卖多少钱？"传文说："也就是三五百块钱吧！"

客人接着问："你们四味楼还有别的什么产业？"传文觉得这人问得有些奇怪，搪塞道："我只管这饭庄，家里的事情我也说不大清楚。"客人说："那我可以见一下朱开山老先生吗？"传文说："您知道我爹？"客人一笑说："四味楼老掌柜的，是哈尔滨响当当的人物，谁人不晓啊！"

传文忙领了朱开山过来。客人起身点了一下头说："朱老先生，您好。"朱开山一抱拳说："这位先生，有何赐教啊？"客人笑了笑说："赐教不敢，你们不是要开煤矿吗？申请书打到了省里的矿业厅，厅长打发我来看看你们有没有开煤矿的实力？"那文一听，赶紧溜出来，见跑堂的正拿着茶壶过来，她接过茶壶，嘱咐说："赶紧上潘绍景家去，把俺家老三和绍景找来。"说完，转身又进了包间。

那文给客人和朱开山斟上茶，说："俺这个小茅草店拿不出什么好茶，也就是清明前摘的龙井。"客人说："清明前的龙井好啊！那是一年当中最好的茶了。"那文笑了笑说："将就喝吧，不嫌乎就行！"

朱开山说："开煤矿是我那三儿子他们的主意。我不主张这么做。开煤矿是一拍脑瓜子的事情吗？得投大本钱，得有明白开矿的能人，这条街上的商号做不到这些。"客人说："老人家，你和我想到一起去了。我也担心山河矿资金不足，缺少技术，光凭那点热情就把煤矿开起来了，一糟蹋了国家的资源，二也坑了那些开矿的人。"朱开山说："说得好！回去和你们管事的说，把山河矿的事情放下吧！"客人站起身说："谢谢朱老先生深明事理，我告辞了。"

那文忙笑着拦住说："别呀，虽说这是个茅草小店，可也讲究个脸面啊！年八载的不来个当官的，今天总算把你们盼来了，说什么也得赏个脸吧？不能走，说什么你也不能走！"正说着，传杰和绍景进来了。那文赶紧向客人介绍传杰和绍景说："这就是俺家老三朱传杰，别看他年岁不大，可是做了多年的生意，从来没闪失过！这位呢，大号叫潘绍景，人家留过东洋，跑过北平、上海的大码头，也是个百里挑一的能人。对了，这位先生，您贵姓呢？"

客人略一迟疑说："免贵姓乔，矿业厅跑腿的。"传杰、绍景鞠了个躬说："乔先生，您好。"朱开山冷笑一声，对传杰和绍景说："你们的申请书人家不能批呀！"乔先生解释说："刚才和老先生了解了，你们山河矿眼下还不具备开采甲子沟煤矿的能力，主要是资金和技术不行，这叫我们矿业厅怎么批啊？"

绍景着急道："这两天，我们正在跑资金和技术这两件事，要不了多久，保证解决。"乔先生笑着摇了摇头说："这可是两件大事，不那么容易解决。"传杰笑着说："别这么站着呀，坐下，咱都坐下，申请书的事再说。大嫂，人家来咱这一趟，也该请人家尝尝咱家的饭菜吧？"那文说："我刚才就这么说了。稍等，立马饭菜就上来。"朱开山说："那你们坐，我还有别的事情。"乔先生拽住他说："老人家，别走，我还真愿意听您老说话。"

传文外头追上那文说："你不是添乱吗？人家答应了不批准开矿的事，你还张罗什么？再说，一个小跑腿的，用得着咱破费吗？"那文斥责他说："你那叫眼珠子吗？能看清楚什么，他不是跑腿的，是管事的！在前清至少也是个四品大员。"传文问："真的吗？"那文说："你看看人家那个做派，话不想好了，人家不说。"

酒菜已经吃了一阵子，话头又扯到开矿上了。传杰问："乔先生，姚厅长到底看没看山河煤矿的申请书？"乔先生说："能不看吗？姚厅长的意思也是要把开采权批给你们，可是担心你们没那个能力。今天，我来了，一看，果不其然，资金、技术全都不行。"传杰说："那么说，开采权要批给日本的森田物产了？"

乔先生说："不得不这么考虑了。"绍景说："为什么？"乔先生说："日本人早就在甲子沟勘测了，把煤层的分布都画成了图纸，资金和技术就更不用说了。他们几次三番找到矿业厅要见姚厅长，姚厅长避而不见，就是不忍心把甲子沟煤矿批给他们。可是，现在不批也不行了，就你们一家中国人的公司和森田物产争，如今，你们又是这么个状况。"传杰和绍景相互看了看，一时无语。

朱开山一开始默默无语，听到这儿朝乔先生说："你贵姓啊？"那文说："刚才人家不是说了吗，姓乔！"朱开山点了点头说："我到现在才明白原来是怎么个事儿——山河矿是在和日本人争夺甲子沟是不是？现在因为山河矿缺钱、缺技术，那个姚厅长就不批，是不是？"乔先生点头说："正是这样。"

朱开山举起酒杯说："来，我在这敬上三杯，第一杯，感谢你乔先生还愿意听我老爷子说话。"朱开山自己饮下，又斟上举起杯说，"这第二杯，我感谢姚厅长能派你乔先生亲自来过问山河矿的事。"朱开山又饮下斟上，再次举起酒杯说，"这第三杯，我感谢姚厅长还没丢了中国人的良心，不忍心笔头子一勾就把甲子沟扔给了日本人！"说罢仰头喝下。

传杰和绍景相互看看，觉得朱开山有点怪异。绍景悄声问："老爷子要干什么？"传杰说："他是有话要说。"

果然，朱开山又举起了杯，脸色阴沉着说："这一杯，就不是敬了，你替我捎个话给姚厅长，告诉他，山河矿的事，他批也得批，不批也得批。"乔先生有点蒙了，问道："老人家，这话如何讲？"朱开山说："道理就是一句话，中国人的事情，中国人自己办。小鬼子滚他妈一边去！"乔先生笑了说："老人家，开煤矿是科学，是技术，在这些方面咱中国人确实落后于日本。"朱开山一巴掌拍在桌子上说："落后了，咱就撵！小日本子有什么？他三头六臂吗？三十年前，义和团的弟兄们砍他们，不也像砍西瓜似的吗？要不是后来朝廷撤了梯子，那一仗谁赢谁输，还说不定呢！"

　　乔先生瞪大眼睛说："老人家，您闹过义和团？"那文说："还是个大头目呢！"乔先生说："老人家，听说义和团失败之后，有不少义和团的弟兄在北平前门外叫洋人杀了？"朱开山点点头说："我就在其中。兵败了，就得认个掉脑袋。那天成百上千的弟兄被洋鬼子绑到了前门下面。洋鬼子里有俄国的、英国的、美国的，当然少不了还有小日本子。别的洋鬼子是开枪杀咱们，小日本子怎么杀——他拿刀一个一个地砍！乔先生，你知道，那时候咱都留着条辫子，他们砍倒一个，拾起辫子又喊又叫那个乐啊，鼻子不叫鼻子，嘴不叫嘴了。这时候你就看出来了，小日本子不叫人，是兽，是畜生！"

　　席上几个人听得热泪盈眶。乔先生问道："老人家，你怎么活下来了？"朱开山说："我辫子粗，不光粗，头发丝还硬呢！小日本子一刀下去没砍透！乔先生，你说，我能咽下这口气吗？我能眼瞅着山河矿叫日本人拿去吗？"乔先生泪流满面地说："老英雄，你给我上了一课呀！说实话吧，鄙人不姓乔，姓姚，名振中，就是那个姚厅长。"朱开山笑笑，仿佛早已看出。那文捅一把传文，悄声说："怎么样，我说人家是个当官的吧！"

　　绍景问道："那你为什么说姓乔啊？"姚厅长一笑说："不是怕你们缠住不放吗？"传杰问："那山河矿的申请书，你能批吗？"姚厅长斩钉截铁地说："批，肯定批。冲着老人家这番话，我也得批！只是资金的问题你们必须尽快解决，资金有了，我马上就批。"朱开山说："那技术上的事呢？"姚厅长说："相对还好解决，我可以帮着找几个这方面的人才。"绍景问道："资金到底需要多少？"

　　姚厅长说："拿银圆说，至少也得一百万。"朱开山问传杰："咱们筹集多少了？"

　　传杰说："还不到三十万块。"朱开山说："只要甲子沟的煤不落在日本人手里，钱算多大点事？来，老三，绍景，还有老大，老大媳妇，咱们都举起杯敬姚厅长。"

姚厅长站起身说："别，还是我先敬老人家一杯。"朱开山说："就别客气了，为了山河矿，也为了感谢姚厅长，一块喝了！"众人举杯饮下。

朱开山摆摆手让大家都坐下，他埋怨传杰说："该说的话你不说，不该说的话你倒说了不少。"传杰不解地问："爹，你说什么呢？"朱开山说："你怎么早不说，这开煤矿是和日本人对着干的。"传杰笑了说："爹，你容人家说吗？俺这刚开了个头，你一巴掌就给拍下去了！"绍景说："老掌柜，还说呢，传杰这个儿子你都不要了。"姚厅长笑了说："是吗，老英雄？"朱开山大笑道："确有此事啊！说什么好呢？两个字——老了！脖子朝后转，眼珠子朝后瞅了！"大伙儿也都笑了。

朱开山说："刚才不是说资金不够吗？我想起来了，这趟回山东老家，听人家说，龙口的黄老先生家如今成了咱中国当铺这行最大的一家。听说连国民政府都和他们家借钱。"姚厅长说："我也听说了，咱哈尔滨就有黄老先生家的分店。"绍景说："人家肯帮咱们的忙吗？"传杰说："张口三分利，人不亲，土还亲呢！"朱开山说："是啊，过两天你和绍景去一趟龙口，拜一拜黄老先生。"

秀儿正往四味楼里走，后面有汽车的喇叭声，回头一看，一郎开着一辆轿车停下来，问秀儿："咱爹在家吗？"秀儿忽然有些不自然，低头说："在，在楼上呢！你还开上车了？"一郎说："商社为分号新买的。"

秀儿把一郎领进屋，自己出去了。一郎将手中的一个点心盒子放到桌子上，说："爹，娘，这是盒绿豆糕，伏里冲着喝解暑。"文他娘说："还是一郎想得周到。"朱开山问："一郎，你那分号开起来了？"

一郎说："我就是为这事来的。"说着掏出一个大红请柬，"后天，我们东胜商社的哈尔滨分号开张，请爹和娘光临。"文他娘说："我一个老太太就不去丢人现眼了，他爹，你去吧！"朱开山说："也够呛！三儿和绍景去山东了，开煤矿的事全落我一个人头上了。"文他娘说："你再忙，一郎的事也得去捧场。"朱开山说："行啊，插空吧！"

一郎说："爹，听说森田物产也要在甲子沟开煤矿，咱能争过人家？"朱开山说："争不过也得争，那是中国人的矿山。一郎，森田物产的人你熟悉？"一郎说："说不上熟悉，来哈尔滨做生意了，少不得去见一下。爹，森田物产的势力可不同寻常啊！"朱开山说："怎么说？"一郎说："他们总裁，森田大介在日本，上上下下都有些人啊！"朱开山说："好啊！我这一辈子就喜好和有头有脸的人打交道。"

秀儿换了件衣服进来，半截袖，藏蓝的底，小白花。文他娘说："秀儿，什么时候添了这么件褂子？"秀儿说："才做的，就用你给俺的那块家织布。"文他娘说："别说这样式还真上眼哪！是不是，一郎？"一郎笑笑说："挺好看！"

秀儿拿起茶壶说："娘，俺沏壶茶水去。"文他娘说："你和厨房说一声，弄两个菜。一郎，今晌午就别走了，在家里吃。"一郎说："娘，别忙了，俺还有请柬得送呢！"

文他娘说："那好，娘也不强留，秀儿，送送一郎。"

森田宅邸书房里，森田又在桌子边站着舞弄毛笔字。石川进来，森田也不抬头，只问："开采申请书批下来了吗？"石川说："姚厅长这几天又不在家，说是出去考察了。秦秘书说姚厅长一回来，他马上催办。姓姚的没有理由不批，我们的申请书写得无可挑剔。"森田说："甲子沟煤矿将是全满洲，甚至东北亚最大的煤矿，这你清楚吧？"石川说："清楚。"森田说："中国人绝不会轻易把它让给我们的。从明天开始，你守在矿业厅，非见到那个姚厅长不可。"石川说："是，总裁。龟田一郎在外头等您呢，他的东胜商社的分号要开业，给您送请柬来了。"森田说："让他进来吧。"

片刻，石川引着一郎来到书房。一郎向森田鞠躬敬礼："老前辈，您好，又来打扰了。"森田转过身看看一郎说："小同乡，近点，再近点。"他眯着眼，仔细地审视着一郎，"你这眼神，还是不对呀，还是少了点天照大神子孙的光彩。"

一郎笑了笑，没言语。森田扯着一郎的手到了桌边，说："小同乡，过来看看我写的字。这几个字还看得过去吗？"一郎说："老前辈，我不懂毛笔字，说不好。"森田说："那认识这几个字吧？"一郎念道："不问一身艰难辛苦，经营四方，安抚亿兆，冀终开拓万里波涛，布国威于四方。这是明治天皇《安抚万民之宸翰》里的话吧？"

森田点点头说："我们不能忘了天皇的训诫，要时刻想着报效天皇，为国尽忠。你我虽然现在身在满洲，但是不能忘了实现明治天皇'开拓万里波涛，布国威于四方'的宏愿啊！"

一郎点点头道："知道了。老前辈，晚辈的东胜商社哈尔滨分号后天开张，请您到场赏光。"说着递上请柬。森田说："那种热闹的地方我就不去了。小同乡，人老了，就是想清静一点。石川代我走一趟吧。"石川说："是，总裁。"森田说："再带上两万元礼金，算我对小同乡的一点意思。"一郎赶忙道："老前辈，这不行，太破费了。"

森田在自己的书法上落了款，缓缓抬起头，说："小同乡，你的生意和我的礼金都是一回事。都是为了拓涛和布威。"一郎说："拓涛和布威？"石川说："明治天皇的那句话——'开拓万里波涛，布国威于四方'。"一郎点点头道："明白了。"森田说："小同乡，在哈尔滨你还有熟人吗？"一郎说："有，开四味楼饭庄的朱家。"森田说："哦，那是家山东菜馆。"一郎说："小时候，我病得很重，他们救过我的命。"森田盯着一郎说："中国有句古话，知恩必报。"一郎说："是。"

森田说："上至天皇，下至贫民。"一郎说："晚辈知道。"

石川送一郎出来，一郎说："森田前辈的礼金太重了。"石川说："森田总裁向来是仗义疏财，一生喜欢帮助别人，何况你还是他的同乡。"一郎说："可是，怎么回报森田前辈呢？"石川说："森田前辈向来是施恩不图报，放心做你的生意吧。"

一郎把请柬一一送完，回到马迭尔大酒店时，天色已经擦黑。他来到自己的房间门口，却见秀儿挎着个小包袱斜倚在门上发呆，显然已经等了好久。一郎轻轻地咳嗽一声说："来了，二嫂。"秀儿回过神来，不觉红了脸，赶忙说："以为你上午送完了请柬，下午就回来了呢。"一郎说："你下午就来了，等好久了吧？"秀儿羞涩地摇摇头。

二人进了屋。秀儿打开包袱，拿出一件崭新的衬衣说："俺给你买了件衬衣。"一郎说："这何必呢！叫你破费。"秀儿说："俺上回喝醉酒，把你的衣裳都吐脏了。你明天开业大喜，怎么也该有件像样的衣裳不是，这件也不知合不合身。"

一郎说："那我试试。"他拿起那件衬衣来到镜前，解开自己的衣扣，秀儿赶忙转过身去。一郎换上新衬衣说："我觉着挺合身，你看呢？你是不是量了我的身材买的？"秀儿羞怯地笑着说："胡说。"她帮着一郎把领口系上，"把这扣系上再看看。"

一郎情不自禁地抓住秀儿的手，痴痴地望着她。秀儿的脸更红了。一郎改了口，轻声地说："秀儿，这些年我一直想着你。"秀儿说："就因为俺救过你的命？"一郎说："也不是，你好，你心眼儿好，我想扯着你的手，天天和你在一起。"

秀儿难以自持了，软软地要倒下去。一郎一把抱住她。秀儿急促地呼吸着说："一郎，一郎……"一郎哭了说："秀儿，知道吗？我多少回梦见你扯着我的手，在山坡上跑啊，笑啊。你知道这些年，我多想你吗……"秀儿也哭了，什么也没说，紧紧地抱住了一郎，头抵在他的胸上。两人跌坐在沙发上……

一只硕大的水缸，水面上浮着两片荷叶。几只螃蟹在荷叶边上下穿梭，游得正欢。水缸边，黄老先生向缸里撒着小虾皮。他七十开外，慈眉善目，须发皤然。

黄家账房张先生引着传杰和绍景进了院子。张先生说："老爷子，山河煤矿的人来了。"黄老先生笑着朝传杰和绍景点点头，对张先生说："老张啊，糊涂的人就办糊涂事。"张先生说："您是指哪一出呢？"黄老先生说："前天，省里那个秘书长送来两笼蟹子，微山湖的。"张先生说："微山湖的蟹子好啊！"黄老先生说："昨晚煮了两只，揭开盖一闻，一股子土腥气。"张先生说："怎么个事啊？微山湖的蟹子香啊！"黄老先生说："眼下，还没出伏呢，大热的天，哪里的蟹子也不能对味。"绍景嘴巧，赶紧接上话说："那是，吃蟹子得是秋天，老辈不有这么句话吗，秋天了，'赏菊花，吃老酒，品蟹黄'！"黄老先生笑了笑，和传杰和绍景打招呼，说："这几天，待腻了吧？没去海边上转转？"传杰说："转了，就住在海边的旅社了。"

黄老先生又不接他们的话茬了，转身看着屋檐下的几盆花说："现如今，骗子真是多。"他指着一盆月季花，"春半天，买的时候，卖家说这是最名贵的绿绣球，我还出了个好价钱。你们看看，长到现在不就是平平常常的月月红吗？"

张先生说："是啊，现如今的骗子就和蝗虫似的，遍地都是。"传杰看了一眼绍景，绍景皱着眉摇头，二人琢磨着话里的意思。传杰说："老人家，这两天给您添麻烦了。如果我们的事，您老实在不方便，那我们也不为难您了。"黄老先生笑了笑说："哪能啊，你们大老远的。张先生，你领这两位小老弟去账房把他们的事情办了。"

传杰和绍景糊里糊涂谢过黄老先生，随着张先生往院子外面走。传杰说："张先生，老爷子到底是什么主意啊？"张先生说："借给你们钱哪！"绍景说：

“那怎么才给我们回话？”张先生说：“老爷子一直把你们的事情挂在心上，这两天叫哈尔滨分号的人去你们的矿业厅打听了，听姚厅长说，山河煤矿的事得帮，不然中国的矿山就落人家日本人手里了。”

传杰说：“老爷子借多少给我们？”张先生说：“大洋六十万块。”绍景乐了，转过身朝黄老先生的院子鞠了个躬，说：“谢谢老人家，你真是救苦救难的菩萨！”

一家人准备吃饭。那文吸了吸鼻子，问：“这是股什么味？”文他娘说：“什么味？才做的饭菜，还能馊了？”那文说：“不是那个味，谁擦头油了吗？”玉书看了看秀儿，见秀儿的头发整齐锃亮，笑着说：“二嫂，擦头油了？”秀儿说：“俺就打了一点。”那文说：“今儿个是什么日子，秀儿想起捯饬来了！”文他娘说：“怎么，就许你们浪歪，就不许俺秀儿捯饬捯饬了？”那文不依不饶地说：“秀儿，俺可没见你打过头油啊？”秀儿说：“一早上推开窗，俺见日头好，天气也好，俺不知怎么就把头油瓶抓过来了。”说完自个儿也笑了。

那文朝文他娘说：“娘，俺可得给你提个醒了，恐怕咱家有人在外面挂上相好的了。”秀儿打一下那文，慌张地掩饰着笑着说：“要有，也是你！”文他娘说：“对，秀儿说得对，咱家最不安分的就是你。”那文也笑了，朝玉书说：“俺这不是好心赚了个驴肝肺吗？”玉书笑着说：“嫂子，你这叫搬起石头砸自己的脚啊！”

吃了饭，玉书跟着秀儿进了屋说：“二嫂，你把头发一收拾，真漂亮，跟换了个人似的！你要没事，我再带你去学校玩玩呗？”秀儿说：“刚逃开大嫂那面，你又来了。”玉书看见了床上一件男人的外衣，问：“二嫂，这谁的衣服？”秀儿有些支吾，赶忙把衣裳收起来说：“能是谁的，传武的呗！”玉书上前仔细瞅了一眼，说：“不对吧，二嫂，二哥什么时候穿过西装啊？”

秀儿不言语了，将外衣放进衣橱，面色通红，艳若桃花。玉书笑着低声问：“老实说，到底谁的？”秀儿一噘嘴说：“说就说，那天，咱妈叫我给一郎送打卤面，临回来，下雨了，一郎就叫我把他这件衣服披回来了。”玉书略一琢磨，心里明白了几分，自语道：“哦，一郎的。”秀儿说：“是啊，俺可没撒谎。”玉书问：“那怎么还放你枕头边上了？”秀儿的脸更红了，转过身朝向墙角说：“你问我，我怎么知道！”玉书扳过秀儿的肩，瞅着她说：“转过来，你看着我。”秀儿赶紧捂上脸说：“不看，俺就不看。”玉书轻轻笑了，贴着秀儿的耳朵问："头油也是为一郎擦的吧？是不是已经那啥了？"秀儿一把推开玉书说："你说些什么啊？臊死人了。"玉书看秀儿的娇羞神情，却全都明白了，说："二嫂，我还得问你一句话。"秀儿像孩子似的撒娇，嘟着嘴说："得是好话！"玉书点点头说："一郎爱你吗？"秀儿想了想说："俺不知道啥叫爱，他疼俺，反正！"玉书轻轻抱住秀儿，小声地说："二嫂，你早该如此。真为你高兴。"

四味楼后院的正房里，朱开山喝多了，倚在椅子上，合着眼。文他娘说："喝那么多干什么？也不怕人笑话。"朱开山嘻嘻笑着说："咱能喝多吗？那点酒算什么？"秀儿端着盆热水推门进来。文他娘说："秀儿，你爹说他没喝醉，可是刚刚进门时，就差点扑地上去！"

秀儿说："爹，你这是在哪儿喝的？"朱开山说："一郎的分号开张，不得给一郎长个脸吗？也就多喝了两盅。"文他娘说："一郎没喝醉呀？"朱开山说："说我醉了，他比我还醉，还没撤桌，就吐两回了。"秀儿担心地说："娘，咱去看看一郎？"文他娘说："这还有一个呢！娘怎么离开？"秀儿说："那俺去看看他？"

文他娘说："应当哪，麻溜去吧！"秀儿转身出去了。朱开山说："要不，也不能喝这么多呀！看着那些日本人，我心里头堵得慌。"文他娘问："去了不少的日本人？"朱开山点点头说："我担心哪，早晚一郎得栽进日本人的怀里呀！"

文他娘说："放心吧！一郎可不能跟咱家二心。"

到了马迭尔大酒店，秀儿想敲门，又怕吵醒了一郎；想叫服务员开门，又有些害羞。思来想去，秀儿也不顾了，叫人开了房门。一郎在床上呼呼大睡，酒气熏天。秀儿给他倒了一杯水，守在一旁，不眨眼地盯着他看，满脸的柔情。好一会子，一郎睁开了眼睛。秀儿说："喝口水吧。"一郎点点头，秀儿转身倒了杯水，递给他问："喝那么多酒干什么？"一郎说："谁知道呢？不小心就醉了。"

秀儿说："咱爹回家说，你都喝吐了，还难受吗？"一郎说："好多了。"

良久，他抓过秀儿的手说："秀儿，过两天，我回天津去。"秀儿说："急什么呀？"一郎说："分号开张了，天津还有一摊子事呢！"秀儿不舍道："什么时候还回来呀？"一郎瞅秀儿一眼，逗她说："就不回来了。"秀儿说："为什么？"

一郎说："这面分号也有人管着，我还回来干什么？"秀儿不吭声，低下头，泪水悄悄流下来了。一郎笑了说："哪能啊，逗你呢！"秀儿眼泪没干，又笑了，扑到一郎怀里说："你不回来，俺就跟你去！"一郎说："不怕别人说？"秀儿笑着说："有你在身边，俺谁也不怕！"

传杰和绍景正向朱开山说着去山东筹集资金的事。朱开山问他们："黄老先生没说这笔钱的利息多大？"绍景说："他账房的人说了，只要两年内能返回六十万本金，黄老先生一点利息不要！"朱开山叹道："大人大量啊！"传杰说："黄老先生是冲着咱和日本人争夺矿山，才这么干的。"

那文领着矿业厅的秦秘书进来了。传杰和绍景赶紧站起来说："秦秘书，你怎么来了？"传杰又转过脸来向朱开山介绍说："爹，这就是姚厅长的秘书，姓秦。"秦秘书说："三位都在这，是这样，姚厅长病了，可是他还挂念着山河煤矿的事，叫我来问问你们，这趟去山东事情办得如何？"朱开山说："姚厅长病了？"秦秘书说："轻度中风。"传杰说："那咱得去看看哪！"朱开山说："是啊，现在就去。"

爷几个坐了秦秘书的轿车，直奔姚厅长家而去。谁知道，进了姚家客厅，只见姚厅长和夫人谈笑风生，满脸笑容，没有一点儿中风的迹象，众人都有点儿愣。姚厅长一笑，问朱开山说："山东之行可有收获？"绍景说："姚厅长你不是中风了吗？"姚厅长还是笑着，请他们坐下说："还是先说说山东之行的情况。"朱开山说："黄老先生借了六十万，一点利息不要。"传杰说："还得感谢姚厅长您给黄老先生过了话啊！"姚厅长如释重负地说："好啊，我姚某人悬着的这颗心总算可以着地了。"

秦秘书说："厅长，前天我来看您，您还下不了床呢，怎么这么快就……"

姚厅长哈哈大笑道："那是在等着山河矿的人回来，演给日本人看的。"

秦秘书说："您演得也太像了，连我都相信了。"姚夫人笑道："你们不知道，他读大学的时候，演过文明戏。"姚厅长说："我不那么演，日本人能放过我吗？"

姚厅长坐下来，拿过茶几上山河煤矿的开采申请书，当即签了字。朱开山、传杰、绍景齐声说："谢谢！谢谢姚厅长啊！"姚厅长说："谈不上谢，为山河煤矿，姚某人尽一点绵薄之力而已。"

一辆轿车驶到森田府邸门口，石川上前打开车门。日本关东军的尾崎大佐下来，一身关东军军服，但神情举止却有几分文雅之气。他问石川说："森田老师有什么事不能在电话里说？"石川说："您进去就知道了。"

二人进了会客厅，森田眯缝着眼凑近打量尾崎，说："你怎么越来越像个读书人了？"尾崎说："本来学生就是读书出身。"森田说："别忘了，你也是我的学生。"尾崎说："是，跟老师学过柔道和剑术。"森田说："现在你还是帝国的军人。"尾崎说："学生不敢有片刻忘记。"森田说："那就好！甲子沟煤矿落到中国人手里了。"尾崎说："怎么会呢？"石川说："他们矿业厅的姚厅长骗了森田总裁，把甲子沟煤矿批给了一帮中国的小商小贩。"尾崎说："老师，您就是为这个事找我来吗？"森田点点头说："想听听你的见解。"石川帮腔说："尾崎大佐，矿业厅把甲子沟煤矿批给那些根本不具备开采能力的小商小贩，是纵容不正当竞争，我想我们完全可以根据这一条向中国政府提出抗议，他们歧视日本人！"

尾崎说："老师，对这个姚厅长，学生也有个办法。"森田示意他说，尾崎说："学生可以找到中国的高官，叫他们免掉姓姚的官职。"森田说："还有呢？"尾崎说："还有？还能有什么办法呢？开采权已经批给中国人了。"森田摇摇头说："看来，你真忘了自己是帝国的军人。"

传文丧着脸，从四味楼二楼下来，那文瞅见了问他："你怎么下来了？"传文说："待上面干什么？"那文说："陪咱爹他们多喝一会儿啊，说会儿话。"传文说："开采权批下来了，人家高兴，我算干什么的？"那文说："你算干什么的，你是老朱家的人！"传文说："老朱家的人，也分三六九等，咱爹是山河矿的总经理，老三是副总经理，我，家里的长子，连潘绍景都不如，人家还当上个副总经理。"那文说："那不是大伙儿选的吗？再说，开煤矿的事，你压根就没参与，丧什么脸子？"传文说："我当初不参与也是听咱爹的。"那文说："咱爹不改主意了吗？他改主意了，你就得随后跟上！老是这么往后，哪年哪月山河矿能有你的位置？"传文说："那你说怎么办？"那文说："明儿个是山河矿正式成立的日子，你给我好好张罗着，再嘟嘟着这么张猪头脸子，别说我当众叫你下不来台！"传文不放声了，闷着头往一边走。那文拽住他说："听没听见你？"传文哼一声道："耳朵没聋啊。"

第二天头午里，伙计们忙着在饭店里外布置着。传杰戴了一顶崭新的礼帽，在院子里踱步，口里念念有词。传文从屋里拿了张纸单，一迭声地喊"老三"。

传杰转过身，不耐烦地问："什么事？"传文笑了笑说："老三，想大事呢？打搅你了，今天山河矿开工，晚上是不是要摆几桌啊？我把菜单拉出来了，你看行不行？"传杰接过菜单，扫了一眼说："你就看着办吧。"说完，又踱到一边，传文跟上去说："我新琢磨了一道菜，所有的配料都先用酱油腌上，再过油，等出了锅上了盘，你瞅吧，红彤彤，油光锃亮，我还给它起了个名……"传杰不耐烦地说："行啊，你忙去吧。"传文不舍说："你猜叫什么名？满堂彩！怎么样，喜庆吧？"传杰没说话，低头想着事，上楼去了。

瞅着传杰的背影，传文一脸的不高兴。那文过来问道："一大早上，怎么又拉脸？"传文说："看没看见？老三刚干上个副总经理，就扣上小礼帽了！"那文说："就为这点事？要是眼气，明天你也买一个，晚上的事你可得办好了。"

传文说："你还要嘱咐多少遍？当我没长脑子啊！"

到了晚上，包间里摆了几张大餐桌，桌边坐满了热河帮和山东帮的掌柜们，都是山河煤矿的股东。传文来到朱开山身边说："爹，菜已经齐了，可以开始了吧？"朱开山说："行啊，开始吧！"

传文清了清嗓子，对着众人说："今天是山河煤矿正式成立的日子，在这里我想代表俺爹说那么两句话。"朱开山转头招呼他说："老大，今天是山河煤矿的事，你讲什么？一边去。"又朝绍景说："绍景，这个场合，还是你来讲。"绍景说："总经理，你说吧！"朱开山说："你新鲜词多，你说。"不容绍景再推辞，传杰站起来说："大伙儿是不是赶快鼓掌啊？欢迎咱们山河煤矿的副总经理潘绍景讲话！"众人鼓掌。传文只好撤到一边，看潘绍景讲话。绍景说："诸位嘉宾，诸位同仁，今天，是中华民国十八年八月二十八日，欣逢山河煤矿正式成立，鄙人代表山河煤矿的总经理朱开山，对诸位的光临，深表谢忱！"

致辞完毕，酒宴开张，一番觥筹交错，众人皆有了酒意。传文和刘掌柜喝得脸红耳热。刘掌柜拍着传文的肩膀说："按道理说，你应该当个山河煤矿的副总经理。"传文问："为什么？"刘掌柜说："你是朱家长子。应当应分的。"传文苦笑，摇头说："咱不行啊！咱哪有老三那个能事，你看，人家人缘还好来！"传文说完，晃悠着转到传杰跟前，举着酒杯说："老三，大哥也敬你一杯。大家伙都说你有胆量，有见识，大哥不及你呀！朱家的将来就看你了！"传杰说："哥，看你说的，我哪有那么大能事！"传文说："有，怎么能没有？你看看，满屋子这些人哪个人不夸奖你，喝了吧！"哥儿俩饮下。

传文又晃晃悠悠来到朱开山跟前说："爹，俺祝你长寿，祝山河矿兴旺，也祝咱朱家兴旺。"朱开山见传文眼里转悠着眼泪，劝他说："老大，别喝了，我看你像是多了。"传文说："多什么多，不多这一杯呀！"不等朱开山举杯，自己一饮而尽，一步三摇地朝外面走去。

他回到自己屋，对着那文的梳妆镜，看见镜子里的人已有了白发，骂着说："你是谁呀，你叫什么名啊？俺叫朱传文，俺是朱家的老大。老大是干什么的呀？那文告诉俺，家里的老大就是朝廷里的大臣、宰相，呸！朱传文啊，你还大臣呢，你还宰相呢，现如今你赶上人家朱传杰差远了，人家是副总经理，人家是爹的红人，你算个什么东西啊？"

他越说声越高，那文跑了进来说："你叫喊什么呢？小点声。"传文说："俺能叫喊什么？俺一个废物，也就配给人家老三提提倒了的鞋跟，掸掸长衫上的灰，俺还能叫喊什么？"那文说："哎呀，你的出息，喝点酒，跑这来骂大街了！"

传文像受了天大的委屈，一头栽在床上，号啕道："俺哪还有个老大的模样啊！"那文说："你是不是疯了？闭上嘴！"可那文越劝，传文哭得越厉害，干脆一把推开那文，冲了出去。

传文借着一股酒劲，愣愣地就往酒楼的前厅闯，任谁也拉不住，边走边嘟囔："他们在山东老家都怎么说的，叫俺端起老大的架子来，还说把家里的事情都交给俺，可是今天呢？"那文死死地拽住他。传文就是不肯停下来，说："不行，今天俺就想要个公道，俺憋了多少年了！什么都不要，俺也得要这个公道！"

前厅里，庆祝的股东们已经走得差不多了，只一张主桌边，朱开山等还陪着姚厅长说话。传文一头拱进来。朱开山问他："有事啊，老大？"传文愣怔了，刚才的疯劲面对他爹怎么也使不出来。那文从后头挤进来，笑着说："爹，传文是想来问问，用不用上点主食？"传文忙哈腰说："是啊，爹，你看是下面条，还是捞干饭？"朱开山说："那就下碗面吧！"那文忙拉着传文往外走，刚一出了门，传文又要来劲，说："不对，我不是来问的。"那文气得直扭他的胳膊，吆喝了几个伙计，连抬带架把他弄回屋。

朱开山送走了姚厅长，回屋问文他娘："晚上老大在院子里嚷嚷什么？"文他娘说："我也是后来听伙计们说的，说老大嫌咱们对他不公！"朱开山说："怎么不公了？"文他娘说："说是叫三儿当上了山河矿的头头，他什么也没捞着当。"

朱开山说："这个糊涂蛋，我和他说去！"文他娘拦住说："都什么时候了？人家还不早睡下了？再说老大那也是酒话呀！"朱开山叹一声道："咳！这个老大，还指望着他将来顶起家里的这摊子事呢。"文他娘说："咱就别计较了！你还不知道他，品行倒是厚道，就是心眼小了点儿。"

第三十五章

山河煤矿矿区内的铁路旁，一列装满煤炭的列车蓄势待发。车头上系满了红色的彩球、彩带，列车两旁彩旗招展，站满了山河煤矿的工人。传杰和绍景扯着一块长长的红绸子，朱开山站在他俩中间。绍景朝周围的工人们大声说："山河煤矿的第一车煤就要登程出发了，下面请咱们的总经理朱开山剪彩！"矿工们热烈地鼓掌。朱开山说："老少爷儿们，今天的天气怎么样啊？"众人迎合着喊："好，好天气！"朱开山说："瓦蓝的天空，通红的太阳，老天爷也给咱道喜了！山河矿出了头一车煤，是大伙儿的荣耀，是中国人的荣耀！"绍景小声说："大爷，您得再讲讲山河矿对于东北的发展，对于实业强国的意义呀！"朱开山笑了笑，摇摇头说："我看就说这些吧！"说着，剪断红绸子，高声发令："开车！"

一时鞭炮骤响，汽笛长鸣，山河矿里一片欢腾。列车徐徐启动。然而山河人的喜庆没多久，运煤的火车又轰隆隆地开回了原地——日本陆军参谋本部命令尾崎大佐，率部以军事演习的名义，派关东军切断了山河煤矿的铁路线。运煤车是让日本人的枪炮硬硬地逼了回来。

朱开山忙召集传杰、绍景和几个大股东商议对策。绍景说："这事，我看用不着太犯愁。我懂日语，我可以去和关东军们理论。这是中国山河煤矿的铁路，你们凭什么擅自占据？"朱开山说："绍景，你那些道理说不动关东军，那些东西根本不听道理！"绍景说："不听我也有办法。"说着他从腰里掏出把小手枪，拍到桌子上，"实在不行，我和他们同归于尽！"一个股东瞪他一眼说："收起你的小枪吧！这么大的事，你找也是白找，或许关东军的演习只是三天五天的事，等等看吧！"朱开山说："关东军都开来了，事情是不小啊！在这种事上，咱们都是穿不动大鞋的小蚂蚁啊！我让三儿去问他二哥了。咱得摸清是怎么回子事。"一会儿传杰回来说："俺二哥打听清了，占铁道的是关东军尾崎大佐的部队。二哥已经向少帅报告了，少帅他们也开会商议对策呢。"众人听了，心里都是沉甸甸的。朱开山说："前两天，姚厅长因为给咱的批文被停了职，这又占了铁道，小日本的路子野着呢。"

绍景骑着摩托，沿铁路急行。他一身西式打扮，又会日语，再加上一个耀武扬威的摩托车，竟然一路畅通地摸到了尾崎的办公室。

绍景大摇大摆地进了屋，看见一个清瘦文雅的军官在桌边看书，便操着日语问："你是这里的指挥官吗？"尾崎点点头说："尾崎俊男，官拜大佐。你是什么人？"绍景说："潘绍景，山河煤矿的。"尾崎说："你会说日语？"绍景说："在日本读过几年书。"尾崎一笑道："那也算有缘哪，里面请！"

绍景坐下，看见屋里一面墙上是一幅巨大的东北地图，地图上却悬了一面日本太阳旗，又激愤起来，径直问道："这里是中国的领土，中国的煤矿，中国的铁路，你们有什么道理擅自占据？"尾崎笑了笑："年轻人不要激动，激动是兵家的大忌，也是你们商家的大忌！"绍景说："我不能不激动，你们这是侵犯了中国主权。"尾崎说："还是不要激动，激动是要出危险的，记得你们中国的张飞不就是一激动要为关云长报仇而丢了脑袋吗？来，喝点酒，镇定镇定。年轻人喜欢日本的清酒吗？"说着给自己和绍景各斟了一杯酒。绍景说："我今天没工夫给你谈清酒。"

尾崎一笑，又问："你在日本的哪个城市读书呀？"绍景说："奈良。"尾崎咂着清酒说："奈良好啊，日本几代天皇都在奈良建都，可以说奈良是日本人的精神故乡。还有奈良的建筑，可以说是亚洲都城建筑的杰出典范，人们不是这样说吗，奈良是东方的罗马。"绍景冷笑道："大概你也知道吧，奈良的建筑与中国唐代长安的宫廷建筑一脉相承，甚至可以说是仿照中国长安建的！"尾崎笑了笑，点头说："是这样，历史上就是这样。可是如今呢？如今的中国已经远远地落在日本后面了，不对吗，年轻人？"绍景说："你好意思说这种事情吗？"

尾崎说："这是事实，我为什么会不好意思说呢？"绍景说："中国今天的落后完全是你们侵略和掠夺的结果！我问你，什么时候结束演习？什么时候撤兵？"尾崎说："我是军人，到现在我还没有接到停止演习的命令。所以，年轻人，我无法回答你的问题。"

绍景突然从夹克里拔出他的小手枪来，对着尾崎说："今天，不撤兵，你我就在这里同归于尽！"尾崎稍一错愕，看看绍景颤动的手和因激动而变红的脸，又笑了说："也好，那我们共同喝一杯壮行酒。"他举着一杯酒，缓缓地走过去，突然一个擒拿动作利落地夺下了绍景的小手枪，顺势抽出弹夹，将子弹一颗一颗推落到地上，微笑着说："枪是不错，最新款式的，可惜不是你玩的。"他把手枪递还给绍景，"记住，不要再拿这种东西对着关东军。"

朱家人困在四味楼里愁眉不展，除了传文，都无心照管饭店的生意。不少股东已经开始退股，招的工人也有撂挑子回家的。这日夜里，传武回来了。全家人围坐在一起，眼巴巴盼着他能带来好消息。

传武说："少帅来电话了，东北军已经照会关东军，限期他们撤兵。少帅还命令我们明天把部队开到甲子沟，修筑阵地，观察日本人动静。"文他娘说："这么看来，是要打一仗了？"朱开山说："插什么嘴，听老二说。"传武说："说打也未必，那得看日本人走到哪一步。"朱开山说："要是关东军到了期限还是不退兵呢？"传武说："少帅说，到时候再听他的命令。"

传杰问道："二哥，现在这么个阵势，你说山河矿是停产还是继续挖煤？"

传文说："这还用问吗？赶紧停下来，枪炮一响，命都保不住，谁还给你开矿？"

朱开山说："不是还没开仗吗？咱该怎么干还怎么干。"那文说："对呀，爹，不能叫日本人看出来咱胆怯了。"玉书说："是呀，不能长日本人的威风。"传武说："少帅估计，关东军这次行动很可能只是一次试探，不会走得太远。他还叫我转告爹，你不用太慌张。"朱开山说："爹心里头有底了。"传武从父亲的房间出来，文他娘跟出来说："今晚你就住家里吧！"传武说："明天还得带队伍去甲子沟呢！"文他娘说："那也得进去看一眼秀儿。"传武想了想说："那好吧。"

传武进了屋，秀儿迎上去，却又本能地避过他的眼光，低头说："事情说完了？"传武点点头。秀儿又问，却不知说漏了嘴："和日本人能打起来吗，一郎？"传武说："说什么呢？一郎？一郎在哪儿啊？"秀儿慌了说："那天，那天一郎来咱们家了，还吃打卤面了。"传武并不追问，只说："眼下看，仗是打不起来，僵持下去就不好说了。"秀儿说："今晚就住这儿吧。"传武说："不了，这就回去。"生子悄悄进来说："二叔，你还走吗？"传武说："生子，还没睡呢？二叔不走，你替二叔当兵去啊？"生子说："二叔，你再不回来，二婶就把你休了。"

秀儿脸红了说："瞎说，生子。"生子说："瞪啥眼呢，俺娘就是这么说的。"

传武看看秀儿，秀儿把脸转到一边。生子悄悄地溜出去了。

传武沉默片刻说："生子说得也对，秀儿，别这么等我了，你再找个人吧！"

秀儿不放声。传武说："和你说话，你听没听见？"秀儿内心惶惑不安，一张嘴又说："俺听见了，一郎。"传武看她一眼说："一郎在哪儿呢，你怎么老说他？"

秀儿含糊了半天说："他回天津了。"传武瞅着秀儿说："回天津了？那你老念叨他干什么？"秀儿害怕了，抽抽噎噎地哭了说："俺，俺也不知道。"

文他娘一直不放心，进屋来正碰上秀儿抹泪，沉下脸来说："老二，你这个活兽进门就惹秀儿哭。"秀儿擦了擦眼泪说："娘，没事，是俺自己不知怎么……"

传武说："娘，秀儿怎么了这是？说话颠三倒四的。"文他娘奇怪道："没觉出来啊！"传武说："那你是没注意！赶紧给她再找个人吧！这么下去她还不知能憋出个什么病。"文他娘说："你给我闭嘴，还嫌你作孽不够吗？"传武转身下楼，边走边说："反正我是说了，办不办就在你们了！"

拂晓，甲子沟附近的一处山坡，传武指着铺在地上的地图，给身边的几个军官交代任务："张营长你们占领这面的八二高地；崔营长你们向西面，在七九高地上修筑工事；孙营长你们向北隐蔽在这个方位，作为预备队随时准备接应。"

几个军官答应着，各自领命而去。一个参谋将望远镜递给传武说："团长，你往那面看。"传武接过望远镜看了看说："上午就有那一大片帐篷吗？"参谋说："没有，绝对没有。"传武说："看来小鬼子是真要打呀，赶紧报告少帅。"参谋答应着，转身去摇电话，一会儿接通了，传武接过话筒，报告道："少帅，有重要情况报告：刚刚发现关东军又增援了大概一个营的兵力，怎么办？"张学良说："传武，在限定的时间之内，无论出现什么情况，绝对不能首先开枪。不要紧张，增援你们的骑兵团已经在途中了。"传武问："少帅，如果关东军首先开枪呢？"张学良说："那也要保持克制。"传武说："怎么克制？任凭关东军打吗？"张学良口气严厉起来说："你是军人，听从命令！"传武愤愤地说："好吧。"他挂了电话，几个参谋围上来问："团长，少帅怎么说？"传武说："传我的命令：各营做好战斗准备，只要关东军开枪，就往死里打！"

山河煤矿办公室里，绍景急火火地跑进来对朱开山说："总经理，关东军增兵了！"朱开山问："来了多少？"绍景说："反正不少，又是汽车又是马队。我说总经理，大战在即，咱们还是把重要的设备拉走吧，让工人们回家。"朱开山说："绍景，出水才见两腿泥呢，一枪还没放，你就要散伙？"绍景说："总经理，难道满山遍野的军队是来郊游的吗？"朱开山笑笑说："绍景，看来你到底还是年轻，仗不是说打就打起来的。当年，八国联军打北平，也是经过了外交上的多少回周折，最后才调兵遣将的，现在才哪儿到哪儿啊？"绍景苦着脸说："一旦打起来就来不及了。"朱开山摆摆手说："我看不会有那个一旦。"绍景说："那关东军增兵什么意思？"朱开山说："他那是吓唬人，咱这面要是撤了，就长了关东军的志气，灭了传武他们东北军的威风。"

"说得好！"院外忽然传来一个洪亮的声音，朱开山和绍景都一愣，却见姚厅长和秦秘书进了办公室。

绍景说："姚厅长，您怎么来了？听说您不是……"姚厅长嘻嘻一笑说："本人官复原职了，当然要来看看职责范围内的山河煤矿。"绍景皱眉说："看什么看，马上要开战了。"朱开山说："姚厅长，您来了，我们更放心了。可是，到底怎么回子事啊？"姚厅长说："是啊！中国的事就是这样，当官的下去快，上来也快。就看你顶头上司是谁了。东省不是刚换了个行政长官吗！"

朱开山问："姚厅长，您吃饭了吗？"姚厅长说："今晚上不吃饭，我专门上你们这来喝酒来了。"绍景说："姚厅长，眼瞅着开战了，你还有心思喝酒？"

姚厅长笑而不答，而是招呼大家说："诸位都坐下来，坐下来。"朱开山说："姚厅长，看来你是有话要说啊。"姚厅长点点头说："就是来给大家送定心丸的！在奉天政府限定的时间之内，关东军肯定撤走。"绍景说："这可能吗？两边的大炮都架起来了，还能不打？"姚厅长说："据本人分析，关东军切断铁路，一是破坏你们山河矿的生产，这还是小的；二更重要的是想试探一下，刚主持东北军政事务的张学良张少帅对日本人是什么态度。既然少帅已经派兵来了，还限定时间叫关东军撤走，那小鬼子也就明白了少帅的态度：不会向他们日本人低头，关东军自然也就撤兵了。这不是好事吗？所以我今晚来找酒喝！"

绍景说："姚厅长，不过下午关东军又增兵来了。"姚厅长说："是吗？他能增兵，那少帅就不能增兵吗？"朱开山笑道："看来，姚厅长今晚非要喝酒了。绍景，上伙房看看，叫他们弄两个菜，请姚厅长尝尝山河煤矿的口味。"姚厅长回头对秦秘书说："去把车上那几瓶茅台和西凤搬进来，今天，和山河煤矿的老少爷儿们把酒谈开矿，趁月赏兵马！"朱开山称赞说："好啊，这也算今晚上山河矿的一道美景。"姚厅长说："人生之一大快事！"众人哈哈大笑。

森田宅邸书房，尾崎大佐给森田打来电话，告诉他撤兵的消息，森田很是不解，对着话筒吼道："什么，你们要撤兵，为什么？"尾崎说："老师，这是帝国陆军参谋本部的命令。"森田说："关东军不是已经向甲子沟增兵了吗？"尾崎说："老师，东北军那面也增兵。"森田说："这么说张学良比他父亲强硬，决心和帝国作对了？"尾崎说："陆军参谋本部也是这个看法。"森田沉默良久说："如今的帝国军人都是废物。"

他狠狠地摔了电话，重重地坐下，恨恨道："耻辱，天照大神子孙的耻辱！"

石川问："总裁，那甲子沟煤矿就彻底失去了？"森田冷笑着说："轻易放弃不是我的风格。"

漫天的大雪静静地飘着，城市那座标志性的建筑——索菲亚大教堂落了厚厚的雪，看上去像一座城堡，显得分外圣洁，分外美丽。秀儿却无心赏这雪景。一郎的电话勾了她的魂，从他回天津后，她就一直在等这个电话，可真来了，心里又有说不出的滋味。踌躇再三，她还是冒着风雪出了门，地点是马迭尔酒店。

一郎打开了门，秀儿站在门外，头发梢上还挂着点雪，衬得脸更红。一郎上前就要抱她，秀儿轻轻地推开了。一郎笑了笑把她让进屋，给她倒了水，滔滔不绝地说起自己在天津的事。秀儿却沉默半响，突然打断他："一郎，咱们俩的事就算过去了吧！"一郎愣了说："你说什么？"秀儿说："俺说咱俩的事儿就算过去了吧。"一郎想了想说："是怨我回天津的时间太长了？"秀儿说："不是。"一郎解释道："天津那面实在是事情太多。"秀儿摇摇头，痛苦地说："一郎，俺受不了，真的，俺受不了，俺整天想你，做梦都想你，可是醒了，还是俺一个人。"一郎笑了说："我这不是回来了吗？"秀儿又摇头说："那天，俺当着传武的面，不知怎么就喊他一郎了。"一郎紧张地问道："传武怎么说？"秀儿说："他倒没往心里去，可是俺往心里去，心里头害怕，怕传武知道咱们的事，怕咱娘知道了咱们的事。整天，心里悬空着，不敢正眼看家里的人，丢了魂似的，干啥，错啥。有几回咱娘问我，是不是病了。一郎，俺真受不了了，这么下去，俺要疯了。"

一郎紧紧抱住她说："秀儿，要不咱们去天津吧。到那儿，谁也管不着咱们。"秀儿说:"可是和咱爹咱娘怎么说啊?就算他们能放过咱,那传武能善罢甘休吗?"一郎说:"我不怕,为了你,为了咱们俩,我什么都不怕!死都不怕!"

秀儿贴在一郎的肩头,求他说:"咱还是分手吧!这么做对不起朱家啊!这哪叫活人哪?这叫煎熬,这叫遭罪,这叫往死里闹腾啊!"一郎说:"秀儿,求求你,别离开我。"

两人紧紧依偎着哭成一团。良久,秀儿松开手,有气无力地说:"一郎,放开俺吧,就让俺心里松快点吧,行吗?"一郎也慢慢松开手,不说话,只呆呆地看着秀儿,眼也不眨。秀儿说:"把眼泪擦了吧,一郎,俺记住你了,你在俺心里。"她狠狠心把手里的一个包袱塞给一郎,深深地鞠了个躬,又说,"一郎,俺死也忘不了你!"说完,推开门捂着脸哭着跑出去了。

一郎打开包袱,里面是自己那件外衣,熨烫一新。一郎把衣服捧在心口,靠在门上,泪水又无声地淌了下来。

森田望着窗外的飞雪对石川说:"这个时候,九州还不会下雪吧?"石川说:"是啊,满洲的冬天来得特别早。"森田说:"山河煤矿开工多长时间了?"石川说:"已经快四个月了,听说他们每天产煤已经接近三百吨了。总裁,这一次我们输定了。"森田点燃烟斗,深吸了一口,说:"你这样看吗?可是我们还有一枚重要的棋子没用呢!"石川问:"它在哪儿?"森田说:"你我都认识他——龟田一郎。"石川说:"龟田一郎?"森田说:"他不是从天津回来了吗?"石川说:"是的。他肯为我们效力?朱开山可是他的救命恩人呢!"森田诡秘地一笑说:"正因为他和朱家有这一层瓜连,我才把他作为重要的棋子。"石川说:"总裁,您打算怎样使用这枚棋子?"

森田说:"劈过木头吗?劈过那种盘根错节的树根吗?首先得下一枚楔子,然后用斧头狠狠地将这枚楔子打进去,那树根才会一点点裂开,最后变成了一片片小木头。"石川问:"总裁,现在我们该怎样下这枚楔子呢?"森田说:"我已经想好了,你给满铁去个电话,叫他们减少山河矿的车皮。"石川有些不解:"这就可以了?"森田说:"可以了,下楔子的时候,还需要大张旗鼓吗?"

一桌丰盛的饭菜,朱家人都在座。自打开办了煤矿,朱开山和传杰多半日子在矿上忙,全家人难得这份闲情逸致。

传文给朱开山斟满酒。朱开山说:"别光给我倒,大家伙都喝点儿。"那文附和着说:"是啊,秀儿,玉书,咱也都喝点儿。"文他娘笑着说:"老朱家都是些轻薄的人,从老公公到媳妇子,有点好事情就擎不住了!"朱开山说:"那是一点点好事情吗?山河矿见红利了!"那文说:"是啊,咱抵押的四味楼又赎回来了!这是多大的好事情啊!"

传杰从传文手里接过酒壶,给家人一一倒了酒,又问传文:"哥,咱爹爱吃的那道菜怎么没上?"传文说:"哪道菜啊?"那文说:"你个脑瓜子!九转大肠呗!"生子说:"爹,俺都知道爷爷喜欢吃。"传文朝朱开山赔着笑道:"爹,你看我忙乎忘了!这就去添。"秀儿起身说:"大哥,我去吧。"那文说:"秀儿,你坐下,咱都是开矿的功臣,该他伺候伺候咱了!"传文丧着脸出去。

文他娘举起一杯茶水说:"娘不喝酒,就用这杯茶代替了,来,三个媳妇子,三儿,娘敬你们这些开矿的功臣一杯。"生子说:"奶奶,还有我呢!"文他娘说:"对,还得有俺生子,唯独不带那个人!"秀儿问:"娘,那个人是谁呀?"那文笑说:"那个人就是那个人!"玉书笑着说:"娘,这可不对呀!"她又望着朱开山说,"那个人可是总经理啊!"文他娘说:"三媳妇,你那么灵光个人也没有记性吗?想当初,是谁把你们两口子轰出去了?"传杰笑着说:"娘,那也不能怨俺爹,谁叫俺们先斩后奏呢!"朱开山站起来笑着说:"你爹还没老糊涂啊,你娘是绕着弯,叫我给你们这些胆大妄为的、抵押四味楼的功臣们敬酒,还得道个歉哪!对不对呀?"他偏着脸看文他娘。文他娘点着头笑道:"对,就是这么个意思!"朱开山说:"咱也别你一遍、我一遍了,一块儿吧。来,爹娘敬你们一杯!"三个媳妇和传杰赶紧站起来说:"哪呀,还是俺们敬爹,敬娘!"

一辆大卡车停在后院门外,传杰从门里出来,上了驾驶室,发动卡车。一郎开了辆轿车转过来。传杰看见了,在卡车上按了几下喇叭,从驾驶室探出头,招呼说:"来了,一郎!"一郎见是传杰,说:"呦,三哥也开上车了?"传杰说:"学着开呗!就许你开车呀?一郎,你不是怕我们干不过森田物产吗?别说森田物产呀,连关东军都挡不住!"一郎说:"听说了,你们山河矿真行啊!"传杰笑着说:"中国人不比日本人差哪儿去!"

传杰一踩油门,开车走了。传文从门里出来,见一郎停好车,凑过去说:"一郎,你看看,你看看把他张狂的,还开上汽车了。"

一郎跟着传文进屋坐下,说:"听说,咱爹他们煤矿开得不错?"传文说:"是不错啊!可是有我什么事?"一郎说:"这话怎么讲?"传文说:"咱爹现在就是咱家的大梁，将来呢？将来我就是家里的大梁！你三哥到什么时候也就是个桄、檩子什么的！可是现在呢，咱爹要把他当大梁使用了，叫他去管煤矿。我要伸手吧，咱爹还不让。"一郎说："大哥，你不是还管着饭庄和货栈吗？"

传文说："那还用管吗？闭一只，哪怕闭两只眼都干了！再说还有你大嫂呢，她管个饭庄什么的那不绰绰有余吗？"一郎说："大哥，犯不着生这么大气吧？"传文自顾自地继续说："好，你三儿，咱爹看得起你，你就干！可是不该把我不当哥哥吧？动不动还挑拣我这也不是，那也不是，问他句话吧，还带搭不理的！你说什么，我犯不上生这么大的气？叫你，你能不生气？放牛沟那阵你是看见了，从春到夏，从种到收，家里有个把头不假，可是，整年整月领着干活的不是我吗？"

一郎说："是啊，那阵子大哥整天是泥里水里的。"传文说："后来，咱家到了齐齐哈尔，又到了哈尔滨。你知道咱家这个饭庄为什么叫四味楼吗？"一郎说："好像是说有四道挺出名的菜。"传文说："我告诉你，一道菜叫朱记酱牛肉，是我三顾茅庐跟高人学来的，放了九味中草药，又加上了鲁菜的咸口儿和鲜口儿；二道菜叫富富有余，主料就是豆腐和鱼，可是味道绝，那是放了几味谁都不知道的山草；三道菜叫鲁味活凤凰，就是让活鸡先吃上几天调料，再给它灌了酒，放血，去毛，下锅按鲁菜的做法热油爆炒，那叫神，那叫奇；四道菜叫满汉呈祥，这得感谢你大嫂了，是她找到了宫廷里的菜单子，又经过大哥我三改五改，味道比宫廷里的菜还宫廷！一郎，你知道这四道菜都是谁的功劳吗？"一郎说："我哪知道啊，那时候我还在天津呢！"传文说："都是我，都是你大哥的心血呀！"

一郎笑了笑说："大哥，别想这些事了，上阵得父子兵，打虎得亲兄弟！家里人不能离心离德呀！"传文说："你这话也对，可是大哥憋得慌，满身的武艺没有施展的地方，闷死我了。"

一郎说："大哥，你要是实在闷啊，我倒有个办法。"传文问："什么办法？"

一郎说："找点生意你做呀！这不比整天想那些没用的事强吗？"传文来了兴趣，说："行哪，大哥的长处就在做生意，做出点名堂来，也给那些老是自觉不错的人看看。"

文他娘进来说："大呼小叫地说什么呢？"传文见娘进来，有点慌张，说："娘，刚才我和一郎也就说了点饭庄上的事，是不是，一郎？"一郎笑了笑。文他娘说："老大，你叫秀儿沏壶茶叶来。"传文巴不得这一声，抬腿出去了。

文他娘说："一郎，你这一去可是有日子了。"一郎说："天津那面，我也得料理清了，再赶过来呀！"

秀儿拿了壶茶进来，上前给文他娘倒水，看了一郎一眼又忙错过眼神去。

文他娘说："没见一郎来了，也不打招呼。"秀儿这才转过身朝一郎点了点头，给他倒了水，又对文他娘说："下面还有活儿呢，娘你有事喊我，我先去了。"

见秀儿出去，一郎说："娘，和你说个事，这回我在哈尔滨有家了。"文他娘一喜道："那媳妇是谁呀？"一郎说："什么媳妇？我说的家就是我们商社在这的分号，我已经搬进去住了。"文他娘说："是这么个家呀！你呀，也该找个媳妇了，那天，娘答应你了，可是这些日子，叫矿上的事搅和的，也没腾出手来用心给你找。"一郎说："娘，你就别为我操心了。"文他娘说："娘倒不想操心了，可是不操心行吗？你没见才刚秀儿不大对劲吗？都是叫你二哥憋屈的。那天，你二哥说他和秀儿过不到一块儿，叫秀儿再找一个，这不是混账话吗？"

一郎说："二嫂就因为这个？"文他娘说："是啊，都是你二哥作的孽啊。"一郎说："娘，二哥二嫂要是实在过不下去，分手也行啊！"文他娘说："那可不行，咱家虽说不是高门大户，可也是堂堂正正的人家，休妻典地不是朱家的门风！"

一郎听到这儿，心凉了半截，水也顾不上喝一口，起身说："娘，我该回去了。"文他娘说："再坐会儿吧，咱娘儿俩话还没唠够呢！"一郎说："娘，我今天来就是想请你和爹到我那个新家去坐坐。"文他娘说："行，娘肯定去。别看你那屋里没媳妇，可也是能给一郎遮风遮雨的地方。"她把一郎送到门口，又说，"当老人的，不知道从哪就添了心事，你说你，老大不小了，没个媳妇，娘得惦记着；你二哥那面娶了个媳妇，又不好好过，也叫娘闹心，咳……"

第三十六章

皑皑白雪覆盖着远处的群山，也覆盖着矿区。山河煤矿的办公室是一幢用圆木搭建的房子。传杰正领着几个工人往一根高高的旗杆上挂青天白日旗。绍景骑着摩托车过来，招呼着说："新年新气象啊！咱山河矿也赶时髦了。"传杰说："张学良宣布东北易帜，咱能不响应吗？"绍景说："是啊，看见这面旗帜，就知道山河煤矿是中国人的啊。"

朱开山从屋里出来，招呼他们说："快进来，咱开个小会。"两个人进了办公室，见矿上的几个主要负责人都在，心事重重的样子。绍景说："今天刚放了这新年的头一炮，图了个好兆头，大家都拉着脸干啥啊？"传杰说："是啊，不光为了新年，少帅张学良宣布东北归顺南京国民政府，可是件大事！小鬼子独霸东北的大梦做不成了！该高兴才对啊！"

一个戴眼镜的工作人员说："潘经理，朱经理，是这样，刚刚接了个电话，满铁通知削减咱们运煤的车皮，要减一半。"传杰的脸色立即阴了，说："恶鬼又上身。"绍景问："满铁那面不能通融一下吗？"那戴眼镜的说："问了，说这是整个铁路网上的事，没法通融。"传杰说："放屁！他们就是想挤垮山河矿。"

朱开山说："也得感谢他们呢！没把车皮全掐了，这不比切断山河矿铁道还强一点吗？"绍景说："可是采出来的煤，运不出去，往哪儿堆呀？"朱开山说："那就再开两片堆场。"传杰说："可是长此以往，也不是事啊。"朱开山说："那就减少开采量。"绍景说："这样一来，山河煤矿不是日渐萎缩了吗？"传杰说："爹，咱现在可是蒸蒸日上啊！"

朱开山笑了笑说："你们都看过大戏吧？哪一出大戏一开头就把热闹的地方全端上来了？咱现在也是这么个事，日本人要和咱演大戏，削减车皮这才是大戏的一个小引子！"绍景说："总经理，你这么看？"朱开山说："不这么看，还能怎么看？山河矿刚开工他们就切断了咱的铁道，想一下子把山河矿掐死，没承想他们没做到！现在又变了个法，从削减车皮开始，演另一出大戏。"传杰说："能是什么大戏呢？"朱开山说："我现在也想不好，就觉着这个味儿像。"

绍景说："现在咱们应该怎么办？"朱开山说："我看是没有办法，只有这么挺着，看看日本人下一步敲什么锣鼓，上什么角，要演什么戏，咱们再应对。"

文他娘和秀儿坐在一辆黄包车上。秀儿挎了个篮子，犹犹豫豫地说："娘，俺还是回去吧？"文他娘说："秀儿，这句话，一道上你可念叨好几遍了，怎么和一郎还有不痛快的地方？"秀儿慌忙说："娘，俺可没这么说。"文他娘说："那为什么？"秀儿说："俺是想，家里不还有些活儿吗？"文他娘说："有多少活儿，今天也用不上你。你看，这都到地方了。"

车子停在一幢二层小洋楼前，大门旁边挂了块木牌，写着"东胜商社哈尔滨分店"。文他娘和秀儿下了车，一个工作人员出来说："是朱大娘吧，我们社长身体欠安，他嘱咐我来接您，他在屋里等着呢。"文他娘和秀儿都皱起了眉头。

一郎正在床上和衣躺着，见文他娘和秀儿进来，赶忙起身说："呀！娘来了！"

文他娘说："俺说好了得给你新家温锅。"一郎说："什么叫温锅啊？"文他娘说："秀儿，和一郎说说什么叫温锅。"

秀儿打量着一郎，神情里的关注全写在脸上，却轻轻问了一句："病了？"

一郎接下她手中的篮子说："就是有点不舒服。"文他娘上前摸了一把一郎的额头说："也不见发烧啊？你是不是想自个儿偷会儿懒呀？"一郎笑笑说："多少有那么点。什么叫温锅？"秀儿说："中国人有个讲究，亲戚朋友搬了新家来看看，这就叫温锅。"

一郎说："温锅就温锅呗。娘，还带什么东西来啊！"文他娘说："这些东西可都是有讲究的。秀儿，咱先把他这屋子拾掇拾掇吧，你看看天翻地覆的。"

秀儿已顺手拾起了沙发边上堆的几件衣服，说："娘，俺把这些衣服洗了！"一郎拦住她说："不用，不用，我自己来。"文他娘说："做生意你是把手，要说洗衣裳还得是你二嫂啊！我今天给你下厨去。"

文他娘进了厨房，一郎走到秀儿身边，声音低低地问道："心里头松快点了？"

秀儿点点头。一郎说："这两天我也琢磨过来了，分开就分开吧，要不你种下病那是一辈的事。"秀儿也低着声说："也是为了你好，做这么大的生意，啥样的好媳妇找不着啊！"一郎说："你老说为我好，为我好，可是我还想让你好呢！"秀儿看一眼一郎，笑笑说："俺知道啊。你病真没事？"说着探出手来想摸摸他的脸，文他娘提着个篮子又进来了，秀儿忙把手缩回去。文他娘说："一郎，你知道篮子里那些东西都有什么讲究吗？"一郎："先叫我看看有啥。"文他娘说："秀儿，你和一郎，都什么讲究。"

一郎先从篮子里拿出块发糕，秀儿说："看没看那发糕上点了大红枣，发糕加上枣，这是盼着你早点发财。"一郎又拿出一扎新筷子，问："这筷子呢？"

秀儿一笑道："叫你快点发财啊！"最后他又拿出一条鱼来说："哟，还有条大鱼呢！这是什么讲究？"他偏着脸笑嘻嘻地问秀儿。秀儿说："这你都不懂，富富有余呗！"一郎笑着说："二嫂真有学问，这把还来成语了。"秀儿打一下一郎说："娘，你看他还臊白俺！"文他娘笑着说："别说，我看你们俩一问一答的，还真和亲姐弟似的。"一郎说："小时候，我就叫她秀儿姐嘛！"文他娘端着脸盆出去了，边走边说："秀儿和谁都能交往好啊！你二哥要和你那么顺当就好了……"一郎在身后轻轻搂住了秀儿的腰，悄声问她："往后还来吗？"秀儿笑笑摇摇头，脸上透着既兴奋又羞涩的红晕。

吃饭的气氛有些沉闷。传文见爹拉着个脸，试探地说："爹，车皮的事有着落了？"传杰说："上哪儿着落去？铁路上的事掐在日本人手里，连姚厅长都说不上话。"传文说："爹，那挖出来的煤怎么办哪？"传杰没好气地说："怎么办？堆露天地吹风呗！"传文不高兴了，说："我和咱爹说话，你老接什么茬儿？"传杰说："你左一句右一句的，你不知道山河矿叫车皮难住了吗？咱爹正为这事上火呢？"传文说："哟，你还知道疼咱爹呀？你要真疼咱爹，当初就不该押上四味楼开煤矿！"传杰说："陈年旧账，现在提还有什么意思？"传文瞪着眼珠子说："你说没有意思，我看有意思，现如今怎么样，骑老虎身上，下不来了吧？放着那些工人不干活不行，干了活挖出来煤运不出去又不行，叫我说，你这是把咱爹放火炉里盖上烤啊！"

朱开山吃着饭，冷冷瞅一眼传文说："大冬天靠火炉近点，也不错啊！"玉书说："押上四味楼开煤矿，大嫂还赞成呢！"传文一下子噎住了，想了想说："不假，你大嫂赞成，可是她的心里头和有些人想的不是一回事。"那文问传文："我心里想什么，你知道？"传文说："你不用难为我，有的人是想把咱家往悬崖顶上带，你能这样想吗？"那文说："你绕了半天弯，净是废话！"传杰说："大哥，有话你就明说，何必这样，你不就是说我要把咱家往悬崖顶上带吗？"连生子也不高兴了，朝传文说："爹，俺三叔有那么坏吗？"

朱开山说："生子，你三叔有多坏，爷爷说不好，可是爷爷愿意站在悬崖顶上看风景。"传文自知没趣，嘟哝着说："我也就是打个比方呗。"那文高着声说："要说呀，俺家传文也对车皮的事上心呢！依我说，实在不行啊，咱是不是找找一郎？"传文直瞪瞪地冒出一句说："找一郎干什么？"那文拐他一下说："你这个脑瓜子，忘了，才刚你说一郎是日本人，又做生意，肯定和铁路上的日本人有交往，叫他去说一说，赶趟车皮的事不就办下来了？"

传文半明白半懵懂地点着头说："是啊，是这么个关节，我也这么想。"那文说："爹，三儿，你们看看传文这个主意行不行？"传杰说："爹，也有道理啊！要不，找一郎问问？"朱开山思量再三说："问问也好，兴许就有下一出戏了。"

文他娘说："你说什么呢？"朱开山笑笑不语。那文拽起传文说："走，咱这就问一郎去。"

一郎接了传文的电话，思来想去，去找了森田。石川说："一郎，你知道满铁是个独立的系统，是帝国在满洲的派出机构，人家有人家的规矩，森田总裁不好答应你的请求。"一郎说："老前辈，山河矿已经实在没有办法了，再说朱家是我的救命恩人，您就帮帮这个忙吧！"森田说："要说这个忙我森田不该帮，也许你知道，甲子沟煤矿是森田物产首先发现的，可是山河矿却把它夺去了。照一般人看来，我森田应该怀恨在心，应该落井下石，可是，你这个老同乡，一辈子不做这样的事，一辈子不做和中国人作对的事。小同乡你这个忙，我帮了。石川，你挂个电话，和满铁的说一说，请他们务必给我森田一个面子。"

一郎说："森田前辈，太感谢了！我一定叫山河矿的人也登门来感谢您。"

森田说："山河矿的人知道我们之间的关系吗？"一郎说："知道一点。"森田沉吟半天说："不要叫他们登门感谢，你反倒应该告诉他们，你找过我，我没有答应。"一郎说："为什么？"森田说："这些年来日中两国兵戎相见，战事不断，中国人每每败北，于是，他们对日本有一种情绪，不信任，甚至仇恨。其实我们所做的一切都是为了中国也能像日本一样富强起来。对吗，小同乡？"

一郎似懂非懂道："老前辈，好像是。"森田说："我森田在哈尔滨也多少有些名气，如果你和山河矿的人说是我森田帮了他们的忙，他们又会怀疑，我森田在打他们的主意。"一郎说："不至于吧？"森田说："不要怀疑了。"一郎说："那，您为什么还要帮助他们呢？"森田说："还是那句话，日本想帮助中国富强起来，再说朱开山是你的恩人，你是我的小同乡，我要帮着你报答朱开山一家的恩情。"一郎说："老前辈，非常感谢。"

石川打完了电话，过来说："总裁，满铁那面答应了。"森田说："好，这我就放心了。小同乡，以后，山河矿还有什么事你尽管来说，我都会帮忙。"一郎说："老前辈，让您费心了。"森田说："只是记住，不要和山河矿的人说是我森田在帮他们。"一郎说："晚辈明白，也一定做到。"

朱开山、传杰、绍景还有一郎边喝边聊。朱开山问一郎说："车皮的事是森田物产帮的忙吗？"一郎说："哪呀，我求过他们，可是他们说满铁是独立的机构，有自己的规矩，别人插不上话。"朱开山说："那你是找了谁啊？"一郎说："天津的一个朋友，他在满铁有熟人。"朱开山说："哦，是这样。"他举起杯说，"一郎，为车皮的事，咱爷儿俩干一盅。"一郎说："爹，这是俺应当的。"爷儿俩将酒喝了。绍景说："一郎，要是没人告诉我，真看不出，你是日本人。"一郎说："日本人本来就和中国人长得差不多！"绍景说："不一样。"传杰说："就是说话不一样呗，人家说日本话，咱说中国话。"绍景说："不对，日本人的礼数特别多。见了面，不鞠躬不说话。早上见了，一哈腰；生人相见了，又是一哈腰。"朱开山说："对咱中国人就不是这样了，就不讲理了，又抢又夺的。"一郎笑笑说："爹，日本人也不都是那样。"绍景说："是啊，也有好的，我在奈良读书，日本的老师和同学也没少帮我。"传杰说："爹，当一郎的面，这么说好吗？"朱开山笑了说："爹是叫那些没良心的日本人气糊涂了，一郎，爹错了，来，咱爷儿俩再喝一盅。"

一郎赶忙起身举杯说："爹，您老太客气了。"

传文进来问："爹，还要点什么不？"朱开山说："老大，你也坐下。"一郎说："对了，你们别光谢我，车皮的事，大哥不和我说，我还不知道呢。"绍景说："三哥，刚才你我就应该请大哥进来呀！"传杰忙搬了把椅子过来，说："大哥，刚才我忘了，实在对不起！"传文轻轻哼了一声说："你是咱家老小，大哥能和你计较啊！"传杰赔着笑给传文斟上酒，说："大哥，敬你一杯，幸亏那天你想起一郎了，要不到现在车皮的事，恐怕还悬着呢！"绍景也举杯说："是啊，这头一杯还得记在大哥身上。"

传文喝了杯中酒，一抹嘴说："老三，煤矿上有没有什么合适的差事，带上大哥一个呗！"传杰说："那咱饭庄和货栈怎么办？"传文说："咳，那点事，你嫂子就照看了。"朱开山说："老大，你这个话可就错了。饭庄和货栈是咱们家的根本，换谁来管，我都不放心。矿山是开起来了，可是这一出一出的事情，不得不叫我这么想，矿山将来是怎么个局面，真不好说！你把饭庄和货栈守住，就算哪天矿山有个闪失，咱全家也有个退身之路。一句话，叫你管饭庄和货栈是爹把全家的命根子交给你了。"传文说："爹，你真这么看吗？"朱开山点点头，语重心长地说："老大，你可不能三心二意啊！"传文高兴了说："爹，俺知道哪头重哪头轻了，您老放心，俺肯定把饭庄和货栈办好了！"

传杰在开采工地上跟一个把头说着话。绍景一脸的不悦，大步过来，拽着传杰就走。传杰问道："什么事啊？"绍景说："你家老爷子又领工人们吃酒呢！"

传杰说："大中午的吃什么酒？"绍景说："他是请昨天的夜班工人。"

饭堂里，一溜摆了好几张大桌子，满桌的饭菜，桌子边，工人们吆五喝六地吃着喝着，一个个脸放红光。朱开山见传杰和绍景进来，招呼他们说："还没吃吧？坐下来，和工友们一块儿喝两盅！"传杰看了看满饭堂的工人，冷着脸说："吃得差不多了吧？该回去休息了，晚上还得上班呢！"绍景说："今天喝，明天喝，还有力气干活吗？"

工人们纷纷起身，悄悄出去了，传杰到朱开山身边说："爹，你请工友们吃饭，俺不反对，可也不能这么昨天请了，今天还请的。"朱开山说："我自个儿掏钱，又没动矿上的。"传杰说："不是钱的事，咱这是开办实业，不是交朋为友。"朱开山说："怎么不是交朋为友？工友，工友，就是一块儿干活的朋友，你不把他们当朋友，他们能实心实意地给矿上干吗？"传杰说："叫工人们好好干活，可以用别的办法。"朱开山说："什么办法？最好的办法就是和工友们心交心。工友们夏天泥里水里，冬天顶风冒雪，弄不好还会丢了性命，人心都是肉长的，不容易啊！你这半辈子光做生意了，不知道底下人是多么艰难！"传杰说："和工友们心交心，对！但是，终究咱这是矿山，他们是干活的，得有规矩，叫他们好好干活不光得交心，还得讲究个章程，用章程来奖励，来处罚。"朱开山说："章程，什么章程？你们的章程就是不愿和工友们和和气气地吃顿饭！那好，我也不吃了，你们俩吃！"说完，他掀了桌子，拂袖而去。

第二天一大早，传杰来到朱开山房间外，敲了敲门，喊道："爹，咱该走了，时间不早了。"文他娘打开门说："你爹正生气呢！"传杰说："为昨天的事？"

文他娘点点头说："你进去劝劝他。"传杰随文他娘进来。朱开山坐在椅子上，眉毛拧成个疙瘩。传杰说："爹，咱该往矿上走了。"朱开山说："你自个儿去吧！"

传杰赔笑说："哪能啊！国不可以一日无君，家不可以一日无主，咱山河矿也不可一日没有总经理呀！"朱开山说："你眼里还有我这个总经理啊？"传杰笑着说："怎么没有，正想和你说件事呢！"朱开山说："什么事？"传杰说："咱上了车再说，好不好？"

文他娘也跟着劝道："他爹，你也是六七十岁的人了，传杰和绍景才多大，不是说要你给他俩做个榜样，但至少不能和两个孩子治气吧？"朱开山说："我没和他们治气，是他们眼里没有我。"传杰说："爹，说话可得口对着心、心对着口啊，山河矿从开办到现在哪一件事我和绍景没和你说？哪一件事你不点头，我和绍景就背着你做了？"朱开山说："那倒是。"传杰说："今天，还有件事，得经过你点头，不然，我和绍景也是瞎合计了！"朱开山说："这么说，我还有点用啊？"文他娘说："你赶紧跟老三走吧！"

传杰开着卡车载着朱开山上了路。传杰说："爹，我和绍景合计了，把现在的按小队核算，改成按人头核算。"朱开山说："有什么好处？"传杰说："我问周把头了，老实巴交干活的工人，一天能采三千来斤煤，那些偷懒耍滑的，一天才能采一千来斤；要是按小队核算，那些偷懒耍滑的就捡便宜了，咱煤矿的产量也上不去。"朱开山说："那按人头核算，就没有这些事？"传杰说："肯定没有。一个人一天挖多少煤，咱给多少钱。不愿挣钱的，你就偷懒耍滑去；想挣钱的，你就好好干。"朱开山说："先不说偷懒耍滑的。人也有个年老的、年少的，身子好、身子差的区别，你们这么一弄，那年老的和身体差的不就吃亏了吗？"传杰说："我和绍景定了这么个章程，一个人一天挖两千斤煤打底，咱开他一块钱，年老体弱的全能干出来，一个月下来，工友们比现在的工资还多。他要是多挖一百斤，咱奖励他两毛钱，这样，那些能干的一个月下来，兴许能挣上原来两个月的工资。谁不稀罕钱啊，那些偷懒耍滑的自然也就改正了。"

朱开山说："你这么一说，像是真有点道理。可是，也不能一下子铺开来做。"

传杰说："你说怎么做？"朱开山说："找那么个小队，先试试吧，赶趟你们这个章程有不周全的地方呢？"传杰说："对呀，爹，还是你想得周到。"朱开山得意道："管怎么说比你们多吃了两年咸盐豆。"

他父子俩前脚走，后脚传武阴着脸回了家。秀儿见了，心里扑腾个不停，总担心他是知道了她和一郎的事。她接过传武的一个包，问："有事啊？"传武点点头，问："咱娘呢？"秀儿说："屋里呢。"传武进了屋，秀儿心里更害怕。

传文从外面拿了张报纸，慌慌张张地进来，看见传武喊："老二，你看报了吗，是真的吗？"那文跑过来问："怎么了？出什么事了？"传文扯着那文跟着传武往后院跑，秀儿也硬着头皮跟进去。

传文一进屋，拽过那文手上的报纸递给文他娘说："娘，出事了！你看看这张报。"文他娘说："你怎么糊涂了，娘认得字吗？那上面说什么？"传文说："鲜儿出事了！"那文又夺过报纸说："娘，俺念给你听：女匪三江红一审判处死刑。本报讯，日前，二龙山土匪抢劫一日本洋行后逃窜。途中，被哈尔滨警察大队伏击，女匪首三江红负伤被捕。昨日，哈尔滨法院审理此案，一审宣判三江红死刑，上诉期为三天。"文他娘问："啥叫上诉期？"那文说："就是觉得判得不对，找人再打官司。"文他娘直着眼说："三天？三天能找着人打官司吗？"

传文说："什么上诉期，都是虚话，就是想要鲜儿的命！"

文他娘眼珠子一翻，差点晕倒在地上，好半天缓过劲来，瞅着传武说："活兽，这遭熨帖了？"传文问："老二，鲜儿的事情你没找人活动活动？"传武低着头说："从前天知道这回事，我就上下找人，可是没人敢管这事，她抢的是日本洋行。"

文他娘说："一点办法都没有了？"传武摇了摇头。那文说："那，只剩下准备后事了？"传武说："娘，我回来就是想说这件事，家里给鲜儿姐做套新棉衣吧，送她上路。别的，咱做不了啦。"文他娘说："活兽，事到如今，你想起娘来了，当初，你要是把鲜儿好好照看着，她能到今天吗？"秀儿一旁抽抽咽咽地哭了。

文他娘领着三个媳妇在给鲜儿做棉衣，她叹了口气说："现在，我还能想起鲜儿小时候的模样，不笑不说话，一开口就唱，响铃丁声的，三里五村，没人不夸奖她。"那文问："娘，鲜儿怎么就当了胡子呢？"文他娘说："谁叫她认识了那个大掌柜镇三江呢！"玉书说："都怨这个糟糕的社会，她不认识那个镇三江也能认识另一个镇四江。"秀儿说："娘，要是当初传武和鲜儿成了亲多好啊！"

文他娘说："净说傻话，他们成了亲，你怎么办？朱家答应了你们老韩家的事，还能反悔吗？"玉书说："娘，当初就应该反悔呀！"文他娘说："玉书，你们念书人说话就是轻巧，你爹是那种说反悔就反悔的人吗？再说，当初要是真反悔了，放牛沟的乡亲还不把朱家的人骂死啊！"玉书说："那也比现在强，鲜儿被判了死刑，秀儿一个人在家过。"文他娘也没话了。

那文说："鲜儿抢谁不好？抢日本人的洋行。"文他娘说："该抢！谁叫他们抢咱中国人了。"玉书说："我佩服鲜儿姐，活得顶天立地！要是咱都像她那样，谁敢欺负咱女人。对不对，二嫂？"秀儿说："俺可没有鲜儿姐那份胆量。"

外屋里，朱开山和三个儿子也在商议鲜儿的事。传杰说："爹，虽然只剩三天，但咱也得找律师帮鲜儿姐打这个官司啊！"朱开山说："没用了，三天能干什么？再说这些年鲜儿收拾的富绅恶霸还少吗？官府早就瞄上她了。老大呀，你别光擦眼抹泪的，想想后事怎么办吧！"传文擦了把泪说："当初，俺要是不娶那文，鲜儿不就没有这些事了？"传武说："哥，说这些事有什么意思吗？"

朱开山说："鲜儿的尸首，咱家肯定得收了。"传武说："我去收。"传杰说："二哥，你一个当军官的怎么好出头？"传武说："怎么不能出头，鲜儿是咱姐姐！"

朱开山说："老大，我看还是你去吧！也算你们没白好一场。"传文畏畏缩缩地说："爹，你知道从小俺就见不得血腥。"传杰说："爹，还是我去收吧！"朱开山说："也好，这事就三儿办吧！"传文说："尸首拉回来埋哪儿啊？"朱开山说："埋哪儿？再说！先在院子里搭上灵棚，停灵三天，和尚、道士、喇叭班子都给请来，像模像样地给鲜儿办一回。"

传文说："爹，这好吗？鲜儿可是个胡子啊？"朱开山说："胡子怎么了？也是官逼民反，天底下为富不仁的主儿太多了，不抢他们两个，穷人怎么活？再说她还是老朱家的闺女呢！"说得传文低下了头。朱开山说："老大，你和三儿回去吧。爹还有几句话和老二说。"传文和传杰出去了。

朱开山问传武："一晚上你都没有个话，想什么呢？"传武说："俺娘说得对呀，鲜儿到了今天，是因为我没照看好。"朱开山拿过瓶酒来，给传武和自己斟上，说："老二，喝一口，消散消散心头的闷气。"传武抿了一口。朱开山说："老二，爹有句话一直压在心里，和谁都没说。鲜儿要是不出这回事，爹能把它带到棺材里去。"传武说："爹，什么话？"朱开山深深地喝了一口酒，说："爹糊涂啊！当初怎么就死活不让你娶鲜儿呢，这是爹一辈子最大的一件错事。老二，爹问你，到现在你心里头是不是也只有一个鲜儿？"传武点了点头。朱开山说："爹一时的糊涂，坑害了你，坑害了鲜儿，也坑害了秀儿啊！"传武也喝了口酒，说："爹，事情过去了，别想了。"朱开山说："明儿个你去监狱探望鲜儿，把爹这些话啊都说给她听，说爹对不起她，对不起老谭家。"传武点了点头。

朱开山放下酒杯在客厅里踱来踱去说："不甘心哪！爹不甘心哪，不甘心丢下鲜儿啊！老二，要是倒退二十年，你知道爹能干什么事情吗——劫大狱，如今不行了，自个儿不是那个年岁了，外面也不是那个年代了。"传武劝着说："爹，别想了，想多了伤身子，您也老了。"朱开山眼中含着泪，微微一笑说："老二长大了，知道疼爹了。"传武笑了笑。朱开山说："老二，往后就一心一意和秀儿好好过吧！"传武含着泪点了点头。

监牢里灯光黯淡，有一种潮湿腐朽的气味。鲜儿衣衫破烂，戴着手铐、脚镣，稍一活动，就叮当乱响。传武把棉衣放到鲜儿身边说："这是咱娘给你新做的。"

鲜儿看了看棉衣说："挺上眼的，谢谢咱娘。"传武说："姐，你伤哪儿了？"鲜儿抬手指了指脖子说："枪子从这穿过去了。"传武要查看伤口，鲜儿挡住他说："别看了，还死不了。"

传武放下酒菜，说："姐，陪你喝点儿吧！"鲜儿说："不喝了，把这些东西提回去吧！喝了酒，少不了伤心落泪，日后想起来，你心里也不好受。姐不想把伤痛留给你。"传武说："姐，你怎么能叫他们抓住呢？"鲜儿说："不说那些事了，今天咱高兴点儿。"她挤出一丝笑，"忘了？那年你叫姐抓上了山，姐唱一句，你唱一句，今儿个，咱再唱一回。"传武说："姐，你那脖子行啊？"鲜儿说："小点声就是。"

鲜儿轻轻地唱起来，声音虽小，但是依然婉转动听。唱了两句，鲜儿不唱了，说："有个事，还得托付你，明天姐上路了，你把那镯子埋姐的坟头上去。"传武说："姐，我天天揣着呢。"说着从怀里掏出那只银镯子。鲜儿接过去，满眼的泪水，却微微笑着说："好了，姐没有心事了。你也省事了。说好了高兴点儿，姐倒先掉泪了，叫你笑话。"传武说："姐，爹还有话，叫我告诉你。"鲜儿说："什么话呀？"

传武说："爹说，他后悔，当年没让咱俩成亲。"鲜儿又笑了笑说："不说吧，你该回去了。回去替姐把这些酒菜吃了，好好睡一觉，等你醒了，姐早到那面了。"

传武眼圈红了说："姐……"鲜儿捂住他的嘴："传武，什么都别说了，回去吧。"

看守打开监室的门说："时间到了，赶紧点儿。"传武久久地看着鲜儿说："姐，在那面等我。"

刑场设在一个郊外的十字路口,四边的道已经被警察封住了,看热闹的人围得水泄不通。一处路口,几个叫花子模样的人,在人群里往前挤着,旁边有人骂道:"挤什么,前头有饽饽吗?"叫花子笑着说:"没有饽饽,有人头啊!俺没口福吃饽饽,饱个眼福看杀头还不行吗?"

另一处路口,几个小商贩挑着担子,要过街去,警察拦住他们说:"没长眼珠子,前面是什么地方,你们也要过去!"小商贩说:"长官,你们杀你们的人,我们做我们的生意,凭什么把道口卡上?"

又一个路口,几个打把式卖艺的壮汉挤到人群前面,一个壮汉问道:"四哥,你见过杀活人吗?"四哥说:"见过。"那壮汉:"是刀砍,还是枪崩啊?"四哥说:"刀砍哪,那才好看呢!鬼头刀一下去,人头嗖一声飞出去老远。脖腔子里的血,蹭地蹿上去,就像一道红光,挂在天上。看今天这个样,也像是刀砍哪。"那壮汉说:"怎么见得?"四哥嘻嘻一笑说:"官府杀人有个讲究,好事做多了的罪犯,就得用刀砍。"旁边有人插话说:"说错了吧,是恶事做多了吧?"四哥眼珠子一翻说:"你挺会说话的,是不是?我看你倒像是恶事做多了!"那人吓得躲到一边。

鲜儿被五花大绑从卡车上押下来,按到地上跪下。监刑的警官过来说:"三江红,时辰到了,还有什么话说吗?"鲜儿浅笑一声,摇摇头。鲜红的棉袄衬得她脸也红成一朵花,配上那抹笑容,竟然像个新嫁娘。

刽子手喝了一口酒,提着大刀来到鲜儿身旁说:"这位姐姐,也来一口吧!"

鲜儿点点头,刽子手把酒碗送到鲜儿嘴边,鲜儿一饮而尽。刽子手把酒碗朝身后一扔,向监刑的警官点了点头。监刑的警官倒出去好远,高声喊着说:"时辰已到,开斩!"

刽子手高高举起鬼头刀,突然一声枪响,鬼头刀当啷落地,围观的人群里扬起一片尘土,从尘土中飞出一匹快马,马上骑着个蒙面人,直奔鲜儿而来。各路口上那些叫花子、小商贩和打把式卖艺的也拔出了枪,冲向监刑的警察,原来都是二龙山的好汉。监刑的警官大叫道:"不好,有人劫法场!"他边喊边指挥警察们说:"撤,赶紧撤。"警察们四散而逃。看热闹的人们也乱哄哄地跑开了。快马驰到鲜儿跟前,提起她,又催马绝尘而去。

那蒙面人骑着马,载着鲜儿一路飞奔。鲜儿说:"是传武吧?"传武说:"姐,别说话。"鲜儿说:"传武,何苦救我呀?"传武说:"姐,俺爹说了,不能丢下你。"

鲜儿说："这是往哪儿去？"传武说："找个大夫，把你的伤口包扎一下。"

传杰正接电话："知道了，知道了，我这就和爹说。"朱开山一旁过来说："什么事？"传杰说："俺嫂子刚才来电话，说鲜儿在法场上叫人劫走了。"朱开山说："好！劫哪儿去了？"传杰说："不知道。爹，谁这么大胆子呀？"朱开山想了想，问传杰说："卡车在家吗？"传杰说："在。"朱开山说："停着，别动。"传杰说："能是二龙山的人吗？"朱开山回身掩上门，悄声地说："八成是你二哥。"

第三十七章

传杰的大卡车停在了郊外的一个山道上。朱开山和传杰下了车，匆匆进了路边的一个小诊所。鲜儿和传武从里屋出来，鲜儿见了朱开山，喊了声"爹"，一下扑到朱开山的怀里哭了。朱开山轻轻地拍拍她说："闺女，别哭了。听说，你上法场不是都没掉泪吗？"传武也劝道："姐，别哭了。"朱开山说："老二，你赶快回军营去，耽搁长了，叫人起疑心。"

一个老大夫拿了包药，进来说："这是些消炎和止痛的药，带上。"传杰接过药说："谢谢，谢谢老先生！"传武说："爹，你要把鲜儿姐带哪儿去？"朱开山说："这你就别管了，你赶快回军营。"鲜儿说："爹，我还是回二龙山吧！"朱开山说："那可不行，这遭你哪儿也不能去了，咱先到矿上躲半天，晚上回咱自个儿家。"

鲜儿说："爹，可不能连累家里啊！城里肯定正到处搜查俺呢！"朱开山说："亏你还当了这么多年的胡子，连灯下黑的道理都不知道吗？就算警察知道你是朱家的干闺女，他们也想不出你在这个时候能往家里跑。"传杰说："鲜儿姐，就听爹的吧！"

传武自行离去。鲜儿跟着朱开山和传杰上了车，传杰递给她一件男人的外套，让她穿上。朱开山却拿出了一把剪刀，说："闺女，委屈委屈你了。"鲜儿明白了，一笑说："还是爹想得周到。"她伸过头去，朱开山一剪子下去，把鲜儿的辫子剪了，又给她弄了顶传杰平日戴的那种小礼帽。

爷儿仨回了家。餐厅里，客人们七嘴八舌，所谈论的无一不是劫法场的传奇。

传杰和鲜儿大摇大摆地径直上了楼。朱开山跟在后头，一个客人拦住他说："老掌柜的，今儿个城里热闹大了。"朱开山说："什么热闹事啊？"客人说："法场上，三江红叫人劫跑了。"朱开山说："有这等事情？谁这么大胆？"客人说："还能是谁？二龙山的呗。"另一客人说："滚去吧，有人看见了，是天兵天将。老掌柜的，那刽子手的鬼头刀刚抬起来，就见天上落下匹飞马，马上的人一哈腰，就把三江红抱马上去了，警察们刚要开枪，那飞马翅膀一呼扇，嗖一声没影了。"

朱开山惋惜地说："咳，这么好的光景没看见！你们慢用，我楼上还有客人呢。"他边招呼着边上楼，传文追上去，小声小气地说："爹，怎么把她带回来了？"

朱开山说："不带回来去哪儿？你嘴把严实，不许说出去。"

传文说："知道，知道。"

朱开山说："你就别上来了，还去招呼客人，和往常一样，别叫人看出来。"

秀儿迎出来说："爹，鲜儿在里面换衣服呢！"朱开山说："哦，鲜儿的事别和外人说。"秀儿说："俺知道。爹，俺有件事想和你说。"朱开山说："说吧。"

秀儿说："你可得答应俺。"朱开山看了看秀儿，说："行，你说。"秀儿刚要开口，朱开山房间的门开了，那文探出头说："爹，进来吧！"朱开山、秀儿进了屋。

鲜儿换了身衣服，靠在椅子上。文他娘埋怨朱开山："你怎么想的，领闺女从前门进来，不怕人看见？"朱开山一笑："鲜儿，你说为什么？"鲜儿笑了笑说："道上，俺爹说了，这叫瞒天过海，兵书上的一道计策。"朱开山朝文他娘说："按你想，是不是深更半夜，打后门进来？那样反倒叫人疑心了。"那文说："爹，你呀真不是一般人啊！"朱开山转身问秀儿说："秀儿，才刚你想说什么？"

秀儿说："鲜儿姐这回回来就别走了。"文他娘说："想走，也不成啊，没看她脖子上还带着伤。"秀儿说："俺是说，叫鲜儿姐当传武的媳妇，我给二老当闺女。"

众人一愣。文他娘说："秀儿，说什么傻话！"鲜儿说："秀儿，这话不准你再说，再说姐姐立马就走。"朱开山说："今儿个，不说这件事，弄点饭菜来，叫鲜儿吃了歇下吧。我晚上矿上睡，文他娘，你受受累，让鲜儿跟着你。"

秀儿说:"还是跟俺吧,娘年纪也大了。"朱开山说:"以后再说,先让你娘照看着,就这么定了。"

把人都送走,文他娘给鲜儿递过一杯水。鲜儿喝了口水,说:"娘,还放红糖了?"文他娘说:"喝吧,还放了几片老山参,喝了补补身子。"鲜儿又喝了两口,眼中泪光闪烁,说:"娘,回家来真好。"文他娘说:"你早该回来了,这些年一想起你在山上,娘的心就悬半天空去了。"鲜儿说:"老在这儿躲着也不行,一旦叫官府知道了,家里也跟着遭殃了。"文他娘说:"不许说走的话。"鲜儿说:"娘,走还是得走啊!不过,早晚我会回来,回家来,回家伺候你们二老。"文他娘说:"那天,得知你判了死罪,你爹和我说真话了,他一辈子不肯认错,那天认了,说当初是糊涂啊,不该又打又撵地不让传武娶你。"鲜儿叹了口气说:"一晃多少年过去了,娘,忘了那些事吧!"

第二天一大早,传武就回来了。那文瞅见了,叫住他,一起走进秀儿屋,对秀儿说:"秀儿,昨天你说那个话是真心的吗?"秀儿看看传武,淡淡地说:"那真是俺的心里话,可是鲜儿不答应啊!"那文说:"嫂子倒替你和鲜儿想了个办法,就是想成全你秀儿,成全那鲜儿,也成全老二。"秀儿说:"这是什么主意啊?"

那文说:"要说也简单,就是叫传武把鲜儿也娶了。"传武说:"嫂子你这是什么馊主意,不行,肯定不行。"那文说:"你先别和我叫喊,嫂子和你说道理:当官的,娶几房太太还是什么新鲜事吗?还有谁在边上龇牙吗?秀儿不肯离开咱这个家,你又放不下鲜儿,你把她俩都娶了,什么事不都结了吗?我觉着这是个两全其美,不,是三全其美,不,是十全十美的好事!秀儿,你说嫂子这个主意行不行?"

秀儿点头说:"俺看挺好,不然的话,叫鲜儿姐往哪儿去?"那文说:"老二,这遭你还说什么?"传武想了想说:"那也得问问咱爹咱娘。"那文说:"好,咱现在就去!"传武说:"嫂子,不麻烦你吧,要说也是我和秀儿和咱爹咱娘说。"那文说:"也好,可是你们一定得说呀。"秀儿说:"嫂子,他不说,俺也说。"

文他娘正在擦桌子,传武和秀儿进来。传武说:"娘,俺姐呢?"文他娘说:"在里屋歇着呢。你个活兽还知道回来哪?"传武说:"娘,别老叫我活兽好不好?俺也老大不小了。"文他娘说:"那叫你什么?"秀儿笑着说:"娘,就叫传武呗!"

文他娘说:"妈呀!外面刮什么风了,今儿个两口子一条心了。"

鲜儿靠在被垛上坐着。传武、秀儿和文他娘进了里屋。传武说:"姐,好点了?"鲜儿点点头,朝秀儿说:"来了,秀儿。"秀儿笑着说:"姐,人家还带了礼品来呢!你看看又是奶粉又是罐头,还有这么几盒点心。"传武对文他娘说:"娘,这都是秀儿的主意,她叫我买的。"秀儿说:"你疼鲜儿姐就疼呗,俺也没说别的,干什么往俺身上赖?"传武也笑了说:"这么说,不是给你长脸吗?"

文他娘一拍巴掌说:"真得看看今天的皇历了,是什么日子,活兽也明白人事了。"

传武说:"娘,俺冷落秀儿你骂俺,俺对秀儿好点,你还骂俺,这个儿子太难当了。"

文他娘笑了说:"鲜儿,你看,他还有道理了。传武,你能保证从今往后都对秀儿好,俺就改口不叫你活兽,你能保这个证吗?"传武说:"能,姐,你说我能不能?"鲜儿说:"能,姐相信你。"文他娘说:"老二啊,你什么时候把事情想开了?"传武说:"娘,是俺姐开导的。"文他娘说:"好啊,娘赞成。"

那文进来了,神经兮兮地压低了声说:"娘,一郎来了。"文他娘一愣说:"在哪儿呢?"那文说:"就在客厅。"秀儿心里紧张起来,不觉咬紧了嘴唇。文他娘示意众人别放声,自己进了客厅。片刻,她又进来说:"一郎在哪儿呢?老大媳妇。"那文这才笑了说:"刚刚他真来了,鲜儿在咱家,我怕叫他看见了传出去,就叫传文带他去煤矿上转悠了。"文他娘说:"你吓我一老跳。"那文笑着说:"娘,俺是个急性子,肚子里有话憋不住。老二,我看就把咱刚才合计的事情说了吧!"

文他娘说:"什么事情还瞒着娘?"传武说:"嫂子,你能不能换个时候再说?"那文说:"这三人同面地都在,我看现在讲最好。"传武脸红了说:"要说,你们说。"自己转身到客厅去了。

那文问鲜儿:"鲜儿,你伤好了,往哪儿去呀?"鲜儿说:"还得回山上。"

那文说:"嫂子要给你找了个人,你还走吗?"鲜儿笑了说:"嫂子,我都多大了,还找什么人呢!"秀儿帮腔说:"鲜儿姐,你肯定中意。"文他娘说:"你们说谁呢?"

那文附在娘的耳边嘀咕了几句,文他娘一惊说:"怎么,你想叫他娶二房?"秀儿低声说:"俺是二房。"文他娘瞅了瞅那文,又瞅了瞅秀儿,掩不住喜悦，朝鲜儿说："馊主意啊！他们要传武把你也娶了。"鲜儿脸一下子红了，说："娘，这可不行，俺不答应。"那文说："鲜儿，为什么？"鲜儿说："秀儿怎么办？"

秀儿说："鲜儿姐，俺答应了，你也答应吧！"鲜儿说："娘，别听她们的，说什么俺也不答应！"那文说："鲜儿，你要这么说，我可得摆摆道理了：第一条，你不能叫咱爹咱娘再为你操心了，这些年你山场子、水场子、二龙山，满世界地转，咱爹咱娘哪天晚上睡上安稳觉了？第二条，你也得为秀儿和传武想一想，传武心里有个你，这边把秀儿扔在家里，那边自己猫在军营里打光棍，成了家的人日子能这么过吗？第三条，你也该为自己想一想，多老大了，整月整年地在山上，今天官军剿，明天胡子们你争我斗，哪天是个头啊？嫂子和你说，人生一世不图大富大贵，但是也不能提了个脑袋度日吧？你不用马上回话，你先想一想，嫂子这三条，哪一条错了？"鲜儿沉思半天说："传武答应吗？"那文笑了说："他不答应能臊得红头涨脸地跑客厅吗？"鲜儿朝文他娘说："娘，你什么主意？"文他娘说："鲜儿，娘看就这么办吧！你爹也能答应，昨晚我不就和你说他早就懊悔了吗？"

那文朝客厅喊着说："老二，这遭该进来了吧？"传武进来了，像个做错了事的孩子，低着头，满脸通红。鲜儿说："传武，刚才你都听见了，姐答应嫁给你，可是有一桩事你得听姐姐的，俺进了门秀儿是大的，俺是小的。"秀儿赶忙说："姐，这可不行，本来就是你和传武好在前头。"鲜儿说："秀儿，你要是这么说，姐姐不嫁。"文他娘说："秀儿，就听鲜儿的吧！"那文也劝秀儿说："就这么办吧！"秀儿不情愿地说："那好吧！"文他娘高兴地戳一下传武的额头说："你个活兽，还摊上两房媳妇了！"传武说："也是你们叫我娶的。"鲜儿朝秀儿招招手说："秀儿，过来。"秀儿在炕边坐下，鲜儿扯着她的手，轻轻地说："秀儿，姐姐得谢谢你。"秀儿说："姐，看你说的，咱不都是一家人了吗？"

传文和一郎参观完煤矿出来，传文慨叹道："咱爹他们真行啊！才半年工夫就建这么大个矿。"一郎说："是啊，这在日本也称得上奇迹了。"绍景说："还稍微差那么一点。卷扬机是煤矿生产最重要的设备，咱是个新煤矿，要用就应该用最先进的卷扬机。我刚才说的那种卷扬机，就是德国最新式的卷扬机。"朱开山说："绍景，好东西谁都喜欢用，可是你说的那份卷扬机价钱太高了，咱山河矿没那么大的财力。"传杰说："爹，咱得把眼光放远一点，现在多花点钱，就省得将来再更换了。"朱开山说："可是眼下，钱上哪儿弄啊？"绍景说："可以到银行贷款哪。"朱开山说："贷款的利息，你付得起啊？"

传文看看一郎，问："一郎，你不能投点进来？"一郎说："得需要多少钱哪？"

朱开山说："八九十万吧！"一郎说："这个数目可太大了。"绍景说："整个需要这个数目，现在也就是还差个四五十万。"传杰说："一郎，这个数目你行吗？"

一郎为难道："让我想想吧。"朱开山说："一郎，你可得想好了，开煤矿这个事，利大，风险也大，这才几天，又是封锁铁路，又是削减车皮的。"一郎说："爹，俺知道。"

秀儿房里，玉书一脸的不高兴，说："二嫂，你怎么能答应这种事？现在民国都十九年了。"秀儿说："别这么大呼小叫的。"玉书说："我是想叫你清醒清醒。"秀儿说："叫鲜儿姐进门怎么了？不就是传武多了个二房嘛，大嫂说了，当大官的，有几房姨太太算啥？不是新鲜事。"

玉书说："二嫂，看来你真糊涂，男人是人，女人就不是人啊，凭什么他们三房四妾的？这都是封建社会的陈规陋俗。"秀儿说："俺不懂你这些词，俺就觉得鲜儿姐老在山上不是个事，再说传武这么些年，心里老装着她。"玉书说："你怎么不想想你自己，你自己的爱在哪里？"她突然放低了声音问，"一郎怎么办？你不是说一郎疼你吗？"秀儿低着头不说话了。玉书说："你说话呀？"秀儿讷讷地说："俺和他了断了。"玉书说："为什么？"秀儿说："一个女人家，不该做那种事。"玉书痛惜道："哎，二嫂你刚刚爬到井口，自个儿又退回去了！"秀儿的心又乱了。

四味楼外面传来一阵阵卖山货的吆喝声："虎骨，熊掌，老山参；山鸡，兔子，狍子肉。不识货的别来问，真是买主抹零头。"这吆喝声一阵高过一阵。秀儿觉得奇怪说："大黑天的，还满街吆喝什么？"鲜儿仔细听了两遍，说："秀儿，这是二龙山的人，找我的。"秀儿说："把他叫进来？"鲜儿说："别，你替我出去和他说。"秀儿问："怎么说？"鲜儿附在秀儿耳上叮嘱了几句。秀儿说："这么说就行了？"鲜儿点点头说："就这么说。"

秀儿出来把一个挑着担子卖山货的汉子叫过来，问："你是光卖山货，还是也买山货？"卖山货的说："也买，这位姐姐你有什么？"秀儿说："老虎的天灵盖要不要？"卖山货的说："要，在哪儿？"秀儿说："家里。"卖山货的说："现在可以拿吗？"秀儿说："不，明晚点灯的时候。"卖山货的盯着秀儿说："可得把那老虎的天灵盖看好了。"那汉子说完挑起担子一路吆喝着走了。

秀儿回到房间问鲜儿："鲜儿姐，刚才那些话是啥意思？"鲜儿说："是告诉二龙山的人，明晚来接我回去。"秀儿说："不是说不走了吗？"鲜儿点点头说："但是，也得和山上的弟兄们做个交代呀。"

森田仔细端详着一幅字帖，面露笑容。站在一边的石川说："总裁，鹤鸣会的人还真做事，叫他们跟踪一郎，他们就真跟踪了。"森田说："小野毕竟也是我的学生。你把一郎叫进来吧，他此刻肯定非常想见我。"石川阴笑着出去了。

一郎此行是为了山河矿的事情借钱而来。森田说："小同乡，这件事你不该犹豫啊。"一郎说："拿出四五十万来，对我来说确实真是要倾家荡产啊。"森田说："别说四五十万，更大的数目你也应该答应。"一郎说："为什么？"森田说："难道忘了？朱家可是救过你的命呀！知道那个太郎的故事吗？"一郎说："你是说那个穷孩子太郎在河边捡了根黄瓜的故事？"森田点点头说："应该像太郎那样，舍得一切去报恩，资金我替你出。"一郎说："利息怎么算？"森田笑了说："小同乡，用我的钱还用谈利息吗？你和山河矿也不要谈利息，年终岁尾的有点红利就行了。"一郎说："老前辈，你是说入股？"森田说："入股不是好事吗？你的恩人有了更多的资金，煤矿不是会办得更红火吗？当然不是以我的名义入股，以你，以你龟田一郎的名义，明白吗？"一郎想了想说："明白，如果以老前辈的名义，山河矿又要起疑心了，你的一片好心又会被误解，对吗？"森田高兴地点点头说："真是天照大神的子孙，一点即通。"

二龙厅里点燃了松明火把，老老少少的胡子，都来到厅里。厅当中，摆了一张香案，香案上一只大香炉，上面插了十几根香。鲜儿和老四来到香案前。鲜儿向诸位弟兄抱了抱拳，说："该说的今天下午都说了，往后山上的事，就由老四做主了。"老四还要劝鲜儿，说："掌柜的，你是不是再想一想，进了朱家，哪还有这份自在啊！再说弟兄们跟你十来年了，你这一走，叫弟兄们心凉啊！"鲜儿说："我也舍不得弟兄们，可是，我是个女人，不能和你们男人比，总得成家，再说也得成全朱二爷啊！老四，咱开始吧！"

老四清了清嗓子说："今晚儿，正是大月亮地，二龙山掌柜的三江红要拔香头，月亮佬你给作个证，掌柜的是真心真意要走，弟兄们也是真心真意地送！往后，掌柜的就是走到天涯海角，弟兄们也忘不了；弟兄们就是掉进了油锅火海，掌柜的也能伸手相救。就说这些吧。掌柜的，轮到你了。"

胡子们一双双泪眼看着鲜儿。鲜儿拿过一支松明点燃了香炉里的香，不觉已是眼中含泪，口中念道：

圆圆月亮挂在天，
十八罗汉听俺言。
流落山林十多年，
多蒙兄弟来照看。
今日俺要下山去，
还望诸位多包涵。
下山一为奉双亲，
回家二为结团圆。
上有天来下有地，
永和弟兄一线牵。
天涯海角不相忘，
钢刀破肚心不变。
上面若有一句假，
五雷轰顶在今晚。
临别还有多少话，
下面两句顶万千：
穷富贵贱人难定，
吉星永照二龙山！
一十九根香烛全拔完。

鲜儿说一句，拔一根香，说完了，那十九根香也全拔掉了。老四哭着跪在鲜儿面前说："掌柜的，别走了吧！"胡子们也都哭着嚷道："掌柜的不能走啊！"

突然，山里传来急骤的枪声。老四一下子跳起来，大声问道："怎么回事？"

有胡子冲进厅里来，大叫道："不好了，官军摸上来了！"老四问鲜儿说："掌柜的，怎么办？"鲜儿沉吟片刻说："奶奶的，良民是当不成了！弟兄们，抄家伙！"

转眼间，二龙厅里空无一人，外面的枪炮声越来越密集。

传文手上拿了张报纸，那文跟在后面说："这倒不倒霉，她刚上山官军怎么就跟上了？"传文说："你问我，我问谁去？"文他娘正从屋里出来说："又出什么事了？"传文说："娘，二龙山被攻破了。"文他娘一惊道："从哪儿听说的？"

那文说："今天的报上说的。说昨夜，哈尔滨市警察大队在省警察总队的配合下，经过激战，一举攻陷二龙山。"文他娘说："没说鲜儿？"那文说："报上写，大部分土匪在女匪首三江红的带领下，已向西逃窜。到发稿时止，警察部队还在追击这股残匪。"文他娘说："就是说鲜儿没被抓着呗？"那文说："对，就这个意思。"文他娘说："说不叫鲜儿回去，你爹不听，就答应了，这遭怎么办？上哪儿去找鲜儿？"

正说着，传武三步并作两步上了二楼。文他娘瞅他说："可别和我说，鲜儿叫人抓着了！"传武笑笑说："鲜儿他们已经进了小兴安岭，追他们的警察跟不上了，正往回返呢。"文他娘这才松了口气说："谢天谢地呀！"看了看传武，文他娘又叹道："空欢喜一场，以为鲜儿这遭会得好呢！"传武说："娘，我会想办法找到她的。"文他娘说："你呀，也是没有娶鲜儿的命啊！"

四味楼包间里，只有朱开山和姚厅长两个人。姚厅长说："老哥，你请我来不会只是为了喝两杯吧？"朱开山说："姚厅长你是明白人，今天，真有件事请教你。"姚厅长说："那就请说。"朱开山说："有个日本人要入股山河矿。"姚厅长愣了愣说："你答应了？"朱开山说："还没有，这个日本人小的时候我们朱家救过他的命。"姚厅长说："你不放心他什么地方？"朱开山说："一个是他入的钱太多，一个是我怕他身后是森田物产那些人。"姚厅长说："他出了多少钱？"

朱开山说："六十万块，我觉得这不像是他的钱，他拿不出来。"姚厅长说："你怀疑，这些钱是他借的，对吗？"朱开山说："就是这样。"姚厅长说："他跟谁借的呢？"朱开山说："我也画魂，他要是用了森田物产那面的钱，我敢让他入股吗？"姚厅长说："明白了，你让我想想。"朱开山说："先喝口酒，慢慢想。"

姚厅长端起酒杯，还没等喝，忽然想起了什么说："慢，即便那六十万是森田物产的钱，入股也无妨。"朱开山说："这可能吗？一旦打起官司……"姚厅长说："对，一旦打起官司，他们必输无疑。"朱开山说："此话怎讲？"姚厅长嘻嘻一笑，说："咱先喝了这盅。"两个人一碰杯把酒喝了，姚厅长说："老哥，道理是这样的：作为入股的钱叫股本金，股本金必须是入股者的自有资金。什么叫自有资金呢？"姚厅长趴到朱开山的耳边，低语几句，说得朱开山连连点头。

秀儿悄悄进了一郎租住的商社，看见一个中国员工，过去低声问道："请问，你们社长在吗？"那员工说："在楼上呢。你找我们社长有事吗？"秀儿点点头，就要往楼上去，那员工拦住说："稍微等会儿好吗？我们社长刚刚睡了。"秀儿愣了说："怎么这个点还睡觉啊？"那员工悄声说："社长被人打了。"秀儿一惊问："谁？谁打的？"员工说："鹤鸣会的浪人。"秀儿又问："鹤鸣会是啥？啥又叫浪人？"那员工说："简单地说，鹤鸣会就是日本人组织的一帮子间谍强盗，就和中国的地痞流氓差不多。"

秀儿听了，心里更焦急，也不顾拦挡，腾腾腾地就上了楼。一郎并没有睡觉，他头上缠着纱布，半躺在床上，见秀儿进来，一笑说："我都听见了，不让他们说，他们又说，也许是看你面熟。"秀儿急匆匆奔到床边还没说话，眼泪已经下来了。一郎又笑笑："不要紧哪。"秀儿问："他们为什么打你？"一郎说："因为我要入股咱爹他们的煤矿，说我这个日本人丢了气节。"秀儿查看着他额头的伤口，问："还疼吗？"一郎眼圈湿了，握着秀儿的手说："秀儿，你要是老能在我身边多好！"秀儿柔声说："你睡吧，俺守着你，看着你。"一郎却挣扎着挺起身子，紧紧握住了她的手，轻声说："秀儿，咱就在一块儿过吧。"秀儿抽泣着，半天说："一郎，咱怎么这么苦啊！"一郎轻轻拢着秀儿的头发说："秀儿，不苦，现在真好……"

秀儿回去说了一郎的事，朱家人自是挂念。第二天一早，传杰开着车带着全家人和绍景都来探望。

一郎见绍景也来了，说："本来，我还想今天去山河矿问问入股的事。先劳你们来看我了。"绍景说："一郎，其实去不去都不重要，股东大会也就是走个过场，答应你入股，我看没问题。"绍景又问朱开山："是这样吧？总经理。"朱开山点点头说："应该没什么问题，可是一郎，你还是别入山河矿了。"一郎说："为什么？"朱开山说："你还没入股呢，鹤鸣会的人就下了这样的毒手。

你要真入了，他们还不知道要闹出什么事来。"一郎说："爹，一郎没念多少书，可是知道中国有句古话叫知恩必报，日本还有个故事叫'遥远的雷声'。"绍景说："是的，我也听说过。"一郎说："从前，有个叫太郎的孩子，家里很穷，四处要饭。一天他饿得倒在了河边上，他想自己恐怕就要死了。就在这时，他看见上游漂来一根黄瓜，太郎抓过来正要吃，他想起了家中还饿着的爹娘还有弟弟、妹妹，他攥着黄瓜往家里爬去。"

朱开山有些感动说："一郎，别说了，爹答应你入股。"传杰说："一郎，山河矿谢谢你。"绍景说："老弟也得谢谢你。"秀儿问道："那个太郎后来呢？"

一郎说："后来，当家里的人找到太郎的时候，他已经死了。可是手里还攥着那根黄瓜，就在这阵，遥远的天边传来了隆隆的雷声。"众人听了，不禁唏嘘。

从一郎那里出来，传杰开车带着绍景直接回了矿。朱开山愁眉紧锁，也不管家里人，自己走自己的。文他娘领着三个媳妇和生子跟在后头。生子朝那文说："娘，日本人怎么那么狠哪？把一郎叔叔打成那样。"那文说："他们还叫人吗？都是禽兽。"玉书说："日本人也不一样，一郎不是豁上命也要帮山河矿吗？"

文他娘说："咱家一郎心眼实诚呢！秀儿，你有空多去照看照看他，你嫂子和玉书她们都忙。"秀儿说："娘，咱俩一块儿去呗？"文他娘说："这两天，不知道怎么回事，身子骨发软，动弹动弹就心里发慌。"那文说："还不是叫鲜儿折腾的，你看她那一出一出的，什么人能经得住？"文他娘叹一声说："咳，都是心事啊！"

回了家，进来屋，文他娘见朱开山还是满地转着，满腹心事，便说："你怎么了，什么事能琢磨一路还琢磨不完？"朱开山说："我还是觉得蹊跷。"文他娘说："什么蹊跷？"朱开山说："一郎刚刚要入股山河矿，那面鹤鸣会的日本浪人就下手了。"文他娘说："他们恨一郎帮咱山河矿呗！"朱开山说："这茬口接得也忒严实了！可丁可卯，就像是筹划好了给咱看的！"文他娘说："一郎能有那么些弯转？和他就别动那个心思了。"朱开山说："一郎没有什么弯转，可是保不定后面有什么神仙哪。"

鹅毛般的雪片，飘飘悠悠地落着。文他娘走下楼梯，进了餐厅，招呼那文过来说："这个雪，烦死人了，越来越大了。"那文望着外边说："是啊，一时半会儿像是停不了。"文他娘说："你找辆马车吧，去一郎那儿，把秀儿接回来。"

那文笑了笑说："娘，你就是疼秀儿，她一个大活人还能走丢了？"文他娘也笑了说："丢倒不至于，我是怕她大雪天摔出个好歹，躺床上去，不还得你端茶送水吗？你那身子骨多金贵！"那文笑着说："娘，你就别臊白俺了！"文他娘一撇嘴说："啧啧，不知谁臊白谁呢，你麻溜去吧！"那文说："好啊，俺这就去。"

秀儿正在一郎那里伺候他吃饭，一样一样地把饭菜摆上了桌。一郎说："这不都是我愿吃的吗？酸菜炒肉、蘑菇炖小鸡，还有排骨汤！"秀儿说："娘说了，多做点可口的给你补补身子。"一郎说："俺可不敢再补了。"秀儿说："怎么了？"

一郎说："再补，俺就好成小肥猪了。"说得两人都笑了。

秀儿说："一郎，你的伤也好差不多了，俺明天就不来了吧。"一郎坐到沙发上，也不动筷了，半天没言语。秀儿说："你说话啊。"一郎幽幽地问："后天呢？"

秀儿说："后天也不来了吧。"一郎又问："大后天呢？"秀儿望着一郎，轻叹一声说："也不能来。"一郎低了头说："那就是永远不来了？"秀儿艰难地点了点头。

一郎给自己斟上一杯酒，说："秀儿，谢谢你这些天照看我。"说完，举杯一饮而尽，又给自己斟上一杯，想了想，说："秀儿，谢谢你二十多年前救了我的命。"说完，又是一饮而尽。一郎还要给自己倒酒，秀儿抱住他胳膊，说："一郎，别喝了，俺该走了。"

一郎说："最后一杯。秀儿，能让我再扯一次你的手吗？"秀儿听话地伸过手去，一郎轻轻地扯住，反复抚摸着，说："秀儿，我永远忘不了你。"秀儿哽咽了，点着头说："俺也是。"话一出口，压抑多天的感情也决了堤，她突然紧紧抱住了一郎，脸贴在他脸上说："一郎，俺舍不得你，你再亲亲俺吧……"

一郎用嘴堵上了秀儿的嘴。两个人都软了身子，倒在沙发上，只嘴里还呜呜咽咽地说着爱和委屈和欢快。

屋外头，正要敲门的那文突然愣住了，她听着那欢娱的嘶喊，悄悄收了手，收回步子，下了楼。大雪静静地飘着。

第三十八章

秀儿从一郎商号的大门里出来，看见门口停着辆马车，正觉得奇怪，生子从篷厢里探出头说："二婶，赶紧上车吧！"秀儿答应着有些疑惑地上了车，见里头还坐着那文，问："嫂子，你怎么来了？"那文说："咱娘怕这样的天你道上有个闪失。"秀儿问生子说："生子，冷吗？"生子说："怎么不冷，你老不出来，俺要上去，娘还不让。"那文说："娘怕你上去受不了那个热气。"秀儿说："是啊，他们烧暖气比咱家火炉子还热。"那文说："知道啊，要不你脸上红扑扑的，像才开张的小母鸡似的。"秀儿心虚地说："嫂子，你才刚进去？"那文说："废话，不进去能知道里面的热闹吗？"生子问秀儿说："二婶，有啥热闹？"秀儿轻轻搂住生子说："啥也没有啊。"那文一把拽过生子："靠娘坐着，别烦你二婶。"

秀儿有些害怕了，小声地说："嫂子，有啥话，咱姊妹回家私下说呗？"那文冷着脸说："行啊，吃过饭，你就在屋里等着吧。"秀儿心里扑腾开了，却又不知说啥好，只听得马车在雪幕中行驶着，叮叮当当的马铃声响得格外刺耳。

吃了夜饭，那文瞅见秀儿屋里没旁人，闪身进来，压低嗓音，开门见山地说："我看你是疯了！你是中邪了！咱爹咱娘还有传武那面你怎么交代？"秀儿说："交代啥？"那文说："还交代什么？交代你和一郎的好事。"秀儿辩驳着说："俺和一郎啥事也没有！"那文说："妈呀！你还抻开脖子了，嫂子可是一直捏了细嗓，放小声和你说。好，你不怕家里人知道，咱就把大门敞开说。"秀儿赌气说："敞开就敞开。"

外头突然有人敲门，那文低声说："好嘛，现世报！你去开门呀，开呀。"

秀儿不言语了，那文说："嫂子劝你也是为了你好，只要你改了，嫂子这张嘴就是上了封条的，到死也不能说出这件事！"门外玉书说："二嫂，在屋吗？"

秀儿开门让玉书进来。玉书一见两人的脸色不对，像是刚刚闹了别扭，说："二位嫂子，这是怎么了？"那文想把话岔开说："玉书，你来有什么事吗？"玉书点了点头，朝秀儿说："二嫂，那天你不是跟我要歌词吗？"那文问："什么歌词？"秀儿说："那天，俺在玉书她们学校，听了个歌挺好的。"玉书说:"我把它抄来了。"

那文去把门又闩上。玉书更起疑了,说:"大嫂,你们到底怎么了?"那文看看秀儿说:"秀儿,好不好和玉书说啊?"秀儿朝着玉书,有些沮丧地说:"俺和一郎好,叫大嫂撞见了。"玉书赶忙问道:"大嫂,就你自个儿吗?"那文说:"怎么,丢人的事,还想上大街上去演哪?"玉书恳切地说:"大嫂,咱就替秀儿把这事藏下吧!"那文嗷一声:"什么?藏下!敢情他们早就有事,你都知道,是不是?"玉书说:"你说对了,大嫂,一郎二番来,他们就好上了,中间有那么一阵子断了。"那文说:"玉书,秀儿是疯了,你是不是也跟着疯了!先不说和传武、和咱爹咱娘怎么交代;做个女人,做个成了家的女人,能干这种事吗?"

玉书说:"大嫂,道理很简单,传武不爱秀儿,为什么秀儿不可以去爱别人?"那文说:"我不和你说什么爱不爱的。秀儿,你可听好了,女人家做了这种事情,传出去,街坊四邻的唾沫星子就能淹死你!你就是穿上十层铠甲,天下人的手指头也能把它戳透了!"秀儿脸一扬说:"有个死就够了!"玉书说:"总比没有爱情好。"那文说:"玉书,说轻巧话谁不会,你怎么不背着传杰学秀儿去?"

玉书说:"传杰爱我,我也爱传杰。"那文说:"好,我不和你们辩驳,你们俩穿一条裤子!还接你秀儿的话说,你以为有个死就一了百了了吗——下了地狱,还得过三道关:推三年大磨,爬五座刀山,最后把你锯成两半,扔进油锅里炸,这还没完,还有下辈子,你知道下辈子你能托生成什么吗……"玉书打断她:"行了大嫂,别说这些没影的事!这都是封建社会压迫妇女编造出来的无稽之谈。"

那文说:"什么无稽之谈?我和你说,在王府的时候,那些偷腥的女人哪个得好下场了?"玉书说:"大嫂,别说王府的事行不行?咱现在就说四味楼二嫂的事。"

那文说:"好,你说,不信你能说出个叫嫂子服气的锃明瓦亮的大道理来!"

玉书转身打开秀儿的衣橱,翻出一个枕头来。那文上前打量着,问:"这是怎么回事?"玉书说:"你知道这些年,二嫂晚上是怎么过的吗?"那文说:"睡觉呗!"玉书说:"和谁睡?"那文说:"和她自个儿啊!"玉书说:"嫂子,你错了,她是和这个枕头睡!"那文说:"谁不和枕头睡?"玉书摇着头,痛心地说:"二嫂是把这个枕头又裹了件传武的衬衣,搂着睡呀!"那文傻了,瞪大眼，张着嘴，半天说不出话来，突然一把抱住秀儿说："妹子呀，我的妹子呀，可苦了你了，我其实也知道……"秀儿劝那文说："嫂子，小点声吧。"玉书看着也忍不住抹泪。

那文哭够了，抬起头说："不行，得找咱娘去，给秀儿出这口气！"玉书说："这和咱娘有什么关系？得找传武，找秀儿的丈夫。"秀儿擦去泪水，镇定地说："俺想好了，自个儿找传武说去。"那文说："你那张嘴能行？要找，也得嫂子陪你去，不能叫那个活驴再欺负你。"玉书说："秀儿，我也去。"那文说："对，咱女人的事情，女人们办！"

传武进屋落了座，是四味楼的小单间，总共四个座位，那文、秀儿和玉书也各自坐下。少顷，酒菜上了桌，那文给传武斟上酒，又给秀儿、玉书和自己斟上，说："老二，今儿个，俺姊妹三个把你约出来，想说件事情。"传武笑着问秀儿："秀儿，什么事能先告诉我吗？"秀儿却板着脸说："叫大嫂说吧！"玉书说："二哥，在大嫂没开口之前，我插一句，无论俺们今天说的你同意不同意，都得和风细雨，不许暴跳如雷。"传武还是笑着点了点头，说："行。"

那文说："既然你是这么个态度，我这个当嫂子的就直说了。老二，秀儿提出来要和你分开。"玉书说："也就是和你离婚。"传武本以为她们妯娌约他出来是问鲜儿的事，却怎么也没想到是这个事情，顿时愣了，说："为什么？"那文说："老二，我问你，这么多年你疼过秀儿吗？"玉书说："二哥，你从心里说，你爱过秀儿吗？"传武看了看秀儿，垂下头说："没有，可是为什么今天突然提起这件事？"玉书说："二嫂已经有心爱的人了。"那文说："就是相好的。"传武望着秀儿说："谁呀？秀儿能告诉我，他是谁吗？"秀儿抬起头来，低低地说："一郎。"传武有些不信，问："真的？"秀儿说："他第二回进咱家，俺就和他好上了。"

传武不说话了，仰头喝下一杯酒，又倒上一杯，怔怔地望着桌上的菜，不知在想什么，眉毛拧成个疙瘩。那文看了，有点心慌，说："老二，咱可说好了，今儿个不许耍性子。"玉书也有点害怕地说："二哥，刚才你可答应俺了。"秀儿口气倒蛮硬，说："传武，遇这种事你肯定有火气，要撒就朝我撒吧，反正死活就这一遭了。"说完，已是眼泪汪汪。

传武苦笑两声说："都说什么呢？一郎有那么片产业，脾气也好，你和一郎在一起，能过得安稳，能过得顺心。来，我庆贺你。"他举着酒杯站起来。秀儿不敢相信这是真的，直着眼望着传武。那文说："秀儿，人家答应了。"玉书说:"二嫂,举杯呀。"秀儿这才缓过神儿,举杯说:"传武,俺对不起你。"传武喝下酒说:"说什么呢?秀儿,说这话的应该是我,这么多年冷落你,不该呀!"两个人碰杯喝了酒,传武坐下又不说话了,秀儿伏在桌子上哭个不停。

那文说:"秀儿,别哭了。"玉书说:"你应该高兴才对呀!"秀儿抬起头来望着传武说:"俺走了,你怎么办?"玉书说:"他不是还有鲜儿吗?"那文说:"咱爹咱娘不早答应他们了吗?"传武点头说:"大嫂,秀儿的事情我一会儿去找爹娘说,他们要是有转不过来的地方,你和玉书帮帮忙,别让秀儿再为难。"

老两口已经躺下了。朱开山翻来覆去,长吁短叹。文他娘问:"他爹,咱的三个儿子加上三房媳妇,哪个最当你的意啊?"朱开山闷闷不乐地说:"都一样。"

文他娘说:"牙外的话呀,老二才是你的心尖子肉啊!"朱开山说:"胡说些什么?"文他娘说:"谁没长眼睛啊?打从知道了秀儿和一郎的事,你就没过好脸子。"朱开山说:"我不是也答应了吗!"文他娘:"也该答应啊,秀儿叫老二冷落了这么多年,再说老二不还有鲜儿吗?"朱开山说:"可是,鲜儿现在在哪儿啊?什么时候能跟老二走一块儿来呀?"文他娘也没话了,良久说:"秀儿和一郎也是有缘,当初就是她把一郎送咱家的不是?怎么说一郎也算咱儿子。"朱开山只"嗯"了一声,又不言语。文他娘劝道:"其实,一郎也不容易。"说着苦笑一声,又说,"小日本也有小日本的好,一郎明天愿意明媒正娶把秀儿娶过去,还请了这么些人,心里一点也不计较。这样的心胸哪个中国爷儿们能做到?"

朱开山说:"行啦,别嘟囔啦,明早还得早起呢。"

文他娘叹口气,熄了灯。寂静的四味楼淹没在深沉的夜色中。冷冷的月光透过树影筛到窗上,秀儿窗棂上贴的喜字映射出淡淡的银辉。

1931年的夏天,哈尔滨的雨水似乎特别的多。又是一个暴风雨即将来临的午后,城市那座标志性的建筑索菲亚大教堂的上空,奔涌着大块大块的乌云。

森田官邸,屋内早早开了灯,森田靠窗坐着。尾崎大佐进来,一鞠躬说:"老师,学生有一个消息要告诉您。"森田说:"我喜欢听到好消息。"尾崎说:"可以说这是个好消息,中村您还记得吗?"森田问:"哪个中村?"尾崎说:

"您的学生，中村震太郎。"森田说："哦，一个有作为的晚辈，听说是在帝国陆军参谋本部任职吧？"尾崎说："是的，和我一样也是大佐，可是前几天中村君出事了。"森田问："怎么了？"尾崎说："六月二十六日，中村君带了几个人化装进入兴安岭索伦山一带侦察，被东北军逮捕，在他们身上搜出了军用地图和调查笔记。"

森田说："东北军敢把他们怎么样？"尾崎说："这一次，出乎您我的意料，东北军没有向奉天方面报告，便把中村震太郎他们秘密枪决了。"森田一拍桌子，站了起来说："大胆，他们眼中还有大日本帝国吗？尾崎，中村君殉国这也是好消息吗？"尾崎说："老师，陆军参谋本部认为，中村君的殉国，正是解决满洲乃至中国问题的一个千载难逢的好机会。"森田眼睛一亮道："终于要下手了？"

尾崎说："是的。把中村事件搞大，让全世界都知道中国歧视日本，要与日本为敌。"森田问："什么时候动手？"尾崎说："据可靠消息，不会超过今年下半年。"

森田说："太好了，这一天我终于可以看到了！尾崎，我们还活着的人，应该记住中村震太郎殉国的日子。"尾崎说："是的，老师。"

森田离开桌子，兴奋地在屋内踱了几步，对一直旁听的石川说："石川君，帝国赐予我们的良机到了！"石川说："总裁，你是说对山河煤矿下手的时机到了？"森田说："正是这样。尽快切断山河煤矿的销路。"石川问："总裁，这能够做到吗？他们那么多客户。"森田一笑道："叫满铁狠狠提高山河煤矿的铁路运价，客户们还敢买煤吗？"石川说："张学良那面不会插手干预吧？"森田笑着问尾崎："在这种时候，那个毛头小子有这份胆量吗？"尾崎说："有消息说，南京政府已经明令指示张学良，不许他再惹事端。"森田说："呵呵，时来天地皆同力，连他们的南京政府也来帮我们了！"三个人哈哈大笑。

暴雨笼罩着山河煤矿，雨水似乎是砸在办公室的窗户上。几个经理望着雨势，百无聊赖。朱开山问绍景："今儿个发了几趟煤？"绍景说："两趟。"朱开山说："明天呢？"绍景说："到目前看，一趟都发不出去。铁路运价抬得太高了，简直离谱！订了货的宁肯赔了定金，也要退货，没订货的就更不敢上门了。"朱开山摇头说："要不股东们都毛了。"

传杰从外厅进来，耷拉着脑袋直叹气。朱开山问："我听刚才是刘掌柜在外头吵吵，又是要撤股吧？"传杰点点头。朱开山说："已经有多少要撤股的？"

绍景说:"加上这个刘掌柜有十好几个了。"传杰说:"爹,山河矿总共才有不到五十个股东啊!"绍景说:"好在一郎还没提出撤股,他可是咱们最大的股东。"

朱开山说:"一郎占了多少股份?"传杰说:"百分之三十左右。"朱开山问绍景:"你怎么知道一郎不会撤股啊?"绍景说:"他不是你的干儿子吗?"朱开山摇摇头:"别忘了,人家更是日本人。"传杰说:"爹,一郎不像能撤股,昨天他还说要找朋友和满铁说说,把运价降下来呢。"朱开山说:"一郎有多大本事,他真能左右满铁的事情吗?"

几个人都不说话了。朱开山思量了一会子,说:"对于那些已经提出撤股的人,我看咱也不要开董事会商议了。"绍景说:"总经理,这恐怕不合适吧?股东们要求撤股是人家的自由,人家的权利。"朱开山说:"眼下,顾不上这些了。如今召开董事会只能有一个结果,那就是答应他们撤股。这么一来,还不知又有多少人要撤呢,闹下去山河矿真就得一败涂地!这不正中了日本人用抬高铁路运价这把刀,捅死山河矿的毒计吗?"传杰说:"这恐怕也不是长久之计,如果满铁就是不肯把运价降下来呢?"朱开山说:"我已经和你二哥打招呼了,叫他能不能找找少帅,想想办法。少帅可是东北政务委员会的主席,全东北最大的官了,他能看着日本人欺压山河煤矿不管吗?"

一郎站在森田面前,恭敬地说:"老前辈,能不能和满铁方面再通融一下,把山河矿铁路运价降下来。哪怕只降一点,山河矿也不会有那么多的股东要撤股。"森田说:"满铁那面我打过招呼了。"一郎焦急地问:"他们答应了吗?"

森田吸一口烟斗,将烟长长地吐出来。石川说:"满铁那面也无能为力,提高运价是帝国政府的指令。"一郎说:"山河矿惊动了帝国政府?"石川说:"你以为奇怪吗?山河矿是全满洲甚至东北亚最大的煤矿,帝国政府能不关注吗?"一郎无望地说:"那么,山河矿只有破产了?老前辈,您可是投进了巨额资金哪!"

森田摇摇头说:"不,我不是这个意思。"一郎不解地问:"那您的意思是?"

石川接过话来说:"是要山河煤矿更加强大。"森田说:"不是有人要撤股吗?你把他们都买下来。"一郎说:"买下来?"森田点头说:"是的,我出钱,你出面,最终你成为山河煤矿的控股股东。"一郎说:"您是说,要把山河煤矿变成森田物产的?"森田又摇头说:"不是我的,是大日本帝国的。"一郎急了说:"老前辈,不能啊,我不能抢夺朱家的财产。"森田说:"是吗?"他将嘴角的烟斗拿下来，在烟缸上磕了磕。一郎莫名地有些紧张。

石川说："一郎，还是答应总裁吧！"一郎恳求地说："老前辈，您知道，我是朱家的干儿子，他们救过我的命啊！"石川说："一郎，你应该明白，我们日本人是至高无上的天照大神的后代，是圣明无比的天皇的子民，中国人算什么呢？"森田说："小同乡，山河煤矿也不是朱开山一个人的，再说我绝没有伤害朱开山的意思。"他探过身，眯着眼，死死地盯着一郎。一郎不禁往后退了两步，说："让我再想想，好吗？"森田往烟斗里装满烟丝点燃，抽了一口说："好吧。别忘了，小同乡，日本人是神的民族。"

朱家人围在一起吃饭，都打不起精神来。那文问传杰："听街上的人说，有二三十号股东要撤股，真事吗？"传杰说："是有要撤股的，但是没那么多，也就十来个。"玉书说："就有那么些人，喜好兴风作浪，小市侩！"朱开山沉着脸把一盅酒干了，传文又要给斟上，朱开山说："不喝了。这个老二怎么还没影？"

文他娘说："他爹，事到如今，也不用上火了，大不了山河矿不干了，咱不还有四味楼吗？"传文拖着长腔说："哪还有四味楼了，山河矿散伙，四味楼还不得用来抵人家股东们的债务？"那文说："不会说话，你就别说。"传文说："本来嘛！山河矿要是黄摊了，股东们能饶过咱四味楼啊？"文他娘："老大，皮臊瓜淡，说它干什么！吃饭吧。"

正说着，传武敞着上衣，满头汗地跑进来。文他娘说："满家人就等你了。"

传杰问："二哥，和奉天通上话了？"传武说："电话里刚和少帅说完。"传杰说："少帅什么意思？"传武说："能不能给我倒杯酒啊？"文他娘说："样儿不济，谱还不小，娘给你倒。"那文赶紧起身给传武斟上酒，传武举起杯子，笑着朝爹说："爹，喝一口。"朱开山说："别和爹卖关子，先把事情说了。"传武将杯里的酒喝了，这才正色说："少帅说，满铁随便提高运价没有道理，让你们放心，他那面叫有关的人和满铁协调一下，估计不会有什么事。"朱开山说："少帅真这么说了？"传武说："爹，我什么时候撒过谎吗？"传杰高兴了说："二哥，谢谢你，也得谢谢少帅啊。"传文也赶紧站起身，笑着给朱开山、传杰、传武斟酒说："都喝点，山河矿这遭平安了，好事啊！"

吃了饭，传武说："爹，俺给俺的兵讲摔跤的要领，忘了你教俺的口诀了，你再给俺说说呗。"朱开山一琢磨，跟他出了门。传武说："爹，刚才我没有把实情和你说。怕说了实情，家里人跟着慌神，山河矿的事少帅也不好插手。"

朱开山说："有这么邪乎？"传武说："眼下，日本人和东北军正较着劲呢！"朱开山问："出什么事了？"传武说："六月末，兴安岭索伦山的东北军抓了几个关东军的密探，带头的叫中村震太郎，弟兄们把他们毙了。"朱开山说："当杀！"传武说："可是关东军不让了，把这件事叫'中村事件'，要求惩办杀他们密探的弟兄们。小鬼子国内也闹腾起来了，说这是仇视日本人，是存心向日本人下战书。"朱开山骂道："扯犊子！少帅是什么主意？"传武说："少帅很强硬，说你们日本人在中国境内刺探军情被杀，我们不负责任。"朱开山说："就得这么办！软了不行。"传武说："可是南京国民政府害怕了，下令逮捕惩办杀日本密探的弟兄们。"朱开山说："这不是混蛋政府吗？"传武说："就这样，小鬼子也不罢休，他们在朝鲜的两个师团已经往图们江这面靠拢了，据说关东军司令部也要从大连往奉天搬。"

朱开山说："这不是要开仗吗？"传武说："是啊，在这个时候少帅还怎么好插手满铁和山河矿的事呢！"朱开山说："这么说，山河矿只有死路一条了？"

传武说："也未必，电话里少帅倒给提了个醒。"朱开山说："少帅怎么说呀？"传武说："这些年，少帅也处理过一些小鬼子吞并中国人矿山的事。少帅说小鬼子好用一个手段，那就是先制造麻烦，再向中国人矿山输入资金，时机一旦成熟，便一举拿下。少帅问，山河矿有没有这方面的问题，如果有，千万小心！他说，眼下山河矿只能先挺着，等'中村事件'过去了，他再想法处理山河矿和满铁这件事。"

朱开山边听边觉得眼前豁然开朗，说："少帅提醒得好啊！小鬼子对山河矿搞的也是这一套！"他想了想，说，"老二，回去吧，爹心里有数了。"传武说："爹，你也别太着急，身子骨是本钱。只要东北还在中国人手里，山河矿的事就好办了。"朱开山说："放心吧！爹这就找传杰商议去。"

一郎慌慌张张领着秀儿从哈尔滨车站门口下了车，一边走一边四下看着。

秀儿问："到底出啥事了？着急把火的。"一郎说："上车再和你说。"秀儿说："你也不和家里打个招呼。"一郎说："到天津再挂个电话吧。"

两个人横穿马路要去售票口买票，突然一辆拉货的卡车从他们身后冲过来，秀儿一头扑倒在地上，一郎打了几个滚儿，想站起来又倒下了。

等他再醒过来，发现自己躺在病床上，森田和石川站在一旁。一郎一骨碌爬起来问："我夫人呢？"石川说："她在隔壁的病房，刚刚打了一针。医生已经检查过了，她平安无事。"

一郎看看两人，俯身鞠了一躬。森田眯着眼说："你可以不去收购山河矿的股份，但是不应该逃跑。如果不是石川也在火车站，你和夫人或许真就没命了。"

一郎眼泪汪汪地说："为什么？为什么偏偏是我？"森田说："不要抱怨，这是你的荣光，这是帝国赐予你的荣光！"一郎哭着说："可是，叫我收购山河矿的股份，我对不住朱家呀！"森田说："难道你就不怕对不住天照大神，对不住天皇陛下吗？"石川说："不要说一个山河矿，连满洲，连中国，连全世界都将是大日本帝国的。"一郎愣怔着说："这，这可能吗？"

森田说："日本人是神的民族，难道你连这一点都怀疑吗？"石川说："如今的帝国有如早晨刚刚升起的太阳，光芒万丈，而中国呢，土匪满地，军阀混战，农村不像农村，城市不像城市。一个混乱肮脏的国家！为什么呢？神抛弃了他们，他们只有贫穷，破败，受苦，受难。明白吗？"一郎说："好像是这样。"

森田说："小同乡，我森田是个有情有义的人，有仇必报，有恩更得报，朱家是你的恩人，我绝不会亏待他们。如果朱开山愿意，他可以继续留在矿上；如果他不愿意操劳，可以坐在家里干拿红利，静享清福。小同乡，我这样做叫对不起朱家吗？"

一郎点头说："老前辈，以往是一郎糊涂了。"森田和善地笑了笑说："也怨不得你，近朱者赤，近墨者黑，你在中国人堆里扎了那么多年，要不糊涂点，那才奇怪呢！"一郎说："还请老前辈多多指点。"森田说："小同乡，靠前点，现在让我看看你的眼睛。"一郎恭敬地凑上前来说："老前辈，我像是天照大神的子孙吗？"森田眯着眼仔细地瞅着，满意地点点头说："哪止是像，你就是天照大神的子孙！"一郎又鞠了一躬说："都是老前辈的教导！今天晚上，一郎永生不忘。"

森田转向石川说："明天再向一郎的东胜商社转一笔资金，供一郎收购山河矿的股份用。还有，"他又朝向一郎，"为在收购股份的过程中少出麻烦，你的身份是中华民国的国民。"一郎说："可是，我从来没有加入过啊！"森田说："石川早已为你准备好了一切证件，记住：从民国十五年，也就是1926年，你就在天津加入了中国国籍。"一郎点着头说："老前辈，我记住了。"

朱开山和传杰爷儿俩坐着说话。传杰说："爹，一郎能会是日本人打进来的吗？"朱开山说："你不觉得奇怪吗？火车皮那是满铁说了算的事，一郎一个小小的商人，怎么一出马就办下来了？山河矿要进新设备，一郎怎么一下子拿出了那么多的钱，他有这个财力吗？还有一郎要真是在满铁有靠得住的朋友，怎么这回提高铁路运价的事，他办不了啦？"

传杰说："一郎不正在跑这件事吗？"朱开山说："放心吧！他跑不下来了。下面恐怕他是要演新戏了。"传杰说："你是说他撤股？"朱开山说："撤股还好了呢！怕的是他买那些退回来的股！他手里的股份一旦超过了五成，也就是百分之五十，那山河矿就再也不是咱的了。"传杰说："爹，真有这么严重吗？"

朱开山说："三儿，是时候了，该瞪眼珠子。"传杰说："爹，你说咱该怎么办？"

朱开山说："头一条，必须查清楚一郎哪来那么多资金，如果那些钱不是他的，他不撤股，咱也得给他清出去！他更别想再收购股份了。"传杰说："如果那些资金真是一郎自己的呢？"朱开山说："你就相信你爹吧，那是不可能的。"传杰说："那怎么查啊？"朱开山说："我想了，叫你大哥办这个事，行不行？"传杰说："行啊，饭庄的事叫大嫂先管着呗！"

朱开山说："事不宜迟，我叫你大哥明天就动身去天津，不管用什么办法，哪怕是给管事的花上两个钱，也得查清楚一郎的钱是从哪儿来的。"传杰说："我看行，要不然，一郎这面总是个谜。爹，你还得和俺大哥说，查一郎的事，谁也不能告诉。"朱开山说："是啊，连你娘都不能交实底，就说老家那面有点事叫传文回去一趟。"

一郎带上礼物来森田府邸致谢。森田问他："听说，朱开山家的大儿子离开哈尔滨了？"一郎说："是的，我听说他回老家了，回去修坟地。"森田阴森森地笑了起来，反问道："你相信吗？"石川一边说："也许朱开山老家真的有什么事了。"森田说："此种时刻脑袋还是不要太简单，朱开山很可能是起了疑心。"

一郎说："疑心？"森田说："是的，怀疑你的资金来源。"一郎说："老前辈，你是说俺大哥，不，朱家老大去了天津查我商社的账？"森田点点头说："不得不这么想，石川，你马上去天津撒开我们的人，盯住东胜商社，寻找朱家老大，务必将他堵住。"

石川说："堵住以后怎么办？杀掉吗？"一郎忙说："别杀，朱家老大挺老实的。"森田说："据我所知，他喜好钱财，也喜好权力。"一郎惊道："老前辈，你怎么知道？"石川说："总裁自有总裁的办法。"森田思量着说："朱家老大或许还是个可用之人。"一郎说："就是胆子小点。"森田说："这样就更好了。石川明白我的意思了？"石川点头说："明白了。"森田说："那赶紧办去吧。"

传文到了天津住下，去东胜商社转悠了几遭，看出是一个陈先生管事。这个陈先生五十开外，面容清瘦，行事干练。这天，传文以谈生意为理由把陈先生约了出来。

酒过三巡，两人已经都有些酒意。传文说："陈先生，再来一盅，一回生，二回熟，三回四回咱们是朋友了。"陈先生说："老弟，你请俺喝这么多酒，不光是生意上的事吧，还有什么事？"传文一笑说："上回忘问你了，听口音你也是山东人，老家哪个县的？"陈先生说："淄博，陈家庄。"传文说："俺老家是明水的，和淄博也就隔百十来里地，咱也是老乡啊！来，为老乡再来一盅。"两人喝下一盅。传文说："听说你们大掌柜的桂一郎也是山东人？"陈先生说："他哪是山东人，日本人，鬼子！老弟，有什么事你实说吧！能帮不能帮，俺总得尽到老乡的情义。"

传文沉吟一会儿，四下看了看，从怀里掏出一样东西悄悄塞到陈先生手里。陈先生摊开手一看，眼前一亮——竟是一根金条，他手不由哆嗦了说："老弟，你这是干什么？"传文说："陈先生，这还只是订金，事成之后，还有三个。"

陈先生说："老弟，你不把实话说了，连这个俺也不敢拿。"传文说："实不相瞒，俺家是开煤矿的，哈尔滨的山河煤矿你知道吧？那就是俺家的。你们家大掌柜往俺家矿上投了钱，那钱多得吓人，俺家老爷子怕那不是你们东胜商社的钱。"

陈先生压低声说："前天俺这面又进了九十万元。"传文说："从哪儿打来的钱？"

陈先生说："森田物产的，说是这笔钱也要往你们山河煤矿打。前面已经往你们山河煤矿打过两笔了。"传文说："都是森田物产的钱吗？"陈先生点头说："俺东胜商社哪有那么多资金？"传文说："老哥，能不能把这些账的原始单据抄一份给我？"陈先生说："老弟，不是我不帮忙，这件事不好做啊！我就是账房的一个科员，能看到这些账就不容易了，别说腾出手去抄。"

传文又掏出一根金条，塞他手里说："老哥，知道你不容易，再加一根。明天抄不来，那就后天，后天抄不来，就大后天，只要能抄来就行！"陈先生揣好金条说："你这么大的情义，老哥只好尽力了。"

文他娘在床上翻捡着几件旧衣服，那文风风火火地进来说："娘，四味楼翻天了！"文他娘说："翻什么天，不就是矿上的人在议论事吗？"那文说："哪呀，是股东们吵闹着要撤股份呢！"文他娘放下手里的活儿说："这可是大事，你爹什么意思？"那文说："他能答应吗？正僵着呢！"文他娘起身说："那咱可得去看看。"她下炕穿上鞋。那文问："娘，你翻出这些旧衣服干什么？"文他娘说："秀儿都有四五个月身孕了，我寻思给她做点月子里用的东西吧！"

一屋子的人，有站的，有坐的，正围着朱开山、传杰、绍景闹哄着，一郎也在其中。绍景说："我说咱大家伙有话慢慢说，当初咱们可是一条心要把煤矿办起来呀！"一股东说："当初，当初谁知道有今天？"刘掌柜说："俺不要红利了，打掉牙往肚子里咽，返还本金就行了！"传杰说："诸位是不是再等几天，让矿上想想办法。"另一个股东说："什么办法，你们能想出什么办法？矿上停工都大半个月了，也没见你们有什么办法！"传杰说："矿上有矿上的难处，也想把本金返给你们，可是一时拿不出那么多现金来。"又一股东说："钱都哪儿去了？"传杰说："大家也知道不是进了不少的新设备吗？"

朱开山示意大家安静，说："大家是不是再挺几天，山河矿的事情已经惊动奉天的少帅了，少帅说他这几天忙，等腾出空来，就帮咱解决。"绍景说："要说怕亏本，最害怕的应该是一郎了，他是山河矿最大的股东，可是人家一声也没吱啊！大家伙能不能跟人家一郎学一学。"一股东说："一郎，一郎是什么人谁不知道？是朱家的干儿子。"

一郎接过话来说："你这话不错，先放开干儿子这个话。咱们都是山河矿的股东，作为股东，最起码应该做到这一条吧：有福同享，有难同当，对不对？"

那股东说："一郎，你是日本人，你能管中国人的死活吗？"一郎有些激动了："这位老哥，我是生在日本，可是现在我是中国人，早就入中国国籍了。"文他娘问："一郎啊，你入中国国籍了？"一郎说："对，那是1926年俺在天津的时候。"

绍景吃惊地问道："一郎，你怎么加入中国国籍？"一郎说："大家伙光知道我是朱家的干儿子，可是知道我为什么认他们干爹干娘吗——二十年前他们救了我的命，没有朱家我一郎早就化成灰，不知飞哪儿去了！还有，我在中国做生意，赚的是中国人的钱，中国人是我的衣食父母，朱家对我有恩，中国人对我有恩，我为什么不入中国籍？为什么不做个中国人？不这么做，我觉得对不起自己的良心！"一郎说得自己泪光闪烁，他又问绍景："副总经理，现在有多少人要撤股？总共需要返还多少现金？"绍景说："要撤股的是三十二个人，总共算起来有七八十万块钱。"一郎想了想说："三位经理在这儿，为了咱中国人自己的山河煤矿，这笔钱，我一郎出了！"

几个股东听这话，忙掏出自己的股权证书放到朱开山面前说："老掌柜的，有人出钱了，返给俺现金吧！"朱开山看了看一郎，慢条斯理说："一郎，有这么多钱吗？"一郎说："爹，你放心，我把天津那面的资产撤过来一部分，就足够了。"朱开山说："一郎，你就不怕山河矿没有起色，你血本无归吗？"一郎说："我想事情不会老是这样，我和铁路打交道的次数多了，从来没听说有这么高的运价，它早晚得掉下来。到那时候，还愁山河矿没生意做吗？"朱开山朝股东们说："一郎说得也有道理。有一郎肯为山河矿兜底，大家伙心里头也该踏实了吧？把股权证都先拿回去，矿上再合计合计，最好别把这七八十万块钱都押到一郎一个人身上，稍等个三天两天的，一定给大伙儿准信。"

陈先生匆匆走进传文旅馆的房间，将一个大信封递到他跟前说："老弟，你要的东西全在这里了。"传文问："一样也不差吗？"陈先生说："连是账簿的哪一本哪一页哪一行我都标上了。"传文说："那真谢谢老哥了。"他又掏出两根金条，塞到陈先生手里。陈先生说："也谢谢老弟你。"传文揣起那个大信封，起身说："老哥，兄弟告辞了。"陈先生说："别呀，总得吃点饭，这遭是老哥做回东道，请你。"传文说："不了，家里面等着听我的消息呢！我去邮电局给家里通个话。"

二人出了旅馆。石川和鹤鸣会的小野带着几个人迎了上去。石川冲传文一抱拳，说："这不是哈尔滨四味楼的大掌柜吗？"传文一愣说："你是谁？"石川一笑道："贵人哪，就是好忘事！我是四味楼的常客，不记得了？"传文摇摇头说："好像不记得。"石川说："你这是刚刚吃完饭吗？"传文说："没呢，准备去吃。"

石川说："那咱先请两位烫个澡吧？"传文说："谢谢你了，我还有事呢！"石川说："有事待会儿办，烫个澡，多美的事啊！"传文还在发愣，不明所以，小野和几个手下已经连扯带拽把他和陈先生架起就走。

看小野几个人都阴着脸，传文吓得心慌手凉，只是一路赔笑。那陈先生也是心虚无比，手揣在兜里紧紧握住两根金条不撒。石川开路，将一干人带到一个日式的浴室里。传文进了浴室，更摸不着头脑，低声对陈先生说："陈先生，我怎么就想不起来刚才这帮人是谁呢？"陈先生说："四味楼是个什么地方？"

传文说："俺家开的饭庄。"陈先生说："老弟，你们家还开饭庄啊？"传文说："哪止饭庄，还有货栈呢！"陈先生说："那也是大买卖家呀！"传文说："也不能说太大，不过在哈尔滨还是有一号的。"陈先生说："兴许真是您家的老客户呢？"

石川忽然冷冷地笑起来，一挥手，小野的几个手下上前把陈先生按倒在地，反剪着肩膀，陈先生疼得嗷嗷直叫。石川问："你是东胜商社的吧？"陈先生说："是啊，你们想干什么？"石川指着传文说："刚才你把什么交给他了？"陈先生说："什么也没给呀。"石川递了个脸色给小野，小野说了句日语，几个手下揪着陈先生的头发把他拽到浴室的水池边，一下子把他的头摁进水池子，猛灌了一阵子，又拽起来。石川冷笑道："说，交给他什么了？"

传文看得头皮发麻，颤声问："先生，你们到底是干什么的？"石川冷冷一笑说："森田物产的。"传文一惊道："你们是日本人？"石川点点头说："他刚才是不是把东胜商社的账目交给你了？"传文说："没有，没有啊！"

陈先生已被灌得奄奄一息，抬起头高叫道："我说，我全说。"石川朝传文说："看，人家多聪明！"他转向陈先生说："说吧，我听着呢！"

陈先生忽然张口大骂道："小鬼子，我操你八辈祖宗！"石川一皱眉，朝小野挥了一下手。小野冲上前搂住陈先生的脖子，猛地一转，只听咔嚓一声，陈先生一点动静也没有了，脖子软软地垂了下来，人也瘫在地上。

传文吓得筛糠一样。石川上前逼住他说："看见了吗，看见他的脖子了吗？说！他刚才交给你什么了？"传文哇的一声大哭起来，同时裤裆一热，竟尿了裤子。

第三十九章

传文瑟缩着将装着东胜商社账目抄件的信封递到石川面前，惊魂未定地说："这就是陈先生给我的，他说森田物产向东胜商社注入资金的账目全抄在里面。"

石川问："你没做手脚吧？"传文说："不敢，再说我也没打开它。"

石川把信封收起来，脸上露出笑容，从衣兜里掏出一大摞钱推到传文面前，说："朱先生，谢谢你的合作，这是酬金三万元。"传文嘴里连说："谢谢，谢谢。"却不敢伸手。

石川说："朱先生，我们的合作刚刚开始，只要你一心一意为我们效劳，森田总裁不会亏待你。"传文说："可是，俺回去怎么和俺爹交代呀？"

石川说："这不难，我会告诉你。"他交代传文几句，让小野带他去打电话。传文顺从地跟着往外走，石川忽然又叫住他，传文心里七上八下。石川走到他跟前，把那三万块钱放到他手里，说："这是理应的酬劳，你放心收下。"

到了邮电局，小野虎视眈眈地看着传文。传文老实地拨通了山河矿的电话。话筒里传来朱开山的声音："老大，你回来了。"传文看小野一眼，把声音努力放平稳了，说："爹，俺在天津哪，在邮电局里。"朱开山问："事情有着落了？"

传文说："爹，一郎原来是中国人哪，他入中国国籍了，他们东胜商社的人都知道这件事。"朱开山说："那他的资金属实吗？"传文说："爹，你给我五根金条，我才用了四根！"朱开山说："问你一郎的资金是不是属实？"传文说："他们账房的陈先生，别提嘴有多严实了，我怎么问，他就是不说，到底我掏了四根金条，他才开口了。"朱开山说："他怎么说？"传文说："不光是说呀，他还把东胜商社的账目都抄给我了。我从头到尾一字不落地看了，你猜怎么样？那些钱真是人家一郎东胜商社的。"朱开山心里还是犯嘀咕，说："一郎他有多大的资产？"

传文说："那可是真大了！天津的好几家大公司都有他的股份。东胜商社还做着房地产生意呢！电话里一下子我还真说不全。"朱开山说："哦，那是爹思量错了？"传文说："可不错了嘛！咱把人家一郎看小了，在天津提起一郎，做生意的全都敬重他几分哪！"朱开山说："好，爹明白了，你赶紧回来吧，把陈先生抄给你的那些东西也拿回来。"

见朱开山挂了电话，绍景笑着说："总经理，多虑了吧？"传杰说："爹，天津卫是多大的码头呀！人家一郎在那经营了那么多年，没有点实力，能把生意做到哈尔滨来吗？"朱开山说："是啊，咱错看人家一郎了。"绍景说："那就通知那些撤股的把股份转给一郎？"传杰说："爹，就这么办吧！要不那些撤股的还得闹下去。"朱开山长长地出了一口气说："行啊！山河矿总算迈过了这道坎。"

望着桌子上那一大摞山河煤矿的股份证书，森田得意扬扬地对一郎道："小同乡，你为帝国、为朱家立了一大功啊！"一郎笑着说："山河矿的人也说我为他们立了一大功呢！"森田指着自己的脑袋说："中国人这个，恐怕连他们的周口店猿人祖先都不如。"一郎："俺爹为这件事还要请吃饭感谢我呢！"森田说："和你我这样天照大神的子孙比，他们算什么呢？能算做牛？能算做马？不，还是猪更好，不光愚蠢，而且肮脏。"

一郎说："老前辈，加上这些股份，你已经占有山河煤矿百分之五十九的股份了。绝对的控股股东。"森田说："从现在起，山河煤矿就应该叫森田煤矿了。"

一郎说："老前辈，把山河矿收归森田物产，这件事怎么和山河矿的人说呢？"

森田想了想说："他们不是要请你吃饭吗？就在酒桌上说。小同乡，我还有一件礼物要送给你。"他从旁边拿过一套精美的女式和服，"送给你的夫人，让她学着做一个日本女人。"一郎接过和服："谢谢老前辈的关照。"森田说："对了，还有件事得抓紧办，叫满铁把山河煤矿的铁路运价降下来。"一郎说："为什么？"

森田说："我们不能接手一口凉锅吧，总得让它先热起来，才好做出丰盛可口的菜肴。"

一郎哼着日本歌的调子回到商社，见秀儿在做饭，笑着从背后揽住她，说："你来，给你样好东西。"秀儿跟他进了里屋，他把森田送的和服拿出来，帮着秀儿穿上，说："秀儿，这可是最好的布料，在日本也只有上等人才穿得起。"

秀儿问："这么贵重，谁送的？"一郎说："一个老同乡。"秀儿说："他也是有钱人？"一郎说："那还用说，我这分号开张，人家就送了两万。"

秀儿费半天劲把和服穿上，却不会迈步了，说："还是脱了吧，别扭死了！换俺那件大夹袄。"一郎说："往后你还真得学着穿，学着做点日本菜。"秀儿说："俺可不学那些东西，不酸不甜的。"一郎说："那可不行，哪天请我那位老同乡来家，还能也吃你们中国的饭菜呀！"两人正说着，文他娘推门进来了。秀儿迎上去，接下文他娘手上提的篮子，说："娘，你怎么还带东西来了？"文他娘说："几斤鸡蛋，还有一小坛香油，是来感谢一郎的。"一郎说："娘，谢我什么？"

文他娘说:"你把那些闹撤股的人平复下去了,还不该感谢呀!"秀儿说:"娘,一郎也是你自个儿的孩子,用这么客气吗?"文他娘说:"一郎,矿上的事你和秀儿说了吧?"一郎说:"说了两句。"文他娘说:"秀儿,这遭一郎是帮了咱家大忙了,没有一郎咱家可真要倾家荡产了。"

一郎有点心虚道:"娘,看你说的,俺也有做不对的时候。"文他娘说:"自个儿的孩子能错哪去,就算做错了,也得怨当父母的没调教好,还能怨孩子吗?"

一郎不敢看文他娘,讷讷地说:"也是。"文他娘说:"秀儿,眼瞅着天凉了,一郎从小就有个喘病,天一冷了就犯。天天早晨打个鸡蛋,拿香油煎了,对一郎的喘病有好处啊!"一郎有些感动地说:"娘,你想得真周到。"

文他娘看着秀儿的打扮,说:"秀儿要唱大戏啊?"秀儿脸一红说:"这是日本人的衣服。"文他娘说:"好看怪好看,可是怕不能干活吧?"秀儿和一郎都笑了。

森田和一郎为石川、传文接风。几个日本艺伎载歌载舞,在席下舞着。森田问传文:"小老弟,这酒还喝得惯吗?"传文赔着笑道:"还好,还好,这叫清酒吧?"石川说:"这是大日本帝国最好的一种清酒,有二百多年的历史了。"一郎对传文说:"森田总裁为给你接风,才特意要的这种酒。"传文说:"谢谢,谢谢。"森田说:"小老弟,这次你帮了一郎的大忙,也帮了森田物产的大忙,更是帮了大日本帝国的忙。来,我敬小老弟一杯。"传文说:"总裁,这是我应当做的。"石川说:"森田总裁,朱先生是位识时务的人,在天津我们配合得天衣无缝。"传文说:"还得谢石川副总裁,我刚刚要往山河煤矿打电话,他就把我找着了,要不然,还真就坏了总裁的大事。"

森田笑了笑说:"苦海无边,只要回头,岸边就在眼前。"传文说:"总裁,您说得真对,俺家那真是苦海,我那驴力出老鼻子了,可是等开了煤矿,我连边都靠不上了!"森田说:"小老弟,这我理解,对于一个有才干的人来说,不公正、不公平是最大的侮辱。"一郎说:"老前辈,朱先生在家里一直不顺心哪!"

森田说:"小老弟,你想到煤矿上干点事吗?"传文说:"想,做梦都想。"森田说:"那好吧,在我的森田煤矿中你就是常务董事。"传文说:"总裁,这常务董事是怎么个官?"森田说:"参与煤矿管理,相当于副总经理,但是有时候副总经理还得听他的。"一郎说:"这可是个重要位置啊!"森田说:"小老弟,还满意吗?"

传文满脸堆笑道:"满意,太满意了,谢谢总裁!我干一杯。"

森田指了指那些艺伎说:"少喝点酒,多看看美女,会更提神的。"传文问一郎说:"她们扭的这叫什么戏?"一郎说:"我也说不上来,光知道这些人叫艺伎。"森田说:"小老弟,这可是日本最高贵的艺术,已经有三百多年的历史了。她们个个谈吐不俗,天南地北,古今中外,她们几乎是无所不知,无所不晓。你知道这些艺伎最美的地方在哪儿吗?"传文说:"俺真不知道。"森田说:"看见她们的和服和普通日本妇女的和服不一样了吗?普通妇女的和服后领很高很高,把脖子遮得严严实实,可是艺伎的却不同,后脖领开得非常大,并且向后面倒着,你看得见她们的脖梗儿,还有那一片涂了香粉的后背。"

石川指着艺伎们的后脖领朝传文说:"看见了吗?那是最让日本男人动心的地方。"传文望着艺伎们的后脖梗儿,突然一阵恶心,脸色蜡黄。一郎问道:"大哥,你这是怎么了?"传文说:"刚刚我想起了你们的那个陈先生,就听'咔嚓'一声,他脖子就断了!"一郎慨叹道:"其实啊,陈先生那个人挺好的!这次是贪财了。"森田欣赏着艺伎表演,慢慢地说:"不要看不得有人在你面前倒下去,要成就点事业,就不要怕死人。"停了停,森田又说,"天底下,哪个大英雄的事业不是用白骨堆起来的?"

一郎说:"老前辈,请山河煤矿的人吃饭,我和他们商量好日子了。"森田说:"哪一天?"一郎说:"后天晚上马迭尔大酒店。"石川说:"一郎,那些东胜商社账目的抄件你可得放好了,绝不能落到山河煤矿手上。"一郎说:"放心,那是不可能的。"传文说:"落他们手上,我可就惨了。一郎,你千万放好。"

酒馆里只剩下了传文和森田。传文趴在桌子上,已经喝得酩酊大醉。森田抽着大烟斗,默默地注视着他,忽然用大烟斗敲打着他的头说:"朱先生,醒醒吧。"传文醒了,望着森田说:"你还要我干什么?"森田轻声地说:"朱先生,你该回家了。"传文说:"回家?"森田点了点头说:"是的,回家!"传文惊恐地摇着头说:"不,不,不,我不敢回家。"森田说:"你必须回家!"传文说:"我要是回家,我爹一旦知道我骗了他,他饶不了我。"森田微微地笑着说:"那他会怎么样?"传文说:"他会杀了我!"森田说:"杀你?杀自己的亲生儿子?"传文说:"眼都不眨!"

森田轻轻地用大烟斗敲着桌子说:"有这样的父亲?我第一次听说。"传文说:"他这辈子杀了不少人,尤其是像我这样的,他会像踹虫子一样把我踹死!"

森田说:"是这样,朱先生,你不要怕!我理解你,不过我给你讲个故事,你听了以后会明白的,这是我的故事。小时候,我很愿意吃松子,可是我咬不动,我就把松子送给父亲,父亲给我咬开了,我张着小嘴像一只小鸟一样,父亲把松子仁儿放进我的嘴里。以后呢,父亲咬不动了,他没有牙了,怎么办哪?他用锤子给我砸,再以后呢?"传文问:"再以后呢?"森田说:"你说呢?"传文摇摇头说:"我不知道。"森田说:"他病了,连砸松子的力气都没有了,再以后,他死了。"传文不解地看着森田。森田站起来踱着步说:"我们生下来必须依靠父母才能活下来,可是父亲终究有一天会变老的,会离开我们,以后全靠我们自己,你明白吗?"传文点点头。

森田说:"你想想,你父亲死了以后,你们弟兄三个只能各奔东西,谁活得好,只能靠自己的聪明和本事,你还有几十年的路要走。我从来认为,忠孝只能是暂时的,不能伴随终生的,伴随终生的只能是自己。只要你能跟我们合作,朱家的财产是你的,山河矿也是你的,为尽忠孝惨淡生活,为求富贵而大生大死,你觉得哪个有意思?"

传文怔怔地看着森田。森田说:"朱先生,你是个聪明人,你已经把你父亲卖了,你说过他要是知道了这件事非把你杀死不可,现在能保全你性命的,只有我!"传文低着头不语。森田说:"朱先生,回家吧。我需要你的帮助。"传文说:"我再坐一会儿。"森田笑了笑,转身离去。

传文晃晃荡荡地往家走,醉醺醺地悄悄进了屋,迷迷瞪瞪来到镜子跟前,打量着镜子里的自己说:"房梁就是房梁,怎么也不能是檩子!老虎就是老虎,怎么也不是病猫!朱传文你总算出头了。常务董事,有时候副总经理都得听他的呀……"那文从床上起来说:"回来了,从哪儿喝这么多,怎么不先回家,在这儿念叨什么?"传文说:"没念叨什么,你怎么穿这么少?"那文说:"睡觉还能穿大棉袄啊?"传文说:"你转过身,转过身!"那文疑疑惑惑地转过身,传文抚摸着那文的后脖颈儿,嘟囔着说:"差远了,再说还没有香粉。"那文一把打开传文的手说:"你个脏蹄子,瞎摸索什么?"传文乜斜着醉眼说:"你懂什么,那叫最高贵的艺术。"说完头栽到床上,鼾声如雷。

朱开山、传杰、绍景走进马迭尔大酒店豪华包间,餐桌上已经摆好了餐具,每个座位前还放了座牌,上面写着名字。绍景来到桌边挨个看座牌,奇怪地说："这怎么还有日本人的名字，森田大介、尾崎俊男？"传杰疑惑地说："一郎这是要干什么？"朱开山沉吟道："嗯？请森田来了？"绍景心存侥幸说："咱不是进错门了？"

正说着，包间的门开了，进来四名持枪的关东军士兵。朱开山脸色大变，自言自语说："今晚，真要上演大戏了！"传文乐颠颠地进来，传杰问道："大哥，你怎么也来了？"传文说："谁知道呢，一郎非叫我来。"

传文话音刚落，一郎、石川、尾崎簇拥着森田进来。森田说："哪位是朱开山老先生啊？"朱开山冷冷一笑道："你就是那个森田总裁吧？"森田说："正是本人。"他上前伸出手，要和朱开山握手。朱开山反倒背起了手。森田凑近朱开山打量说："不要介意，我眼神不好。"朱开山正视森田说："看好了？山东人，朱开山。"森田说："天庭饱满，地阁方圆，忠厚之人，有福之人。"他退一步介绍身边的尾崎说，"这位是我的学生尾崎大佐。"尾崎上前说："朱老先生，在下关东军大佐，尾崎俊男。"朱开山说："听说过，不也是给山河矿出过力的人吗？"

尾崎说："不敢，上一次到贵矿区演习，实在是唐突。"

一郎介绍石川说："这位是森田物产的副总裁，石川浩二。"一郎还要向森田等人介绍传杰和绍景。传杰拦住他说："不必了，俺叫朱传杰，山河煤矿的。"

绍景说："本人姓潘，名绍景，也是山河煤矿的。"

一郎招呼众人落座，他凑近朱开山说："爹，俺今天把诸位……"朱开山沉着脸说："改口吧，这桌上我只有两个儿子。"传文说："爹，一郎不也是咱家的人吗？"朱开山瞅他一眼，没言语。一郎尴尬地笑了笑说："是啊，在这里应该称朱总经理。我今天荣幸地把诸位请来，一是感谢山河矿推举我进董事会，再一个呢就是和三位山河矿的经理商量个事：从今天起，把山河煤矿改名为森田煤矿。"朱开山盯着一郎问："为什么？"一郎避开朱开山的目光说："我已经将我那些股份转让给森田物产了。"传杰说："你没有这个权利！"森田说："一郎作为控股股东，法律上赋予了他这个权利。"一郎点着头说："是，是法律给了我这个权利。"

绍景愤怒地站起来："一郎，你真是条狼，一条披着羊皮的狼。"传文说："绍景，有话好好说，怎么能骂人呢？"朱开山瞪一眼传文，传文赶紧转过脸。一郎拿出一张名单念着说："下面我宣布一下，森田煤矿的人事安排：董事长，森田大介先生；副董事长，尾崎俊男，朱开山，石川浩二，还有本人龟田一

\ 488

郎；董事，朱传文，朱传杰，潘绍景，其中朱传文为常务董事。"

朱开山说："尾崎一个挎洋刀的，也成副董事长了？"森田笑道："朱老先生，你刚才不是说尾崎为山河煤矿出过力吗？将来他照样还会出力的。"朱开山又问传文："传文，你也成了常务董事？"传文说："爹，我不是咱家老大吗？森田总裁说，煤矿里没有我的位置是说不过去的。"朱开山说："一郎，总经理是谁呀？"一郎说："总经理由董事长森田大介亲自担当，副总经理是你，还有石川浩二和我。至于朱传杰和潘绍景，就做些下面具体的事了。"

森田说："朱老先生对这样的安排，还满意吗？"朱开山说："今天不是来喝酒吃饭的吗？先不谈这些事。森田总裁，山东人有个规矩，开杯先喝三个，怎么样，肯赏脸吗？"森田一笑道："不是赏脸，是森田大介的荣幸，来！"朱开山、森田两人各喝下三盅酒。一郎端起酒杯说："我敬山河煤矿三位经理一杯。"

传文也举起杯说："也带俺一个。"传杰和绍景不动杯子，朱开山却举起了杯，朝二人说："把杯都拿起来，今天是一郎和传文风光高兴的日子，都喝一口。"

尾崎朝着绍景说："年轻人，那件小玩具又带来了？"绍景气哼哼地说："没有。"尾崎说："这样好，会少了些没面子的事，来，为我们二次相见，干杯。"

绍景说："本人没有那个雅兴。"朱开山劝着说："绍景，一郎叫的菜多好，又是山珍又是海味，连飞龙汤都上来了，不吃不喝，这不可惜了吗？"绍景朝着尾崎说："那就喝三个。"尾崎一笑道："愿意奉陪。"森田说："朱老先生，一郎把山河煤矿转让给森田物产，其实也是一郎对你的一片报恩之心。"朱开山说："是吗？抢了山河煤矿也能叫报恩？"

森田说："朱老先生，一郎所以转让山河煤矿，是因为森田物产在煤矿开采方面有着极为丰富的经验，在这方面你们山河煤矿是不行的，对吗？"绍景说："一派胡言，山河煤矿才建了三年，每个工人的日产煤量已经超过了你们日本。"

森田说："是吗？我怎么不知道啊？"石川说："潘先生，你们的计算是错误的。"

绍景还要说什么，朱开山拦住了他说："绍景，少说两句吧，日本人的本事就是大，咱不信不行啊！人家还心眼好，即便到了别人家也不抢不夺，就是临走了，抓两块金银财宝。日本人还仁义呢，你要是舍不得那点金银财宝跟他要，日本人也不动枪不动炮，要是你家死了人，那也得怨自己撞到了人家的枪口上，对不对呀，森田总裁？"

森田沉下脸，从宽大的和服袖子里，摸出了自己的金制大烟斗。朱开山说："哦，森田总裁也好抽一口。"森田说："已经有四十二年的烟龄了。"朱开山说："那比我还短了两年。"朱开山也掏出烟袋，点燃道："森田总裁要尝一口吗？"

森田说："可以，朱老先生你也尝尝我的，英国烟丝。"森田接过朱开山的烟袋，抽了一口，剧咳不止。朱开山也抽了一口森田的烟斗，说："甜兮兮的，一股子怪味。"森田把玩着朱开山的烟袋，说："朱老先生，你这是什么材料做的？"

朱开山说："平常。烟嘴是泰山上的玛瑙石，烟杆是崂山上的竹管，烟袋锅就更不值钱了，是俺村的铁匠打的紫铜锅。"

石川说："朱老先生，森田总裁的烟斗可不是一般的烟斗。"朱开山说："看出来了，是黄金做的，成色还挺高呢！这上面好像还有什么字吧？"绍景探过身，看了看那金烟斗说："是'拓涛'两个字，开拓的拓，波涛的涛。"朱开山说："绍景，这两个字怎么讲啊？"绍景说："这是他们明治天皇，在他的《安抚万民之宸翰》里说的一句话，叫'开拓万里波涛，布国威于四方'。"朱开山说："就是要往海外扑腾，侵占别人的国家呗？"绍景说："就是这个意思。"

朱开山拿过那金烟斗，看了看，用大拇指指甲在上面狠狠地抠了一下，又抠了一下，竟然将"拓涛"两个字抠没了！朱开山将金烟斗还给森田。尾崎皱着眉头说："朱老先生，这样做有失礼貌吧？"四名关东军士兵挺着枪一下子围到朱开山身后。绍景拔出手枪说："干什么？退回去！"森田一扬手，那支金烟斗飞出去打落了绍景手上的枪。关东军士兵捡起烟斗和手枪上前送给森田。森田接过烟斗说："把枪还给人家。"士兵说："枪里有子弹。"森田说："还给人家。"

尾崎将枪塞进绍景的衣袋里，说："年轻人，你总是这样好激动。"森田看了看被抠掉了字迹的烟斗，说："朱老先生，好气力，森田领教了。不过，那两个字我会再找人刻上的。"一郎说："酒也喝了，菜也吃了，是不是该说说正经事了？"传杰说："你说的正经事需要在另外的场合说。"森田说："什么场合？"

朱开山说："法庭上见。"绍景、传杰两个人说："对，咱们法庭上见。"朱开山起身说："我看今儿个就到这吧，告辞了。"传杰、绍景也随之起身，传杰望着一郎说："一郎，你真的加入中国国籍了吗？"朱开山说："那种鬼话还用问吗？"

森田说："朱老先生，那不是鬼话，是神的意志，是一郎遵从了天照大神的意志。"

朱开山笑笑，来到森田面前说："森田总裁，咱们再个见吧。"森田站起来伸出手扬扬自得地说："谢谢老先生光临。"朱开山握着森田的手，不动声色地掌上一用力，森田浑身一抖，险些蹲下。朱开山说："回见。"森田咬着牙，痛苦地说："回见。"朱开山带着传杰和绍景出去了，传文也跑着跟了上去。森田疼得跌坐在椅子上，尾崎、石川、一郎围上来瞧看，森田的四个手指已经发乌，像面条似的垂着。森田狠狠地从牙缝里挤出几个字说："我一定要亲手宰了他。"一郎脸色苍白。

一家人都聚集在客厅里。传文站在一边，低眉顺眼。传杰查看着桌子上的一堆账目，说："爹，这里也没有证明一郎加入中国国籍的东西。"朱开山问传文："那你在电话里怎么高一声低一声地说，一郎加入了中国国籍？"传文说："他们商社的人全都这么和我说，再说你也没叫我查看这方面的证据。"朱开山说："那么这些一郎资金的证据都是真的吗？"传文说："爹，这肯定没有假！天津最热闹的地方叫劝业场，寸土寸金，那里的五大商号都有一郎的股份，海河大桥边上洋楼一处连着一处，里面有两处就是一郎的，还有天津卫的纺纱厂也有一郎的股份。爹，你说一郎有这么大的产业，往咱这投个百八十万还打憷吗？"

那文说："爹，到底出什么事情了？"生子问："爷爷，俺爹捣蛋了吗？"文他娘说："他爹，你不就是喝了点酒吗？酒席宴上惹的气，回家撒什么酒疯？"

朱开山说："你呀，你收养了条狼啊！"说完，疲惫地瘫在了椅背上。那文赶紧上前倒了杯水，又转身问传杰说："老三，到底出什么事了？"传杰说："出大事了！一郎收购山河矿的股份成了控股股东，又把山河矿转给了日本人的森田物产。"文他娘赶忙上前问道："他爹，真有这等事情吗？"朱开山无力地点了点头说："打了一辈子鹰，这遭叫鹰鸹眼了！"传杰说："大哥，我问你一句，森田物产为什么叫你当常务董事？"传文眨巴眨巴眼睛说："才刚在酒席宴上，我不是说了吗，他们就是看中了我是家里老大，别的什么也没说呀。"

文他娘思量着说："真看不出来，一郎还有这么些鬼道眼。"那文说："这么说，咱全家都叫他欺骗了？"玉书说："无耻，无耻的日本强盗！"朱开山说："老大，我也没力气问你了，你这些话是真是假，你爹现在还画魂呢！"传文指着桌子上那堆账目抄本说："爹，证据都在这儿，你实在不相信叫老三再从头到尾给你念一遍。"朱开山不理他，对传杰说："老三，你和绍景合计合计，和森田他们打官司吧！"传杰答应着说："好。"

商量完，各自回了屋。传文喜滋滋地对那文说："你再给我打壶酒去。"那文说："什么？还要喝，你想醉死啊！"传文说："今儿个高兴！不喝也行，打洗脸水吧！"那文说："我成你使唤丫头了，要洗脸自个儿打。"传文说："打不打？我可是有好事要和你说。"那文说："熊样吧，你能有什么好事？你说实话，你上天津到底干什么去了？"传文说："查一郎的账目啊！"那文从抽屉里掏出一个信封，往桌子上一拍说："这三万块钱搁哪儿来的？"传文嘻嘻笑着说："这是和一郎做生意赚的。"那文说："赚的？你把它藏小柜里干什么？"传文说："不是怕丢了吗，告诉你那文，我现在也不是一般的人了。"那文说："你成神仙了。"传文说："神仙咱不敢想——常务董事，山河煤矿，不对，森田煤矿的常务董事。你知道常务董事是干什么的吗？直接参与煤矿管理。手里的权比副总经理还大！那文，咱的好日子来了！我就上天津给他们跑了一趟腿，他们就封我这么大个官，森田总裁比爹强多了。"那文说："我叫你说糊涂了，你上天津，不是咱爹差遣的吗？怎么成了给他们森田物产跑腿了？"

传文瞪大眼睛说："那叫跑腿吗？差不一点就把命搭上了。告诉你吧，一郎的钱全是借的。"那文说："你说什么？"传文说："全都是借的。"那文望着传文，琢磨他，一笑道："你过来，好好说到底是怎么个事？"传文果真凑了过来，那文一把将他的头摁进脸盆里，骂道："你个败家子，把咱爹卖了，把朱家卖了，把山河煤矿卖了！还叫我给你打洗脸水，我今天叫你变成个水里的鬼！"传文好不容易挣脱，那文揪住他说："走，咱这就见爹去，看咱爹怎么发落你！"传文这阵子才彻底清醒了，涎着脸，笑道："你看看你，你不是俺媳妇吗？俺刚才是逗你玩啊！"那文说："我看不像！"传文说："怎么不像？那满桌子的账目还能是假的呀？"那文说："俺可和你说，你要真撒了谎，咱爹能把你头薅下来，当土坷垃踢！"传文说："哼，他也就是和咱有精神，他真有本事，这遭怎么把山河矿给丢了？"

朱开山回了屋，坐在椅子上，闭着眼，面色铁青，毫无睡意。文他娘说：

"都大半夜了，你还在这挺着，琢磨什么？"朱开山说："咽不下这口气啊！怎么能叫一郎给蒙骗了！"文他娘说："睡去吧，明儿个再想吧。在这挺着，活像个瘟神似的。"朱开山狠狠地拍了下桌子，站起来，没走两步，哇地喷出一口黑血。

文他娘吓了一跳，赶紧上前扶住他说："你这气性呀，妈呀，吐血了！"朱开山喘了喘说："没大要紧的，就是生了口气。"文他娘说："叫孩子们找大夫吧！"

朱开山说："没那么娇贵呀，倒口水给我。"文他娘赶紧倒了杯水，朱开山慢慢喝下去。

一个秘书推门走进东省特别行政区长官公署张景惠办公室说："张长官，有人求见。"张景惠说："谁呀？"秘书说："森田物产的总裁，森田大介先生。"

张景惠说："哦，他可是我的老相识了，快请他进来。"这个张景惠，六十岁左右，有些发福，蓄着八字胡，一双眼睛不时闪过狡黠的细光。

森田进来了，张景惠迎上去说："森田老兄，今日怎么得空了？"森田也紧走几步，说："叙五老弟，恭喜呀，恭喜你荣升为东省特别行政区长官！"张景惠笑着说："谢谢，谢谢森田兄还记得小弟的表字！"森田说："作为你张长官治下的一个小民，怎么敢忘记你的大名和表字呢！"张景惠说："你可不是小民，当年，就是日本军队的大佐嘛！"森田说："那时你就是大清国的巡防营管带了，对吧？"二人哈哈大笑。

森田说："叙五老弟，今天登门造访，是有一事相求啊！"张景惠说："客气了，不要谈求字，你我二十五年前，就已经共过事嘛。"森田说："是啊，那一仗不是你张管带亲自给我们通风报信，我森田的部队还真要吃俄国人的亏了！"张景惠说："说吧，有什么事情需要兄弟帮忙？"森田说："山河煤矿你知道吧，已经成为我森田物产的了。"张景惠说："这可是大好事啊！"森田说："麻烦也就出在这儿，我合理合法地收购了山河煤矿，可是山河煤矿不情愿，现在听说已经向东省高级法院起诉了。"张景惠说："山河煤矿是些什么人开的？"森田说："一帮子小商小贩。"

张景惠说："哦，他们懂什么法？扯他妈王八犊子！回头我和法院的人说，不许他们胡闹。"森田说："那就太谢谢叙五老弟了。"张景惠凑近森田，低低地说："老兄，打听你一件事，可要说实话呀！"森田说："只要是我知道的。"

张景惠说:"最近,关东军是不是要有大的动作呀?"森田说:"没听说。"张景惠狡黠地一笑道:"你们驻朝鲜的两个师团,不是已经移防到图们江了吗?"森田得意地笑了说:"叙五老弟真是精明过人!我想过去我们合作得很好,现在我们又在合作,将来我们一定会合作得更好!"张景惠也微微笑了说:"本人对此也坚信不移。"二人心照不宣地相互拍了拍肩膀。

朱开山在床上昏睡着,文他娘在一边陪姚厅长说话。姚厅长说:"老嫂子,大夫是怎么说的?"文他娘说:"大夫说啊,他这病是从气上得的,可是,吃了好几服顺气去火的药,也没怎么见强,这两天反倒有些重了,时不时地有点糊涂。"姚厅长说:"病可不能拖啊,换个大夫看看。"文他娘说:"换好几个大夫了。"

朱开山睁开眼,望了望姚厅长说:"这是哪位啊?"姚厅长说:"老哥,是我,姚振中,矿业厅的。"朱开山说:"哦,姚厅长啊,对不起你啊,山河矿要丢了!"

姚厅长说:"老哥,别这么说,传杰他们的起诉书,我看了,道理讲得挺清楚。法律上有明文规定,控股股东可以转让买卖,但是必须经过董事会和股东大会通过。打赢的可能性很大啊!"文他娘说:"但愿官司能赢,官司赢了,他这病也能去一大半子。"

正说着,那文领了一个人进来,说:"爹,娘,这位是法院的,姓梁,梁法官。"梁法官说:"东省高级法院民事庭主审法官,梁汉清。"姚厅长说:"你好,我是矿业厅的,姓姚,姚振中。"那文朝着梁法官说:"人家是姚厅长。"

梁法官并不搭理姚厅长,径直问道:"床上这位就是山河煤矿的总经理朱开山吧?"朱开山说:"是我。"梁法官板着脸,看了看文他娘和姚厅长说:"我有几句话想单独和朱总经理谈,你们可以出去一下吗?"朱开山说:"不用吧,都是家里人。"梁法官看一眼姚厅长说:"你也是朱总经理的家里人吗?"

姚厅长一笑道:"当然不是,可是我和朱总经理有兄弟之谊,我叫他老哥,他叫我老弟。"朱开山说:"山河煤矿能开起来,能走到今天,姚厅长没少出力。"

文他娘说:"梁法官,俺是他老伴,姚厅长和俺们家不分里外啊!"梁法官说:"那好,不过,咱有言在先,我今天说的,作为当事人的配偶和朋友,你们一概不得外传。"姚厅长说:"就是说要保守机密呗!"文他娘说:"俺肯定做到。"朱开山说:"你放心说吧!"

梁法官说:"山河煤矿的起诉书,我认真看过了,今天给你们的答复是:

本厅不予受理。但是，需要补充一句，这不是我梁某人的本意。"朱开山说："你这个话，我听着糊涂啊！"姚厅长说："是有点含混，你宣布不予受理，怎么又说不是你的本意啊？"梁法官说："你也是官场之人，应当清楚，官大一级压死人，张景惠，张长官你一定熟悉吧？"姚厅长不屑地一笑道："那个人，早晚投进日本人的怀抱。"朱开山说："这话怎么讲啊？"姚厅长说："1929年，张学良宣布东北三省易帜，甩开日本人，一切听从南京政府的。张景惠那时就明里暗里地和张学良作对，到处讲他们张家父子的东北军，如今兵强马壮，哪能忘了人家日本人的提携。"

梁法官说："就是这个张景惠，当上东省的行政长官了，一再打电话给法院，说山河煤矿起诉森田物产，纯属刁民闹事，不得受理。"朱开山说："这么说，官司没等打，山河煤矿就已经败了？"梁法官说："不要简单地做如此悲观的推测。"姚厅长说："你有什么高明的办法吗？"梁法官说："朱总经理，在矿权纠纷这件事上，你们能不能再找个别的申诉理由？"朱开山说："说森田煤矿没通过董事会和股东大会的允许，就收购山河煤矿，这条理由不挺硬实吗？"梁法官说："是，理由比较充分，可是，本庭一旦受理，判决的结果你知道是什么吗——只能是叫森田物产补上董事会和股东大会这个手续。最终，煤矿还得是森田物产的。所以，也是出于这层考虑，本厅才听从了张景惠的话，不予受理。"

姚厅长朝朱开山说："老哥，你不是一直怀疑那个一郎的资金来源吗？"朱开山说："是啊，可是叫人查了一番，结果那些资金还真是一郎的。"梁法官说："收购股权必须是自有资金，拆借来的法律上一概不允许。如果在这一点上你们能找到证据，我梁某人现在就可以宣布，山河煤矿胜诉！"姚厅长说："老哥，要不我找银行的朋友帮着查一查？"梁法官说："这倒是个很好的渠道。"朱开山点点头说："那就麻烦你姚厅长了。"

一辆卡车开来，传杰从车上下来进了自家的院门。院子里站满了人，连楼梯和二楼的走廊上也都是人。传杰问一个伙计说："家里干什么这是？"伙计说："三爷，大老爷给老太爷请了个大神来。"传杰一皱眉说："怎么还闹这些东西？"他匆匆上了楼梯，直奔朱开山房间而去。

屋里光线很暗，窗户上遮了窗帘，桌子上摆了香炉，燃着香。朱开山坐在椅子上，头上蒙了块红布，文他娘站在一旁扶着他。当厅是一个大神，敲打着一张单鼓，身上系了条五彩的短裙子，腰间是一圈铜铃铛，边唱边跳："俺东山上住来，东山上待，那王母娘娘，俺叫她师太。葫芦开花来，一片片白，今日行善，俺下到人间来，要问俺的名和姓，仙号远扬，'胡三泰'！"

传文赶紧上前跪拜说："是狐仙大老爷来了，请受俺一拜。"那文也小心翼翼上前说："狐大仙，不知道俺爹害的是什么病？"传杰来到娘身边说："娘，烟熏火燎的，不能把窗打开？"文他娘说："你哥不让，说那样就跑了仙气。"

大神又唱："病家不是真有病，只是心眼没放正！"

文他娘说："你说他心眼不正？"屋里屋外围观的人说："扯他妈王八犊子，老太爷哪件事不公正？"

大神唱："老太爷忠义，刚烈又英明，只是家中的事情没摆平。"

传文跪在地上，仰起脸问道："狐大仙，不会吧？俺爹一向公正，你是不是嫌他把饭庄和货栈都压给我一个人？"

大神唱："西瓜、赖瓜都叫个瓜，他把赖瓜甩给了老大。"

文他娘说："饭庄和货栈那是俺朱家的命根子，应当应分交给老大看管。"

大神唱："和山河煤矿比一比，饭庄货栈哪值得提？"

那文说："矿上的事情，老大也参与了，还是常务董事。怎么俺爹的病到现在还不好？"传杰说："娘，俺爹怎么让这种人进来？"文他娘说："你爹正糊涂着呢，你大哥就把大神请来了。"

大神唱："病家病家，你听真了，王母娘娘在发话：从今往后你少操心，家事交给朱老大，保你大病小病连根拔！"

传文说："狐仙大老爷，照你这么做，俺爹的病就能好？"大神摇摇头说："还得做点功德。"那文说："什么功德？"

大神唱："送你神符整四张，东西南北烧个遍。王母娘娘蟠桃宴，还少大洋三百元，三百元啊三百元！"

朱开山揭开红布。传文问爹说："爹，狐仙大老爷的话，你都听见了？"朱开山说："听得清清亮亮，你是盼着我早些死，你好接过这片家业。"传文说："爹，你可是冤枉俺，俺请狐仙大老爷，都是为了你的病啊！"朱开山说："知道你的这片孝心，你先把狐仙大老爷打发走吧。"传文答应着，从地上爬起来。

那文跟着传文随那个大神出去，说："长耳朵的都听出来了，你是叫装扮成狐仙大老爷的狗东西替你说话！"传文装糊涂说："他替我说话了吗？我怎么没听出来？"那文说："我再给你学一遍，那个狗东西这样指着咱爹唱：'病家病家，你听真了，王母娘娘在发话：从今往后你少操心，家事交给朱老大，保你大病小病连根拔！'——他这不是替你在跟咱爹要权吗？"传文说："俺也没想到，他怎么唱出那么些东西来，连我都晕头转向的。"那文说："你就别装扮了，连我都看出来了，咱爹能不知道？你肯定事先和那个狐大仙勾搭好了！看咱爹收拾你吧！"传文说："收拾什么？狐仙大老爷说得准不准吧？"那文怒不可遏，抬手朝传文脸上抽了一巴掌说："准你个老勺子吧！"

传杰出来，见传文捂着脸说："大哥，你怎么了？"传文挤出点笑说："刚刚你大嫂亲了我一下，有什么事吗？"传杰说："咱爹叫你过去一趟。"传文捂着脸说："俺脸这么个样，怎么过去？告诉咱爹，换个时候呗！"那文说："赶紧去吧！咱爹能亲死你！"传文无奈，硬着头皮进了屋。

文他娘说："老大，你请那么个狗东西来，真是为你爹治病吗？"传文说："娘，俺可是真心真意为俺爹的病好啊，那文还给了他二十块钱呢！"那文说："爹，你就别生传文的气了，刚才俺已经叫他尝了点滋味。"传文说："爹，你叫俺来还别的事吗？"朱开山瞅着传文，痛心地说："老大，你和家里生了二心哪！"

传文说："爹，你这话怎么讲的？这么多年，俺不一直都实心实意地跟着你和俺娘，你们叫俺往西，俺从不往东，你们叫俺上山，俺从不下河，哪件事不是听从你们的？爹，这么说吧，我要是和家里有二心，白天出门撞上车，晚上出门遇见鬼，就是待在家里也得遭天打五雷轰！"

朱开山合着眼，气得浑身颤抖，沉重地咳嗽了几声，哇地又吐出一口鲜血，仰在椅子上，昏了过去。

茶儿上摆了丰盛的饭菜，一郎正苦心劝着秀儿说："秀儿，你多少吃一点吧，你得为肚子里的孩子着想不是？"秀儿不吱声。一郎说："这黄豆、海带炖排骨，吃了最补身子了，还有这紫菜汤营养价值可高呢。"秀儿说："叫俺吃也行，你得把煤矿还给咱爹。"一郎说："秀儿，把煤矿转给森田物产，俺也是为了咱爹好。"

秀儿眼珠子一瞪说："一郎，我告诉你，俺是傻，可是还没傻到脑瓜子连条缝都没有！你为咱爹咱娘想？你帮着森田物产把山河矿夺过去，叫咱爹咱娘还吃什么，喝什么？"一郎说："秀儿，有些事你是真不懂！咱爹多大年纪了，煤矿上多少事，他管得过来吗？咱三哥又太年轻，从来没经手过煤矿。人家森田物产在日本国内就开了好几个大煤矿，经营煤矿森田物产是内行！我再和你说一句，森田物产答应得清清楚楚，咱爹不用上煤矿上班，在家里也开工资，拿红利！"

秀儿说："这世上能有这样的好事？你就是把大天说破了，俺也不相信！"电话铃急响。秀儿拿起电话，听出是那文的声音说："咋了，大嫂？"那文说："你赶紧给我回来，咱爹要不行了！"秀儿一惊说："咱爹怎么了？"那文说："回来俺再和你说，你麻溜往回赶吧！"秀儿放下电话，抓起外衣就往外走。一郎也赶忙跟了上去。秀儿说："你去干啥？八成咱爹就是叫你气的。"一郎说："赶紧走吧！不管怎么说，咱爹养了俺一场。"

传文领着一郎、秀儿匆匆上了楼梯，边走边说："咱爹怕是不行了！"一郎说："这么快？"传文说："傍黑天，他吐了半盆子血。"一郎说："没找大夫啊？"

传文说："找了，药也吃了，针也打了，大夫说就看咱爹自己有多大的挺头了。"

秀儿听到这儿，心里更急，推开两人，一头撞进屋里去，差点摔倒。传杰和玉书上前扶住她。玉书说："秀儿，你慢点。"秀儿说："咱爹呢？"传杰说："小点声，刚吃下药，在里屋歇着呢！"那文说："秀儿，歇口气，歇口气，等会儿再进去。"秀儿瘪着嘴，要哭了说："娘，俺想看看俺爹。"文他娘说："等会儿，等你爹醒了吧。"一郎讪讪地跟进了屋。那文、传杰和玉书都不搭理他，只文他娘说："一郎来了，坐下，喝口水。"

里屋传来朱开山的声音说："秀儿来了？"秀儿答应着往里屋去，一郎也跟着。朱开山说："秀儿，你身边那个人站外边去吧！"一郎说："爹，俺看你来了。"

朱开山说："出去吧。"一郎还要上前，被那文从身后一把拽住，说："你耳朵聋是不是？给我出来！"秀儿坐到朱开山床前，眼泪吧嗒吧嗒地往下掉，说："爹，你不要紧吧？"朱开山说："要不要紧爹说了不算了，听老天爷的吧！"秀儿说："是不是叫一郎气的？"朱开山说："不说叫谁气的吧，爹当初不该答应你和一郎的亲事啊！"秀儿哭了说："爹，也怨俺自个儿瞎了眼啊！"朱开山说："秀儿，爹不在了，往后你少淌点眼泪，多长点心眼。"秀儿说："爹，俺记下了。"朱开山说："回去吧，爹累了，想歇会儿。"

秀儿出了屋，疯了似的扑向一郎，边哭边骂道："你个丧良心的东西，整天嘻迷嘻迷的，活像个人样。咱爹要是今天不在了，你别想活着出这个门。我，我怎么就瞎了眼哪！"那文和玉书把秀儿拉住，朱开山在里屋说："秀儿，不是说少淌点眼泪吗？"秀儿止住哭，指着一郎说："你个狼崽子，八辈子喂不熟的狼崽子，咱爹咱娘白养你一场了，你滚，给我滚出去！"文他娘说："住口，秀儿，你老实给我待着！一郎和你爹是一回事，他们谁是谁非叫他们了断去，一郎和你又是一回事，他是你的男人，你怎么好开口就骂、抬手就打呢？"秀儿说："娘，俺没他这么个男人。"文他娘说："混账话，喝口水，消消气，待会儿和一郎回去。"秀儿说："俺不跟他回去，死也不跟他回去。"文他娘说："你敢，今儿个你不和他回去，看娘怎么收拾你！"玉书气得直跺脚，说："娘，你就听秀儿一次吧。"文他娘说："那可不行，嫁出去的人，哪能说回家就回家？"那文说："娘，秀儿今儿个生这么大的气，就算回去了，弄不好还是生气！娘，你真想叫秀儿气坏身子吗？娘，就叫秀儿住下吧！"文他娘想了想，又问一郎："一郎，你说呢？"

一郎无奈地说："娘，秀儿实在不情愿回去，就听她的吧，俺回去了，改天再来看爹。"他又转向那文和玉书，"大嫂，三嫂，麻烦你们帮俺照看下秀儿。"那文说："你就放心走吧！俺姊妹再不济，对秀儿也总比那没心没肺的人强！"

一郎低着头出去了，文他娘跟出去，撵上他说："一郎，在这个关口上，你就别挑拣朱家的人了。老爷子这么个样，谁能不动心？"一郎说："俺知道。"

文他娘说："秀儿，也是一时的火气，我劝劝她，改天叫她回去，你们夫妻还得好好过啊！"一郎点点头。文他娘说："要是实在还有什么委屈，就回来和娘说。"一郎眼圈红了说："俺谢谢娘。"

送走一郎，文他娘回屋，让孩子们都出去，自己坐在朱开山身边，握住他的手说："一郎来了，你不该不见哪。"朱开山说："我不想听这些事了。"文他娘说："他爹，孩子们不管多大了，在咱跟前还都是孩子。一郎这回，我思量了，准是喝了谁的迷魂汤了，中了邪。俺想，他只是一时的。你不理不睬的，不是逼他在邪道上越走越远吗？"朱开山愤愤地说："以往怎么就没看出他是这么个物呢？"文他娘说："咱还是把一郎拉回来吧！"朱开山说："别忘了，他已经是森田的狗了。"文他娘说："这话多难听！女人家和你们男人就是不一样。你们看见孩子们不周正了，轻的是瞪眼扒皮，重的要杀要砍。女人家做不到，到什么时候对孩子们都下不去那个手啊。"朱开山说："你说把一郎拉回来，怎么拉呀？"文他娘说："我也不清亮，就是觉得心里头舍不下这个孩子，舍不得他变坏了，变得缺少人味了。他爹，当年咱能把一郎从阎王爷鼻子底下拽回来，今儿个就不能再把他从邪道上拉回来吗？"良久，朱开山长叹一声说："女人家……善哪……"

石川在和一郎通电话，森田在一旁听着。石川对着话筒说："一郎，你那面的事还得几天？"一郎说："总还得三五天吧！商社这面的事也不少啊！"石川说："一郎，森田总裁已经不高兴了，叫你赶快把商社的事情处理干净。咱们好接管山河煤矿。"一郎说："请你告诉森田总裁，我心里也急着呢！就说到这儿吧，我这面有客人来了。"

见石川放下电话，森田说："石川，听电话里一郎的声音好像有点不对呀！"

石川说："怎么了？"森田说："他魂不守舍，心不在焉，少了些前些日子的兴奋和坚决。"石川说："总裁，你是说他要反悔？"森田说："不得不防，朱家毕竟救过他的命。"石川说："总裁，我明白，让鹤鸣会的人严密监视他就是了。"

一郎这头真来了人，文他娘挎了个篮子进了屋。一郎赶忙迎上去说："娘，俺爹好些了？"文他娘说："要说也真是个神奇，他吃了两天药，睡了两个好觉，今早上就能在床上坐起来了。"一郎说："那天可把我吓死了。"文他娘笑了笑说："人家说猫狗有九条命，我看你爹有二十条命都不止。"一郎也笑了笑说："娘，秀儿挺好的？"文他娘说："还生你的气呢，死活不肯跟我过来。"一郎接过她的篮子，问："娘这是……"文他娘说："你不爱吃娘做的打卤面吗，俺寻思这一阵也脱不开身，秀儿又有身孕，还出了这事，也顾不上给你做。今天娘教给你，你以后自己做。"

一郎笑了。文他娘进了厨房，一边擀面条一边说："做面条的面啊，不能太软，一边和，一边加水，太软了，下锅就成面汤了，和面的水里面再少加点盐，擀出来的面才硬整。打卤面最讲究的就是那勺卤，水烧开了，把肥瘦相应的肉片，先下进去，滚两个开，把上面的血沫子打出来，不打出来，做好的卤，有股血腥味。讲究点的配料，要有木耳、黄花菜、海米。那个海米啊，别寻思越大越好，小海米啊更鲜亮。"

一郎说："娘，你真要教我做打卤面啊？"文他娘说："你不是喜好这一口吗？"一郎红了眼圈："娘，秀儿生我那么大气吗？其实我把山河矿转给森田物产还真是为俺爹好啊！"文他娘说："咱不说这个，好不好？那个卤啊开锅了，打进去粉子，别忘了，多放酱油，山东的打卤面讲究个颜色，就是酱油的颜色要深，这看上去才有吃头，才是山东的打卤面。"一郎点着头想自个儿的心事。面条出了锅，文他娘又从篮子里拿出个菜盒子和一瓶酒，说："今儿个没特别准备，就是咱四味楼的几样小菜。"一郎说："娘，你不是不喝酒吗？"文他娘说："今天，娘得喝。"一郎问："今天是什么日子？"文他娘一笑道："你呀，整天做生意都忙二虎了，今儿个不是你的生日吗？"一郎想了想说："可不是吗，我都忘了！"文他娘说："娘怕你忘了，不过这个生日；又怕你想起来，自个儿过也冷清，娘就来凑个热闹。来，一郎，娘破个例陪你喝一盅。"

一郎喝下一盅酒，眼中闪着泪光说："娘，你真把俺当成自个儿的儿子了。"

文他娘说："这么说，就外道了。打娘把你从野地里抬回来那天，你就已经是朱家的人了。一郎，娘再敬你一盅，把生意做好，把道走好。"一郎也举起杯说："娘，俺也祝你身板好，长命百岁。"文他娘喝进去一盅，说："一郎，娘也不能常来，你这遭和你爹算做下仇了，娘老来，他那面也不好交代。娘不在的日子，你自个儿管怎么把身子骨保养好，把脚底下的道走好。一郎，人这一辈子，一脚踏歪了道，就步步向邪处去了。"

一郎又喝了一盅，上了酒劲说："娘，俺没走错道，你知道俺是日本人，日本人是天照大神的子孙，俺今天做的这些事，都是神的指派。"文他娘瞅了瞅一郎，质问他说："一郎，天底下有多少个国家？多少个人口？怎么单单就日本人高出一头，还是什么天照大神生养的？那别的国家呢，别的国家就不叫人吗？"

一郎不敢碰文他娘的目光，说："娘，森田总裁就是这么说的。"文他娘说："一郎，娘也不和你争讲，娘这么说就是舍不得你这么个孩子，你这么个从小挺好的孩子。兴许那个森田比娘更明白天底下的事。到头来，要是证实了，你今天走的道对，娘为你高兴；要是证实了，你今天走的道错了，是入了邪道，娘也不记恨、不嫌弃你，权当娘没看护好你，叫你一个人大黑天的在风雪中走丢了！要怨也只怨娘自个儿。"

一郎低着头不说话。文他娘说："来，一郎，娘再陪你一盅，喝完了，娘也该回去了。别忘了，待会儿把那碗打卤面吃了。"一郎低声答应着说："娘，俺忘不了。"文他娘和一郎默默地将酒喝下去。

朱开山倚在被垛上，和姚厅长说话。姚厅长说："老哥，知道吗？今天我给你带来个好消息。"朱开山笑了笑说："你呀，每回来，说的都是好消息。"

姚厅长说："银行的朋友回信了，森田物产确实向东胜商社打进了几笔相当大的资金。而且这几笔资金是森田物产向银行借的贷款。"朱开山说："东胜商社就是用这些贷款买了山河矿的股份？"

姚厅长说："银行那面查不出这一点，但是，至少证明东胜商社接受了森田物产的贷款。还有，银行的朋友说：东胜商社在天津没有什么大的产业，也就是个平常的贸易公司。"朱开山说："那俺家老大去了趟天津，怎么回来说的是另一番景象呢？"

姚厅长说："是吗？这你可得好好问问。还有，要想打赢官司，必须找到东胜商社将森田物产的贷款注入山河煤矿的证据。"朱开山沉思片刻说："这证据恐怕已经拿到了。"姚厅长说："在哪儿？"朱开山说："可是，又叫人调换了。"

姚厅长说："老哥，你这话，我听不大懂。"朱开山说："姚厅长，你有事，你忙去吧，下面的事情我知道怎么做了。"姚厅长告辞。

朱开山让那文把姚厅长送走，又让她把传文叫到屋来。传文进来说："爹，你喊我？"朱开山说："你过来，坐我旁边来。"传文靠着朱开山坐下来，朱开山轻轻攥住他的手，说："看见姚厅长了？"传文说："看见了，不是走了吗？"

朱开山说："姚厅长带来个好消息。"传文说："什么好消息？"朱开山说："一，一郎的商社没有太大的资产，就是个平常的货栈。二，森田物产确实往一郎的商社注入了大笔资金。"传文说："爹，不是这么回事啊，我亲眼看见了……"

朱开山手上一用劲，传文嗷嗷叫了起来。朱开山说："你说实话吧！不说实话你这只爪子也得成面条。"传文叫着说："爹，你松开手，你松开手我和你说实话。"

朱开山说："你先把实话说了。"传文哭了说："爹，俺对你撒谎了。俺查出来了，一郎真是用森田他们的钱买山河矿的股份！俺正要打电话和你说，俺叫他们堵住了。"

朱开山说："堵住了，你就变心？"传文哭着说："不是啊，爹！他们当我面，把那个陈先生的脖子咔嚓一声扭断了。"朱开山说："你呢？"传文抽泣着说："俺，俺不愿死啊！"他说完抽出手来，掉头往外跑，朱开山跳下床，喊着说："逆子啊，你个逆子，给我回来！"朱开山没迈出两步，只觉得天旋地转，晃了两晃，像一座大山似的，轰然倒地！

四味楼里出外进，忙成一团。刘掌柜、葛掌柜从里屋出来，神色凄然，来到文他娘身边。葛掌柜说："老嫂子啊，老掌柜怕是不行了。"刘掌柜说："懊悔呀，要是俺们不要求撤股……"文他娘满面泪痕，说："也是他自个儿的寿数，不怨大家伙。"刘掌柜说："老嫂子啊，管怎么自个儿保重啊！"

传杰的大卡车停在门口，车上跳下来一大帮山河矿的工人，他们相互招呼着，进了四味楼院门。传文拦住问道："站住，你们是干什么的？"传杰从后头挤上前，没好气地说："这都是矿上的工友，拦什么拦！"传文哼一声说："都是些什么人，黑煤罩眼。"

传杰领着工人们上了楼。文他娘说："谢谢大家伙惦记。"玉书说："大家不必进去了，里屋太小。"一个把头说："俺就在门口望一眼。"工人们从门口向里面张望着。朱开山躺在床上，不省人事，那文守在他一边坐着。一个年轻的工人忍不住哭出声来，那文忙冲他做了个手势，那工人捂住嘴，哽咽地退了出去。

传杰说："行了，大伙儿也辛苦，俺谢谢大伙儿，你们回吧。"

工人们刚下楼没多久，传武一身戎装，腾腾腾地跑上楼来，谁也没招呼，一头扎进朱开山屋里，扑到床边，低低地说："爹，爹，俺是传武。"朱开山努力地睁开眼，认出是老二，点了点头，把手伸向他。传武赶紧攥住爹的手，朱开山直直地瞅着他，嘴唇动了动说："仇啊……报……"传武说："爹，你是说报仇？"朱开山嘴唇又动了动说："鬼子，鬼子。"那文说："咱爹叫你给他报仇，找鬼子们报仇。"传武说："爹，俺记下了。"朱开山头一歪，又昏过去了。

传武从里屋出来，传文迎上去说："老二，你经历的死人多，你看咱爹还能挺多长时间？"传武瞅他一眼，一巴掌打在他脸上。传文踉踉跄跄，一腚坐在地上，说："你干什么，老二？"传武说："我崩了你。"说着就要拔枪，被传杰抱住说："二哥，这都什么时候了？"玉书进来说："娘，一郎来了。"文他娘说："在哪儿呢？"玉书说："走廊上。"

文他娘出来，见一郎怯怯地站在墙根，脸色煞白，说："站这儿干什么？进去吧！"一郎说："娘，俺没脸进去，这是俺的一点孝心。"说着将一沓钱交给文他娘，文他娘又把钱塞给他，说："把钱收着，进去吧。要走的人了，不会跟你计较。"

文他娘扯着一郎进来。一郎低着头，一屋子人谁也不敢看，来到朱开山身边，悄声说："爹，爹，俺看你来了。"朱开山合着眼，微微点了点头，嘴唇动了动，可是已经发不出声音了。那文说："爹，你还有什么话说吗？"朱开山吃力地伸出四个手指。一郎说："爹，你要说什么？"朱开山嘴唇动着，微微有了点动静，那文俯身将耳朵凑上去听，不住点头。一郎说："大嫂，咱爹说什么？"那文还没有开口，泪水已经下来了："爹说，你一郎还是他的四儿子。"

一郎放声痛哭，扑到地上说："爹，爹，是我害了你呀！我对不住你养活我一场啊！"哭着哭着，他忽然一激灵，从地上爬起来说："爹，你等着，等着我，我去去马上就回来，等着我！"说完就往外头跑。文他娘问道："一郎，你上哪儿去？"一郎也不回答，几步下了楼，开了自己的车飞奔而去。秀儿抚着自己微微隆起的肚子，看看远去的一郎，又看看已经昏迷不醒的朱开山，泪水顿时湿了眼眶。

一郎驾车疾驰回自己的商社驻地，上了二楼打开一个橱柜，从里面拎出一个大纸袋子。又开车折回了四味楼。等他把车在楼下停好，突然一阵哀声四起，二楼里哭叫声响成一片。一郎慌慌张张跑上去，迎面遇见传杰，问："三哥，怎么了，咱爹他……"传杰沉痛地说："爹，刚刚走了。"一郎扑到传杰怀里，放声大哭道："爹，俺晚了一步啊！爹，早点把它们拿来，兴许能救你一命啊！"传杰问："一郎，这袋子里是什么？"一郎说："证据，山河矿打赢官司的证据啊！"

传文在旁边看见，悄悄溜下楼梯进了餐厅，给森田拨了个电话，说："我是传文，总裁，出事了。"电话里森田说："慢慢说，什么事？"传文说："一郎把东胜商社账目的抄件，交出来了。"森田说："交给谁了？"传文说："俺家老三。"

文他娘领着人给朱开山擦手洗脸，穿寿衣，传文、传武领着人在客厅里摆动桌椅，搭设灵床。传杰拎着那个大纸袋进来，问传文说："二哥，一郎呢？"

传武说："刚才还在那面对着窗外发呆。你拿着什么啊？"传杰说："一郎送来的，刚才我粗粗地看了一遍，都是山河矿打赢官司的重要证据。"

见文他娘过来了，传杰又问："娘，看见一郎了吗？"文他娘说："刚刚和我打个招呼，说是他先回去了，怎么了？找他干什么？"传杰说："娘，一郎刚刚把山河矿打赢官司的重要证据交给俺了，俺怕这件事叫森田他们知道，饶不了一郎。"文他娘说："那赶紧找他去，可别叫一郎再出点什么事。"传武说："娘，我和老三一块去吧！"文他娘说："也好。"秀儿从一边过来说："娘，俺也跟去吧！"文他娘说："行啊，都别再埋怨一郎了。"

秀儿领着传武、传杰回到商社，上了楼，轻轻地喊着说："一郎，一郎。"却无人答应。传武侧耳听了一下，一脚端开浴室的门：浴室里热气腾腾，一郎躺在浴盆中，头歪在一边，一只手腕已经被划开，浴盆里的水全被血染红了。传杰见了，吓得几乎站不住。传武上前试了试一郎的鼻息，又摸了摸他脖子的动脉处，回头轻声说："死了。"

秀儿要进来，被传杰拦住了。秀儿惊恐地问："老三，一郎他怎么了？"传武过来轻轻地抱住她说："一郎自尽了。"秀儿哭着非要进去，传武和传杰硬把她抬到沙发上坐下。传杰发现茶几上有一张纸，拿起来看了看，说："是一郎的遗书，秀儿你看看吧。"秀儿接过遗书，传杰为她轻轻念道："娘，俺对不起你和爹的救命和养育之恩，俺跟爹去了。秀儿，别恨俺，俺不坏，俺只是个大黑天在风雪中走丢了的孩子，秀儿，俺永远爱你！娘，要是有来生，俺还做朱家的儿子。一郎绝笔。九月十八日。"

秀儿大放悲声，说："一郎，咱爹不都原谅你了吗？你怎么还和自个儿过不去啊！"

突然，房门被端开，石川领着小野和几个鹤鸣会的打手冲了进来。石川傲慢地问道："龟田一郎呢？"秀儿冲上去撕打着石川说："俺一郎就是你们害死的。出去，都给俺出去，这是俺家！"小野一把推开秀儿，说："臭娘儿们，滚开。"传武说："快点，都滚出去吧。"小野说："还冒出个当兵的来，知道爷爷是谁吗？"传武说："我看你倒像个龟孙子。"

小野一挥手，几个打手冲上来，却哪里是传武的对手，传武三拳两脚便将几个人放倒在地。小野忽然咿呀怪叫着，拔出长刀，直扑传武。传武头一低，一个箭步躲过长刀，顺势朝小野肋下重重一肘，小野一声惨叫，仰面倒地，嘴角流出了血沫子。传武喝道："还不快滚！"

石川、小野带着几个打手仓皇逃去。

第四十章

客厅已经成了灵堂，一面停着朱开山的灵床，一面是一郎的灵床。朱家哥儿仨一身孝服，分坐在灵床两侧。

传文嘟嘟囔囔地说："一家人都埋怨俺，可是当时那个阵势叫谁也挺不住。那几个人咔嚓一声，就把陈先生的脖子扭断了。那脖子比平常长出一大截来，他躺在那儿，翻着白眼，谁见了不害怕！老二，兴许你在场，能挺得住？"传武说："我也挺不住，挺他干什么？挺住了得死，脖子得咔嚓一声断了！挺不住多好，挺不住还能捞个常务董事当当。"传文说："老二，说话转那么多弯干什么？哥不就是撒了个回谎把山河矿丢了吗？"传杰说："你就闭嘴吧，丢了的何止是山河矿啊？"传文瞪着眼说："你说，还丢什么了？你说！"

传武烦了，起身来到传文跟前说："我看你今晚是有心事啊！"传文点着头说："对，是在考虑几件事情。"传武说："什么事情啊？"传文说："你看，本来，俺光准备了咱爹一个人的丧事，现在又多了个一郎，还有……"传武说："还有就是你在想，怎么跟咱爹和一郎一道去。"传文有点害怕了，站起来往一边躲开。传杰劝传武："二哥，今晚别就发火了，全当眼前没他这个人。"传文说："怎么没有，我是家里老大！我在这站着呢！"传武说："你再给我装彪卖傻，我可真崩了你。"传杰说："二哥，我看别崩吧，真崩他，这屋里也放不下第三张床。"

传武说："他想得美，在这停尸，滚他的吧！我前脚崩了他，后脚就把他扔野地里喂狗去。"传文缩在墙角一句话也没有了。

森田的脸色从没有像此刻这么阴沉过，石川恭敬地低着头，大气也不敢出。森田说："你不是说叫鹤鸣会的人严密监视一郎吗？"石川说："谁知道，事情这么突然，一眼没看到，他……"森田狠狠地抽了石川一个嘴巴说："我眼神不好，你眼神也不好吗？"石川说："总裁，您处罚我吧！"

尾崎突然打进电话来，语气激动地说："报告老师一个好消息，关东军在奉天动手了。"森田眼睛一亮说："详细些说。"尾崎说："刚刚接到关东军司令部的电话，帝国陆军在坦克的掩护下，已经向奉天东北军北大营发起总攻。"森田说："东北军如何反应？"尾崎说："正在抵抗，估计坚持不了多久。"森田说："关东军下一步如何打算？"尾崎说："全面占领满洲。"森田说："好，老师谢谢你们！"森田放下电话说："石川，今天是几月几号？"石川说："昭和六年，也就是 1931 年 9 月 18 日。"

森田抑制不住内心的兴奋，满屋子转着说："记住，记住这个伟大的日子吧！我森田从 1894 年随帝国陆军转战南满，到今天已经三十七年了，终于看见明治天皇'开拓万里波涛，布国威于四方'的宏愿就要实现了！石川，把酒拿来，让我们喝一杯！让我们为这个伟大的日子、伟大的时刻喝一杯！"

深夜里，传武敲开了娘的门，进去说："娘，俺刚接了电话，奉天出事了，日本人进攻北大营，队伍上叫我马上回去。"秀儿说："真打起来了？"文他娘说："打到什么样了？"传武说："还不清楚。"文他娘说："你麻溜回去吧！"

传武说："娘，您多保重，秀儿，你也保重啊。"秀儿说："俺知道。"文他娘说："黑灯瞎火的，小心哪。"传武答应着转身离去。

传文和传杰俯在朱开山的灵床上昏沉睡了。朱开山的喉咙里一阵响动，长长地喘了一口气，睁开了眼睛。他看了看俯在身边的传文，用手轻轻地拍了拍他的脸。传文迷迷糊糊睁开眼，朱开山说："你的心真宽敞，还能睡着？"传文见是爹在说话，惊得差点坐地上，喊一声"娘啊，诈尸啦"，刚要抬身跑，却被朱开山一只大手死死地盖在脸上，摆脱不得。

传文呜呜叫着，爹的大手却像一把铁钳愈锁愈紧。传杰惊醒了，跑过来要拽开朱开山的手，朱开山一掌推开。传文呜呜的声音越来越低。文他娘听见动静从里屋出来，见朱开山坐在灵床上，一愣怔说："你是人是鬼？"朱开山说："我刚刚睡了一大觉，这一觉睡了个透亮！"传杰爬起来说："娘，你看俺爹。"文他娘这才看清楚，朱开山的巴掌底下竟是传文的头！文他娘两步抢上前，传杰帮着一起拽开朱开山的手。文他娘说："干什么？想要孩子的命啊！"朱开山说："留他这条命也是祸害。"

传文终于喘过口气来，晃晃悠悠地站起来，往门外走，两眼直瞪瞪地瞅着外面说："爹，天好亮了，俺该喊扛活的下地了。"文他娘说："老大，你往哪儿去啊？"

传文朝外走着说："你们这帮懒骨头，日头都照腚上去了，还不下地吗？"传杰跟上去说："哥，你怎么了？"文他娘朝朱开山说："咳，你把好好个孩子弄傻了！"朱开山瞅着传文说："不是在装傻吧？"

传文慢慢地朝楼下走，传杰在后面喊他说："哥，你往哪儿走啊？"传文眨巴眨巴眼睛，缓过点神来，转身说："咱爹才刚是不是活过来了？"传杰说："是啊，刚刚醒过来了。"传文说："他是不是想捂死我？"朱开山站在二楼，朗声说："我是想捂死你，可惜你娘舍不得你。"

传文眼睛中忽然透露出无比的颓丧和仇恨来，流着泪说："爹，你们这个家对我不公平，我恨你们。"朱开山说："你上来，爹还给你个公平，你上来。"

传文说："你想好事吧！我没有你这个爹，没有这个家！"文他娘说："老大，你闭嘴。"传文说："娘，俺走了，肯定混出个模样再回来！"说着转身跑了。传杰要下去追，朱开山拽住他："老三，叫他混个人模样去吧，回来，回来他也是个死！"

传武守在一名电话兵身边，周围站着几位军官、参谋，一个个神情紧张。电话兵朝传武说："团长，奉天的电话全摇不通。"传武说："看来，奉天已经落进日本人手里了。"可突然电话响了，电话兵接了电话说："等会儿，朱团长就在这儿。"传武接过话筒说："哪位？"电话里一个男人粗粗的声音传来："朱团长，我是长春骑兵团的张清一呀！忘了，那次为山河煤矿还去增援你们了。"传武说："哦，张团长，知道了吗？鬼子进攻北大营了。"张团长说："现在正朝长春打呢！"传武一惊道："什么？鬼子进攻长春了？"张团长说："一大早弟兄们还在睡觉呢，鬼子的炮弹就落下来了。"传武说："现在怎么样？"张团长说："正准备撤退呢！"传武说："为什么？打呀！"张团长说："妈了个巴子的，熙洽那个王八蛋非叫我们撤。"传武说："熙洽不是吉林省主席吗？"张团长说："熙洽说这是南京政府的命令。兄弟给你电话就是叫你们小心呢，早做准备，别学我们，鬼子来了还睡大觉呢！就说这些吧，命大的话，咱还有见面的日子！"

传武搁下电话，想了想，命令电话兵说："接北平协和医院，少帅在那养病呢！"一会儿电话接通，张学良焦虑的声音传来："传武，奉天、长春的事都知道了吧？"传武说："少帅，我们得组织反击呀？"张学良说："我已经请示南京蒋主席了，蒋主席来电，叫避免冲突，以防事态扩大，争取国联出面调停。"传武说："少帅，不能相信国联哪！多少回了，他们哪一回为中国人说过话，全都是偏向小鬼子。"张学良说："传武，对日本人作战，绝非我们东北军一隅之力所能应付，现在我们既然已经听命于中央，就只能服从蒋主席统一指挥。"传武说："少帅，听蒋主席的，东北三省早晚落入日本人手里。少帅，下命令打吧！"张学良说："传武，我们绝不能逞匹夫之勇，结果兵连祸接，波及全国啊！"

传武急了说："少帅，东北是咱的家，东北乡亲是咱的衣食父母，作为军人，咱不能眼睁睁地看着他们当亡国奴啊！"电话里张学良的声音变得沉痛而无奈："传武，你我的心是相通的，可是我得听蒋主席的。"

传武放下电话，看一圈身边的人，说："蒋主席不让打，少帅又不好下命令打，弟兄们，你们是什么主意？"一个营长说："团长，弟兄们听你的。"传武一拳砸在桌子上说："好，宁可战死，不当亡国奴，不背骂名！"

朱家人围坐在一起，个个神色凝重。朱开山说："眼下，国家乱了，咱家也乱了，越乱咱越要稳住神。老二，你就一心一意把你的兵带好，但愿能保住这个国家；老三，咱有了一郎的证据，把官司赢下来，不能让山河矿丢了；那文，家里的事情就靠你多担待点了。"

那文说："爹，咱家那把长刀哪儿去了？"朱开山说："你要那干什么？"那文说："我叫传文气死了，我想去宰了他。这个没出息的刚才在森田那里给我打电话，说过两天森田就带着他去接收山河矿，还说不用几天，连整个满洲，整个中国都是日本人的。"朱开山说："要宰那个逆子，也是老二的事，你把家管好吧！发送一郎办得体面些。"那文说："爹，放心，这种事情俺知道怎么办。"

朱开山又交代玉书和秀儿："玉书，战乱起来了，学校恐怕也不能正经上课，你又有了身孕，哪儿也别去，就在家好好歇着吧。秀儿，你把心放宽敞些，再伤痛一郎也是不在了。小日本子，欠咱国家的，欠咱朱家的，那个森田也欠你秀儿的。这个仇，早晚爹替你报！"玉书和秀儿都点点头。

朱开山又问："他娘，你还有什么话要说？"文他娘说："只可惜一郎那个孩子了……"踌躇了一会儿，叹了口气，又说，"他爹，能不能把传文找回来，咱再和他好好说说。"朱开山一摆手说："你千万别提他，提他我还得倒地下去。"

生子说："爷爷，你还是把长刀给俺娘吧。"朱开山说："为什么？"生子说："爷爷，俺娘天天晚上拿笤帚练，又劈又砍的，还嫌乎分量不够。"玉书忍不住笑了说："大嫂，你就别练了，吓着孩子。"那文说："我咽不下这口气啊！"

1931 年末的哈尔滨，风雪漫天。

临街的商铺里，无线电不停地播送着一条消息，引得行人驻足聆听："本台最新消息，今天凌晨，马占山将军率二万余人含泪撤出江桥阵地。上午九时许，日本关东军占领黑龙江省省会齐齐哈尔。至此，从 11 月 4 日开始的齐齐哈尔江桥保卫战宣告结束。这场震惊中外的江桥保卫战共历时十五天，神勇的马占山将军率部共击毙日伪军六千余人。嫩江河畔阵亡将士是中华血性男儿之瑰宝，马占山将军部队不愧为中国军人之楷模！"聆听的行人，神情中都带着一种倔强的悲愤，这种情绪在弥天风雪里凝结着，汇聚着。

山河矿办公室那几间木屋，已完全被大雪掩住了本来的纹理。一辆黑色轿车开来，一身西装的传文和森田、石川耀武扬威地下了车。紧随轿车而来的是一辆卡车，载满了荷枪实弹的警察。

传文、森田、石川推门进了屋，办公室里只有绍景。绍景一见传文，招呼说："这不是大哥吗，你怎么来了？"传文矜持道："今天，你不该叫我大哥了，我现在做个自我介绍：东省治安维持会工商分会会长，朱传文！"绍景一笑道："哟，还当上了时髦的官呢！今天到此，有何贵干呢？"传文说："我是代表东省治安维持会会长张景惠张长官来这里宣布：从今天起，山河煤矿移交给森田物产。"

绍景说："你宣布得早了点，今天本矿副总经理朱传杰已经到东省高级法院递交起诉书了，即便要移交，也得等官司打完了吧？"传文说："临来的时候，张长官料到了你们这一手，他嘱咐我，他的意思就是最后的判决。"

传文说完又觍着脸问森田："森田总裁，张长官刚才是这样说的吧？"森田点点头朝绍景说："张长官担心你们不听从他的意见，还派了一大车警察。"石川上前一步说："潘先生，咱们办理交接手续吧？"绍景冷冷地笑了说："太着急了！我们的副总经理朱传杰已经去了东省高级法院重新起诉，怎么也得等他回来吧？"

森田一笑说："好，不急，我愿意奉陪。年轻人，我想让你和你们的副总经理亲自看着山河煤矿归顺森田物产。"他坐下来，眯缝着眼睛端详着墙上挂的矿产图。传文哼着日本小调，不时整理着自己还穿不习惯的西装。

绍景冷冷地看着他们，走到桌边，摇了个电话给矿上。一霎工夫，闻听消息的工人陆陆续续地聚集到了办公室门外，想要进门，却被警察们拦住。绍景出来，把办公室两扇大门都打开，指着传文说："工友弟兄们，大家看见了吗？里头这位穿着西装、戴着皮帽子的，是咱们总经理的大公子朱传文。此人因为出卖咱们总经理有功，出卖山河煤矿有功，已经当上了东省治安维持会工商分会的会长。"

工人们闹哄起来说："呸！这不是给总经理丢脸吗？""赶紧滚下去，你这个二鬼子！""总经理怎么会有你这么个混蛋儿子。""俺问你，你还有中国人的味吗？"……

传文还没见过这阵势，心慌地跺着脚，高喊道："不许喊，再喊，俺叫你们蹲笆篱子！"绍景说："大伙儿都静一静，我再介绍一下这位。"他指指森田说："这是个日本人，叫森田大介，别看他戴了副眼镜，文质彬彬，人模狗样！知道吗？这可是个侵略中国、杀害中国人的老手，1894年，他就扛着枪，踏上了中国的土地，攻占了咱们的旅顺口；1904年，他再番侵略中国，攻陷辽东，抢夺抚顺煤矿，霸占南满铁路，再以后呢——他又改头换面，做起了生意，他做的是什么生意呢？就是掠夺咱们东北资源的罪恶勾当！今天他又想来抢夺我们的山河煤矿了，工友们，咱们能答应吗？"

工友们用震天动地的声音喊道："不能，不能答应！""小日本子，滚回去！""二鬼子，滚回去！"

森田阴笑着来到绍景身边，低声道："你还忘了一件事情。你们的朱老先生不也是因为我，才差点死掉吗？"绍景朝着工人们，高声喊道："对了，刚才我还忘说了……"

他话还没说完，森田突然摸出自己那只金烟斗重重地砸在他的太阳穴上，鲜血顿时流了出来。绍景踉跄了几步，想摸自己兜里的小手枪，可是石川的枪先响了，绍景一头栽倒在地，血染红了皑皑白雪。

工人们乱了，开始朝前冲。警察们站成一条线，努力拦挡着，一个头目更是朝天鸣了几枪说："老实点，老实点，想找死吗？"

纷乱中，传杰开着卡车赶到。他跳下车，跑过来大声问道："怎么了，怎么了？怎么开枪了？都住手！"警察拦着他不让进。森田说："放他进来，他是副总经理。"

传杰推开阻拦，却看见绍景的尸体横躺在地上，满脸的愤慨，怒目圆睁着不肯闭眼。传杰心中大恸。

石川拍了拍传杰的肩膀说："起来吧！"传杰望着他手中那只还冒着烟的手枪，说："人，是你杀的吧？"石川冷笑着点点头。传杰眼中喷着怒火说："记住，你欠山河煤矿一条人命！"传文过来说："老三，日本人眼瞅着打进哈尔滨了，你说这些还有用吗？"传杰说："朱传文，今天我不叫你大哥！你是朱家的罪人，你是山河煤矿的罪人！"

传文一笑道："你说是罪人，俺看还是功臣呢！"说完，脸色忽然一变，瞪圆了眼珠子说："我有功的时候，你怎么不说？咱爹怎么不说？现在看俺要好起来了，还扣我一顶罪人的大帽子，呸！罪人怎么了？就算我是罪人，你能怎么地我？咱爹能怎么地我？废话少说吧，赶紧办理交接手续。"

石川朝传杰说："请吧，咱们进屋办理。"传杰说："想得美！法院已经受理了我们的起诉书。"森田说："可是张长官命令你们把山河煤矿交给我森田物产！"传杰说："做大梦去吧！法院有法院自己的特权，那个张长官，张景惠说了不算！等着吧，咱们法庭上见！"

森田朝石川和传文笑了笑说："听，多么幼稚！不会等到他们开庭，哈尔滨就已经是帝国的了！"

双城火车站附近一个农家院子，门口站着哨兵，不时有东北军官兵进进出出。传武正和几个军官在堂屋里商议军务。传武说："打还是不打都放个屁啊？"

张营长说："团长，弟兄们从今早上就开打，到后半晌才清理完战场，总得缓口气吧？"孙营长说："往双城车站来的鬼子长谷旅团，有近两千号人，装备精良，如果我们一口吃不掉，僵持起来，恐怕要吃亏的。"传武问另一位军官说："你呢，崔营长？"崔营长说："我觉得倒有一打，鬼子在明处，我们在暗处，暗箭难防！再者，鬼子在列车厢里，他们有再好的武器也难以施展。"传武说："我插一句，咱们今天刚刚吃掉了吉林剿匪军的一个团，弟兄们心气正旺着呢！"

院子里忽然传来一阵吵闹声。传武高声向院子里喊道："什么人？把他们带进来。"几个哨兵架着两个穿便装的人进来，却是鲜儿和老四。传武又惊又喜，说："姐，你怎么来了？"鲜儿笑了笑说："打鬼子呀！"传武说："带了多少人？"

鲜儿说："一百来条枪。"传武高兴得搓着手，说："正愁着人手不够呢，老天爷就发援兵来了！诸位弟兄，我介绍一下：这是我姐姐，不瞒你们说，是个胡子头，报号三江红，听说过吗？"

张营长哈哈大笑道："不就是二龙山的三江红吗？岂止是听说，还打过交道呢！"崔营长也笑了说："是啊，打过交道，打得昏天黑地。"鲜儿双手一抱拳说："各位长官，以往咱们是对头，三江红多有得罪，今儿个你们打鬼子，还请长官们不计往日恩怨，也算上三江红一个。"孙营长说："说得好！够个中国人！借你们胡子趟上的一句话：想啥来啥，正想娘家，孩子他舅就来了！"说得众人都笑了。传武招呼着说："过来，合计合计今晚的仗怎么打！"说着他来到桌边，展开地图，又朝鲜儿招手说："姐，你也过来。"

一家人簇拥在朱开山身边，翘首望着双城方向，枪炮声渐渐稀疏。传杰说："像是打完了。"玉书说："也不知是胜了，还是败了。"那文说："哪能败了，肯定是赢！咱家老二能打败仗吗？是不是，爹？"朱开山说："战场上的事，变化莫测，输赢难料啊！但愿他们赢了吧！"文他娘说："都进屋吧，站了大半宿了。"

一个伙计从餐厅跑出来，朝二楼喊道："二爷来电话了。"朱开山大步朝楼下去，传杰赶紧上前扶着说："爹，慢点。"朱开山甩一把传杰说："松开手，挡害。"

朱开山快步进了餐厅接过电话，一家人急急忙忙跟在后面。电话里传武的声音说："爹，是俺。"朱开山装作平静地问："打得还行？"传武兴奋地说："怎么叫还行，胜利了，大获全胜！"朱开山喜上眉梢，问："杀了多少鬼子？"传武说："正清点战场呢！三百五百是有了。"朱开山说："好啊，这一遭算解了口恶气！"文他娘抢过话筒说："老二，你在哪儿？"传武说："双城火车站。"文他娘说："挺好？"传武说："挺好！"文他娘抽抽噎噎地哭了。传武说："娘，你说话呀！"文他娘哭着说："管怎么小心枪子儿啊！"

朱开山朝老伴说："瞅瞅你这个出息，孩子打了胜仗，你哭什么？"他夺过话筒说："老二，要不说沙场上不能有女人。她们在边上一擦眼抹泪，士气就掉了一大截子！"传武这头笑道："爹，可别这么说，鲜儿就在俺身边呢！"

朱开山一愣，电话里鲜儿的声音传来："爹，俺给你问好了！"朱开山说："你怎么也跑去了？"鲜儿喜气洋洋道："打鬼子呀！俺不是还有那百十来条枪嘛！"

文他娘又抢过电话说："鲜儿，你们姐儿俩呀……"朱开山纠正她："叫夫妻。"文他娘对着话筒说："是，你们夫妻呀，怎么哪儿乱专往哪儿凑呢！"鲜儿说："娘，这可不是在凑热闹啊！也叫保家卫国吧？"文他娘说："对，是这么个事！这遭你们姐儿俩，不对，你们两口子给老朱家长脸了！"

那文一边听着，瞅一眼身边的生子说："看看你二叔，再看看你那个爹，呸！"生子说："娘，吐俺干什么，俺又不是俺爹。"

文他娘对着话筒说："什么时候来家呀？"鲜儿说："那得听传武的，现在俺是他的手下了。"文他娘说："不用听他的，你还是姐姐呢！"朱开山朝文他娘说："你老是叫不准人家。"他又夺过话筒："鲜儿，告诉传武，瞅打仗的空隙回家一趟，爹给你们摆庆功酒！"鲜儿乐着说："好啊，俺告诉传武，叫他好好陪爹喝两杯。"

双城车站月台周围，人山人海，有列队整齐的东北军官兵，也有前拥后挤的老百姓。崔营长一手扯着传武，一手扯着鲜儿，登上一辆炸翻的车厢顶，对众人说："双城的父老乡亲们，全团的弟兄们！今天，是1932年的1月31号，再有几天就过大年了！咱们今儿个就提前把大年过了，为什么呢？咱们三喜临门！头一喜，30号晚上，俺们东北军朱传武团歼灭了投降日本人的吉林剿匪军的一个团；第二喜，今天凌晨，我们团又在双城火车站伏击鬼子的长谷旅团，杀死了四百七十二个鬼子！"

围观的民众高声欢呼："好啊！长中国人的志气了！""朱团长带兵有方！""看他小鬼子还敢来！""双城老百姓有救了！"

崔营长摆了摆手，叫人们静一静说："还有第三喜，今天，是一对新人成亲的大喜日子，新郎就是我们的团长朱传武，新娘就是这位姐姐，也许有人听说过，赫赫有名的三江红。"

人群中顿时议论纷纷："朱团长威武啊，一表人才！""妈呀，三江红多俊个人！""朱团长将军相，大将军相！""三江红也不像是胡子呀！"……

崔营长喊一声说："鸣枪，放礼炮！"只听三阵排枪，接着又是数声礼炮，直上云霄。人群沸腾起来。

崔营长说："新郎、新娘听好了。"又笑着小声和传武、鲜儿说，"二位，今天得听我的了。"他退开几步，高喊道："一拜天地。"传武和鲜儿鞠了三躬。崔营长又喊道："二拜……"他赶忙收住声问传武说："双方老人都不在啊，怎么说？"传武略一想说："就拜双城老百姓吧。"崔营长说："好，主意好！"他又退开几步，高声喊道："按照新郎新娘的意思，二拜双城的父老乡亲。"传武和鲜儿向民众深深鞠了三躬。民众们纷纷叫好。

崔营长又喊道："夫妻对拜。"传武和鲜儿相互笑了笑，鞠了三躬。传武抬起身，朝着民众说："双城的父老乡亲，全团的弟兄们！如今国难当头，大敌当前。大家还为我们操办了这么体面的婚事，我朱传武一个粗人说不出什么花花样来，只有两句话：一，多杀鬼子；二，谢谢双城的父老乡亲！"

崔营长对鲜儿说："嫂子，你也得说两句。"鲜儿说："算了吧，俺没在这么大场面上站过。"崔营长说："嫂子，还是说两句吧，这么多来庆贺的，难得！"

鲜儿低头想了想说："那好，俺说几句。"她望着眼前的东北军官兵和双城的老百姓说："叔叔，大爷，婶子，大娘，兄弟姐妹们！俺三江红也是苦出身，刀尖子上滚了这么多年，多少回盼着能有个家，今天你们帮俺把这个多少年的梦圆了！俺三江红谢谢了！过去俺是穷得没有活路了，上了山，今天，鬼子来了，俺下了山，为个什么？俺手里有枪，还有百十号弟兄，不能眼瞅着父老乡亲当亡国奴啊！哪怕是俺自己战死，咱也不能当亡国奴啊！"说罢朝人群又深深地鞠了一躬。

口号声四起："东北不能丢，中国不能亡！""万众一心，抗战到底！""打倒日本帝国主义！""中华民族万岁！"

传武和鲜儿并肩站着，热泪盈眶。夜深了，雪花飘飘洒洒，一会儿便铺白了站台。传武和鲜儿在月台上走着，留下两排浅浅的脚印。鲜儿说："又下雪了。"传武说："今年的雪，像是特别多。"

鲜儿说："每到年根，雪都挺多。"传武说："下午，我打电话告诉家里，咱在这儿成亲了，爹娘乐得什么似的，说是晚上，家里也要摆酒席呢！"鲜儿说："传武，咱是哪一年进的山场子啊？"传武说："哦，有二十多年了吧！"鲜儿轻轻说："传武，知道吗？从那时候，姐就喜欢你了。"传武说："俺也是。"

雪越下越大，传武停下来，轻轻攥住鲜儿的手说："山场子那阵多好啊。"鲜儿说："什么都不懂，除了干活，没别的心事。"传武说："这二十来年跑的，一会儿生，一会儿死。"鲜儿轻轻地靠在传武身上说："传武，姐真有点累了。"传武抱紧她，轻轻吻着她的额头。雪花静静地飘着。这一刻，他们仿佛重新回到了大雪冰封的雪岭山场。

什么地方传来了嗡嗡的声音，打破了难得的静谧。传武侧耳一听道："不好，鬼子的飞机！"他们匆忙朝候车室跑去。不一会儿，一颗颗炸弹响起，火光一片。

四味楼里炮火声隐约可闻。秀儿说："娘，今儿个的炮火像是比昨儿个的凶啊！"

玉书说："听电台说，鬼子不光动了坦克、铁甲车，还有飞机呢！"朱开山说："双城那一带一马平川，无险可守啊！"生子说："二叔他们能赢吗？"

那文一路小跑上了楼梯。文他娘问："打上电话了？"那文说："刚和老二说两句，电话就断了。"传杰说："二哥说什么了？"那文说："伤亡挺大，车站都快炸平了。"朱开山说："告诉他们撤退呀！"那文说："电话断了。"文他娘说："鲜儿呢？"那文说："还没等说呢！"正说着后院进来个人，却是邮电局的职员，给朱家送个急件。传杰签收了，过来说："法院来的开庭通知书。"朱开山问："什么时候开庭？"传杰说："明天上午九点。"那文说："都什么时候了，才告诉开庭，开了庭，还敢判日本人输？"玉书说："听说，那个张景惠——维持会会长早就和日本人勾搭上了，法院还不得听他的？"文他娘说："他爹，明天你还去吗？你要是再上股子火……"传杰说："爹，还是去吧！梁法官好不容易同意受理了。"

朱开山说："去干什么？去了也是生气，要去你自个儿去吧。"

双城方向传来更加猛烈的炮火声，一家人抬头望去，双城方向的天空一片火红。

一匹快马奔来，到了四味楼门前，马上的人带住马，朝里面喊道："喂，四味楼有人吗？"那文和秀儿赶紧跑过去，那文说："找谁？俺就是四味楼的。"马上那人是老四，他的棉袍子已经被打烂，翻出一团团棉花。老四说："是大嫂吧？"那文点点头。老四说："朱团长和三江红已经退回哈尔滨，正在香坊街一带修筑阵地，叫我来报个平安。"说完调转马头打马而去。

那文和秀儿叹口气，进了屋，却和朱开山老两口走了个碰头。那文说："娘，老二他们退回来了。"朱开山说："在哪儿？"那文说："说是在香坊街一带修阵地呢！刚才打发人来报了个平安。"秀儿问："爹，你这是要去哪儿啊？"文他娘说："你爹又改主意了。"秀儿说："开庭去？"朱开山点点头，朝那文说："大媳妇，你把生子叫来。"那文说："爹，叫他干什么？"朱开山说："叫他去看看那些卖国的法官怎么出卖山河矿，怎么出卖咱们国家，我兴许看不见这些狗东西的明天了，叫生子记着，将来替我和他们算账！"

森田和石川坐在审判厅门外走廊的长椅上。朱开山、传杰带着生子过来。森田见朱开山来了，站起来微微笑着说："朱老先生，咱们又见面了。"朱开山说："你那爪子好利索了？"森田说："多少有点疼，不过心情还不错。"朱开山说："是觉得官司能打赢吧？"森田说："不仅如此，还有哈尔滨即将落入帝国之手。朱老先生，你的心情也不错吧？"朱开山说："不好。"森田说："朱老先生倒是个说实话的人。"朱开山说："辛辛苦苦开的煤矿叫你森田夺去了，我心情能好吗？中国的哈尔滨要叫日本霸占了，我心情能好吗？"森田说："朱老先生，不要想不开，你的大儿子朱传文就比你聪明，心甘情愿和我森田合作，现在已经是东省商会的会长了。"

朱开山说："知道，他现在是挺好，不知道他将来是个什么下场。"森田说："朱老先生，你对将来有什么看法呀？"朱开山说："有点看法，都很简单，第一条将来中国还是中国人的，你们日本人还得回去，回到那几个小岛子上去；第二条你们走的时候，肯定留下了一片片自个儿人的尸首，还有满世界对你们的骂名！"

森田仰面大笑道："朱老先生，你这只是一厢情愿呢！知道吗？日本是神的民族，天照大神不仅要照耀满洲，照耀中国，还将照耀整个世界。"朱开山低头问生子说："生子，他的话你明白吗？"生子说："俺不明白，他说的就像那个跳大神的话一样，都是梦里的东西。"朱开山朝森田说："森田总裁，听见了，孩子是不会说假话的。"森田也一笑道："法官更不会说假话。你听见那隆隆的炮声了吗？我的话会很快被印证的，老先生。"

在远处隆隆的炮声里，开庭了。梁法官端坐在主审法官的位置上，神情庄严。他敲了一下法槌，目不旁视，拿起宣判书，开始宣读："中华民国，东省特别行政区高等法院民事三庭，现在对山河煤矿矿权纠纷一案开始宣判。原告中国山河煤矿，被告日本森田物产。连日来，本厅对山河煤矿矿权纠纷一案进行了认真详尽的调查审理，认为：一，原告诉被告森田物产未经山河煤矿股东大会许可，私自收购东胜商社在山河煤矿的股份，证据确凿，事实清楚，本庭予以采信；二，原告所诉被告森田物产将银行贷款作为自有资金让东胜商社用于购买山河煤矿的股份，证据确凿，事实清楚，本庭予以采信。本庭根据上述两点，现在判决如下……"

突然，一颗炮弹呼啸着落在法庭屋顶，轰然炸响。法庭里的人慌忙躲藏，瓦片、大片的天花板还有尘土瀑布似的落下来。片刻，梁法官从审判桌下面钻出来，拍了拍头上、身上的灰尘，面不改色，要继续宣判。森田却暴躁地咆哮起来："够了，够了，听听炮声吧！这就是最好的宣判！"梁法官轻蔑地看了他一眼，语调不变："本厅根据上述两点，现在判决如下：一，根据《中华民国商务通律》第六十三条第四款之规定，被告森田物产无权收购山河煤矿股份，更无权占有山河煤矿；二，依据《中华民国民法》第三十四条第六款之规定，被告森田物产以借贷资金充当自有资金，实属欺诈，收购山河煤矿股份无效；三，由于被告森田物产上述违法、违规行为给山河煤矿造成的一切经济损失均由被告森田物产全额赔偿！"

森田一言不发，带着石川就往外走。梁法官喊了声："被告站住。"森田和石川一愣怔停下来，梁法官说："此判决为终审判决，从宣判之日起，即发生法律效力！"森田冷笑着说："法律效力？连哈尔滨都已经是大日本帝国的了！"说完扬长而去。

朱开山领着传杰和生子上前给梁法官鞠了一躬，说："梁法官，谢谢你，虽然日本人就要打进来了，我还得谢谢你！谢谢你给中国人主持公道！"梁法官说："公正执法是一个司法人员的天职。"传杰担心道："梁法官，你就不怕张景惠和你过不去吗？"梁法官说："是啊，他饶不了我，可是，鸟之将死，尚有一鸣，国之将破，还要一战，为了法律之公正、中国之主权，本人岂能无有一搏？"朱开山含着泪，紧紧地握住梁法官的手。梁法官拍了拍生子说："孩子，永远别忘了，咱们是中国人。"

生子放下电话，转头对那文说："娘，俺都是照你教俺说的跟爹说的。"那文说："不孬，装得怪像呢。"秀儿走过来说："你娘儿俩在这演什么戏啊？"那文一笑说："看你说的，俺能会演戏吗？俺在这教生子怎么打电话。"说完，赶紧拽着生子走了。

吃了饭，那文穿了件长长的棉袍，领着生子下楼来，迎面碰上玉书。玉书问："大嫂，大黑天这是上哪儿呀？"那文说："哪儿也不去，刚吃饱，领生子出去消消食。"

玉书说："小心哪，这炮火连天的，别走远了。"那文顾不得回答，领着生子急急忙忙往院外走。

玉书觉得这娘儿俩有点奇怪，转身慢慢朝楼上走去，不时回头望着。秀儿从自己的房间出来说："玉书，你瞅什么呢？"玉书说："大嫂刚刚领生子出去，那神情好像不大对。"秀儿说："对了，下午啊，我听他们好像和大哥通电话呢！"

玉书说："和大哥通电话？你告诉咱爹了吗？"秀儿说："他们一家人通个电话怎么了？"玉书说："朱传文还算咱家里人吗？走，赶紧告诉爹。"

离四味楼不远的地方，停了一辆黑色轿车。那文和生子走过去。传文从车上下来，涎着脸说："都想明白了？"那文说："都想明白了。"传文说："愿意跟我打香腰去？"那文说："愿意，一百个愿意。"传文说："我怎么看你脸色不对呢？"那文说："俺是怕叫爹知道。"传文说："咱做得这么机密，他上哪儿知道？"

生子突然喊了声说："爷爷来了！"传文一惊，赶忙转头望去说："在哪儿？"

生子朝黑影里指指说："那不是吗？就在那儿。"那文趁他回身的空，解开长棉袍的扣子，从里面往外抽出一把挺长的柳叶刀来，挥手就往传文头上砍。

传文惊叫一声，低头躲过，飞起一脚踢掉了那文手中的刀。生子扑上去，抱住传文的大腿就咬。传文一抬脚，把生子踢开老远。

朱开山带着文他娘、秀儿冲过来，后面还跟着玉书。文他娘说："老大，你个丧良心的，下死手啊？"传文也不说话，慌忙钻进轿车跑了。朱开山大吼一声道："你给我站下。"那轿车没跑出去多远，还真停下来了。传文从车窗里探出头说："爹，日本人眼瞅进哈尔滨了，赶紧去给森田说句好话吧！要不真有你难看的！还指派那文当刺客，她是我的对手吗？生子，别生爹的气，爹刚刚才用了五成的力气。"文他娘跺着脚说："老大，你给我回来！"传文说："娘，你老别害怕，养老送终就得靠我了，他们哪个也指望不了。"朱开山说："老大，你有本事把车倒回来。"传文嘿嘿一笑道："爹，我有点本事也不如你，你一只手都差点要了我的命，何况今晚又添了那文那么个母夜叉。"

那文指着传文说："不用你骂，今晚上，恶鬼就去掐死你。"玉书说："不用鬼掐，老百姓早晚审判你。"传文说："你呀，书都白念了，跟三儿跑，等着倒瞎霉吧！还怀了个孩子，生下来也得跟你们穷个吊蛋儿精光！"传文又朝秀儿喊道："秀儿，你是个老实人，日本人来了，有什么难处和大哥说，别不好意思。"

秀儿厌恶地说："你闭嘴，赶紧走吧！"传文又喊道："娘，俺给你拜个早年了！"

文他娘说："呸！你恶心死我了，你枉为朱家的人，枉为中国人！"

朱开山说："朱传文，你躲了初一，躲不过十五，就算哪一天我不在了，老二、老三还有生子也能把你送上西天。"生子说："爹，你就别叫爷爷奶奶生气了，走吧！"传文说："儿子哎，爹到什么时候都是你的爹！"说完缩进车里，轿车一溜烟跑了。

那文揉着手腕子说："这个丧良心的，脚头还挺狠。"文他娘说："你哪是他的对手，小时候，他也跟你爹练过。"生子说："爷爷，你也教俺呗？"朱开山摇摇头说："来不及了，孩子，鬼子已经杀到家门口了。"

一辆卡车开过来，传杰下来问："都站这儿干什么？"文他娘说："见着你二哥他们了？"传杰说："见着了，队伍上的人两三天没正经吃东西了，连水都没有，渴了就吞把雪。"朱开山说："这哪成，空肚子哪能打仗？大媳妇，赶紧叫伙计们连夜做。"

传杰见那文手里拎着那把柳叶刀说："大嫂，你怎么还拎这玩意儿？"那文说："才刚，那个卖国贼回来了，俺手头就慢了那么一丁点儿，叫卖国贼跑了！"传杰说："你是说大哥吧？"那文说："不是他，还有谁？那个拉血的鬼！"传杰说："我说嘛，看刚才车里的那个人有点像俺大哥。"那文说："老三，从今往后，你们谁也不许叫他大哥——卖国贼！"

传杰开着辆卡车载着全家人，还有四味楼的几个伙计和街坊四邻，往香坊街传武驻地方向而去。街道上空，浓烟滚滚，路面上满是碎砖、瓦砾。玉书看见了，全身一阵阵颤抖，童年时遭受的血腥记忆像是复活了。朱开山说："玉书，别往外看。"传杰说："你呀，真不该来，这车一颠一抖的。"玉书说："我来看看，将来好告诉咱们的孩子，他的先辈是怎样抗击侵略者的。"

到了部队驻地，传杰停好车。朱开山跳下来，问一个士兵说："小老弟，你们团长在哪儿？"那士兵说："好像是上前面去了。"正说着，传武带了几个参谋从街角转过来。文他娘站在车厢里说："那不是老二吗？"

传武也看见了家人，大步上前说："爹，娘，你们怎么来了？"文他娘说："三儿说你们好几天没吃东西了，娘能不急吗？"那文朝传武说："老二，都是才出锅的，整一车，豆包、饺子、大饼、馒头，还有咱四味楼的菜肴。"

刘掌柜哆哆嗦嗦地从车上下来说："二爷，可得好好打呀！"传武说："大叔，您老身子还行？"刘掌柜说："托你们东北军的福，还行。"他从怀里掏出瓶酒来，塞给传武说："二爷，知道你喜好这口，特意给你带了瓶来。"传武说："大叔，那俺就不客气了。"刘掌柜说："二爷，哈尔滨的老百姓就你们这么点指望了！"

传武沉重地点点头说："知道。"生子跑过来说："二叔，给俺条枪呗？"传武说："行啊！"生子一伸手说："拿来。"传武笑了说："等你长到比枪高的时候，二叔一定给。"生子一瘪嘴说："那得等到哪一年？"朱开山说："也快啊！生子。"

士兵们吃着热乎饭，一个个笑逐颜开。一个参谋对传武说："团长，四味楼以前俺光从门口闻过香，从来没进去过，没想到在这里吃到正宗的啦。"说得大伙儿全乐了。

文他娘问传武说："咱家鲜儿呢？"传武四下望着，一指说："在那儿呢！"不远处残墙边，鲜儿和几个手下的弟兄歪在墙上睡着。玉书从车窗探出头来说："二哥，辛苦了。"传武说："玉书，你不该来呀！怀着孩子呢！快生了吧？"玉书说："就这两天的事。二哥，你猜我想什么呢？"传武笑笑说："想生个胖小子。"玉书说："不是，我在想也拿起枪和日本鬼子干！"传武说："那也得先把俺那个侄小子生了呀。"玉书笑了。

秀儿过来，瞅着传武说："把扣系上，这么冷的天。"传武把秀儿领到一边，悄声说："日本人很快就能打进来，到时候别和咱爹咱娘走散了。"秀儿点头。传武说："往后的日子可能更艰难，管怎么照顾好自个儿。"秀儿眼圈红了说："俺知道。你也躲着些枪子儿。"

文他娘走到鲜儿身边，蹲下，心疼地打量着她：一顶狗皮帽子扣在脸上，棉衣的肩头已经磨破，脸被炮火熏得黢黑，还有一道道的汗渍。鲜儿睁开眼睛说："娘，你怎么来了？"文他娘搂住鲜儿哭了说："鲜儿，跟娘回家吧！"鲜儿说："娘，鬼子就在那趟街，俺能回家吗？"文他娘说："打仗不是咱女人家的事。"

鲜儿疲惫地笑了笑说："国家都好没了，还论什么男人女人啊！"

传武领着朱开山和传杰来到一扇窗户跟前，指着前方说："爹，那边就是鬼子的阵地。"朱开山望着说："还有坦克、铁甲车呢！"传武说："后面还隐蔽着大口径火炮。"传杰说："二哥，咱们呢？"传武说："只有几门迫击炮。"朱开山说："还能挺几天？"传武说："没有增援队伍，顶多两天。爹，告诉街坊邻居们，该走，赶紧走吧！"

朱开山说："也是啊，打不过就走呗，不能把老本打空了。少帅那面没有什么信儿？"传武说："电话已经不通了，最后一次是在双城和他通过话。"朱开山说："少帅怎么说？"传武说："他后悔了，不该听蒋介石的，不该太相信国联。少帅哭了，说在他的手里把东北三省丢了，他对不起东北的父老乡亲。"朱开山说："少帅当初也是糊涂呀！东北军那么多兵马怎么非听蒋介石的，不打却往关里撤呢？"传杰说："和豺狼能讲和吗？有这样的事吗？"传武说："老三，你们山河煤矿怎么样？"传杰说："官司是打赢了，可是赢了又有什么用？"传武说："爹，照我看，你们把山河矿炸了吧！"朱开山说："对，三儿，炸吧，不能留给日本人呢！"传杰说："行，这事我去办！"

那文跑过来说："爹，有两个报社的记者找你。"朱开山说："找我干什么？"那文说："人家说，要给咱全家照个相。"传武说："为什么？"那文说："人家说，咱家是中国人抗战的楷模。"朱开山笑了说："也好，好些年都不照了。"

断壁残垣，硝烟处处的阵地上，朱开山扶着生子的肩头和文他娘站在中间，一边是满身征尘的传武和鲜儿，一边是传杰扶着挺着大肚子的玉书，那文和秀儿靠在他们旁边。记者按下快门。这幅朱家抗战图永远地留在了时代的烟尘之中。

大年夜，一家人围在一起包饺子，外面传来震心的枪炮声代替了往昔喜庆的鞭炮。

朱开山说："闻这个馅子，味挺正啊！"文他娘说："还有心思品味，满街上的人都走了，你就不怕鬼子杀进来？"朱开山说："今儿个可是年三十，辞旧迎新的饺子能不吃吗？传武说了，肯定能挺过今晚上。"那文说："玉书，你这饺子皮怎么擀的？四棱八瓣的。"玉书小声地说："俺手上颤颤，你就不害怕？"秀儿说："你是说枪炮声？那怕什么，有咱爹咱娘在这儿。"那文说："玉书，你可别今晚上生啊，连个大夫都没处找。"秀儿说："那也不怕，还有咱娘和你呢。"

传杰进了屋。那文问："老三，矿山炸了？"传杰说："炸了，工友们都哭了。"秀儿说："哭什么？还能留给日本人哪？"朱开山说："能不哭吗？辛辛苦苦建起来的，绍景还把命给搭上了。"文他娘说："可惜了，那么大片矿山。"朱开山说："别心疼了，总不能留给日本人现成的。"生子说："爷爷，等俺长大了，再把它夺回来。"朱开山说："咳，就怕爷爷看不到那一天了。"那文说："爹，看你说的，就你这个身板，活个百八十岁还不是轻似溜的？"

突然，轰的一声有炮弹在楼外面炸响，震得房上的尘土簌簌掉下。文他娘说："他爹，赶紧走吧！"朱开山说："老大媳妇，再去掂对两个菜。"文他娘说："你还摆这个谱。"朱开山说："过大年了，总得抿上两口吧？"文他娘说："你呀，小鬼子不杀进来，你是心不甘啊！"朱开山说："也不是，这两天我老觉得心里头有什么事，这件事不做了，心里就不熨帖。"那文说："爹，什么事？你赶紧说。"朱开山说："不是还没想起来吗？老了，真是老了。脑瓜子不管用了，那么要紧的事，怎么就想不起来了呢！"文他娘说："俺可告诉你，不管你想不想得起来，吃完饺子，咱赶紧走。"

前沿阵地已经成了火海，东北军与日军展开了残酷的肉搏战。火光中，传武杀红了眼，手中一把大刀上下翻飞，一个又一个鬼子倒下去。尾崎站在一辆坦克上，挥舞着军刀，呀呀叫着，在指挥。鲜儿悄悄地摸上去，抬手一枪，尾崎惨叫一声倒下。鲜儿跳上坦克车，拾起那把军刀，又向里面扔了颗手雷，跳下坦克车，反身冲进厮杀的人群。老四挺着一支步枪，连着捅翻了几名日军，终于抵不住三名日军的夹攻，胸口中了好几刺刀，倒在了血泊中，犹自怒目圆睁。

传武杀得正酣，却不妨身后被一个鬼子刺了一刀，正中左肩，他忍痛转过身来，手起刀落，把刺他的鬼子砍翻在地。又有三个鬼子哇呀呀地冲上来，剧痛之下，传武只能招架，破绽更多，胸前又被刺中一刀，那鬼子用刺刀用力拱着，一直把他拱到墙根下。传武瞪大眼睛看着日本兵，眼里都要喷出火来。鲜儿挥舞着枪冲过来，大声地哭喊着"传武……"甩手两枪放倒了鬼子。传武靠在墙上，那刺刀却还在他的胸上。鲜儿抱住传武，传武惨然地笑了笑，双手抓住刺刀，大叫一声，生生地把刺刀拔出胸腔！鲜血顿时从他的胸膛涌出，他像一棵大树缓缓地倒下……

四味楼，一家人正在慌乱地收拾东西。那文一边收拾着一边哭着说："这是什么日子啊？"玉书说："大嫂啊，别哭了，赶紧点儿，日本人要进来了！"那文长叹一声道："咳呀，想当年皇帝爷被废，我也是深更半夜逃出王爷府，忙忙如丧家之犬，惶惶如漏网之鱼，这才过了几年好日子，叫日本人逼得又得逃难，我这苦命的人儿啊……"

传杰哭喊着跑进来说："爹，娘……"文他娘说："怎么了，三儿？出什么事了？"朱开山稳稳地坐在那儿，眼皮都没抬。传杰哭着说："娘，前面传来消息，我二哥战死了……"文他娘惊得张大嘴说不出话来，猛地给传杰一个耳光说："我叫你胡说八道！"传杰说："娘，这是真的！鲜儿嫂子正拉着我二哥往家里奔呢……"文他娘喊了一声"传武"，瘫坐在地上。那文和秀儿忙把她搀起来。

朱开山一动不动，两行老泪流过面庞，轻声说："搭灵堂吧。"传杰说："爹，使不得呀，咱赶紧走吧！日本人的铁蹄子马上就踏进咱的家门了！"朱开山说："搭灵堂吧！"全家人面面相觑。

那文哭着说："爹，在哪儿搭呀？"朱开山说："就在这儿！"那文说："爹，这可不行啊，小辈人的灵堂都搭在西厢，没有上中堂的。"朱开山说："我就要破破规矩，老二为国捐躯，为民洒血，理应在全家之上！把老宗谱请出来，我要为他树碑立传！"

漫天大雪中，鲜儿拉着雪橇走到门口。传武已经成了一个雪人。鲜儿木木地说："传武，到家了……"突然楼里传来了大悲调的响器声。

鲜儿抱着浑身是雪的传武慢慢走进来，传杰和伙计们跑过去接过传武的尸首。文他娘坐在椅子上，像木了一样。朱开山背着手站在十字楼梯上。鲜儿走到朱开山面前，跪下了说："爹，传武到家了！"

朱开山伸出颤抖的手，把传武脸上的雪擦净。外面的枪炮声又剧烈地响了起来。传文像一个鬼魅似的走到四味楼门口，浑身上下被雪染得雪白。他徘徊着，听着屋里的悲声，慢慢躲到暗处。

灵堂搭起来了，朱开山站在传武的尸身前，说："我说几句话，除了一个逆子传文，家里人都齐整了，都把眼泪给我收起来，眼泪没有日本人的枪炮声大，眼泪救不了命也救不了国！我朱开山活了一辈子就见不得眼泪！上辈人给下辈人做祭祀，古往今来这恐怕是第一回，叫我朱开山摊上了，我说呢，值！为国而死，为民捐躯，这是老朱家的传统，也是老朱家的光荣！你们看看咱家的老宗谱。"他指点着宗谱上一个个的名字，"你们看看！打从万历年间的老祖宗到今天，一代一代都是怎么死的？没有一个是老死病死瘫在炕上的，都是站着把血喷到贪官污吏土豪劣绅洋鬼子身上的！就是倒下也是落地有声，前门楼子上，挂过老祖宗的头颅，济南府衙门的旗杆上挂过老祖宗的尸首，今天，朱家又把一个儿子搭给了小日本鬼子，我高兴啊，我没做到的，我儿子做到了，他是咱家的神，他是咱家的仙！咱们全家要把他供起来，我死了以后，不求你们哭哭啼啼，只求你们把我和传武的灵位摆在一起，我生没做到的，死了跟儿子沾沾光吧……"他威严地环视众人，"我还有一句话，能入老朱家宗谱的都应该是英雄好汉。朱传文这个王八犊子，永远不许登堂入室，永远不许进老朱家的宗谱！"屋外的传文泪流满面，转身迎着风雪，孤独地走开。

大悲调又响了起来，挽带飘飞。鲜儿坐在灵堂前，痴痴地唱着，她没有了眼泪，仿佛置身于山场雪原，置身于天地洪荒……

秀儿默默地走到鲜儿的面前，轻声说："姐姐，别唱了。"鲜儿停下来，轻声问道："雪停了吗？"秀儿说："还在下，越下越大。"鲜儿说："那就好，明天发送传武，传武就不冷了，这么大的雪就是一床大被呀，暖和和地盖在传武身上，咱传武都能睡出汗来。"秀儿再也忍不住了，哭着扑到鲜儿的身上，说："姐姐，别说了，你得疼死俺呀！"鲜儿望着窗外，面露微笑说："有这样的汉子，姐这辈子也知足了，秀儿，其实姐对不住你，就是因为我，传武才没有把你放在心上，让你冷了一辈子……"秀儿说："姐，这是命，虽说我和传武是夫妻一场，可我心里知道，你们俩在心里生活了一辈子，疼了一辈子，要怨就怨我，我早该和他一断，让你们多过几天开心的日子。"鲜儿把秀儿搂在怀里说："谢谢你，秀儿。"

朱开山背对着文他娘坐着，像块石头，一动不动。文他娘轻声地说："他爹，天快亮了，你就睡一会儿吧，要不熬不住啊。"朱开山还是一动不动，文他娘默默地走过去，一下子愣住了——朱开山两眼紧闭，脸上爬满了泪水。文他娘说："他爹，你别吓我，我一辈子没看见你掉过泪，你这是怎么了？你要是憋不住，就痛痛快快地哭吧！别憋出病来。"

朱开山伸出手来，攥住文他娘的手，说："我心里最疼的一个儿子走了……"文他娘说："我知道，在家里三个孩子中间，你最不管的就是传武，最冷待的也是传武，挨你巴掌最多的也是传武。你说过，不用管传武，他是一颗种子，扔到哪里都能活，风吹雨打都不怕，可我知道，在你心尖上站着的就是传武……"

朱开山说："我最难受的也正是这个，越是这样的孩子越是得不到爹娘的疼爱，咱们把疼都放到听话的孩子身上了，他这也是一辈子，山场子他差点儿没命，水场子几生几死，多少回离家出走，其实都是咱的错。孩子是一肚子怨恨走的，可这孩子从来不记这些。当了兵，在战场上冒着枪子儿，每回来家都是有说有笑的。我算了算，这孩子一共没来家几次呀，我这一辈子也没和他说几句话。他把我的心摘走了，我真想让儿子起来，和他喝一壶酒，把欠他的情、欠他的话，都热乎乎地捧给他……"

朱开山像孩子一样捂住嘴，压抑着哭声，把头靠在文他娘的胸前……

天色微凉，大雪掩盖了血与火。纯白无瑕的大地上，一队日本兵踏进城里，留下了乌黑的脚印。

桌子上放着那文的柳叶刀，还有一支匣子枪和两颗手雷。朱开山问传杰："三儿，你搁哪儿弄的这些枪药？"传杰说："都是俺二哥生前给的，他怕咱家在往城外走的道上出事。"朱开山说："那就装好了它，我原来寻思只能靠这口刀逃命了。"传杰将匣子枪和手雷揣进腰里。生子进来说："爷爷，咱家门口好像有人。"

传杰说："谁呀？"生子说："看不清。"朱开山提起刀就往门外走，传杰跟出来。朱开山说："传杰，你回去吧，玉书刚生了娃，要你照顾呢。"传杰说："没事，娘和秀儿，还有俺大嫂都在呢，我也帮不上忙。"

爷儿俩下了楼，见院门外站着森田、石川和几个全副武装的日本宪兵。朱开山大踏步走到森田跟前，说："森田总裁，恩恩怨怨是你我之间的事情，能不能放过我家里的人呢？"森田说："朱老先生，从我听说你那天起，就知道你是个喜欢做梦的人,梦想挽救大清朝,梦想开煤矿,梦想中国富强。今天,你的梦做到头了。我森田为人处事有两个准则:一,不能有妇人之仁,婆婆妈妈,做不成大事;二,斩草必须除根,今天留下一棵苗,明天就是一片森林。"朱开山说:"那对我那个大儿子呢?"森田说:"另当别论,朱传文是中国人当中的优良分子,诚心诚意为大日本帝国效劳。至于你,朱老先生,我们要想再见面的话,只能是来生来世了。"

朱开山笑眯眯地点点头,突然一个箭步蹿上前去,左手扣住森田的双手,右手蓦地从腰后抽出那柄柳叶尖刀,横在他的脖子上。石川和几个宪兵紧张地持枪对着朱开山。朱开山怒目圆睁,喝道:"不要乱动,你们总裁还不想死,对吗?"森田说:"朱开山,你又想做梦。"朱开山一笑道:"是吗?今天,咱俩有一个是在做梦。"森田朝石川吼叫道:"开枪,开枪!"石川说:"总裁,您的性命要紧哪!"

朱开山将森田往楼上带,说:"感谢你的手下吧,他们真以你为重啊!"传杰断后,悄悄掏出手雷。朱开山带着森田来到二楼,转过身往院门一瞅,说:"嗯?怎么又进来几个?"石川和那几个日本兵应声往院门望,传杰趁机将两颗手雷扔下,"咣咣"两声巨响之后,石川和几个日本兵已经横尸院中,玻璃片散落了满地。

秀儿紧紧护住文他娘和玉书。那文搂着生子惊叫道:"娘,完了!这遭可完了!"文他娘低头包裹着刚刚出生的孩子说:"秀儿,帮玉书把衣裳穿好了,今儿个咱就是死,也得是个齐整的模样!"

到了二楼走廊上,朱开山松开森田,掂了掂柳叶刀说:"森田总裁,你也是个喜欢做梦的人,梦想抢夺山河矿,梦想抢夺中国,梦想灭亡中国,你的梦今天可是真做到头了!不过,我不像你,不给别人留后路。"森田说:"怎么,难道今天你会放我走?"朱开山一笑道:"看,你又在做梦!不会放你走的,我说的后路,是说叫你有个挑选:你是自己了断呢,还是用我动手啊?"森田说:"谢谢朱老先生,天照大神的子孙用不着你动手。"

森田掏出自己的金烟斗,他闭上眼睛,似乎要往自己头上砸,却突然一翻手腕,奋力朝朱开山脸上掷去。朱开山偏头闪过,森田又号叫着上前夺刀,朱开山一个扫堂腿,森田滚落在地,朱开山又跟上一脚,将他踹下楼去。森田从地上爬起来,就往院外跑。传杰开了两枪却没有打中。

传杰正要追,森田却退着步子回来了——传文高举着一个木头凳子,把他逼进了院子。传文说："森田总裁，你请留步。"森田说："你想干什么？"传文胸口一挺说："我想护住俺这个家！"传杰和朱开山都有点呆，传杰高喊："大哥！"

趁传文分神的刹那，森田一烟斗砸在传文的太阳穴上。传文惨叫一声，扑通倒地。

朱开山将那把柳叶刀狠狠地投下去，插进森田的后背，森田一头栽倒。传杰跑下楼，抱起传文，传文头上血流如注。朱开山弯下腰说："老大，老大！"

传杰房间的门开了，文他娘抱着包裹得严严实实的婴儿出来，秀儿搀着玉书，那文和生子跟在一旁。那文跑过来说："爹，传文这是怎么了？"传杰哭了说："俺哥为了堵住森田不让他跑，为了救咱这个家……"那文扑到传文身上哭喊道："传文，传文，你把眼睛开呀！"生子也哭了说："爹，你醒一醒啊。"文他娘把孩子交给秀儿，凑近传文的耳朵："老大，老大，娘在喊你，听见了吗？"传文努力睁开眼说："娘，俺听见了……"朱开山哽咽着说："老大，你看爹一眼，看爹一眼。"传文又睁开眼，大口捯着气："爹，爹……"朱开山说："老大，你说，爹听着呢。"传文呼哧呼哧地喘着，断断续续地说："爹，俺……俺……俺错了……"朱开山老泪扑簌簌滚下，哽咽着说："老大，爹不怪你，你好样的，和老二一样，好样的！"传文笑了，随即头一歪，人又昏了过去。

大雪纷飞。朱开山一家人挤在一辆马车上。传杰和头缠绷带的传文赶着车。

玉书悄声和秀儿说："秀儿，我给孩子想了个名。"秀儿说："叫什么？"玉书说："新华，新旧的新，中华的华。"那文说："国家都这个样了，还怎么新哪？"玉书说："我的意思是盼望将来孩子们能建设一个新的中华。"文他娘说："玉书，娘给她起个小名吧？"玉书说："娘，你说。"文他娘说："就叫亮子，她不是傍天亮时候生的吗？"那文说："爹，你看行吗？"朱开山说："行啊，傍天亮生的孩子将来建一个新的中华，一个强盛的中华，谁也不敢欺负的中华，好！真好！"生子问传文说："爹，咱这往哪儿去呀？"传文说："问爷爷吧，我也不知道。"朱开山说："你就往前赶吧，总有适合咱们安家的地方。"文他娘说："当年，闯关东来的时候，还有个元宝镇，现在倒好，往哪儿去都不知道了。"朱开山说："往哪儿去是小事，现在咱们孙子有了，孙女也有了，有了这一代一代的人，咱还怕什么？文他娘，我和你说，国家亡不了，咱们朱家也亡不了！"

马车远去，雪越下越大。风雪中，传来文他娘的声音说："咳，一转眼的工夫，咱来关东三十年了。"朱开山说："文他娘，不知你是怎么想的，我主意是定了，将来把自个儿就埋在这关东山了，你呢？"文他娘说："俺还能怎么想，随你呗！"

　　马车越来越远，终于消失在茫茫的风雪中……